Harlekino

Tessa de Loo

HARLEKINO

of Het boek van de twijfel

Roman

Uitgeverij De Arbeiderspers
Amsterdam · Antwerpen

Omslagontwerp: Marjo Starink
Omslagfoto: Tessa de Loo

ISBN 978 90 295 6704 6 / NUR 301
www.arbeiderspers.nl
www.tessadeloo.nl

Voor Gerrie Kloosterman:
omdat je een dik boek wilde

INHOUD

Een belofte van schoonheid

Camilla had heimelijk een van de verleidelijkste flesjes uit haar moeders verzameling op de toilettafel gepakt en streek met het kwastje behoedzaam over de nagel van een grote teen. Dat leek een geschikt proefvlak. Moest je horizontaal of verticaal verven? Het etiket vertelde er niets over; blijkbaar werd ervan uitgegaan dat de gebruiker het uit zichzelf wist. De kleur pakte anders uit dan ze gedacht had. Het was zilver met een parelmoeren glans. Ook mooi. De ene na de andere teennagel moest eraan geloven. Ze kreeg de indruk dat de nagels haar, zodra ze gelakt waren, glunderend van opwinding aankeken. Ineens zat er een stel zelfbewuste wezentjes aan het uiteinde van haar tenen. Ieder met een eigen wil, zo op het oog, maar als je probeerde ze onafhankelijk van elkaar te bewegen dan lukte dat niet. Alleen de grote teen deed statig wat je hem opdroeg. Ze zat met opgetrokken benen in de brede vensterbank en wachtte tot de lak droog zou zijn. Onwillekeurig draaide ze haar hoofd een kwartslag en keek naar buiten, niet vermoedend dat ze, door die toevallige perspectiefverschuiving van negentig graden, zilverkleurige nagellak nooit meer los zou kunnen zien van een jongen en een hond.

Haar kamer lag op de eerste verdieping. Door het antieke glas in de oude ramen keek ze van bovenaf op hen neer. Het licht getinte glas vervormde de buitenwereld en hulde de twee gestaltes aan de overkant van de weg, die tussen het huis en de rivier liep, in een vervreemdend licht. De jongen en de hond zaten naast elkaar in het ongemaaide gras op de oever en keken naar de rivier als twee oude vrienden die zwijgend in gesprek zijn. Het water kabbelde voorbij, er streek een lichte rimpeling over het oppervlak. Camilla kende de rivier in al zijn verschijningsvormen. Hij kon donker en dreigend zijn, metalig en gejaagd, koud en sereen, maar ook vol bedrieglijke verlokking. Zolang ze zich kon herinneren, had ze de neiging gehad de dingen om haar heen te vermenselijken. Ze gaf ze een hart, een ziel en een besef van tijd opdat ze konden genieten en lijden net als zijzelf. Een soort animisme dat, bij gebrek aan speelgenootjes, in haar vroege jeugd was ontstaan. Die dag leek de Amstel zo kalm en zo goed van vertrouwen dat ze geneigd was hem te waarschuwen: wacht maar tot je in Amsterdam bent!

Zelf verdroeg ze de stad niet. De wemeling van mensen, de trams die over je tenen dreigden te rijden, de anarchistische fietsers die uit onverwachte hoeken opdoken, de winkels die haar het gevoel gaven dat ze er nooit bij zou horen. Er was zo'n overvloed aan stimuli dat ze zich afvroeg hoe al die voorbijgangers er rustig onder bleven. Ze voelde zich alsof ze door een grimmig toeval in een van die computerspelletjes verzeild was geraakt waarin de speler de opdracht heeft zo veel mogelijk voetgangers te doden. Zij werd een van hen, een opgejaagde prooi in een koud, mechanisch universum. Dan kwam vanzelf de angst, die onuitgenodigde, onwelkome gast, die als de boze fee in een sprookje een vloek over haar ging uitspreken. Angst voor een aanval te midden van onbekenden. Weliswaar bestonden er medicijnen om dat te voorkomen, maar daar werd ze zo duf en slaperig van dat haar schoolresultaten er ernstig onder leden. Daarom gebruikte ze die sporadisch en had ze min of meer leren leven met de onvoorspelbaarheid van de ziekte. Het vervelende was alleen: hoe banger ze werd, des te groter was de kans op een aanval. Maar hoe vecht je tegen de angst zonder bang te worden voor de angst? Voor je het weet ben je verwikkeld in een keten waarbij de ene angst de andere oproept. Een bezoek aan de hoofdstad liep haast altijd uit op een oefening in extreme zelfbeheersing. Aan genieten kwam ze op die manier niet toe. Ontspannen rondslenteren, zich mee laten voeren door de op koopjes beluste mensenmassa, kleren passen ondanks de enerverende discodreun, het was voor haar niet weggelegd. Zolang er in Amsterdam geen winkels waren waar ze een stel nieuwe zenuwen kon kopen, van een solidere kwaliteit dan de hare, zou de stad niet haar ding zijn.

De jongen en zijn hond zaten broederlijk in de schaduw van een knotwilg, omgeven door uitgebloeide paardebloemen vol pluizen voor een lang leven. Zijn fiets lag iets verderop in het gras. Camilla vergat haar teennagels en sprong op de grond. Ze schoof het raam naar boven en stak haar hoofd naar buiten.

'Hai!' riep ze.

De jongen keek tegelijkertijd om en naar boven. De hond ook. Ze werd aangestaard door twee paar ogen en herhaalde haar groet. Ze lachte ontwapenend. Daar was ze heel goed in. Na een aanval waar vreemden bij waren probeerde ze zo snel mogelijk ontwapenend te lachen om de schaamte te verdrijven.

'Dag...' klonk het aarzelend van beneden. Hij was eerder een man dan een jongen, zag ze nu. Of iets ertussenin. De hond hulde zich in stilzwijgen, maar zette wel zijn oren wijder open.

'Hoe heet hij?' vroeg ze.

'Wat zeg je?' riep de jongen.

'Wacht...' zei ze.

Haar ouderlijk huis stamde uit de achttiende eeuw en was waarschijnlijk zo dicht op de weg gebouwd om bij regen

11

rechtstreeks vanuit de koets het huis in te kunnen. Toch was het moeilijk om vanuit het huis een conversatie te voeren met iemand die aan de overkant van de weg op de oever zat. Ze schoot in haar plastic teenslippers, rende de zware eikenhouten trap af, diagonaal over de zwarte en witte marmeren tegels van de hal, regelrecht naar buiten. De massieve voordeur met koperen klopper liet ze voor het gemak op een kier staan. Met klepperende slippers stak ze de weg over – er kwam slechts zo nu en dan een auto langs. Buiten adem plofte ze neer in het gras, naast de hond.

'Kan ik hem aaien?'

'Zolang je maar niet aan zijn oren komt.'

'Waarom niet?'

'Dat ervaart hij als een belediging.'

'Een belediging?' Camilla keek verbaasd naar de hondenkop naast haar. Die zag eruit alsof het dier zeer goed gemutst was. Als je naar zijn bek keek, zou je zelfs denken dat hij lachte.

'Hij heeft toevallig bijzonder elegante, lange oren,' legde de jongen uit, 'en hij kan er ook nog eens ontzettend goed mee horen. Misschien zijn ze wel het lichaamsdeel waar hij het meest trots op is. Hoewel de eerlijkheid me gebiedt te zeggen dat hij ook mooie ogen heeft. Als je me met een pistool op de borst zou dwingen te kiezen wat het allermooist aan hem is, zijn oren of zijn ogen, zou ik misschien toch besluiten dat het zijn ogen zijn. Als je goed kijkt, zie je dat hij een mysterieuze, oosterse oogopslag heeft. Maar je zult niet gauw op het idee komen zijn ogen aan te raken, dus daar hoef ik je niet voor te waarschuwen.'

Camilla legde haar hand op zijn kop en bestudeerde de hond aandachtig. Zijn ogen waren zwart omrand alsof er met een eyeliner fijne lijntjes waren getrokken. Er lag een tragikomische uitdrukking in, het leek wel of hij de humor van zijn dubieuze status als huisdier inzag.

'Hoe heet hij?' vroeg ze opnieuw.

'Stoepa.'

'Dag, Stoepa met de mooie oren,' zei ze, 'leuk je te ontmoeten.'

Ze aaide hem over zijn kop en zijn rug. Zijn lichaam voegde zich dankbaar naar haar hand alsof hij een kat was. Toen ze met haar vingers in zijn borsthaar kietelde, ging hij met gespreide poten behaagziek op zijn rug liggen. Genotvol sloot hij zijn ogen. Zijn bek opende zich op een kiertje als om haar aan te moedigen door te gaan.

'Ik geloof dat ik best aan zijn oren zou mogen komen,' zei Camilla. 'Van mij kan hij het wel hebben.'

'Ik zou er maar niet op rekenen,' zei de jongen stroef.

'Ik heet Camilla, en jij?'

'Saïd.'

Ze fronste haar wenkbrauwen. Hij was groot en blond, maar hij had zware, donkere wenkbrauwen. Hij leek niet op Brad Pitt. Het was haar gewoonte iedere jongen die haar pad kruiste heimelijk met haar absolute schoonheidsideaal te vergelijken. Saïd leek in de verste verte niet op haar idool, maar tot haar verwondering vond ze hem toch knap. Conclusie: het was mogelijk dat iemand niet op Brad Pitt leek, maar toch geschikt was als object van je dromen. Het fijne was dat hij daar zelf niets van hoefde te weten.

'Je bent toch geen Turk of Marokkaan of zo?'

Hij keek haar zonder iets te zeggen aan en richtte toen zijn blik weer op de rivier. Er kwam een motorboot voorbij met twee mannen aan boord. Ze dronken bier uit blikjes en ze zongen, maar door het geronk van de motor waren de woorden onverstaanbaar. De deining klotste tegen de wand van de oever. De lisdodden wiegden heen en weer als een stelletje dronken sigaren.

'Het geeft niet, hoor,' zei ze onhandig. 'Ik bedoel, al was je een hottentot, mij maakt het niks uit.'

'Zit je altijd zo tjokvol met vragen?'

Hij keek haar schuin aan, ze had niet het idee dat hij boos was.

'Eigenlijk niet,' zei ze aarzelend, 'maar er zitten niet elke dag jongens met honden in mijn uitzicht, weet je. Eerlijk gezegd zijn jullie de eersten, dus dat maakt nieuwsgierig. Waarom zitten jullie juist hier en niet ergens anders? Dat is bijvoorbeeld iets wat ik wel zou willen weten. Of is dat weer een vraag te veel?'

'We zitten hier vanwege de varkens,' zei Saïd kalm.

'Welke varkens?'

'De bio-industrie aan de overkant van de rivier.' Hij knikte met zijn hoofd in die richting.

Verbluft keek Camilla naar de overkant. 'Je bedoelt de varkensboer?'

Saïd knikte. 'Stoepa en ik, wij hebben een ontzettende hekel aan varkensvlees. En zonder fokkerijen geen karbonades, schnitzels of worst, dus vandaar.'

'Dus toch een Marokkaan,' zei Camilla bijdehand.

'Daar hoef je echt geen Marokkaan voor te zijn.'

'Maar wat heb je tegen varkensvlees? Vind je het zielig voor de varkens?'

Saïd rechtte zijn rug en keek haar gemelijk aan. 'Hoe kom je dáár nou bij?'

'Nou ja, ik ben daar nog nooit binnen geweest, maar ik heb gehoord dat die varkens een kort en akelig leven hebben. Bij de biggetjes schijnen ze de slagtanden eruit te slaan, zonder verdoving. Dat soort dingen bedoel ik.'

'Daar gaat het helemaal niet om,' zei hij, ineens fel. 'Varkensvlees is gewoon heel erg smerig en ongezond. Bovendien zijn varkens onrein en hun vlees dus ook. Het zou verboden moeten worden varkens te fokken.'

Camilla keek beteuterd. Onrein? Ze begreep er niets van, maar durfde niet verder aan te dringen. Straks werd hij zo moe van haar vragen dat hij op zijn fiets stapte en voor altijd uit haar leven wegreed. Ze keek naar de hond. Nadat ze het gewoel in zijn borsthaar gestaakt had, was hij rechtop gaan zitten. Hij kauwde afwezig op een paar grassprieten. Ze verplaatste haar aandacht naar haar voeten. Nog steeds lukte het niet de tenen een voor een te bewegen. Er waren nogal wat obstakels tussen haar wil en haar vermogen die aan anderen op te leggen, zelfs al waren het haar eigen tenen.

'Wat vind je van mijn nagels?' vroeg ze. 'Ik heb ze daarnet gelakt. Vind je het leuk?'

Saïd wierp een verstrooide blik op haar voeten. 'Ben je daar niet te jong voor?'

'Te jong!' zei ze verontwaardigd. 'Staat er soms ergens in de wet hoe oud je moet zijn om je nagels te lakken?'

'Wat heeft de wet ermee te maken?'

Ze haalde haar schouders op. 'Bij ons thuis draait daar alles om. Dat krijg je als je vader voor de wet werkt, en je moeder ook. Ze hebben elkaar zelfs dankzij de wet ontmoet. Het enige wat bij ons thuis onwettig is ben ik, want ze zijn niet getrouwd. Ze vinden het spannender zo, zeggen ze. Ze zijn bang dat officieel trouwen met alles erop en eraan de liefde doodt.'

Saïd scheen niet te luisteren. Hij keek in gedachten verzonken naar haar tenen. 'Als je nu je nagels al lakt, wat zul je dan niet allemaal doen om op te vallen wanneer je zestien of twintig bent? De nagels van je vingers zwart verven, en je haar oranje? Dan word je net zo ordinair als al die anderen, terwijl je nu nog onbedorven en puur bent. Zoals je nu bent, ben je...'

Hij keek haar taxerend aan.

Camilla voelde dat ze bloosde onder zijn blik. Ze kon bijna niet wachten tot hij zijn zin afmaakte, zo graag wilde ze van hem horen hoe ze nu was.

'...een belofte van schoonheid. Zoiets. Echte schoonheid, bedoel ik, die geen kunstmatige opsmuk nodig heeft.'

Ze glimlachte teleurgesteld. Ergens had ze verwacht iets opwindenders te horen te krijgen. Moest ze zijn opmerking als een compliment opvatten of als een terechtwijzing? Ze besloot hierover pas later een beslissing te nemen.

'Waarom denk je dat Stoepa ook een hekel heeft aan varkensfokkerijen?'

'Omdat hij precies zo over de dingen denkt als ik. Hij gelooft ook dat de wereld er een stuk op vooruit zou gaan wanneer er geen varkensvlees meer gegeten werd.'

'Hoe weet je zo zeker dat hij net zo denkt als jij? Jullie aura's verschillen van elkaar als dag en nacht.'

Geërgerd trok Saïd een paardebloem van zijn steel – voor zover een uitgebloeid exemplaar nog een paardebloem genoemd kon worden. 'Geloof jij ook al in die onzin!'

Camilla kon zichzelf wel voor het hoofd slaan. Ze had het eruit geflapt, terwijl ze wist dat ze daarmee het gevaar liep zichzelf belachelijk te maken. Anderzijds: nu ze er toch over begonnen was, kon ze net zo goed doorgaan. 'Die van Stoepa is voornamelijk indigo. Jouw grondkleur is roze, maar...' Ze aarzelde en keek rakelings langs hem heen, alsof ze heel geconcentreerd luisterde naar iemand die haar uit de verte iets toeriep. 'In je stemmingsaura zie ik bruine banen...' besloot ze zacht.

'Dus niet alleen mensen hebben zogenaamd aura's, maar dieren ook.'

'Alle levende wezens hebben er een.'

'Heeft een worm ook een aura?'

'Ja, een worm evengoed. Als je het echt wilt weten: een worm heeft een astraal lichaam, een aura en een etherisch lichaam.'

'Allemachtig!' lachte Saïd spottend.

Hij had mooie witte tanden. Brad Pitt had weliswaar een regelmatig gebit waar niets op aan te merken viel, maar je kon niet zeggen dat zijn lach iets toevoegde aan zijn gezicht.

'En wat betekenen volgens jou de kleuren die je denkt te zien?'

'Indigo is de kleur voor hulpvaardigheid en bezorgdheid om het lot van anderen. Aan degenen van wie ze houden, zijn indigo's trouw tot in de dood. Het grootste gevaar voor een indigo is dan ook dat hij geen nee kan zeggen en dat er misbruik van hem wordt gemaakt.' Ze tikte Stoepa liefdevol op zijn snuit. 'Wat fijn dat je baasje jou heeft,' sprak ze hem toe. 'Je moet maar goed op hem passen.'

'En roze met bruine banen?'

Bespeurde ze daar enig ongeduld? 'Iemand met een roze grondkleur in zijn aura is eigenlijk aardig en bescheiden. Omdat hij een klein hartje heeft, dat makkelijk volstroomt met medelijden zou hij graag de wereld verbeteren. Hij heeft het liefst een grote gezellige familie om zich heen, waar iedereen hem accepteert zoals hij is. Maar soms kan hij erg ambitieus worden en heel koppig zijn doel nastreven. Als hij zichzelf niet meer in de hand heeft, gaat hij over... over... hoe heet dat ook al weer?'

'Over lijken,' hielp Saïd.

'Ja precies, over lijken. Als het ware dan, niet echt natuurlijk.'

'En die bruine banen?'

'Dat vertel ik liever niet.'

'Doe niet zo flauw. Wie a zegt moet ook b zeggen.'

'Waarom zou ik het zeggen? Je gelooft er toch niet in.'

'Juist omdat ik er niet in geloof, kun je me rustig vertellen waar die bruine banen van jou voor staan.'

Camilla zuchtte. Was ze er maar niet over begonnen. Je kon

iemand die je nauwelijks kende toch moeilijk meteen de donkere kantjes van zijn stemmingsaura onder de neus duwen. Ze vroeg zich ook af of het ethisch was – een woord dat ze van haar ouders had overgenomen. Die hadden het aan tafel soms over de ethische en onethische kanten van de wet als je die consequent toepaste. Maar ja, als hij er zelf om vroeg. 'Strookjes bruin...'. Ze verkleinde de banen met opzet om ze onschuldiger te maken. 'Die kunnen betekenen dat iemand strenge opvattingen heeft, waar hij halsstarrig aan vasthoudt. Hij laat zich daar door niemand van afbrengen, omdat hij zich afsluit voor de ideeën van anderen. Hij verbeeldt zich dat de wereld is zoals hij hem ziet, en denkt alleen nog in cirkels, waarvan hijzelf het middelpunt is... Zo, dat was het, je hebt er zelf om gevraagd. Beloof dat je niet boos op me wordt. Het is maar een stemming, moet je bedenken. Stemmingen gaan voorbij en maken plaats voor andere stemmingen.'

Saïd streek over zijn haar. 'Je lijkt mijn moeder wel,' zei hij meewarig. 'Die gelooft ook in dit soort nonsens.'

Opgelucht haalde Camilla adem. 'Take it or leave it...!'

Dat zei haar vader tegen haar moeder wanneer die te veel op haar gelijk hamerde. Een typische eigenschap van advocaten, meende hij. Ze dramden maar door met hun argumentatie tot je zo murw werd dat je hun gelijk gaf. Zelf had hij zich als rechter voornamelijk bekwaamd in luisteren. Het was zijn tweede natuur geworden en haar moeder maakte er graag misbruik van.

'Toch is het idee van aura's minder gek dan honden die precies zo denken als hun baas,' zei Camilla.

'Dat is iets heel anders.'

'Waarom?'

'Ik ken Stoepa al sinds hij een puppy was. De Boeddhist, dat was de vriend van mijn moeder, ging ervandoor en liet hem bij ons achter. Algauw waren we onafscheidelijk. Waar ik ben, daar is Stoepa. Hij slaapt op het voeteneinde van mijn bed. Als ik wakker word, wordt hij ook wakker. Als ik eet, eet hij ook. Als ik een boek lees, leest hij over mijn schouder mee. Als ik voor de computer zit, kijkt hij ook naar het scherm. Stoepa doet alles wat ik doe; wij zijn een twee-eenheid. Hij raadt mijn gedachten. Ik hoef maar te denken: laat ik een stuk gaan fietsen, en hij zit al bij de deur te wachten. Zonder dat ik het hardop hoef te zeggen, begrijp je.'

Camilla knikte. 'Ik wou dat ik zo'n hond had,' zuchtte ze. 'Dat zou een stuk schelen.'

Saïd strekte zich uit in het gras en gaapte. 'Je ziet, het is van een heel andere orde dan aura's.'

Nieuwsgierig liet Camilla haar blik over de languit liggen de gestalte gaan. Van de kruin via de adamsappel naar het shirt met het opschrift PARADISE NOW. Van de riem via de gebleekte spijkerbroek tot aan de Nikes toe. Ineens had ze alleen nog oog voor zijn lichaam, waardoor ze het opwindende gevoel kreeg dat ze iemand was die ze nog helemaal niet kende. Iemand die splinternieuw was en voor wie de wereld ongekende mogelijkheden in petto had. Solidair volgde ze zijn voorbeeld en ging languit tussen de kriebelende grashelmen liggen. De lucht was niet meer zo blauw als voorheen. Uit het noordwesten naderden, als een vijandig invasieleger, loodgrijze stapelwolken en het was de vraag wie er zou winnen: de zon of de wolken.

'Toch,' zei ze, meer tegen zichzelf dan tegen hem, 'gaat een hond die een hekel heeft aan varkensfokkerijen net even te ver als je het mij vraagt. Bij de rechtbank zouden ze zijn baas algauw verdenken van intimidatie of manipulatie.'

'Hoe oud ben je eigenlijk?'

'Twaalf. Maar ik word binnenkort dertien.'

'Voor iemand van twaalf ben je een raar meisje.'

Camilla keek hem beledigd aan tussen de grassprieten door.

'Een beetje raar, maar wel leuk,' voegde hij er vergoelijkend aan toe.

Zo lagen ze daar enige tijd zonder nog iets te zeggen. Er stak een verdachte wind op. Ineens werd het kil, Camilla voelde het aan haar blote voeten. Er vielen enkele spetters, van die echte sfeerbedervers.

Saïd schoot overeind. 'Regen! Kom op, Stoepa!'

Onwillig ging Camilla zitten. 'Jammer,' mopperde ze, 'jammer dat het uitgerekend nu gaat regenen.'

Saïd zei niets. Hij trok zijn fiets overeind. Op de bagagedrager was een ruime rechthoekige mand bevestigd. Stoepa strekte zijn hals en zijn poten, zette zich af tegen de aarde en sprong feilloos in de mand. Je kon zien dat het routine voor hem was. Saïd sloeg een been over de stang van zijn fiets en ging zitten. 'Nou...' zei hij, met een verzoenend lachje, 'veel succes met je aura's.'

Dat speciaal voor haar bedoelde lachje ging ze bewaren. Ze zou het zorgvuldig in vloeipapier wikkelen en opbergen, om het tevoorschijn te halen wanneer ze het nodig had. 'Jij met je varkens,' zei ze kattig.

1 De Straat van Gibraltar

Ja, eet me maar op, dacht Saïd. Na afloop van het ontbijt in Tarifa had hij een broodje in zijn zak gestoken, waar hij nu stukken afrukte. Hij wierp ze met een gulle zwaai naar de meeuwen die boven het schuimspoor achter de veerboot zweefden. Het was een opluchting zijn afgedankte, Europese ik met een grootmoedig gebaar aan de krijsende vogels te voeren. Toen de vogels in duikvlucht achter dezelfde stukken aan joegen en met hun snavels fel naar elkaar uithaalden, lukte het hem zelfs al zich te identificeren met degene die hij ging worden, dus voegde hij er in gedachten aan toe: vecht maar niet om hem, hij is het niet waard. Het was een zonnige ochtend in het begin van november. Er stond een stevige westenwind, die donkerblauwe golven met witte koppen de zeestraat in joeg.

'Diep onder de boot ontmoeten de zeestromingen van de Atlantische Oceaan en de Middellandse Zee elkaar,' zei een Engelsman tegen zijn vrouw of vriendin. Hij leunde op de reling en probeerde voortdurend een sliert haar waar de wind vat op had gekregen, terug te draperen over zijn kalende schedel. Zij had haar hoofd op zijn schouder gelegd, alsof ze te veel films over romances op cruiseschepen had gezien.

Zijn vriendin, concludeerde Saïd.

'Eigenlijk kun je beter zeggen dat ze op elkaar botsen,' vervolgde de Engelsman, 'alsof ze vijanden zijn. Ooit waren het twee onafhankelijke zeeën. Toen Hercules met geweld de

Straat van Gibraltar schiep, vroeg hij zich waarschijnlijk niet af of het wel een goed idee was.'

'Goden vragen zich nooit iets af,' zuchtte de vrouw. 'Ze doen maar.'

Saïd ging op zoek naar een andere plek aan de reling, waar hij veilig zou zijn voor de speculaties van medepassagiers. Hassan kwam naast hem staan en deed een vergeefse poging een sigaret aan te steken in de holte van zijn hand. Ten slotte stak hij hem terug in het pakje, waarna ze samen zwijgend naar de steeds vager wordende kustlijn van Europa staarden. Tergend langzaam, als een teleurgestelde minnaar die zijn geliefde maar niet kan laten gaan, trok het continent zich terug.

'Waar doet Europa jou aan denken?' vroeg Saïd.

Hassan keek hem met gefronste wenkbrauwen aan. 'Europa...' Hij gaf een ritmische roffel weg op de reling. 'Aan het beloofde land voor veel Afrikanen, denk ik. En wat is Europa voor jou?'

Saïd haalde zijn schouders op. 'Een zwaar opgemaakte oude dame.'

Hassan lachte. 'Stinkend naar Chanel nummer 5 zeker...'

Als voorbereiding op de reis had Saïd dagenlang over de door bergketens doorsneden kaart van Marokko gebogen gezeten. Die lag breeduit opengevouwen op de tafel in zijn slaapkamer. Wanneer hij binnenkwam en de kaart zag liggen, kwam het hem voor of het land zijn armen spreidde om hem aan het hart te drukken. Geobsedeerd gleden zijn ogen over pieken en valleien, alsof louter door de kracht van zijn brandende, eisende blik de plek waar hij *barraka* zou vinden zich zou openbaren. Met zijn wijsvinger trok hij denkbeeldige lijnen door kloven, passen, oases en steenwoestijnen, hardop namen prevelend als Igherm-n-Ougdal en Zaouit-el-Bir. De onbegrijpelijke klanken fascineerden hem. Het was of ze een mysterie bevatten dat doorgrond moest worden.

Hij zou misschien nooit van het fenomeen *barraka* gehoord hebben als Aziza niet op een dag over de dood van de koning was begonnen. Dat was al weer een aantal jaren geleden. Ze trokken naast elkaar, precies tegelijkertijd, hun fiets uit het rek. Er zaten meer dan tweeduizend leerlingen op de scholengemeenschap, dus de kans dat je elkaar dagelijks tegen het lijf liep wanneer je niet in dezelfde klas zat, was statistisch gezien klein. Maar Saïd was er bedreven in geworden de statistiek in zijn eigen voordeel te manipuleren. Zijn ogen wisten Aziza in de verte, zelfs te midden van een chaotische groep leerlingen, feilloos te traceren, zodat hij haar even later quasispontaan tegen kon komen. Het leek of zijn radar speciaal op haar was afgestemd en voortdurend de gangen en het schoolplein aftastte naar haar vertrouwde contouren. Maar die dag in het fietsenhok berustte de ontmoeting op puur toeval. Saïd leunde tegen de bagagedrager van zijn fiets. Zij had haar rugzak, die uitpuilde van de boeken, op de grond gezet. Aziza was tenger en het ontroerde hem haar met zoveel kilo's potentiële kennis te zien sjouwen.

'Heb je het al gehoord, de koning is dood...' zei ze.

'Welke koning...?'

Hij kon zich wel voor zijn kop slaan. Een seconde nadat hij het eruit had geflapt, begreep hij dat ze de koning van Marokko bedoelde.

'Koning Hassan natuurlijk, wie anders? Hassan de Tweede...'

Even durfde hij niets meer te zeggen. Het was zaak een gepaste reactie te bedenken, want een tweede blunder zou hij zichzelf niet vergeven. Koortsachtig vroeg hij zich af wat hij wist van de koning. Tijdens diens bewind waren tienduizenden, misschien wel honderdduizenden Marokkanen naar Nederland gekomen om werk te zoeken en een beter leven. Erg veel soeps kon Hassan de Tweede dus niet geweest zijn, zou je zeggen. 'Veel reden om te treuren is er niet, lijkt me...' gokte hij.

'Iedereen is waanzinnig opgelucht natuurlijk!' riep ze uit. 'Hoewel we het bijna niet kunnen geloven dat hij echt dood is. De koning heeft zoveel moordaanslagen, ongelukken en ziektes overleefd, dat was gewoon niet normaal. Het leek of hij, als rechtstreekse afstammeling van de Profeet, zoveel *barraka* had dat hij onsterfelijk was. We waren bang dat Marokko nooit van hem verlost zou worden.'

'*Barraka*?' Saïd fronste zijn wenkbrauwen.

Aziza aarzelde. Ze wendde haar blik af en Saïd keek met haar mee. Maar hij zag niets anders dan rijen metalen sturen en bellen die glinsterden in het zonlicht. Ze deden hem denken aan een reusachtige xylofoon, die op een willekeurig ogenblik zou kunnen gaan dingdongen. Door de scherpe reflectie, die pijn deed aan zijn ogen, kreeg hij het gevoel dat het zou kunnen ontaarden in een agressief concert, waardoor het onmogelijk werd elkaar te verstaan – de communicatie tussen Aziza en hem zou overstemd worden door een onmenselijke kakofonie van staal en nikkel. Het zou een verwijzing zijn naar iets wat met geweld begrepen wilde worden, terwijl het tegelijkertijd alle pogingen tot begrip verdoofde. Enkele seconden lang sloot hij zijn ogen. Schelle strepen zonlicht schoten als bliksemschichten over de binnenkant van zijn oogleden.

'Je moet erin geloven,' zei ze vaag. Ze verschikte iets aan haar witte hoofddoek. Die had ze modieus achter haar oren vastgespeld, waardoor haar lange, licht gebogen hals zichtbaar bleef.

'Maar wat is het als je erin gelooft?'

Ze wreef verlegen over haar wang. 'Het is een goddelijke kracht die geluk brengt en bescherming. Je kunt ernaar streven, maar je kunt het niet afdwingen.' Ze kuchte en schraapte haar keel. 'Het is... een soort genade, die samenvalt met je lotsbestemming. In ieder geval: als je *barraka* hebt hoef je niet meer te zoeken. Je bent dan iemand die gevonden heeft wat voor hem, of voor haar, bedoeld is. Zoiets... snap je?'

'Ik doe mijn best,' zei Saïd. 'Zo te horen is het niet iets wat je meteen al de eerste keer door kunt hebben.'

Ze wierp hem een vergevingsgezind glimlachje toe, waardoor ze hem het gevoel gaf dat iedere poging tot begrip van zijn kant gedoemd was te mislukken. Weer keek ze ietwat rusteloos om zich heen. Ze had ogen die erin getraind leken je blik op een tantaliserende manier uit de weg te gaan. Daardoor kreeg hij in haar nabijheid altijd het gevoel of ze uitdagend op een holletje voor hem uit rende en steeds behendig buiten zijn bereik wist te blijven. Hij bedacht dat hij er heel wat voor over zou hebben om eenmaal langdurig in die ogen te kunnen kijken, zonder dat zij ze sloot of afwendde. Gewoon om te weten wat er dan zou gebeuren.

'En hoe moet het nu verder met Marokko?' informeerde hij.

'Zijn zoon Mohammed heeft de troon bestegen.'

'Die laat er geen gras over groeien zeg!'

'Als hij te lang wacht, gaat een ander er misschien op zitten,' zei ze nuchter. 'Zo ging dat vroeger. Vandaar.'

Het was een groots moment toen ze de boot af reden. Marokko! Afrika! De overgang van droom naar werkelijkheid vroeg om een ritueel of een soort dankzegging, in wat voor vorm dan ook. Saïd zag beelden voor zich van mannen die, eenmaal in het beloofde land aangekomen, door hun knieën zakten en de grond kusten of een handvol zand tussen hun vingers door lieten glijden. Zoiets had hij ook wel willen doen, maar hij zat achter het stuur van zijn oude Volvo en er zat niets anders op dan zich te voegen in een van de rijen auto's die stapvoets in de richting van de douanecontrole reden.

Louche figuren schoten op de auto's af om hun diensten aan te bieden bij de formaliteiten. Een haveloze oude man met een wollen muts dook op bij het portier van Saïd. Hij draaide het raampje naar beneden en zag zijn gezicht tweemaal weerspiegeld in een paar dikke, vergeelde brillenglazen, gevat in een antiek montuur. Het gaf hem een gevoel van onbehagen om meteen al bij zijn aankomst in Marokko zichzelf te zien, en maar liefst dubbel. Met een stem die geen tegenspraak duldde eiste de man in het Frans de paspoorten en autopapieren op. Saïd gaf ze aarzelend uit handen en keek ontzet naar Hassan. Hij kon zijn toelating tot Marokko toch niet aan een halvegare overlaten?

Hassan knikte. 'Geef er tien euro bij.'

Nerveus grabbelde Saïd in zijn portemonnee en viste er een biljet uit. Zodra hij zijn geld had maakte hun bemiddelaar zich uit de voeten, de identiteitspapieren in zijn groezelige hand klemmend.

'Het hoort erbij.' Hassan stak, ditmaal met succes, een sigaret op. 'Nu is het alleen nog een kwestie van geduld hebben.'

Saïd hield er niet van dat er in de auto gerookt werd. Het was alsof je opgesloten zat in een kleine kamer die langzaam volstroomde met koolmonoxide. Maar was het wel tactisch aan het begin van de reis al aan te komen met kritische opmerkingen? En woog het belang van de een zwaarder dan het belang van de ander? Hassan kon waarschijnlijk niet optimaal van de reis genieten terwijl hij naar een sigaret snakte. Daartegenover stond zijn eigen overgevoeligheid voor de rook, vooral in kleine, benauwde ruimtes. Het universum leek vol met dit soort futiele dilemma's, die bij elkaar opgeteld heel groot konden worden en de beste vrienden uit elkaar konden drijven.

'En vertrouwen,' voegde Saïd er sceptisch aan toe. Daar

kwam de rook, het resultaat van een diepe, genotvolle inhalering.

'Dat geldt voor het hele leven, en zeker voor de reiziger in Afrika.'

Saïd zweeg. Verbeeldde hij het zich of was het waar dat er ineens een soort mentaal overwicht van Hassan uitging, terwijl dat sinds de dag waarop hun vriendschap begonnen was altijd andersom was geweest?

Op zijn lagere school in de buurt van het Oosterpark waren de kinderen van immigranten uit Afrika, Azië en de Antillen toen nog op één hand te tellen. Misschien op twee. Hoewel hij een Nederlandse moeder had en net als zij De Fries heette, was Saïd alleen al vanwege zijn uitheemse voornaam anders dan de rest van zijn klasgenoten. Daar kwam zijn gesloten en wantrouwige karakter bij, twee eigenschappen waarmee hij zich in zijn eerste schooljaren niet geliefd maakte. Hij maakte dan ook geen deel uit van de groep jongens die het voor het zeggen had. Wanneer hij niet zo groot was geweest voor zijn leeftijd en tijdens de gymnastieklessen geen blijk van ongewone kracht en lenigheid had gegeven, zou hij waarschijnlijk een aantrekkelijk object van pesterijen geweest zijn. Nu werd hij voornamelijk met rust gelaten en genegeerd, een status-quo waarmee hij vrede had en die pas zou veranderen op de middelbare school toen de meisjes hem ontdekten. Heimelijk, zonder er iets van te laten blijken, ontleende hij aan zijn anders-zijn zelfs een gevoel van superioriteit. Hij wist dat hij niet zomaar geboren was. Zijn aanwezigheid op aarde had een diepere bedoeling en vroeg of laat zou hij die ontdekken en ernaar handelen. Op die dag zou hij hun de ogen openen en iedereen versteld doen staan. Dan pas zou blijken wie hij eigenlijk was, en ze zouden zich schamen, omdat ze het niet eerder hadden gezien.

Op een dag werd er een jongen in de klas afgeleverd door een figuur in een leren jack die eruitzag als een oudere broer. Hij beantwoordde niet aan het ideaalbeeld van de grote broer. Terwijl hij een onverschillige blik op de kinderen in het lokaal wierp, was het of er een ijskast openging en een vlaag bevroren lucht over hun hoofden scheerde. Zijn gezicht leek meer op dat van een stripfiguur dan op dat van een echt mens. Dat kwam voornamelijk doordat zijn haar aan de zijkanten en de achterkant van zijn hoofd gemillimeterd was, terwijl bovenop een rechthoekig perceel zwart haar door gel overeind gehouden werd. Tijdens zijn korte, voor de kinderen onverstaanbare overleg met de juffrouw bewoog hij zich met mannelijke allure, alsof hij de vader was. Ze knikte koeltjes, waarop hij zich waardig omdraaide, de klas uit liep en de deur geruisloos achter zich sloot. Een van de leerlingen moest op haar bevel het veld ruimen voor de nieuw aangekomene en kreeg een plaats achter in de klas toegewezen. De onbekende jongen werd aan een tafel vlak voor haar lessenaar gezet – Saïd zag dat hij lichtelijk hinkte – en leek vanaf die dag haar speciale protectie te genieten.

Diezelfde week nog gaf ze een bijzondere aardrijkskundeles ter ere van hem. Ze had een op linnen afgedrukte kaart van de wereld over het schoolbord gedrapeerd.

'Dit...' ze wees met haar stok, '...is Europa, en dit... is Afrika.'

De stok volgde zorgvuldig de contouren van de twee werelddelen, hoewel hij ter hoogte van de oostgrens van Europa aarzelde. Het IJzeren Gordijn was nog niet helemaal weg uit haar geheugen. De West-Europeanen waren bezig eraan te wennen dat de landen die hen kort tevoren nog met raketten bedreigden nu ook deel uitmaakten van Europa. Niemand verbaasde zich erover dat haar stok in deze regionen lichtjes trilde. Op de kaart waren Europa en Afrika een lappendeken

van landen in allerlei kleuren. Daarbij viel op dat het ene we-
relddeel zeker drie keer in het andere paste. Misschien zelfs
wel vier keer. Afrika moest onvoorstelbaar groot zijn.
'De kaart van de wereld heeft er niet altijd zo uitgezien,'
zei de juffrouw. 'De aardkorst was in het begin nog erg in
beweging. Gedurende driehonderd miljoen jaren botste het
Afrikaanse continent telkens weer tegen Europa aan. Zo van:
ga jij eens even opzij. Maar Europa week niet van zijn plek.
Daardoor plooide de aarde van Noord-Afrika zich en ont-
stonden er in het land dat nu Marokko heet drie grote bergketens. Die van de Rif, de Hoge Atlas en de Midden-Atlas.
Ten zuiden daarvan begint de woestijn, in het westen heb je
de Atlantische Oceaan. Een aantal bergtoppen zijn meer dan
vierduizend meter hoog en zijn een deel van het jaar bedekt
met sneeuw...'
Het ballet van de stok had een hypnotiserende uitwerking
op Saïd. Een pirouette op de toppen, een split in de dalen.
Bergen, oceanen en woestijnen, de mysterieuze willekeur van
aardverschuivingen en vulkaanuitbarstingen. Het zachte element van het water, het harde van de rotsen, het koude van de
sneeuw.
'Dit is het land waar Hassan vandaan komt,' besloot ze.
Het was de eerste keer dat Saïd de naam van het land hoorde uit een andere mond dan die van zijn moeder. Marokko
was dus niet alleen van haar. Alle blikken verplaatsten zich
van de met sneeuw bedekte hellingen van de Hoge Atlas naar
de kleine Marokkaan in hun midden. Die had de keus tussen
krimpen onder hun aandacht of een hoge borst opzetten als
vertegenwoordiger van een fascinerend land met een zoveel
rijkere geologie dan die van Nederland. Hij vond een derde
oplossing: stoïcijns voor zich uit kijken. Zijn gezicht bleef on-
bewogen, alsof de juffrouw zojuist een kaart van de wereld
der insecten had aangewezen.

'Vertel ons eens, Hassan,' vroeg ze zoetsappig, 'waar op deze kaart ben je precies geboren?'

De jongen verroerde geen vin.

'Je spreekt toch wel Nederlands?'

'Jawel...' fluisterde hij.

'Laat ons eens horen hoe goed je Nederlands is, en vertel ons waar je geboren bent.'

'In Amsterdam-West, juf.'

Ze staarde hem sprakeloos aan. Waarom was hij niet geboren op een plek die in haar les paste? De klas begon te lachen.

'Maar je bent toch weleens in Marokko geweest, neem ik aan?'

'Jawel juf, elk jaar, in de zomer.'

'En is dat in een stad of een dorp? Jullie moeten weten dat Marokko schitterende steden heeft, die stuk voor stuk veel ouder zijn dan Amsterdam.'

'In Dbdou...' mompelde hij.

Het klonk of hij een roffel gaf op een grote, doffe trom. Of hij haar in de maling nam en helemaal niet bereid was te onthullen waar hij met zijn familie de grote vakantie doorbracht. Saïd voelde een groeiende bewondering voor de jongen, die zo dapper standhield onder de zuigende blik van de juffrouw.

'Wil je wat harder spreken, zodat ook de kinderen die achteraan zitten duidelijk kunnen horen hoe die plaats heet?'

'Dbdou!' riep hij nu schril en uitdagend.

'Dubbedoe...?' herhaalde ze, de naam uitrekkend alsof het een stuk kauwgum was. 'Begrijp ik het goed dat er voornamelijk medeklinkers zitten in jouw vakantiebestemming?'

Hassan bleef het antwoord schuldig. Het was maar de vraag of hij wist wat medeklinkers waren.

'En hoe is het in Dubbedoe?'

'Gewoon...'

'Voor jou misschien, maar wij zijn nog nooit in Dubbedoe

geweest, hè?' Ze keek de kinderen vragend aan. Sommigen schudden gehoorzaam hun hoofd. 'Kun je ons een indruk geven van het dorp? In je eigen woorden natuurlijk? Ik neem aan dat er prachtige olijfbomen groeien, en cactussen misschien. En dat de huizen van natuursteen zijn...'

'Er is niks, juf, in Dbdou.'

'Dat kan niet,' zei ze gedecideerd. 'Er is altijd iets. De huizen waarin jullie wonen. Boomgaarden, groentetuinen. Een dorpshuis misschien, een kruidenier, een café. Kuddes schapen en geiten, honden, kippen. Van alles.'

'Er is echt niks in Dbdou, juf. Het is te heet om buiten te spelen en er is geen televisie. Je kunt er niet eens Snickers kopen, of chips.'

Er werd weer gelachen, maar op een ingehouden manier omdat de juffrouw niet meelachte. Die zette de stok tegen de muur en begon de landkaart op te rollen. Het zag ernaar uit dat ze abrupt besloot niet verder op de materie in te gaan.

'En iedereen gaat er dood, juf,' voegde Hassan er ongevraagd aan toe, in een verlate poging haar nieuwsgierigheid alsnog te bevredigen.

'Dood?' zei de juffrouw stuurs.

'Vorig jaar is mijn opa gestorven, en dit jaar mijn oma. En mijn tante ook, toen ze een baby kreeg. En onze buurjongen, aan buikpijn.'

De juffrouw verstarde, de opgerolde kaart in beide handen. 'Aan buikpijn,' herhaalde ze mechanisch. Ze werd gered door de bel, die de pauze aankondigde.

Saïd verwachtte dat de Marokkaanse jongen op het speelplein omringd zou worden door nieuwsgierige klasgenoten. Maar nee, ze gaven als gewoonlijk de voorkeur aan hun onduidelijke samenscholingen en halfzachte pesterijtjes, zonder Hassan een blik waardig te keuren. Die stond alleen in de schaduw van een kastanjeboom met een steen in zijn hand.

Hij liet hem van zijn ene palm in de andere vallen, alsof hij aan het oefenen was voor een jongleeract. Saïd verliet zijn vertrouwde plek naast de hoofdingang en slenterde naar hem toe.

'Mijn vader woont in Marokko,' zei hij tegen de jongen. Die keek schichtig op. 'Weet je wat dit is?' vroeg hij.

'Een steen, nogal wiedes.'

'Maar geen gewone, het is een amethist. In de woestijn stikt het ervan. Ze zien eruit als gewone stenen, maar als je ze openmaakt zijn ze mooier dan een diamant. Kijk maar.'

Hassan legde de steen in zijn uitgespreide hand, hem plechtig en verwachtingsvol aankijkend. De steen bleek gehalveerd. In zijn binnenste fonkelden kristallen. Bij een lichte beweging van de hand sprong het licht van het ene facet op het andere en toen Saïd er diep in tuurde werd hem een blik vergund in een geheimzinnige, paarse binnenwereld. Maar het was ook of hij in een opengesneden rodekool keek en de zonderlinge schoonheid ervan ontdekte.

'Mooi...' fluisterde hij vol eerbied.

'Je mag hem houden,' bood Hassan grootmoedig aan. 'Het is een steen die je kalm maakt. Mijn vader zegt dat hij diep vanbinnen de rust en de stilte van de woestijn bewaard heeft.' Hij verplaatste zijn gewicht van zijn ene been naar het andere en op zijn gezicht verscheen haast onmerkbaar een uitdrukking van pijn.

'Waarom hink je eigenlijk...,' vroeg Saïd, 'heb je iets aan je voet?'

'Ik ben onder een auto gekomen toen we nog in West woonden. Wil je het zien?' Hassan boog voorover, zijn handen gingen naar de onderkant van zijn broekspijp en zijn zwarte krullen vielen naar beneden alsof iemand een emmer vol dropjes omkeerde.

'Nee,' zei Saïd haastig, 'hier is de amethist weer.'

34

Hassan kwam overeind en schudde zijn hoofd. 'Hij is voor jou,' herhaalde hij.

'Mag ik hem echt houden?' vroeg Saïd achterdochtig. Hij kon niet geloven dat iemand hem zomaar, zonder bijbedoelingen, een steen vol rust en stilte uit de woestijn cadeau deed. Hassan knikte. Op het moment dat Saïd de amethist in zijn zak stak, was hun vriendschap begonnen. Ze wisten nog niet dat het lot van de een voor altijd verbonden zou zijn met dat van de ander. Met rust en stilte had dat weinig te maken. Integendeel.

De man met de muts verscheen weer. Hij bracht een sjofele jongeman mee. Die eiste geld voor zijn aandeel in het mild stemmen van de autoriteiten. Saïd onthield zich ditmaal van commentaar en stak hem zonder aarzelen een biljet toe, waarna de twee schielijk in het douanegebouw verdwenen.

Hassan morste as op zijn spijkerbroek. In een korte, opgaande beweging van zijn hand, sierlijk als de vingerchoreografie van een Javaanse danseres, tipte hij de as met zijn middelvinger weg. Het was een waarneming die Saïd onmiddellijk weer vergat, alsof het een dwaling was van zijn geest, die door het wachten waarschijnlijk overprikkeld was. Ten slotte kregen ze hun papieren terug, voorzien van een officieel stempel. Maar de man was nog niet bereid hen te laten gaan. Theatraal smeekte hij een laatste donatie af, ter ondersteuning van zijn zieke vrouw en hun nageslacht, die onder erbarmelijke omstandigheden leefden en die helemaal van hem afhankelijk waren.

'En nu gas geven,' zei Hassan.

Saïd liet zijn voet krachtig op het gaspedaal neerkomen. Het laatste wat hij in zijn middenspiegel zag, was een hooggeheven gebalde vuist.

'Die gast is behoorlijk agressief zeg,' zei hij.

Hassan blies een rookwolk uit. 'Vergeet niet dat Marokko een arm land is,' zei hij kalm, 'en dat jij er anders niet was geweest.'

, Saïd zweeg. Hij kon niet anders dan Hassan gelijk geven. Zijn leven was, op zijn zachtst gezegd, onhandig begonnen. Zolang hij zich kon herinneren had hij het gevoel gehad dat hij door een absurd misverstand in het verkeerde leven terecht was gekomen. Oorspronkelijk was hij bestemd voor een andersoortige jeugd, onder een andere hemel. Andere geuren, andere klanken. Andere ideeën. Helaas zou hij nooit te weten komen wie hij dan zou zijn geweest. Zijn Marokkaanse alter ego zou voor altijd een onbekende blijven, een definitief gemis dat nooit meer goedgemaakt kon worden. Het enige wat hij kon doen, was proberen te redden wat er te redden viel. Daarvoor was een diepe overtuiging nodig, een onvoorwaardelijke overgave aan het ietwat irrationele karakter van zijn reddingsactie. Maar die overtuiging had hij – daaraan zou het niet liggen.

Nadat ze zich in de haven van dirhams hadden voorzien, reden ze Tanger binnen. Het aanlokkelijke oude deel van de stad, dat tegen de rotsen was gebouwd, lieten ze links liggen. Hun doel was Fès. Om zo snel mogelijk de nodige kilometers af te leggen namen ze de autosnelweg naar het zuiden, die langs de kust liep. De rommelige buitenwijken van Tanger en daarna het lege landschap aan weerszijden van de weg brachten Saïd niet onmiddellijk in de staat van exotische vervoering die hij heimelijk verwachtte. Hassan had een voorraad cd's met *Desert Blues* bij zich, die een selectie van de bekendste Arabische en Afrikaanse muzikanten bevatten. Hun klaaglijkritmische woestijnzang riep in de oude Volvo een sfeer van desolaat verlangen op.

Kort nadat ze in Kenitza de tweebaansweg naar Sidi-Slimane waren ingeslagen, werd zijn moreel nog meer op de proef gesteld. De bodem was vlak als die in Nederland en bestond uit droge, uitgeteerde zandgrond, waarop kwijnende eucalyptusbomen groeiden. Tussen de afbladderende stammen was de grond bedekt met vuilnis. Miljoenen plastic zakken aan weerszijden van de weg verwelkomden Saïd in zijn nieuwe vaderland. Het tegenovergestelde van een erehaag, niet bepaald een veelbelovend teken voor de dingen die komen gingen. Hem schoot iets te binnen wat een vriendin van Aziza jaren geleden had gezegd. Op zijn lichtelijk jaloerse vraag of ze het niet opwindend vond de zomers bij haar familie in Marokko door te brengen, had ze verontwaardigd uitgeroepen: 'Opwindend? In Marokko is niets, behalve plastic zakken!'

Soms passeerden ze voetgangers, die in grauwe kaftans door de stoffige berm sloften. Ergens speelden kinderen tussen de vuilnis, gekleed in lompen. Een woord dat in Nederland in onbruik was geraakt omdat niemand er nog kleren droeg waarop het van toepassing was. Maar na Hassans terechtwijzing durfde Saïd zijn indrukken niet langer hardop uit te spreken. Met moeite onderdrukte hij de neiging om harder te rijden dan de toegestane snelheid, om de monocultuur van eucalyptus zo snel mogelijk achter zich te laten. 'Neem voor uw veiligheid een voorzichtige rijstijl aan,' stond er bij de praktische tips in zijn reisgids. Er volgden nog andere waarschuwingen, die niet veel goeds voorspelden ingeval van betrokkenheid bij een ongeluk.

Na Sidi-Slimane begon de aarde te glooien. In de verte schemerden de blauwige contouren van bergen. Saïd herademde. Ging het landschap toch nog lijken op de voorstelling die hij ervan had?

'We passeren de Col du Zeggota en de Jbel Tselfat,' stelde Hassan vast met de kaart op zijn knieën. 'Het kan nu niet ver meer zijn.'

In de achteruitkijkspiegel kleurde de hemel roze. Ook in

Marokko ging de zon al vroeger onder. Ze reden Fès binnen en belandden in de avondspits. Hun voornaamste zorg was een hotel met bewaakte parkeerplaats te vinden, buiten het labyrint van de medina. Al had de Volvo zijn glorietijd al lang achter zich gelaten, Saïd koesterde hem als een kleinood. Het was nu eenmaal het enige vervoermiddel dat hij bezat, en het behoedde hen voor transport per bus of trein. Dat zou hen van reizigers tot passagiers degraderen en afhankelijk maken van vertrek- en aankomsttijden.

Op de kaart was Fès een overzichtelijk grijs vlakje, maar in de werkelijkheid van die eerste Marokkaanse avond was het een chaos van auto's, vrachtwagens, brommers en voetgangers. Beduusd keek Saïd naar het aan alle kanten langsrazende verkeer. Blijkbaar was de onzekerheid op zijn gezicht te lezen. Een jonge man op een scooter kwam aan zijn kant naast de auto rijden, gebarend of hij hem van dienst kon zijn – zijn zware wenkbrauwen in een vragende boog. Saïd draaide het raam open.

'Vous cherchez un hôtel?' Hij was tenger van bouw en bruin als een Indiër. Zijn stonewashed spijkerpak sloot nauw om zijn lichaam en hij had zijn haar met gel in model geplakt, waardoor het zwart en vettig glansde in het licht van de straatlantaarns.

'Oui,' beaamde Saïd, hoewel het sluwe gezicht hem niet aanstond.

'Suivez-moi,' zei de jongen gebiedend. Hij stoof weg en zigzagde voor hen uit door het verkeer, zonder om te kijken om te zien of ze hem wel volgden. In zijn bezorgdheid voor een aanrijding kostte het Saïd grote moeite hem niet uit het oog te verliezen. Het was een bizarre gewaarwording om in de schemering door een wildvreemde stad te rijden, door een onzichtbare draad verbonden met een vulgair uitgedoste figuur die hij in Amsterdam geen blik waardig zou hebben gekeurd.

'Dit moet de Ville Nouvelle zijn,' zei Hassan.

Hun gids was al weer om de volgende bocht verdwenen. Tot zijn verbazing zag Saïd hem ineens met een tevreden grijns op zijn gezicht voor de ingang van een hotel staan. Ertegenover was zelfs een 'Parking Privé'. Bij de ingang zat een bewaker roerloos op wacht, de capuchon van zijn djellaba ver over zijn hoofd getrokken. Saïd stak zijn hoofd uit het raampje. 'Is de auto hier echt veilig?' vroeg hij, naar het onzichtbare hoofd van de bewaker wijzend. De Volvo viel vast op met zijn buitenlandse nummerplaat. De jongen knikte ongeduldig. Natuurlijk, dag en nacht bewaking, dat was toch duidelijk? Nadat Saïd zijn auto met een vaag gevoel van onbehagen op de parkeerplaats had achtergelaten, hield de jongen de deur van hotel Fès Inn wijd voor hen open. Er was geen ontkomen aan. Een geheime, doeltreffende regie had hen hierheen gevoerd en ze hadden zich te voegen in de rol van gewillig slachtoffer. Zelfs nadat ze zich hadden ingeschreven, week het spijkerpak niet van hun zijde. Wachtte de jongen op een beloning? Maar toen Saïd naar zijn broekzak greep, schudde hij beledigd zijn hoofd. Wat waren ze de volgende dag van plan, wilde hij weten. Wilde hij zich nu ook nog hun eerste dag in Fès toe-eigenen? Saïd voelde er weinig voor hem zomaar, met naam en toenaam, de aard van zijn missie toe te vertrouwen, alleen omdat hij hen naar een hotel had gebracht dat ze op eigen kracht nooit gevonden zouden hebben.

'We willen de medina bezichtigen,' zei Hassan. Daarna ging hij over op het Marokkaans en veranderde er iets in het gezicht van de jongen. De harde, opdringerige uitdrukking verdween, zijn trekken verzachtten en ontspanden.

Aan zijn lot overgelaten keek Saïd om zich heen. De quasi-Moorse kitsch van het hotel loensde hem van alle kanten tegemoet. Een buslading kleurloze Franse toeristen arriveerde en verdrong zich rond de balie van de receptie als een stel uitgehongerde mussen in de winter rond een plank met broodkruimels. Je werd er niet vrolijk van als je er lang naar keek. Hassan legde zijn hand op het sierstiksel van een mouw. Hij was in een geanimeerd gesprek gewikkeld, en in minder dan tien minuten leek er een vertrouwelijke band tussen hem en de jongen te ontstaan, die verder reikte dan de taal alleen. Er werd veel bij gelachen. Saïd had het altijd vanzelfsprekend gevonden hem thuis met zijn familie de Berbertaal uit de Rif te horen spreken. Zodra hij hun flat binnenkwam, wist hij dat hij zich niet langer in Amsterdam bevond, maar in het noordoosten van Marokko. Maar nu, net aangekomen in Fès en ten prooi aan een gevoel van desoriëntatie, voelde hij zich buitengesloten en teruggeworpen in het stadium van een onmondig kind. De volwassenen besluiten van alles buiten jou om en zodra je je mond opendoet kijken ze je geïrriteerd aan. Maar het is míjn reis, dacht Saïd verongelijkt. Het was belachelijk dat hij zich zo voelde, wist hij, en vooral onterecht. Naast zijn verlangen de tanende vriendschap nieuw leven in te blazen, was het feit dat Hassan Marokkaans en een Berbertaal sprak, juist een van de redenen waarom Saïd hem had gevraagd mee te gaan. Zelf zou hij het tijdens de reis moeten hebben van vijf jaar schoolfrans en wat toeristengebabbel tijdens zomervakanties in Frankrijk.

Ineens scheen Hassan zich zijn bestaan te herinneren. De lach verdween van zijn gezicht. 'Het is in orde. Hij heeft een broer die gediplomeerd gids is en ons morgen voor honderd dirham graag zal rondleiden.'

'Kan die broer ons naar het adres brengen dat we zoeken?'

'We willen ook naar een winkel in reukstoffen en geneeskrachtige kruiden, in de Derb Chami,' legde Hassan uit, nu in het Frans.

'Dat zal niet moeilijk zijn. Weet u...' De jongen wendde zich nu rechtstreeks tot Saïd alsof diens wantrouwen zich als een halo rond zijn hoofd manifesteerde. '...mijn broer is heel anders dan ik. Hij is geleerd, hij spreekt vele talen, hij weet alles van de geschiedenis. Het zal hem een voorrecht zijn jullie rond te leiden. Willen jullie morgen voor vierhonderd dirham in een Mercedes of voor honderd in zijn eigen auto vervoerd worden? Een tamelijk aftandse Renault, dat moet ik erbij zeggen, niet wat je noemt comfortabel.'

'Een aftandse Renault is prima,' zei Saïd nors.

Nadat ze elkaar uitvoerig de hand hadden geschud om de afspraak te beklinken, liet de jongen hen eindelijk alleen. Ze brachten hun reistassen naar de hotelkamer en liepen het restaurant in. Sinds het ontbijt voor zonsopgang hadden ze niets meer gegeten of gedronken en het was al weer donker. Ze bestelden alles wat hun op de kaart aantrekkelijk voorkwam. Saïd had besloten solidair te zijn met Hassan, want de ramadan was nog niet ten einde. Al golden er in de islam voor reizigers verzachtende omstandigheden en vertoonde Hassans devotie hier en daar barstjes, wat het vasten betrof hield hij zich aan de voorschriften. Saïd kreeg de indruk dat het meer uit gewoonte was dan uit overtuiging. Een van die barstjes betrof zijn twee pakjes Gauloises per dag. Veertienhonderd jaar oude voorschriften konden blijkbaar niet op tegen de verleiding van de nicotine. Saïd vond het jammer dat zijn vriend inconsequent was. Het idee van de ramadan – het zuiveren van de geest en het oefenen in zelfbeheersing – sprak hem zelf erg aan. Het sloot volmaakt aan bij zijn voornemen om zichzelf te herscheppen en afstand te nemen van zijn verleden in Nederland. Daar deed iedereen waar hij zin in had, maar het resultaat was niet wat je ervan zou verwachten: meer geluk voor iedereen.

Aan een lange tafel begonnen de Fransen aan hun obligate

drie gangen. Toen hij zijn reisgids bestudeerde, gewetensvol alsof het een bijbel was, was Saïd in het hoofdstuk 'Geschiedenis en volkenkunde van Marokko' een alinea tegengekomen over de periode waarin het land een Franse kolonie was geweest. Hoewel de Fransen bekendstonden om hun trots op de eigen taal en cultuur, bleken ze er niet voor te zijn teruggedeinsd die van de veroverde volkeren te vernietigen. Bovendien werden ze verantwoordelijk gehouden voor de economische achterstand van Marokko. Toen ze na de onafhankelijkheidsoorlog hun handen van de kolonie af trokken, hadden ze een failliete boedel achtergelaten. Dat was een eyeopener voor Saïd. Zijn vroegere bewondering voor de Fransen had plaatsgemaakt voor een gevoel van wrok. Nu zaten ze hier en laadden hun borden vol en vulden de zaal met hun opgewonden gekwetter. Waarom? Kwamen ze in colonnes bewonderen wat ze tijdens bijna vijftig jaar overheersing niet hadden kunnen uitwissen?

Als afronding van de maaltijd werd zoete muntthee geserveerd. Hassan stak een sigaret op.

'Waarom rook je eigenlijk overdag?' Saïd deed zijn best om achteloos te klinken.

Hassan haalde zijn schouders op. 'Toen Allah via Mohammed de ramadan introduceerde was tabak nog niet bekend,' grijnsde hij. 'Hoe kon Hij het dan verbieden?'

'Maar Hij bedoelde toch genotmiddelen in het algemeen?'

'Als Hij geweten had dat er in de verre toekomst sigaretten zouden bestaan, dan had Hij ze vast niet opgenomen in de regels voor het vasten. Sigaretten verdrijven het hongergevoel. Als zodanig helpen ze je bij het vasten, opdat je een betere moslim kunt worden! Hoe zou Hij daartegen kunnen zijn?' Hassan keek hem plaagziek aan. 'Trouwens, wat kan het je schelen?'

'Ergens word ik er treurig van als ik je overdag zie roken,

dat mag je best weten. Al een tijdje lees ik af en toe een stukje in de Koran, op een willekeurige pagina. Het is toch een uniek gegeven, denk je dan, dat er veertien eeuwen geleden goddelijke leefregels naar de aarde zijn gezonden? Denk eens aan alle moeite die het Mohammed gekost heeft om de boodschap van Allah te begrijpen en in pure vorm door te geven aan de mensheid. Het schijnt dat hij tijdens de openbaringen in katzwijm viel en dat zijn gezicht kletsnat was van het zweet. Daaruit blijkt dat het onmenselijk zwaar was om een gezant van Allah te zijn, om de mensen te behoeden voor verloedering. En jij bedenkt smoesjes om eronderuit te komen!'

Hassan lachte geamuseerd. 'Rook is geen voedsel. Het gaat rechtstreeks naar de longen. Wie garandeert dat Mohammed zelf, als hij nu geleefd had, niet een stevige kettingroker zou zijn geweest?'

'Dat klinkt behoorlijk blasfemisch, weet je dat?'

'Maak je geen zorgen over mijn zielenheil, dat doe ik zelf ook niet. Het roken tijdens de ramadan is wel de minste van mijn zonden.'

Saïd zweeg. Wat die andere zonden waren wilde hij niet weten, hoewel Hassan hem duidelijk zat uit te dagen om het te vragen. Hij besefte dat er nog heel wat uurtjes islamstudie nodig waren om zijn vriend ervan te kunnen overtuigen dat hij zich op een hellend vlak bevond. Saïd staarde naar het vertrouwde gezicht tegenover hem, dat weinig veranderd was sinds de tijd dat ze bijna dagelijks met elkaar optrokken. Ze waren uit elkaar gegroeid, de laatste jaren. Nippend aan zijn vergulde theeglas dacht hij na over hun vriendschap. Misschien was het zo dat je, als je jong was, in je verbeelding een soort mal maakte, die de contouren had van de ideale vriend. Dan ontmoette je een jongen die erin leek te passen. Jarenlang leefde je in de waan dat er niets veranderde, maar op een dag merkte je tot je schrik dat hij eruit gegroeid was. Misschien had hij er zelfs nooit in gepast en was het beeld van de betrouwbare vriend, die volledig aan je ideaalbeeld voldeed, louter een vorm van wishful thinking geweest. Aan die laatste mogelijkheid wilde Saïd niet denken. Het zou betekenen dat hij de geschiedenis die ze samen hadden helemaal moest herzien.

'Wat een kabaal,' hij wees met zijn hoofd in de richting van de Fransen. Die leken allemaal door elkaar heen te praten. Hij vroeg zich af wanneer ze de tijd vonden een hap in hun mond te steken. Wat hadden ze elkaar te vertellen? Eén ding was zeker. Het ging niet over vermoorde Berbers of de met bloed bevlekte handen van hun vreemdelingenlegioen.

Hun eerste dag in Marokko liep ten einde. Ze lagen juist in bed, toen geschreeuw vanuit de straat achter het hotel hen naar het raam lokte. In boxershorts, keken ze broederlijk de nacht van de Ville Nouvelle in. De maansikkel stond schuin boven de minaret van een buurtmoskee. Tegen een van de muren leunen enkele bouwvallige huizen, omgeven door een kaal stuk land dat met enige fantasie een plein genoemd kon worden. Straatverlichting ontbrak.

Twee mannen waren in een handgemeen verwikkeld. Een van hen wilde met alle geweld een deur binnengaan die op een kier stond, en de ander probeerde het hem te beletten. Derden mengden zich schreeuwend in de worsteling. Daar klonk het geluid van een scheurende djellaba, een kalotje viel op de grond. De gedwarsboomde man jammerde zijn frustratie eruit. Zijn overslaande stem leek via de muren en het dak van de moskee op te stijgen naar de maan, alsof hij een beroep deed op het zielloze hemellichaam. Toen kwam er een oude man naar buiten. Er klonken sussende stemmen. Gezamenlijk slaagden ze erin de opstandige figuur door een andere deuropening naar binnen te duwen en de deur met een klap achter hem dicht te gooien. Daarna werd het nadrukkelijk stil en lag het plein, in tweeën gedeeld door de schaduw van de minaret, er verlaten bij.

'Eind goed, al goed,' zei Hassan laconiek.

Ze kropen terug in hun bedden, zonder verder een woord over de gebeurtenis te wisselen. Saïd lag nog lang wakker, geobsedeerd door het beeld van de man in zijn wanhopige poging om het huis binnen te gaan. Zou hij zelf worden binnengelaten als het zover was?

2 We verkopen hier geen vaders

Het was te laat voor Hassan om te ontbijten; het daglicht verbood het onbarmhartig. Dus ontbeet Saïd ook niet en begaven ze zich regelrecht van hun hotelkamer naar de hal. Daar zaten twee mannen geduldig op hen te wachten. De man die hun gids zou zijn, stelde zich voor als Ibrahim en bleek inderdaad in alles het tegendeel van zijn broer. Hij droeg een beige gestreepte djellaba, waarop een officieel insigne was gespeld, en hij had een zorgvuldig geknipt baardje. Daar zou hij die dag vele malen overheen strijken terwijl hij bedachtzaam over zijn bril heen keek. De ingetogen waardigheid, die veel korangeleerdheid suggereerde, bracht Saïd ertoe te vragen: 'Zijn jullie echt broers?'

De ander droeg opnieuw zijn spijkerpak. Of nog steeds. Misschien hield hij het 's nachts aan om zichzelf de moeite te besparen zijn ledematen 's morgens opnieuw in de smalle mouwen en pijpen te wringen.

'Verschillende moeders, monsieur,' zei hij, 'maar dezelfde vader.'

Ibrahim knikte instemmend, zonder er iets aan toe te voegen.

Waren er nog harems? Saïd had gehoord dat de koning een ontmoedigingsbeleid voerde en het goede voorbeeld gaf door zelf met slechts één gemalin te leven. Of was het idee dat ze broers waren alleen maar een truc om toeristen vertrouwen in te boezemen en gaf Ibrahim het spijkerpak commissie voor het aanbrengen van een klant? De dag was nog maar net begonnen en Saïd zag zich al geplaatst voor twee vragen. Als je de kwestie of het spijkerpak 's nachts uitging meerekende drie.

Alsof hij bang was nog meer lastige vragen te moeten beantwoorden ging de jongen er haastig vandoor, waarna ze gedrieën in een Renault stapten die in Nederland al lang op de schroothoop beland zou zijn. Onderweg draaide de gids op matte toon een van buiten geleerde les af. Over de stichting van Fès door sultan Idriss, over latere bezettingen door Almoraviden, Meriniden en Alaouïten – stuk voor stuk namen als zeldzame bolgewassen. Over bloeitijd, verval en decadentie. Saïd luisterde maar met een half oor. Hij keek liever.

Ergens buiten de dikke muren die de medina omsloten, zette Ibrahim zijn voertuig in een stenige berm. Ze stapten uit. Van achter een muurtje stegen zwarte rookwolken op, alsof er rubber verbrand werd. De gids beduidde kortaf dat ze hem moesten volgen. Even later liepen ze een loods binnen, waar tegels en mozaïek gemaakt werden. Nu Saïd zo dicht bij zijn doel was, viel het hem moeilijk zich met beleefd geduld te voegen in het volledige programma van honderd dirham. Het vergde heel wat van zijn zelfbeheersing om in dit stadium nog omwegen te maken en ergens belangstelling voor te veinzen.

Mannen en jongens zaten op een betonnen vloer in groepjes te werken. Alleen de oudsten hadden een krukje om op te zitten. Het was er opvallend stil, alsof ze een collectief spreekverbod hadden. Er klonken geen arbeidsvitaminen uit draagbare radio's.

'Ieder heeft hier zijn eigen specialisme,' legde Ibrahim uit. 'Meestal gaat het vak over van vader op zoon, of worden er jongens in de leer gedaan.'

Een man met een melancholieke blik demonstreerde op verzoek hoe hij, door vakkundig de hoeken van een vierkant mozaïektegeltje te hakken, een achtpuntig sterretje overhield. Hij gaf het aan Hassan, die eerbiedig naast hem geknield zat.

Je hele leven sterretjes toveren uit een vierkant, dacht Saïd, een meerwaarde creëren door ergens iets af te halen, zonder ooit te twijfelen of je misschien voor iets anders in de wieg gelegd was... In zijn geest heerste een klamme windstilte, als voor een onweer. Het was of hij traag bewoog in een droom waarin hij tot passiviteit gedoemd was en tot een diffuus afwachten van de dingen die komen gingen. Gedwee volgde hij in het kielzog van de gids het hele productieproces. Van klei via bak- en glazuuroven tot het in vorm beitelen van de tegels waar Marokko beroemd om was. En al die tijd was het ware doel van de tocht enkele honderden meters van hem verwijderd. Tussen hem en de vervulling van zijn verlangen liep alleen een babbelende djellaba in de weg, omgeven door miljoenen geglazuurde sterretjes.

Het einde van de rondgang was een fuik. Een als tentoonstellingsruimte vermomde winkel waar de eindproducten te koop waren. Met mozaïek ingelegde tafels, tableaus, fonteinen. Vloertegels in alle soorten en maten.

Een verkoper schoot op Saïd af. 'Wees welkom, monsieur, waar komt u vandaan?'

'Pays-Bas,' zei Saïd overrompeld.

'Wat vindt u van deze fontein?'

'Mooi.'

'En van deze tafel?'

'Ook mooi.'

'We kunnen hem voor u naar Nederland verschepen.'

'Ik ben nog maar net in Marokko,' wierp Saïd zwakjes tegen. 'Wat moet ik met een tafel of een fontein?'

'We bezorgen hem pas na de reis, wanneer u weer thuis bent, monsieur.'

De gids keek kalm toe. 'We hebben alle tijd,' zei hij met nadruk. 'U kunt er rustig over nadenken. U kunt nu betalen, met een cheque of met Visa, maar ook bij aflevering bij u thuis.'

'Ik heb geen thuis,' zei Saïd stuurs.

Hassan zei iets in het Marokkaans tegen de verkoper, waarop iedereen lachend naar Saïd keek. Wat was er gezegd? Waarom werd er op Hassan geen druk uitgeoefend om fonteinen of tafels te bestellen?

Er kwam een oud echtpaar binnen. Abrupt verplaatste de verkoper zijn aandacht naar de interessantere prooi. Saïd begon naar de uitgang te lopen, voortgedreven door achterdocht en een haast onhoudbaar ongeduld. Hij besefte dat beide eigenschappen, die hij moeilijk kon maskeren, hem bestempelden tot iets wat hij juist niet wilde zijn: een buitenstaander.

Toen ze via de boogvormige stadspoort de medina binnengingen, had hij het voorval al van zich afgezet en kwam er een montere spanning over hem. Hoewel zijn blonde hoofd boven het gewemel van mensen uitstak, besteedde niemand aandacht aan hem – op de kooplieden na, die probeerden zijn blik te vangen en hem door middel van Spaanse of Franse aansporingen in hun kraam wilden lokken. In het begin had hij het gevoel te verdrinken in de overvloed aan visuele prikkels, maar algauw raakten zijn ogen gewend aan de caleidoscopische bedrijvigheid. Elke stap in het netwerk van steegjes die ogenschijnlijk zonder enige logica in elkaar overliepen, bracht hem dichter bij degene die hij zocht. Niet alleen fysiek, maar ook in de geest, want dit was de wereld die deze gekend had voordat hij naar Nederland kwam en waarnaar hij was teruggekeerd. Er was iets van hem aanwezig in al die tapijten, muilen, sieraden, djellaba's, koperen ketels en waterpijpen. In de wirwar van uitgestalde koopwaren die zijn blik hadden opgevangen en vastgehouden, telkens wanneer hij passeerde. Ook de verkopers hadden hem gezien. Misschien hadden ze zelfs thee met hem gedronken of hadden ze hem op zijn *ud* horen spelen, die in de Arabische wereld de 'koning der instrumenten' werd genoemd. Sympathie stroomde in golven door Saïd heen, voor alle mensen en voorwerpen binnen de twaalfhonderd jaar oude stadsmuren.

De gids liep een stuk voor hen uit, met zijn handen op de rug. Evenals zijn al of niet denkbeeldige broer keek hij weinig om. Speculeerde hij op hun angst om te verdwalen of was hij zijn frustratie om een niet-bestelde fontein aan het verwerken? Op een kruispunt bleef hij staan, vlak voor een kraam waar strengen geverfde wol te koop waren. In een baan stoffig zonlicht gloeiden de rode en oranje wol alsof ze in brand stonden. 'De bewoners van de medina, oorspronkelijk een mengsel van Berbers en Arabieren, Joden en christenen, worden *Fassis* genoemd,' zei hij plechtstatig. 'Sinds het allereerste begin beschouwen ze zichzelf als onafhankelijk van de rest van Marokko.' Fier streek hij over zijn baardje. 'Dit betekent dat er sinds oude tijden binnen de muren geen belasting wordt afgedragen en dat de kinderen niet naar school hoeven.'

Saïd keek hem sceptisch aan. Zouden ze werkelijk nog steeds geen belasting betalen? Zou er in de tijd dat Marokko een Frans protectoraat was geen korte metten zijn gemaakt met deze traditie? De gids zag er niet uit als een man die tegengesproken wenste te worden. Je hoefde maar naar de afwerende, autoritaire blik achter zijn brillenglazen te kijken en de moed zonk je in de schoenen. Wie hem inhuurde voor honderd dirham, had zich gedwee te voegen in de rol van naïeve, goedgelovige toerist, die in zijn kinderlijke verlangen naar exotisme alles voor zoete koek aanneemt.

'Woont u ook in de medina?' vroeg Saïd, om toch iets te zeggen.

De gids haakte zijn blik in de quasionschuldige van Saïd en aarzelde net iets te lang voordat hij antwoordde. Hij was er geboren, zei hij, maar woonde nu met zijn vrouw en twee zoontjes in een dorp in de heuvels. 'Dans la nature...' voegde hij eraan toe, alsof dit zijn afvalligheid afdoende verklaarde.

'In Nederland wonen ook veel Marokkanen,' zei Saïd. De opmerking had niets te maken met het voorgaande, maar hij voelde de noodzaak haar te maken.

'Dat zijn geen Marokkanen,' zei Ibrahim misprijzend. 'Zij weten niet hoe wij hier leven.'

Toe maar, de Nederlandse Marokkanen worden in één zin van de tafel geveegd, dacht Saïd.

Ze liepen een straatje in waar wol geverfd werd. Magere mannen met bleke gezichten en jongens die 'niet naar school hoefden' liepen op teenslippers over de kinderhoofdjes, waar een inktzwarte vloeistof tussendoor sijpelde. Ibrahim versnelde zijn pas alsof hij bang was zijn djellaba te bevuilen. Hij gunde zijn cliënten nauwelijks de tijd om zich heen te kijken. Saïd keek om naar Hassan. Die liep met een pokerface achter hen aan, een gepaste afstand in acht nemend, alsof hij ontkende tot het gevolg van de gids te horen. Hij moest ook niets van Ibrahim hebben, dat was duidelijk.

Steegjes kwamen uit op andere steegjes, sommige zo nauw dat er waarschijnlijk nooit zonlicht doordrong. Het was een duizelingwekkende gedachte dat dit stratenpatroon twaalfhonderd jaar oud was. Je liep in de voetsporen van miljoenen voorgangers en miljoenen anderen zouden in die van jou lopen. Hij vond het niet fijn aan zichzelf te denken als aan een passant die in het niets zou oplossen.

Ze belandden weer tussen stalletjes met kleurrijke koopwaar. Ibrahim keerde zich om.

'We zijn er bijna,' zei hij met iets van opluchting in zijn stem.

Bij een rek djellaba's bleef Saïd staan. Nu hij het doel van de reis naderde, kreeg hij ineens behoefte aan uitstel. De kans was groot dat ze zo meteen oog in oog met elkaar zouden staan. Dan was er geen ruimte meer voor vrijblijvende fanta-sieën – een gedachte die hem onverwacht angst aanjoeg. Hij wist niet hoe het zou zijn wanneer de deuren van zijn verbeel-ding dichtgingen en hij opgesloten zat in de werkelijkheid. Zelfs als het een werkelijkheid zou zijn die zijn stoutste dro-men overtrof. Zijn hele leven had hij zich voorstellingen ge-maakt van het moment dat nu ging komen, maar zodra het aanbrak zou het afgelopen zijn met die gewoonte. Dat was een soort afscheid en hij was bang dat het pijn zou doen. Nerveus trok hij een kleerhanger met een bruin-wit gestreepte djellaba uit een rek en betastte de stof. De kust was veilig; vanuit zijn ooghoek zag hij dat de verkoper in onderhandeling was met twee mannen.

'Heel handig,' zei Hassan achter hem, 'als je plotseling de deur uit moet. Al ben je daaronder naakt, met een djellaba kun je je overal vertonen.'

Saïd hield hem met gestrekte arm voor zich uit.

'En sexy,' fluisterde Hassan in zijn oor.

Het beviel Saïd dat er een capuchon aan zat, waarmee je je als een parkeerwacht of een middeleeuwse monnik uit *De naam van de roos* onzichtbaar kon maken.

De gids kwam erbij staan met een glans van hoop in zijn ogen.

'Ik zou best eens zo'n ding willen dragen,' mompelde Saïd.

'Het zou zeer op prijs gesteld worden, monsieur, als u onze gewoontes zou overnemen.'

'Denkt u niet dat ik eruit zou zien als een Hollander die zich als Marokkaan verkleed heeft?'

Hierop had Ibrahim zo gauw geen antwoord. De vraag pas-te niet in een bestaande categorie. Saïd hing het kledingstuk terug. Maar de gids liet de hoop op een commissie nog niet varen. Nog geen minuut later loodste hij hen door een he-melsblauwe poort een antiek gebouw binnen. Saïd was in de veronderstelling dat hij zijn bestemming bereikt had, en voelde zijn maag krimpen. Ze betraden een immens hoge, overdekte hal. Er waren verschillende verdiepingen omheen gebouwd. Overal hingen en lagen tapijten: op de met mozaïek ingelegde vloeren, aan de muren, over de houten balustrades van de etages. Het was een groot eerbetoon aan het fenomeen van het tapijt, in een ruimte die veel weg had van een oud paleis. Die indruk werd nog versterkt door een reusachtig fotoportret van de regerende vorst, dat aan een muur boven de trap hing. Hij lachte. Later zou blijken dat dit uitzonderlijk was, want op de ontelbare foto's die ze tijdens hun reis nog te zien zouden krijgen keek Mohammed de Zesde altijd triest, ja zelfs schrikachtig. Toch hoorde de tijd waarin concurrerende troonpretendenten en vorsten elkaar uit de weg lieten ruimen, definitief tot het roemruchte verleden.

De gids wees met een gul gebaar om zich heen. 'Al deze tapijten zijn gemaakt door weduwes en gescheiden vrouwen die zich verenigd hebben in een coöperatie. De mannen die u hier ziet, zijn door hen aangesteld om de tapijten te verkopen, want zelf leven ze binnen de muren van hun huizen...'

'Dat is maar goed ook,' liet Saïd zich in zijn moedertaal ontvallen, 'anders zouden ze toch maar kattenkwaad uithalen.' Hij was zo zenuwachtig dat het gewoon niet meer te harden was. Daarnet had hij nog verlangd naar uitstel, nu kon hij geen enkel uitstel meer verdragen.

'Sssjjttt...' Hassan legde een vinger op zijn lippen.

De gids, die gelukkig geen Nederlands verstond, wachtte even om zijn woorden meer gewicht te geven. 'Onze vrouwen komen namelijk niet buiten.'

Saïd besefte dat hij weer in de val zat. Er was een nieuw offensief te verwachten. Het zweet brak hem uit.

'U zou deze vrouwen een groot plezier doen door een tapijt uit te kiezen.' Listig spiegelde Ibrahim een eventuele aankoop voor als een vorm van sociaal werk. 'Zij moeten er namelijk van leven.'

Iemand nam Saïd bij de arm en duwde hem op een met kussens beklede, lage bank tegen de muur. Voordat het tot hem doordrong wat er gebeurde, goot een tweede man een goudkleurige straal muntthee in een rijkelijk met verguldsel versierd glas. Met een verzoenende glimlach reikte hij het Saïd aan.

'Welk tapijt zou uw vrouw of verloofde het mooist vinden, monsieur?' vroeg een derde.

Het ene na het andere tapijt werd met tantaliserende kalmte op de vloer uitgespreid. Saïd brandde zijn tong aan de dampende thee. Middelpuntvliedende patronen dansten voor zijn ogen als in een kwaadaardige fantasmagorie. De kleur van bloed leek in de kleden te overheersen. Wat ging er om in de geest van de vrouwen die verantwoordelijk waren voor deze duivelse geometrie, waarvan het potentieel aan vormen onuitputtelijk leek?

'Of houdt ze meer van blauw, monsieur?'

Saïd schudde zijn hoofd. Hoe kon hij weten of zijn denkbeeldige verloofde van blauw of van rood hield?

'U houdt toch wel genoeg van haar?'

Saïd had nog net genoeg tegenwoordigheid van geest om op tijd te knikken. Verderop stond Hassan met gekrulde mondhoeken het tafereel gade te slaan. Waarom grijpt hij niet in, dacht Saïd wanhopig, waarom staat hij daar te grijnzen? Met een simpele maai van zijn arm had Saïd zich kunnen bevrijden uit zijn denkbeeldige kooi, maar als gewoonlijk was hij bang voor zijn eigen kracht en voor de schade die hij ermee kon aanrichten. Hoe kon hij dan een eind maken aan de druk in zijn hoofd? Door de krampachtige zelfbeheersing dreigden zijn woede en het gevoel van vernedering te imploderen. Daar zat hij, groot en sterk maar machteloos, in de geborduurde kussens zonder dat hij de agressie van de handelaar met agressie kon beantwoorden. Hij moest iets doen. Tegenover deze toestand van gedwongen passiviteit, die alle schijn had van een complot om zijn wil te breken, moest hij een daad stellen.

'Monsieur...' Hij schraapte zijn keel en keek de handelaar die hem in de kussens had doen belanden recht in de ogen. 'Monsieur, ik ben niet naar Fès gekomen om een tapijt te kopen.'

De ander trok zijn wenkbrauwen op in een ironisch boogje.

'Monsieur wil geen tapijt?' Het klonk als een beschuldiging.

'Non, monsieur. Ik zoek geen tapijt, ik zoek mijn vader.'

Als een dirigent hief de verkoper zijn handen bezwerend op in de richting van zijn assistent, die maar doorging liefdevol tapijten op de vloer neer te vlijen. Terwijl een protserig Rolexhorloge onder de mouw van zijn elegante djellaba vandaan kwam, riep de verkoper op gebiedende toon iets wat Saïd niet verstond.

'Pas de tapis?' vroeg de ander verbaasd, een half uitgerold kleed in zijn handen.

'Pas de tapis,' bevestigde de man die de regie had, met een spottende ondertoon in zijn stem. Hij wendde zich weer tot Saïd en zei alsof hij tegen een kind sprak: 'Hélas, monsieur, wij verkopen hier uitsluitend tapijten. Geen vaders.'

Saïd kwam overeind uit de kussens en zette zijn halflege glas op een koperen tafelblad. Behoedzaam om de uitgestalde tapijten heen laverend begaf hij zich in de richting van de gids. Die streek verontrust over zijn baard. Hier heeft hij niet van terug, dacht Saïd. Zijn verwachtingspatroon – rat in de val – is aardig verstoord. De daad is heilig, voegde hij er in stilte aan toe zonder zich te herinneren of hij het ergens gelezen had of dat hij het ter plekke verzon. Wijdbeens ging hij voor Ibrahim staan. Hij trok zijn portemonnee uit zijn broekzak, haalde er twee biljetten van honderd dirham uit en drukte ze hem in de hand.

'En nu rechtstreeks naar Derb Chami,' zei hij, 'zonder omwegen.'

De gids knikte verbouwereerd. Hij minacht me, maar wil wel aan me verdienen, zei Saïd bij zichzelf. Wat had hij ook al weer in de Koran gelezen? De ene mens mag niet over de andere oordelen, want dat is alleen aan Allah voorbehouden. Ik oordeel niet, verdedigde Saïd zich in stilte, maar hij tart me wel tot het uiterste.

'Je moet erbij geweest zijn om het te kunnen begrijpen,' zuchtte zijn moeder.

Hoe had hij er nou bij kunnen zijn! Hij bestond nog niet eens, behalve in de onafwendbaarheid van het lot. Ze staarde afwezig naar haar nagels, of wat daarvoor door moest gaan. Bij andere vrouwen waren die de bekroning van hun vingers, regelmatig geknipt en gevijld, al of niet gelakt in een modieuze kleur. Hij had nagels als roze garnaaltjes gezien en nagels als donkerrode klauwtjes. Hij hield meer van de garnaaltjes, maar als het nodig was geweest had hij ook de klauwtjes aangekund. Alles was beter dan afgekloven stompjes. Zijn moeder had haar nagels zo kort afgebeten dat het niet anders kon of ze nam af en toe een flard van de eronder liggende huid mee. Het leek of ze zichzelf langzaam opat en bij de makkelijk bereikbare uiteinden van haar lichaam was begonnen.

'De mensen legden hun vork en mes neer om met hun hele lichaam te kunnen luisteren. Sommigen wiegden met gesloten ogen heen en weer, anderen staarden naar hem in trance. Hij speelde en zong het ene na het andere lied in die krankzinnige taal van hem. Hij keek over onze hoofden heen alsof we niet bestonden, terwijl zijn vingers over de snaren van de *ud* gleden. Voor ons een raar instrument, met die bolle rug en die knik in de hals. De gekke naam was ook even wennen, omdat je "óét" zegt, maar "ud" moet schrijven. Er schijnen vier soorten hout in te zijn verwerkt, en er is een legende die zegt dat de *ud* zijn bijzondere klank te danken heeft aan de vogels die op de takken hebben zitten zingen. En weet je, je ging erin geloven, echt waar. Naast Youssef zat een grote Nigeriaan met een witte tulband te trommelen. Het was een wonder wat er gebeurde, en het duurde zo lang als hij speelde. Er waren mensen die steeds weer terugkwamen, alleen voor hem. Vaste aanbidders. Voor de eigenaar van het restaurant waren het gouden tijden.'

Ze bracht een middelvinger naar haar mond en probeerde met haar tanden grip te krijgen op een armzalig restje nagelrand.

'Niet doen,' zei Saïd zacht.

Schuldbewust liet ze de hand in haar schoot vallen.

'Om het genot van het muziek maken nog een extra dimensie te geven werd er natuurlijk flink geblowd. Youssef was een virtuoze muzikant, maar een armoedzaaier. Hij had nooit een cent op zak. Hij gaf niets om geld, maar zijn *mottoui* was altijd gevuld met een goeie kwaliteit kif. Dus zodoende...'

Waar dat 'zodoende' op sloeg, daarnaar kon Saïd alleen maar gissen. In ieder geval had zijn toekomstige vader die goede kwaliteit broederlijk met zijn toekomstige moeder gedeeld. Denkend aan deze hem onbekende geliefden uit een verre prenatale tijd, kwam bij hem altijd dezelfde vraag op: wat zou hij zelf doen wanneer hij een kind had verwekt in een land waarvan de cultuur en de mensen hem vreemd waren? In een land waar hij misschien niet eens wilde blijven. Hij zou maken dat hij wegkwam, was zijn eerste spontane gedachte. Op dit punt viel hij zichzelf pijnlijk tegen. Want hij had zijn hele leven verlangd naar een vader die er niet vandoor zou zijn gegaan, en naar een geschikte man voor zijn moeder. En wie kwam er in principe meer in aanmerking om die dubbele rol te vervullen dan zijn eigen vader? De essentie van zijn bestaan leek om dit punt te draaien. Een onoplosbaar dilemma, diep in hem aanwezig als een holenbeer die zich af en toe grommend omdraait om op een andere zij verder te slapen. In tegenstelling tot de meeste mensen, die uit één stuk bestonden, scheen hij zelf uit een verzameling tegenstrijdige elementen te zijn opgebouwd. Joost mocht weten welke wonderlijke cohesie ze bij elkaar hield.

In elk geval was hij niet geboren uit de roesverwekkende klanken van een *ud*, zoals zijn moeder hem wilde doen geloven. Als kind van zijn ouders was hij, net als iedereen, gewoon de erfgenaam van hun genen. Terwijl de jeugdige geliefden achteloos hun joint deelden, gaven ze karaktereigenschappen aan hem door van ontelbare voorouders. Voorouders van wie de schimmen vervaagden aan de horizon van grazige polders en van woestijnen die in de hitte lagen te trillen.

Saïd had niet verwacht dat hij in een onemanshow voor toeristen terecht zou komen. Ze zaten opeengedrongen op een smal bankje in een claustrofobisch kleine, volgestouwde winkel. Geamuseerd sloegen ze de capriolen van een korte, gezette man achter de toonbank gade. De muur achter hem was een passend decor vol foto's van beroemde afnemers en van krantenartikelen die zijn lof zongen. Hij hield een gloedvol betoog, professioneel gelardeerd met humoristische overdrijving, over de wonderbaarlijke werking van kruiden, aarde, boomschors en theesoorten. Zelfs in hopeloze gevallen konden ze de vruchtbaarheid herstellen, andere waren beproefde afrodisiaca (werp de viagra maar in de prullenbak, monsieur) of genazen astma en epilepsie. Op verzoek kon hij zelfs een mengsel maken dat het boze oog ontkrachtte.

Saïd verstijfde. In dit benauwde, raamloze hol kwamen alle

lijnen van zijn hoop en verlangen samen. Duizenden malen had hij de eerste ontmoeting in zijn verbeelding beleefd, haar telkens modellerend naar zijn eigen wisselende behoeftes. Maar deze kale man met zijn bolle gezicht waarin een verkopersglimlach gegroefd was, kon het onmogelijk zijn. Hij beantwoordde in geen enkel opzicht aan de beschrijving van zijn moeder of aan de foto van zijn vader en haar op een terras aan het Rembrandtplein. Verleid door het amusement lieten de toeristen zakjes vullen met gedroogde blaadjes, rode poederaarde en gestampte slangenhuid. Die zouden onder de Duitse en Franse hemel waarschijnlijk op slag hun werking verliezen. Nadat ze vertrokken waren, maakte de handelaar zich op om zijn conference voor de nieuwe klanten te herhalen, maar Saïd was hem voor.

'Monsieur, s'il vous plait... Wij zijn op zoek naar Youssef Arhoun.'

Hij staarde Saïd met openvallende mond aan. Het leek of er vele minuten nodig waren voordat het tot hem doordrong dat er iets anders gevraagd werd dan een half ons geneeskrachtige kruiden.

'Youssef Arhoun?' herhaalde hij. De glimlach verstarde.

Saïd knikte. Even sloeg de angst toe dat het hem toch zou zijn. Tweeëntwintig jaren konden veel schade aanrichten. Hassan, die zich op de achtergrond had gehouden, kwam naar voren en voegde er iets in het Marokkaans aan toe. Opnieuw bekroop Saïd het gevoel dat er iets buiten hem om bedisseld werd. Dat was onredelijk en kinderachtig, besefte hij, maar hij wist ook dat het gevoel soms net een rondhuppelend kind is dat bruist van energie, en dat pogingen om het tot de orde te roepen maar al te vaak falen. Het gevolg van Hassans tussenkomst was dat de kruidenhandelaar zich welwillend tot Saïd wendde.

'Youssef is jaren geleden vertrokken. Hélas...'

'Jaren geleden? Waarom?'

De kleine man haalde zijn schouders op. 'Ik heb het nooit begrepen. Rusteloosheid? Ik wist niet beter of hij had het hier naar zijn zin. Een mens moet toch ergens werken en wonen? De ene plek is niet beter of slechter dan de andere. 's Avonds trad hij op in restaurant Al Ismaili, en enkele dagen per week verving hij mij hier in de winkel. Ik moet er regelmatig op uit om de voorraad aan te vullen en de kwaliteit te keuren. Ik heb klanten in de hele wereld, monsieur.'

Hij draaide zich om en wees op de guitige boerenkop van Bill Clinton. Die keek goedgemutst terug, alsof hij bij voorbaat overal mee instemde.

'Ik moet zorgdragen voor een constant hoge kwaliteit. Daarom reis ik naar de kwekers om ter plekke te zien of de planten misschien zijn aangetast door schimmels of insecten. Of door ziektes. Ik moet ook controleren of ik niet bedrogen word. U zult het niet geloven, maar sommige leveranciers van specerijen zijn uiterst gewiekst in imitatie. Weet u hoe ik check of ik echte saffraan gekocht heb?'

Sprakeloos schudde Saïd zijn hoofd. Hij durfde niet op te biechten dat hij niet eens wist wat saffraan was.

De man boog zich over de toonbank en zei op samenzweerderige toon: 'U legt een stukje wit papier op tafel. Daarop schudt u een beetje saffraanpoeder. Dan laat u er enkele druppels bronwater op vallen.'

Hij pauzeerde veelzeggend, zijn ogen half geloken.

'De wereld is vol bedrog, monsieur. U wilt mij misschien niet geloven, u bent nog jong. Neem dit van mij aan: het is zaak wakker te blijven. Eigenlijk moet u nooit iets anders verwachten dan bedrog. Stuit u per ongeluk op een eerlijk mens, dan dankt u Allah dat Hij ervoor heeft gezorgd zo iemand op uw pad te brengen. Om u eraan te herinneren dat er nog zoiets als eerlijkheid bestaat, in zuivere vorm. Zoals er ook zuivere saffraan bestaat. Pas op: als het witte papier snel geel wordt, is er sprake van namaak. Ze hebben methodes om saffraan te maken van oud krantenpapier. Alleen als het witte papier heel langzaam geel wordt, hebt u te maken met pure kwaliteit, waar niet mee geknoeid is. Dit is mijn geheime tip aan u. Doe er uw voordeel mee.'

'Waar is hij naartoe gegaan, Youssef Arhoun?' waagde Saïd te vragen met een zachte, dwingende stem.

De ander tuitte peinzend zijn lippen. 'Ifrane. De frisse berglucht in. Het was zijn plan te gaan optreden voor Franse toeristen, herinner ik me, in de chique hotels daar. Vous savez, Ifrane est très joli en aangenaam koel in de zomer.'

Saïds hoofd tolde. De kleurige potten en flessen op schappen langs de muren begonnen, inclusief hun etiketten met Arabische letters, te draaien voor zijn ogen. Het was of hij in een draaimolen zat en de buitenwereld steeds onbegrijpelijker vormen aannam. Wanneer de molen tot stilstand kwam en hij uitstapte zou alles onherkenbaar veranderd zijn en hij in die veranderde wereld een vreemde. Fès niet het eindpunt? Fès het begin van een nieuwe zoektocht? Moest hij het beeld van een spoedige hereniging afbreken en steen voor steen opnieuw opbouwen? Eén ding was zeker, hij kon geen seconde langer met de laconieke kruidenhandelaar in één ruimte blijven.

'Als ik saffraan nodig heb, kom ik bij u,' beloofde hij duizelig. Hij draaide zich om. De gids, die bij de deur was blijven staan, deed een stapje opzij om hem door te laten.

'Ah, monsieur, zo kan ik u toch niet laten gaan!' riep de man achter de toonbank verontwaardigd. 'Laat ik eens zien wat ik voor u heb. Bent u verliefd? Misschien wil mademoiselle niets van u weten? Vrouwen zijn zo capricieus, de ene dag kussen ze de grond waarop je loopt, de volgende dag willen ze niets meer van je weten. Daar heb ik iets voor, weet u, *très efficace*, honderd procent succes. Een liefdesdrank die zijn weerga niet kent.'

'Doet u geen moeite,' zei Hassan haastig. 'Monsieur heeft eerder een krachtig antidotum nodig. Een literfles vol, voor alle mademoiselles die hij zich van het lijf moet houden. U moet bij mij zijn. Ik wil wel iets tegen het boze oog.'

'U bent doortastend, monsieur. U zult zien: het effect zal niet lang op zich laten wachten.'

Saïd wachtte de transactie niet af. Hij stapte de buitenlucht in en haalde diep adem. Hij had het warm gekregen en wiste zich het zweet van zijn voorhoofd. Een vrouw met een zwarte hoofddoek passeerde, een mand vol winterpenen aan de arm. Met een verbeten gezicht trok ze een huilend jongetje achter zich aan. Hij staarde de schemerige steeg in. Over deze keien had Youssef Arhoun gelopen, op weg naar Al Ismaili, de *ud* in zijn hand. Wetend dat er in Nederland een baby in de wieg lag, die hem op een dag in een verre, wazige toekomst recht in de ogen zou kunnen kijken. Had hij die gedachte verdrongen? Had hij door de straten van Fès gelopen alsof die baby niets met hem te maken had? Bevrijd of met hangende schouders? Onverschillig of vervuld van schuldbesef? In dit ondermaanse wemelde het van de vaders; hij was er zelf een geworden zonder dat hij er erg in had. Het was een natuurlijk fenomeen, hij onderscheidde zich er niet mee van miljoenen anderen. Maar een virtuoze *ud*-speler te zijn was van een heel andere orde. Daar waren er maar weinig van. Er was een zeldzaam talent voor nodig, en eindeloos veel oefening. Voor het vaderschap kon je bedanken, maar als *ud*-speler geboren worden was een lotsbestemming. Je was het eigendom van de muziek en er was niemand die je vrij kon kopen. Saïd stelde zich voor dat zijn vader zijn geweten had lopen sussen met dit soort redeneringen. De duizeligheid zakte weg, maar het gevoel van tegenslag bleef. Het was alsof hij een grote nederlaag had geleden. Hij wist alleen niet tegenover wie en stelde zich het vervolg van zijn zoektocht voor als het geblinddoekt rondtasten in een niemandsland, zonder dat iemand hem zou kunnen zeggen of hij warm of koud was.

Achter hem ging de deur open. Hassan kwam naar buiten met een in kranten gewikkeld pakje in de hand. 'Dat was echt lachen, zeg.'

Hij schrok van Saïds strakke gezicht.

'Het bevalt me wel in Fès,' rechtvaardigde hij zich. 'Serieus. Gek eigenlijk dat we 's zomers altijd direct doorreisden naar Dbdou, zonder andere plaatsen te bezoeken.'

Opnieuw liepen ze achter Ibrahim aan. Een dag van honderd dirham moest zijn loop hebben en die werd door hem bepaald. Saïd gaf zich gewonnen. Nu de eerste schrik voorbij was nam een logge vermoeidheid bezit van hem, die in zijn hoofd begon en zich door zijn hele lichaam verspreidde. Om wakker te blijven hield hij zijn ogen strak op de kleurloze djellaba voor zich gevestigd, die duizend levens leek te herbergen waarover hij nooit iets zou weten. Eén ding was zeker: eronder school een man die niet was weggelopen voor het vaderschap. Hij had twee zonen en was in de natuur gaan wonen, opdat ze in de frisse lucht konden opgroeien en verstoppertje konden spelen tussen de bomen. Misschien ook omdat ze daar nergens in de leer hoefden en gewoon naar school konden gaan. Als er iets was wat de tocht door Fès hem ongevraagd leerde, dan was het dat alles anders bleek te zijn dan hij verwacht had. Met een doelgerichte, Hollandse manier van denken kwam je hier niet ver. Nadat ze ontelbare malen links en rechts waren afgeslagen, gaf hij zijn poging op om een logica in het labyrintische stratenpatroon te ontdekken. Het vertoonde geen enkele overeenkomst met een oude binnenstad in Europa. Hoge raamloze muren sloten de voorbijganger buiten, terwijl hij er tegelijkertijd door werd ingesloten. Het was een vreemde paradox, die hem het gevoel gaf op de een of andere manier in de val te zijn gelopen. Was zijn vader daarom uit Fès vertrokken?

Hij haalde opgelucht adem toen ze onverwacht voor de open poort van een moskee stonden. Die gaf toegang tot een betegeld plein met een fontein in het midden. Ruimte! Licht! De gelovigen hurkten er op blote voeten omheen om zich ritueel te wassen. De zon scheen op hun kleren, hun hoofddoeken en kalotjes. Hun gestaltes wierpen lange schaduwen, waaruit Saïd afleidde dat het al tamelijk laat in de middag moest zijn. Hassan trok zijn schoenen en sokken uit en begaf zich op blote voeten in de richting van de fontein. Saïd boog voorover naar zijn Nikes, maar de gids trok hem aan zijn arm terug omhoog.

'Non monsieur, c'est pas pour les touristes.'

Saïd verstarde. Zonder erbij na te denken had hij Hassan willen volgen. Het was een reflex, een acute behoefte om te ontsnappen aan de bedompte schemering en het zonlicht in te gaan. Maar dat hij solidair met Hassan mee vastte, wilde nog niet zeggen dat hij het recht had de voorhof van een moskee te betreden. De gids begon op effen toon de geschiedenis van het antieke heiligdom uit de doeken te doen, maar het lukte Saïd niet zijn aandacht erbij te houden. Hij staarde verslagen naar de verzameling schoenen bij de poort. Het was een bont allegaartje van slippers, baboesjes, mocassins, gympjes, sportschoenen en elegante muiltjes met een hakje en glittertjes op de neus. Iemand die een sociologische studie over schoeisel wilde schrijven, zou er veel uit kunnen afleiden. Over het normen-en-waardenstelsel van de gemiddelde Marokkaan en over diens dagelijkse gewoontes, bestedingspatroon en werkzaamheden. De voorkeur van de eigenaar voor juist dit schoeisel, deze kleur en vorm, dit materiaal, onthulde vast iets over zijn of haar plaats in de maatschappij.

'De Kairaouïne-moskee is het religieuze hart van Marokko,' klonk het monotoon naast hem, 'en werd halverwege de negende eeuw gebouwd. Ze heeft zestien schepen, die ieder eenentwintig gewelven tellen en van elkaar gescheiden worden door vijftien rijen zuilen met tweehonderdzeventig steunen. Er kunnen twintigduizend gelovigen tegelijk in en in de veertiende eeuw...'

Saïd begon de schoenen te tellen. Toen hij daarmee klaar was, bestudeerde hij de manier waarop ze sleten. Daaruit kon je niet alleen afleiden hoe iemand liep, de slijtage gaf ook een blik op diens intieme leven. Liep iemand veel over onverharde wegen of juist over dikke tapijten? Kwam iemand uit een kantoor, een ververij of rechtstreeks uit zijn slaapkamer? Zaten er vlekken op de schoenen? Wat voor vlekken? Wilde iemand zijn collega's imponeren of het andere geslacht behagen?

Af en toe kwam er iemand terug uit de moskee. Voeten schoven in een paar slippers of baboesjes en wandelden weg uit zijn blikveld. Er kwamen meteen nieuwe studieobjecten voor in de plaats. Pas toen de gids het hele verhaal verteld had en er geen nieuwe jaartallen meer over hem werden uitgestort, keek Saïd op. Bij de fontein vulde zijn oude schoolvriend zijn handen met water en bracht die als in een liefkozing naar zijn gezicht. Saïd voelde een scheut jaloers verlangen. Het leek hem geruststellend om deel uit te maken van een machtige traditie, die alleen al om haar taaie overlevingskracht bewondering en vrees inboezemde. Gedachteloos deel te nemen aan de rituelen van miljoenen gelovigen uit heden, verleden en toekomst. Het moest zijn alsof je op een luchtbed op de zacht kabbelende oerzee dreef, bevrijd van twijfels en ambivalenties. Wat stak zijn eigen leven daar tot nu toe schraal bij af. Het had geen andere betekenis dan die hij er zelf aan gaf. Elke dag opnieuw probeerde hij vergeefs iets gloedvols te bedenken, iets waar hij zich met volle inzet aan zou kunnen wijden. En mocht hij er ooit in slagen het te vinden, wat louter hypothetisch was, wie zou zijn prestatie dan naar waarde weten te schatten?

Na een tijdje voegde Hassan zich weer bij hen. Er was niets bijzonders aan hem te zien. Ze wandelden verder en passeerden een open gedeelte van de moskee. In een woud van pilaren zaten mannen, vrouwen en kinderen van alle leeftijden op kleden en matten te praten of uit te rusten. In het gedempte, mysterieuze licht zag het er vredig en tijdloos uit, een ontmoetingsplaats als in een droom waarin de tegenstrijdige belangen die de mensen gewoonlijk van elkaar scheidden, in damp waren opgegaan. Een oude man lag op zijn rug te slapen. Het zag eruit alsof hij ongemerkt tussen de zuilen zou kunnen sterven, tijdens zijn middagdutje opgetild en meegenomen door zijn barmhartige God.

Een paar stegen verder belandden ze tussen groentekraampjes. De schelle stem van een vrouw klonk op uit de verte. Toen ze dichterbij kwamen, zagen ze een gebalde vuist, die boven een deinende kluwen mensen uitstak. Dankzij zijn lengte kon Saïd zien dat het de stevige, eeltige vuist van een dikke vrouw in een donkerrode djellaba was. De stem was ook van haar. Haar gekrijs was op het hysterische af, maar niemand leek zich er iets van aan te trekken. Alle aandacht ging uit naar twee vechtende mannen met rode, verhitte gezichten. Iemand probeerde hen uit elkaar te trekken, een ander sprak sussende woorden. Om hen heen had zich een kluitje gretige toeschouwers gevormd en het leek zelfs of de piramidevormig opgetaste pepers in de stalletjes aan weerszijden glinsterden van opwinding. Het tweede gevecht in nog geen etmaal, stelde Saïd vermoeid vast.

'Het einde van de ramadan nadert,' zei Ibrahim, die hem zachtjes wegtrok van het tafereel. 'De mensen zijn prikkelbaar en explosief, ze hebben de hele dag niet gegeten of gedronken.'

'Waar gaat de ruzie om?' vroeg Saïd.

'De vrouw voelt zich beledigd door een man, en haar echtgenoot komt voor haar op.'

Het werd op een afgemeten toon gezegd en het leek Saïd niet raadzaam nog meer te vragen. Zelf had hij nu ook een hevige dorst. Zijn mond was zo droog dat hij het gevoel had of zijn tong aan zijn verhemelte plakte. Ze verlieten de medina door dezelfde poort als waardoor ze binnen waren gekomen. Een poort als een oog dat zowel achterwaarts als voorwaarts kon zien en zijn vader had zien komen en vertrekken. Ze klommen weer in de Renault, waarvan de kleur nauwelijks te herkennen was door de dikke stoflaag die de lak bedekte. Ook het interieur was vies en er slingerden allerlei nutteloze voorwerpen rond. Schoonmaken en opruimen kost niets, mompelde Saïd in zichzelf.

Algauw lieten ze de oude stad achter zich. Over een steil, ongeplaveid pad reden ze omhoog naar de top van een heuvel, waarop een oud fort stond. Ze stapten uit. De gids maakte een slappe beweging met zijn arm om aan te geven dat ze nu in de gelegenheid waren het uitzicht op Fès te bewonderen. Van hieruit gezien lag de stad aan de overkant van een droge rivierbedding.

'De Oued Frehane,' zei Ibrahim zonder veel animo. Zijn bereidheid om hun verder nog iets bij te brengen leek tot bijna nul gereduceerd. Vond hij dat hij, ondanks de tweehonderd dirham extra, waarvoor hij niets had hoeven doen, toch nog te weinig commissie had ontvangen? Saïd liep naar de rand van de helling, die hier tamelijk steil naar beneden liep en eindigde in de stoffige bedding. Bij de aanblik ervan voelde Saïd dat

zijn dorst groter werd. Hij had nog nooit een droge rivier gezien. Blijkbaar concentreerde het water van Fès zich voornamelijk in de fonteinen van de moskeeën en was het daardoor
niet waar je het zou verwachten: in de bedding die ervoor bedoeld was, of in een emmer om je auto mee schoon te spon-
zen.

Had zijn vader hier ook gestaan? Om afscheid te nemen
van de stad, die zich uitstrekte tot aan de heiige horizon? Of
was hij vertrokken zoals hij ooit Nederland verlaten had, zonder om te kijken? Ontmoedigd door de onmetelijkheid van
het omringende landschap vroeg Saïd zich voor het eerst af
of het geen onmogelijke opgave was zijn vader op te sporen.
Onverwacht werd hem de rol van jager in de schoot geworpen. Wie wist hoe lang zijn prooi voor hem uit zou rennen,
zijn achtervolger niet meer dan een glimp gunnend, af en toe,
voordat hij achter een heuvel of bergtop verdween?

Terwijl ze wachtten op het avondeten zei Hassan: 'Het zou
weleens een lange reis kunnen worden.'

Saïd beperkte zich tot een diepe, instemmende zucht. Hij
vocht nog steeds tegen de vermoeidheid. Alle vitaliteit leek
hem te hebben verlaten. In zijn hoofd heerste een loodzware onwilligheid om gevoelens om te zetten in gedachten en
die te vertalen in woorden. Twee tajineschalen werden op tafel
gezet. Plechtig tilde de ober de aardewerken deksels op. Met
een lichte buiging wenste hij hun *bon appétit*. Ze vielen uitgehongerd aan.

'Waarom heb je me nooit verteld dat je vader een Toeareg
is?' vroeg Hassan.

'Hoe kom je daarbij?'

'Dat zei de kruidenman. De neef van je vader.'

'Achterneef,' zei Saïd met zijn mond vol.

'Goed, achterneef. Wat maakt het uit. Volgens hem komt je

vader uit een familie van Toearegs.'

'En wat dan nog?' Saïd wenste vurig dat de mist in zijn hoofd zou optrekken.

'En wat dan nog? Je weet toch wel wat Toearegs zijn? Nomaden, kamelenfokkers, karavaanhandelaren. De schrik van de woestijn!'

'Dat was vroeger,' wierp Saïd tegen, met het hoofdstuk volkenkunde vaag in zijn gedachten. 'Er worden al lang geen reizigers meer beroofd.'

Ze aten een tijdje zwijgend verder. Ook deze avond hadden de Fransen geen gebrek aan gespreksstof. De tafel stond vol wijnflessen, die door een opmerkzame ober vervangen werden door volle zodra ze leeg waren. Ze zetten gewoon hun koloniale leventje voort, dacht Saïd, al vermommen ze zich nu als toeristen.

'Wat heb je nog meer met hem besproken,' vroeg hij, 'waar ik niets van af weet?' Hij bedoelde het niet zo, maar het klonk verwijtend.

'Jij liep weg! In plaats van die man gunstig te stemmen loop jij naar buiten! En terwijl jij je daar in het zonnetje stond te warmen probeerde ik zo veel mogelijk informatie uit hem los te krijgen. Je hoeft niet zo verongelijkt te doen. Ik doe mijn best. Het is de neef van jouw vader, niet van de mijne.'

'Achterneef.'

Hassan kreunde.

De schalen werden weggehaald en er werd thee gebracht.

'In ieder geval ziet het ernaar uit dat er door je vaders aderen behoorlijk wat nomadenbloed stroomt,' concludeerde Hassan. 'Misschien is hij indertijd wel flink aan het zwerven geslagen.'

'Als je terug wilt naar Nederland, zal ik je niet tegenhouden,' zei Saïd bits. Hij was prikkelbaar en vocht vergeefs tegen de behoefte dit op zijn vriend af te reageren.

'Dat hoor je mij niet zeggen.'

'Ik hoor het toch aan je toon.'

'Schei uit zeg. Dacht je nou echt dat ik je in de steek zou laten? Het is beroerd genoeg dat je vader niet meer in Fès is, in de eerste plaats voor jou. Denk je soms dat ik niet met je meeleef? Ik heb toch zelf gezien hoe moeilijk je het vroeger had met al die surrogaatvaders? Ik snap heel goed wat er voor jou op het spel staat en hoe moeilijk het is meteen al een teleurstelling te moeten incasseren. Bij jou vergeleken verkeer ik in een luxe situatie. Ik heb gewoon een vader, al zou ik hem af en toe graag inruilen voor een andere. Maar jij... je hebt alleen een foto en een handvol vage gegevens.'

Saïd slikte. Door dit onverwachte blijk van medeleven brak zijn weerstand. Hij had zich dus niet vergist, hij kon nog steeds op Hassan bouwen. Net als vroeger waren ze samen aan een avontuur begonnen waarvan de afloop ongewis was. Het grote verschil was dat hun toenmalige escapades voornamelijk de vrucht van hun verbeelding waren geweest, terwijl alles zich nu in de onverbiddelijke werkelijkheid afspeelde. Om zijn ontroering te verbergen nam hij haastig een slok thee. Al was hij moe en verward, hij wist dat het er nu op aankwam wakker te blijven, heel erg wakker. Hij kende een goeie truc: wanneer hij het zo snel mogelijk sentimentaliteit noemde, ebde de neiging om zich bloot te geven vanzelf weg.

'Ifrane dus,' besloot Hassan, die troostend een hand op die van Saïd legde. 'Op zich geen straf. In de koloniale tijd was het het favoriete vakantieoord van de Fransen. En de koning schijnt er een paleis te hebben.'

3 Een paleis voor elke dag van het jaar

De weg naar het zuiden bereikte de uitlopers van de Midden-Atlas. Aan de sappige weiden was te zien dat er aan deze kant van de bergen voldoende regen viel. Er graasde vee, dat er weldoorvoed uitzag, en de akkers in de dalen waren zo goed onderhouden dat het leek of ze zich bewust aaneenregen volgens een esthetisch patroon. Thuis had Saïd met zijn wijsvinger de welvingen en arceringen van de gebergtes gevolgd, nu en dan stoppend bij een zwart driehoekje, dat een *jbel*, een top, symboliseerde. Nu werden die imaginaire bergen voor zijn ogen werkelijkheid. Het waren enorme, massieve uitstulpingen van de aarde die niet onderdeden voor de gedroomde bergen die hij in Amsterdam had achtergelaten.

De Volvo snorde regelmatig en tevreden. Het was of de uitdaging van een stijgend en dalend wegdek hem verjongde, want hij tufte met nieuw elan het onbekende tegemoet. Eerder dan ze gedacht hadden reden ze Ifrane binnen. Een groter contrast met de medina van Fès was niet denkbaar. Aan weerszijden van de straten stonden rustieke villa's met puntige daken, zoals Saïd ze zich herinnerde van een zomervakantie in de Haute-Savoie, en de hotels droegen namen als Le Chamonix en Perce-Neige. Ifrane leek verbluffend veel op een skioord in afwachting van de eerste sneeuw. Waarom hadden de Fransen met alle geweld hun Alpen naar de Midden-Atlas willen verplaatsen, met alles erop en eraan, zodat het leek of ze nog steeds in Frankrijk waren?

De Volvo reed in een respectvol gangetje langs aangeharkte parken met gemillimeterde gazon. Op de stoepen waren straatvegers bezig afgevallen bladeren in metalen karretjes te stoppen. Het stratenplan was extreem overzichtelijk en op elke hoek stond een man in een smetteloos uniform. Een politieagent? Een soldaat? De werknemer van een securitybedrijf?

Toen Saïd de auto langs het trottoir parkeerde, stopte recht voor hen een bus. Er kwam een zwerm bejaarden uit, allemaal in dezelfde vrijetijdskleding. Hij hoefde niet te raden van welke nationaliteit ze waren. Een van hen hield een *Guide Michelin* tegen de borst geklemd alsof het een bijbel was.

De vrienden slenterden wat rond in de opgepoetste wereld, op zoek naar een goedkoop hotel. Dat was niet moeilijk en algauw vonden ze een geschikte tweepersoonskamer. Het hotel moest in de Franse tijd modern, misschien zelfs mondain geweest zijn. Bij de receptie bestudeerden jonge vrouwen met bleke, door hoofddoekjes omlijste gezichten hun paspoorten. In hun ogen was verwondering te lezen over de combinatie van een volbloed Marokkaan die in Nederland geboren was, en een Nederlander met een Marokkaanse voornaam. Aan het volle sleutelrek te oordelen verbleven er geen andere gasten in het hotel. Het zag ernaar uit dat het komkommertijd was in Ifrane. Des te beter. Ze bedankten beleefd voor de diensten van een bereidwillig toeschietende portier en droegen zelf hun tassen door een sombere hal van megalomane afmetingen. Daarna bestegen ze een brede trap die berekend leek op tien gearmd naast elkaar lopende Fransen.

De dag was nog lang niet ten einde. Er was voldoende tijd om naar de verblijfplaats van Youssef Arhoun te informeren. Voor het gemak begonnen ze in hun eigen hotel. De vrouwen van de receptie schudden hun hoofd, in dit hotel werd geen muziek gemaakt. Vroeger misschien? Een van hen verdween achter een deur en kwam terug in gezelschap van een corpulente vrouw zonder hoofdbedekking. Ze was westers gekleed, in een rok en een blouse, en ze keek hen met ironisch opgetrokken wenkbrauwen aan.

'Oui?' vroeg ze kortaf. Werd ze weggerukt uit gewichtige bezigheden? Beviel de aanblik van de zojuist gearriveerde hotelgasten haar niet? Was het de ramadan weer? Ze hoorde Hassan met een bedenkelijke frons aan en liet hem nauwelijks uitspreken. Het was Saïd een raadsel hoe Hassan onder alle omstandigheden zijn geduld en charme wist te bewaren.

'Voor muziek moet u in Hôtel de la Paix zijn,' zei ze. 'Dat is het enige hotel hier waar toeristen bij het diner vermaakt worden door Marokkaanse muzikanten.'

Het dedain in haar stem ontging Saïd niet. Was het in haar ogen minderwaardig muziek te maken voor toeristen? Minderwaardiger dan het verschonen van hun bedden en het afwassen van hun vuile borden? Of genoot het beroep van zijn vader sowieso weinig aanzien? Voor het eerst stond Saïd stil bij diens sociale status. Hassans vader was jarenlang in dienst geweest van een schoonmaakbedrijf, voordat hij het wegens ziekte van zijn baas voor een zacht prijsje had kunnen overnemen. Hoe was het voor Hassan geweest als hij in antwoord op de vraag naar het beroep van zijn vader zei: 'Schoonmaker'? Dat moest hij hem toch eens vragen. Had het beroep van je vader invloed op de gevoelens die je als zoon voor hem had? Saïd had geen flauw idee, hij had er nog nooit over nagedacht. Misschien deugde de vraag niet. Wanneer je vader alom bewonderd werd, was het natuurlijk makkelijk trots op hem te zijn. Maar als hij geminacht werd, dan moest hij op de solidariteit van zijn zoon kunnen rekenen, zoveel was zeker. Als het erop aankwam waren er niet zoveel mensen die je solidariteit verdienden, maar je vader was daarop beslist een uitzondering. Zelfs als je hem nog moest zien te vinden.

'Wij beginnen daar niet aan,' voegde ze er hooghartig aan toe, 'aan muziek.'

Onderweg naar Hôtel de la Paix werd Saïd overvallen door onzekerheid. Stel je voor dat hij hem daar zo meteen zou aantreffen, bezig de snaren van zijn *ud* te stemmen... Hij was er niet meer op voorbereid ineens oog in oog met zijn vader te staan. Het leek of de rek er al een beetje uit was. Wilde hij zichzelf onbewust voor een tweede teleurstelling behoeden? In de hal dromden de bejaarden samen die ze uit de bus hadden zien stappen. Hassan liep regelrecht het restaurant in, beschroomd gevolgd door Saïd. Er stonden rijen gedekte tafels, de wijnglazen in het gelid, het tafelzilver glinsterend in het zonlicht dat naar binnen viel. Aan de muren hingen schilderijen van watervallen en besneeuwde bossen. Dat moesten de beroemde ceders zijn, die in de reisgids als een speciale attractie van de streek vermeld werden. Er was een podium, maar de blauwe fluwelen gordijnen waren gesloten. Ertegenover, aan het andere eind van de eetzaal, bevond zich een bar. Een man met een donkerrode fez op zijn kortgeknipte grijze haar stond glazen te spoelen. Hij droeg een smetteloos witte djellaba van glanzende, zijdeachtige stof. Er lag een uitdrukking van geroutineerde bereidwilligheid op zijn gezicht toen hij opkeek.

'Youssef Arhoun,' herhaalde hij peinzend. 'Een *ud*-speler?'

Hassan knikte.

De barkeeper staarde naar het podium, alsof op de gesloten gordijnen een versnelde film geprojecteerd werd waarin alle *ud*-spelers die in de loop der jaren in het hotel hadden opgetreden de revue passeerden.

'Het is moeilijk te zeggen...' Onzeker keek hij van Hassan naar Saïd. Was hij zozeer gewend aan de meest uiteenlopende wensen van gasten te voldoen dat het hem onmogelijk was nee te verkopen? 'Er treden regelmatig groepen of solisten op, weet u. Achteraf zijn ze moeilijk van elkaar te onderscheiden.'

Saïd speelde zijn sterkste troef uit. Hij haalde de foto van het Rembrandtplein tevoorschijn.

Beleefd boog de barkeeper zich over het kiekje van de twee geliefden. Ineens hief hij verrast zijn hoofd op. Zijn gezicht begon te stralen. Dat stond hem goed, de lach veegde het plichtsbesef van zijn gezicht. 'Youssef... ja... Youssef... hoe zou ik die kunnen vergeten!'

'Ze zeggen dat hij tamelijk goed is,' zei Saïd, 'als *ud*-speler.'

'Tamelijk? Hij was een genie!' riep de man uit. 'Na hem heeft hier nooit meer iemand gespeeld of gezongen die zelfs maar in zijn schaduw zou kunnen staan. Youssef speelde nog volgens de oude traditie, weet u, en hoe! Een duivelskunstenaar... Zelfs de toeristen, die geen verstand hebben van onze muziek, begrepen dat ze iets bijzonders meemaakten, hier bij ons in Hôtel de la Paix. Youssef Arhoun... de snaren van zijn *ud* waren de snaren van zijn ziel...'

'Weet u waar we hem kunnen vinden?' vroeg Hassan nuchter.

Het gezicht van de ander betrok. 'Helaas, het is jaren geleden dat hij bij ons in dienst was. Het betaalde slecht. Voor iemand als hij, die op internationale podia had kunnen schitteren, was het veel te weinig. Een schande was het. Hij moest daarnaast als gids werken, om aan een fatsoenlijk loon te komen, begrijpt u. Met groepjes toeristen de bergen in, eten en overnachten bij de Berbers. Dat soort dingen.'

'Doet hij dat nog steeds?'

'Dat moet u bij het *syndicat d'initiative* vragen, daar was hij bij aangesloten. Ik heb hem in geen eeuwigheid gezien. Ach,

Youssef... Ik zou er wat voor over hebben hem nog eens te horen spelen.'

Het was Hassan die hoffelijk voor de inlichtingen bedankte. Saïd had even tijd nodig; dit was de tweede wisseling van perspectief in vierentwintig uur.

'Als u hem vindt,' riep de man hun achterna, 'doet u hem dan de groeten van Ahmed, van Hôtel de la Paix! Vraag hem, insjallah, of hij nog eens langskomt en zijn *ud* meebrengt!'

Ze liepen opnieuw het centrum in. De zon wierp lichtvlekken op het trottoir onder de platanen.

'Ik wist niet dat je vader zo waanzinnig goed was.' Hassan keek hem met glanzende ogen aan, alsof iets van Youssefs talent op Saïd afstraalde. Dat was een prettige gewaarwording. Het was bewondering waar je zelf, als zoon, niets voor hoefde te doen en het troostte hem, want verder was er niet veel waaraan hij zich vast kon klampen. Ondanks alle loftuitingen was zijn vader nog net zo ongrijpbaar als tevoren. Muzikaal talent was mooi, maar als zoon had je er weinig aan als je er steeds uit de tweede hand over moest horen.

Het was beklemmend stil in Ifrane. Er was geen verkeer, er klonken geen stemmen, er blaften geen honden. Er knisperden geen gevallen bladeren onder je voeten. Je kreeg het onbehaaglijke gevoel dat er een ramp dreigde, zoiets als een aardbeving of een dambreuk, en dat de inwoners geëvacueerd waren – op de alomtegenwoordige uniformen na dan, die een mysterie op zichzelf vormden. Wat was de taak van deze zonderlinge ordehandhavers in een leeg en ingeslapen stadje als dit?

'Dit moet wel de veiligste stad van Marokko zijn,' zei Hassan spottend.

Saïd dacht aan zijn moeder, die allergisch was voor uniformen. Ze herinnerden haar aan de oorlog, zei ze. Maar het was een herinnering die ze zich inbeeldde, want ze had de oorlog niet meegemaakt. Zelf had hij van jongs af een zwak voor uniformen. Ze representeerden een systeem van regels dat houvast bood en duidelijkheid schiep. Dat gaf hem een gevoel van veiligheid en ontspanning, al zou hij het nooit hardop durven zeggen. Zijn moeder zou hem in zijn gezicht uitlachen. Een heleboel uniformen bij elkaar, in rijen langsmarcherend... Hij had weleens een parade gezien op de televisie en stiekem genoten van de mathematische schoonheid, die ver boven de ongerijmdheid van het alledaagse uitsteeg.

*

Onderweg naar hun vakantiebestemming waren ze in Parijs gestopt. Bij een willekeurige afrit hadden ze de Périphérique verlaten, waarna ze in een heuvelachtig park hun meegebrachte boterhammen opaten. Omdat het warm was, strekten ze zich uit op het gazon van dik, veerkrachtig gras, in de schaduw van een parasolden. Zijn moeder en haar nieuwe vriend lagen in een innige omstrengeling en hij lag iets verderop, niet vermoedend dat dit een herinnering zou worden.

Niet lang daarvoor had hij zijn achtste verjaardag gevierd. Heimelijk had hij verwacht dat zijn leven daarna heel anders zou worden. Niet dat hij een scherp omlijnd beeld had van de aard van die verandering, maar hij voorvoelde dat het iets met kracht en weerbaarheid te maken zou hebben. Geen lichamelijke kracht, zoals die van stripfiguren als Popeye of Lambik. Kracht die uit het eten van spinazie of uit domheid voortkwam, telde niet mee. Nee, wat hij van zijn achtste levensjaar verlangde was eerder een soort onkwetsbaarheid. Alsof er tientallen pijlen op je af werden geschoten, zonder dat je je er iets van aantrok. Iemand met een strakgespannen boog in de hand had het op je gemunt en het lukte je daar niet zenuwachtig van te worden. Cool blijven – die truc verwachtte hij in jaar acht van zijn bestaan te leren. Tot nu toe was hij bedrogen uitgekomen. Maar wat niet was, kon nog komen. Er waren nog genoeg maanden over.

Hoog boven hem bewogen takken met fijne naalden zachtjes in de wind. Ze deden hem aan de Noordzee denken, en aan dennenbossen in de duinen. Maar ze waren niet op weg naar de Noordzee. En die man zou er de hele vakantie bij zijn. Saïd had ernstige twijfels of het op die manier wel een vakantie zou worden. Waarschijnlijk werd het een kwestie van heel hard werken om aardig te blijven. Het liefst was hij opgestaan en weggelopen, tussen de bomen door, het bruggetje over, de onbekende straten met onuitspreekbare namen in. Want al was zijn moeder vlakbij, ze had zich oneindig ver van hem verwijderd. Ze kon evengoed op een andere planeet leven. De enige waardige reactie hierop zou van zijn kant eveneens een verdwijning zijn, en wel grondig, opdat ze zou voelen dat je niet ongestraft zoveel afstand kon creëren. Maar hij kwam niet in beweging. Hij lag als verlamd in het gras, terwijl er niet bepaald zoete dromen door zijn hoofd gingen, totdat hij opschrok van een dwingende stem. Twee parkwachters in uniform stonden vanaf het pad naar hen te gebaren.

'S'il vous plaît, m'sieur-dame, il est interdit de s'allonger sur la pelouse.'

Hoewel Saïd nog geen Frans kende, begreep hij dat ze tot de orde geroepen werden. Geïrriteerd kwam zijn moeder overeind. Haar rok te kort, haar haren te wild, zag hij met onverbiddelijke strengheid. Ze had een rood gezicht van de omhelzing en de warmte, en haar ogen stonden vol minachting.

'Bij ons in Amsterdam is het gras in de parken voor iedereen, heren,' riep ze hooghartig, 'om lekker te relaxen!'

'Die lui verstaan toch geen Nederlands, schatje,' zei haar vriend, die vooralsnog gewoon bleef liggen.

Even leek het of zijn kritische kanttekening haar het zwijgen oplegde, maar ze herstelde zich en herhaalde haar zin in het Frans. Saïd zag het afgetrapte park bij hen in de buurt voor zich, de kale plekken in het gras, het afval na een zonnige dag, de stinkende uitwerpselen van huisdieren, soms zelfs van mensen. Hij zag de fietsers en rollerskaters, voor wie je voortdurend opzij moest springen. Daarbij vergeleken was dit park een paradijs. Het had een grasmat als een hoogpolig tapijt, perken vol bloemen en lanen met in vorm gesnoeide bomen aan weerszijden. De mensen zaten op banken te genieten van de schaduw. Sommigen lazen een boek of een krant, anderen droomden wat voor zich uit. Over alles scheen te zijn nagedacht en iedereen stemde in met het resultaat ervan: een weldadige orde waarin alles een eigen plaats had, en de geüniformeerde parkwachters waren de bewakers van al dat moois.

'C'est pas La Hollande ici, madame,' glimlachte een van hen. Cool! Hij bleef cool en beleefd.

Opstandig zuchtend greep zijn moeder haar tas en de hand van haar vriend. Die liet zich, als in een slappe, laatste poging tot provocatie, gemakzuchtig door haar overeind trekken. Nu pas leek ze zich de aanwezigheid van haar zoon te herinneren. Ze keek om.

'Kom,' zei ze vinnig, 'het lijkt hier wel een politiestaat. Gezellig land...'

Het *syndicat d'initiative* was niet moeilijk te vinden. Ze hadden nauwelijks het Hôtel de la Paix verlaten of ze stonden er recht voor. Het was of een geheimzinnige hand het had opgetild en vlak voor hun neus had neergezet om het zoeken te vergemakkelijken. De glazen deur was gesloten, maar toen de man achter de balie hen zag staan, deed hij open. De naam Youssef Arhoun bleek hem niets te zeggen, maar hij had het telefoonnummer van een gids die sinds jaar en dag bergtochten organiseerde, inclusief overnachtingen bij de Berbers thuis. Misschien kenden die twee elkaar. Uit een lade werd een kaartje gevist. Abdel Tayari, las Saïd, gevolgd door het nummer van een mobiele telefoon.

'Zou u niet even in het archief kunnen kijken?' stelde Hassan praktisch voor.

'Dat is onbegonnen werk,' zei de man, 'als je niet precies weet onder welk jaar je moet zoeken.' Hij droeg een colbert met coltrui en een bril met schildpadmontuur. Probeerde hij op een Europeaan te lijken? Al verdacht Saïd hem van gemakzucht, er was geen enkel beleefd argument in te brengen tegen zijn onwilligheid om te zoeken. Abdel Tayari, verzekerde de functionaris hun, kende iedereen die zich als gids verhuurde, hetzij legaal, hetzij illegaal. Het was het best een afspraak met hem te maken. Misschien voelden ze iets voor een dagtocht met hem. De omgeving was schitterend en het zou een sympathiek gebaar tegenover Tayari zijn. Die kon dan ook iets verdienen, want in november was er vrijwel geen werk. Pas in de winter, als er sneeuw lag en het skiseizoen aanbrak, zou de levendigheid terugkeren in Ifrane.

'Bellen dan maar?' vroeg Hassan.

Ze stonden al weer buiten. Saïd staarde naar het telefoonnummer. Het was een onbevredigend idee dat zijn vader daarbinnen misschien in een kaartenbak zat of in een jaarverslag werd vermeld, terwijl zij hem noodgedwongen de rug toekeerden. Wat had het voor zin je te kleden als een intellectueel uit Parijs, wanneer je in een Marokkaans toeristenbureau werkte? Hij knikte somber. Het zag ernaar uit dat er ongebruikelijke wegen bewandeld moesten worden om zijn vader te vinden, waarbij zelfs het vaagste spoor moest worden nagetrokken. Iets anders was er niet.

Ze vonden een telefooncel die op muntjes werkte. Zoals gewoonlijk deed Hassan het woord. Saïd, die hem gelaten gadesloeg, zag dat hij herhaaldelijk zijn lange krulhaar naar achteren streek, alsof de man aan de andere kant van de lijn hem kon zien. Er is een hoop zinloze ijdelheid in de wereld, dacht Saïd moedeloos. Terwijl hij tegen een boom geleund stond te wachten, leek alle energie uit hem weg te vloeien. Het was of hij aan een dun draadje in het luchtruim bungelde. Om zich heen, in het uitgestorven stadje, voelde hij heel sterk de aanwezigheid van het niets. Niet het Grote Verlossende Niets van de boeddhisten, maar eerder een bedompt en apathisch niets, waarin het lot van de enkeling geen enkele betekenis had. Hassan kwam monter de cel uit. Het leek wel of hij er nu pas echt zin in begon te krijgen. 'Het is geregeld. Morgenochtend om negen uur voor het hotel.'

Abdel Tayari zag er niet uit zoals je van een berggids zou verwachten. Hij droeg een camouflagebroek uit het leger en een felrood T-shirt met het opschrift 'Energy-racing'. Omdat het nog fris was zo vroeg in de ochtend, had hij een indigoblauwe sjaal om zijn hals gewikkeld, die vloekte met de rest. Saïd vermoedde dat het dragen van dit soort kleren in de binnenlanden van Marokko een vorm van protest was, al wist hij nog niet waartegen. De tekst op zijn borst getrouw beende de magere gids energiek voor hen uit op zijn versleten bergschoenen. Hij had een vastbesloten, haast verbeten uitdrukking op zijn door de zon verweerde gezicht en hij liep alsof er geen tijd te verliezen was. Saïd, die de gelederen sloot, zag dat Hassan bij dit tempo nog altijd een beetje met zijn been trok.

Via laantjes met villa's, waarvan de luiken gesloten waren, verlieten ze het dorp. Tayari leidde hen een bos van woudreuzen in. Dit moesten de ceders zijn. Onder de zilvergroene takken heerste een wattige stilte. De grond was bedekt met een tapijt van afgevallen naalden, dat het geluid van hun voetstappen absorbeerde. Er hing een geur van vochtige aarde en paddenstoelen. Het was zo stil dat het leek of er zojuist een onzichtbare ramp, van nog ernstiger kaliber dan die hij zich de vorige dag had voorgesteld, had plaatsgevonden en alles wat tussen de roerloze, majesteitelijke stammen leefde verlamd had van schrik. Hoewel het bos objectief gezien indrukwekkend was, en waarschijnlijk uniek in zijn soort, ging er voor Saïd een onverklaarbare benauwenis van uit.

De gids volgde iets wat eerder een spoor leek dan een pad. Sporadisch stopte hij voor een korte toelichting.

'Dit is een beschermd natuurgebied,' vertelde hij in vlekkeloos Frans. 'Het is eigendom van de koning. Wie het in zijn hoofd haalt om hier te stropen, wordt streng gestraft.'

Saïd, die zich vanaf hun vertrek uit het hotel afvroeg wanneer hij de vraag zou kunnen lanceren die op het puntje van zijn tong lag, besloot dat het beter was te wachten totdat de gids er ontvankelijk voor zou zijn. Die bleef onverwacht staan, waardoor ze bijna tegen hem op botsten.

'Waar vind je nog zulke zuivere lucht?' vroeg hij, demonstratief inademend. Pathetisch spreidde hij zijn armen alsof hij een lied ging vertolken. Hassan en Saïd knikten instemmend, zich bewust van een vreemd soort plechtigheid die over hen neerdaalde. 'Een gebied als dit is zeldzaam in de wereld...' Tayari fluisterde bijna van eerbied. 'Al is het dan zogenaamd van de koning, van oudsher is dit het land van de Berbers.' Er gleed een schaduw over zijn gezicht. Bruusk draaide hij zich om en liep verder, in het voorbijgaan met een driftig gebaar een dode tak afbrekend.

Ze waren nog geen vijftig meter gevorderd of hij begon te foeteren: 'De Arabieren hebben dit land van ons gestolen. Ze hebben ons de islam opgedrongen, terwijl we eigenlijk de natuur aanbidden.' Hij zweeg even alsof hij nieuwe ammunitie zocht. 'Je m'en fiche,' vervolgde hij. 'Ik heb lak aan de Makhzen. Die kliek heeft overal de touwtjes in handen en legt ons allerlei regels op waar we geen behoefte aan hebben. En de koning is geen haar beter. Hebben jullie zijn paleis al gezien?'

Verbeten keek hij om naar Hassan. Die schudde zijn hoofd.

'Mohammed heeft een paleis, hier in Ifrane, we komen er straks vanzelf langs. Hij heeft een leger van mensen in dienst om alles in perfecte staat te houden, inclusief de koninklijke tuinen en de straten en pleinen van Ifrane. Onberispelijk, alsof hij iedere dag kan arriveren, terwijl hij in werkelijkheid zelden komt.'

'Maar Mohammed is toch vooruitstrevender dan zijn vader was?' wierp Hassan tegen. 'En hij wordt toch bijgestaan door zijn zusters, die in Parijs gestudeerd hebben?'

Minachtend wuifde Tayari Hassans opmerking weg. 'Dat lijkt maar zo. Mohammed is geen haar beter dan zijn vader. Nog steeds schatrijk, en niets doen voor het volk. Dat crepeert in armoede, terwijl hij 365 paleizen bezit. Voor elke dag van het jaar één. Nee, aan zo'n koning heb je niets.'

Saïd mocht Tayari wel, zoals die met woorden om zich heen mepte. Toch vroeg hij zich af of wat hij zei niet voortsproot uit een mengsel van onwetendheid en rancune. Hij versnelde zijn pas tot hij naast Hassan liep en zei in het Nederlands: 'Zou het waar zijn, dat van die 365 paleizen?'

Hassan haalde zijn schouders op. 'Wat maakt het uit of het letterlijk waar is of niet? Het gaat om het gevoel van onrechtvaardigheid dat hem bezielt, lijkt me. Er zijn er meer zoals hij, geloof dat maar van mij. Duizenden, misschien wel miljoenen.'

Geleidelijk ging het bos over in een kaler, met stenen bezaaid landschap. Het pad liep tussen grillige, bizarre rotsformaties door. Ze rezen op uit de bodem als de geërodeerde ruines van prehistorische torens en burchten. Daarboven was de hemel strakblauw alsof je hem in plakjes kon snijden, en de rotsen wierpen zwarte slagschaduwen over rode aarde. Tere grassprietjes wekten de indruk dat er onlangs voor het eerst sinds lange tijd een beetje regen was gevallen. Aan de voet van een toren bleef Saïd staan. Met zijn hoofd in zijn nek liet hij zijn blik langs de loodrechte wand omhoogglijden. Heel even kwam het hem voor dat de miljoenen jaren oude moloch niet uit louter dode materie bestond, maar als een levend wezen kon voelen en waarnemen. Als hij in zijn geheugen iedereen had opgeslagen die hier ooit langs was gekomen, dan moest de rots een opslagplaats vol herinneringen zijn. Eerbiedig legde Saïd zijn handen tegen de koele wand. Het leek of hij kon voelen hoe het daarbinnen vibreerde, alsof er onder de warme druk van zijn handen een intensivering van denkactiviteit op gang kwam, een poging tot uitwisseling van gewaarwordingen. Jij kunt niet van je plaats komen, dacht Saïd, maar daarvoor in ruil heb je het eeuwige leven. Of iets wat daar dichtbij komt. Ik kan gaan en staan waar ik wil, maar het offer voor al die beweging is mijn sterfelijkheid.

'Waar blijf je?' klonk de stem van Hassan.

Saïd trok een sprint en haalde de anderen in. Met gebogen hoofd liep hij verder over het met stenen bezaaide pad. Hagedissen schoten verschrikt weg voor zijn voeten, geitenkeutels verwezen naar onzichtbare kuddes. Zijn oog viel op een langwerpig stukje stof aan de rand van het pad. Er lag een steentje op om te voorkomen dat het zou wegwaaien. Op de droge, stenige bodem was het een raadselachtig, sensueel element. Hij bukte zich en raapte het op. Het was van lila zijde en gerafeld aan de randen. Hij wreef erover met zijn vingers. Hoe was het hier gekomen? Hij ontdekte nog een reepje zijde, iets verderop langs het pad, en nog een. Ze bleken op min of meer vaste afstand van elkaar te liggen, alsof er een spoor mee was uitgezet door iemand die bang was te verdwalen. Of waren ze neergelegd door iemand die gevonden wilde worden? Die gevonden wilde worden door zijn zoon bijvoorbeeld? Dat was extreem onwaarschijnlijk, maar te midden van het vervreemdende landschap was er in zijn geest ineens ruim plaats voor het extreem onwaarschijnlijke. Hij versnelde zijn pas totdat hij naast de gids liep.

'Dit lag langs het pad...' Hij opende zijn hand. 'Er liggen er nog meer, om de vijftig meter ongeveer. Hebben ze een betekenis?'

Tayari nam het lila lapje in zijn eeltige hand, fronste zijn wenkbrauwen en gaf het terug aan Saïd. 'Waarschijnlijk is het van een Berbervrouw die haar man niet rechtstreeks om een nieuwe jurk durft te vragen. Op die manier geeft ze hem, op zijn weg naar de soek in de stad, te kennen dat ze graag een jurk van die stof en kleur zou willen hebben.'

Hij gist maar wat, vermoedde Saïd, omdat een gids nu eenmaal geacht wordt op alle vragen antwoord te kunnen geven. Maar het was een ontroerende, poëtische interpretatie. Die had hij uit de mond van deze ruige, rebelse figuur niet verwacht.

'Bent u getrouwd?' vroeg hij.

Tayari schudde zijn hoofd. 'Weet u wel wat dat kost?'

Saïd keek naar het scherpe profiel naast hem. Hij schatte de gids een eind in de veertig, ongeveer de leeftijd die zijn vader nu moest hebben. En nog steeds geen geld om te trouwen? Was dit het geschikte moment om over zijn vader te beginnen? Moest er niet eerst een sfeer van vriendschappelijke confidenties gekweekt worden? Maar hoe? Daarvoor was hij afhankelijk van Hassan. Die had het aangeboren vermogen om mensen in korte tijd voor zich in te nemen. Je stond erbij en je keek ernaar en toch ontglipte je de essentie van wat er gebeurde. Hassan zei dan iets tegen de ander wat schaamteloos voor de hand lag en lachte vertrouwelijk. Het was een lach als een sleutel die op alle deuren en poorten past. Je zag het gebeuren. De ander werd weerloos en opende zich. Even later stonden ze samen te ginnegappen over iets onnozels. In minder dan geen tijd had hij een brug geslagen tussen zichzelf en de ander – hetzij man, vrouw, kind, hond of kat.

Het pad steeg, totdat het landschap uiteen leek te wijken en ze in de verte een nieuwe bergketen zagen. Ze naderden een groep huisjes. Die stonden op een lage heuvel, en waren opgetrokken uit stenen, waarna men ze had afgedekt met roestige golfplaten. Over een omheining van droge takkenbossen hingen kleurrijke kledingstukken te drogen. Uit alle windrichtingen kwamen kinderen aangerend. Ze dromden om Saïd heen, alsof die iets in zijn bezit had wat hun erg begeerlijk voorkwam. In een onbegrijpelijke taal maande Tayari de kinderen afstand te bewaren. Ze gehoorzaamden. Maar Hassan ging op zijn hurken zitten en lokte ze met een wijsvinger naar zich toe. Met trage, betoverende gebaren diepte hij een minuscuul doosje op uit zijn zak. De kinderen verdrongen zich om hem heen en keken gefascineerd naar het voorwerp in zijn hand. Het had de vorm van een sarcofaag. Hassan tilde het dekseltje eraf en zijn toeschouwers bogen zich nieuwsgierig over de inhoud. Er lag een poppetje in, dat een in doeken gezwachtelde dode voorstelde. Saïd kende de truc die ging komen. Hij wist dat Hassan een bezweringsformule ging uitspreken.

'Roep met krachtige stem tegen de mummie: 'Sta op!'''

Hassan zei het in het Tarifit, de Berbertaal van de Rif, maar Tayari hoefde nauwelijks iets te vertalen. Met stemmen zo hard als de stenige bodem herhaalden de kinderen zijn woorden. De dode reageerde niet. Of Hassan het doosje nu scheef of op zijn kop hield, de mummie bleef liggen waar hij lag.

'Zeg nu: "Allah, wek hem op uit de dood!"'

Weer klonken hun stemmen in koor. Ditmaal schoot de mummie in minder dan een seconde overeind, als een soldaat die in de houding sprong. Even was het heel stil, ze keken alsof er iets in hun geest ontploft was. De collectieve verbijstering bevroor hun gezichten. Toen barstten ze los in gejoel en eisten een herhaling. Saïd wist dat een verborgen magneet de rol van Allah vervulde, maar de kinderen waren dol op wonderen. Niet voor niets woonden ze vlak bij magische rotsformaties en ver weg van de eenentwintigste eeuw. Hassan stopte het doosje terug in zijn zak. Verontwaardigd bleven ze aandringen. 'Nog een keer, nog een keer!' Hij speelde de lachende onschuld en keerde zijn zakken binnenstebuiten om te bewijzen dat het spoorloos verdwenen was. In plaats van het doosje met de mummie haalde hij zijn camera tevoorschijn. Als op bevel klonterden de kinderen samen tot een fotogenieke groep. Het was alsof ze nooit iets anders hadden gedaan dan poseren voor de *National Geographic*, zonder zich te schamen voor hun afgedragen kleren, die zo uit een zak van het Leger des Heils hadden kunnen komen. De meisjes droegen een broek onder hun rok en hadden felgekleurde hoofddoekjes om met een knoop in de nek. Ze poseerden plechtstatig, de handen ineengeslagen op de buik. De jongens stonden er zelfbewust bij en keken stoer in de camera, alsof het de loop van een geweer was die ze trotseerden.

Wie weet heb ik een hele trits broertjes en zusjes, dacht Saïd, een stelletje halve wilden net als hier... Die mogelijkheid stemde hem ineens heel erg vrolijk. Halve wilden of niet, ze waren allemaal welkom. Eerst moeten ze in bad, besloot hij, dan gaan we fatsoenlijke kleren kopen, en knuffeldieren en voetballen. Aan halve wilden viel veel eer te behalen, dat was het aantrekkelijke ervan.

'Nu zij alleen.' Hassan wees naar een meisje dat niet ouder kon zijn dan dertien. Ze was uitzonderlijk mooi. Op haar heup zat een halfnaakt jongetje met koperrode krullen en ze lachte stralend. Het leek of haar schoonheid moeiteloos samenviel met haar bewustzijn van zichzelf en de wereld om haar heen. Haar ogen van doorschijnend turquoise schitterden alsof de oerkracht van generaties voorouders er in geconcentreerde vorm in aanwezig was.

Abdel Tayari gebood de andere kinderen uit het blikveld van de camera te verdwijnen. Hij draaide zich om naar Hassan. 'U wilt toch alleen Zoulika met haar kind?'

'Haar kind?' vroeg Saïd verbluft.

'Zoulika is gescheiden,' zei Tayari, alsof dit alles verklaarde.

Hassan zat op zijn hurken en trok grimassen om haar weer aan het lachen te krijgen. Nu ze alleen doelwit was van zijn vrijpostige camera, was er een uitdrukking van afweer op haar gezicht verschenen.

'Wacha... wacha...' riep Tayari.

Ze ontspande. De lach kwam terug, hoewel er nog steeds een zweem wantrouwen in lag. Hassan nam zijn kans waar. Zijn camera klikte tot hij tevreden was en haar met een licht ironische buiging bedankte. Toen hij overeind kwam, sprongen de kinderen weer op hem af. Hij toverde zijn doosje tevoorschijn en liet Lazarus nog eenmaal uit de dood herrijzen.

'We gaan verder,' besloot de gids. Hij keek op zijn horloge. 'Hebben jullie snoepjes bij je?'

'Ai, daar hebben we niet aan gedacht,' zei Hassan spijtig.

Ze werden beteuterd nagekeken toen ze wegliepen. Van achter een muurtje schoten grommende en blaffende honden tevoorschijn. Tayari hield ze door het gooien van stenen op een afstand. 'Ze zijn vals omdat ze huis en hof moeten bewaken,' zei hij als om zich te rechtvaardigen, 'en ze bijten echt.'

Saïd zag iets wits tussen de doornige struiken. Hij bukte zich en trok het eruit. 'Ik ontdek en begrijp,' stond er in het Frans, 'ik zeg wat deze foto's voorstellen en vertel iets over mijn streek.' Het was een pagina uit een schoolschrift die hij in zijn hand hield, verluchtigd met kleurenfoto's: de Hassan II-moskee in Casablanca, dromedarissen in de Sahara, een kashba en een medina, het Jamâa El Fnaplein in Marrakech. Het waren stuk voor stuk plaatsen waar deze kinderen nooit waren geweest en waar ze waarschijnlijk ook nooit zouden komen. Eronder stond een lofzang op de Marokkaanse vlag met de vijfpuntige ster:

Bewonder onze vlag, voor mij de mooiste
van alle vlaggen, hij wappert trots
in de wind en weerspiegelt de grootsheid
van mijn dierbare land in mijn hart.

Het gedicht was een verheerlijking van het symbool van de onafhankelijkheid, geschreven in de taal van de voormalige kolonisator. De wereld was vol onbegrijpelijke incoherenties, en dit was er een van. Saïd vouwde de pagina in vieren en stopte hem bij het lila lapje in zijn broekzak, al had hij er geen idee van waar het goed voor was.

'Gaan de kinderen die we net ontmoet hebben naar school?' vroeg hij.

'Sommige jongens,' zei Tayari kort.

'En de meisjes?'

'De meisjes?' Hij keek Saïd met opgetrokken wenkbrauwen aan en schudde meewarig zijn hoofd.

Saïd durfde niet verder te vragen. Hij had graag iets meer willen weten over het meisje met de baby. Zou hij zelf jonge zusjes hebben die al gescheiden waren?

Buiten het dorp glinsterde een waterstroompje tussen de stenen. Een ezel besnuffelde de kale oever op zoek naar iets eetbaars. Vrouwen zaten er op hun hurken kleren te wassen. Ze waren van top tot teen in bonte kleding gewikkeld en keken niet op naar de wandelaars, die op enige afstand passeerden. Het leek of ze zich in een pastoraal schilderij uit vervlogen eeuwen bevonden en de voorbijgangers niet konden zien. Twee verschillende tijdvakken schoven langs elkaar zonder raakpunt. Hassan bleef staan om een foto te maken.

'Een mooie camera,' zei Abdel Tayari bewonderend. 'Je maakt graag foto's, zie ik.'

Met moeite maakten Hassans ogen zich los van het tafereel. 'Om eerlijk te zijn, het is een verslaving. Het liefst zou ik alles wat ik zie in dit toestel stoppen. Weet je waarom?'

De gids schudde zijn hoofd.

'Ik kan er niet tegen dat mooie dingen voorbijgaan.'

'Maar zo is het leven,' zei Tayari laconiek. 'Je kunt niet alles onthouden en bewaren.'

'Daar heb je gelijk in. Maar deze digitale veelvraat...' liefdevol klopte Hassan op de camera, '...geeft me ten minste de illusie dat het kan. Als ik over een tijdje terug ben in Nederland en naar de foto van Zoulika met haar kind op de heup kijk, dan zal het zijn of ik weer in de bossen en bergen van Ifrane ben en of zij een beetje van mij is. Daardoor zal deze bijzondere dag niet voor altijd verloren gaan. Ik zet hem op de harde schijf van de computer en zo wordt hij gered van de vergetelheid. Ik kan hem ook aan anderen laten zien, als bewijs dat ik hier geweest ben en dat Zoulika bestaat.'

'Maar wat heeft Zoulika eraan om in een computer te verdwijnen? Wat heeft ze eraan dat anderen weten dat ze bestaat?'

'Zoulika kan zo iets voor de wereld doen, al is ze zich daar niet van bewust. Wil je weten wat mijn droom is, Tayari?'

'Iedereen heeft een droom.' Tayari streek over zijn stugge haardos en keek Hassan kalm aan. 'Je kunt hem rustig hardop uitspreken, daar kan hij alleen maar beter van worden.'

'Ik zou graag artikelen schrijven voor een krant en daarbij foto's maken met nieuwswaarde. Bij de foto van Zoulika zouden de lezers denken: ze is nog een meisje, maar ze heeft al een bevalling achter de rug. In plaats van met haar vriendinnetjes te stoeien op het schoolplein sjouwt ze in lompen rond met een baby op haar heup. En er is in geen velden of wegen een vader te bekennen. Dat soort wantoestanden zouden in de eenentwintigste eeuw niet meer mogen voorkomen. Zoulika zou de lezers tot nadenken stemmen en hun opinie beïnvloeden. Ze zou het begin van een mentaliteitsverandering kunnen zijn.'

'Als Zoulika zoveel voor de wereld kan doen, wat doe jij dan voor haar?'

'Wat zou ik voor haar kunnen doen?' vroeg Hassan met een scheef lachje.

'Maar dat is toch duidelijk!' Tayari bleef staan. Hij had zoveel groeven in zijn huid dat die wel van boombast leek. Zijn ogen waren strak op Hassan gericht. Ineens was hij net een jager die zijn prooi nauwlettend in het oog houdt. 'Met haar trouwen natuurlijk!'

'Trouwen?' herhaalde Hassan geschokt.

'Ja, waarom trouw je niet met haar? Je bent een van ons, dat zie ik zo. Je kunt met haar trouwen. Ze is mooi, ze heeft bewezen dat ze vruchtbaar is, en ze heeft ook nog een lief karakter. Als ik geld had trouwde ik zelf met haar. Je zult er geen spijt van krijgen en Zoulika zou er geweldig mee gered zijn!'

'Je bent een grappenmaker, Abdel Tayari!'

'Abdel maakt geen grappen! Zeer zeker niet. Abdel is zo serieus als een herdershond. Je bent toch een gezonde jonge kerel? Of schort er iets aan?'

'Dat niet, maar ik ben niet bepaald het soort man dat geschikt is voor Zoulika.'

'Als jij niet geschikt bent, dan zou ik niet weten wie wel.'

'Ik ben nog lang niet aan trouwen toe.'

'Zeg maar niets meer. Ik ben niet op mijn achterhoofd gevallen. Wat jij wilt is een mollige blondine die er warmpjes bij zit. Ik zie het aan je ogen.'

Hassan keek hem vol weerzin aan. 'Dat is wel het laatste waar ik aan denk!'

Tayari klemde zijn kaken op elkaar en vervolgde de tocht, bars voor zich uit kijkend. Het ging heuvel op, heuvel af, door een bos van steeneiken totdat ze tussen de bomen door Ifrane in de verte zagen liggen. Een jongen liep met vier lege jerrycans in zijn handen en een ezel aan zijn zij een eindje zwijgend met hen mee. Uiteindelijk daalde het pad af naar een bron in de diepte.

'De koninklijke visvijver,' zei de gids.

Saïd meende zowel spot als bewondering in zijn stem te horen. De vijver was gevuld met kristalhelder water. Hij werd omringd door hoge populieren, waarvan de bladeren begonnen te vergelen. Als grijzende veertigers staarden ze verontrust naar hun spiegelbeeld in de rimpelloze oppervlakte. Daaronder krioelde het van de forellen. De koning had het goed voor elkaar, zag Saïd, al was hij er blijkbaar nooit om de vis op te eten. Uit de vijver ontsprong een riviertje. Langs de oever begonnen ze in de richting van het dorp te lopen.

'Het zit hier vol heerlijke kreeften, een echte delicatesse,' zei Abdel Tayari over zijn schouder. 'De koning is er dol op.' Ineens dook hij voorover en ging op zijn buik liggen. Hij stroopte zijn mouw op en stak zijn hand in het water. 'Ze leven in de oeverwand,' mompelde hij, 'in holletjes.'

Zijn hand wroette onder water en er vormde zich een rimpel van diepe concentratie in zijn voorhoofd. Met een felle ruk trok hij er een grauwe kreeft uit. Tevreden grinnikend kwam hij overeind. Hij draaide zich om en hield hem voor Hassans neus.

'Maak maar een foto,' riep hij uitdagend, 'en stop hem in die computer van je.'

Hassan deinsde vol weerzin achteruit.

'Hij heeft zeker geen nieuwswaarde,' grijnsde Tayari.

Het was niet te geloven dat het modderkleurige schaaldier, dat als verlamd tussen de vingers van de gids hing, een delicatesse kon zijn op de manier van zalm met crème fraîche, dille en garnaaltjes. Zodra de kreeft werd losgelaten schoot hij weg. Was het uit hun holletjes halen van kreeften, met het oogmerk van niet-koninklijke consumptie, ook een vorm van stropen? Saïd vroeg het maar niet, want er was een vraag die voorrang had. Hij hoopte alleen dat Tayari goed zou opletten wanneer hij in de maneschijn zijn emmertje ging vullen.

Iets verderop kwam het koninklijk paleis in zicht. Het bleek een stijve, ietwat stuntelige imitatie van een Frans kasteel te zijn, zo zielloos dat het speciaal gebouwd leek voor iemand die nooit thuis zou zijn. Een leeg omhulsel als een maquette. Van een andere kant dan ze het dorp hadden verlaten, liepen ze het nu binnen. Het uitnodigende terras voor hun hotel lag er verlaten bij. Saïd herinnerde zich dat ze geld nodig hadden. De vorige avond hadden ze vergeefs geprobeerd de automaat in Ifrane aan de praat te krijgen.

'Is er misschien een stad in de buurt met een geldautomaat?' vroeg hij. 'Hier is het ons niet gelukt.'

'In Azrou zijn er twee,' zei Tayari, 'maar dan hebben we een auto nodig.'

'Daar staat hij.' Saïd wees naar de Volvo. Die stond er wat verweesd bij, of verbeeldde hij het zich? Omgeven door de onberispelijkheid van Ifrane leek hij gammel en verwaarloosd.

De middag was al een eind gevorderd toen ze Ifrane uit reden. Het was prettig weer in de overzichtelijke binnenwereld van de auto te zitten. Tayari zat opgewonden achterin, alsof het zijn eerste ritje in een gemotoriseerd voertuig was. Zijn magere gestalte wipte voortdurend van het linker naar het rechter raampje om niets van het bewegende landschap te missen. Toch wist hij tussendoor te vertellen dat Azrou op duizend meter hoogte lag en oorspronkelijk de hoofdplaats van de Berberstam Beni M'Gould was geweest.

De geldautomaat in het centrum van het stadje was snel gevonden, dankzij een lange sliert wachtenden. Saïd parkeerde de auto en stapte uit. Op de gezichten meende hij een soort woedende gelatenheid te bespeuren. Hij vroeg zich af of die weer samenhing met de vastendag die op zijn einde liep, of dat het de vrees was voor een plotseling haperende geldautomaat. Ramadan of geldautomaat, hij voelde zich niet op zijn gemak. Hij sloot achteraan in de rij, maar nadat hij een kwartier lang hun collectieve ongenoegen had ingeademd zonder een millimeter te zijn opgeschoten, stapte hij weer in de auto. Tayari wist nog een automaat, aan de andere kant van het stadje.

Een straat verder werden ze aangehouden door een jonge verkeersagent. Ze droegen geen gordels, beduidde hij. Tayari stak zijn hoofd uit het raam en legde uit dat ze van de ene geldautomaat onderweg waren naar de andere. Een afstand van nog geen honderd meter. De agent was niet onder de indruk van dit argument, met een bars gezicht eiste hij de autopapieren en inzage in het rijbewijs van de bestuurder. Saïd overhandigde de documenten zonder protest. Een diepgaande studie van de Nederlandse taal volgde. Saïd dacht aan zijn moeder, die er beslist een staaltje ergerlijk machtsvertoon in gezien zou hebben. Maar hij had genoeg verhalen gehoord over willekeurige arrestaties van onschuldige Europeanen, die in Marokkaanse gevangenissen hun dagen telden. Het leek hem raadzaam een boetvaardig gezicht te trekken. Tergend langzaam trok de agent een blocnote uit zijn zak om proces-verbaal op te maken.

Saïd draaide zich om naar Tayari. 'Wat schrijft hij allemaal op?'

'Een liefdesbrief aan zijn verloofde is het in ieder geval niet,' gromde die.

'Dat gaat u tweehonderd dirham kosten,' zei de agent. Behoedzaam scheurde hij het volgekrabbelde velletje uit zijn blocnote.

Tayari, bij wie een vorm van algemene ergernis altijd dicht onder de oppervlakte leek te liggen, ontstak in een woedende tirade. Hij stak zijn verweerde kop uit het raampje en schudde met zijn vuist. Hoewel Saïd de taal niet begreep, liet de betekenis niets te raden over. Maar het gezicht van de agent veranderde hoegenaamd niet van uitdrukking. Hij ging het nog ver brengen binnen het politieapparaat. Naast irritatie voelde Saïd ook een zweem bewondering. De man stond daar toch maar in zijn smetteloze uniform, een baken van rust. De naar de kim neigende zon glansde in zijn koperen knopen, die hij vast elke dag met een zachte doek opwreef. Hij had geleerd dat de inzittenden van een auto gordels moesten dragen, voor hun eigen veiligheid en om een daling van het jaarlijkse aantal verkeersslachtoffers te bewerkstelligen. Hij had geleerd dat wie zich niet aan deze regel hield, beboet moest worden. Hij had geleerd het zich niet aan te trekken dat hij zich hiermee impopulair maakte.

'Het geeft niet,' zei Saïd kalmerend tegen Tayari, terwijl hij de agent zijn laatste twee biljetten van honderd dirham aanreikte. Hopelijk was die andere geldautomaat goedgevuld en zou hij positief reageren op penetratie met een Nederlandse postgiropas. Saïd kreeg zijn papieren terug, groette beleefd en gaf gas. De gordels, beduidde de agent nog. Gehoorzaam deden ze hun gordels om.

'Cochon!' raasde Tayari. 'Wat een hufter, zijn beurs op die manier te spekken! Nietsvermoedende buitenlanders pakken! Goed voor het toerisme!'

'Het geeft niet,' herhaalde Saïd zacht, 'trek het je niet aan.'

'Die verdomde Makhzen, altijd eropuit ons geld afhandig te maken!'

'Tweehonderd dirham is voor ons niet zoveel,' zei Hassan sussend. 'In Europa zijn de boetes veel hoger.'

Tayari luisterde niet. 'Pas op,' dreigde hij, 'jullie zullen onderweg nog heel wat van die aasgieren tegenkomen. Je hebt ze overal. Niet alleen in de stad, maar ook op autowegen en landweggetjes. Ze houden je aan en vinden altijd een voorwendsel om je te laten dokken. Zelfs al is je auto perfect, en ben jij perfect, dan nog vinden ze een pluisje op je kraag om je te bekeuren. Het is hun manier om extra geld te verdienen. Ze verdelen de aantrekkelijke posten onder elkaar. Een nieuwe manier van tolheffing, moderne struikroverij met toestemming van de staat!'

De andere geldautomaat bevond zich in een rommelige uithoek van Azrou. Je moest goed opletten om hem als zodanig te herkennen. Misschien was dat de verklaring voor het feit dat er op de stoep, of wat daarvoor door moest gaan, geen wachtenden stonden. Saïd vulde er met succes zijn portemonnee, en in ruime mate, voor het geval er tijdens de voortzetting van hun tocht nog meer tol geheven zou worden.

De zon verdween achter de bergen terwijl ze terugreden naar Ifrane. Als het mogelijk was dat landschappen, net als mensen, moe werden en naar nachtelijke rust verlangden, dan zagen de blauwige, aan de einder vervagende bergen eruit alsof ze er een lange dag op hadden zitten.

Toen de auto over een pas met duizelingwekkende vergezichten reed, raakte Hassan in extase. 'Stop... stop!' riep hij, het portier al openend om uit te stappen. Hij haalde zijn camera tevoorschijn en klauterde even later over rollend gesteente tegen een kale helling op, waaraan hier en daar een doornige struik zich wanhopig vastklampte. Dat ging wel even duren, zag Saïd.

Tayari, in zwartgallige contemplatie verzonken, staarde de steeds kleiner wordende gestalte na. Saïd keek in de achteruitkijkspiegel naar de gids en herkende het juiste moment. Ineens wist hij met zo'n grote zekerheid dat het was aangebroken, dat hij zich verbaasd afvroeg hoe hij eerder die dag de mogelijkheid kon hebben overwogen dat het zich misschien al aandiende.

'Mooie kleur,' zei hij. Hij draaide zich om en wees op de indigoblauwe sjaal. Het was misschien een onhandige opening, maar het was er een.

'Je mag hem hebben.' Tayari's hand bewoog zich in de richting van zijn hals.

'Nee, nee, dat bedoel ik niet,' zei Saïd. Nerveus trok hij de foto uit zijn portemonnee. 'Ken je deze man misschien?'

Tayari nam de foto van hem over. Het werd erg stil achter in de auto, zo stil dat Saïd hem kon horen ademen. Onwillekeurig deed het hem aan de regelmatige ademhaling van Stoepa denken, wanneer die naast zijn bed lag te slapen. In de nachtelijke duisternis was het net of Stoepa een mens geworden was. Of lucht nu langs de trilhaartjes van een hond of van een menselijk wezen stroomde, het geluid was hetzelfde.

'Youssef Arhoun...' voegde Saïd er voor de zekerheid aan toe.

'Natuurlijk ken ik Youssef,' zei Tayari ongeduldig, 'maar wie is zij?'

'Een vriendin van hem, in Nederland. Lang geleden.'

Tayari floot tussen zijn tanden. 'Niet gek!'

Saïd onderdrukte de neiging de foto uit zijn handen te rukken. Het kwetste hem wanneer zijn moeder door een man op haar aantrekkelijkheid als vrouw werd beoordeeld. Vrouw? Ze was nog een meisje toen de foto gemaakt werd, jonger dan hij nu was.

'Ze zoekt hem,' constateerde Tayari nuchter.

'Zo ongeveer...' zei Saïd voorzichtig. 'Ze zou het leuk vinden hem nog eens te zien. Hij was haar grote liefde.'

'En ze heeft jou erop uitgestuurd om hem op te sporen.'

Saïd knikte. Liever een leugen dan een ingewikkelde verklaring.

'Youssef Arhoun en de vrouwen...' Tayari geeuwde en trok een pakje kauwgum uit zijn zak. Hij bood er Saïd een aan.

Hoewel Saïd niet van kauwgum hield, accepteerde hij het aanbod, om de breekbare illusie van amicaliteit die hij aan het creëren was niet te verstoren. Het reepje was in zilverpapier gewikkeld waarop Arabische letters stonden. Het kwam hem vreemd voor dat de Arabische landen kauwgum fabriceerden, even gek als wanneer de Amerikanen baboesjes zouden gaan maken.

Tayari stak er twee tegelijk in zijn mond. 'Hij heeft wel lang werk.' Hij wees met zijn hoofd naar Hassan, die wijdbeens op een vooruitstekend rotsblok aan zijn camera stond te prutsen.

Saïd haalde zijn schouders op. 'Als hij eenmaal aan het fotograferen slaat, kun je net zo goed een dutje gaan doen. Wat weet je van Youssef?'

'Ach Youssef... Het is zo lang geleden dat hij in Ifrane was. Ik heb hem nog ingewerkt als gids, hoewel ik meteen zag dat hij er niet geschikt voor was.'

'Niet geschikt?'

'Als gids in de bergen moet je bepaalde eigenschappen hebben. Of gebreken, het hangt er maar van af hoe je ertegenaan kijkt. Je moet waanzinnig veel van lopen houden. Je moet een lichaam hebben dat gek wordt als het niet elke dag een vaste portie lopen krijgt toegediend. Wat dat betreft is het net als iedere andere verslaving. Je moet meer van lopen houden dan van zitten. Meer van lopen dan van praten. Meer van lopen dan van mensen. Verder moet je het onzichtbare kunnen waarnemen. Een geknakte twijg. Een blad dat ontbreekt. Een steen die niet op zijn plaats ligt. Een wolk die niet deugt. Een windvlaag uit een verdachte hoek. De nabijheid van een bron. Een slang onder een struik. De valsheid van een waakhond. En je moet met de bergbewoners overweg kunnen. Zij moeten jou respecteren en jij hen, want je loopt met vreemdelingen over hun land.'

'Hoe wist je dat Youssef deze eigenschappen niet had?'

Tayari lachte. 'Zoals ik weet of een steen op zijn plaats ligt of niet.'

'Hoe was hij dan wel?'

'Youssef leefde voor de muziek. Waar hij was, daar was muziek. Die twee waren onafscheidelijk. Wanneer je met hem een bergtocht maakte, kon je duidelijk merken dat de muziek was meegekomen en als een zwerm bijen om zijn hoofd gonsde. Daardoor had hij weinig oog voor de omgeving. *Tu comprends*, iemand die zijn muziek meeneemt de bergen in kun je er niet alleen opuit sturen met toeristen, dat is veel te link. Je hebt een grote verantwoordelijkheid als gids, want er mogen geen ongelukken gebeuren. Dus liet ik hem alleen de kleine dagtochten doen, zoals die van vandaag. Je hebt zelf gezien dat daar weinig risico in zit. Nee, Youssef was veel beter af als hij op zijn *ud* zat te tokkelen en de vrouwen hypnotiseerde. Eerst werden ze verliefd op het lied, dan op de stem, dan op de eigenaar van de stem. Je zag het gebeuren. Het was een natuurlijk fenomeen, zoals de zon die 's morgens opkomt en 's avonds ondergaat.'

'Bedoel je dat hij een casanova was?'

'Een wat?'

'Iemand die altijd achter de vrouwen aan zit?'

'O nee, daar was hij veel te verstrooid voor. De vrouwen zaten achter hem aan, voilà! En hij wilde ze niet in de kou laten staan. Hij was de goeiigheid zelve, Youssef. Hij had ze gelukkig gezien terwijl hij muziek maakte, en wilde dat hun geluk zou voortduren. Dat zag hij als zijn verantwoordelijkheid. Als kunstenaar en als man, zeg maar. Vertel het maar niet aan haar...' Hij tikte op de foto. 'Ze zal het niet leuk vinden.'

Saïd knikte.

'Beloof het.'

'Hoezo?'

'Beloof het. Ik wil niet op mijn geweten hebben dat haar mooie droom verstoord wordt. De ziel van een vrouw is kwetsbaar.'

Saïd staarde hem aan. Hij had altijd gedacht dat het hart het centrum van het gevoel was, maar nu wist hij beter. Zijn gevoelens zaten samengebald in zijn krimpende maag, en door het gebrek aan ruimte werden ze steeds kleiner – als het zo doorging zou er niets van ze overblijven. 'Ik beloof het,' zei hij schor.

Tayari wierp een verstolen blik bergopwaarts. 'Hij meent het echt met de fotografie, hè?'

'En op een dag ging Youssef ervandoor?'

'De bergen had hij gauw gezien. Die waren niet meer dan een decor voor zijn onrust. Op een gegeven moment ging het gerucht dat er iemand zwanger was geworden. Ik weet niet wie het was, en ik ben er nooit achter gekomen of Youssef er iets mee te maken had. In ieder geval begon hij over de woestijn te praten. Het zat hem ineens ontzettend dwars dat hij die niet kende. Ik zei: "Maak je niet druk over de woestijn. Het is niet meer dan een gigantische hoeveelheid zand. Of stenen." "Ben je er dan geweest?" vroeg hij. "Nee," zei ik, "en ik hoef er ook niet heen, ik weet nu al dat ik vreselijk zou gaan verlangen naar het water en het groen van Ifrane, en dat ik als het moest op mijn knieën terug naar huis zou kruipen. Dus die moeite bespaar ik mezelf liever."'

Tayari draaide het raampje open en spoog zijn kauwgum naar buiten.

'Het ging hem ook om de darboeka's, herinner ik me. Nergens vond je zulke goeie darboekaspelers als in de woestijn, beweerde hij. Hij was bezeten van de gedachte aan de trommelaars in de duinen van Erg Chebbi. Hij had het nergens anders meer over, je werd er doodmoe van. Al zijn hoop was erop gevestigd, alsof hij daar de verlossing zou vinden. Maar mensen als Youssef Arhoun vinden nergens verlossing. Ze hebben een veeleisende djinn, die hun geen ogenblik rust gunt. Ik mocht hem graag, het was jammer dat hij vertrok. Toch was het ook een opluchting, want je voelde het aankomen zonder dat je het kon verhinderen.'

Met een zucht van berusting gaf Tayari de foto terug. Saïd stak hem in zijn portemonnee, in het vakje dat hij speciaal had vrijgemaakt voor de foto met het Rembrandtplein. Zijn vingers trilden. *Hij wilde dat hun geluk zou voortduren. Dat zag hij als zijn verantwoordelijkheid. Ik ben er nooit achter gekomen of Youssef er iets mee te maken had.*

'Waar ging hij heen?' fluisterde Saïd.

'Naar het zuiden. Les Dunes de Sable. Ik heb nog een ansichtkaart ontvangen, niet lang na zijn vertrek. Roze duinen met een rij dromedarissen die door het zand sjokken.'

Saïd slikte. 'Dus ik moet de woestijn in.'

'U hebt wel veel voor haar over.'

'Ze is mijn moeder.'

Tayari's mond viel open. Hij staarde Saïd aan. Die voelde zich ineens alsof hij naakt voor hem zat en de waarheid in grote letters op zijn voorhoofd te lezen stond. Tayari zweeg en las. Zijn aangeboren vermogen om te zien of een steen nog op zijn plaats lag, kwam hem daarbij goed van pas. Zijn donkere ogen, die doorgaans fel en strijdbaar waren, kregen een droevige glans. Met een ferme ruk trok hij de sjaal van zijn nek. 'Hier,' zei hij.

Saïd schudde zijn hoofd.

'Vooruit! Ik koop zo een nieuwe.'

Aarzelend nam Saïd het geschenk aan. Het laatste wat hij wilde, was Tayari beledigen. Op hetzelfde ogenblik opende Hassan het portier en stapte in. Hij zat nauwelijks of hij boog zich over het scherm van zijn camera om te zien of de foto's gelukt waren. Bliep, bliep, het maanmannetje zocht contact met de aarde.

'Dit is het,' zei hij met een zucht van tevredenheid, 'dit is het helemaal.'

Ze reden verder. Het liefst had Saïd zijn handen kalmerend op zijn maag gelegd, maar hij had ze allebei nodig om de Volvo veilig door de bergen te manoeuvreren. Hij dwong zichzelf aan de zilveren forellen in de koninklijke visvijver te denken. Hoe was het om een forel te zijn met als hoogste ambitie je leven in de maag van Mohammed de Zesde te beëindigen? Was het iets waar je als vis voortdurend aan moest denken, terwijl je ogenschijnlijk relaxed door het water gleed? Had je een voorgevoel van het verschil tussen het heldere viswater en de looizuurachtige, vorstelijke maagsappen, die meteen zouden beginnen je te verteren?

Ondanks de afleidingsmanoeuvre leek de terugweg veel langer dan de heenweg. Toen eindelijk de puntdaken van Ifrane in zicht kwamen, was hij de overlevingskans aan het berekenen van een forel in een vijver met vijftienhonderd andere exemplaren, als de koning eens per jaar kwam en er bij die gelegenheid twee zou eten.

Terug bij het hotel betaalden ze Tayari het dubbele van wat ze die ochtend overeen waren gekomen. Met vorstelijke waardigheid nam deze de biljetten in ontvangst. Hij wist wat hem toekwam. Hij viste een stompje potlood en een gerafeld bierviltje uit zijn broekzak en noteerde daarop zorgvuldig zijn naam en telefoonnummer. 'Als jullie weer komen,' zei hij, 'dan maken we een grote tocht. Dat is pas het echte werk.'

Ten afscheid sloegen ze de handen vriendschappelijk in el-kaar. Saïd stelde voor hem met de auto naar huis te brengen, maar Tayari sloeg het aanbod hooghartig af. 'Vijf kilometer is niets,' zei hij. Om te demonstreren dat hij het meende, begon hij meteen te lopen. Voordat hij om de bocht verdween, draaide hij zich nog eenmaal om en zwaaide lachend. De vrienden wuifden terug.

'Laat je hem zomaar gaan?' vroeg Hassan. 'We zijn nog geen snars wijzer.'

'Jawel,' zei Saïd.

Hassan stak een sigaret tussen zijn lippen en viste in zijn broekzak naar zijn aansteker. Ze streken op het verlaten hotelterras neer zonder de avondkilte te voelen. Omdat de zon al enige tijd onder was, stond er niets meer in de weg tussen hen en een glas cola. Saïd legde onopvallend een hand op zijn maag. Terwijl ze op hun bestelling wachtten, gaf hij een korte samenvatting van zijn gesprek met Tayari. In een gecensureerde versie.

'De woestijn! Ik heb altijd al woestijnfoto's willen maken!' riep Hassan uit. 'Cramed ti salabadoo!'

4 Het koninkrijk Saïdië

'Ik heb een land,' zei Saïd. Boven hun hoofd was de breed uitwaaierende kroon van de kastanje aan het vergelen en onder hun voeten knisperden de eerste gevallen bladeren. Niet ver bij hen vandaan zorgden de anderen voor veel onstuimigheid en lawaai. Ze waren verwikkeld in oefeningen voor later, een kinderoorlog waarin geen doden vielen, maar wel een pikorde bepaald werd.

'Waar is dat land?'

'In mijn slaapkamer,' zei Saïd waardig. Hij bukte om een groene kastanjebolster met stekels op te rapen. Die zou weleens geschikt kunnen zijn als proefspoetnik voor het ruimtevaartprogramma van Saïdië. 'Ik ben de koning. Wil je het zien, na school?'

Hassan knikte.

In de namiddag bogen ze zich over een met inkt getekende en met potlood ingekleurde landkaart. Bergen, dalen en hoogvlaktes waren met dezelfde kleuren grijs, geel en oranje aangegeven als op de kaarten in de schoolatlas. De grenzen waren rood zoals het hoorde, maar zeeën en meren ontbraken. Er was nog een verschil met de atlas: de kleuren op de kaart waren duidelijk afkomstig uit de Caran d'Ache-doos die ernaast op tafel stond, en de namen van steden, dorpen en rivieren verrieden, hoe sierlijk ook geschreven, het handschrift van Saïd.

'Het is nog niet klaar, hoor.'

'Mooi...' fluisterde Hassan.

Hij was niet alleen onder de indruk van het koninkrijk Saï-dië, zoals het met krullerige letters, omlijst door adellijke wapenschilden, boven de kaart geschreven stond, maar ook van de afmetingen van het vertrek waarin hij zich bevond. Thuis deelde hij een kleine slaapkamer met zijn oudere broer en diens spullen. Er stonden een paar propvolle kasten en alles leek mee te trillen met het lawaai van langsrazend verkeer. De kamer van de koning van Saïdië daarentegen had een hoog plafond met ornamenten van gips en twee paar vensterdeuren die uitkwamen op een vorstelijk balkon. Daarachter schemerde het groen van de paleistuin. Bovendien had zijn nieuwe vriend zoveel speelgoed dat Hassan in tweestrijd verkeerde of hij zijn aandacht moest beperken tot de landkaart, of dat het hem vrijstond ook het majesteitelijke speelgoed van dichtbij te bekijken.

Maar Saïd hield hem bij de les. 'Als je wilt, kun je onderkoning worden.'

Dat was een genereus aanbod.

'De koning is soms moe van het regeren,' legde Saïd uit, 'en hij is een beetje eenzaam. Weet je, hij heeft miljoenen Saïdiërs onder zich, terwijl hij helemaal alleen boven ze staat. Daarom is hij al een tijdje op zoek naar iemand die hem kan helpen. En als de koning griep heeft, of een dag geen zin om te regeren, dan kan de onderkoning mooi voor hem invallen.'

Hassan vond het raar dat Saïd over de koning sprak alsof het iemand anders was dan hijzelf. Iemand die eenzaam was en griep kon krijgen en die geholpen wilde worden. Hij vroeg zich af of hij, als hij erin toe zou stemmen onderkoning te worden, in die andere gedaante ook allerlei gevoelens zou krijgen die hij nu nog niet had en of hij dan niet in verwarring zou raken. Eigenlijk had hij er zijn handen vol aan Hassan te zijn, de zoon van Ahmed en Fatima Messaoui, de broer van Aziza en Abdelkrim. Aan de andere kant was het verleidelijk zo nu en dan eens te ontsnappen aan diezelfde Hassan. Wie weet wat voor voordelen het zou hebben onderkoning van Saïdië te zijn. 'Omdat de koning rijk is, is de onderkoning het natuurlijk ook.' Saïd ging zonder aarzeling voort met zijn verleidingstactiek. Van een plank aan de muur tilde hij een houten doos waarop 'William Lawson' stond. Er waren grote cirkels op getekend met zwarte punten in het midden, waardoor het leek of tientallen ogen degene die het waagde zijn hand naar de doos uit te steken waarschuwden. Om niet voor dom aangezien te worden durfde Hassan niet te vragen wie William Lawson was. Op de zijkant zat een groot etiket, waarop met een rode markeerstift geschreven was: 'Honderd biljard Saïdische dollars'. Plechtig tilde Saïd het deksel van de doos. Er verschenen stapels bankbiljetten, papiergeld ter waarde van 5, 10, 100 en 500 s D, stuk voor stuk nauwkeurig met viltstift getekend en verlucht met de konterfeitsels van belangrijke personages. Zo stond op het biljet van 5 een vervaarlijk uitziende krijger met zwaard afgebeeld. Zijn uniform leek op een zwarte kamerjas en om zijn hoofd was een zwarte tulband gewikkeld. Op de overige biljetten waren leden van de koninklijke familie afgebeeld. Een glimlachende prinses ter waarde van 10 s D en een bebrilde koningin ter waarde van 100. De vorst zelf stond garant voor maar liefst 500 s D. Als zelfportret kon het biljet niet echt geslaagd worden genoemd. De koning had een rare grijns op zijn gezicht en rode wangen als een clown. Zonder Saïds toelichting zou Hassan de familie trouwens nooit als koninklijk ingeschat hebben. Hij herinnerde zich bijvoorbeeld niet ooit een koningin met een bril gezien te hebben. Een montuur op een koninklijk gezicht leek hem een totale diskwalificatie, die iemand ongeschikt maakte als rolmodel voor de dromen van het volk.

'Waarom draagt de koningin een bril?' vroeg hij bedeesd.

'Omdat ze slechte ogen heeft natuurlijk. Mijn moeder heeft ook een bril, alleen zet ze hem nooit op. De koningin van Saïdië wel. De koning wil graag dat ze goed ziet.'

'Wie is de koningin?'

'Ze moet nog gevonden worden. Misschien kun jij me daarbij helpen.'

Hassan had er geen idee van waar je koninginnen moest zoeken. Hij hoopte niet dat Saïd aan hem, in zijn hoedanigheid van onderkoning, onmogelijke eisen zou stellen. Saïd sloot de doos, alsof hij bang was het geld te lang aan het licht bloot te stellen. Met een zucht zette hij William Lawson terug op de plank. Wat ging er nu gebeuren?

'Waarom zijn er geen meren of zeeën op de kaart van Saïdië?' vroeg Hassan.

'Omdat het midden in de woestijn ligt. Er zijn alleen oases. De hoofdstad Tmit ligt aan de grootste van allemaal. En er is een bron die zo groot en diep is dat het wel een meer lijkt. Die wordt Het Blauwe Oog genoemd.'

'Zijn er *koubbas* in Saïdië?'

'Wat?'

'Je weet wel. Waar maraboets begraven liggen. Je kunt een wens doen en die komt dan uit. In Marokko is er een speciaal voor zieke voeten.'

Saïd knikte. 'Natuurlijk zijn er *koubbas*,' verzekerde hij, 'voor handen, voeten, oren, ogen. Voor alles wat je maar wilt is er een *koubba*.'

Hij wist het wel aantrekkelijk te maken! 'Wat zullen we nu doen?' vroeg Hassan. Hij loerde nog steeds met één oog naar het speelgoed.

'Laten we het nationale spel doen,' stelde Saïd voor.

Op de grond lag een groot spelbord. Het was ook zelfgemaakt en had de vlakverdeling van een dambord, met dit verschil dat er aan beide kanten een champignon was getekend in een van de vakken. Verder lagen er glanzende groene en zwarte steentjes op het bord, ovaal van vorm en glad geslepen.

'De groene pionnen zijn gemaakt van aventurijn.' Saïd raapte er een van het bord en legde hem in de palm van zijn hand. 'Het is een edelsteen die helpt als je bang bent. Lang geleden naaiden ze een aventurijn in de kleren van een soldaat wanneer hij de oorlog in moest. Die maakte hem dapper.'

'En deze?' Hassan wees naar een zwart steentje, dat hij niet durfde aan te raken.

'Dat is een hematiet. Zo'n steen werd ook meegegeven aan een soldaat, maar dan als amulet. Ze hielpen hem om het gevecht te winnen en als hij toch gewond raakte, stelpten ze het bloeden.'

'Hoe kom je aan al die steentjes?'

'Mijn moeder neemt ze mee van haar werk. Daar stikt het gewoon van de edelstenen.' Saïd voelde een zoete voldoening, nu hij zijn eigen troef kon uitspelen tegenover Hassans woestijn waar de amethisten voor het oprapen lagen.

Even was Hassan sprakeloos. Een moeder die elke dag omgeven was door edelstenen! Dat was nog eens wat anders dan de geur van chloor en zeep die eeuwig om zijn vader heen hing, omdat hij in zijn kleren trok. Eruit wassen lukte niet volgens zijn moeder. Hoe zou je zeep kunnen wegwassen met zeep?

'Waar is die paddenstoel voor?' Hassan wees naar het vakje dat het dichtst bij was.

'Dat is de atoombom die alles vernietigt.' Saïd veerde op. Zijn ogen begonnen te stralen. 'Wie de bom heeft wint. Daarom probeert elk leger die van de vijand uit te schakelen en zijn eigen bom te verdedigen, snap je?'

Hassan knikte beleefd. Hij hield niet zo van oorlogsspelletjes en had niet verwacht dat Saïd, die op school niet deelnam aan de strijd om de macht, er thuis een dambord met als edelstenen vermomde soldaten op na hield.

'Let op,' zei Saïd, 'ik leg je de regels uit, het is heel makkelijk.' Omdat Hassan niet reageerde voegde hij er voor de zekerheid aan toe: 'Je hebt toch wel zin?'

'Ja,' zei Hassan zacht.

'Dan moet je zeggen: "Cramed ti salabadoo." Dat betekent "oké" in het Sabariet. Of: "Ja, laten we dat doen!"'

5 Vijfentwintig gigabyte vol Alaouïtische heersers

Ze hadden Ifrane vroeg in de ochtend verlaten en koers gezet in zuidelijke richting. De route voerde door het gebied waar de Midden-Atlas en de Hoge Atlas elkaar ontmoeten, over een pas op bijna tweeduizend meter hoogte. Het landschap werd kaler en steniger, op harige pollen gras na. Aan de regenarme kant van de bergen hielden alleen korte, kromgegroeide boompjes stand. Steile hellingen omzoomden de weg die steeg en daalde met de onverschilligheid die wegen eigen is omdat ze tegelijk van iedereen en van niemand in het bijzonder zijn. Soms passeerde de Volvo een dorp, dat was gekneed uit hetzelfde materiaal waaruit ten tijde van hun ontstaan de bergen waren gevormd. Als op een kubistisch schilderij regen rechthoekige huizen en torens met spaarzame ramen, die op schietgaten leken, zich aaneen tot een langgerekte nederzetting aan de voet van een berg. Er was altijd een waterput, waarschijnlijk de enige reden waarom de huizen op die plek stonden, en niet op een andere. Omdat een deel ervan in staat van ontbinding verkeerde, zonder menselijke bemoeienis overgeleverd aan de elementen, maakten de dorpen een indruk van tragische verlatenheid. Hadden de bewoners hun traditionele manier van leven ingeruild voor een vrijwillige ballingschap in Europa? Of was die indruk bedrieglijk? Soms bewoog er een gestalte tussen afbrokkelende muren, die werd opgeslokt door de schaduw of oplichtte in de felle zon.

Saïds maag was weer in zijn normale toestand teruggekeerd:

die van een gezonde maag die je niet voelt. Een van zijn moeders vrienden – waarschijnlijk was het de hypochondrische antroposoof geweest – had hem ooit uitgelegd hoe de maag omging met spanningen. In een toestand van rust had hij de vorm van een zak, al of niet met inhoud. Maar werd het orgaan blootgesteld aan extreme stress, dan ging hij verbluffend veel op een uitgewrongen zemen lap lijken. Dat deed pijn, dat kon niet anders. Ontspanning was de enige remedie. Die had de vorige avond als vanzelf haar heilzame werk gedaan. Eerst hadden ze in een restaurant gegeten dat hun door Tayari was aanbevolen. Om hen heen werd in een uitgelaten stemming het einde van de ramadan gevierd met een feestelijke schranspartij. Daarna waren ze teruggekeerd naar het hotel en hadden ze in hun kamer het nationale spel van Saïdi-Hassanië gespeeld, dat Saïd op het laatste nippertje uit nostalgisch verlangen in zijn reistas had gestopt. Ze bleken er allebei plezier in te hebben om het vanouds dierbare tijdverdrijf, waarmee ze rond hun vijftiende gestopt waren, zoveel jaar later nog eens op zijn waarde te testen. Betekende het dat de tijd die verlopen was tussen toen en nu, alleen maar een bedenksel was van de kalender? Ooit, toen ze nog geen besef hadden van eindigheid, hadden ze zich samen op een vlot mee laten drijven op de onzichtbare stroming van een brede, onbekende rivier. Onderweg deden ze zoveel nieuwe indrukken op dat ze zich het middelpunt van een glansrijk avontuur waanden. Maar op een dag had de stroming het vlot op een kiezelstrandje geworpen en voordat ze er erg in hadden, waren ze weggewandeld over verschillende paden. Die avond in het hotel bleek het spel met de halfedelstenen nog niets van zijn glans verloren te hebben. De oude hartstocht keerde terug. Het spel bezat die prikkelende mengeling van geluk en inzicht die voldoende uitdaging bevat voor twee volwassen spelers.

Ergens in het schrale, onvruchtbare landschap waren door

een dappere boer parasoldennen geplant. Of ze ooit de gewenste hoogte zouden bereiken was de vraag, maar ze wierpen bescheiden schaduwplekken op de bodem. 'Laten we iets eten,' stelde Hassan voor. 'Nu het weer mag.' 'We blijven het vieren,' zei Saïd. Hij parkeerde de auto in de berm. Het zag ernaar uit dat er zelden andere weggebruikers langskwamen, dus je kon de Volvo net zo goed midden op de N13 achterlaten. Maar het was de macht der gewoonte die hem ertoe aanzette netjes langs de kant te gaan staan. Met een goedgevulde tas proviand, die ze nog niet hadden aangesproken, klauterden ze tegen een helling op. Onder de grootste den die ze konden vinden, rolde Saïd een kleurige Chinese mat uit. Hij zette de tas in het midden erop en trok de rits open. Het was zo'n goedkope plastic tas met rood-wit-blauwe strepen waarmee de Marokkanen 's zomers hun auto's volstouwden, wanneer ze teruggingen naar hun dorp van herkomst. Er kon erg veel in en hij woog niets, maar je moest oppassen dat de rits niet te veel onder spanning kwam te staan. Je kon er van alles in vervoeren, van kleding tot koffiezetapparaten. Waarschijnlijk paste er zelfs een televisie in, mits je bereid was de rits op te offeren. Saïd viste er een pak knäckebröd en een doosje smeerkaas uit, en na enig zoeken een set plastic bordjes en bestek. Zowel de Chinese mat als de tas met inhoud verwees naar de zorgzame attenties van zijn moeder.

Ze zaten juist met smaak te eten toen er drie bewegende stipjes de berg af kwamen, die algauw menselijke contouren kregen. Drie kinderen holden regelrecht op de geïmproviseerde picknick af. Buiten adem kwamen ze net voor de rand van de Chinese mat tot stilstand, alsof deze een territorium markeerde dat onder geen beding geschonden mocht worden. Het waren twee jongens die nauwelijks het kleuterstadium voorbij waren, en een meisje van een jaar of tien. De jongetjes waren zo mager dat ze in hun vuile, versleten kleren zelfs als vogelverschrikker niet voor vol zouden zijn aangezien, en hun lippen waren gebarsten van de droogte. Het was een raadsel hoe ze zich op hun blote voeten zo snel over de met scherpe stenen bezaaide bodem konden verplaatsen. Het meisje droeg vilten pantoffels, een peignoir van donkerrode velours vol gaten en een rafelige sjaal als hoofddoek. Saïd zag een aandoenlijk detail: ze had één felroze gelakte pinknagel, die meteen de vraag opwierp waarom het er maar één was.

Onwillekeurig dacht hij aan de zilverkleurige teennagels van een meisje dat hij die lente had ontmoet tijdens een fietstocht langs de Amstel. Wat een wereld van verschil! Het Nederlandse meisje, dat maar een paar jaar ouder moest zijn geweest, woonde in een monumentaal huis dat uitkeek op de rivier. Ze was zo blank van huid dat ze transparant leek. In haar lichtblauwe Adidas-joggingpakje leek ze eerder etherisch dan echt; je verwachtte half dat er kerstklokjes zouden rinkelen wanneer ze haar tenen met de zilveren nagels bewoog. Daarbij vergeleken was dit bruingebrande meisje erg aards. Haar roze pinknagel leek eerder een stil verwijt uit te drukken dan het vertederende begin van vrouwelijke ijdelheid. Badkuipen vol zou je haar willen schenken, dacht Saïd, badkuipen vol roze, rode en oranje nagellak. En fijne kwastjes van engelenhaar.

Met hun donkere ogen volgden de kinderen elke hap die ze naar hun mond brachten. Een van de jongens opende, in een onbewuste poging tot mimicry, zelfs tegelijk met hen zijn mond. De eetlust verging Saïd. Hij deed een willekeurige greep in de tas. Een rol beschuit, een blikje leverpastei, een zak studentenhaver. Alsof ze voorbereid was geweest op de onwaarschijnlijke ontmoeting toverde het meisje een plastic vuilniszak uit haar peignoir tevoorschijn. De beschuit verdween onmiddellijk in de zak en wat hij aan de jongetjes gaf, werd aan haar afgedragen.

'Ik geloof dat dit het gebied van de Ait Haddidou is,' zei Hassan. 'Vroeger beroofden ze langstrekkende karavanen en nu sturen ze zo te zien hun kinderen erop uit om te bedelen. Geef mij dan maar de goeie ouwe tijd.'

Hij trok een rol volkorenbiscuits uit de tas. Voordat hij hem aan het meisje gaf vroeg hij haar in het Tarifit van de Riffijnen hoe ze heette.

Ze begreep hem niet of wilde hem niet begrijpen. Haar blik bleef gefixeerd op de proviand die nog over was in de tas.

Hassan wees op zichzelf, noemde zijn naam en trok er een komische grimas bij.

Voor het eerst ontsnapte haar een lachje. De jongens lachten nu ook, stuurs en terughoudend, alsof het een kunstje was dat ze moesten vertonen om nog meer voedsel te krijgen.

Hassan zuchtte. Het zag ernaar uit dat zijn poging tot contact het moest afleggen tegen de noodzaak van hun kant zo veel mogelijk te profiteren van een goedgevulde picknicktas, die uit de hemel in hun steenwoestenij was neergedaald. Dat er bij de tas wezens hoorden die menselijke trekken vertoonden, was niet van belang. Die wezens zouden verdwijnen, maar het voedsel moest blijven.

Saïd keerde de tas om. Alles wat er nog in zat, werd weggegrist en in een oogwenk in veiligheid gebracht. Kartonnetjes vruchtensap, mueslirepen, blikjes sardines, bakjes yoghurt met bifidusbacteriën. Zijn moeders zorgzaamheid werd integraal in de vuilniszak gepropt, en toen die vol was in de zakken van de peignoir. Haar zorgzaamheid zou met hen verdwijnen, de berg op, in de richting van een dorp dat tot stof zou wederkeren.

'We kunnen de wereld niet redden,' bromde Hassan, 'maar het is een begin.'

Nu er niets meer te eten viel, stonden ze op. Saïd rolde de mat op. Die krijgen jullie niet, dacht hij. Nog steeds hongerig liepen ze terug naar de auto. Nu pas scheen het tot de kinderen door te dringen dat wat voor altijd uit hun blikveld ging verdwijnen geen sardientjes of bakjes met yoghurt waren, maar weldoeners met een gezicht en een lichaam. Bedremmeld keken ze de wegrijdende auto na, zwakjes wuivend. In zijn achteruitkijkspiegel zag Saïd hen kleiner en kleiner worden. Het leek of de toenemende afstand hen verfrommelde tot ze niet meer dan propjes papier waren, die bij de eerste windvlaag zouden worden opgetild.

Nadat ze een tijdje gereden hadden, zagen ze rechts van de weg een ravijn, dat volgens de kaart was uitgesleten door het water van de Ziz. Ergens was een officieel uitkijkpunt met parkeergelegenheid gecreëerd. Saïd minderde vaart. Hij reed tot aan de rand van het ravijn en zette de auto stevig op de handrem. Ze stapten uit om een blik in de diepte te werpen.

'In den beginne was de aarde woest en ledig...' Maar toen werd het paradijs geschapen, en dat was waaraan Saïd moest denken toen hij in de vallei een zee van golvend groen zag, van uitbundig leven, dat schril contrasteerde met de doodse ongenaakbaarheid van de steil oprijzende rotswanden aan weerszijden. Dadelpalmen, olijfbomen, lommerrijke laantjes, weelderig begroeide akkers. Een hommage aan het leven was het! Een uitnodiging om op je knieën te vallen en te bedanken voor de gulheid van de natuur. Maar wrang was de overvloed in de diepte ook, vergeleken met de schraalheid van het landschap dat ze achter zich hadden gelaten, en met de drie kinderen die niet beter wisten dan dat de hele wereld zo weinig te bieden had – schaduwen op de muur van Plato's grot.

'Mais vous êtes très beau, monsieur.'

Saïd schrok. Hij werd van nabij aangestaard door een zwarte man die een donkerblauw kostuum en een stropdas droeg, en een elegante bril op zijn neus had. In de veronderstelling dat zijn woorden niet goed verstaan waren, herhaalde hij zijn opmerking. 'U bent erg knap!'

Saïd verstijfde en deed een stap terug. Zijn uiterlijk was voor hem van dezelfde neutrale orde als het feit dat hij tot het mannelijk geslacht behoorde, één meter achtentachtig lang was, bruine ogen had en blond haar. Door anderen knap gevonden worden gaf hem een gevoel van ongemak, omdat het geen persoonlijke verworvenheid was waarop je trots kon zijn. Eerder droeg die bewondering bij aan de verwarring waarin hij sowieso al verkeerde. Wanneer hij in de spiegel keek, herinnerde dat zogenaamd knappe gezicht hem er op een pijnlijke manier aan dat er geen enkele congruentie bestond tussen zijn uiterlijk en de caleidoscoop van zijn innerlijk, die van dag tot dag veranderde. Tot nu toe waren het altijd leden van het andere geslacht geweest die hem complimenten maakten. Het allereerste kwam van een tante die hen zelden opzocht. Was het vroeger altijd 'Wat ben je groot geworden!' geweest, op een dag was het ineens: 'Maar wat een mooie jongen ben je geworden!' Het klonk dreigend, bijna beschuldigend, alsof hij haar een streek geleverd had. Hij zou nooit haar blik vergeten, een speciale blik, die hij toen voor het eerst in zijn leven gewaar werd. De glans in de ogen van een ander, die zijn buitenkant aftastte, verwonderd, nieuwsgierig, begerig misschien ook, en afgunstig. Alsof iets in hem waarvan hij zich niet bewust was, hun ogen voedde en sensaties teweegbracht waarvoor hij nooit verantwoording zou willen dragen. Onder die blik voelde hij zich miskend en bezoedeld. Er werd naar hem gekeken zonder dat hij gezien werd. Wat de anderen zagen, vermoedde hij, spoorde niet met wat hem verontrustte wanneer hij zelf naar zijn spiegelbeeld keek. Hij vermoedde dat de anderen in hem vooral een projectie van hun eigen verlangens en twijfels zagen. Wat ze hem gaven als ze naar hem keken, namen ze hem tegelijkertijd ook weer af. Vervolgens deden ze ermee wat ze wilden. Talloze versies van hem, vervormd door hun eigen waarneming die tussen lust en onlust heen en weer slingerde, waren opgeslagen in hun geheugen zonder dat hij er zelf invloed op had. Zo bestonden er in de hoofden van anderen waarschijnlijk meerdere Saïds die hij zelf niet kende en niet zou herkennen als hij ze tegen zou komen. Op een dag zou hij misschien, om al die foute versies die ze zich toegeeigend hadden in één klap te vernietigen, iets verbazingwekkends moeten doen. Iets shockerends wat ze nooit van hem verwacht hadden, om te bewijzen dat het een ernstige vergissing was hem louter op basis van een gemakzuchtige uiterlijke indruk te beoordelen.

Maar nu was het een man die hem een compliment maakte. Dat was hem nog nooit overkomen. Zijn eerste opwelling was de ander te negeren en te doen of hij de opmerking niet had verstaan. Demonstratief en met samengeknepen ogen vestigde hij zijn blik weer op de vallei, alsof hij daar iets ontdekt had wat zijn volledige concentratie vergde. De rivieroase, die net nog associaties met het paradijs bij hem had opgeroepen, kwam hem nu voor als een hel vol verstikkend groen, waarin het wemelde van de malariamuggen, slangen, hagedissen, schorpioenen en schurftige honden. Die deden niets anders dan op elkaar loeren tussen de bomen en bamboebosjes, om toe te slaan op het moment dat de ander zich veilig waande. Waar water was, was groen. Waar groen was, was leven. Waar leven was, was verraad. Wat was er weinig nodig om de wereld plotseling in een dreigend licht te zien! Zo'n ommekeer in zijn waarneming overviel hem regelmatig en beangstigde hem. Was de wereld van het ene op het andere ogenblik veranderd, of kreeg hij ineens een kant te zien die er altijd al was geweest, maar die hij niet eerder had opgemerkt? In zijn hoofd werd haast voortdurend strijd geleverd tegen zijn eigen tweeslachtigheid en de ondermijnende twijfels die er het gevolg van waren. Het leek soms wel of er een drakendoder op een paard door zijn hersenpan galoppeerde, zijn getrokken zwaard voorbereid op duizend koppen.

'Hij is erg mooi, uw vriend.'

Hassan knikte. 'Bien sûr.'

'Kan ik jullie ergens mee van dienst zijn?'

'Misschien...' Hassan greep Saïd, die stug voor zich uit bleef kijken, bij de arm. 'Hé, we kunnen wel wat hulp gebruiken, vind je niet?'

Saïd wierp hem een waarschuwende blik toe. 'Die vent is geschift,' siste hij.

'Omdat hij openlijk zegt wat hij vindt?' Hassan lachte geamuseerd. 'Hij heeft toch gelijk? Daar hoef je niet zo spastisch over te doen.'

Saïd zweeg gekwetst.

'We willen de woestijn in,' legde Hassan uit.

'Monsieur, ik kan alles voor u regelen. Een tocht op een dromedaris van een of meer dagen, eten en slapen in nomadententen. Bezichtiging van Rissani, de ruïne van Sijilmassa, de Ksar Abbas en de Ksar Ouled Abd el-Halim.'

'Klinkt goed,' vond Hassan, 'vind je niet?'

'Ga jij maar alleen met die gek de woestijn in,' zei Saïd.

De man keek met opgetrokken wenkbrauwen van de een naar de ander. 'Uw vriend wil niet?' concludeerde hij glimlachend. 'Ook goed. Maar zou ik met u mee mogen rijden? Ik heb een week lang gewerkt met een groep Franse toeristen en moet terug naar ons kantoor in Erfoud.' Hij wees op een insigne op de revers van zijn colbert.

'Zullen we hem een lift geven?' zei Hassan. 'Hij is een officiële gids.'

Saïd haalde zijn schouders op zonder te antwoorden. Zo te zien bepaalde Hassan wie er in de Volvo stapte en wie niet.

Ze openden de portieren en namen plaats.

De man ging achterin zitten en begon vandaar uit een perkamentachtige geur te verspreiden. Was er een primitief soort stijfsel gebruikt om zijn onberispelijke kostuum in vorm te houden? Hij stak een hand uit naar Hassan en stelde zich voor. 'Tarik Aglou.'

Het troostte Saïd een stuur in zijn handen te hebben, en zijn rechtervoet op het gaspedaal. Het besturen van de Volvo gaf hem een neutrale status, die hem als het ware onttrok aan de beoordeling van zijn fysieke kwaliteiten. Zo'n insigne, was dat niet makkelijk te vervalsen? In een land waar oude ambachten in ere werden gehouden, was dat waarschijnlijk een fluitje van een cent. Het was niet meer dan een badge met opdruk en een veiligheidsspeld aan de achterkant.

Nadat Hassan zich eveneens had voorgesteld, wilde Aglou de naam van diens reisgenoot weten. 'Saïd de Fries,' zei Hassan zonder enige terughouding.

Saïd klemde zijn vingers om het stuur. Zijn naam, die in allerlei officiële registers voorkwam en in zijn paspoort en rijbewijs stond als een neutrale, voor iedereen toegankelijke aanduiding van zijn identiteit, kwam hem nu voor als iets intiems wat je niet zomaar prijsgaf aan een vreemde. En zeker niet aan een vreemde die zich ongevraagd introduceerde met een opmerking over je uiterlijk.

'Een Marokkaanse voornaam,' stelde Aglou verwonderd vast.

Saïd probeerde zich de onregelmatige werkwoorden van Saïdi-Hassanië voor de geest te halen. Die hadden vroeger een kalmerende invloed op hem uitgeoefend. Gnirfali, gnirfalarde, gnirfalo, gnirfalirdam... De vervoegingen van het werkwoord 'gnirfalar', dat 'ontsnappen' betekende, kwamen moeiteloos bovendrijven. Zelfs de twee verschillende vormen voor de toekomende tijd, een nabije en een die in de verre toekomst lag, bleek hij nog niet vergeten te zijn.

'Bevalt ze u, de vallei van de Ziz?' informeerde Tarik Aglou. Hij woonde er met zijn vrouw en twee zonen, vertelde hij, in de Ksar Akerbous.

'Het moet prettig zijn,' antwoordde Hassan, terwijl hij zich naar hem omdraaide, 'in zo'n groene, vruchtbare vallei te wonen.'

'Erg prettig,' beaamde Aglou. 'Bij een andere gelegenheid bent u van harte welkom bij mij thuis. Mijn vrouw kan een verrukkelijke *tangia* bereiden en haar *chebakia* is befaamd in de hele vallei.'

'We zouden graag eens van uw gastvrijheid gebruikmaken,' zei Hassan hoffelijk.

Er was dus, tussen de slangen en malariamuggen, een vrouw daarbeneden die hem twee zonen had gebaard en over culinaire kwaliteiten beschikte. Aglou had een normaal gezinsleven. Saïd voelde een lichte schaamte opkomen. Had hij het zogenaamde compliment op de parkeerplaats helemaal verkeerd geïnterpreteerd? Maakte het misschien deel uit van een archaïsch begroetingsritueel? Iets als: 'U bent groot en knap, u bent een gelukkig man. Gezondheid en voorspoed wens ik u toe, vrede zij met u, salam aleikum...' Iets in die trant, zoals de Saïdi-Hassaniërs elkaar bij elke begroeting een hemel vol sterren toewensten, overtuigd als ze waren van het verband tussen een goede oogst en een nachtelijk firmament waarin de Melkweg zo fel oplichtte dat je er een boek bij zou kunnen lezen.

'Helaas,' zei Aglou, 'moet ik morgenavond naar Algerije. Anders had ik u persoonlijk onder mijn hoede genomen, de komende dagen. Maar ik kan u morgen overdag nog rondleiden in de streek rond Erfoud. Als ik de avondbus maar haal.'

'Dat zou fijn zijn.' Hassan besliste al voor hen beiden.

'Weet u,' vervolgde Aglou, 'overmorgen is er een feest waar ik bij moet zijn. We vieren dat mijn oom veertig dagen geleden overleden is. Hij was als een vader voor mij. Ik mis hem vreselijk.' Hij opende zijn portefeuille en reikte Hassan een foto aan van de gestorvene.

Vanuit zijn ooghoek zag Saïd de beeltenis van een gezicht met een markante snor, naast de pasfoto's van twee jongens. Opnieuw schaamde hij zich omdat hij zo stekelig had gereageerd op Aglou. Waar was die overhaaste, voorbarige conclusie vandaan gekomen? Hoe was het mogelijk dat hij nu de behoefte voelde zich bij hem te verontschuldigen? Terwijl Aglou uitweidde over de kwaliteiten van de overledene, vroeg Saïd zich af waarom hij telkens ten prooi viel aan dit soort overwegingen. Ze kwamen bij hem op zonder dat hij er controle over had. Van een weigering trokken ze zich niets aan; je kon evengoed nee zeggen tegen de zon die hoog aan de hemel stond. Bestond er maar zoiets als een betrouwbare meetlat voor het waarheidsgehalte van de menselijke perceptie! Waarom voelde dezelfde persoon zich klein en machteloos in een dal tussen hoge pieken, terwijl hij zich op de top van een berg groot en omnipotent voelde? Wat was hij nou eigenlijk: klein en machteloos, of groot en omnipotent? Hij kon het toch niet allebei tegelijk zijn?

Het landschap werd vlakker. Ergens recht voor hen lag de woestijn. Daardoorheen liep een onzichtbare streep waarachter Algerije begon – was er verschil tussen Marokkaans en Algerijns zand? Aan de andere kant van de grens lag een dorp waar voorbereidingen werden getroffen voor de feestelijke herdenking van iemands dood. Saïd stelde zich voor dat hij met behulp van Google Earth zou kunnen inzoomen op het dorp en op het desbetreffende huis. In een verbeterde versie van Google Earth zou het zelfs mogelijk moeten zijn naar binnen te gaan, de keuken in, waar de vrouwen ongetwijfeld al aan het bakken en braden waren. Het mooie was dat jij hen zag, maar zij jou niet. Vervolgens navigeerde je met je muis naar de plaatselijke moskee, waarin de mannen alvast op hun knieën en handpalmen baden voor het zielenheil van de man in de portefeuille.

Toen ze in de verte de vage omtrekken van duinen zagen, beduidde Aglou hem te stoppen. Saïd draaide het parkeerterrein op van een hotel waarop met grote letters 'Xaluca Maadid' stond. Aglou stapte uit en liep het hotel in met een gezicht of hij er kind aan huis was. Nog geen minuut later kwam hij met een zelfvoldane glimlach, die zelfs zijn brillenglazen deed schitteren, vertellen dat ze geluk hadden. Er was nog één kamer vrij. Met hun bescheiden bagage in de hand volgden ze hem om een niervormig zwembad heen. Het was omgeven door terrassen en speels gerangschikte appartementen in de stijl van duizend-en-een-nacht met een vleugje nomade. Ze zetten hun tassen in de kamer en kwamen met Aglou een tijdstip overeen voor de volgende dag, waarna deze hun haastig de hand schudde en vertrok.

Terwijl Hassan een douche nam, zocht Saïd buiten een geschikt tafeltje op een van de terrassen. Dat was niet eenvoudig, want het merendeel van de stoelen bleek bezet te zijn door Franse en Spaanse liefhebbers van jeeps en motoren. Hij herinnerde zich hun glanzende voertuigen op de parkeerplaats te hebben zien staan. De een zoekt er zijn vader, dacht Saïd, de ander ziet in de woestijn een uitdaging voor een privévariant van Parijs-Dakar. Sommige gasten, blijkbaar net teruggekeerd van een tocht door het zand, hadden nog niet de moeite genomen hun motorkleding uit te doen. Ze hadden alleen hun helm afgedaan en achteloos tussen de bier- en whiskyglazen gelegd. Ontheemd liep Saïd rond tussen de Europeanen, die na een dag in de woestijn blijkbaar niets anders wisten te verzinnen dan zich vol te gieten met drank. De stoere vrouwen die ze bij zich hadden, deden daarbij niet voor hen onder. Er hing een sfeer van opgepompt machismo, die pijnlijk contras-

teerde met de geest van de woestijn zoals hij zich die voorstelde: een van eenvoud, stilte en eerbied. Na enig zoeken vond hij
een vrij tafeltje aan de rand van het zwembad. Hoewel het al
bijna donker was, lag op een ligstoel ernaast een halfnaakte gebronsde man met glanzende spierbundels, die eerder het product van intensieve fitnesstraining leken dan van fysieke arbeid. De man had zijn ogen gesloten en lag met de overgave
van een zonaanbidder in het licht van een lamp die deel uitmaakte van de verlichting rond het zwembad. Hoe mooi hij
misschien ook dacht dat hij was, hij deed Saïd toch voornamelijk denken aan een mislukte Tarzan, die door een noodlottig
toeval aan de rand van de woestijn terecht was gekomen. Omdat daar geen lianen waren en er voor zijn heldhaftigheid geen
plaats was, verviel hij in een narcistische apathie, zoals gorilla's
die tot hun schrik merken dat ze in een dierentuin zijn beland.

Saïd zag het meisje met de plastic zak weer voor zich, zoals
ze hen na had gewuifd. Bij de herinnering aan die ene gelakte nagel welde er een golf van sentimentele wanhoop bij hem
op. We hebben iets nodig wat goed, echt en mooi is, dacht
hij. Een diep, schrijnend verlangen naar waarachtigheid over-
spoelde hem. Hij keek omhoog naar de sterrenhemel. Het
klopte, ook op de aarde had je plaatsen waar je bij het licht
van de Melkweg een boek zou kunnen lezen. Lang geleden
had hij het bedacht zonder te weten of het kon. Nu versterkte het, al was het maar voor even, zijn fragiele zelfvertrouwen
om te weten dat zijn verbeelding soms overeenstemde met de
realiteit. Hassan naderde, en het duurde niet lang voordat zijn
zoekende blik Saïd had gevonden. Hij zag er fris en nieuw uit.
Zijn haar was nog nat en hij rook naar een bitterzoete deodo-
rant toen hij naast Saïd in een stoel neerplofte.

'Whisky!' Opgewekt wreef hij zich in de handen. Toen stak
hij er een omhoog om de aandacht van een bediende te trekken. 'Wat wil jij?'

'Jus d'orange,' zei Saïd. 'Vers, als ze dat hebben.'

'Meen je dat nou?' Hassan keek hem teleurgesteld aan. 'Is er eindelijk whisky, neem jij vruchtensap.'

'Ik hoef geen alcohol.'

De volgende dag stond Tarik Aglou al vroeg bij de ingang van het hotel op hen te wachten. Hij was een man die woord hield, zelfs als hij in een toestand van feestelijke rouw verkeerde. Het werd een rondrit langs stervende oases, verlaten paleizen en kashba's waar de schaduwen van degenen die er geleefd hadden al lang geleden uit verdwenen waren. In sommige gebieden bestond de bodem uit basaltkleurig gelaagd gesteente. Het was of er ooit een grote brand overheen was geraasd, die niet alleen alles wat leefde, maar ook de mogelijkheid van toekomstige vegetatie voor altijd had weggevaagd. Geblakerde aarde werd afgewisseld door plekken wit zand en oases met verdroogde of zieke palmen, die een schim waren van wat ze ooit moesten zijn geweest. Ze stonden erbij als de uitgeteerde krijgers van een verslagen leger. Het leek of ieder moment de laatste exemplaren konden omvallen, om voor altijd ingezwachteld te worden door woestijnzand.

'Vijf jaar droogte,' zei Aglou defaitistisch, 'in combinatie met een dodelijke schimmelziekte.'

Ze waren uitgestapt en liepen over de gebarsten bodem.

'Dus het is waar dat de woestijn oprukt?' vroeg Saïd.

'Bien sûr, monsieur. Het klimaat verandert en de woestijn doet hetzelfde als de Afrikanen uit Niger en Mauretanië. Hij komt naar het noorden.'

'Waarom wordt er geen zeewater hierheen geleid? Dat doen de Israëli's ook. Bij hen groeien er sinaasappels en citroenen in de woestijn.'

'Monsieur, de Israëli's zijn tot alles in staat, *je vous assure*.'

Dat klonk dubbelzinnig en dreigend. Saïd besefte dat zijn

voorbeeld niet bepaald politiek correct gekozen was. Om het goed te maken voegde hij eraan toe: 'Als de koning de helft van zijn paleizen verkoopt, kan hij aan de Atlantische kust ontziltingsinstallaties bouwen en pijpleidingen aanleggen tot diep in de woestijn.'

Aglou keek hem sprakeloos aan. Toen barstte hij uit in een luid geschater. Hij tilde zijn bril van zijn neus om het zweet weg te vegen. 'Vous rigolez, monsieur. U meent het niet! Excusez-moi.' Hij wendde zich verbaasd tot Hassan. 'Uw vriend heeft wel gevoel voor humor, zeg!'

'Maar hij meent het!' verzekerde Hassan hem. 'In Saïdi-Hassanië heeft hij overal irrigatiewerken aangelegd.'

'Hij?' Ongelovig keek Aglou van de een naar de ander. Werd hij voor de gek gehouden? Maar het meest voor de hand liggende deed hij niet: vragen waar Saïdi-Hassanië lag.

Ze waren bij de imposante toegangspoort van een ommuurd dorp gekomen. Die had betere tijden gekend. In het midden zat een grote barst die hem binnenkort fataal zou worden. Van wat ooit torens aan weerszijden moesten zijn geweest, waren alleen afbrokkelende staketsels over die klaaglijk de hemel in staken. Aan beide kanten rezen hoge vestingmuren op die eeuwenlang ongewenste bezoekers moesten hebben afgeschrikt. De houten deuren in de poort zaten op slot. Hassan duwde met volle kracht, maar ze gaven geen millimeter mee.

Aglou schudde zijn hoofd. 'Dit dorp is verlaten.'

'Waar zijn de oorspronkelijke bewoners?' vroeg Saïd.

'Ach...' De gids wuifde de vergeefsheid van de vraag vermoeid weg. 'Ze zijn naar de steden getrokken, of naar Europa.'

'Is deze hele streek verlaten?'

'Zij die nergens anders naartoe kunnen, zijn gebleven,' zei Aglou. Als om zijn woorden te illustreren schuifelde in de verte tussen de palmen een bejaarde man voorbij. Hij droeg een witte djellaba en zijn haar ging schuil onder een tulband die minstens zo wit was. In gedachten verzonken keek hij naar de grond. Omdat het vroeg in de ochtend was wierp hij een lange schaduw voor zich uit. Die bewees dat de witte gestalte echt bestond, hoewel hij er eerder uitzag als de geestverschijning van iemand die hier in betere tijden had geleefd. Mediteerde hij over zijn uitgezwermde nageslacht? Vroeg hij zich af of zijn zonen op een dag terug zouden keren om hem te begraven? Wroette hij wanhopig in zijn geweten om te achterhalen waarmee hij Allahs toorn op zich had geladen? Of repeteerde hij bij elke trage voetstap de jaren van zijn jeugd, om de melodie ervan nooit te vergeten?

Saïd staarde hem na, terwijl hij langzaam uit hun blikveld verdween. Zou hij zelf een grootvader hebben die elke dag door zijn zieke palmentuin wandelde? Een grootvader die hem met open armen zou ontvangen: eindelijk iemand die was teruggekeerd naar het land van zijn voorouders. Je zou kunnen proberen een voorbeeldige kleinzoon te worden, de troost van zijn ouwe dag. Zijn laatste dromen waarmaken: de voortzetting van de familieclan veiligstellen en oude tradities nieuw leven inblazen. Was dat iets wat je met je leven zou kunnen doen?

Tarik Aglou had een palm ontdekt die nog in een redelijke conditie verkeerde. Hij plukte enkele dadels en stopte ze Saïd in de hand. Die gaf de helft aan Hassan. Dus dit waren de grote, zoete dadels waarop de economie van dit gebied had gedreven. Hoe kreeg je zieke palmen weer gezond? Dat zou een van zijn eerste zorgen zijn. Hij zou zich moeten verdiepen in boeken over schimmels, parasieten en bestrijdingsmiddelen. In zijn functie van dromenvervuller zou hij de dode palmen als een Orpheus uit het rijk der gestorvenen terughalen. Hij mocht zijn grootvader niet teleurstellen.

Ze stapten weer in de auto. De volgende bezienswaardigheid was Sijilmassa. Aglou kreeg allengs de geroutineerde microfoonstem die eigenlijk bestemd was voor een bus met toeristen. Voordat de stad verwoest werd door nomaden, vertelde hij, was Sijilmassa een belangrijk handelscentrum geweest aan het eind van de karavaanroute die dwars door de Sahara naar Niger liep. Goud, edelstenen en ivoor werden aangevoerd uit het hart van Afrika, naast tropische houtsoorten en slaven. Niemand minder dan de beroemde ontdekkingsreiziger Leo Africanus had in de zestiende eeuw de schoonheid en de onmetelijke rijkdom van de stad beschreven.

De ruïnes van Sijilmassa lagen op een zandkleurig rotsplateau dat hoog uitstak boven de omgeving. Omdat het warm was geworden en de zon onverwacht fel was, beperkten ze zich ertoe uit te stappen en een lage rots te beklimmen die er recht tegenover lag. Met zijn hand boven zijn ogen tuurde Saïd naar de overblijfselen van de stad. Die trilden in de hitte alsof ze gevoelig waren voor de ondergrondse vibraties van een dodendans. Waar het ooit gegonsd had van leven, vond nu een traag proces van verpulvering plaats onder een lege, strakblauwe hemel. Ook het moment waarop hij dit beeld in zich opnam, zou zo meteen al voorbij zijn. Hij huiverde en nam zich voor op een dag Leo Africanus erop na te slaan, om met diens hulp de schimmige stad op de rots alsnog te vullen met geluiden en geuren, met beelden en beweging. Wat had Africanus de moeite waard gevonden om door te geven aan degenen die na hem leefden en zich vergeefs probeerden voor te stellen hoe het er binnen de muren van Sijilmassa aan toe was gegaan?

De dag was nog niet voorbij, maar bevatte nu al een overvloedige portie vergankelijkheid. Te veel misschien, want terwijl hij daar stond overviel hem een grote moedeloosheid. In alles wat ik zie zoek ik mezelf, dacht hij, maar wat heeft het voor zin wanneer alles tot stof vergaat? Misschien leefde hij te laat, overwoog hij even later. Zijn voorouders hadden in vaste familieverbanden geleefd, volgens traditionele structuren die hun effectiviteit gedurende eeuwen bewezen hadden. De vrouwen werden in toom gehouden, de kinderen hoefden niet voortdurend aan nieuwe vaders te wennen of van de ene dag op de andere Rudolf Steiner voor Boeddha te verruilen.

Nadat Hassan de ruïnes had gefotografeerd, richtte hij zijn camera op Tarik Aglou. 'Mag ik?'

Die knikte gewillig. Blijkbaar had hij er geen moeite mee tegen het decor van Sijilmassa in de digitale camera te verdwijnen, om later, onder een grauwe noordelijke hemel, aan vreemde blikken te worden blootgesteld. Waarschijnlijk had hij al begrepen dat alles potentiële reclame was. Hij poseerde plechtig, een scherpe vouw in zijn pantalon, de slanke zwarte handen over elkaar op de buik, de ring glinsterend in het zonlicht. Hier werd voor de eeuwigheid vastgelegd dat Tarik Aglou, gediplomeerd gids uit de vallei van de Ziz aan het begin van de eenentwintigste eeuw, om door een ringetje te halen was. Het was een gewichtig moment, hoewel Saïd voornamelijk aan goud en slaven uit Niger moest denken en zich daarvoor schaamde.

De rondleiding werd afgesloten met een bezoek aan een Alaouïtisch vizierspaleis uit de negentiende eeuw. Opnieuw stonden ze voor een toegangspoort die respect en angst inboezemde. De dikke, slaperige suppoost kwam loom overeind. In ruil voor enkele dirhams wiegde hij voor hen uit door de koninklijke gangen en vertrekken. Hagedissen schoten weg over het versleten mozaïek van de vloer. Waar ooit een weelderig begroeide binnenhof moest zijn geweest, probeerden spichtige heesters, een vervallen prieeltje en een droge, gebarsten fontein de illusie van een tuin overeind te houden. Telkens als ze, via een boogvormige poort met verweerde reliëfornamenten en Arabische teksten, een nieuwe gang insloegen, hoopte Saïd aan het eind daarvan een silhouet te zien verschijnen, een schim uit het verleden, iets tastbaars wat op vervlogen leven wees. Maar alleen het zonlicht, dat in suggestieve banen naar binnen viel, had hier vrij entree. De vizier, zijn familie en allen die deel hadden uitgemaakt van zijn huishouden, waren lichtjaren van hun voormalige paleis verwijderd. Het enige wat aan hen herinnerde, was een later ingekleurde foto in een heiligdom dat de suppoost geïmproviseerd had. Ook hing er een uitgebreide stamboom aan de muur met verbleekte Ala-ouïtische namen, naast primitief geschilderde afbeeldingen van oudere vorsten uit de dynastie. Om te illustreren dat zij allemaal in een rechte lijn van Mohammed afstamden, hing cr een foto bij van de Ka'ba in Mekka, gelardeerd met heilige teksten.

Van de zwarte steen daarbinnen, elk jaar opnieuw het doel van miljoenen pelgrims, ging een magische aantrekkingskracht uit. Saïd bracht zijn gezicht oneerbiedig dicht bij de foto, alsof hij de steen zou kunnen ruiken. Hij staarde naar het stille, ondoorgrondelijke middelpunt, omgeven door gelovigen die er in golven omheen cirkelden. In tegenstelling tot alles wat ze die dag gezien hadden, bleef de miljoenen jaren oude monoliet onveranderlijk aan zichzelf gelijk. Je kon ervan op aan dat hij zo zou blijven tot aan het einde der tijden. Het moest troostrijk zijn iets te hebben om te aanbidden. Iets met eeuwigheidswaarde, stil en discreet als de maan, het tegenovergestelde van het zwarte gat van de vergankelijkheid, waardoorheen alles in het niets verdween. Een gigantische zwarte steen – wie hem aanraakte werd zondevrij herboren.

Hassan kwam op een holletje teruggelopen en trok hem aan zijn mouw naar buiten. 'Waar blijf je toch? Wil je hier wortel schieten?'

Ze kwamen in de salon terecht. Boven een lage bank met verschoten kussens, die eerder uitnodigde tot liggen dan tot zitten, hing een grote verweerde spiegel in een lijst van bladgoud. Als die spiegel toch eens alles wat hij in de loop der tijden had gereflecteerd zou hebben opgeslagen op zijn harde schijf, dacht Saïd. Vijfentwintig gigabyte vol Alaouïtische heersers, van dag tot dag! Een vizier kiest uit zijn harem een naar rozenwater geurende vrouw en pelt haar uit haar sluiers. De dag erna, lurkend aan een waterpijp met zijn ministers, bespreekt hij de logistiek van nieuwe veroveringstochten. Als dat toch eens zichtbaar zou worden! Zijn verlangen naar beelden uit het verleden was zo sterk dat Saïd geobsedeerd in de spiegel keek. Maar hij zag alleen zichzelf. Wat kon je anders verwachten? Al reisde hij duizenden kilometers, het overbekende hoofd zou er niet door veranderen. Toch was het niet wat het leek. Want wie was hij? Wie kon hem dat vertellen? Hoeveel kilometers moest hij nog rijden, hoeveel stervende palmen trotseren, hoeveel geschikte momenten afwachten voordat hij het antwoord zou vinden?

Ineens kon hij niet meer wachten. Abrupt liep hij de salon uit. Hij versnelde zijn pas totdat hij Aglou had ingehaald, die met zijn handen op de rug verder was gelopen. 'Hoe lang werkt u als gids?' vroeg hij buiten adem.

Aglou keek hem met licht wantrouwen aan, alsof hij achter de vraag een valstrik verwachtte. 'Hoe lang?' herhaalde hij om tijd te winnen. 'Mijn oudste zoon is nu acht jaar. Dan moet het zo'n tien jaar geleden zijn dat ik begon.'

'Zegt de naam Youssef Arhoun u iets?'

'Niet dat ik weet... Wie is hij?'

'Het kan zijn dat hij als gids in de woestijn werkt. Waarschijnlijk maakt hij ook muziek, hij speelt *ud.*'

Tarik Aglou schudde zijn hoofd. 'Ik geloof niet dat ik zo iemand ken, monsieur. Maar ik kan het voor u navragen. Zo meteen gaan we naar Merzouga. Dat is het vertrekpunt voor tochten door de Erg Chebbi.'

Toen ze weer in de auto zaten, kon Saïd geen weerstand meer bieden aan zijn ongeduld. Harder dan verantwoord was volgens het hoofdstuk 'Praktische tips' in zijn reisgids, reed hij over het onregelmatige asfalt, dat half was ondergestoven door woestijnzand. Net was je geneigd te denken dat het zuidoosten van Marokko voor menselijke bewoning ongeschikt was geworden, of je zag iemand die onderweg was, goed verpakt in gewaden, zodat alleen de handen, de hielen en een door de zon verweerd gezicht bloot waren. Was het een vrouw, dan maakte ze zich schichtig uit de voeten alsof ze zich wilde wegvagen uit je blikveld.

Soms zat er een gestalte alleen op een kale rots. Waarom? Wie was hij, waar kwam hij vandaan, op wie wachtte hij?

6 De zandvis

Ze stopten bij een toeristische nederzetting in de stijl van een nomadisch tentenkamp. Het bleek het hoofdkwartier te zijn waarover Aglou gesproken had. Hier werden de excursies in de woestijn georganiseerd. Hij gebaarde hun te wachten. Terwijl hij bij de receptie navraag deed, slenterden de twee vrienden wat rond en ontdekten de woestijn. Die was precies zoals een woestijn eruit hoorde te zien. Net als in Saïdi-Hassanië bestond hij uit hoge, golvende duinen die eerder roze waren dan wit. Saïd voelde een eerbiedige vrees. Het was alsof je aan de rand van een oceaan stond. De Grote Stille Sahara. De zandzee waarnaar de *ud*-speler verlangd had met een onverzettelijkheid die hij zich door niemand uit het hoofd had laten praten.

Hooghartig in de verte starend lag een groep kamelen te wachten op passagiers. 'Die daar lijkt sprekend op mijn opa,' zei Hassan melig. Hij wees naar de enige van de groep die zijn kop met superieure nieuwsgierigheid in hun richting gedraaid had. Tegelijkertijd keek hij zo misprijzend dat het leek of hij de twee vreemdelingen regelrecht de woestijn uit keek.

'Hij lijkt op mijn baas,' zei Saïd somber. 'Serieus, het is bijna niet te geloven zoveel als dat beest op mijn baas lijkt.' Dat was werkelijk de allerlaatste persoon aan wie hij nu herinnerd wilde worden. Maar het viel niet te ontkennen, de kameel leek sprekend op hem. Of zijn baas leek op de kameel. Dat moet mij weer overkomen, dacht Saïd. Hij beet op zijn lip. Het was

ergerniswekkend dat er altijd een schaduwkant in hem aanwezig bleef, een perfide hang naar zelfkwelling. Waarom moest
dit unieke moment, waarop hij voor het eerst aan de rand van
een van de grootste woestijnen ter wereld stond, zo nodig
door de herinnering aan een gewetenloze uitbuiter in Am-
sterdam-Sloterdijk worden verstierd?

'Ze zeggen dat een kameel zo hooghartig kijkt omdat hij de
enige is die de honderdste naam van Allah weet,' zei Hassan.

'Als je ze zo bekijkt, vraag je je af waaraan ze dat voorrecht
verdiend hebben,' zei Saïd zuinig.

Tarik Aglou kwam eraan, een triomfantelijk lachje op zijn
gezicht. Alles was geregeld. Ze konden meteen vertrekken
voor een tocht van enkele uren. Het was raadzaam alle bagage
in de auto achter te laten, op een tandenborstel en een warme trui na. In het kamp waar ze de nacht doorbrachten, zouden ze een Toeareg aantreffen die Youssef Arhoun nog bege-
leid had op de darboeka. Het scheen dat sommigen nog over
die gedenkwaardige avonden spraken. Arhoun had hier drie
jaar gewerkt, het was makkelijk terug te vinden. Ze hielden
hier een nauwkeurige boekhouding bij, alles werd bewaard.
Uiteindelijk was Arhoun vertrokken, maar hij had een adres
in de Hoge Atlas achtergelaten voor het doorsturen van post.
Dat konden ze bij hun terugkeer uit de woestijn bij de receptie ophalen. Saïd moest de neiging onderdrukken naar binnen te rennen, maar hij had al geleerd dat in dit land voor alles
een uitverkoren tijdstip bestond – insjallah – en dat je geduldig
moest afwachten tot alle tekenen in die ene richting wezen.

Toen was het moment aangebroken om afscheid van hun
behulpzame gids te nemen. Ze drukten Tarik Aglou een ruime
betaling in de hand en bedankten hem voor de rondleiding.
Dit ging zoals alles in Marokko met veel omhaal van woorden
gepaard. Aglou gaf hun een visitekaartje en drukte de wens
uit hen nog eens als gast in de vallei van de Ziz te mogen ont-

vangen. Hij betreurde het erg dat hij zich moest haasten om de bus te halen. Zij wensten hem een fijn feest toe ter nagedachtenis van zijn dierbare overledene, waarop hij hen toevertrouwde aan de zorgen van een jonge, verlegen kameeldrijver. Die sprak Frans noch Arabisch, zoals spoedig bleek, en de Berbertaal waarin hij zich uitdrukte vertoonde nauwelijks overeenkomst met die van Hassan. Voor het eerst zouden ze voor de communicatie een beroep moeten doen op de taal van het lichaam.

Toen stond Saïd ineens oog in oog met de kameel die voor hem bestemd was. Het was of de duvel ermee speelde, want het was zijn eigen baas die hem met ingehouden hysterie stond aan te kijken. Geschrokken terugdeinzend ontdekte Saïd dat het alleen maar zo leek doordat de iris was omgeven door oogwit waar het bovenste ooglid half geloken overheen hing. De kameel scharnierde gedienstig door zijn voorpoten en de drijver schoot toe om te helpen bij de beklimming. Saïd zat nauwelijks of het dier kwam abrupt omhoog. Dat gaf een schok die hem naar de opstaande rand van het zadel deed grijpen en de woestijn zo'n twee meter liet zinken. Hoog was het en hard, ondanks het fraai geweven kleedje op het zadel. In een reflex keek hij om, recht in de ogen en de fluwelige neusgaten van de kameel waarop Hassan zat. Zijn vriend deed een clowneske poging de uitdrukking van de kamelen na te bootsen.

'Pas op,' waarschuwde Saïd, 'als de klok twaalf slaat blijft je gezicht zo staan.'

'Welke klok?' grijnsde Hassan. Met zijn hand boven zijn ogen speurde hij de horizon af.

De kleine stoet zette zich in beweging. Hun begeleider liep voorop en zette er meteen stevig de pas in, schijnbaar niet gehinderd door het mulle zand. Hij voerde de kameel van Saïd aan een touw achter zich aan en die zat op zijn beurt vast aan de kop en nek van de kameel erachter.

Het eerste wat opviel, was de totale afwezigheid van geluid. Er klonken geen voetstappen, geen menselijke stemmen of kreten van vogels. Er was geen wind en er waren geen bladeren waarin hij had kunnen ruisen. Waar waren de geluiden gebleven die normaal gesproken de wereld bevolkten? Terwijl de stoet langzaam voortbewoog door het zand, leken ze zich beneden het vriespunt van het hoorbare te bevinden, als in een dik pak sneeuw. De lust tot spreken verging Saïd, hij was bang dat zijn stem zou klinken als een pistoolschot. Waarschijnlijk verging het Hassan net zo, want ook hij droeg met een nadrukkelijk zwijgen bij aan de vervreemdende stilte.

Het was al laat in de middag. Bij uitzondering liet de zon verstek gaan. Het klassieke beeld van een woestijn onder een strakblauwe hemel ontbrak. In plaats daarvan hing er een grijs wolkendek dat de indruk van een gewatteerde atmosfeer versterkte. Door de cadans van de kameel dommelde Saïd half in, en toch gingen zijn zintuigen los van zijn wil ermee door indrukken te registreren. In de verte zag hij de contouren van een burcht op een donkere rots. Even later schoof er een duin voor en leek het of het niet meer dan een krijttekening was geweest die met een spons was uitgewist. Over de zandformaties, die door het met hen meereizende perspectief steeds van vorm veranderden, liepen fotogenieke, door de wind gestileerde lijnen die een kam vormden, scherp als een mes. Recht voor zich zag hij steeds de lange hals van de kameel en diens kleine harige oren aan weerszijden. Daar weer voor bewoog de gestalte van de in witte doeken gehulde kameeldrijver. Die liep in een gelijkmatig tempo, alsof hij onvermoeibaar was en zonder extra krachtsinspanning in een rechte lijn de Sahara zou kunnen oversteken. Hij volgde een onzichtbaar spoor in het zand. Van anderen die hem voor waren gegaan, hetzij mensen, hetzij dieren? Soms kruiste hun route het dubbele bandenspoor van een jeep of landrover. Die reden blijkbaar in het wilde weg door de duinen, waarbij ze en passant het ene na het andere door de wind geslepen kunstwerk vernielden. Hoe was het mogelijk dat de inzittenden zich verbeeldden dat ze aan sport deden? Eigenlijk was het de noest voortstappende kameeldrijver die, zonder lawaai te maken of schade aan te richten, sportief was. Hoewel de toenemende schemering er vaag aan herinnerde dat er een dag en een nacht bestonden, leek met het geluid ook de tijd verdwenen te zijn.

Hij voelde een begin van zadelpijn. Bij elke stap van de kameel schuurden zijn geslacht en de binnenkant van zijn dijbenen langs het zadel. Hij had al tien keer een andere houding aangenomen, maar wat bleek? Er was een limiet aan het aantal manieren waarop je op een kameel kon zitten. De elfde keer was precies dezelfde als de eerste, en het stukje huid dat daarbij in de knel kwam, was ook hetzelfde. Toch verdiende het dier bewondering. Saïd herinnerde zich gelezen te hebben dat een kameel twee weken door de hitte kon lopen zonder iets te drinken. Toen hij het las, was het een nietszeggend verhaal geweest over een abstract dier. Nu werd hij zich ervan bewust dat de bult waar hij tegenaan leunde gevuld was met vet, dat door een wonderbaarlijk metabolisme in water kon worden omgezet. De kameel kon in één keer honderd maal meer water drinken dan een mens en het in de vorm van vet in zijn bult opslaan. Alsof je de tank van een vrachtwagen met benzine vulde! Hij zweette en urineerde nauwelijks, dus ging er haast niets verloren. Hij dronk ook geen cola of bier, waarvan je alleen maar meer dorst kreeg. Welbeschouwd was een kameel een millennia oud transportmiddel dat zo zuinig omsprong met brandstof dat werktuigbouwkundige ingenieurs er jaloers op konden zijn.

Het was donker geworden. Zo donker dat hij zich gelukkig prees dat het gewaad van hun anonieme begeleider wit was. Door de bewolking was het een maan- en sterrenloze nacht. Een duisternis als deze was in Europa zeldzaam geworden, en het werd steeds raadselachtiger hoe de kameeldrijver zich hierin oriënteerde. Uit het niets voegde zich een man bij hen. Geen enkel geluid had zijn nabijheid aangekondigd. Er volgden een hartelijke begroeting met de drijver en een gesprek in een onbegrijpelijke taal. Tussendoor vuurde de man met dwingend geklak zijn kameel aan. Was het een manier om contact te houden? Een ingesleten gewoonte om via het dier te controleren of hij zelf nog bestond, in de absorberende stilte van de woestijn? Het leek wel of de stilte boete deed voor al het lawaai dat elders op de wereld werd gemaakt.

Onverwacht schemerden er lichtjes in een diepte tussen twee duinen. Saïd veerde op. Was dit het tentenkamp waar ze zouden overnachten? Nee, de man die uit het niets was opgedoken, nam afscheid en verdween in de richting van de lichtjes. Er klonken opgewonden stemmen. Hij werd blijkbaar verwacht. Door een vrouw die een lekkere *tangia* kon bereiden? Saïd begon dorst en honger te krijgen. Was het nog ver? Het was behoorlijk uitputtend om steeds een ander stuk huid bloot te stellen aan wrijving. Een tocht per kameel was een toeristische attractie waar niet mee te spotten viel.

Er stak wind op. Saïd trok de meegebrachte trui aan en wikkelde de sjaal van Abdel Tayari om zijn hals. Met spijt dacht hij terug aan de djellaba van dicht geweven schapenwol, die hij na een moment van aarzeling toch niet had gekocht. Door de eentonige cadans van de kameel en het ontbreken van beeld, geluid en besef van tijd raakte hij langzaam in een toestand van duldzame versuffing, waaruit hij pas geschrokken overeind schoot toen zijn kameel ineens door de knieën ging. Of eigenlijk door zijn ellebogen, want het waren zijn voorpoten die bogen. Saïd tuurde ingespannen in het donker en ontwaarde de omtrekken van tenten en zelfs palmbomen. Met een gevoel van ontheemding steeg hij af. Zijn ledematen waren stijf en zijn zitvlak voelde aan alsof het met grof schuurpapier was opgewreven. Aan de toestand van zijn testikels durfde hij niet eens te denken.

Ze lieten de kamelen achter. De drijver liep voor hen uit een kring van grote, donkerbruine tenten binnen. Ze werden in vlekkeloos Frans verwelkomd door een man van wie ze aanvankelijk niet meer zagen dan een opmerkelijk wit gebit in een donker gezicht. Pas nadat er enkele lantaarns waren aangestoken, werd hun gastheer in zijn volle elegantie zichtbaar. Hij droeg het ruimvallende, zijdeachtige gewaad van de Toearegs, rond de hals geborduurd met gouddraad. Saïd herinnerde zich dat de exotische schoonheid ervan hem in de marktkramen van Fès al getroffen had. De stof was van een diep, glanzend indigo dat, zoals de volgende dag zou blijken, het blauw van de hemel boven de woestijn volmaakt reflecteerde. Een paarsblauwe sjaal omlijstte een gezicht met fijne trekken en een zorgvuldig onderhouden snor. In de zwarte ogen flakkerden de vlammetjes van de lantaarns, als dansende djinns die zojuist uit een diepe slaap waren gewekt.

Misschien had hij door zijn gedoezel op de rug van de kameel het contact met de realiteit verloren, maar in een opwelling kwam de hoop bij hem op dat zijn vader er ook zo uit zou zien. Er was in ieder geval nog niets wat die mogelijkheid tegensprak. Wat zou hij in Amsterdam een opzien baren met zo'n vader. Maar kon dat wel zonder de entourage? Wanneer je op zondag met hem door het buurtpark wandelde, moest je de tenten, de palmen en de woestijn er dan niet bij hebben? Zou een vader in een zijden gewaad van lichtgevend blauw wel voldoende tot zijn recht komen tegen een decor van kale, natte struiken en afgetrapte grasvelden?

Ze werden uitgenodigd om op een tapijt voor een van de tenten plaats te nemen. Er werd theegezet op een butagasstel.

Toen de thee getrokken was, liet de gastheer de straal glimlachend van hoog uit de pot in hun glazen neerkomen. Daarna serveerde hij dadels in een koperen schaaltje. 'Ontspan u,' zei hij met een kleine buiging, 'we roepen u als de avondmaaltijd klaar is.' Hij verwijderde zich in de richting van een grote tent. In de opening tekende zijn waardige silhouet zich een kort moment af tegen het licht daarbinnen, voordat hij erin verdween.

'Het heeft wel wat,' zei Hassan, die een sigaret opstak, 'zo'n woestijn.'

'Heb jij geen pijn aan je edele delen?'

'Praat me er niet van... Het lijkt wel of ik nog steeds op die kameel zit.'

'Olged ta kweena.'

'Wat was dat ook al weer?'

'Van pijn word je sterk.'

'O ja.'

Het werd snel kouder. Saïd rilde. Zo meteen zou hij aan zijn trui niet genoeg hebben. Hij herinnerde zich dat het 's nachts kon vriezen in de woestijn. Aan een tandenborstel had je niks in dat geval.

'Ik mag hem wel, die vader van jou. Je kunt zeggen wat je wilt, maar hij is beslist een stuk avontuurlijker dan de mijne. Moet je zien waar hij ons nu weer gebracht heeft.' Hassan beschreef een gulle boog met zijn sigaret.

'Het enige wat ontbreekt is hijzelf,' bromde Saïd.

'We zitten hem dicht op de hielen, ik voel het.'

'Ik weet het zonet nog niet,' zuchtte Saïd. 'De werkelijkheid is dat we zonder Arnica-crème in het woestijnzand zitten, terwijl we eigenlijk in de Hoge Atlas moeten zijn.'

'Niet zo ongeduldig, man!'

Hassan sloeg een troostende arm om zijn schouders. In plaats van hem daarna weg te halen liet hij de arm liggen. Het was een goedbedoelde, amicale arm. Wat dat betreft paste hij helemaal in Saïds voornemen om tijdens de reis de verkommerde vriendschap nieuw leven in te blazen. Toch veranderde hij onwillekeurig van houding. Het deed pijn aan de beurse plekken ter hoogte van zijn zitbeentjes, maar veranderde niets aan de positie van de arm. Was het mogelijk dat iemand te nabij kwam, al was het je beste vriend? Was er een onzichtbare grens die, volgens ongeschreven regels, niet overschreden moest worden? Een kwetsbaar terra incognita tussen jou en de ander? Of toch een aura?

'Kantmena tenzjeн,' fluisterde Hassan in zijn oor. Zijn adem was warm en vochtig.

Wat betekende dat? Was hij het tegengekomen in zijn beknopte taalgids *Wat en hoe zeg ik het in het Arabisch*? Het enige wat Saïd te binnen schoot was het zinnetje 'La memsjietsj, Rèdi nRewwet!' Dat was bedoeld voor Hollandse meisjes die op vakantie waren in Marokko en betekende zoiets als: 'Als u niet weggaat, ga ik gillen!' 'Wat betekent "Kantmena tenzjeн"?' vroeg hij.

'Ik hoop dat het lukt.' Hassan zoog stevig aan de sigaret in zijn vrije hand.

Ze hadden hun thee nog niet op toen de gastheer al weer binnen de lichtcirkel van de lantaarn verscheen. Het eten was klaar, zei hij, of ze hem wilden volgen. In een oogwenk was Saïd overeind. Ze gingen de grote tent in, waar zilveren lantaarns schaduwen op de wanden wierpen, die met tapijten behangen waren. Er stonden lage, met houtsnijwerk versierde tafels, omgeven door matrassen waar kleurrijke kleden overheen lagen. Kort na hen kwam er een groepje in sportkleding gehulde toeristen binnen. Er waren drie kinderen bij, die zich meteen luidruchtig op de matrassen lieten vallen. Daarna begonnen ze opgewonden te stoeien, totdat ze door hun ouders in het Frans tot de orde geroepen werden.

Hassan knoopte een gesprek met hen aan. Het bleken twee echtparen van Marokkaanse oorsprong te zijn. Alle vier woonden ze al sinds hun jeugd in Frankrijk. Net als Hassan beheersten ze, naast Marokkaans en Berber, de taal van het land waarin hun vaders lang geleden werk gevonden hadden. Maar de kleinkinderen van de ondernemende grootvaders spraken alleen nog Frans. Zo snel ging dat; de herinnering aan het land van herkomst, in taal uitgedrukt, hield hooguit anderhalve generatie stand. De nog jonge ouders benutten de herfstvakantie voor een beetje woestijnromantiek, in de hoop dat hun verlangen naar verloren wortels zou overslaan op de kinderen. Hassan leek daarin iets van zichzelf te herkennen. Hij sprak druk gesticulerend en lachte uitbundig om dingen die voor Saïd onbegrijpelijk waren. Hoewel ze Frans spraken, werd hij weer teruggeworpen in het gevoel een buitenstaander te zijn. Gelukkig verschenen er schalen met couscous en dampende tajines op tafel. Soms leek het of voedsel het antwoord was op al je noden. Alsof het niet alleen je maag vulde, maar ook een groot hongerig gat ter hoogte van je hart.

De mannen die hadden bediend, onder wie de gastheer en de zwijgzame kameeldrijver, namen plaats achter een verzameling trommels in verschillende maten. Met vlakke hand begonnen ze te roffelen. Eerst was het nog zacht en zoekend, maar allengs nam hun trefzekerheid toe. Het ritme werd opgevoerd, vertraagd en verhevigd. Soms was het een tijdje meeslepend, maar net als je in een aangename trance beloofde te raken, werd het onverwacht syncopisch. Het getrommel leek een antwoord op de stilte in de woestijn, omdat niemand de afwezigheid van geluid lange tijd straffeloos kon verdragen. Na zijn rit op de kameel kon Saïd zich voorstellen dat een eenzame reiziger er op den duur aan ging twijfelen of zijn gehoor nog functioneerde. Misschien greep hij met dwangmatige regelmaat naar zijn oren om te voelen of ze er nog aan zaten.

Na het eten kwamen bij de vrouwen liedjes uit hun jeugd naar boven. Eerst nog verlegen, daarna steeds luider, zongen ze mee met het getrommel en klapten ze ritmisch in hun handen. Onzeker wiegend met hun heupen probeerden ze zich oude dansen te herinneren. Om hen heen hiphopten de kinderen opgewonden op en neer. Een van de vaders vond een onbemande trommel. Op zoek naar aansluiting bij het ritme van de darboekaspelers veegden zijn handen onzeker over de strakgespannen geitenhuid. Hoewel de trommelaars hem bemoedigend toeknikten, gaf hij zijn pogingen algauw met een verontschuldigende glimlach op. Blijkbaar werden de ritmes van de woestijn niet genetisch doorgegeven. Terwijl de handen van de muzikanten als het ware een eigen leven leidden en naar een hoogtepunt toe leken te werken, staarden hun ogen in trance naar een punt in de verte. Het leek of ieder van hen een medium was dat de ritmes doorkreeg uit een onzichtbare wereld.

Kwam het door het getrommel dat zijn perceptie van de werkelijkheid veranderde? Had de frequentie van de geluidsgolven invloed op het onderscheidingsvermogen, dat de taak heeft te beoordelen of iets echt is of een hersenspinsel? Wat echt was kon ook door anderen worden waargenomen, terwijl het andere in iemands hoofd zat, als een fremdkörper dat er niet uit kon. Hoe het ook zij, Saïd zag, terwijl hij verbaasd over zijn slapen wreef, dat de jeugdige *ud*-speler met zijn Rembrandtpleingrijns plaats nam tussen de trommelaars. Zijn vingers begonnen op de snaren van zijn instrument te tokkelen. Hij ontlokte er een waterval van klanken aan, die nu eens speels harmonieerden, dan weer opzettelijk contrasteerden met de ritmes van de trommen. Naast hem zat, groot en recht als de vorst der darboekaspelers, de man in het indigoblauwe gewaad. Af en toe keken ze elkaar met glanzende ogen aan, zoals Saïd op televisie gitaristen had zien doen wanneer ze tijdens een concert gelijktijdig werden meegevoerd door de muziek. De wederzijdse opwinding, veroorzaakt door de opzwepende dynamiek van hun elektrische gitaren, had hem soms zelfs een gevoel van plaatsvervangende schaamte bezorgd, omdat het er frappant veel op leek of ze gezamenlijk in het openbaar onaneerden.

Saïd sloot zijn ogen, maar het beeld van zijn vader tussen de trommelaars was krachtig. Het was als een brandende lichtvlek op de oogleden nadat je recht in de zon had gekeken. Na het mierzoete gebak zakte de sfeer in. De vrouwen staakten hun gedans, de kinderen werden hangerig. De trommelaars schenen aan te voelen dat de avond over zijn hoogtepunt heen was. Tactvol lieten ze hun roffels wegsterven, steeds zachter en trager, totdat je niet meer wist of je naar een echo luisterde of naar de laatste fluistering van een darboeka. De Frans-Marokkaanse families wensten iedereen welterusten en verdwenen door de tentopening in de nacht.

Saïd gaf zichzelf geen kans om te aarzelen. Hij kwam overeind en stapte rechtstreeks op de trommelaar in het blauw af.

'Excusez-moi, monsieur. Mag ik u iets vragen?'

De ander knikte beleefd.

'Herinnert u zich Youssef Arhoun misschien, de *ud*-speler?'

De man keek Saïd verwonderd aan. Het kostte hem zichtbaar moeite om te schakelen van geroutineerde gastheer en darboekaspeler naar een onverwachte, persoonlijke vraag. Maar Saïd zag dat onder de paarse sjaal, die half als een tulband om zijn hoofd gewikkeld zat, een traag proces van herkenning op gang kwam. Hij moest zijn best doen zijn ongeduld te verbergen en respectvol een reactie af te wachten, van welke aard dan ook. Ineens fixeerde de man Saïd met zijn blik, alsof er dankzij diens vraag een deur opening en hij gretig de gelegenheid waarnam om naar binnen te glippen.

'Hoe zou ik Youssef ooit kunnen vergeten...' zei hij op gedempte toon. 'Nooit meer, monsieur, heb ik zo muziek kunnen maken als met hem. Het waren de mooiste uren van mijn leven! Weet u, Youssef Arhoun...' Hij bracht zijn gezicht dicht bij dat van Saïd en vervolgde nog zachter: '...Dat was geen gewoon mens zoals u en ik...'

'Geen gewoon mens...' herhaalde Saïd.

'Een god, monsieur, moge Allah het me vergeven. Een god was hij...'

Saïd knikte. 'Met gouden handen,' voegde hij er defaitistisch aan toe. Hij begon een beetje genoeg te krijgen van al die overtreffende trappen met betrekking tot het talent van zijn vader. Waren er grenzen aan de trots die je voor je vader kon koesteren? Begon daarachter de irritatie? Dat kon toch niet waar zijn! Het laatste wat hij voor zijn vader wilde voelen, was ergernis.

'Met gouden handen, monsieur,' beaamde de gastheer dankbaar. 'Wat wilt u, vijf generaties *ud*-spelers in een ononderbroken lijn. Op het laatst heb je de absolute perfectie... Maar waarom vraagt u naar hem?'

'We zijn naar hem op zoek, mijn vriend en ik.'

'Insjallah...' Hij legde zijn darboekavingers op het kunstige goudstiksel, alsof hij ging bidden. Zijn gezicht betrok. 'Dat zal niet meevallen, monsieur. Diep vanbinnen is Arhoun nog steeds een nomade, net als wij. Ooit waren we karavaanhandelaren, maandenlang onderweg naar het hart van Afrika en weer terug. Helaas is dat verleden tijd. Nu moeten we het hebben van de *orthoceras* en de *phacos*. En van het toerisme natuurlijk. Wie daar geen vrede mee heeft trekt weg.'

'De *orthoceras*?' vroeg Hassan, die erbij was komen staan.

'Een verre voorouder van de inktvis, monsieur. Hier was vierhonderd miljoen jaar geleden een tropische zee. Stelt u zich voor: nu is het een dorre steengruiswoestijn waar zelfs de vogels niet overheen durven te vliegen. Terwijl er toen een zee was zo ver het oog reikte, tjokvol decoratieve zeediertjes. Wat gebeurde er? Het klimaat veranderde en het zeewater verdampte. Voor de inktvis zat er niets anders op dan te sterven, *le pauvre*. Maar het was een zegen voor ons, want dankzij een geologisch proces veranderde hij in een prachtig fossiel, dat we in deze streek polijsten of in tafels verwerken.'

'In tafels?' bracht Saïd uit. Het werd hoe langer hoe gekker. Hoe waren ze ineens van de *ud*-speler bij de gefossiliseerde lijken van inktvissen terechtgekomen?

'Oui! Gelukkig zijn er mensen die het fijn vinden van een versteende zee vol dode fruits de mer te eten en die daar geld voor overhebben. Veel geld zelfs. Hebt u onderweg de handelaren in trilobieten niet gezien?'

Het was de vrienden niet opgevallen, maar ze beloofden op de terugweg beter op te letten.

'Om op Youssef Arhoun terug te komen...'

Om zichzelf lucht te verschaffen trok de gastheer de halsopening van zijn gewaad wat verder open. De gesteven kraag van een geruit overhemd werd daaronder zichtbaar. Saïd stelde ontgoocheld vast dat niets was wat het leek. Dat was iets wat hij in theorie al heel lang wist, maar wanneer hij de theorie in de werkelijkheid bevestigd zag bracht het hem toch altijd van zijn stuk. Zijn geest verlangde hartstochtelijk naar een wereld waarin de dingen trouw bleven aan zichzelf. Daarom had hij ook een hekel aan de beroemde appel van Magritte, waarvan thuis een ingelijste reproductie in de huiskamer hing. Magritte was een zenboeddhist geweest zonder het zelf te weten, vond zijn moeder. Op het schilderij was een natuurgetrouwe appel afgebeeld met daaronder de tekst 'Ceci n'est pas une pomme'. Telkens als Saïd naar de appel die geen appel was keek, trof de verraderlijkheid ervan hem als een slag in zijn gezicht. En nu dit weer. Kwam je voor het eerst in je leven een

Toeareg tegen, bleek het geen Toeareg te zijn. Tenminste: niet voor de volle honderd procent. Een Toeareg zonder concessies, dat was het waar hij behoefte aan had.

'Weet u wat Youssef zei voordat hij vertrok?' vervolgde de gastheer. ' "Keer nooit terug op een plek waar je al geweest bent. Je moet jezelf steeds vernieuwen. Een onbekende plaats, nieuwe indrukken, een ander ik. Anders word je een levende dode." Zo dacht hij erover. Daarom ben ik bang dat het moeilijk kan worden.'

'Het is al moeilijk,' zei Saïd. Nu zag hij dat de zoom van een spijkerbroek onder het blauwe gewaad uitstak.

'Arhoun was net een zandvis. Weet u wat een zandvis is?'

Saïd schudde zijn hoofd.

'Ik hoop niet dat ik te veel praat. Eigenlijk ben ik zwijgzaam van nature, maar als ik eenmaal op dreef ben, kan ik niet meer ophouden. Dat komt doordat het hier zo stil is, vooral in dit seizoen. Dus als u niet wilt horen wat een zandvis is, dan moet u het eerlijk zeggen.'

'We hebben het altijd al willen weten,' zei Hassan.

'Zandvis is niet zijn echte naam, eigenlijk heet hij apothekersskink – dat is een soort hagedis. Maar voor de kinderen, die graag met hem spelen, is dat te lang en te ingewikkeld. Dus noemen zij hem zandvis. Hij is ook echt glad als een vis. Wanneer je hem loslaat, verdwijnt hij met slangachtige bewegingen in het zand. En nu komt het: hij doet zijn neus, zijn oren en zijn ogen dicht zodat er geen zand in komt en vervolgt, onzichtbaar voor de buitenwereld, zijn weg. Zijn oogleden zijn doorschijnend, dus hij ziet precies waar hij naartoe gaat.'

Hij stopte. Even leek het of hij de draad van zijn betoog kwijt was.

'Om op Youssef terug te komen, die was dus net een zandvis. Soms verdween hij dagenlang in de woestijn zonder een boodschap achter te laten. Dan moesten de gasten genoegen nemen met de darboeka's. Net als u vanavond. Als ze niet beter wisten, was het geen probleem. Maar als ze Youssef al eens hadden gehoord en speciaal voor hem waren gekomen, dan had je de poppen aan het dansen. Dan konden wij trommelen tot de flarden erbij hingen, maar voor hen was het niet hetzelfde.'

'Het zal niet altijd makkelijk zijn het de toeristen naar de zin te maken,' zei Hassan meelevend.

'In het algemeen valt het best mee, monsieur. Toeristen zijn ook handelswaar, *excusez-moi*, en we hoeven er niet helemaal voor naar het hart van Afrika. Zij komen naar ons toe. Ze zijn allemaal welkom. Behalve de Saoedi-Arabiërs dan.'

'Wat is er met de Saoedi-Arabiërs?'

'Weet u, in hun eigen land mogen ze niks. Ze zijn rijk, maar wat kunnen ze doen met al dat geld als ze niks mogen? Dus vliegen ze naar Marokko, een lang weekend de woestijn in met drank en hoeren. En harde muziek. Maar wij leven hier. Het ergert ons dat ze hier komen doen wat ze thuis niet durven. Het lawaai is tot in de verre omtrek te horen en nadat ze vertrokken zijn is de plek waar ze zich hebben uitgeleefd één grote vuilnisbelt. We hebben met zijn allen geprotesteerd bij de overheid, die heeft beloofd er een stokje voor te steken. Laten de Saoedi's hun eigen woestijn maar bevuilen. Die van ons houden we graag schoon en stil.'

Iemand blies de lantaarns uit. Ineens stonden ze in het donker.

'Moeten we nu al naar bed?' vroeg Hassan.

'Morgen wordt u vroeg gewekt, monsieur. Zonsopgang in de woestijn, dat wilt u toch niet missen?'

Ze werden naar hun tent gebracht en met een *bonne nuit* alleen gelaten. Er lagen twee matrassen naast elkaar op een tapijtje, daaronder was niets dan zand. Een zwak flakkerend vlammetje in een lantaarn verspreidde net genoeg licht om je vingers te kunnen tellen. Een toilet was nergens te bekennen. Saïd ging de tent uit en tuurde om zich heen. Eerst was het een kwestie van wennen aan de duisternis. Hij zag de donkere omtrekken van het tentenkamp en van enkele palmbomen, die er hoog boven uittorenden. Het drong tot hem door dat het een kleine oase moest zijn. Hij verliet de kring van tenten en sjouwde tegen het dichtstbijzijnde duin op. Er stonden enkele schaarse, stekelige struiken, daarboven was alleen nog zand. Was hij de enige die nodig moest? Of scharrelden er nog anderen rond in de duisternis, ontheemd zoekend naar een beschutte plek om te hurken? En de Toearegs, in wat voor kronkels manoeuvreerden die zich zonder hun gewaden te bevuilen? Over die dingen las je niets in de gids. Wat had je aan het telefoonnummer van het consulaat wanneer je niet eens basale informatie kreeg over sanitaire tradities in de woestijn? Overdag moest het nog moeilijker zijn dan 's nachts. Hoe moest je jezelf onzichtbaar maken in een leeg landschap?

Achter de grootste struik die hij vinden kon, hurkte hij neer. Terwijl de woestijnwind om zijn billen blies, dacht hij aan de apothekersskink. Op zich een geweldige truc, in het zand verdwijnen wanneer het je allemaal te gortig werd. Dat had de *ud*-speler dus ook gedaan. 'Blijf nooit op dezelfde plek, dan word je een levende dode.' Het klonk als een recept om de sleur een stap voor te blijven, maar als je niet oppaste, veranderde je in een superescapist en moesten anderen hun handen aan flarden trommelen om je afwezigheid te compenseren.

Toiletpapier? Daaraan dacht je pas als het te laat was. Hij betastte een twijg in de hoop enkele blaadjes te vinden, maar prikte zich venijnig. Terwijl hij aan het wondje zoog, zocht hij een oplossing. Hij had ook geen papieren zakdoekjes bij zich. Aan zulke dingen had zijn moeder altijd gedacht wanneer ze op reis gingen en hij had het overdreven gevonden. Mentholgeur, seringen en amandel, je kon kiezen. Nu pas drong het enorme potentieel van die zijdezachte doekjes tot hem door. Het was ongelooflijk, maar er was werkelijk niets in de woestijn. Niet alleen het fenomeen geluid was afwezig, al het andere ook. Je zou bijna gaan twijfelen aan je eigen aanwezigheid. Misschien waren zijn gedachten niet eens van hemzelf, zo gratuit kwamen ze hem voor. Hij rilde en wist niet of het van de kou was of van het desolate gevoel dat hem overviel.

Ineens schoot hem de reinigende werking van zand te binnen. Was het Hassan geweest of een ander die hem vertelde dat een moslim, bij afwezigheid van water, zijn rituele wassing ook met zand mocht verrichten? Hoewel het venijnig beet in de rauwe huid rond zijn anus, wreef hij er gehaast handenvol van over zijn zitvlak, in stilte hopend dat er geen schorpioen of hagedis tussen zou zitten.

Toen hij terugkwam in de tent, lag Hassan al onder de dekens. Bukkend onder het lage tentdak trok Saïd zijn kleren uit. Daarna blies hij de lantaarn uit en liet zich neervallen op zijn matras. Gek genoeg voelde hij geen spoortje vermoeidheid. Alles in hem was klaarwakker en helder. De matras was hard en overal voelde hij zand, tot in zijn haar en tussen zijn tanden toe. Zand was, bedacht hij, na kiezels en steengruis, de meest minimale vorm waarin aardse materie zich aan de mens vertoonde. Op stof na dan, maar dat telde niet mee. Alles verviel uiteindelijk tot stof, het was het massakerkhof van alle materie.

'Weet je waar ik steeds aan moet denken?' Hassans stem klonk onwerkelijk, 's nachts in de woestijn van Erg Chebbi.

'Ik dacht dat je al lang sliep.'

'Aan vroeger, als ik bij jullie bleef logeren.'

'Maar dat is waanzinnig lang geleden.'

'Wat heet lang. Nu we hier samen in een tent liggen, lijkt het of het gisteren was dat we in jouw bed sliepen.'

'In het ouwe bed van mijn moeder, bedoel je.'

'Het was toch jouw bed? In jouw kamer?'

'Dat wel, maar het antieke bed dat jij bedoelt, kreeg ik pas nadat ze er een tijdje met Jacob in had geslapen. De antroposoof, weet je nog? Toen Jacob haar in de steek liet, wilde ze er geen nacht meer in doorbrengen. Zij kocht een goedkoop bed bij Ikea en ik kreeg het oude met krullen in het mahoniehout, inclusief de matras, de dekens, de lakens en de natgehuilde kussens. Alles herinnerde haar aan hem, zei ze, en aan de geur van groene klei die hij elke dag at voor zijn maag. Of misschien smeerde hij de klei op zijn lichaam, daar wil ik van af zijn. In ieder geval kreeg ze die geur er zelfs met de agressiefste wasmiddelen niet uit.'

'Ik herinner me niet dat jouw lakens naar klei roken.'

'Geuren slijten op den duur.'

'Jacob herinner ik me heel goed,' zei Hassan peinzend. 'Toen ik voor het eerst bij jou was, kwam hij ons limonade brengen. Ik mocht hem wel.'

'In het begin zetten ze hun beste beentje voor. De een houdt het langer vol dan de ander, maar uiteindelijk breekt onvermijdelijk het uur van de waarheid aan. Dat is geen leuk uur, dat kun je van me aannemen.'

'Hoe kwam ze aan al die lovers?'

'Ze ontmoette ze op haar werk, in Het Derde Oog. Je gelooft het misschien niet, maar die winkel was toen een ware goudmijn voor het vinden van foute partners. De laatste tijd zijn er voor iemand die op zoek is naar liefde allerlei mogelijkheden. Blind dates, chatting, relatiebemiddeling via internet, psychologische tests, noem het maar op. Maar mijn moeder, die trouwens geen computer had, moest het toen ik jong was helemaal alleen uitzoeken. Veel vrije tijd om iemand in het wild te ontmoeten had ze niet. Ze had een volledige baan en daarbij ook nog een kind. Voor een beetje liefdesleven was ze dus helemaal op haar werk aangewezen.'

Saïd wist niet wat hij er nog aan toe moest voegen. Het viel niet uit te leggen, en zeker niet aan Hassan. Het grillige liefdesleven van zijn moeder was in geen enkel opzicht te vergelijken met het traditionele huwelijksleven van mevrouw Messaoui. Twee werelden apart, zonder raakpunt. Hoe waren ze eigenlijk bij dit onderwerp verzeild geraakt?

De wind was aangewakkerd en blies krachtig om de tent. Stel dat hij aanzwol tot een zandstorm terwijl ze rustig lagen te slapen, en dat de tent de volgende ochtend bedolven zou zijn onder het woestijnzand. Zouden ze dan weten of het dag was of nacht? Hoe lang hield je het in zo'n geval uit met twee flesjes water?

'Wat was het woord voor woestijn ook al weer in het Sabariet?' vroeg Saïd om het gesprek een andere wending te geven.

'Zandara.'

'Natuurlijk. Zandara. Had jij dat bedacht? Uiteindelijk was jij meer met de taal bezig dan ik.'

'Volgens mij was dat woord er al toen ik je leerde kennen. Hoewel je veel meer aandacht had besteed aan dingen zoals geografie en topografie, had je ook al een basistaal bedacht. Ik zal nooit die eerste dag vergeten, toen je me de landkaart liet zien. Met alles erop en eraan. En de schatkist – al die bankbiljetten, met de hand getekend en ingekleurd. Een monetair stelsel dat helemaal klopte. Denk je eens in, voor zo'n kleine jongen! Je was bezig een staatsbestel te ontwerpen, en een grondwet. Alleen de taal, dat zag ik meteen, die stond nog in de kinderschoenen. En de geschiedenis stelde ook nog niet veel voor.'

'Ja, de geschiedenis bezorgde me heel wat hoofdbrekens,' herinnerde Saïd zich. 'Al die onontkoombare oorlogen en veldslagen, dat stond me behoorlijk tegen. Ik was er vol geestdrift aan begonnen, maar algauw zonk de moed me in de schoenen. Ik stond er gewoon van te kijken wat de mensen elkaar allemaal aandeden, en weet je, al heel gauw wist ik niet meer waarom. Wat de oorzaak was geweest van het meningsverschil dat op een oorlog was uitgelopen. Territoriumuitbreiding? Hebzucht? Verschillende opvattingen over religie? Voor de informatie moest ik het voornamelijk hebben van het televisiejournaal en de geschiedenislessen op school, maar op een gegeven moment had ik er geen flauw idee meer van. Eerlijk gezegd vroeg ik me voornamelijk af waarom de Saïdi-Hassaniërs, voordat wij aan de macht kwamen, hun krachten niet gebundeld hadden om de woestijn te irrigeren en vruchtbaar te maken. Daar zouden ze hun handen vol aan hebben gehad. Maar nee, op gezette tijden schenen ze oorlog met elkaar te moeten voeren. Dan lieten ze hun schoffels en spaden achter op de akkers en trokken ze er zingend op uit om elkaar af te slachten, en er schoot me niets te binnen om ze tegen te houden. Nee, nu ik eraan terugdenk, was ik blij dat jij het bloedvergieten voor je rekening nam.'

'Saïd?'

'Ja?'

'Weet je wat ik zo mooi vind aan jou?'

'Ik zou het niet weten.'

'Dat je tamelijk stug en gesloten bent, maar eigenlijk ook heel gevoelig.'

'Grof geweld maakte me zenuwachtig, dat is alles,' zei Saïd nuchter, 'vooral als er veel bloed bij vloeide en er lichamen verminkt werden. Ik bedacht liever een staatsbestel dat de mogelijkheid van onenigheid uitsloot. Zodat de mensen het met elkaar eens zouden zijn, in plaats van elkaar naar het leven te staan.'

'Die combinatie raakt me, weet je dat?'

'Welke combinatie?'

Hassan schoof een stukje dichterbij. 'Van stug en gesloten maar toch heel gevoelig. Het raakt een snaar bij me.'

Saïds stem haperde. Hassan probeerde hem van zijn stuk te brengen met een opmerking die niets met de geschiedenis van Saïdi-Hassanië te maken had. Daarbij profiteerde hij van de duisternis in de tent en de wind eromheen, die almaar in hevigheid toenam, waardoor er een kunstmatige intimiteit gecreëerd werd die niets met de werkelijkheid te maken had. Maar Saïd liet zich niet van zijn apropos brengen en vervolgde: 'De grote vraag was dus: hoe pakte je dat aan? Hoe bedacht je, als basis voor het staatsbestel, een gemeenschappelijke moraal die door iedereen automatisch als een autoriteit zou worden erkend? Als een antwoord op alle levensvragen? Mozaïsche wetten, zal ik maar zeggen, maar dan op zijn Saïdi-Hassanisch? Zonder duidelijke leefregels volgden de mensen alleen hun primitieve driften. Seks en opium en oorlog, daar kwam het zo'n beetje op neer in de geschiedenis van Saïdi-Hassanië. De mensen dachten alleen aan zichzelf en wie niet sterk, rijk, mooi of slim was, dolf het onderspit.'

'Je luistert niet naar me.'

'Eerst dacht ik dat een democratie de oplossing was. Toen zei ik tegen mezelf: nee, niet voor Saïdi-Hassanië. In een democratisch systeem zorgden ze weliswaar beter voor de zwakkeren in de samenleving, maar het zou alleen een slimme manier zijn om iedereen zand in de ogen te strooien. Een democratie in Saïdi-Hassanië zou, via de media, algauw ontaarden in een geraffineerde indoctrinatiemachine, waarbij de zwakkeren dag in dag uit werd voorgehouden dat er ook voor hen maar één ding opzat: sterk, mooi, slim, rijk worden. Een winner, zal ik maar zeggen.'

Er werd een hand op zijn borst gelegd. Een hand die zowel de vrije borst- als de middenrifademhaling belemmerde. Wat was nou een hand? De linkerhand van je beste, je oudste vriend? Je had hem duizendmaal gezien in je leven, en de andere hand ook. Het waren niet eens bijzondere handen, die zich op een bepaalde manier van al die miljoenen andere onderscheidden. Het enige ongewone eraan was misschien dat Hassan linkshandig was. Dat was niet een eigenschap van de hand, maar het gevolg van een afwijkende taakverdeling tussen de linker en de rechter hersenhelft, had Saïd ergens gelezen. Het was een kleine variant op wat als normaal gold, maar het gevolg was dat Hassan als linkshandige zijn weg moest zien te vinden in een wereld die voornamelijk door rechtshandigen werd beheerst.

'Is het dan zo moeilijk om een compliment in ontvangst te nemen?' vroeg Hassan met een stem van velours.

Saïd kwam adem tekort. De hand kroop nu van zijn borst naar zijn middel. Hij praatte en praatte maar door. Ergens had hij het idee dat er groot onheil afgewend moest worden en dat het woord het enige wapen was dat hem ter beschikking stond. Hij wist niet eens of het allemaal hout sneed wat hij zei. Ergens had hij het vage idee dat de totstandkoming van het staatsbestel van Saïdi-Hassanië niet helemaal zo in zijn werk was gegaan als hij nu beweerde. Was hij niet veel te jong geweest voor dit soort scherpzinnige overwegingen? Waar zou hij al die kennis over democratieën en indoctrinatiemachines vandaan hebben moeten halen? Het lag meer voor de hand dat hij er op dit moment allerlei dingen bij lag te verzinnen. Misschien voegde hij er zelfs inzichten aan toe die hij nog maar kort tevoren had verworven.

'Een stelsel van leefregels hadden ze nodig, snap je,' hervatte hij koortsachtig, 'een duidelijke moraal, neergelegd in de grondwet om de ene mens tegen de andere te beschermen. Want waar heb je een moraal voor nodig? Om de mensen mededogen bij te brengen. "Wat gij niet wilt dat u geschiedt, doe dat ook een ander niet." Maar een wet alleen is een onbezield ding. Mensen lopen niet makkelijk warm voor zoiets kils en fantasieloos als de wet. Ik had magie nodig om de Saïdi-Hassaniërs tot diep in hun hart te overtuigen. Ze moesten geloven in het nieuwe staatsbestel en bereid zijn hun leven ervoor te offeren. Zo kwam ik vanzelf terecht bij de noodzaak van een profeet. Een moraal komt toch niet zomaar als een regenbui uit de lucht vallen? Je hebt er gewoon een profeet of een messias bij nodig, daar ontkom je niet aan. Zo werd Zabor uitgevonden. Weet je nog hoe hij uit het niets in hun midden verscheen in een tijd van grote chaos en hoe hij de Saïdi-Hassaniërs de weg wees? Volgens mij heb jij dat verhaal toen verder uitgewerkt. Dankzij jou werd het een prachtige, leerzame mythe vol mirakels en wonderbaarlijke bekeringen. Ik heb altijd veel bewondering gehad voor het Grote Boek van het Zaborisme, waarin je de wet en de moraal kunstig verstrengeld hebt. Ik heb alles bewaard. Je zou eens langs moeten komen, dan zouden we opnieuw kunnen lezen wat we toen allemaal bedacht hebben.'

'Het genoegen zal geheel aan mijn kant zijn,' zei Hassan ironisch. Hij bracht zijn lippen naar Saïds oor en fluisterde: 'Maar nu zijn we hier, dat biedt ook allerlei mogelijkheden...'

'Zand!' riep Saïd. 'Overal zand!' Hij schoot overeind en schudde met zijn lichaam als een hond die uit het water komt. Het zand jeukte onder zijn kleren; het leek wel of er een orgie van huismijt was uitgebroken. Hij rukte de flap bij de ingang open, wurmde zich naar buiten en zette het in het wilde weg op een lopen, de nacht in, het dichtstbijzijnde duin op.

7 Het vredesritueel

Hassan las Saïd graag voor uit zijn 'Geschiedenis van Saïdi-Hassanië', waaraan hij in de loop der jaren steeds meer hoofdstukken toevoegde. Zijn stijl veranderde mettertijd. Toen hij in de derde klas van de middelbare school zat imiteerde hij de gedragen en soms zelfs bombastische stijl van oude geschiedenisboeken, die hij in de schoolbibliotheek vond. Het kwam hem voor dat de geschiedenis van Saïdi-Hassanië door het wat archaïsche taalgebruik geloofwaardiger werd.

Op een warme zomeravond las hij Saïd een pasgeschreven episode voor, die hem veel hoofdbrekens gekost had. Zijn stem trilde een beetje toen hij begon te lezen, maar geleidelijk ebde zijn onzekerheid weg en lukte het hem de geschiedenis met de juiste intonatie tot leven te wekken.

Evenals het Avondland had Saïdi-Hassanië een periode gekend die als 'de Middeleeuwen' de geschiedenis in was gegaan. Die periode kon natuurlijk pas eeuwen later zo genoemd worden, toen geschiedschrijvers begonnen het verleden te interpreteren en te boek te stellen. Het leek alsof ze over hun schouder omkeken en met half dichtgeknepen ogen een lange weg afspeurden die halverwege steeds vager werd, totdat hij vlak voor een vermoedelijke horizon volledig in nevelen verdween. Wat de prehistorische tijd betreft bleef het dus bij gissen. Alleen kleitabletten met onbegrijpelijke inscripties en enkele schaarse ruïnes getuigden van een vroegere beschaving.

Die moest op een tamelijk hoog peil hebben gestaan. Men had een schrift gekend en de ruïnes, die de erosie van zand en wind hadden getrotseerd, getuigden van een geavanceerde architectuur, zowel voor civiele als voor militaire doeleinden.

Over de Middeleeuwen was veel meer bekend, dankzij een verzameling teksten op papyrus die verrassend goed bewaard waren gebleven. Hierin waren, in de vorm van lange epische gedichten in Oudsabariet, de grote historische gebeurtenissen voor het nageslacht bewaard. De mythische inhoud wekte de schijn dat men slechts met een serie sprookjesachtige verhalen te maken had, die waren ontsproten aan het brein van een getalenteerde fantast met een duidelijke voorkeur voor epische concentratie – een stijlvorm waarbij de heldendaden van verschillende veldheren of koningen aan één persoon werden toegeschreven. Maar voor het geoefend oog schemerde de historie dwars door de mythe heen. De oude teksten gaven een redelijk betrouwbaar beeld van de opeenvolging van vorsten, dynastieën, veldslagen, vredesverdragen en de schendingen daarvan, waarop weer nieuwe oorlogen gevolgd waren.

Een van de hoogte- of dieptepunten in de geschiedenis van de Middeleeuwen was de slag om Het Blauwe Oog geweest. Deze veldslag had het aanzien van Saïdi-Hassanië, dat toen nog Nemonia heette, voor altijd grondig veranderd. Het Blauwe Oog lag precies in het midden van het land, als een navel die voor altijd herinnerde aan de geboorte van Nemonia. Een navel die nog rechtstreeks verbonden was met het baarmoedervocht waarin Nemonia in prenatale vorm gevoed was en had rondgedobberd. Het Oog, dat een doorsnee had van bijna honderd meter, was gevuld met kristalhelder water dat blauw flonkerde als een edelsteen. Vriend en vijand waren het erover eens dat het een groot wonder was, dit met vloeibare lapis lazuli gevulde gat midden in de woestijn.

De Hematieten, die het oostelijk deel van Nemonia bevolkten, beweerden dat het was ontstaan toen mensen uit een ver verleden er een primitieve vorm van mijnbouw hadden gepleegd, op zoek naar goud of diamanten. Volgens de Aventurijnen, die in de westelijke helft woonden, had een meteoor ooit het peilloos diepe gat in de woestijn geboord. Zo diep dat het onmiddellijk vanuit nooit vermoede, ondergrondse reservoirs volstroomde met water.

Er waren ook interpretaties van religieuze aard. Een diep gelovige stamoudste zou met zijn herdersstaf op de grond getikt hebben, waarna het gat zich spontaan had geopend en gevuld met heilig water, dat rechtstreeks verbonden was met de Bron van het Eeuwige Leven. Deze versie werd door beide volkeren geaccepteerd als een verhaal dat op een andere manier ook waar was. Ze wisten dat er religies bestonden waarin stamoudsten over water liepen, zeeën in tweeën spleten en water in wijn veranderden. Er was een rijke voorraad precedenten, waar hun stamoudste met zijn toverstaf niet in detoneerde.

Helaas liep de grens tussen het grondgebied van de Hematieten en dat van de Aventurijnen dwars door Het Blauwe Oog. Ze hadden tot in lengte van dagen vreedzaam met elkaar kunnen coëxisteren, ieder met hun eigen opvatting over het ontstaan ervan. Maar uit een Oudsabaritische tekst schemert door dat een Hematiet en een Aventurijn, elk van adellijke afkomst en een hoge positie bekledend aan het koninklijk hof, op een dag toch onenigheid kregen over deze kwestie. Misschien hadden ze te veel palmwijn gedronken en wilden ze indruk maken op dezelfde vrouw? De geschriften zwijgen erover. In ieder geval moet het geschil zo hoog zijn gelopen dat het doordrong in politieke regionen. De Hematieten, trouw aan hun opvatting, en de Aventurijnen, trouw aan de hunne, beperkten zich aanvankelijk nog tot een felle polemiek. Maar de gemoederen liepen steeds hoger op. Verschillen van mening over tal van andere kwesties waaraan nooit iemand aanstoot had genomen, leidden ineens tot wederzijdse scheldkanonnades en vechtpartijen. Hier en daar viel zelfs een dode, die snel onder de grond werd gemoffeld om geen martelaar van hem te maken.

De koning, die het product was van een verstandshuwelijk tussen een Aventurijnse prinses en een Hematitische prins, stond boven de partijen. Met lede ogen moest hij aanzien hoe het conflict steeds meer escaleerde, terwijl zijn pogingen om beide partijen aan de onderhandeltafel te krijgen jammerlijk mislukten. Aanvankelijk waren er alleen geruchten over een wapenwedloop, maar al spoedig werd gefluisterd dat de Hematieten alleen nog een incident afwachtten om een oorlog te kunnen beginnen. Hun doel was zich Het Blauwe Oog voor altijd toe te eigenen, inclusief een ruime strook land eromheen zodat ze in de toekomst hun alleenrecht veilig konden stellen. De Aventurijnen, die defensiever van aard waren, zagen het gevaar op zich afkomen en wisten niets beters te doen dan zich tot de tanden te bewapenen. Iedereen wist dat het verschil van mening over het ontstaan van Het Blauwe Oog maar een voorwendsel was. Eigenlijk ging het om water. Weliswaar had Het Blauwe Oog de naam onuitputtelijk te zijn, maar niemand durfde daar echt op te vertrouwen. Voor hun irrigatiesystemen, die toen nog in de kinderschoenen stonden en pas tegen het einde van de twintigste eeuw door een krachtdadige koning zouden worden geperfectioneerd, was zowel de oostelijke als de westelijke helft van Nemonia volledig op de voorraad in Het Blauwe Oog aangewezen. Dit was de dubbele agenda die beide partijen erop na hielden in een ogenschijnlijke ideeënstrijd. Ze wisten het van elkaar, maar keken wel uit het hardop te zeggen.

Op een dag was het zover. Een Hematitische jongen, die aan het vissen was, viel onder verdachte omstandigheden in

Het Blauwe Oog en verdronk. 'Wij gaan niet afwachten tot de Aventurijnen nog meer slachtoffers maken onder onze jeugd, de vrucht van onze lendenen, de hoop van onze toekomst!' brulde een Hematitische veldheer voordat hij met geheven vaandel het teken gaf tot de aanval. Wat volgde was een veldslag zoals de geschiedenis van Nemonia die nog niet kende. Nog eeuwen later leek het of de papyrus in de handen van geschiedkundige vorsers begon te trillen, wanneer ze bij deze episode waren aangekomen. Want het rijm verhulde wel veel, maar niet alles. Dwars door de starre regelmaat van de jamben heen vibreerden de verschrikkingen van een massaslachting aan weerszijden van Het Blauwe Oog.

In deze strijd waren de paarden de beste wapens. Het waren uitmuntende, harmonisch gebouwde viervoeters met een geprononceerde borst, een solide fundament en een sterke ronde achterhand. Ze hadden weelderige manen en staarten en hun sprekende ogen verrieden een weldadige kalmte, naast een aangeboren intelligentie. Ze hadden zo'n sterke band met hun berijder dat ze voor hem door het vuur gingen. Al konden ze het niet met zoveel woorden zeggen, hun adagium was: 'Samen leven, samen sterven'. Tijdens de gevechten kwamen er nog andere kwaliteiten aan het licht. Ze bezaten een waanzinnig uithoudingsvermogen, kenden geen angst en waren vlug en lenig als kwikzilver. Hun allersterkste troef was hun wendbaarheid. Midden in een galop, waarbij het woestijnzand onder hun hoeven opstoof, konden ze abrupt tot stilstand komen. Zo stelden ze hun berijder in de gelegenheid zijn speer vanuit een onverwachte invalshoek met kracht en effectiviteit naar zijn tegenstander te werpen.

Het zou mooi geweest zijn als maar een van beide partijen de beschikking had gehad over zulke sublieme paarden. De strijd zou dan veel eerder beslecht zijn geweest, en er zouden veel minder slachtoffers zijn gevallen. Maar helaas, de Hematieten en de Aventurijnen bereden paarden van hetzelfde ras, dat een gelukkige kruising was tussen een oorspronkelijk Hematitisch en een Aventurijns ras en van beide de beste eigenschappen in zich verenigde. Het enige verschil zat hem in het uiterlijk. Bereden de Aventurijnen zonder uitzondering schimmels, de Hematieten hadden een voorkeur voor bruine en zwarte paarden, die goed pasten bij hun zwarte gevechtskleding. De Aventurijnen verschenen op het slagveld in het wit, zodat ook zij een voor het oog volmaakte eenheid vormden met hun rijdier. De handgrepen van hun zilveren zwaarden en sabels waren liefdevol met de hand versierd met halfedelstenen. Deze zwaarden waren van oudsher berucht om hun lengte, maar even berucht was het gemak waarmee zowel Hematieten als Aventurijnen ze hanteerden. Beide partijen waren dus gelijkelijk toegerust voor de strijd. Zwart of wit, het maakte niet uit toen deze eenmaal goed op gang gekomen was en aan beide zijden met hetzelfde fanatisme precies dezelfde kwaliteiten tentoon werden gespreid.

Het werd een zware uitputtingsslag die de hele dag duurde. Het gezoef van sabels en zwaarden vulde de lucht, alsof duizenden roofvogels van grote hoogte met suizende vleugels neerdoken op een prooi. Pas in de schemering verslapte de slagkracht. In een wijde cirkel rond het Oog lagen ontelbare doden en gewonden in de weg voor de laatste krijgers die nog in een duel verwikkeld waren. Daardoor werden ze steeds dichter naar het gapende gat toe gedreven. Dat bood geen bemoedigende aanblik. Het water kleurde rood van mensen- en paardenbloed, dat in stroompjes van de slachtoffers naar het laagste punt in de omgeving liep. Bovendien werd het zicht door het opdwarrelende stof en het wegstervende avondrood steeds minder. Degenen die nog over waren, hadden het zo druk met overleven dat de gruwelijkheid van de taferelen om hen heen aanvankelijk niet tot hen doordrong: de ogen van stervende paarden veranderd in gebroken glas, de witte kleding van de Aventurijnen rood van een kleurstof die er nooit meer uit zou gaan, het hoofd van een Hematiet, de zwarte tulband nog intact, enkele meters verwijderd van de romp. Een cynische historicus zou eeuwen later schrijven dat het tafereel veel weg had van een veelbelovende generale repetitie voor de Apocalyps, met steracteurs zowel in de hoofdrollen als in de bijrollen.

Ten slotte stonden de laatste strijders onbeweeglijk aan de rand van Het Blauwe Oog, verlamd door een oude erecode: men mocht elkaar niet uit het zadel werpen met de bedoeling dat de ander in het gat zou storten. Het water was daarvoor te heilig. Daar stonden ze dus en keken elkaar recht in de ogen. Het strijdperk was te smal geworden om nog fatsoenlijk slag te kunnen leveren, zo begrepen beide partijen stilzwijgend. Zowel de Hematitische als de Aventurijnse veldheren waren gesneuveld, en met hen bijna de hele hoge en lage adel. Wat elkaar daar aan de rand van het gat aanstaarde, uitgeput en bezweet, was niet meer dan een stelletje jongens met dons op hun bovenlip. Vanwege hun jeugdige leeftijd hadden ze eigenlijk niet ingezet mogen worden in de strijd, maar ze hadden zo aangedrongen mee te mogen doen dat de legerleiding was gecapituleerd voor hun smeekbedes. Nu zaten ze daar op hun nog nahijgende paarden. Ze zagen het dons van de andere partij en beseften dat ze onbedoeld terecht waren gekomen in een film van boven de achttien – als het ware, want het zou nog eeuwen duren voordat in Nemonia de eerste bioscopen gebouwd werden. Eigenlijk wilden ze alleen nog naar huis om getroost en vertroeteld te worden door hun moeders en zusters. Wie goed keek, zag dat er aan de Aventurijnse kant meer jongens waren overgebleven dan aan die van de Hematieten. Moesten ze daaruit concluderen dat de Aventurijnen gewonnen hadden?

Een Aventurijn schraapte zijn keel en zei vermoeid: 'Eigenlijk moeten jullie je overgeven. Jullie hebben deze gewelddadige ontmoeting tussen twee volkeren gewild en wij hebben ons zo goed mogelijk verdedigd. Wat is het gevolg van ons beider inspanningen? Onze troepen zijn gedecimeerd, en die van jullie ook.'

'Erger dan gedecimeerd,' zei de jongen tegenover hem. Het huilen stond hem duidelijk nader dan het lachen. Maar hij hield zich flink. 'Ik heb mijn vader zien sterven aan de andere kant van het slagveld. Hij ligt daar in een plas bloed. En niet zoals hij geboren is, met twee armen en benen eraan. Naast hem lag zijn zwaargewonde paard. Een fantastisch paard, in alle opzichten, het had met gemak vijfendertig jaar oud kunnen worden. In plaats daarvan heb ik het met mijn zwaard uit zijn lijden moeten verlossen.'

'Eerlijk gezegd denk ik dat we ons lelijk hebben laten misleiden,' zei de Aventurijn. 'Onze vaders en ooms spiegelden ons een zegenrijke overwinning voor, een victorie die voorgoed een einde zou maken aan jullie agressieve neigingen. Daarna zouden we allemaal lang en gelukkig leven. Maar wat is de realiteit? Haast iedereen is dood en op onze smalle schouders rust de verantwoordelijkheid voor het voortbestaan van de Aventurijnen. En zo te zien is dat nu ook voor jullie een prioriteit.'

Er verscheen een glans van hoop in de ogen van de Hematitische jongen. 'Daar zou je weleens gelijk in kunnen hebben! Bij thuiskomst wacht ons een taak, die van een heel andere aard is dan die op het slagveld. Natuurlijk moeten we eerst onze doden eervol begraven, maar daarna kunnen we ons niet veroorloven te lang in gevoelens van rouw te blijven hangen. Het is waar, er moet hard gewerkt worden aan de wederopbouw van onze bevolking.'

'Verstandige taal,' knikte de Aventurijn. 'Volgens mij beschik je over potentiële leiderscapaciteiten. We moeten ons bewust zijn van onze plaats in de geschiedenis.'

'Maar wie heeft er dan eigenlijk gewonnen?'

'Niemand. We hebben zoveel doden te betreuren dat het van grote ongevoeligheid zou getuigen op dit moment de woorden "verlies" of "overwinning" in de mond te nemen. Hier zijn geen winnaars, alleen verliezers, dat is mijn mening.'

Er ging instemmend gemompel door de gelederen aan beide zijden.

'Dus we sluiten een vredesverdrag?' concludeerde de Hematiet.

'Dat stel ik voor, ja. Wie het er niet mee eens is, mag zijn zwaard opsteken.'

Aan beide kanten wezen de zwaarden met de punt naar de met bloed doordrenkte aarde.

'Er is één voorwaarde...' zei de Aventurijn.

'Eén voorwaarde?'

'Wij hebben een ritueel ter bezegeling van de vrede. Dat ritueel is zo oud als ons volk. Voor ons heeft een vredesverbond geen enkele waarde zonder dat dit is voltrokken.'

'Als het maar geen pijn doet,' zei de Hematiet met trillende stem.

'Het doet geen pijn,' werd hem van alle kanten door de Aventurijnen verzekerd. 'Integendeel, het is voor beide partijen een aangenaam ritueel. Een lekker ritueel zelfs, voor zover je zoiets van een ritueel kunt zeggen.'

Het was donker geworden. Gelukkig stond er een heldere maansikkel aan de hemel. Ze hadden geen tijd te verliezen. Er waren gewonden die afgevoerd moesten worden, en zwaargewonden aan wie ter plekke de genadeslag moest worden toegediend.

'Vertel maar,' zei de Hematiet.

'Het gaat om de uitwisseling van zaad.'

'Zaad? Je bedoelt: zaad voor graan of bonen?'

'Mannenzaad.'

'Ga verder.'

'Twee leiders, jij en ik bijvoorbeeld, moeten hun zaad uitwisselen. Dat symboliseert de toekomst van het volk, zoals je begrijpt. Gezien de omstandigheden moeten we behoorlijk opschieten met de ceremonie.'

'Ik snap er niets van,' zei de Hematiet dapper, 'maar ik ben er klaar voor. Zeg maar wat ik moet doen.'

'We gaan eerst naar de tent van Gromoeko,' zei de Aventurijn. 'Dat is –' Hij herstelde zich. 'Dat was onze legeraanvoerder.'

Het was niet fijn tussen al die doden en stervenden door te manoeuvreren, maar beide partijen beseften dat dit niet het juiste ogenblik voor mededogen of empathie was. In het kamp van de Aventurijnen was de tent van de opperveldheer gemakkelijk te herkennen. Hij was aanmerkelijk groter dan de andere, en er wapperden zoveel vaantjes op dat ze voor de zenuwachtige Hematiet niet zo gauw te tellen waren. Vlak voor de opening bleven ze staan.

'Alleen jij en ik gaan naar binnen,' zei de Aventurijn. 'Mijn wapenbroeders, voor zover nog in leven, vormen nu een kring om de tent heen. Tijdens het ritueel zullen ze onafgebroken de Aventurijnse vredeshymne zingen. Mochten er in jullie midden Hematieten zijn die de hymne toevallig ook kennen, doordat ze van gemengde afkomst zijn of een tijdje in ons midden geleefd hebben, dan nodig ik ze hierbij van harte uit mee te zingen.'

De wapenbroeders stegen van hun paarden af en namen zwijgend hun positie in tussen de scheerlijnen.

'Ik heet Tizno,' stelde de Aventurijn zich voor, 'en jij? Je wilt vast weten met wie je van doen hebt bij dit ritueel. Anders is het zo'n anonieme aangelegenheid. Er zijn weliswaar Aventurijnse teksten waarin de stelling wordt verdedigd dat anonimiteit beter is, maar zelf ben ik meer voor een iets persoonlijke, individuele aanpak.'

De ander knikte bedeesd. Hij voelde zich niet helemaal op zijn gemak, zo midden in het legerkamp van de Aventurijnen. Wie garandeerde dat het geen list was? Diep vanbinnen hoopte hij vurig dat zijn zenuwen hem niet zouden beletten naar behoren aan het vredesritueel deel te nemen. 'Mijn naam is Olfodarius,' zei hij zacht, 'maar de meesten noemen me Olfo.'

'Daar hebben ze gelijk in,' knikte Tizno. 'Het is niet alleen korter, het klinkt ook leuker.' Hoffelijk hield hij een flap tentdoek open, die de ingang afsloot.

'Na jou.'

Olfo trad binnen in een andere wereld. Er brandden kunstig gedecoreerde, bronzen lantaarns. De grond was bedekt met de hoogpolige tapijten, die de Aventurijnen internationale faam bezorgden. De ingewikkelde figuren hadden een magisch-symbolische betekenis die je beter niet kon veronachtzamen. Omdat het niet de bekende patronen waren die de Hematieten toepasten in hun tapijten, voelde Olfo bij de aanblik ervan nog meer van zijn zekerheden wegebben. Als hij maar niet per ongeluk een geheime geometrische wet schond, waardoor hij een vloek over zichzelf en zijn volk zou afroepen.

'Ga zitten,' gebaarde Tizno. 'En kleed je maar meteen uit om geen tijd te verliezen.'

Niet zonder gêne begon Olfo zich van zijn zwarte gevechtsuitrusting te ontdoen. Hier en daar waren zijn kleren stijf van het geronnen bloed van tegenstanders. Het was meer een kwestie van afpellen dan jezelf uitkleden. Toen alles uit was, voelde hij zich erg bloot. Zijn amulet hield hij wijselijk om. Tizno, die een stuk sneller uit de kleren was dan hij, droeg een hele ketting van glanzend groene steentjes. Die deed hij ook mooi niet af. Hij was naakt op zijn ketting na, omgeven door in haast weggeworpen witte sjaals, waarvan sommige fraai geborduurd waren met ecrukleurige zijde.

'Kom wat dichterbij,' zei Tizno, 'anders lukt het niet.'

Olfo schoof ongemakkelijk naar voren. Ze zaten beiden in de kleermakerszit, hun knieën raakten elkaar. Tizno was duidelijk een liefhebber van zon. Om zo bruin te worden moest je er heel wat uurtjes zonnebaden op hebben zitten zonder dat je iets beters te doen had. Zijn tengere, jongensachtige bouw werd gecompenseerd door de stevigheid van zijn geslacht. Dat verkeerde meteen al in de hoogste staat van paraatheid. Een kordate jongen, Tizno. Olfo was zelf niet zo'n liefhebber van zonneschijn en voelde zich bij hem vergeleken bleek en kwetsbaar. Het enige wat hij op de ander voor had was een beginnend plukje borsthaar. Hij had ook een iets forser postuur, maar zijn penis was ten prooi aan angst en schaamte. En dat terwijl de toekomst van zijn volk, naar het zich liet aanzien, afhing van een gezonde zaadlozing.

'Ontspan je, Olfo,' zei Tizno.

Hij laat er geen gras over groeien, dacht Olfo, nauwelijks kent hij mijn voornaam of hij maakt er gebruik van alsof hij me al jaren kent. 'Dat is makkelijker gezegd dan gedaan,' zei hij schor.

'Denk niet aan alle ellende die deze dag ons gebracht heeft. Te midden van zoveel dood moeten we aan het leven denken. Jij en ik zijn er nog. En hoe! Wil je dat ik je een handje help?'

'Nee, dank je,' zei Olfo beleefd. De kunst was onder alle omstandigheden je goede manieren te bewaren. 'Wat is eigenlijk precies de bedoeling? Je hebt me nog niet uitgelegd hoe het werkt.'

'De bedoeling is dat we tegelijkertijd tot een hoogtepunt komen. Daarvoor is een zekere zelfbeheersing vereist. Maar jij en ik hebben ons mannetje al gestaan in een extreem bloedige veldslag, en we zijn niet in tranen uitgebarsten. Dus wat de zelfbeheersing betreft zie ik het niet somber in. Let op: tijdens het hoogtepunt laten we ons, op een teken van mij, allebei tegelijk gaan. Met volledige inzet. Het product van onze opwinding moet een vriendschappelijke vermenging aangaan. Twee welgerichte vredesbogen die elkaar kruisen, dat is alles. Anderen drinken in zo'n geval elkaars bloed, wij doen dit. Denk tijdens het ritueel aan de sterren en planeten, de zon en de maan, het ontstaan van de aarde, de geboorte van de eerste mens. En jij en ik zijn daarvan, zoals we hier zitten, het middelpunt. De hele kosmos draait zo meteen om jou, om mij en het leven. Vergeet wie je bent, vanwaar je gekomen bent en waar je naartoe gaat. We zijn jong, we zijn gezond van lijf en leden en we hebben geen verwondingen opgelopen. Het moet lukken! Zo niet, dan wil ik je met alle liefde een handje helpen.'

Het was alsof Napoleon zijn troepen aanvuurde! Tizno's hand was al onderweg.

'Ik doe het zelf wel,' zei Olfo haastig.

'Zing maar!' riep Tizno luid.

Het begon met een onzeker gebrom. Daaruit kwam schoorvoetend een lied tevoorschijn. Naarmate de zangers meer grip op de melodie kregen, gingen ze luider zingen en werd hun toon vaster. Het was een opzwepend, tranceverwekkend lied dat de verschrikkingen van de veldslag en het idee van de dood deed vervagen. Olfo, gefocust op de taak die hij te vervullen had, ontging het grootste deel van de tekst. Alleen de inhoud van het refrein drong tot hem door.

Omhoog, omhoog naar de regenboog
Ultraviolet, rood en blauw,
Diep in het hart
Ontmoet ik jou.

De woorden werkten kalmerend op de zenuwen. Door de ogenschijnlijk eindeloze herhaling ging er een weldadige ontspanning door zijn ledematen, tot in zijn tenen en vingertoppen toe. Terwijl het refrein als een mantra op hem inwerkte, raakte zijn blik in toenemende mate gefixeerd op Tizno's linkerhand. Al registreerde hij door de omstandigheden minder helder dan voorheen, hij nam toch met verbazing waar dat Tizno linkshandig was. Had Tizno tijdens de strijd zijn zwaard ook in zijn linkerhand gehouden? Was hij daardoor in het voordeel geweest ten opzichte van zijn tegenstanders? Die verwachtten niet dat de stootkracht ineens vanuit een andere hoek zou komen. At Tizno ook met die hand? Waste hij zich ermee? Kamde hij zijn haar ermee? Olfo had nog nooit een linkshandige gezien. Het verschijnsel kwam hem voor als iets exotisch, iets waarmee Tizno zich onderscheidde van de grauwe massa. Een massa die rechtshandig was en daar helemaal niet bij stilstond. Een massa die er gemakshalve van uitging dat rechtshandigheid de norm was waaraan alles afgemeten moest worden. Tizno had het lef dat aan zijn laars te lappen. Hij bediende zich van zijn linkerhand alsof het de gewoonste zaak van de wereld was. Wat een vrijheid! Olfo's ademhaling versnelde bij de gedachte aan de poorten die opengingen voor linkshandigen. Poorten die toegang gaven tot ongekende lusthoven, waarin alleen uitverkorenen werden toegelaten.

Omhoog, omhoog naar de regenboog
Ultraviolet, rood en blauw
Diep in het hart
Ontmoet ik...

'Ganoem!' hijgde Tizno. Dat was het Oudsabaritische equivalent voor het woord 'nu'. Er waren nog twee mogelijkheden om dit begrip mee aan te duiden: 'eklap' en 'tamoet'. 'Eklap' stond voor een vage tijdsaanduiding die het best omschreven kon worden met 'heden ten dage'. Het kon alleen begrepen worden als opponent van 'toen': toen dacht men er zus of zo over, maar nu doen wij het zo. 'Tamoet' werd uitsluitend in literaire teksten en sprookjes gebruikt: 'Deze koning nu kwam uit een geslacht dat terugging tot voor de jaartelling'.

Op het teken van Tizno gebeurde precies wat deze had voorspeld. Er kwam een voorbeeldige vriendschappelijke vermenging tot stand. Het was een vermenging waar ze gerust trots op konden zijn en die hoop gaf voor het toekomstige herstel van het bevolkingspeil van zowel de Aventurijnen als de Hematieten. Uit opluchting over het perfecte verloop van het vredesritueel omhelsden ze elkaar na afloop hartelijk. Olfo klopte Tizno kameraadschappelijk op de rug. Maar toen hij voelde dat Tizno zin kreeg in een herhaling van het ritueel, keerde zijn verlegenheid terug en begon hij haastig de verschillende onderdelen van zijn wapenrusting bij elkaar te zoeken. Snel kleedde hij zich aan. Tizno, die nota bene zelf steeds op spoed had aangedrongen, volgde zijn voorbeeld, al was het met zichtbare tegenzin. Het was duidelijk dat hij zich zonder kleren meer in zijn element voelde. Ten slotte kwamen ze met een voldaan lachje de tent uit. Alom steeg gejuich op en de zwaarden werden triomfantelijk geheven.

Zo werd de vrede gesloten tussen de beide volkeren. Deze vrede zou drie generaties lang standhouden, een tijd die de geschiedenis van Nemonia in zou gaan als een periode van politieke stabiliteit en zowel economische als culturele bloei.

Het bleef lang stil nadat Hassan was opgehouden met voorlezen. Ergens in de bomen achter het huizenblok zong een merel. Het klonk verschrikkelijk eenzaam, alsof hij de laatste merel op aarde was. Vanaf sommige balkons hoorde je het gebabbel van mensen die, na een drukkende zomerdag, op de afkoeling van de nacht zaten te wachten.

Ze waren alleen in huis. De moeder van Saïd was vertrokken naar een inspraakavond over geluidsoverlast. Tijdens het avondeten had ze uitgelegd dat ze erheen ging uit solidariteit met een pianostemmer, die overspannen was geraakt door het toenemende lawaai in de wijk. Ze had hem bij de buurvrouw ontmoet en zijn probleem had haar onmiddellijk aangegrepen. Hoewel het stemmen van vleugels en piano's op zich ook gepaard ging met hinderlijke geluiden, was er tegelijkertijd een grote stilte voor nodig. Wat bleek? Het werd voor de pianostemmer steeds moeilijker om zijn beroep uit te oefenen. En dat terwijl het alleen al in hun stadsdeel wemelde van de piano's. Werk was er dus in overvloed, maar waar was de stilte? Waar vond je nog afwezigheid van storende geluiden? De pianostemmer was er onafgebroken naar op zoek. Zodra hij in het huis van een klant aankwam en oog in oog stond met diens piano, sloot hij zijn ogen. Zonder het instrument ook maar met een vinger te hebben aangeroerd luisterde hij. Ergens in het huis ronkte een wasmachine, zoemde een wasdroger, sloeg een ijskast aan, pruttelde een koffiezetmachine. Er tikte een klok, er snurkte een hond, er werd afgewassen met veel gekletter van vaatwerk. Een computer werd opgestart, er gilde een kind, een tiener luisterde naar hardrock, in een tuin snerpte een cirkelzaag. Bij de buren werd gestofzuigd, televisiegekeken, een gat geboord. Voor het huis reden auto's voorbij, aan de achterkant treinen, een Boeing vloog laag over de woonwijk. Alsof dat allemaal niet genoeg was waren daar de laatste jaren ook nog de bladblazers bij gekomen. Die hadden hem in feite de das omgedaan. Elke herfst – en het ging zelfs nog door in het begin van de winter – bliezen ze hun partij in het grote stadsorkest van geluiden. Het was of Schönberg was opgestaan uit de dood, meende de pianostemmer, en zich voor een nieuwe symfonie liet inspireren door het lawaai van de moderne tijd. Alleen al bij het vooruitzicht van de naderende herfst sloeg de pianostemmer de angst om het hart. Saïd had zijn moeder met toenemende ongerustheid aangestaard. Ze sprak met zoveel morele verontwaardiging over bladblazers dat hij bekropen werd door een akelig voorgevoel. Het zou deze keer toch niet een pianostemmer worden? Zelfs terwijl Hassan een hoofdstuk voorlas uit zijn nieuwste versie van de vaderlandse geschiedenis, bleef die ongerustheid als een dissonant op de achtergrond aanwezig.

Hassan deed zijn best geduldig een reactie af te wachten. Hij had het onlangs pas aangedurfd deze ingewikkelde episode op schrift te stellen. Er lag een haast smekende uitdrukking op zijn gezicht.

'En, wat vind je ervan?' vroeg hij toen hij het niet meer uithield.

'Ik vraag me af of het wel kan,' zei Saïd peinzend.

'Of wat wel kan?'

'Die vriendschappelijke vermenging van jou. Weet je, ergens moeten de dingen wel kloppen. Je bent geschiedschrijver, dus je moet zo dicht mogelijk bij de werkelijkheid blijven. Omdat je niet tot in details kunt weten wat zich precies heeft afgespeeld, sluipt je eigen interpretatie er natuurlijk in. En hoe ouder de geschiedenis is die je probeert op te schrijven, des te meer vrijheden ga je je dan veroorloven. Dat snap ik. Maar ik vraag wel me af of je daarom je fantasie maar zo'n beetje de vrije loop mag laten. Er zijn grenzen, en volgens mij is dit er een.'

'Kun je misschien iets duidelijker zijn?' zei Hassan gepikeerd.

'Wat je over de geschiedenis van Saïdi-Hassanië schrijft, moet technisch wel kloppen. Wat dat betreft heb ik zo mijn twijfels over die Aventurijnse ceremonie van jou.'

'Wat is er volgens jou dan precies mis met het vredesritueel?'

'Die twee bogen die elkaar kruisen.'

'Ik zie het probleem niet.'

'Als het urinestralen waren zou ik zeggen: "Oké."'

'Maar urinestralen hebben geen enkele symbolische waarde.'

'Dat is waar. Wat de symboliek betreft is jouw versie beter.'

'Heb je moeite met de technische uitvoerbaarheid?'

'Precies. Ik geloof niet dat het biologisch kan.'

'Ik weet zeker van wel.'

'Dat wordt dan welles-nietes.'

'Er is maar één manier om te bewijzen dat het kan.'

Saïd begon zijn geduld te verliezen. 'Hoe dan?' zei hij korzelig.

'Door empirisch onderzoek volgens de inductieve methode. Zoals we bij natuurkunde hebben geleerd. Dat zal je vast aanspreken.'

'Hoe pakken we dat dan aan?'

'Door hier ter plekke een laboratoriumsituatie te creëren met onszelf als proefdier.'

'Je bedoelt jij en ik?'

'Wie anders?'

Saïd keek hem verbluft aan. Weliswaar lag de geschiedenis van Saïdi-Hassanië hem na aan het hart, maar kon zijn engagement een dergelijk experiment wel aan?

Buiten klonken harde stemmen. Het leek wel of er ruzie werd gemaakt. Waarover? Hoe kregen mensen het voor elkaar op een zomeravond als deze kwaad op elkaar te worden? Vielen boze stemmen ook onder geluidshinder?

'Oké,' zei hij berustend, 'laten we de proef op de som nemen.'

Zwijgend kleedden ze zich uit. Dat was zo gebeurd. Wat ze op een warme avond aan hadden, was in twee bewegingen uit. Misschien drie.

'Waar?'

Saïd stond bij het bureau dat nog van zijn grootvader was geweest, en keek onwennig om zich heen. Het leek of hij op bezoek was in zijn eigen slaapkamer.

'Daar.' Hassan wees met grote stelligheid naar het mahoniehouten bed. Hij was de regisseur in deze aangelegenheid, als specialist in de geschiedenis van Saïdi-Hassanië, voorheen Nemonia. Ze namen plaats op de kunstig geborduurde sprei uit India. Het was een sprei vol pailletjes en spiegeltjes, waardoor het leek of ze door duizenden exotische oogjes werden gadegeslagen.

'Zit je goed?' informeerde Hassan.

Saïd knikte. Er zijn grenzen, had hij daarnet zelf nog gezegd. Het vermoeden bekroop hem dat hij er een aan het overschrijden was, al kon hij met de beste wil van de wereld niet zeggen wat voor grens dat zou kunnen zijn. Maar veel sterker dan die opkomende twijfel was op dat moment zijn bereidheid om offers te brengen voor het waarheidsgehalte van hun vaderlandse geschiedenis.

'Ontspan je,' zei Hassan. 'Verbeeld je dat jij Olfo bent, en ik Tizno.'

'Wat ontbreekt,' zei Saïd alert, 'is de Aventurijnse volkshymne.'

'Die denken we erbij,' zei Hassan. 'Weet je nog? "Omhoog, omhoog naar de regenboog, ultraviolet, rood en blauw, diep in het hart ontmoet ik jou..."'

Saïd had nooit gedacht dat hij nog eens moeite zou hebben de brug tussen werkelijkheid en fantasie over te steken. Hoezeer hij zich ook inprentte dat ze twee middeleeuwse krijgers waren, verwikkeld in een antieke verzoeningsceremonie, toch bleef de Aventurijn tegenover hem verdacht veel gelijkenis met Hassan vertonen. Hij had littekens op zijn rechtervoet en enkel – alleen al daaraan zou hij Hassan uit duizenden herkend hebben. Stel dat Hassan tijdens de Slag om Het Blauwe Oog gesneuveld zou zijn en er ver van zijn lichaam een voet gevonden werd, dan zou Saïd zonder aarzeling geweten hebben of het een willekeurige rechtervoet betrof, of die van Hassan. Zelfs in oorlogstijd, zo wist hij uit andere hoofdstukken, had men er in Nemonia naar gestreefd alle lichamen intact te begraven, inclusief hun eigen armen, benen of hoofd. Het zou hun eer te na zijn geweest een lichaam ter aarde te bestellen met het been of de voet van iemand anders. Bij dit soort dingen waren zowel de Aventurijnen als de Hematieten erg gewetensvol te werk gegaan.

'Denk aan de sterren en planeten,' zei Hassan op halve fluistertoon, 'de zon en de maan, het ontstaan van de aarde, de geboorte van de eerste mens. Jij en ik zijn het middelpunt. De hele kosmos draait om jou, om mij en het leven. Vergeet wie je bent, vanwaar je gekomen bent en waar je naartoe gaat...'

'We zijn jong...' viel Saïd hem bij en in duet gingen ze verder: 'We zijn gezond van lijf en leden en we hebben geen verwondingen van betekenis opgelopen...' Zijn stem stokte. Er gaapte een onoverkomelijke afgrond tussen een slagveld in Nemonia en een lauwe zomeravond in Amsterdam. De kracht van het hier en nu was verpletterend. Je kwam niet zomaar weg uit deze kamer, besefte hij, uit dit huis, uit deze stad. En hoe verliet je het eind van de twintigste eeuw, het atoomtijdperk, om terug te reizen tegen de tijd in en uit te stappen in een lang vervlogen epoche, toen oorlogen nog met het zwaard werden beslist? Wat kon je doen aan de nuchterheid in je hoofd, een hinderlijke spelbreker die het een belachelijk experiment vond? En als het niet belachelijk was, dan balanceerde het in ieder geval op het randje van de betamelijkheid.

'Wat is er?' vroeg Hassan.

'Je moet er echt in geloven,' zei Saïd. 'Anders werkt het niet.'

'Misschien moeten we eerst in de stemming gebracht worden,' opperde Hassan. Hij stond op en grabbelde in de zak van zijn spijkerbroek. Er kwam een kifpijpje tevoorschijn. Uit de andere zak haalde hij een aansteker en een goedgevuld zakje.

'O nee,' zei Saïd die zijn handelingen wantrouwend gadesloeg, 'ik hoef die rotzooi niet.'

Op zijn gemak stopte Hassan het pijpje. Hij stond naakt in de kamer en bleef daarbij zo relaxed alsof het hele universum hem toebehoorde. *Laat eens horen hoe goed je Nederlands is en vertel waar je geboren bent* – hoe lang was dat geleden?

Saïd maakte een afwerend gebaar. 'Ik heb dat luchtje genoeg om me heen gehad. Er is heel wat af gepaft hier in huis, in de loop der jaren.'

'De vraag is...' Hassan hield een aansteker bij het pijpje, '...hoe het ervoor staat met je motivatie. Wil je echt weten of het Aventurijnse vredesritueel mogelijk is, of niet? Je gaat me toch niet vertellen dat ik het hoofdstuk over de Slag om Het Blauwe Oog helemaal opnieuw moet schrijven?'

Saïd zweeg. Buiten hervatte de laatste merel op aarde zijn nachtelijke gezang. Het was een volle, euforische jubel, die alleen voor Saïd bedoeld leek te zijn en hem aanmoedigde zijn verzet op te geven. Ja, waarom stribbelde hij eigenlijk tegen? Hij kon tegen de stroom in blijven zwemmen, maar hij kon zich ook mee laten drijven en kijken waar hij uitkwam. Misschien ontdekte hij iets waarvan hij nooit geweten had dat het bestond.

'Goed dan.' Hij capituleerde met een zucht. 'Maar er moet wel muziek bij de verificatie van die theorie van jou. Als ik de hymne erbij moet denken, kan ik me niet concentreren.'

Hassan stond al bij de cd-speler en bestudeerde enkele hoesjes. 'Waar dacht je aan? Pink Floyd? Air? Live? Of The Doors?'

De cd's waren afkomstig uit de collectie van Saïds moeder. Ze had haar belangstelling ervoor geleidelijk verloren toen ze overschakelde op mantra's en mandala's die op muziek gezet waren en werden verkocht in Het Derde Oog. Sindsdien luisterde ze liever naar *Prayers to Lord Shiva* en *The Fulfillness of Divinity*. Hoe was ze ertoe gekomen Pink Floyd in te ruimen voor Lord Shiva? Het was een onmerkbaar proces geweest, waarbij Shiva steeds meer terrein had gewonnen. Haar toenmalige vriend had daar met zijn muzikale voorkeur een beslissende rol bij gespeeld. Uiteindelijk was Pink Floyd roemloos op de kamer van Saïd beland, gevolgd door andere voormalige idolen van zijn moeder. Zo had Saïd een kleine collectie op kunnen bouwen met cd's die voor een deel nog uit haar jeugd stamden. Luisterend naar Pink Floyd en The Doors meende hij soms een glimp op te vangen van het meisje dat ze ooit was geweest. Had ze toen ook al op haar nagels gebeten? Had haar Marokkaanse vriend er iets over gezegd en had ze ze toen, om hem een plezier te doen, laten groeien? Gelakt zelfs misschien? Al konden The Doors het natuurlijk ook niet weten, ze maakten iets in je los waardoor je jezelf dat soort vragen ging stellen zonder behoefte te hebben aan een antwoord.

'Doe maar The Doors,' zei hij.

'Welke?'

'*The Complete Collection.*'

De kamer vulde zich met de stem van Jim Morrison die 'Peace Frog' zong. Het was een nummer over bloedende indianen. Saïd had op de hoes de voorgeschiedenis van het lied gelezen en was die nooit meer vergeten. Jim Morrison was als kind door zijn ouders een keer meegenomen voor een zondags autoritje in de woestijn van New Mexico. Onderweg waren ze getuige van een ernstig ongeluk, waarbij enkele zwaargewonde indianen voor hun ogen stierven. De kleine jongen, diep geschokt, had het gevoel dat de ziel van een van de indianen op het moment dat de dood intrad, bij hem naar binnen kroop en bezit van hem nam. Hierna zou hij, volgens zijn eigen zeggen, nooit meer de oude geweest zijn. Zijn ouders ontkenden dat het ongeluk ooit had plaatsgevonden; hun zoon moest het gedroomd hebben. Hoe dan ook, aan het al of niet waargebeurde incident hadden zijn fans een aantal fascinerende songs te danken, want Morrison had de schaduw die sinds die fatale dag over zijn leven lag omgezet in muziek. Zijn dood in Parijs op zevenentwintigjarige leeftijd, waarschijnlijk ten gevolge van een overdosis heroïne, vergrootte het aantal contradicties rond zijn persoon en gaf ze het eeuwige leven. Hij was een mythische figuur geworden, Jim Morrison. Net als Tizno en Olfo. Ze waren alle drie echt en leefden tegelijkertijd in het rijk der fabelen. Ergens was een gat in de tijd, waarachter je hen kon tegenkomen. Het enige wat je nodig had, was een geldig bewijs van toegang, maar om dat te krijgen moest je vrij zijn van rationele scepsis en remmingen.

Hassan nam weer plaats op het bed. Het pijpje ging heen en weer als de boodschapper van een verboden liefdescorrespondentie. Terwijl ze zo diep mogelijk inhaleerden zong Morrison 'Love Me Two Times', 'Touch Me' en 'Light My Fire'. Eerst leek het of er niets gebeurde. Alsof je eindeloos aan het pijpje kon lurken zonder dat het effect had. Saïd begon zich juist af te vragen of hij er misschien immuun voor was, toen hij merkte dat er iets aan de hand was met zijn ogen. Zijn slaapkamer leek uit te dijen en de muren gingen mee in die beweging. Met een grotere intensiteit dan vroeger namen zijn ogen de bekende dingen waar. Kleuren en vormen gingen daarin moeiteloos mee: wat rood was werd roder, wat rond was werd ronder. En alles pulseerde mee met het ritme van de muziek, die helemaal afgestemd leek te zijn op een wereld waarin alles bewoog. Contouren, klanken, lichtbronnen, gewaarwordingen – ze vielen harmonieus samen met het kloppen van zijn hart in zijn oren. Denken was daarbij vergeleken zware arbeid geworden. Hij was moe van alle gedachten die hij tot nu toe in zijn leven had gehad, en ook van die nog zouden komen. Het denken was de grote verzieker, begreep hij, de aartsvijand van het leven.

De gestalte van Hassan was nu eens ver weg, dan weer opmerkelijk dichtbij. Eigenlijk was Saïd er niet langer zeker van of het Hassan was wiens knieën de zijne raakten, of Tizno. Als er een indiaan huisde in het lichaam van Jim Morrison, waarom zou Tizno dan niet op dezelfde manier bezit hebben genomen van Hassan? Saïd schudde zijn hoofd om het drogbeeld kwijt te raken. Het maakte niets uit, de indruk dat Tizno tegenover hem zat bleef. Sterker nog, hij kreeg het gevoel dat Olfo bezig was bij hemzelf naar binnen te kruipen. Nee, riep Saïd in paniek, ik heb geen zin om deel van een mythe te worden! Maar er kwam geen geluid over zijn lippen. Het was een mentaal nee, dat geen enkele indruk maakte op Olfo. Misschien kon hij het zelfs niet horen, omdat het afkomstig was uit een werkelijkheid die hem onbekend was. Olfo nestelde zich binnen in hem, of hij wilde of niet. Hij maakte het zich gemakkelijk in het lichaam van Saïd alsof het een comfortabele stoel was en er net een boeiend televisieprogramma begon. Daarna had Saïd geen kracht meer om te protesteren en nog iets later was er zelfs niets meer van hem over. De met denkvermogen begiftigde substantie die ooit naar de naam Saïd geluisterd had, was versmolten met de Hematiet Olfo. Het waren de ogen van Olfo die met verdubbelde intensiteit de wereld in keken, het was diens netvlies waarop het beeld van Hassan in de gedaante van Tizno linkshandig begonnen was met het vredesritueel.

Jim Morrison zong 'Riders on the Storm' en zowaar, ze zaten op de rug van een storm en scheerden laag boven een bos,

179

dat vaag zichtbaar was in de duisternis. Omhoog ging het, en dan weer naar beneden. Soms streelde de fluwelige top van een cipres de buik van de storm. Dan ging er een rilling door de storm heen en moest je je verdomd goed vasthouden om er niet af te vallen. Wat een bevrijdend gevoel, los te zijn van de aarde! Big Sister isn't watching you anymore. Ze liftten mee met de wind, en niemand die er wat van zei. Het begon er juist op te lijken dat het genot van het vliegen nooit een eind zou nemen, toen de storm ineens abrupt opsteeg als een vliegtuig dat recht voor zich een berg ziet opdoemen. Het was een bedwelmend gevoel zo steil omhoog te gaan en je helemaal over te geven aan deze nieuwe gril. Maar ergens in een uithoek van hun bewustzijn sluimerde nog het besef dat ze onder geen beding de controle mochten verliezen. Hassan en Tizno, Saïd en Olfo – gevieren hadden ze de verantwoordelijkheid voor een vrede die minstens drie generaties zou standhouden.

'Ganoem!'

Tizno in de gestalte van Hassan zat zo dichtbij dat het experiment wel moest slagen. Wat de vriendschappelijke vermenging betreft nam hij geen enkel risico, dat moest je hem nageven. Precies op het ogenblik dat de vrede werd beklonken en het gevaar was geweken dat het vliegtuig de berg zou raken, glipte Olfo weg uit het lichaam van Saïd. Het duurde een tijdje voordat het tot hem doordrong dat de versmelting met Olfo voorbij was en de betovering verbroken was. 'Riders on the Storm', een ongebruikelijk lang nummer, was ook afgelopen en liet een ongemakkelijke stilte achter. Het was ook het einde van de cd, het beroemde lied diende als hekkensluiter van de complete collectie. Hassan keek hem aan met schitterende ogen en een lichte triomf om zijn mond. Drie generaties vrede lagen er tussen hen in te glanzen, maar Saïd voelde zich zonder Olfo ineens als een uitgewoond huis. Was de kif uitgewerkt en was dit de kater? Wat was er met de balkonruzie gebeurd, waar was de merel gebleven? Was er dan geen enkel geluid meer over om hem een beetje afleiding te bezorgen? Te veel geluid was niet fijn, maar te weinig ook niet. Met stroeve bewegingen kroop hij van het bed af om een tissue of een washandje uit de badkamer te halen. Niet omdat het haast had. De sprei op het voormalige bed van zijn moeder was gedurende de lange jaren van haar bestaan wel het een en ander gewend geweest. Als die sprei had kunnen spreken! Het washandje was niet meer dan een voorwendsel om aan de blik van Hassan te ontkomen. Hij had nog liever recht in de zon gekeken dan in de ogen van Hassan. Desnoods tien minuten lang.

Eenmaal in de badkamer zag hij zichzelf vanuit een ooghoek voorbijkomen in de spiegel boven de wastafel. Was hij dat, die ontwijkende figuur? Die vluchtige schim? Hij had veel weg van iemand die duizendmaal liever een willekeurige ander had willen zijn dan zichzelf. Het liefst was hij urenlang onder de douche gaan staan, net zo lang tot het laatste vezeltje van die ontwijkende figuur was weggespoeld door het afvoerputje. Maar Hassan zou zich afvragen waar hij bleef, en naar de badkamer komen. Wie weet kwam hij naast hem onder de douche staan en had hij nog meer historische experimenten in petto. Niets zou ooit nog hetzelfde zijn. Ze waren anders de storm in gegaan dan ze eruit waren gekomen. Saïd boog zich over de wastafel en draaide de kraan wijd open. Een plens koud water in zijn gezicht, daar knapte hij van op. Hij droogde zich af aan het dichtstbijzijnde badlaken en knoopte het om zijn heupen. Toen hij terugkwam in de slaapkamer stond Hassan weer bij de cd-speler en las aandachtig de hoestekst over Jim Morrison. Blijf van hem af, had Saïd willen roepen, Jim Morrison is van mij. Van mij en mijn moeder. In plaats daarvan liep hij werktuiglijk naar het bed en boog zich met het natte washandje over de sprei. Er was haast niets meer te zien van het vredesritueel. Als je niet beter wist zou je denken dat het helemaal niet had plaatsgevonden.

'En, wat vind je van mijn vredestheorie?' Hassan keek op van de hoes. Hij had zich nog niet aangekleed. 'Is het experiment geslaagd?'

Saïd draaide zich om. 'Technisch gesproken wel,' zei hij aarzelend. Zijn stem klonk belachelijk zwak, alsof de batterijen verwisseld moesten worden.

'Puur technisch is het natuurlijk niet,' zei Hassan. 'Als het gevoel er niet bij betrokken is, lukt het nooit van zijn leven.'

'Het gevoel?'

'Je snapt best wat ik bedoel. Jij vond het toch net zo opwindend als ik? Wees eerlijk, het was best geil.'

Saïd voelde zich in het nauw gebracht. Wilde Hassan nu uitgebreid alle implicaties van het vredesritueel gaan belichten? Zoals zijn moeder die altijd alles bij de naam noemde, omdat ze vond dat menselijke communicatie ervan afhing of je in staat was heikele zaken bespreekbaar te maken. 'Ben je soms een nicht?' vroeg hij zacht. Het was eruit. Hij schrok zo van zichzelf dat het leek of zijn keel abrupt op slot ging.

'Natuurlijk niet,' zei Hassan. 'Het is niet goed om een homo te zijn. In de Koran staat dat het overmatige mensen zijn, die vol begeerte tot mannen komen in plaats van vrouwen. Ik ben ertegen. Mijn ouders zijn ertegen, iedereen die ik ken is ertegen. Een homo is een *sjèz*, zeggen wij, iemand die abnormaal is. Waarom vraag je dat, ben je er zelf soms een?'

'Nee, dank je wel!' riep Saïd. Zijn keel ging weer open, als het deurtje van een vogelkooi. Het vogeltje zag zijn kans schoon en schoot wild fladderend naar buiten, het onbekende tegemoet.

'Maar dat wil nog niet zeggen dat we niet van het vredesritueel kunnen genieten...'

'Waarom kleed je je niet aan?' zei Saïd.

Hassan bukte en raapte zijn shirt op van de grond. 'Wou je soms beweren dat je het niet lekker vond?' vroeg hij, terwijl hij het shirt over zijn hoofd liet glijden.

'Nou, lekker... Hoe kan een laboratoriumproef nou lekker zijn?'

'Maar het was wel jouw lichaam. Het kan er bij mij niet in dat je niets gevoeld hebt. Ik heb het toch zelf gezien... Ik weet niet of je het beseft, maar het was best mooi om naar te kijken.'

Saïd had nog nooit een compliment gekregen dat hem zo'n ongelooflijk gevoel van schaamte gaf. 'Dus toch...' zei hij. Hij deed zijn best zijn stem vlak en kil te laten klinken. Dat bleek helemaal niet moeilijk, want ineens voelde hij zich ontzettend vlak en kil. Er stierf iets in hem, zomaar, van de ene seconde op de andere. Eerst was het er nog geweest en nu was het er niet meer. Het was iets van vitaal belang, wist hij, maar zodra het verdwenen was, kon hij zich zelfs niet herinneren wat het geweest was.

'Wat dus toch?'

'Dus toch een homo...'

'Daar heeft het niks mee te maken, man. Het is gewoon een jeugdzonde, weet je. Wij zijn echt niet de enigen.'

Hij moet weg, dacht Saïd, hij kan het niet helpen, maar hij moet wel weg. Zijn blik zwierf door de slaapkamer. Overal waar hij keek lachte Saïdi-Hassanië hem toe – vanuit maquettes, tekeningen, schatkisten, schriften, heilige voorwerpen, het kon gewoon niet op.

Hassan stapte in zijn joggingbroek. Toen bukte hij zich om zijn All Stars aan te doen. Nadat hij de veters gestrikt had liep hij naar de tafel, waar de dikke klapper met de allerlaatste versie van de vaderlandse geschiedenis nog opengeslagen lag bij de pagina die hij eerder die avond had voorgelezen.

'Dus ik hoef niets meer te veranderen aan het vredesritueel?' vroeg hij, terwijl hij de klapper sloot.

'Je hoeft er niets aan te veranderen.' Saïd was verbluft over zijn plotselinge kalmte. Een verheven kalmte leek het, die boven het aardse uitsteeg. Hij stelde zich voor dat mensen die in de kelder van hun huis een tornado hadden overleefd en nog niet naar buiten waren gegaan om de schade op te nemen, misschien ook zo'n vervreemdend ogenblik van kalmte ervoeren. 'Wat mij betreft hoef je zelfs nooit meer iets aan de geschiedenis toe te voegen,' vervolgde hij. 'Van mij mag Saïdi-Hassanië eigenlijk wel ophouden te bestaan.'

'Dat meen je niet...' fluisterde Hassan, die wit wegtrok.

'We stoppen alles in een grote doos en die bergen we netjes op. Daar...' Saïd wees met een vinger die niet trilde. 'In die muurkast.'

'Wat is er ineens aan de hand, ben je boos?'

'Ik ben niet boos. De laatste tijd heb ik het al vaker overwogen. We zijn nu vijftien, binnenkort zijn we zestien. We kunnen er toch niet eeuwig mee doorgaan? Het begint zo langzamerhand kinderachtig te worden, vind je niet?'

'Kinderachtig? Zo heb ik het nog nooit bekeken.'

'Doe dat dan maar eens, je zult zien dat ik gelijk heb. Bovendien, al die jaren dat we met Saïdi-Hassanië bezig waren, hebben we net gedaan alsof om ons heen het computertijdperk nog niet begonnen was. We hebben alles ouderwets opgeschreven in schriftjes en met viltstiften ingekleurd, terwijl het al lang zo is dat een tekst pas iets voorstelt wanneer hij in de computer zit en met een druk op de knop een miljoen keer gekopieerd kan worden.'

'Ik vind het juist zo gaaf dat we alles met de hand gedaan hebben,' zei Hassan schor.

'Maar als hier brand uitbreekt, is alles weg,' zei Saïd. 'Heb je daar weleens bij stilgestaan?' Hij begon naar de deur te lopen, Hassan volgde hem werktuiglijk. Ze liepen de trap af, tot in het portaal. Terwijl Saïd de voordeur opendeed, draaide hij zich om. 'Je weet dat we aan het eind van de week op vakantie gaan?'

'Frankrijk weer?'

'Ja. Jullie gaan zeker naar Marokko?'

'De hele maand.'

Saïd gaapte. 'Ik ga gauw mijn bed in. Morgen moet ik pakken en bergschoenen kopen.'

'Ga je de Mont Blanc beklimmen?'

'Ik kijk wel uit. We gaan wandelen in de Pyreneeën.'

'Ga je samen met je moeder?'

'Ja... maar het is een georganiseerde wandelreis, dus er gaat een gids mee.'

'Dat van Saïdi-Hassanië... dat we er beter mee kunnen stoppen... meen je dat echt?'

Saïd knikte. 'Weet je waar het volgens mij op uit is gedraaid? Het is een verslaving geworden. Een verslaving aan een land dat helemaal niet bestaat. Heb je er nooit bij stilgestaan waar het met ons naartoe gaat als we gewoon doorgaan alsof er niets aan de hand is?'

'Wat is er dan aan de hand?' Hassans stem klonk haast net zo timide als toen hij voor het eerst een voet over de drempel zette in Saïds slaapkamer.

'We leven te veel in onze verbeelding en te weinig in de werkelijkheid. Dat is hartstikke link. Ik voel het hier...' Saïd tikte op zijn schedel.

Hassan keek hem aan in een oneindig treurig verwijt. 'Ik ben liever in Saïdi-Hassanië dan in die werkelijkheid van jou.'

Saïd weifelde. Even leek die aangename, bezwerende kalmte hem te verlaten. Hij had zich toch zeker niet vergist? Hoe was het mogelijk dat zijn vriend hem nog nooit zo dierbaar was geweest als juist op dit moment? Zou hij hem niet vrese-

185

lijk gaan missen? Daar had je die hatelijke pendule weer, die
maar heen en weer ging tussen misschien wel, misschien niet.

'Zie je nou,' zei hij, terwijl hij de deur wijd opengooide, 'dat
is nou precies waarom we moeten stoppen.'

8 De ontzagwekkende werkelijkheid

Toen Saïd geen adem meer had, bleef hij wijdbeens staan om uit te hijgen en keerde zich naar de wind. Het opwaaiende zand geselde de huid van zijn gezicht. Hij stak een hand onder zijn trui en begon met grote halen te krabben. Maar het was niet alleen zijn huid die jeukte. Diep eronder zat een jeuk van het geheugen, veroorzaakt door de wrijving tussen het heden en het verleden. Hij zakte door zijn knieën en bedekte zijn gezicht met zijn handen. Zo bleef hij angstig wachten, al wist hij niet waarop. Zijn tanden klapperden en hij rilde. Was het de koude wind? Die kwam uit een onduidelijke richting en verdween in een andere, minstens zo onduidelijke richting. Daartussen zat hij, als een pleisterplaats waarvan de wind geen gebruik wenste te maken. Hij kon zo niet blijven zitten, maar hij voelde er ook weinig voor in beweging te komen. Waar zou hij heen moeten? Dus bleef hij waar hij was, en probeerde hij alleen zijn gedachten een andere kant op te sturen, weg van de plek waar ze niet veilig waren. Het lukte hem niet. Gedachten zijn nu eenmaal geen afgerichte honden die zich gehoorzaam in een hok laten drijven. Hoe meer hij ze wegduwde, des te krachtiger kwamen ze terug.

Toen kwam er uit de verte ook nog een geluid bij, dwars door het suizen van de wind om zijn oren heen. Eerst was het zwak, maar naarmate het dichterbij kwam werd het steeds duidelijker. Het was een speels gerinkel van belletjes, als van een kudde grazende berggeiten. Maar er waren geen berggeiten in de woestijn. Je had er kamelen, apothekersskinken en waarschijnlijk ook schorpioenen, maar berggeiten waren er zeker niet. Het gerinkel kon dus maar op één manier geduid worden. Het moesten de gehate belletjes zijn die hij met opzet thuis had gelaten, maar die hem nu toch hadden weten te vinden.

'Laat me met rust!' kermde hij.

Alsof de belletjes alleen niet genoeg onheil betekenden, klonk daar ook nog eens het irritante lachje van Harlekino.

'Er valt helemaal niets te lachen!' riep Saïd. Hij boog zijn hoofd tot hij met zijn gezicht recht voor zijn schrijnende kruis hing en legde in een beschermend gebaar zijn armen over zijn oren. 'Ik hoor je niet,' kreunde hij. 'Je kunt net zoveel lachen en rinkelen als je wilt, maar ik hoor je niet.' Hij begon zijn ademhalingen te tellen, precies zoals hij het lang geleden geleerd had, er nauwkeurig op toeziend dat de uitademing langer was dan de inademing. Het blaasbalgachtige geluid van de in- en uitgaande lucht in zijn hoofd kalmeerde hem en dwong het belgerinkel geleidelijk naar de achtergrond. Het stierf weg en er was maar één conclusie mogelijk: de belletjes waren meegenomen door de wind. Die mocht ze hebben, stuk voor stuk! De wind blies er maar zo'n beetje op los en het kon niemand iets schelen waar hij naartoe ging. Eén ding was zeker: hij kwam nooit meer terug. Zoals je in een rivier nooit twee keer in hetzelfde water kon zwemmen, zo kon dezelfde wind nooit voor een tweede keer om je oren blazen. Dat was een geruststellende gedachte.

Saïd kwam stram overeind, behoedzaam luisterend, maar het lachje en de belletjes waren verdwenen. Nu hij zijn kalmte min of meer terug had, was hij er zeker van dat ze niet meer waren geweest dan het product van zijn angst, in de vorm van een stelletje ontspoorde neurotransmitters. Het was onmogelijk dat Harlekino hem op eigen houtje achterna zou zijn gereisd. Dwars door Europa, de Straat van Gibraltar over, via Fès naar de Midden-Atlas en dan nog eens de woestijn in. Ondenkbaar!

Gelouterd begon hij het duin af te dalen. Nu pas merkte hij dat de wind alle wolken had weggeblazen en dat de hemel helder geworden was. Ineens stonden er miljoenen sterren aan het firmament, inclusief de maan, die in Fès vol was geweest en nu licht afnemend was. Het was precies zoals je het boven een woestijn verwachtte, in een vlaag van verrukking verbeeldde hij zich dat het een show was voor hem alleen. Maar toen hij de tent naderde, werd hij overmand door een loodzware moeheid en wilde hij alleen nog maar slapen. Een andere woestijn in, die van het grote vergeten. Hij kroop zachtjes naar binnen en strekte zich uit op zijn matras. Hassan sliep al, of deed alsof, met zijn rug naar Saïd toegekeerd.

Het schemerde nog toen ze gewekt werden. 'Sbaaн lchier,' echode het door het tentenkamp, gevolgd door: 'Bonjour.' Saïd kroop verfomfaaid uit de tent. Zijn oogleden waren gezwollen en zijn mond was kurkdroog. Toilet maken hoefde niet, want er was geen water. In plaats daarvan poetsten ze hun tanden met het bodempje dat in hun flesje achterbleef nadat de ergste dorst gelest was. Daarna voegden ze zich bij de anderen en dronken ze staande thee. Met ogen waar de slaap nog in zat, keken ze hoe het licht werd, alsof er een unieke voorstelling in een openluchttheater werd gegeven. Maar van een spectaculaire zonsopgang was geen sprake, omdat het opnieuw bewolkt was. Dat wekte een lichte bevreemding bij Saïd. Hij had die nacht toch sterren gezien?

Tijdens de terugtocht, in het diffuse ochtendlicht, leek de magie van de woestijn verdwenen te zijn. Verdwenen als een apothekersskink onder het zand. Wat was het droog en kaal en akelig in de woestijn. Saïd begon naar de aanblik van planten en bomen te verlangen. En van een rivier. Hij zag de Amstel voor zich zoals die, in totale tevredenheid met zichzelf, voorbijstroomde op een mooie zomerdag. Al die keren dat hij vanaf de oever naar die prachtige rivier had zitten kijken, zonder zich bewust te zijn van de wonderbaarlijkheid van al dat water! Niemand had er iets voor hoeven doen, het was er gewoon. De god van het water vulde de rivier 's nachts als iedereen sliep netjes bij en de volgende dag was hij weer even vol als de vorige. En al die sappige planten en bomen op de oever! De elzen, de wilgen en de populieren! Waarom had hij zo weinig waardering gehad voor zoveel overvloed? Hij kende het antwoord. Omdat er aan de overkant van diezelfde Amstel varkens gefokt werden. De langgerekte stal, niet ver van de lommerrijke oevers, had als het ware een schaduw over de rivier geworpen. De volgende keer zou hij met andere ogen naar de rivier kijken, nam hij zich voor. Hij zou krachtig aan de woestijn denken, dan kwam de waardering die de Amstel verdiende vanzelf. De volgende keer? Als er een volgende keer kwam.

Ze waren er eerder dan hij gedacht had. Het leek of de terugreis veel sneller was verlopen dan de heenreis. Ze stegen af en namen afscheid van hun begeleider. In het hoofdkwartier voor tochten door de woestijn ontbeten ze. Daarna vervoegden ze zich bij de receptie, waar het adres van Youssef Arhoun in een enveloppe voor hen klaar bleek te liggen. Saïd scheurde hem open en trok er een vergeeld blocnotevelletje uit. 'Bou-Thrarar', stond er in onberispelijk schoolschrift, 'Hôtel Le Mirage'. Rustig blijven, zei hij bij zichzelf, voorlopig is het niet meer dan een adres. Hij gaf het briefje aan Hassan, die er een vluchtige blik op wierp, maar zich onthield van commentaar. Ze liepen naar buiten, een nieuwe dag van beloftes in. Saïd versnelde zijn pas toen hij zijn dierbare Volvo op het parkeerterrein zag staan. Die had geduldig op hun terugkeer gewacht, een vriend voor het leven. Met een zucht van dankbaarheid nam hij plaats achter het stuur. Zijn vingers maakten zelfs een strelende beweging over de ronding, alsof het Stoepa was die hij na een lange periode van afwezigheid terugvond.

Toen ze wegreden uit Merzouga, kwam de zon door. Daardoor werden ze getrakteerd op een laatste fascinerende aanblik. Rechts van de weg strekte zich een zwarte steenwoestijn uit, kaal en onvruchtbaar als het oppervlak van een onbewoonde planeet. Daarachter, aan de horizon, waren de zachte golvingen van de roze duinen. Het leek of ze niet echt waren, maar de ontsnappingsdroom van iemand die de hopeloosheid van de zwarte vlakte niet langer had kunnen verdragen. Zoals een gevangene die jarenlang in een cel zat, een droomvrouw voor zichzelf creëerde. De vergelijking met een droomvrouw was zo gek nog niet. Die viel waarschijnlijk ook tegen zodra je haar beter leerde kennen.

Ze reden eerst terug naar Erfoud, van daaruit ging het westwaarts. Om niet te hoeven praten had Saïd een cd met bluegrassmuziek uit Mali in de speler geschoven. Hing er een ondefinieerbare spanning in de auto, of leek het maar zo? Voor het eerst had Hassan geen kaart op zijn schoot. Hij staarde met een lichte frons voor zich uit. Had hij slecht geslapen? Zag hij iets wat Saïd ontging, of verwachtte hij dat zich recht voor hen iets bijzonders zou voordoen? Saïd wist uit eigen ervaring dat het vaak beloond werd wanneer je je lang op iets concentreerde. Al kreeg je niet meteen iets te zien wat je wereldbeeld op zijn kop zette, meestal kwam er wel iets. Iets wat je niet verwacht had, want het aantal onbekende dingen dat statistisch gesproken in je blikveld kon verschijnen, was oneindig.

Het leek wel of hij in zijn eigen auto beschuldigd werd van iets. Wat het ook was, Saïd wilde het niet weten. Hij voelde er niets voor zich een schuldgevoel te laten opdringen. Zonder gewetenswroeging draaide hij de volumeknop wijder open om eventuele woorden, ja zelfs gedachten te overstemmen. Het was extra opletten geblazen, nu hij het zonder de aanwijzingen van Hassan moest stellen. Toen ze een klein uur later de N10 op reden, die enkele honderden kilometers westwaarts in Marrakech eindigde, zette Saïd de auto aan de kant van de weg om de kaart te bestuderen. Hij vroeg niet waar ze nu heen moesten. Daarvoor zweeg Hassan nog steeds te nadrukkelijk. Het was een vorm van zwijgen die veel leek op schreeuwen. Een oorverdovend zwijgen waar je erg zenuwachtig van kon worden als het te lang duurde. Stille chantage. Saïd vouwde de kaart uit en nam een krachtig wilsbesluit: hij zou onder alle omstandigheden kalm blijven. De *ud*-speler moest gevonden worden, dat was het enige wat telde. Als de goden bij deze queeste misleidende zijsporen voor hem hadden uitgezet, zou hij hen teleurstellen.

Bou-Thrarar lag vlak bij een van de hoogste toppen van het Atlasgebergte, zag hij. Er liepen drie flinterdunne lijntjes naartoe. Wat waren dat? Onverharde wegen? Paden? Karrensporen? Het kortst leek de verbinding met Ait Youl in de vallei van de rivier de Dadès. Daarvoor moest hij bij een stadje dat Boumalne Dadès heette rechts afslaan, en dan bij de eerste de beste gelegenheid links. Hij prentte het in zijn geheugen, vouwde de kaart op en reed verder, proberend nergens aan te denken. Dat lukte aardig, hoewel er soms een flard van het staatsbestel van Saïdi-Hassanië door hem heen schoot, als een vogel die plotseling opdoemt voor de voorruit en op het laatste nippertje ontkomt. Niet aan denken.

Bij Boumalne Dadès sloeg hij rechts af. In de loop van miljoenen jaren had het smeltwater van de Hoge Atlas zich een weg naar beneden gebaand en een vallei uitgesleten. En wat voor vallei! De Dadès slingerde, geflankeerd door bamboe en zilverpopulieren, tussen geploegde akkers en frisgroene weitjes door. Erboven, tegen de achtergrond van majestueuze rotsformaties, stonden okerkleurige kashba's. Ze lagen op aristocratische afstand van de smalle weg. Hun rechthoekige lijnen en in de muren gekerfde decoraties contrasteerden met de grillige vormen van de bergen, terwijl ze er tegelijkertijd een harmonieuze eenheid mee vormden. Toen rivaliserende stammen elkaar nog op leven en dood bevochten, waren ze vesting en huisvesting tegelijk geweest. Sommige zagen eruit of ze nog bewoond werden, andere leken lang geleden al prijsgegeven aan de elementen – hun contouren waren nauwelijks te onderscheiden van het omringende gesteente. Daar was cultuur bezig over te gaan in natuur, een proces dat zich langzaam en geniepig voltrok. Wie niet in het bezit was van een kalender en nog nooit van Albert Einstein had gehoord, zou alleen al uit de trage verpulvering van de kashba's kunnen concluderen dat er zoiets als tijd moest bestaan.

Het weer was erg veranderlijk. Af en toe vielen er buien en stonden de kashba's onder een loodkleurige hemel, dan weer verscheen de zon en gloeiden de okerkleurige muren alsof ze in brand stonden. Er verscheen een regenboog aan de hemel, een volmaakte arcade die op twee plekken de bergen raakte.

'Kijk toch eens!' riep Hassan. 'Kun je hier stoppen?' Het was of hij ontwaakte. Hij greep naar zijn camera. Terwijl Saïd naar ruimte in de berm zocht om te parkeren, wachtte Hassan ongeduldig met zijn hand aan het portier. De auto stond nauwelijks stil of hij schoot naar buiten.

Zou schoonheid te veel kunnen worden, vroeg Saïd zich af. Starend naar het panorama, dat niet te vergelijken viel met iets wat hij eerder in zijn leven gezien had, stroomde hij zo vol onwezenlijk mooie beelden dat het bijna niet te verdragen was. De kleuren van het spectrum die oplichtten tegen de dreigend donkere hemel, de zon die de muren van de kashba's deed gloeien – het was of zijn ogen smeekten: hou op, ik kan het niet meer aan. De natuur overdrijft aan de oevers van de Dadès, dacht hij.

In het dal zag hij tot zijn vreugde een Aventurijnse schimmel die rustig stond te grazen. Dat was een kalmerend fixatiepunt. Het was vast veel relaxter een paard te zijn dan een mens met ogen die overvoerd konden raken. Een paard merkte niets van de schoonheid om hem heen, laat staan dat het hem te veel zou kunnen worden. Hij stond de hele dag te grazen en als hij niet graasde, staarde hij met glazige blik voor zich uit. Die gedachte luchtte Saïd op. Nog nooit was een paard erop betrapt dat het van het landschap stond te genieten. Of zelfs maar van een bloem die in de wei was opgeschoten. Laat staan van een regenboog. Het eerste paard dat van een regenboog kon genieten, moest nog geboren worden.

Hongerig naar mooie plaatjes balanceerde Hassan op de rand van de afgrond. Zijn hunkerende ogen kwamen zo te zien volop aan hun trekken. Tegelijkertijd werden ze door de camera beschermd voor een overdosis. Eigenlijk was het een slimme oplossing: je hield gewoon een camera tussen jezelf en de regenboog. Hassan eigende zich gulzig beelden toe, zodat hij ze thuis, in de veilige omlijsting van zijn computer, op zijn gemak kon bekijken. De ontzagwekkende werkelijkheid had er dan geen vat meer op, want de beelden zaten voor altijd gevangen in een programma. Tijd bestond daar niet. Een meisje van dertien met een baby op de arm zou voor altijd een meisje van dertien blijven. Zelfs als de baby al lang een man geworden was, zou hij nog steeds op de arm van zijn moeder zitten en zou zij nog steeds stralend lachen.

De regenboog verdween even plotseling als hij gekomen was. Donkere wolken trokken samen en een seconde later vielen er dikke spatten op de voorruit. Hassan trok het portier open en stapte in. 'Waanzinnig,' zuchtte hij, 'ik wist niet dat het hier zo waanzinnig mooi is.'

De spanning die tot nu toe als sigarettenrook tussen hen in gehangen had, was niet bestand tegen zoveel enthousiasme. Saïd voelde dat er een gewicht van zijn schouders viel en dat, dankzij de schoonheid van de Dadèsvallei, ineens alles mogelijk was. Terwijl hij de motor startte, zei hij in een opwelling: 'Mag ik je iets persoonlijks vragen?'

'Nu?'

'Ja, nu. Of denk je dat het beter kan wachten tot later?'

'Nu of later, wat maakt het uit?' Hassan tuurde naar buiten in een poging om door het regengordijn nog iets te ontwaren.

'Denk je dat vriendschap in de loop der tijd kan verpulveren?'

'Verpulveren?' herhaalde Hassan.

'Tot stof vervallen, tot er niets meer van over is. Zoals die kashba daar, aan de overkant van de rivier.'

'Bedoel je vriendschap in het algemeen of de onze in het bijzonder?'

Saïd aarzelde. 'Meer in het algemeen natuurlijk,' zei hij laf.

'Hoe kan ik daar nou iets over zeggen? Je kunt me net zo goed vragen hoeveel liters water er in de oceaan zitten. Ik weet alleen iets over de vriendschap tussen jou en mij. Die verpulvert niet zomaar als een kashba, wees maar niet bang. Je bent altijd mijn beste vriend geweest en dat ben je nog steeds. Of vergis ik me soms?'

'Natuurlijk niet,' zei Saïd verontwaardigd. Hij was genoodzaakt de tocht in een slakkengangetje voort te zetten, omdat de regen tegen de voorruit plensde en er veel modder op het asfalt lag.

'Je moet het me maar niet kwalijk nemen dat ik er soms aan twijfel. Je kunt zo ontzettend stug zijn. Vijandig bijna. Het zal wel een soort geremdheid zijn, al is dat op zich best wonderlijk voor iemand die uit zo'n vrijgevochten nest komt als jij.

Als ík nou geremd zou zijn, dat ligt meer voor de hand. Je kent mijn ouders. In de Koran staat dit, de Hadith zegt dat. Je kunt geen scheet laten of mijn vader vindt wel een toepasselijk vers in de Koran om het te verbieden.'

'Wat bedoel je met "vrijgevochten nest"?'

'Ik heb je toch niet beledigd?'

'Nee, maar ik wil wel weten wat je ermee bedoelt.'

'Ik hoef toch zeker niet op mijn woorden te letten?'

'Nee, maar ik zeg over jouw ouders toch ook niet dat ze een stelletje orthodoxe salafieten zijn?'

'Maar dat zijn ze ook helemaal niet. Ze leven zo veel mogelijk volgens de regels van de Koran, dat is alles, en ze bemoeien zich niet met de buitenwereld. Maar ze bedoelen het goed. Ook mijn vader, weet je. Hij wil voor mij het beste, maar wel op zijn manier. Dat er ook andere manieren zijn, wil er bij hem niet in. Je kunt het hem niet kwalijk nemen, al is het verdomde lastig. "Voor je het weet keert *djahiliya* terug," zegt hij altijd. Dat is het Sodom en Gomorra van de islam. Daarbij vergeleken heb jij het makkelijk. Dat bedoel ik met "vrijgevochten nest". Misschien is de term niet helemaal goed gekozen, maar bij jou thuis mag altijd alles. Jij kunt doen wat je wilt, omdat je moeder ook lekker haar eigen gang gaat.'

'Zo lekker is dat niet, hoor.'

'Het is altijd beter dan het leven van mijn moeder. Wees eerlijk. Denk je dat het een lolletje is om nooit alleen de straat op te mogen? Zelfs voor een onschuldig boodschapje moet er een man of een jongen met haar mee. Mijn broer of ik dus, als mijn vader werkt. Wij draaien er altijd voor op. Ze mag zelfs geen cursus volgen om te leren lezen. Een gratis cursus nota bene, betaald door de staat. Er is een Marokkaans naaiclubje in de buurt, daar zou ze andere vrouwen kunnen ontmoeten. Maar mijn moeder is niet van de partij. Ze zou niet eens durven, ze is overal bang voor. Denk je dat ze protesteert tegen al die beperkingen? Nee hoor, er komt nooit een klacht over haar lippen.'

Saïd knikte. 'Ze weet tenminste waar ze aan toe is,' zei hij. 'Mijn moeder heeft zoveel te kiezen dat ze soms van voren niet weet dat ze van achteren leeft.'

Hij remde. De kloof van de Dadès was zo nauw geworden dat alleen de weg en de gezwollen rivier erin pasten. Ze persten zich er samen doorheen. Dit moest 'De Sabelhouw' zijn, die in de gids de kritiekste fase van het traject werd genoemd. Door de regenval ging het asfalt schuil onder een laagje rivierwater. Saïd schakelde terug naar de tweede versnelling en reed stapvoets verder. Aan beide zijden torenden loodrechte rotswanden boven hen uit. Op sommige plekken leek het zelfs of ze elkaar raakten. Te veel omhoogkijken was link, want hij moest in de gaten houden waar de weg ophield en de rivier begon. Wat een geluk dat hij de Volvo voor zijn vertrek van nieuwe banden had voorzien. Met een versleten profiel hadden de wielen zoveel water nooit aangekund. Verderop weken de wanden uiteen en konden ze de tocht normaal voortzetten.

Wie dacht dat een berg een berg was, moest zijn mening hier drastisch herzien. Er waren bergen die bestonden uit een opeenstapeling van ovale rotsblokken, die roze waren als een blanke huid. Ze deden denken aan de vingers en tenen van reuzen die onverwacht, geregisseerd vanuit onzichtbare dieptes in de aarde, in beweging zouden kunnen komen. Andere bergen, zo te zien van basalt of leisteen, hadden de kleur en glans van ijzer. Ze waren bol en gelaagd. Elke lijn wierp zijn eigen schaduw en representeerde een periode uit de geschiedenis van de aarde. Sommige lijnen liepen vrijwel horizontaal, andere liepen schuin naar beneden ten teken dat de berg bezig was te kantelen. De bergen leefden en bewogen! Om het te bewijzen zou je ze gedurende een miljoen jaar moeten filmen en het resultaat in versneld tempo op een scherm projecteren. Zoals ze in documentaires over bloemen deden, binnen enkele seconden van knop tot volledige bloei.

Na een bocht in de weg kwam een slanke, bleekroze minaret in zicht, tegen het decor van een steil oprijzende, antracietkleurige rotswand. Saïd hield zijn adem in. Iets in zijn geest maakte kortsluiting bij de aanblik van iets wat zo kwetsbaar en cerebraal was, te midden van zoveel onverwoestbare aardsheid.

De weg steeg en de Volvo moest hard werken. Hij werd blootgesteld aan ongewone beproevingen, maar sloeg zich er dapper doorheen. Ze kwamen hoger en hoger, en soms leek het of ze in een vliegtuig zaten. De zon was erin geslaagd open plekken in het wolkendek te vinden, waardoor de schaduwen van wolken en vlakken zonneschijn over de bergen gleden in een eindeloos spel van verandering en rusteloosheid. Het liefst was Saïd gestopt om het schouwspel vanaf de tribune van dit immense amfitheater op zijn gemak gade te slaan. Maar ze moesten verder en hij begon ongerust te worden. Waar bleef de weg naar Bou-Thrarar, het zwarte lijntje naar links? Was hij de afslag ongemerkt gepasseerd? Keren was onmogelijk op deze weg, die rakelings langs afgronden voerde. Er zat niets anders op dan door te rijden.

Naarmate ze dieper de bergen in reden, werd het steeds kouder. Dat was te zien aan de schaarse mensen die ze passeerden. De mannen droegen wollen kaftans en de vrouwen hadden dekens of gehaakte sjaals over hun kleren geslagen. Met opgetrokken schouders waren ze op weg naar hun bestemming. Sommige vrouwen gingen gebukt onder een lading takken of maïs die zoveel groter was dan zijzelf dat ze er helemaal in verdwenen. Alleen het felle rood van hun hoofddoek lichtte op tussen het groen. Het leek of de lading pootjes had gekregen en uit eigen initiatief langs de weg schommelde.

In een boerendorp vol fruitbomen ging de weg over in een modderig pad dat niet veel goeds beloofde. Voor het eerst sinds Ifrane zagen ze bomen en struiken in herfstige tinten. Aan de rand van de weg liep, voorovergebogen, een bebaarde grijsaard met een lange rechte stok. Zijn donkerbruine kaftan hing open. Eronder droeg hij een wit gewaad, bijna een nachthemd, en op zijn hoofd was een sjaal met franje kunstig tot tulband gewikkeld. Onder zijn kleding staken twee dunne enkels uit, waaromheen witte zwachtels gewikkeld waren, die bij iedere stap verder naar beneden zakten. De man leek zo oud als het Atlasgebergte zelf en bewoog zich voort met grimmige waardigheid. Hij zag er niet uit als iemand aan wie je de weg zou kunnen vragen.

'We moeten terug,' zuchtte Saïd. 'Het ziet ernaar uit dat ik de afslag naar Bou-Thrarar gemist heb.'

'Geef mij de kaart maar,' zei Hassan.

Saïd vond tussen de grauwe, natte huizen een verbreding van de weg, die met een beetje fantasie voor een pleintje door kon gaan, en keerde in drie bedrijven. Het werd ineens angstwekkend donker. Je kon zien dat hier veel regen gevallen was en dat er waarschijnlijk nog veel meer op komst was. De weg ging schuil onder een modderstroom en op de pasgeploegde akkers stond water tussen de voren. Het was zaak zo snel mogelijk de bewoonde wereld te bereiken. Maar waar was die? Langs de Dadès woonden weliswaar ook mensen, maar zouden die weleens van een warme douche of een toiletpot met doorspoelmechanisme gehoord hebben? Na een nacht in de woestijn verlangde Saïd er hevig naar, maar als hij om zich heen keek, zag hij het somber in. En wie garandeerde dat het in Bou-Thrarar beter zou zijn? Op de kaart was het niet meer dan een stipje hoog in de bergen. Het enige wat hij van Bou-Thrarar wist, was dat het spoor van de *ud*-speler erheen voerde. Zou die waarde gehecht hebben aan de aanwezigheid, al was het maar minimaal, van modern comfort?

Het terugrijden viel hem zwaar. In die korte tijd had het panorama een gedaanteverwisseling ondergaan. Het zag er ineens miljoenen jaren ouder uit. Te oud en vermoeid voor mensenogen. De zon leek voor altijd verdwenen te zijn en uit de half kale populieren aan de oevers van de rivier vlogen zwermen kraaien op, alsof er uit de vallei een onzichtbare dreiging op hen afkwam.

'Zie je dat?' Saïd remde abrupt.

Op een zwartglimmende rotswand langs de kant van de weg stond met grote, witte letters geschreven: 'GEEN WERK – GEEN GELD'. In het Nederlands!

'De pijn in de buik van Marokko in vier woorden samengevat!' riep Hassan uit. 'Voor wie zou die tekst bedoeld zijn, hier, in the middle of nowhere?'

'Voor de Hollandse ambtenaren van de bijstand in ieder geval niet,' zei Saïd. De woorden raakten hem meer dan hij wilde toegeven. Ze bevestigden nog eens datgene waaraan Hassan hem bij hun aankomst in Marokko tactisch herinnerd had: dat hij er zonder de armoede niet zou zijn geweest.

'Wacht even,' gebaarde Hassan, 'dan maak ik een foto.' Hij draaide het raampje aan zijn kant open en klikte. 'Nu nog een met flits, voor de zekerheid.' Heel even baadde de tekst als een camerageile politicus in het licht, toen keerde hij terug in de grauwheid van een lichtloze namiddag in de vallei van de Dadès.

Enkele kilometers verder zei Saïd: 'Nu is het opletten geblazen. Het moet een weg of een pad naar rechts zijn.' Maar hoe ze ook tuurden, zelfs met gezamenlijke inspanning slaagden ze er niet in iets te ontdekken wat zelfs maar op een pad leek. Niet lang daarna stonden ze opnieuw voor de verkeersweg die ze uren eerder verlaten hadden. Het schemerde. De donkerte van een hemel vol regen zou spoedig plaatsmaken voor een maanloze duisternis. Het zag ernaar uit dat Bou-Thrarar een nachtje moest wachten.

Saïd geeuwde. Hij had nooit gedacht dat de reis hem vooral zou leren geduld te hebben. Heel veel geduld. Toen hij nog in de fase van landkaarten bestuderen was, thuis tussen de beschermende muren van zijn slaapkamer, hadden de bergen overzichtelijk en makkelijk te bedwingen geleken. Het leek een fluitje van een cent om daartussen een *ud*-speler op te sporen. Op een landkaart kon niemand zich verbergen. Een *ud*-speler was er net zo grijpbaar als een figuurtje in een computerspelletje. Eén snelle beweging met je muis en je had hem te pakken. Maar ai, de weerbarstige werkelijkheid! De echte *ud*-speler trok zich niets aan van landkaarten of computerspelletjes. Hij onttrok zich aan welke controle dan ook.

Saïd capituleerde. 'Laten we maar een hotel zoeken. Morgen zien we wel verder.'

'Al met al was het toch een welbestede dag,' zei Hassan. 'Binnen enkele uren van de woestijn in de bergen! Je wordt er stil van, zo indrukwekkend is het. Eigenlijk is het een groot drama, al die Marokkanen die dit prachtige land moeten verlaten om geld te verdienen.'

'Ze kunnen altijd terug.' Saïd draaide de verkeersweg op en gaf gas. Wat een opluchting om moderne infrastructuur onder je wielen te hebben.

'In theorie, ja,' zei Hassan, 'maar in de praktijk is het moeilijk. Na dertig jaar Nederland zijn ze in Marokko een vreemde geworden. Hun kinderen willen er voor geen goud wonen. Eén zomer in het dorp van herkomst is meestal genoeg om ze de schrik op het lijf te jagen. Dus kunnen de ouders ook niet terug. Vanwege de kinderen en later de kleinkinderen. Voor de meeste ouders blijft het bij dromen van terugkeer. Mijn vader droomt ook van niets anders. Ooit op een dag, als Allah het wil. Denk maar niet dat het hem gaat lukken. Al was het alleen maar vanwege zijn hart. Dacht je dat er in Dbdou cardiologen rondlopen, die hem een stel nieuwe hartkleppen kunnen geven? Voor het dichtstbijzijnde ziekenhuis moet je zeker honderd kilometer reizen en dan is het nog afwachten of je geholpen kunt worden. Dat is moeilijk als je dringend om een hartklep verlegen zit. Als je in Dbdou woont, kun je maar het beste een nachtje gaan pitten op het graf van de dichtstbijzijnde maraboet. Met een beetje geluk verschijnt hij in je droom om je te vertellen welke kruiden je moet plukken en hoe je ze moet bereiden. Het voordeel is dat je niet geopereerd hoeft te worden, het nadeel is dat het niet helpt. Weet je wat mijn broer tegen mijn vader zegt? "Nederland heeft u een hartkwaal bezorgd, laat Nederland u er ook maar van afhelpen." Daar zit wat in. Maar hij blijft dromen, weet je wel, dromen van oud worden en sterven in zijn geboortedorp.'

'Misschien heeft mijn vader dat indertijd allemaal voorzien,' opperde Saïd, 'en is hij teruggegaan naar Marokko voordat de twijfel kon toeslaan.'

'Dat zou weleens kunnen.'

'Ik geef hem geen ongelijk.'

'Nee, je kunt hem geen ongelijk geven. Maar netjes was het niet.'

'Het was niet netjes, nee.'

Ze reden enige tijd verder zonder iets te zeggen. Toen ontdekte Hassan een hotel in de duisternis. 'Zag je dat? Een hotel! In een kashba! Kun je hier keren?'

De weg was zo leeg dat Saïd gewoon achteruit kon rijden. Er lag een forse parkeerplaats voor het hotel, waarop maar enkele auto's stonden. Het was een vestingachtig gebouw met torens op de hoeken en een poort in het midden, die zo te zien de enige toegang was. Een man met een zwarte fez stond verheugd op in de receptie toen hij hen zag naderen. Ze vroegen of ze enkele kamers mochten bekijken voordat ze een keuze maakten.

'Met alle plezier van de wereld,' zei hij hoffelijk. Hij ging hun voor met een kolossale sleutelbos en opende de ene deur na de andere. Dit was een zeventiende-eeuws fort, vertelde hij. Een gefortuneerde Spanjaard had het laten restaureren en aangepast aan de eisen van de moderne tijd.

De metersdikke muren waren gebouwd van lemen blokken met stro erin. Binnen de muren waren enkele patio's, waaraan de kamers lagen. De vloeren waren bedekt met dikke tapijten en vanaf de hoge plafonds verspreidden koperen lampen met gaatjes bundeltjes zacht licht, die patronen op de muren wierpen. De slaapkamers hadden zonder uitzondering een bed dat te groot was voor één persoon en te klein voor twee. Al had de rit door de bergen meer van zijn krachten gevergd dan hij zichzelf wilde toegeven, Saïd was nog wakker genoeg om te zien dat elke slaapkamer in het fort in wezen een fraai ingericht loversnest was.

'Dit is het helemaal...' Hassan keek bewonderend om zich heen.

'De kamers zijn prima.' Saïd glimlachte naar de receptionist. 'Hebt u er twee vlak bij elkaar?'

'Eén kamer is wel een stuk goedkoper,' zei Hassan.

'Na een nacht in een tent hebben we deze luxe wel verdiend,' meende Saïd.

Hier viel weinig tegen in te brengen. Zonder er nog woorden aan vuil te maken liepen ze terug om hun tassen uit de auto te halen.

Die avond genoot Saïd van het feit dat hij een bed voor zich alleen had, door er diagonaal in te gaan liggen. Hij had de lamp aan gelaten en staarde naar de stervormige lichtvlekjes die leken te bewegen, als de rusteloze manifestaties van de mensen die ooit in de kashba geleefd hadden. Door het hypnotiserende effect vielen zijn oogleden vanzelf dicht. Hij dommelde in en kwam terecht in de ondiepe regionen van de slaap, waaruit het nog relatief makkelijk ontwaken is. Zo kwam het dat hij het zachte knarsen van scharnieren hoorde toen de deur langzaam openging. Hij voelde dat er iemand naderde, er klonk een zacht ruisen van dunne stof. Hij kneep zijn ogen stijf dicht en deed alsof hij sliep. Iemand bleef naast zijn bed staan en keek naar hem. Zijn hart ging tekeer en hij hoopte vurig dat het niet zichtbaar zou zijn, in een verraderlijk nekspiertje bijvoorbeeld.

'Ik heb het zo koud. Mag ik bij je komen liggen?' Het was de stem van Aziza. Hij opende zijn ogen. Ze droeg een flinterdunne nachtpon zonder mouwen, dus het was geen wonder dat ze het koud had.

'Kom maar,' zei hij, 'er is plaats genoeg voor twee.'

Ze gleed naast hem in bed. 'Draai je om,' zei ze.

Hij deed braaf wat van hem verlangd werd en keerde haar zijn rug toe. Huiverend kroop ze tegen hem aan, hij kon de druk van haar kleine borsten voelen tegen zijn schouderbladen. 'Kan dit wel?' vroeg hij bedeesd.

'Natuurlijk kan het. Ik bepaal zelf wel wat kan en wat niet.' Ze legde een hand op zijn heup.

Het voelde wat onwennig, maar vervelend was het niet, Aziza zo dicht tegen hem aan met alleen de dunne stof van een nachtjapon ertussen. 'Ik bedoel... we moeten toch waken over je maagdelijkheid, als het ware, jij net zo goed als ik.'

'Natuurlijk doe ik dat. Je kent mijn ouders, de schrik zit er bij mij goed in.' Haar hand gleed van zijn heup naar zijn boxershort. Daarna kostte het haar weinig moeite om via een van de wijde broekspijpen zijn geslacht te vinden. 'Je bent een fantastische kachel,' fluisterde ze in zijn oor. 'Ik begin al aardig op temperatuur te komen.'

'Daar ben ik blij om.' Hij ademde zwaar. 'Ik zou niet willen dat je het koud hebt.'

Haar slanke vingers begonnen zijn penis te masseren met een vaardigheid die hij van een maagd niet verwacht had. Soms stopten ze even om de spanning op te voeren. 'Weet je,' zei ze, 'ik heb een ontzettend leuke koets ontworpen. Op hoge wielen en met vier paarden ervoor, twee zwarte en twee witte. Vanbinnen is hij bekleed met donkerrood fluweel, afgezet met goudgalon. Aan weerszijden van de ramen heb je gordijntjes die open en dicht kunnen. Een belangrijk detail, dacht je niet?' Ze giechelde in zijn oor.

'Het lijkt me van wel...' kreunde hij. Hij wilde haar smeken door te gaan, maar durfde haar niet te onderbreken in de enthousiaste beschrijving van haar ontwerp.

'We moeten er af en toe toch eens op uit,' rechtvaardigde Aziza zich. 'Zomaar een tochtje maken of naar de bioscoop...' Ze hervatte de massage op een onverwachte plek en voerde het tempo nu zonder mededogen op. 'Zo'n koets als in *La nuit de Varennes* is het, hoe lijkt je dat...?'

Maar hij dacht helemaal niets meer. In zijn hoofd was geen millimeter over voor gedachten. Heel even was de wereld zoals hij oorspronkelijk bedoeld was: een wereld van vóór de woorden en van vóór de gedachten. In de verte hoorde hij nog haar stem, die fluisterde: 'En een sexy koetsier, in een strakgesneden wit uniform met rode tressen...'

Toen de gedachten terugkwamen, was Aziza verdwenen. Het leek of hij nog de warmte voelde van haar lichaam, als de nagloeiwarmte van strandzand wanneer de zon al achter de kim verdwenen is. Hij bleef nog geruime tijd roerloos liggen, zijn ogen wijdopen, in de hoop dat ze zich opnieuw zou vertonen als hij zich niet bewoog. Nu pas viel het hem op dat de kamer maar één raam had. Eigenlijk was het meer een veredeld schietgat dan een raam, en de luchtverversing van de slaapkamer moest door die ene, minimale opening plaatsvinden. Een behoorlijk claustrofobische gedachte. Het was bedompt in de kamer, besefte hij, alsof hij nog gevuld was met de vervuilde adem en lichaamsgeuren van voorgaande gasten.

Hij kroop zijn bed uit en liep naar het raam. Alleen daar kon je een vleug verse lucht opvangen. De donkere nacht in starend inhaleerde hij het vage, prikkelende aroma van de Hoge Atlas.

9 Geen werk, geen geld

Het idee naar Marokko te gaan was niet van de ene op de andere dag bij Saïd opgekomen. Het leefde al bij hem toen hij nog een kleine jongen was. Op de middelbare school had hij daarom, in tegenstelling tot het merendeel van zijn klasgenoten, Frans genomen als keuzevak. Van Hassan had hij gehoord dat hij zich daarmee in Marokko aardig zou kunnen redden.

Tegen het eind van zijn tweede studiejaar scheikunde nam het idee steeds vastere vorm aan, tot het geleidelijk veranderd was in een noodzaak. Toen hij dat eenmaal begrepen had werd het een urgentie.

De studie interesseerde hem maar matig. Na het eindexamen, toen bleek dat hij met glans geslaagd was voor de exacte vakken, moest er op de een of andere manier een vervolg komen. Met alleen een eindexamen kwam je niet ver, al had je nog zulke mooie cijfers. De vader en broers van zijn moeder hadden allemaal gestudeerd. Ze waren iets geworden in de maatschappij: zijn opa was huisarts geweest, hij had een oom die als econoom verbonden was aan een wetenschappelijk onderzoeksinstituut, een andere oom vulde succesvol zijn zakken als accountant. Van Saïd werd ook iets in die orde verwacht. Dat werd niet met zoveel woorden gezegd; het was eerder een stroom van voor de hand liggende verwachtingen en zijn moeder zwom daarin traditiegetrouw mee. Om tegen die stroom in te gaan had je moed nodig, en een goede reden. In het eindexamenjaar, toen hij de noodzaak van een keuze op zich af zag komen als een gigantisch koopvaardijschip dat regelrecht op je gammele zeilbootje afstevent, kon hij geen enkele goede reden bedenken. In feite was er niets wat zijn voorkeur had. Dus had hij de weg van de minste weerstand gekozen en zich opgegeven bij de chemische faculteit. Er was zo weinig belangstelling voor deze studierichting dat hij niet hoefde te loten. Meisjesstudenten zouden er nauwelijks zijn, dus gevaar voor afleiding dreigde er ook niet. Eigenlijk lag er niets in de weg tussen hem en een degelijke scheikundestudie. Wat hij er later mee zou willen doen, vroeg hij zich niet af. De enige vage attractie die er voor hem in besloten lag, was het idee dat het een hedendaagse variant was van de alchemie.

De gedachte aan de oude alchemisten maakte iets in hem wakker. Omgeven door destilleerketels en perkamentrollen met hermetische teksten hadden ze geprobeerd goud te maken uit koper, lood of kwikzilver. Een transformatie die ze 'de genezing van een ziek metaal' noemden. Ze hadden onvermoeibaar naar de steen der wijzen gezocht, die deze wonderbaarlijke omzetting mogelijk moest maken. Dat het hun nooit gelukt was die steen te vinden, was onbelangrijk. Waar het om ging, was dat hun hele leven in dienst had gestaan van een streven naar het absolute, en dat ze met minder geen genoegen namen. Met vage legeringen van onedele metalen waren ze niet tevreden geweest. De gedachte aan deze koppige geleerden met een bezeten fonkeling in hun ogen vervulde Saïd met grote sympathie. Net als hij hadden ze beslist een afschuw gehad van compromissen. Tijdens dat eerste studiejaar zag hij zichzelf dan ook liever als een moderne alchemist dan als een scheikundestudent. Maar het was niet genoeg. Al legde hij ijverig zijn tentamens af en bleven zijn resultaten ruim boven het gemiddelde, de studie ging geen relatie met hem aan, merkte hij, en hij niet met de studie. Bij een toevallige ontmoeting op straat zouden ze elkaar niet herkend hebben.

Het zou nooit meer worden dan een gearrangeerd huwelijk – tijdens de huwelijksnacht hadden ze gemerkt dat er geen aantrekkingskracht tussen hen bestond, en afgesproken elkaar vrij te laten. Een recept voor onverschilligheid, met wederzijdse instemming.

Toen Saïd ontdekte dat de reis naar Marokko onontkoombaar geworden was, zat hij op een terras aan een van de grachten. De zon scheen, het standbeeld van Multatuli op de brug leek te beminnelijk te grijnzen, de iepen hadden jong loof en het terras zat zo vol dat veel mensen teleurgesteld op zoek moesten naar een andere plek om van de lente te genieten. Terwijl hij naar de reflectie van de zon in het water staarde, kreeg hij een verhelderend inzicht. Waarom hield hij niet op met de studie en zocht hij gewoon een baan? Die mogelijkheid voelde aan als een bevrijding. Hij bestelde nog een biertje. Er kwam een frivool soort vrolijkheid over hem. Blijkbaar was het hem aan te zien, want om hem heen glimlachte het ene na het andere meisje naar hem alsof ze een geheim met hem deelde. Dat het leven heel licht en eenvoudig kon zijn? Als je maar anders tegen de dingen aankeek? Het tafeltje naast hem kwam vrij. Er streken twee jonge mannen neer. Ze straalden het soort opgewektheid uit van mensen die een bevoorrecht en overzichtelijk leven leiden. Beiden droegen een perfect gesneden kostuum, met een bijna identieke stropdas. Ze hadden leren diplomatenkoffertjes bij zich. Daar zaten tien tegen een hun laptops in, naast papieren vol tabellen en grafieken. Het waren jongens die het heel ver zouden brengen, zoveel was zeker.

Naar de hel met de scheikundefaculteit, zei Saïd bij zichzelf.

Zo kwam het dat hij taxichauffeur was geworden. Een week lang was hij kind aan huis geweest bij de uitzendbureaus. Hij had dag- en weekbladen gekocht om de advertenties na te pluizen, maar ten slotte had hij via Abdelkrim, de broer van Hassan, gevonden wat hij zocht.

Abdelkrim was de enige van de drie kinderen die nog in Marokko geboren was. In tegenstelling tot Hassan, die fijne, haast exotische trekken en een tengere lichaamsbouw had, zag de broer er zo onopvallend uit dat het bijna opviel. In zijn gezicht kon je nog het harde, agrarische verleden van zijn voorouders zien. Hij was kort en gedrongen. Zijn borstkas was breed en de spierballen van zijn bovenarmen waren goed ontwikkeld. Dat was het resultaat van zijn geploeter in een fitnessstudio, waar hij enkele malen per week zijn overtollige energie kwijtraakte. Zijn moeder was in goede handen wanneer ze in zijn gezelschap boodschappen ging doen. 'Sylvester Stallone,' noemde Hassan zijn broer achter diens rug, 'maar dan zonder de mondbeschermer'. De vergelijking ging een beetje mank, want het waren juist de anderen die beschermd moesten worden. Waartegen? Tegen de taal die uit die mond kwam. Het leek wel of Abdelkrim expres slecht Nederlands sprak. Zijn Nederlands leek op een zwaar verwaarloosde waakhond die dag en nacht aan een ketting in de achtertuin ligt. Broodmager, en angstig zodra de baas nadert, omdat hij zich het vorige pak slaag nog goed herinnert. Voor Abdelkrim was het Nederlands niet meer dan een noodzakelijk kwaad. Zijn Marokkaans was een stuk beter, volgens Hassan, en zijn beheersing van het Tarifiet was ook niet slecht. Dat laatste was geen wonder, want het was de enige taal die hun moeder sprak. Degene die met haar naar de markt ging moest eerst de lamsbout en de gedroogde pruimen van het Tarifiet in het Nederlands vertalen en dan de prijzen en gewichten van het Nederlands in het Tarifiet. Wat levensmiddelen betreft deden de broers niet onder voor gediplomeerde simultaanvertalers.

Van het begin af aan was Saïd een beetje bang voor hem

geweest. Hij herinnerde zich nog goed het stuurse hoofd van Abdelkrim, toen hij zijn broertje in de klas kwam afleveren. Toen keek hij al alsof hij een smeulend wantrouwen koesterde dat niet op iemand speciaal gericht was, maar meer op de wereld in het algemeen. Hij leek een van die zeldzame mensen die niet aardig gevonden willen worden en alles doen om dat doel te bereiken. Abdelkrim was er een grootmeester in en als het kon, liep Saïd met een boog om hem heen. Toch deed hij nooit vijandig tegen Saïd. Als Hassans vriend genoot Saïd een bijzondere status bij de familie Messaoui en Abdelkrim scheen dat van het begin af aan geaccepteerd te hebben. Voordat Abdelkrim taxichauffeur werd, had hij allerlei duistere baantjes gehad. Hij scheen zelfs even in de bak te hebben gezeten. In de taxibranche had hij eindelijk een zekere stabiliteit gevonden en zijn ouders haalden opgelucht adem. Ze waren bang geweest, vertelde Hassan later, dat hij in een semicrimineel circuit zou belanden en dat na verloop van tijd zelfs het voorvoegsel 'semi' zou komen te vervallen.

Nadat Saïd een week lang vergeefs naar werk had gezocht, besloot hij eens te gaan kijken hoe Hassan het maakte. Nu hij niet meer naar de universiteit hoefde, had hij ineens zeeën van tijd. Vanwege het mooie lenteweer stonden er verschillende ramen open in de straat waarin de familie Messaoui woonde. Binnen enkele tientallen meters ving Saïd, dwars door het lawaai van het verkeer heen, flarden Afrikaanse, Indiase en Arabische muziek op. Het leek of je aan de knop van een radio draaide zonder te kunnen beslissen naar welk station je wilde luisteren. Bij een Turkse bakker lag verse baklava in de etalage. Even overwoog Saïd naar binnen te gaan, maar hij bedacht zich. Hij gaf de voorkeur aan de zelfgemaakte gazellenhoorntjes, waarmee Hassans moeder hem altijd verwende. Hij liep door tot hij voor de rij met naambordjes stond, waartussen dat van de familie Messaoui het derde van beneden was. Dat was al zo sinds hij hier voor het eerst op de bel gedrukt had. In die tijd waren er nog veel Nederlandse namen bij geweest, nu was het er nog maar één. Hoeveel leden de familie Jonkers-Frank telde viel aan het naambordje niet af te lezen, in ieder geval waren ze in dit trapportaal de laatsten der Mohikanen. Toen Saïd er enkele maanden geleden een opmerking over had gemaakt, zei Hassan: 'Ze hebben een integratiecursus gevolgd om zich in deze internationale setting te kunnen handhaven.'

Saïd drukte op de bel. Toen het gebruikelijke zoemgeluid klonk, duwde hij de deur open. Hij beklom de trappen. Op de derde verdieping stond de deur op een kier. 'Dag... dag...' zei mevrouw Messaoui. Er verscheen een brede glimlach om haar mond, die vergezeld ging van innemende rimpeltjes rond haar ogen. Ze schommelde voor hem uit naar de huiskamer. Die was op zijn Marokkaans ingericht met zitbanken tegen de muren, veel kussens en een lage koperen tafel in het midden. Aan de muur hing een schilderij van de Hassan ii-moskee in Casablanca. De kleuren waren veel feller dan ze in het echt konden zijn. Zo was het blauw van de minaret blauw in het kwadraat, in plaats van gewoon blauw. De schilder had de werkelijkheid willen overtreffen en het resultaat was een parodie.

Wanneer Saïd de huiskamer binnenkwam, hoopte hij altijd dat Aziza er zou zijn. Maar alleen Abdelkrim zat die middag op de bank en keek televisie. Hij droeg splinternieuwe Adi Stars, vlekkeloos wit met oranje veters. Aziza bleek niet thuis te zijn, en Hassan evenmin. Mevrouw Messaoui maakte een uitnodigend gebaar ten teken dat hij moest gaan zitten. Saïd begroette Abdelkrim en schoof naast hem op de bank. Die stootte een soort gegrom uit dat voor een groet door moest gaan, en richtte zijn slaperige blik weer op het scherm. Er stond een Arabische zender op. Een man met een snor en een zwaar brilmontuur hield met monotone stem een betoog, waarbij op zijn gezicht geen enkel spiertje in beweging kwam. Het leek net een geprefabriceerd hoofd dat te allen tijde bruikbaar was voor elke willekeurige tekst, alleen de mond moest telkens mechanisch aangepast worden. Abdelkrim scheen het boeiend te vinden. In ieder geval belangwekkender dan iemand van vlees en bloed die naast hem zat.

Zijn moeder kwam binnen met thee en een schaaltje lekkers. Ze zei iets tegen Saïd en Abdelkrim vertaalde het automatisch, zonder zijn ogen van het scherm af te wenden. 'Hassan kan ieder ogenblik thuiskomen.'

Saïd knikte glimlachend naar haar. Hij glimlachte altijd heel wat af in dit huis. Soms, wanneer hij de woning verliet, had hij het gevoel dat de glimlach vastgevroren zat in zijn kaken en dat hij voor altijd 'Jantje lacht' zou moeten blijven. Ze trok zich terug in de keuken en Saïd staarde een poosje met geveinsde belangstelling naar de man met de snor, omdat er niets anders was om naar te kijken. In gedachten ging hij opnieuw langs bij de uitzendbureaus. De baantjes waren ruwweg in twee soorten op te splitsen geweest: werk dat makkelijk te krijgen was maar dat hij voor geen goud zou willen doen, en werk dat hem aantrok maar waarvoor hij niet de geëigende papieren bezat. Het was niet bepaald een resultaat om vrolijk van te worden. Ineens viel de zender weg. Abdelkrim begon als een bezetene te zappen, maar er verscheen geen beeld.

'Kloteding!' riep Abdelkrim. Je kon van hem zeggen wat je wilde, maar als het om krachttermen ging was zijn beheersing van het Nederlands meer dan perfect. 'Het is de satelliet, straks komt het beeld vanzelf weer terug. Er is hier verdomme nooit iets wat het normaal doet.' Geërgerd stak hij een sigaret op. Daarna ging hij met een dreigende blik naar het scherm zitten staren.

Saïd nam zijn kans waar. 'Hoe is het eigenlijk om taxichauffeur te zijn?' vroeg hij. 'Steeds andere passagiers in de auto en zo.'

'Niet slecht.'

'Maar is het leuk?'

Abdelkrim haalde zijn schouders op. 'Leuk? Wat kan daar nou leuk aan zijn, man? Het is niet slechter dan iets anders. Het vult je portemonnee.'

'Werk je bij de Amsterdamse taxicentrale?'

'Ben je besodemieterd! Ik werk voor een Marokkaan. Dat levert veel meer op. Hij werkt alleen met Marokkaanse jongens. Geen Turken en al helemaal geen Antillianen, begrijp je? Met Marokkanen weet je waar je aan toe bent, ook als ze je belazeren.'

Saïd knikte alsof hij het begreep. Knikken was het enige wat hij kon bedenken om Abdelkrim aan te moedigen. 'Het lijkt mij ook wel wat,' zei hij, 'voor een tijdje.'

Voor het eerst wendde Abdelkrim zijn blik af van de televisie. Vermoeid monsterde hij Saïd. 'Jij studeert toch voor... voor... Wat studeerde je ook al weer?'

'Scheikunde,' zei Saïd, 'maar ik ben ermee gestopt.'

'Waarom?'

'Het lijkt me leuker om taxichauffeur te worden. Bovendien heb ik geld nodig.'

Abdelkrim keek hem met half toegeknepen ogen aan alsof hij tot een zeldzame diersoort behoorde. 'Misschien heb je al genoeg geleerd,' zei hij langzaam, 'misschien weet je alles wat je wilde weten.'

'Zoveel heb ik niet geleerd hoor, in die twee jaar,' zei Saïd bescheiden.

'Maar je kan wel een plastic bommetje van bleekwater maken als je wil?'

'Denk maar niet dat je dat soort dingen leert op de universiteit.'

Abdelkrim grijnsde.

Hij had aardig wat gaatjes in zijn gebit, zag Saïd. Zou dat van al die zoete muntthee en gazellenhoorntjes komen? Wanneer hij als taxichauffeur zo goed verdiende als hij beweerde, kon er dan niet eens een bezoekje aan de tandarts af?

'Maar je leert toch wel formules en dat soort dingen? Als jij bijvoorbeeld het recept van een bleekwaterbom leest in *The Anarchist Cookbook*, dan snap je toch wel hoe je zo'n ding moet maken?'

'Misschien,' zei Saïd aarzelend, 'maar waarom zou ik zoiets willen?'

'Omdat je taxichauffeur wil worden.'

'Sorry, het verband ontgaat me even.'

Ineens begon de man met de snor weer te praten. Er was wat sneeuw om hem heen, maar het beeld ging ermee door. Abdelkrim greep de afstandsbediening en zette het geluid uit. 'Het verband, zoals jij het noemt, is dit. Jij heb een baan nodig en ik kan dat regelen voor jou. Ik heb een paar kneedbommetjes nodig en jij kan dat maken voor mij. Want als ík het probeer, weet je wat er dan gebeurt?'

Saïd schudde zijn hoofd. Hij had wel een vermoeden van wat er zou gebeuren wanneer iemand als Abdelkrim ging kokkerellen met *The Anarchist Cookbook* naast zich op het aanrecht, maar hij was wel zo verstandig het niet hardop te zeggen.

'Boem!' Abdelkrim spreidde zijn handen. 'Allebei me handen weg. Of erger, weet je wel. Taxi rijden kan ik dan wel vergeten, begrijp je.'

'Maar waar heb je kneedbommetjes voor nodig?'

'Voor mijn vrienden. Die gaan naar Tsjetsjenië en ze willen er een paar bij zich hebben. Voor het geval dat.'

'Ik kan het even niet volgen.' Saïd hapte in een gazellenhoorntje. Ze hadden nog niets aan smaak ingeboet. Het leek zelfs of ze steeds knapperiger werden.

'Man, open je ogen voordat je ze weer sluit!'

'Ik doe mijn best, maar wat moeten jouw vrienden in Tsjetsjenië?'

'Hun moslimbroeders bijstaan, stakker, in hun jihad tegen de Russen. Je weet toch wel wat de Russen uitspoken in Tsjetsjenië?'

'Jawel...' zei Saïd aarzelend.

'Nou dan... Dan begrijp je wel dat het geen luxe is een paar bommetjes op zak te hebben, voor het geval dat.'

Saïd wist niet wat hij moest zeggen. Hij vluchtte met zijn blik naar de man met de snor, maar die had ook weinig geruststelling te bieden. Zat hij hier op de bank thee te drinken met een lid van een terroristische cel? Of had hij te maken met een stelletje naïeve avonturiers? Hoe moest hij de cryptische zinsnede 'voor het geval dat' interpreteren? Abdelkrim deed er wel alles aan om hem het gevoel te geven dat hij dom en onwetend was. 'Willen je vrienden daar terroristische aanslagen plegen?'

'Hoe kan je dat nou vragen? Ik neem jou in vertrouwen en dan vraag je zoiets! De Russen zijn de terroristen, weet je nog. Ze plegen aanslagen op onschuldige burgers. Op vrouwen en kinderen. Je kan zeggen: "O wat zielig", en rustig verder gaan met je lekkere leventje in Holland. Maar je kan er ook heen gaan en kijken of je wat voor ze kan doen. Maar dan moet je wel wat bij je hebben om je eigen te beschermen. Voor het geval dat. Want het zijn geen lieverdjes, de Russen. Als ze je levend te pakken krijgen maken ze gehakt van je. Natuurlijk lijkt het me waanzinnig om mee te gaan, maar ik kan mijn moeder niet in de steek laten. En Aziza. Mijn vader heb 't aan z'n hart, die telt maar voor half. Als het erop aankomt, ben ik de enige man hier in huis.'

'En Hassan dan?'

'Hassan is een watje. Sorry hoor. Jij bent zijn vriend, oké, dat moet jij weten. Je snapt toch wel dat ik ontzettend graag mee zou gaan naar Tsjetsjenië? Maar als ik in plaats daarvan voor een paar professionele bommetjes kan zorgen, is het ook goed, begrijp je?'

'Het begrip begint te komen, geloof ik.'

'Schiet dan maar een beetje op met je begrip, want die bommetjes hebben we nodig. Maar niemand van ons heeft de kennis. De kennis om er een te maken zonder jezelf op te blazen. Gelukkig kun jij het wel. Jij kan net zoveel bommetjes maken als je wilt. Je zou er je beroep van kunnen maken, maar je wordt liever taxichauffeur. Zo is het toch?'

'Het is precies zoals je zegt, ik wil graag taxichauffeur worden.'

'Nou, dan hebben we een goeie deal, jij en ik. Jij levert de bommetjes en ik zorg voor de taxi. Oké?'

'Maar je baas werkt toch alleen met Marokkanen?'

'Je bent toch een halve Marokkaan, of niet soms?'

'Jawel, maar...'

'Nou dan.'

'Ik moet er wel even over nadenken,' zei Saïd voorzichtig. 'Je voorstel overvalt me een beetje.'

'Maar niet te lang nadenken, hoor! Er zijn zat jongens die staan te trappelen om taxichauffeur te worden, maar ze zijn niet allemaal zo slim dat ze een kneedbom kunnen maken. Je hebt toch wel een rijbewijs?'

Saïd knikte.

'Dat is je geraden, man! Anders zou ik zeggen: ga het maar gauw halen!'

Saïd stond op. Hij had het gevoel dat hij het geen minuut langer uithield bij Abdelkrim. In diens nabijheid voelde hij zich als een insect dat op de stoep een gigantische Adi Star op zich af ziet komen en ieder moment verpletterd dreigt te worden door de ingebouwde Supernova Cushion met Motion Technology.

'Ga je nou al weg?'

'Ik moet nog ergens heen,' improviseerde Saïd.

'En Hassan dan?'

'Ik kom volgende week terug. Zeg maar dat ik langs geweest ben.'

'Echt gauw terugkomen, hoor. Mijn aanbod geldt niet lang.'

'Ik snap het.'

'Jij snapt alles. Ik heb nog nooit zo'n slimme gozer gezien. Ik reken op je.'

'Dag.'

'Bislamma. Salam aleikum.'

Toen Saïd weer buiten stond haalde hij diep adem. Heel even kwam het hem voor of hij in een onbekende straat stond, in een stad ver weg, waar hij nog nooit was geweest. Het was heel bijzonder om te leven, realiseerde hij zich, in tegenstelling tot de overvloed aan dode dingen die je omringden. En het was fijn de beschikking te hebben over een paar benen die je weg konden dragen.

Hij wachtte een week. In de gele gids vond hij nog enkele uitzendbureaus die hij tot dusver over het hoofd had gezien. Hij fietste ze allemaal af, maar het leek wel of ze tegen hem samenspanden. Interieurverzorger, classificeerder, medewerker in de postkamer, uitbener in een slagerij – het waren allemaal bezigheden die in de verste verte niet in aanmerking kwamen. Hoe langer hij erover nadacht, des te meer kwam het beroep van taxichauffeur hem voor als het enige passende alternatief voor de scheikundestudie.

Maar hoe zat het met zijn bereidheid een kneedbom te maken? Voor de aardigheid googelde hij een beetje op het internet om zomaar wat sites te bezoeken. *The Anarchist Cookbook* was makkelijk te vinden. Er stond een recept in voor het maken van een bleekwaterbom dat van iemand die zich The Jolly Roger noemde kwam. 'We bevinden ons in goed gezelschap,' schreef die, 'want Alfred Nobel was een van de eersten die nieuwe methodes voor het maken van explosieven uitvonden, en dat legde hem, zoals we weten, geen windeieren.' De utensiliën die je ervoor nodig had waren onthutsend simpel: een hittebron, een metalen pannetje, een fles bleekwater, vaseline, gasoline, een hydrometer en 63 gram potassiumchloride. Dat laatste kon je volgens The Jolly Roger als surrogaat voor zout in een winkel voor natuurvoeding kopen. Was Roger een milieufreak? Was hij vegetariër? Zodra je alle ingrediënten in huis had (en je moeder naar haar werk was, zodat je de vrije beschikking had over de keuken) kon de bereiding beginnen. Bleekwater koken en potassiumchloride toevoegen. Tot zover was het niet anders dan aardappels koken en zout erbij doen. Daarna moest de vloeistof de koelkast in. Er zouden zich kristallen vormen, die eruit gezeefd moesten worden. Deze procedure moest enkele malen herhaald worden onder toevoeging van gedestilleerd water, zodat door fractionele kristallisatie puur potassiumchloraat overbleef. Vervolgens was het een kwestie van kristallen fijnmalen met een vijzel en mengen met de vaseline en gasoline. In de koelkast zetten. Eruit halen en het explosief in de gewenste vorm kneden. In was dopen om het waterproof te maken en klaar was je bommetje. Gegarandeerd met een hoge ontploffingspotentie.

Tot zover leek het in elkaar knutselen van een kneedbom niet lastiger dan het maken van een aardappelsoufflé. Dat was een van de gerechten waar Saïd beter in was dan zijn moeder. Bij haar zakte de soufflé altijd in, bij hem nooit. Hij kookte graag en regelmatig. Net als bij scheikundeproeven was het een kwestie van de juiste ingrediënten op de juiste manier met elkaar mengen onder precies de juiste omstandigheden. Hij had heel wat smakelijke gerechten op zijn repertoire, dankzij het antieke *Kookboek van de Amsterdamsche Huishoudschool* dat zijn moeder van haar moeder geërfd had en dat later, beloofde ze, van hem zou zijn. Het enige wat hij nooit klaarmaakte, was varkensvlees. Zijn moeder had hem al jong geleerd alles te mijden wat van een varken afkomstig was. In je lichaam heerste een teer evenwicht tussen basen en zuren dat gemakkelijk verstoord kon worden, vooral door het eten van varkensvlees, al of niet vermomd als worst of ham. Het vlees van een varken was extreem zuur, zoals je ook verzuurde bossen had of een verzuurde bodem, waarop niets anders meer wilde groeien dan mos. Deze wijsheid, afkomstig uit een boek dat ze in de afdeling gezondheid van Het Derde Oog had gevonden, had hem voor altijd een diepe afkeer van varkens bezorgd. Het was een schande, had ze hem ingeprent, dat de argeloze consument van regeringswege niet werd voorgelicht over de schadelijkheid van varkensvlees voor de gezondheid. Als zijn moeder zich ergens in vastbeet, liet ze zo gauw niet meer los. Ze had het hem flink ingepeperd en de schrik zat er bij hem dan ook aardig in. Het was zelfs een keer voorgekomen dat zijn hele lichaam bedekt was met mos. Hij had plotseling een dichte vacht, als een poolhond of een beer, die uit groen, harig lantaarntjesmos bestond zoals wel gebruikt werd in herfststukjes. Gelukkig bleek het niet meer dan een waarschuwingsdroom te zijn geweest.

Er school een addertje onder het gras, want eerst maakte The Jolly Roger de lezer lekker door zijn luchtige gejongleer met chloraten en chlorides, maar dan ineens besloot hij zijn receptuur heel dreigend met de tekst: 'PROBEER DIT NIET! Je kunt jezelf of anderen ernstig verwonden. Je riskeert arrestatie. Bovendien kan het hierboven beschreven type gemakkelijk exploderen terwijl je het bewaart.' Daar schrok je toch wel van. Maar dan deed Roger nog een schepje op de verwarring die hij al bij je had aangericht met de zakelijke mededeling 'Bestel onze catalogus bij Rogers Publishing House, Box 20047, Houston USA'. Wat wilde Roger eigenlijk? Wilde hij verkopen of niet? Een anonymus had een paar maanden later nog enkele waarschuwingen aan Rogers tekst toegevoegd. 'Tijdens het koken van bleekwater ontstaat een behoorlijke hoeveelheid chloorgas, dat dodelijk is. Bovendien is er een groot risico op een hartaanval tijdens het met de hand kneden van het mengsel. En bij gebruik is er nog de kans dat de explosie zich niet aan het gewenste tijdschema houdt. Een specialist als Brian Thomson verloor zijn rechterhand terwijl hij slechts 5 gram potassiumchloraat aan het mengen was. SPEEL NIET MET CHLORATEN! NOOIT!'

Dat had er waarschijnlijk flink in gehakt bij Abdelkrim en zijn vrienden. Plannetjes smeden om naar Tsjetsjenië te vertrekken was makkelijk, maar het maken van een kneedbom was niet voor iedereen weggelegd. Wie weet hoe lang ze op iemand als Saïd hadden gewacht? 'Echt gauw terugkomen, hoor,' had Abdelkrim gezegd. Saïds eerste opwelling was naar de politie te stappen. Maar wat zou hij moeten zeggen? 'Ik heb een Marokkaanse vriend die ik al bijna mijn hele leven ken. Hij komt uit een keurige familie, waar niets op aan te merken valt. Serieuze, hardwerkende mensen. De oudste zoon is op zoek naar kneedbommetjes voor Tsjetsjenië. Is dat niet een beetje verontrustend?' Het zou lijken of hij met een stripverhaal kwam aanzetten: Kuifje in Tsjetsjenië. De dienstdoende agenten zouden hem in zijn gezicht uitlachen. En stel dat ze hem serieus namen, wat had hij dan voor bewijs? Abdelkrim zou alles ontkennen. Saïd staarde met een lege blik naar de molecuulformule op zijn scherm. Wanneer hij Abdelkrim verried, zou hij het bij de familie Messaoui voor altijd verbruid hebben. Mevrouw Messaoui zou ontroostbaar zijn. Haar oudste zoon, haar steun en toeverlaat, die altijd over haar welzijn waakte, verdacht van terrorisme! Haar man kreeg misschien acuut een hartaanval. Zou hij dat op zijn geweten willen hebben? En Hassan, al zat hij boordevol kritiek op zijn broer, zou het hem nooit vergeven. Om over Aziza nog maar te zwijgen. Het scheelde niet veel of Saïd schaamde zich omdat hij de mogelijkheid, al was het maar even, had overwogen.

Daar kwam bij dat hij ergens wel begrip kon opbrengen voor Abdelkrim en zijn moslimbroeders. Wie trok zich in Nederland het lot van de Tsjetsjenen aan? Niemand toch? En de regering al helemaal niet. Die sloot het ene na het andere handelscontract met de Russen en schaarde zich hypocriet achter de president in het Kremlin, Poetin. Wanneer je er 'Ras' voor zette, kreeg je Raspoetin. Dat kon geen toeval zijn. Wat Poetin in zijn achtertuin uitspookte, kon niemand iets schelen. Het was zo ver weg. Hoe langer Saïd erover nadacht, des te meer sympathie kreeg hij voor de hulpactie. Al was die misschien naïef, in ieder geval was zij oprecht. Zij kwam voort uit mededogen. De jongens die naar Tsjetsjenië vertrokken, dachten niet in de eerste plaats aan zichzelf. Ze dachten niet aan het zoeken van een baan, aan geld verdienen, meisjes en discotheken, aan modieuze kleren en drank en sigaretten. Ze waren bereid dat allemaal op te offeren, om onbekende mensen in een wildvreemd land bij te staan in hun strijd tegen onderdrukking. En omdat ze totaal weerloos zouden zijn in de Tsjetsjeense chaos, moesten ze toch iets van bewapening bij zich hebben. Ze zouden daar een goed getraind leger tegenover zich treffen, met alles erop en eraan. In dat licht bezien waren enkele kneedbommetjes geen overbodige luxe. Je kon ze veel makkelijker verstoppen dan een geweer, dus wat dat betreft waren ze ideaal. Welbeschouwd was er een taak voor hem weggelegd. De arme drommels, die bereid waren hun leven te geven voor de goede zaak in Tsjetsjenië, verdienden iemand die enkele betrouwbare, effectieve explosieven voor hen fabriceerde. Het was onmogelijk dat iemand het allemaal in huis had: de moed en offervaardigheid om aan de strijd in Tsjetsjenië deel te nemen en dan ook nog het vermogen om perfecte kneedbommen te maken. Dat had Abdelkrim heel goed begrepen.

Hij gaf zichzelf een week de tijd, maar eigenlijk had hij terwijl hij nog steeds naar de chemische formule op zijn scherm zat te kijken, al een besluit genomen. Die extra week was een cadeautje voor hemzelf om het laatste restje van zijn geweten dat nog protesteerde te sussen.

Ze troffen elkaar op afspraak in het Oosterpark, op een bankje vlak bij de ingang. Het was een bewolkte dag en het was drukkend, alsof er de nodige regen in de lucht zat. Er kwam een jonge moeder voorbij, met een baby in een kinderwagen. Verderop zat een oude man een Turkse krant te lezen. Alles was vredig hier, de oorlog in Tsjetsjenië speelde zich af in een andere wereld. Abdelkrim keek hem onderzoekend aan. Als gewoonlijk lag er behoorlijk wat wantrouwen op zijn gezicht. Hij had zijn Adi Stars thuisgelaten en droeg nu een stel afgetrapte gympen. Waarom? Was de deal die ze gingen sluiten niet belangrijk genoeg om fatsoenlijke schoenen aan te trekken? Het ging nota bene om mensenlevens.

Er kwam een prachtige Antilliaanse voorbij, in kleding die weinig verhulde. Terwijl Abdelkrim haar met zijn ogen volgde zei hij: 'Ik heb een baan voor je, man, als je wilt.'

'Ik heb ook goed nieuws voor jou,' mompelde Saïd.

'Heb je sigaretten bij je?'

'Ik rook niet.'

'Rook je niet, hoe kan dat nou?' Abdelkrim keek hem geïrriteerd aan. De minachting in zijn blik was niet van de lucht. 'Kom op met je goeie nieuws, man. Ik krijg nog last van onthoudingsverschijnselen als ik hier lang moet zitten.'

'Ik heb er wel wakker van gelegen, hoor,' zei Saïd.

'Wat heb ik ermee te maken of jij wakker ligt of niet?'

'Ik heb een beetje in *The Anarchist Cookbook* geneusd. Het is behoorlijk linke materie, weet je dat wel?' Saïd had de behoefte hem een beetje te tarten.

'Dat zei ik toch al! Kom op met je goeie nieuws, klojo.'

'De bereiding van dat spul is levensgevaarlijk. Het bewaren, het transport en de toepassing ervan ook.'

'Kun je ter zake komen?'

'Het is specialistisch werk, waar je niet makkelijk iemand voor vindt.'

'Ik zei toch al dat ik een baan voor je heb, wat zeur je nou?'

'Ik heb besloten om het te doen, maar niet speciaal vanwege die zogenaamde baan van jou.'

'Waarom dan? Je doet het toch niet omdat je graag met vuur speelt?'

'Als die vrienden van jou dan toch naar Tsjetsjenië gaan, kunnen ze maar beter goed bewapend zijn.'

'Je doet het om mijn vrienden een plezier te doen? Heb je een zakdoek bij je?'

'Waarvoor?'

'Om mijn tranen te drogen.'

Saïd zweeg. Abdelkrim had gelijk. Hij deed het niet alleen uit menslievendheid.

'Wanneer kun je het spul klaarhebben?'

'Dat gaat wel even duren.'

'Hoe lang is even?'

'Enkele weken, een paar maanden?'

'Oké, ik geef je drie maanden.'

'Met hoeveel zijn ze?'

'Met zijn vieren. Misschien worden het er later meer.'

'Zullen we zeggen voor ieder één?'

'Eén bommetje de man, ja, minstens.'

Ze zwegen weer. De Antilliaanse was al lang om de bocht

van het pad verdwenen. Ze had een onbehaaglijke leegte achtergelaten. Het soort leegte dat je voelde als je na een liefdesfilm vol meeslepende vrijscènes een koude winternacht in liep. Er kwam een skater voorbij. Hij had kortgeknipt donker haar en regelmatige gelaatstrekken. Het viel moeilijk uit te maken of het een Nederlander, een Marokkaan of een Turk was. Eén ding was zeker: een Tsjetsjeniër kon het niet zijn.

'Wat die baan betreft,' zei Abdelkrim, 'ik heb met mijn baas gesproken. Ik wist dat hij er nog iemand bij zocht. Hij wil het wel met je proberen. Het is een ontzettende klootzak, maar verder deugt hij wel. Hij verwacht je donderdagochtend, om acht uur.'

'Wat is het adres?'

Abdelkrim diepte een geel memoblaadje op uit zijn joggingbroek. 'Het is in Slotermeer,' zei hij.

'Dat is niet om de hoek.'

'Lijn 9 en lijn 13. Tenzij je een brommer hebt.'

'Bedankt.' Saïd vouwde het papiertje in vieren. Hij stond op. 'Dan ga ik maar.'

'We keep in touch.' Abdelkrim stak hem zowaar een hand toe. 'Salam, broeder.'

'Salam,' zei Saïd. Hij leerde snel.

Hij moest zo vroeg opstaan dat het leek of hij nauwelijks geslapen had. Stevig doorfietsend verbaasde hij zich over het gekwetter en gekwinkeleer van de vogels. Het leek wel of ze de macht in de stad hadden overgenomen. Je zou bijna denken dat in de bomen langs het fietspad het college van burgemeester en wethouders in vergadering was. Er hing een geur van gemaaid gras en bloemen in de lucht die iets landelijks aan de stad gaf. Al was hij in Amsterdam geboren, hij had, terwijl hij daar zo fietste, het gevoel dat hij de stad helemaal niet kende. Misschien had hij nog nooit echt goed naar haar geluisterd.

Het kantoor dat hij zocht, zat ingeklemd tussen een wasserette en een snackbar. Saïd zette zijn fiets vast aan een lantaarnpaal en drukte op de bel. Aanvankelijk leek het of er daarbinnen niets in beweging kwam. Hij belde nog een keer. Het tijdstip was toch geen vergissing? Had hij Abdelkrim wel goed begrepen? Acht uur had onwaarschijnlijk vroeg geleken. Toen Saïd zijn vinger voor de derde keer naar de knop van de bel bracht, ging de deur zachtjes open. Er verscheen een magere jonge man in de deuropening. Zijn donkere ogen lagen diep in hun kassen en hij had een geprononceerde adamsappel. Saïd noemde de naam van Abdelkrim. De man knikte gedienstig. Hij gedroeg zich zo onderdanig dat het leek of hij zich ervoor schaamde dat hij bestond en plaats innam op aarde. Saïd volgde hem door een gang die zo te zien al jaren toe was aan nieuw stucwerk. Er hingen enkele verbleekte foto's van een woestijn aan de muur en van mannen met tulbanden en door de zon verweerde koppen. Ze gingen een kamer binnen waar een bedompte lucht hing, alsof er nooit een raam openging. Achter een bureau zat een dikke man van een jaar of vijftig, met vetrollen onder zijn kin en borstelige wenkbrauwen. Hij keek niet op van het scherm van zijn computer. Pas toen Saïds begeleider kuchte, gunde hij de bezoeker een verstrooide blik.

'Ja?' vroeg hij. De jonge man zei met zachte, verontschuldigende stem iets in het Marokkaans. 'Wacha,' zei de man achter het bureau. 'Laat ons maar alleen.'

De ander trok de deur geruisloos achter zich dicht.

'Dus jij bent de vriend van Abdelkrim,' constateerde de man, zonder op het idee te komen hem een hand te geven.

Saïd knikte. Hij liet het maar zo.

'Je bent toch wel Marokkaan?'

'Half.'

'Hoezo, half?'

'Mijn vader is een Marokkaan.'

'Dat is genoeg.'

Genoeg, dacht Saïd, genoeg waarvoor?

'Abdelkrim heeft je verteld hoe wij hier werken? Jij krijgt een taxi onder je reet. Daarmee rijd je de binnenstad in. Hoe je het aanpakt kan me niks verdommen, als je maar genoeg ritten maakt. Vijftig procent van de opbrengst is voor mij, vijftig voor jou. Zonder meter, begrijp je? Je spreekt van tevoren een prijs af met de klant. Zo doen we dat hier.'

Saïd deed zijn best de arbeidsvoorwaarden zo snel mogelijk in zich op te nemen.

'Een ogenblik alsjeblieft.' De man richtte zijn blik geconcentreerd op de computer en typte na kort nadenken gedecideerd iets in. Daarna grijnsde hij naar Saïd. 'Een moment van helderheid,' zei hij, 'dat kon ik niet voorbij laten gaan.' Hij draaide het scherm een kwartslag zodat Saïd mee kon kijken. 'Ineens wist ik dat de 7 hier moest komen.' Hij wees een vakje aan in een sudokupuzzel met vijf sterren. Het was er een van het hoogste niveau, een absolute killersudoku. 'En nu komt hier automatisch de 4,' voegde hij eraan toe. 'Het is een doorbraak. Ik heb er gisteren een paar uur naar zitten kijken zonder dat ik verder kon. En nu ineens: jij komt binnen en de cijfers schuiven voor mijn ogen op hun plaats. Je brengt me *barraka*, je gaat vast veel geld voor me verdienen.'

Om samen naar de puzzel te kunnen kijken moest Saïd zijn hoofd tamelijk dicht bij dat van de man brengen. Terwijl deze sprak, kwam er een walm uit zijn mond die niet zo gemakkelijk te duiden was. Met voor de hand liggende omschrijvingen als 'rotte eieren' of 'zwavel' kwam je er niet. Slecht verteerd voedsel rook ook anders. Een put met rottende kadavers kwam waarschijnlijk nog het meest in de buurt. Hoe kreeg iemand het voor elkaar zo waanzinnig uit zijn mond te ruiken? Het was een vraag waarop niet zomaar een antwoord te bedenken was. Voor het runnen van een taxibedrijf was het blijkbaar geen beletsel. Uit zelfbehoud ging Saïd weer op zijn stoel zitten.

'Eens per week rekenen we af, hier op mijn kantoor,' zei de man, 'op vrijdagavond. De fooien zijn natuurlijk voor jou. Met de belasting heb je niks te maken. Dat stelletje dieven neem ik voor mijn rekening. Heb je nog vragen?'

'Ik weet nog niet hoe u heet,' zei Saïd. 'Ik bedoel, mag ik vragen voor wie ik ga werken?'

'Omar Essadki. Nog meer?'

'Wanneer kan ik beginnen?'

'Meteen. Thami handelt verder alle formaliteiten af. Naam, adres, dat soort dingen. Ik bemoei me daar niet mee. Ga maar naar hem toe, eerste deur rechts. Dan maak ik mijn puzzel af. Dankzij jou is de rest een fluitje van een cent.'

Saïd stond op. 'Tot ziens dan,' zei hij aarzelend.

'Bislamma, jongen, ila lliqaa.'

Behoedzaam sloot Saïd de deur achter zich. In de gang haalde hij diep adem. Een dringende behoefte aan een bad overviel hem. Een warm bad met veel schuim, om alles wat met zijn nieuwe werkgever te maken had van zich af te spoelen. Met een flinke scheut ontsmettende theeboomolie. Gelukkig had zijn moeder er altijd genoeg van in voorraad, gratis uit Het Derde Oog.

10 De toppen van de Atlas

Het ontbijt werd buiten geserveerd. Op een terras aan de achterkant van de kashba stonden gedekte tafeltjes met comfortabele Europese stoelen eromheen. Van daaruit hadden de hotelgasten een fraai uitzicht op de hoogste toppen van de Atlas.

'Sneeuw!' zei Hassan vol ontzag.

Saïd bleef verbluft staan. Sneeuw in Afrika! Zijn blik gleed van de witte bergen naar beneden, tot in de palmentuin achter het hotel. Een jonge ober kwam aanlopen met een zilveren dienblad en zei: 'De eerste sneeuw van de herfst, vannacht gevallen.'

Ze gingen zitten. Er werden verschillende soorten brood geserveerd, met roomboter, gekookte eieren, jam en honing. Ze kregen er muntthee bij in een verzilverde pot, en koffie. Nadat hij alles op tafel had gezet, bleef de ober glimlachend staan met het lege dienblad in de hand. 'Is Marokko niet prachtig?' vroeg hij.

Zowel Hassan als Saïd haastte zich dit te bevestigen.

'Al die emigranten,' ging de ober verder, 'ze moeten het zelf weten, maar als je hier fatsoenlijk werk hebt is het 't mooiste land op aarde.'

Saïd dacht aan de noodkreet die ze de dag ervoor op de rotswand hadden gezien. Hij zei niets en begon zijn bord vol te laden met broodjes.

'Hebt u de Vallei van de Rozen al gezien? Bent u al in Bou-

Thrarar geweest? Het is mijn lievelingsdorp, omdat ik er geboren ben.'

'Dat komt goed uit,' zei Saïd, terwijl hij honing op zijn broodje smeerde, 'want daar willen we vandaag naartoe.'

De ober beschreef geestdriftig de route die ze moesten volgen, totdat er vanaf een ander tafeltje naar hem gewenkt werd. 'Excusez-moi.' En weg was hij.

Een uur later zaten ze weer op de weg die ze de vorige dag in het donker verlaten hadden. Saïd reed een stuk terug, in oostelijke richting, tot aan het stadje M'Gouna, waar ze volgens de ober linksaf moesten. Omdat het een drukke, half verstopte winkelstraat bleek te zijn, die er niet uitzag als een onverharde weg die de bergen in liep, reed hij door. Daar kreeg hij algauw spijt van, want kilometers lang konden ze geen enkele weg naar links ontdekken, alleen zandpaden en karrensporen.

'Het zit ons niet mee,' zei Hassan. 'Op de een of andere manier wil Bou-Thrarar niet door ons gevonden worden. Weet je wel zeker dat het bestaat?'

Saïd haalde een hand van het stuur en diepte het papiertje uit Merzouga op uit zijn zak. 'Lees zelf maar.'

'Hôtel Le Mirage, Bou-Thrarar.'

'Zie je wel? Bovendien is de ober er geboren. '

'Oké, Bou-Thrarar bestaat. Maar hotel "De luchtspiegeling"? Ik ben benieuwd.'

'Weet je wat?' Saïd remde in het eerstvolgende gehucht en draaide een willekeurig karrenspoor in. Aanvankelijk slingerde het tussen huizen door. Toen hield de bebouwing op en lag er een stenige, glooiende vlakte voor hen waarop vaag een spoor van autobanden zichtbaar was.

'Insjallah,' zei Saïd.

Het pad werd steeds hobbeliger. Ze werden heftig door elkaar geschud, stenen spatten op tegen het chassis. De Volvo protesteerde knarsend.

'Hebben we wel genoeg diesel?' vroeg Hassan.

'Een halve tank.'

Soms werd het spoor haast onzichtbaar of kruiste het andere sporen, die hen in verwarring brachten.

'Het lijkt me niet goed voor de auto,' zei Hassan. 'Voor dit werk heb je eigenlijk een jeep nodig.'

Saïd antwoordde niet. Hij had al zijn aandacht nodig voor het ontwijken van stenen en kuilen. Als er geen sporen van voorgangers waren geweest, had hij het niet voor mogelijk gehouden dat auto's deze steenvlakte zouden kunnen doorkruisen. Volhouden, bad hij in stilte tot de Volvo, je hebt ons helemaal tot hier gebracht, laat me nu niet in de steek. Ineens remde hij krachtig. Ze stonden recht voor een droge rivierbedding. De oever liep ongeveer een halve meter diep, bijna verticaal naar beneden.

'Wat nu?' zei Hassan met een nerveus lachje.

Het leek of de ruigheid van het terrein hem amuseerde. Jammer dat hij zelf niet kon rijden, dan zou het lachen hem wel vergaan.

Saïd speurde de oever af en zag verderop een doorgang. De oever was daar minder steil en er liep een bandenspoor over de bodem van de rivier. Hij reed achteruit en draaide scherp naar rechts. Daarna bleek het gemakkelijk de rivier over te steken. Het pad begon geleidelijk te stijgen en kwam uit op een onverharde weg, die zo te zien regelmatig werd gebruikt. Ze lieten de vlakte achter zich, geleidelijk ging het bergopwaarts. De afgrond aan de linkerkant werd steeds dieper naarmate ze stegen. Een vangrail zou geen luxe geweest zijn. Er was geen berm en de weg liep halverwege een helling die uit steengruis bestond. Soms waren de haarspeldbochten zo scherp en werd de weg zo smal dat je alleen maar kon hopen dat er geen tegenligger zou opdagen. Maar de vergezichten waren er niet minder om en van de sneeuw op de toppen leek een lokroep

231

uit te gaan: kom, raak me aan. Op het hoogste punt van de bergpas stond een wegwijzer: 'Bou-Thrarar – Hotel Café Restaurant Le Mirage – 4 kilometer. Bergtochten met gids'.

'Het bestaat!' riep Hassan uit. 'Het bestaat echt!'

Saïd vond een plek om de Volvo te parkeren en te laten afkoelen. Ze stapten uit. Het was zonnig, maar er stond een ijzige wind. Om hen heen lag een wereld van robuuste bergketens zonder een teken van leven en daarachter, op onbereikbare hoogte, de pasgevallen sneeuw. Saïd huiverde. Wie te lang in deze bergen vertoefde, stelde hij zich voor, zou op den duur zijn eigen naam vergeten, en het feit dat hij ooit geboren was. Wat had de *ud*-speler bezield?

'Stel je voor dat we nu eens geluk hebben voor de afwisseling,' zei Saïd, 'en dat hij nog steeds in Le Mirage is. En dan komen wij aanrijden alsof het een gewoon familiebezoek betreft...'

'Een gewoon familiebezoek bestaat niet in Marokko,' zei Hassan. 'Zet dat maar uit je hoofd.' Hij richtte zijn camera op de besneeuwde toppen en drukte af. 'Denk maar niet dat het gewoon is wanneer we 's zomers de familie in Dbdou bezoeken. Mijn vader gaat ineens naast zijn schoenen lopen van trots omdat hij het in hun ogen helemaal heeft gemaakt in Europa. Hij deelt cadeautjes uit, en geld. Is dat gewoon? Het is een leugen waar je pijn in je buik van krijgt. In Nederland beult hij zich af met werk dat niemand wil doen, hij heeft een hartkwaal en 's avonds is hij zo moe dat hij met niemand wil praten. En mijn moeder? Eerst leeft ze op in Dbdou. Ze kan gaan en staan waar ze wil, ze ontmoet andere vrouwen bij de bron en bij de rivier. Ze vergeet dat ze in Nederland een wasmachine heeft, ze gaat wassen in de rivier, op haar knieën. Ze doet net of ze nooit in Nederland is geweest. En de familie daar? Ze leven tussen de schapen en de geiten, ze hebben een soort kalmte en hartelijkheid waar wij jaloers op zijn. Maar na drie weken is mijn vader doodmoe van het doen alsof en mijn moeder herinnert zich ineens haar wasmachine en haar magnetron. In Marokko verlangen ze naar Nederland, in Nederland naar Marokko – zo staan de zaken ervoor. Het spijt me, maar ik kan het niet gewoon vinden.'

'Misschien is het wel gewoner dan je denkt. We verlangen altijd naar dat wat we niet hebben. Het is ingebouwd in het menselijke systeem, denk ik, om te voorkomen dat we gelukkig worden.'

'Je bent nooit een optimist geweest, maar je moet het niet overdrijven.' Hassan rilde. 'Laten we verdergaan, het is hier ijskoud.'

Ze kropen terug in de auto. Saïd startte. Er volgde een redelijk soepele afdaling in de richting van een groen dal, waar een rivier doorheen stroomde. Over een hobbelig pad reden ze Bou-Thrarar binnen. De auto werd onmiddellijk omgeven door joelende kinderen. Ze legden hun handen met gespreide vingers op de ramen, alsof de Volvo een heilige was die zegen verleende aan wie hem aanraakte. Misschien was hij wel heilig, gezien de haast magische koppigheid waarmee hij de ruigste terreinen bedwong. Saïd reed stapvoets verder, uit angst een kind omver te rijden. De smalle dorpsstraat leek geen einde te hebben. Keren was onmogelijk, dus er zat niets anders op dan door te rijden. Hij werd juist door twijfel bevangen, toen hij in de verte het uithangbord van het hotel zag. Even later stonden ze er recht voor. Het bleek een naïeve imitatie van een kashba te zijn, gebouwd met moderne materialen en daarna roze geschilderd, en voorzien van een ruime, ommuurde parkeerplaats. Zonder aarzeling reed Saïd door de poort naar binnen. De kinderen staakten hun achtervolging; blijkbaar was de tuin van het hotel verboden terrein voor ze. Een man van hun eigen leeftijd kwam stralend naar buiten. Het leek wel of hij naar hun komst had uitgekeken. Hij was in het wit gekleed en sprak vlekkeloos Frans. Ze volgden hem het hotel in.

Het hart van Saïd bonsde tegen zijn middenrif en hij moest zijn handen in zijn zakken steken omdat ze oncontroleerbaar trilden. Waarom was hij ineens zo belachelijk zenuwachtig? Gelukkig deed Hassan het woord bij de balie. Het leek of hij nooit iets anders deed dan monter met receptionisten babbelen. Er volgde een rondleiding door het hotel. Ze liepen door gangen, ze beklommen trappen en staken terrassen over. Het hotel was veel groter dan het van buiten had geleken, en bij iedere ruimte die ze betraden besefte Saïd hoe slecht hij was voorbereid op een ontmoeting met de *ud*-speler. De dwaze hoop welde bij hem op dat deze helemaal niet in Bou-Thrarar zou zijn – een paradox die hem vreselijk in verwarring bracht, want hoe kon je tegelijkertijd op zoek zijn naar je vader en hopen dat je hem niet zou vinden? Dat soort tegenstrijdigheden betroffen de hogere wiskunde van de wil versus het hart. Zijn kennis van de exacte vakken zat daarbij eerder in de weg dan dat hij er profijt van had. Hoe dan ook, hij moest vooral kalm zien te blijven.

De kamers waren primitief vergeleken met het comfort van de afgelopen nacht. Ze waren klein tot zeer klein en het sanitair in de badkamers getuigde van amateurisme en tweedehands materialen. Toen Saïd bedacht dat men iedere toiletpot over de onverharde weg hierheen had moeten slepen, vergaf hij het de eigenaar van het hotel. In ieder geval is alles schoon, dacht hij verzoenend. Ze keerden terug bij de receptie. Omdat de kamers extreem goedkoop waren, namen ze er ieder een. De receptionist was verrukt, want ze waren de enige gasten. Hij stelde zich voor als Hakiem. De eigenaar van Le Mirage werkte een groot deel van het jaar in Frankrijk en had hem gevraagd de honneurs waar te nemen. Dat kwam goed uit, want zijn vader was ziek, zijn moeder had nooit buiten de deur gewerkt en zijn zusje was nog te jong om geld te verdienen. Hij was de enige in de familie die geld inbracht.

'Waar heb je zo goed Frans leren spreken?' vroeg Hassan.

'Van de toeristen,' zei Hakiem. 'Ik heb nooit leren lezen of schrijven, dus hoe zou ik een taal kunnen leren uit een boek?'

Saïd keek hem nieuwsgierig aan. Hij had nog nooit een analfabeet ontmoet, laat staan een die zo schrander en opgewekt uit zijn ogen keek. Hakiem ging hun voor naar het terras. Daar scheen de zon. Hij wees joviaal om zich heen en nodigde hen uit ergens plaats te nemen, terwijl hij voor thee zou zorgen. Ze gingen zitten en keerden automatisch hun gezicht naar de zon. Saïd voelde dat de wind in zijn binnenste ging liggen.

Hassan trok een sigaret uit zijn pakje. 'Gave receptionist,' zei hij met onverholen bewondering, 'en dat leeft hier weggestopt in een achterlijk gat, met de verantwoordelijkheid voor een heel gezin op zijn nek.'

'En niet kunnen lezen of schrijven...'

'Ik voel me haast schuldig dat ik het wel kan.'

Saïd geeuwde. De zon maakte hem slaperig. 'Het lijkt wel of er een afgrond gaapt tussen degenen die het wel en degenen die het niet kunnen.'

'Dat komt door het verschil in kennis.' Hassan tuitte zijn lippen en blies een flinke wolk nicotine de frisse berglucht in. 'Zodra we kunnen lezen wordt er meteen een gigantische hoeveelheid kennis in gestopt. Net als bij de ganzen in Frankrijk. Ze krijgen een trechter in hun keel en daarna wordt het voedsel erin gepropt. Niemand kan het wat schelen dat ze kokhalzen, of dat er af en toe een een het loodje legt. Als de foie gras maar lekker wordt. Met kennis is het net zo. Al die ballast wordt van jongs af in onze hoofden gestopt zonder dat ze ons vragen of we er behoefte aan hebben. Het is een stille vorm van geweld, zoals bij de ganzen.'

'Zouden mensen die niet kunnen lezen gelukkiger zijn dan wij, denk je?'

'In ieder geval hebben ze meer rust in hun hoofd. Het is daarboven niet zo'n gegons van informatie als bij ons. Informatie die je van jezelf vervreemdt, waardoor je eventueel rare dingen zou kunnen gaan doen. Herinner je je Herbert Bosheuvel nog?'

Saïd fronste zijn wenkbrauwen. 'Heel vaag.'

'Hij zat één klas hoger dan wij. Hij was zo iemand die altijd zat te lezen. En maar volstoppen dat hoofd, in plaats van eropuit trekken en dingen doen die mensen op die leeftijd nou eenmaal horen te doen. Ze zeiden dat hij op zijn zestiende James Joyce las, zonder handleiding. Op zijn achttiende kocht hij in België een pistool en schoot zich door zijn kop. Het schijnt dat hij een boek had gelezen waarin de jonge hoofdpersoon zelfmoord pleegde.'

'Om mezelf om zeep te brengen zou ik geen boek nodig hebben,' zei Saïd schamper.

Hassan rekte zich uit en keek over zijn schouder om te zien waar de thee bleef. 'Als ik Herbert Bosheuvel was geweest, had ik het nog even aangezien. Het leven, bedoel ik. Waarschijnlijk had het nog van alles voor hem in petto. Dood zijn kun je nog lang genoeg. In ieder geval schokte zijn zelfmoord de hele school. Dat je dat niet meer weet! De leiding deed er alles aan om zijn dood zo snel mogelijk weg te moffelen. Zijn klasgenoten kregen geen vrij om naar de begrafenis te gaan, er werd zelfs geen minuut stilte in acht genomen. Je snapt wat ik bedoel. De schoolleiding was geen haar beter dan de producenten van foie gras. Voor hen was zo iemand als Herbert Bosheuvel gewoon een gans die te veel gegeten heeft, snap je, een bedrijfsrisico.'

'Maar als puntje bij paaltje komt zou je toch niet met Hakiem willen ruilen,' zei Saïd. 'Je zou voor geen goud terug willen naar de duisternis van het analfabetisme.'

Hassan rolde de mouwen van zijn overhemd op en legde zijn armen op de stoelleuning. Toen keerde hij zijn gezicht opnieuw gretig naar de zon. 'Ik zou het wel willen, geloof ik. Voor heel even dan.'

'Voor heel even?'

'Eigenlijk ben ik een gewone Marokkaanse jongen, net als Hakiem. Het enige verschil tussen ons is dat ik er vijftien jaar school op heb zitten, en hij niet. Ik heb in die vijftien jaar van alles geleerd. Al is het meeste ervan onbruikbaar, toch vult het mijn hoofd en beïnvloedt het mijn kijk op de wereld. Ik kan het niet naar believen in- of uitschakelen. Dat zou mooi zijn, maar het kan niet. Ik krijg het er nooit van mijn leven meer uit. Maar het staat wel tussen hem en mij in. Als een hoge muur.'

'Culturele bagage, bedoel je.'

'Als je het zo wilt noemen. Het klinkt zo pretentieus. Maar op de een of andere manier doet het pijn. Het lijkt of ik iets verloren heb wat heel belangrijk was voor mijn welzijn. Ik kan me niet herinneren wat het was, hoezeer ik ook mijn best doe. Het is weg en ik zal het nooit meer terugkrijgen. Ik zou opnieuw geboren moeten worden om het terug te vinden.'

Hakiem zette een dienblad voor hen neer met een pot muntthee en een bakje vol dadels en amandelen. Hij schonk hun in en liet de straal van heel hoog in hun kopjes neerkomen. Er vormde zich een flinke schuimkraag op de thee. Al heeft hij niet op school gezeten, dacht Saïd, hij kan wel een prachtige straal maken zonder te spatten of te morsen. In deze samenleving was dat misschien wel belangrijker dan lezen en schrijven. Hakiem bleef staan, genietend van hun aanwezigheid, met een lachplooi om zijn mond en glanzende ogen.

'Kijk eens wat een prachtig gewelfde mond hij heeft,' zei Hassan zacht.

Zo had Saïd nog niet naar Hakiem gekeken. Het was nog nooit bij hem opgekomen om iemand die je voor het eerst ontmoette op de vorm van zijn mond te beoordelen.

'Hebben jullie het naar je zin?' vroeg Hakiem hoffelijk.

'Oui, oui!' haastte Hassan zich te zeggen.

Hakiem begon de wandeltochten te beschrijven die men vanuit het hotel kon maken. Hij kon een trektocht van een week voor hen regelen, dwars door de bergen en het gebied van De Duizend Kashba's heen. Maar een dagtocht behoorde ook tot de mogelijkheden. Die begon in een afgelegen dorp niet ver van de besneeuwde toppen, waar ze met een auto heen zouden worden gebracht. Via de spectaculaire kloof van een rivier en een aantal eeuwenoude dorpjes daalde het pad geleidelijk af, terug naar Bou-Thrarar. Vier, vijf uur later was je weer thuis.

'Dat lijkt me een mooie wandeling,' zei Hassan opgetogen.

'We waren hier niet om te wandelen, weet je nog?' zei Saïd zuinig.

'We moeten eerst een beetje goodwill kweken,' wierp Hassan tegen. 'We kunnen hem toch niet rauw op zijn dak vallen met onze vraag en dan vertrekken?'

Saïd boog zijn hoofd en zei niets. Het was inderdaad wat hij het liefst wilde. Zo snel mogelijk weer weg, ondanks de aantrekkingskracht van de bergen. De zoektocht begon steeds meer op een toeristische reis te lijken en soms bekroop hem het gevoel dat Hassan het oorspronkelijke doel uit het oog verloor.

Hakiem noemde een schappelijke prijs, die grotendeels bestemd was voor een auto met chauffeur die hen via een onverharde weg bergopwaarts zou brengen, naar het vertrekpunt van de wandeling. De rest van het bedrag was voor de gids die hen gedurende de tocht zou begeleiden.

'Weer een gids,' zuchtte Saïd.

238

'Is dat nodig, een gids?' vroeg Hassan. 'Kunnen we de tocht niet alleen maken?'

Hakiem schudde met een verontschuldigend lachje zijn hoofd. 'Onmogelijk. Jullie zouden verdwalen. De gids ken ik, hij is te vertrouwen.'

Ze kwamen tot een akkoord. Toen Hakiem wegliep om een en ander te gaan regelen, riep Saïd hem na: 'Ken je Youssef Arhoun misschien?'

'Wie zegt u?' Hakiem bleef staan en keerde zich verwonderd om.

'Youssef Arhoun... hij moet hier gewerkt hebben.'

Hakiem schudde zijn hoofd. 'Ik heb nog nooit van hem gehoord. Dat moet lang geleden zijn. Maar ik kan het morgen aan mijn baas vragen. Die belt altijd op zaterdag, om te informeren of alles hier goed gaat.'

Nadat Hakiem in het hotel verdwenen was, zei Hassan: 'Geduld is niet je sterkste kant, hè?'

'Je moest eens weten hoeveel geduld ik gehad heb, jarenlang,' zei Saïd scherp. 'Ik geloof dat het nu zo langzamerhand opraakt.'

Even later kwam Hakiem op een holletje terug. Of ze het bedrag voor de auto alvast wilden betalen? De chauffeur wilde eerst geld zien, zei hij verlegen.

Hassan trok zijn portemonnee tevoorschijn en stopte Hakiem enkele bankbiljetten in de hand. 'Kunnen we hier beneden langs de rivier wandelen?' informeerde hij. 'Of kan dat ook niet zonder een gids?'

Dat kon rustig, bevestigde Hakiem. Er waren tientallen paadjes.

'Kom op.' Hassan greep Saïd bij zijn bovenarm. 'Laten we eens poolshoogte gaan nemen. We zijn niet elke dag in de Hoge Atlas. Misschien is dit niet alleen de eerste, maar ook de laatste keer.'

Er was niets tegen dit argument in te brengen. Saïd kwam moeizaam overeind. Youssef Arhoun was hier niet. Het spoor was weer flinterdun geworden en alles hing nu af van het geheugen van iemand die in Frankrijk werkte.

11 De hofnar

Nadat Hassan het ambt van onderkoning op zich had genomen, kwam Saïdi-Hassanië pas echt van de grond. Hassan regeerde volop mee. Algauw herinnerde hij zich niet meer wat hij vroeger met zijn vrije tijd had gedaan. Het kwam hem voor dat hij alleen maar had afgewacht, onbewust wetend dat hij was voorbestemd ooit een bijdrage te leveren aan de ontwikkeling van een koninkrijk in de woestijn. Hij was haast elk weekend in de kamer van Saïd te vinden en door de week kwam hij ook minstens één keer. Wanneer de moeder van Saïd op haar vrije zondag de kamer van haar zoon binnenkwam met een bord vol boterhammen, trof ze daar twee hardwerkende jongens aan. Stoepa lag languit op zijn kleedje en hield de wacht met één oog open en één oog dicht. Er lagen verfkwasten, tubes en kleurpotloden op tafel. Potten met Oost-Indische inkt, scharen, vellen tekenpapier, schriften, notitieboekjes, karton. Diverse schoolboeken, een atlas, een boek met Germaanse mythen en sagen, een boek over de helende werking van stenen. Een grote kartonnen doos met het opschrift 'Jong geleerd, oud gedaan', waarin een handleiding en de benodigdheden zaten voor het doen van simpele scheikundige proefjes. Het geld voor al die materialen fourneerde Saïds moeder zelf zonder tegensputteren. Als het erom ging de creativiteit van haar zoon te stimuleren, kende haar ruimhartigheid geen grenzen. Bovendien vond ze het een rustgevende gedachte dat hij niet rondhing op straat, terwijl zij aan het werk was.

Saïd kwam ook weleens bij Hassan thuis. Het was er opwindend en saai tegelijk. Opwindend omdat alles anders was dan thuis. Het merkwaardige interieur zonder stoelen. Hassans kleine, gezette moeder in een jurk tot op de grond, haar mollige blote voeten in pantoffels die met kraaltjes versierd waren. Zijn zwijgzame vader, die binnenshuis een kaftan droeg en meestal verdiept was in een krant met Arabische letters, in het zeldzame geval dat Saïd hem thuis trof. Abdelkrim, ook niet echt aanwezig omdat hij altijd op het punt van vertrekken leek te staan. Naar iets gewichtigs, hoewel niemand wist wat het was. Aziza met haar krullerige paardenstaart, aan de eettafel bezig met haar huiswerk. Saïd deed zich tegoed aan de lekkernijen die Hassans moeder hem voorzette. Hoewel ze het niet met zoveel woorden kon zeggen, was ze duidelijk opgetogen als haar zoon de vriend mee naar huis bracht bij wie hij zo vaak ging spelen. Telkens weer moest Hassan haar vraag vertalen of Saïd nog meer wilde. Ze begeleidde zijn woorden met heftig geknik en om haar een plezier te doen propte Saïd zich vol tot hij er misselijk van werd. Hij vond haar aardig en soms ging het door hem heen dat een moeder eigenlijk zo hoorde te zijn als zij. Altijd aanwezig en volledig beschikbaar, mollig en glimlachend, een bron van warmte voor iedereen. Maar hij schaamde zich onmiddellijk voor die gedachte, alsof hij niet trouw was aan zijn eigen moeder.

Wanneer alles opgegeten was, wisten ze niet wat ze verder moesten doen. De slaapkamer die Hassan met zijn broer deelde, was klein en vol. Er was niets waarmee ze zich konden vermaken, dus belandden ze algauw op straat. En omdat ook daar niets was wat in de verste verte met Saïdi-Hassanië kon concurreren, gingen ze toch weer naar het huis van Saïd. De afwezigheid van diens moeder werd gecompenseerd door Stoepa, die met een plechtige uitdrukking op zijn snuit in de kleine voortuin op hen lag te wachten. Als een sfinx, zonder wie de toegang tot het magische land in de woestijn niet mogelijk was. Hij sprong beurtelings tegen hen op, uitgelaten van vreugde, en volgde hen kwispelstaartend naar binnen.

Hoewel ze in veel opzichten totaal verschillend waren, leken hun beider karakters voorbestemd tot het bedenken van niet bestaande dingen. Dingen waaraan ze in de werkelijkheid misschien behoefte hadden, maar die daarin niet aanwezig waren. Of die er in ieder geval ontzettend goed in slaagden voor hen verborgen te blijven. Op den duur verving Saïdi-Hassanië steeds meer het monotone leven van alledag: naar school, eten, slapen en weer naar school. Waren ze in het oog van buitenstaanders twee gewone jongens die net zo leefden als iedereen, in hun eigen land waren ze heer en meester. Ze hadden de macht om over leven en dood te beslissen, bergen te verplaatsen en zo nodig als een God te straffen met aardbevingen en windhozen. Mensen werden door hen achteloos uit Amsterdam getild om in Saïdi-Hassanië de straf te ondergaan die ze eigenlijk verdienden. Een impopulaire onderwijzer werd een week in een donkere grot in het Shinhuzugebergte opgesloten. Daar moest hij bij het licht van flambouwen taal- en rekenlessen geven aan *cotos*, een ver familielid van de ratten. Een jongen, die in de klas de baas speelde en steeds tirannieker gedrag vertoonde, werd gedwongen een tijdje in een xenofoob Hematitisch dorp te leven, waar iedereen deed of hij lucht was.

Voor Anton Zeilstra, een bevlieging van Saïds moeder, hadden ze iets heel speciaals bedacht. Anton had de gewoonte naakt door het huis te lopen, met een onschuldig gezicht alsof hij net uit het paradijs gezet was en nog niet wist dat hij daarbuiten op zijn minst een vijgenblad moest dragen. 's Morgens kwam hij bloot de badkamer binnen terwijl Saïd onder de douche stond. Alsof hij nog nooit van de wet op privacy had gehoord, begon hij zich voor de spiegel boven de wasta-

fel op zijn gemak te scheren. Later, wanneer Saïd zat te ontbijten, kwam hij in zijn blootje de keuken in om iets uit de ijskast te halen. Hij liep bloot door de gang om de krant uit de
brievenbus te halen en wanneer de ontbijtshow op de televisie hem verveelde, schakelde hij bloot naar een ander kanaal.
Saïd had geen idee waar de demonstratie van al dat naakt voor
diende. Wanneer het Antons bedoeling was aan te geven dat
hij zich bij hem en zijn moeder helemaal thuis voelde, dan was
hij ruimschoots in zijn opzet geslaagd. Maar waarom ging hij
ermee door nadat de boodschap al lang was overgekomen?
Diep vanbinnen voelde Saïd angst voor Antons nadrukkelijke
fysionomie. De wetenschap dat er een verband bestond tussen diens lichaam en dat van zijn moeder vervulde hem met
uitgesproken afkeer. Maar niemand vroeg hem iets wanneer
hij onder de douche stond of zat te ontbijten. Hij werd verondersteld het allemaal gewoon te vinden. Maar was het wel
gewoon? Liepen er in Amsterdam duizenden mannen naakt
door duizenden keukens om iets uit de ijskast te halen, terwijl
duizenden jongens muesli zaten te eten? Was het laatste beeld
dat duizenden jongens 's morgens van hun ouderlijk huis mee
naar school namen, dat van de naakte minnaar van hun moeder die een fles karnemelk uit de ijskast trok?

Deze Anton had een barre tocht door de woestijn gemaakt
die hem nog lang zou heugen. Hij had geen kleren meegekregen om zich te beschermen tegen de brandende zon overdag
en de felle kou 's nachts. Wanneer men in de oases de naakte
vreemdeling zag naderen, werden alle deuren en luiken her-
metisch gesloten. Eenmaal slaagde hij erin ongezien dicht bij
een bron te komen. Voor hij er erg in had, werd hij omringd
door vrouwen die hun waterkruiken kwamen vullen. Ze barstten uit in hoongelach, de tranen liepen over hun wangen en ze
sloegen zich op hun dijen van plezier. Op zijn smeekbede om
water volgde een nieuwe uitbarsting van vreugde. Het was zo

ondraaglijk dat hij op de vlucht sloeg zonder zijn dorst te hebben gelest. Toen hij al lang buiten gehoorsafstand was, achtervolgde hem nog het gelach als het geschetter van een kolonie spotvogels.

De bestraffingen kwamen eigenlijk uit de koker van Harlekino. De koning bepaalde in nauw overleg met de onderkoning wie een lesje verdiende. Maar ze waren aangewezen op de rijke verbeelding van Harlekino om precies die verfijnde kwellingen te bedenken die goed bij het beoogde slachtoffer pasten. Kwellingen op maat zogezegd. Uit wiens koker was Harlekino zelf gekomen? Ergens was het alsof hij er altijd was geweest, van het begin af aan, maar het was de onderkoning die hem uit het rijk der fabelen had opgevist en nieuw leven ingeblazen.

Hassan, die vaak in de boekenkast van Saïds moeder neusde, had op een dag een voor kinderen bewerkte versie van *Tijl Uilenspiegel* mee naar boven genomen. In plaats van verder te werken aan het woordenboek van het Sabariet begon hij te lezen. Het boek ontlokte hem heel wat gegrinnik. Af en toe barstte hij zelfs uit in luid geschater.

'Wat is er zo ontzettend leuk aan dat boek?' vroeg Saïd.

'Lees het zelf maar als ik het uit heb.'

Nadat Hassan vertrokken was, las Saïd de achterflap. 'Tijl Uilenspiegel is een luchthartige nar en vagebond, die vrij als een vogel door het zestiende-eeuwse Vlaanderen en Duitsland trekt. Achter zijn kwajongensstreken, waarmee hij iedereen voor de gek houdt, schuilt een sterke drang naar waarheid en eerlijkheid. Zoals zijn naam al zegt, houdt hij de mensen een spiegel voor, waarin ze hun eigen domheid zien.' Hij bladerde wat in het boek, las enkele passages, bekeek de illustraties en klapte het boek weer dicht. Daarna vergat hij het. Hij had, sinds Hassans toetreding tot de koninklijke macht, zijn handen vol aan een herziening van het staatsbestel. Zijn hoofd stond niet zo naar grappenmakerij. Later las Hassan in een geschiedenisboek iets over een beroemde nar die raadsheer was geweest van een keizer, terwijl hij kort daarop in een sprookjesboek een duivel tegenkwam die zich als nar vermomd had. Hij raakte geïntrigeerd door deze vreemde figuur. Saïds moeder had een ouderwetse, veertigdelige encyclopedie geërfd van haar vader. Daarin zocht hij naar een betrouwbare verklaring, maar wat hij vond was een omschrijving die zijn verwarring alleen maar vergrootte.

'NAR – Zot, dwaas. Een persoon die zich onrijp, vooringenomen en onwetend gedraagt en die zich daarvoor op de borst slaat, omdat hij er een teken van grote wijsheid in ziet. In een andere context echter kan hij als hofnar, in de vorm van grappen en grollen, blijk geven een scherpe waarnemer te zijn van de tijdgeest en de politieke ontwikkelingen. Omdat hij een nar is wordt zijn kritiek hem vergeven, terwijl een ander er waarschijnlijk voor in de kerkers van het paleis zou belanden. Van vorstelijk raadgever kan de nar ongemerkt ook veranderen in een advocaat van de duivel. In dat geval symboliseert de ogenschijnlijke potsenmaker de vergankelijkheid en uiteindelijk de dood. De klassieke nar, zoals wij hem kennen en in de carnavalsoptocht aantreffen, draagt een bontgekleurd pak met kraag, een muts met twee punten aan weerszijden van zijn gezicht en puntmuilen. Aan zijn muts en de speelse slierten om zijn middel hangen belletjes, die rinkelen zodra hij zich beweegt. In zijn hand houdt hij een spiegel waarvoor tweeërlei verklaringen bestaan: of hij houdt deze de dwaze mensheid voor, of hij is verliefd op zijn eigen spiegelbeeld en blind voor de buitenwereld.'

Hassan staarde voor zich uit en zuchtte luidruchtig.

'Wat is er?' vroeg Saïd, zonder uit zijn schrift op te kijken.

'Eigenlijk is zo'n nar een rare figuur,' zei Hassan. 'Ik dacht dat hij er gewoon was voor de lol, maar je hebt narren in allerlei soorten. Sommige zijn echte clowns, maar andere werken voor de duivel.'

'Wat kan het je schelen?' zei Saïd afwezig.

'Heel veel, want ik wil er een in dienst nemen. Voor ons. Als hofnar, snap je. Maar ook voor het volk. Om ons allemaal een beetje op te vrolijken.'

Saïd keek verbaasd op. 'Zijn we niet vrolijk genoeg dan?'

Hassan aarzelde. Hij wond een van zijn krullen om zijn wijsvinger. Dat stond erg meisjesachtig, vond Saïd. 'Volgens mij zou het veel vrolijker kunnen. Wees eerlijk, tot nu toe wordt er niet veel gelachen in Saïdi-Hassanië. We hebben het volk van alles gegeven: een land, een geschiedenis, een taal, geld, soldaten. Maar we zijn de lach vergeten.'

'De lach?'

'Je weet wel...' Hassan zette zijn beide wijsvingers in zijn mondhoeken en trok die wijd uit elkaar. '*Xenali* – ik lach, *xenalo* – hij lacht, *xenalarde* – wij lachen.'

'Ik snap niet waar het goed voor is, al dat gelach.'

'Zoveel hoeft het niet te zijn hoor, een beetje is al genoeg. Af en toe een beetje lachen en dan weer aan het werk.'

Saïd haalde zijn schouders op. 'Er zijn nog een heleboel andere dingen nodig die veel belangrijker zijn.'

Hassan kwam met een nieuw argument. 'Lachen is gezond.'

'Dat zei mijn moeder ook toen ze nog op lachtherapie zat.'

'Wat is dat nou weer?'

'Vorig jaar ging mijn moeder eens per week naar Serge Nevelbos, de profeet van de lach. Daar deden ze met een groepje mensen een hele avond alsof ze vreselijk moesten lachen. Voor hun gezondheid. Mijn moeder nam zelfs geen multivitamines meer. "Ik lach nu," zei ze, "dat is genoeg." Toch was ze gauw uitgelachen bij die lui.'

'Waarom?'

247

' "Echt lachen is toch anders," zei ze.'

Hassan knikte. 'Eén lach per dag houdt de dokter weg, zeggen ze. Een echte lach dan. Als dat waar is, heeft Saïdi-Hassanië een groot probleem. Want er wordt haast nooit gelachen en er zijn nog helemaal geen dokters of apotheken. Heb je daar weleens aan gedacht?'

'Nu je het zegt, nee, daar zijn we nog niet aan toegekomen.'

'Jij bent de hele tijd bezig met het besturen van het land, ik met taal en geschiedenis. Maar als er iemand ziek wordt of een ongeluk krijgt, wat dan?'

Saïd staarde hem somber aan. 'Die gaat dood zonder dat we iets voor hem kunnen doen,' concludeerde hij traag.

'Precies. En daarom wilde ik een nar in dienst nemen. Die kan mooi het volk gezond houden. En ons erbij natuurlijk.'

'Als je het zo bekijkt...' Saïd krabde met zijn balpen op zijn kin.

Zo had Harlekino zijn intrede gedaan in het paleis. Hij zag er precies zo uit als het een traditionele nar betaamde. Zijn uitrusting omvatte het kleurige pakje, een muts met twee punten, de befaamde belletjes en de spiegel. Zoals veel van zijn collega's uit vroegere tijden was hij een dwerg. Weliswaar was hij tamelijk knap met zijn fluwelig donkere ogen en harmonieuze gelaatstrekken, maar hij was en bleef een dwerg. Alleen al vanwege zijn korte armpjes en beentjes hoefde hij weinig te doen om de Saïdi-Hassaniërs aan het lachen te maken. Als hij alleen maar probeerde op een stoel te klimmen om bij een gouden bordje met een slagroompunt te kunnen dat voor hem op tafel was gezet, kwam men niet meer bij van het lachen. Al die vergeefse pogingen om op een stoel van normaal formaat te gaan zitten! Het vallen, weer opstaan, de verbetenheid op het gezicht van de dwerg, de frons op zijn geprononceerde voorhoofd, het was allemaal even grappig. Een andere act waarmee hij veel succes had, was een wandeling met een hond die groter was dan hijzelf. Het was een uitputtend gevecht om de leiding. De hond, die aangelijnd was, wilde steeds voorop lopen en trok Harlekino gewoon omver. Die ging recht voor het dier zitten praten als Brugman om hem te overreden de autoriteit van zijn baas te aanvaarden. Het enige resultaat was dat de hond een neerbuigende blik op hem wierp en de wandeling voortzette. Harlekino ging aan zijn staart hangen, maar de hond sleepte hem achter zich aan zonder zijn tempo te vertragen. Zogenaamd ten prooi aan wanhoop kroop de nar onder hem door om hem op zijn buik te kietelen, waarop de hond languit boven op hem ging liggen en de dwerg naar adem deed happen. Harlekino beschikte over een heel scala aan gezichtsuitdrukkingen en lichaamsexpressies, van frustratie via angst en wanhoop naar valse triomf en zelfmedelijden. Wat hij ook deed, de toeschouwer herkende in hem feilloos zijn eigen tekortkomingen en mislukkingen. Hij lachte om zichzelf tot de tranen hem over de wangen liepen, en dat luchtte op.

Naast het geven van voorstellingen voor de bevolking was het Harlekino's taak permanent ter beschikking te staan van de koning en de onderkoning. In het belang van de vreedzame status-quo die nu al geruime tijd in het land heerste, moest hij hun moreel op peil houden. Aan de onderkoning had hij weinig werk. Die had altijd een goed humeur. Hij lachte zo'n beetje om alles wat Harlekino deed, ook als het een experiment betrof en Harlekino zelf nog twijfelde aan de grappigheid ervan. De onderkoning was een ideale figuur om nieuwe grollen op uit te proberen.

De koning was van een ander kaliber. Hij was zwijgzaam van aard en niet bepaald goedlachs. Als hij niet werkte, dan droomde hij en als hij niet droomde, werkte hij. Vanaf het begin had Harlekino het gevoel dat de koning geen zin had om aan het lachen te worden gemaakt. Het voordeel hiervan had kunnen zijn dat hij onder diensttijd rustig een ommetje kon gaan maken zonder dat de koning hem miste. De meeste narren zouden waarschijnlijk van de situatie hebben geprofiteerd, maar Harlekino was uit ander hout gesneden. Die had zijn beroepseer. Hij was ambitieus en zag het als een uitdaging de koning voor zich te winnen. Daarvoor moest hij diens karakter bestuderen, een studie die verscheidene jaren in beslag nam. Maar de nar was geduldig. Hij ontdekte dat de koning van orde en overzicht hield. Daarom was het muntstelsel een kolfje naar diens hand. Het had een overzichtelijke rekenkundige structuur; alles klopte tot ver achter de komma. Wanneer hij met munten en bankbiljetten bezig was, daalde er een diepe rust over hem neer. Soms kon hij een enkel biljet dat bijzonder goed gelukt was, omhooghouden en genieten van de aanblik ervan. Dan leek hij wel een diamantair die het werk van zijn slijpers keurde.

Het had een bepaalde schoonheid hem zo volledig samen te zien vallen met een geliefde bezigheid. Dat was ook het geval wanneer hij de geografie verder uitwerkte. Nadat de landkaart van Saïdi-Hassanië voltooid was moesten er, naar voorbeeld van de schoolatlas, specifiekere kaarten getekend worden. Een kaart die betrekking had op de geologie en de bodemschatten, een klimaatkaart, een kaart voor landbouw en veeteelt, een kaart waarop de territoria van de Hematieten en de Aventurijnen waren ingekleurd. De koning verloor zich totaal in deze bezigheden. Het leek wel of hij niets aan het toeval over wilde laten in Saïdi-Hassanië. Met iedere kaart die hij tekende, werden voor de inwoners belangrijke beslissingen genomen, waaraan niet getornd kon worden. Moesten ze van de landbouw in de oases leven, in de kopermijnen werken of in de aardolieraffinaderijen, of mochten ze nomaden blijven die met hun vee rondtrokken? Was het verzengend heet in de zomer of waren er winden uit het westen die verkoeling brachten? Kwamen de nieuwe grenzen overeen met de oorspronkelijke woongebieden van de verschillende bevolkingsgroepen? Het werd allemaal door de koning bepaald. Met grote precisie werkte hij aan een systeem dat alle aspecten van het leven omvatte.

De grote vraag voor Harlekino was: waarom? Waarom gunde hij zich geen tijd voor feesten en drinkgelagen, voor uitspattingen van allerlei aard? Waarom had de koning geen gezonde dosis verdorvenheid in zijn karakter? Wilde hij beter zijn dan de rest? Leed de koning aan hoogmoed? De nar viste voorzichtig naar de mening van de onderkoning.

'De koning heeft het niet zo op de buitenwereld,' was diens raadselachtige antwoord.

'Wat bedoelt u met "de buitenwereld"?'

'Alles wat niet Saïdi-Hassanië is.'

'Waarom niet?'

'Omdat het leven in de buitenwereld ingewikkeld en moeilijk is; daar kan ik zelf over meepraten. De koning wil dat het er in zijn rijk anders aan toegaat. Beter. Zonder de verwarring en de dubbelzinnigheid van de buitenwereld. Hij wil dat de Saïdi-Hassaniërs gelukkig zijn.'

'Maar wel op zijn manier,' zei Harlekino schamper.

'Op wiens manier zou hij het anders moeten doen?' zei de onderkoning terecht. 'Op die van jou soms? Weet jij een betere? Zou jij op de troon van Saïdi-Hassanië kunnen zitten en de hele dag door belangrijke beslissingen nemen?'

'Mmmm...' was alles wat Harlekino wist te zeggen.

'Precies, mmmm...' zei de onderkoning. 'Het zou een mooie boel worden in dit land wanneer de hofnar het voor het zeggen zou hebben. Om te beginnen kun je al niet zonder hulp de troon bestijgen. En als je er eenmaal op zit, kun je er niet meer af.'

Harlekino droop af zonder het gevoel te hebben veel verder te zijn gekomen. Hij ijsbeerde wat door de paleistuin. Nu eens liep hij met de wijzers van de klok mee om de fontein, dan weer liep hij ertegenin. Het geklater hielp hem na te denken. Soms kwam er een lakei of een hofdame voorbij. Dan maakte hij gauw een koprolletje of deed hij een handstandje, maar met zijn hoofd was hij er niet bij. Het deprimeerde hem dat hij zich zo machteloos voelde. Hij was bang voor de neerslachtigheid die daarvan het gevolg zou kunnen zijn, want dat was de enige gemoedsstemming die hij zich niet kon veroorloven. Ironie, parodie, sarcasme, de wreedheid om leuk te zijn ten koste van anderen – het kon allemaal. Maar neerslachtigheid niet. Het was zijn grootste vijand, die hij normaal gesproken op een afstand hield met een rookgordijn van grappen. Hij ging op de rand van de fontein zitten en keek in het water. Er dreven enkele donkerrode rozenblaadjes in, herinneringen aan een warme fonkelende wereld. Waar kwamen ze vandaan? Harlekino keek om zich heen. Zover hij keek was er geen rozenstruik te bekennen. In de tuin groeiden alleen buxusstruiken. Ze waren niet gesnoeid, laat staan in vorm geknipt, omdat de koning er nog niet aan toe was gekomen een tuinarchitect in dienst te nemen. Dus waar kwamen die rozenblaadjes vandaan? Zoveel raadselachtigheid, nu ook al in de fontein, hij verdroeg het gewoon niet meer. Ik vraag het hem zelf, besloot hij, ik vraag het hem op de man af.

Dat besluit luchtte hem op. Gedecideerd dribbelde hij het paleis in, rechtstreeks naar de vorstelijke tekenkamer. Daar zat de koning, het puntje van zijn tong stak tussen zijn lippen naar buiten. Van pure concentratie was zijn kroon scheefgezakt. Hij mag dan een knappe vent zijn, dacht Harlekino, een beetje geschift is hij wel.

'Eh...' Hij schraapte zijn keel. 'Mag ik u iets vragen?'

'Je ziet toch dat ik bezig ben?' zei de koning zonder op te kijken.

'Jawel. Maar u bent haast altijd wel ergens mee bezig en ik heb een brandende vraag, die me 's nachts uit mijn slaap houdt. Ik zou het erg op prijs stellen als u even tijd voor me kon maken.'

'Je durft wel,' zei de koning, 'zomaar midden op de dag.'

'U wilt toch dat alle Saïdi-Hassaniërs gelukkig zijn?'

'Jawel. Ben je niet gelukkig dan?'

'Niet echt,' zuchtte Harlekino.

'Goed dan...' De koning legde zijn kroontjespen neer en richtte zijn blik afwezig op zijn nar. 'Cramed ti salabadoo, vooruit met de geit.'

'Waar denkt u aan, zo in het algemeen?'

'Waar ik aan denk? Waarom wil je dat weten?'

'Als ik uw gedachten ken, weet ik wat ik voor u moet doen. Dan kan ik meer voor u betekenen dan tot nu toe het geval is. Niet alleen als hofnar, maar ook als koninklijke raadgever.'

'Ik heb geen raadgever nodig. Bovendien zou ik je niet kunnen vertellen waar ik aan denk. Ik sta nooit zo stil bij mijn gedachten. Je moet de betekenis ervan niet overschatten. Voordat je het weet, ben je bezig met navelstaarderij. Ik heb wel wat anders te doen.'

Harlekino schudde meewarig zijn hoofd. 'Gedachten zijn interessanter dan u denkt. Ze zijn alleen van u en van niemand anders. Een ander kan ze niet raden, laat staan stelen. Ze worden in uw hoofd gevormd, maar indirect ook in de rest van uw lichaam want elke waarneming via de zintuigen zet zich om in gedachten. Als u zich de moeite zou geven om heel stil te zijn en te luisteren naar uw gedachten, dan zou u veel over uzelf te weten kunnen komen. Een interessante ervaring: naar je eigen gedachten luisteren alsof je muziek hoort. Ernaar kijken alsof je naar een film kijkt die zich in je eigen hoofd afspeelt.'

De koning keek hem aan alsof hij water zag branden. 'Luister eens goed, jij,' zei hij. 'Je bent niet in dienst genomen om ons van het werk te houden met halfgare praatjes over films en muziek.'

Maar Harlekino deed net of hij hem niet hoorde. 'Denkt u in beelden of in zinnen?' vroeg hij haastig.

'Eh... in allebei, denk ik,' zei de koning korzelig.

'Dan bent u zowel auditief ingesteld als visueel,' concludeerde Harlekino. 'Dat is fijn om te weten.'

'Ik hoop dat je nu genoeg weet, dan kan ik verder met mijn werk.' De koning boog zich ostentatief over de tekentafel.

'Waar bent u nu mee bezig, als ik vragen mag?'

'Veranderingen in de samenstelling van het nationale leger. Er is een oververtegenwoordiging van Aventurijnen. Dat is niet goed voor het evenwicht.'

Harlekino wierp een vrijpostige blik over de koninklijke schouder. 'Waarom hebben we nog steeds zo'n ouderwets leger?' merkte hij op. 'Het lijkt wel of er sinds de Middeleeuwen niets veranderd is. De cavalerie is nog steeds het belangrijkst en er wordt nog gevochten met sabels en speren, alsof er sindsdien geen modernere wapens ontwikkeld zijn.'

'Wat heb je aan tanks in de woestijn?' zei de koning. 'Ze zijn lang niet zo wendbaar als paarden. Wat de wapens betreft, ik houd niet van bajonetten, boobytraps of dumdumkogels. Ze maken gruwelijke wonden. Erg bloederig en zo.'

'Maar we hadden toch een nucleair programma?'

'Niet echt...' Er klonk een lichte gêne in de stem van de koning. 'Er is geen geld voor, om eerlijk te zijn.'

'En die atoombom op de bankbiljetten dan?'

'Dat is om het buitenland te intimideren.'

'Pure bluf dus?'

'Pure bluf,' gaf de koning toe.

'U neemt mij niet serieus hè, omdat ik maar een nar ben.'

'Mmm,' bromde de koning. Dat was een reactie waar je alle kanten mee op kon.

'Toch is humor de hoogste vorm van wijsheid. Onder mijn grappen en grollen zou u, als u de moeite nam, oprechte betrokkenheid bij de toekomst van Saïdi-Hassanië vinden. Ik zou u daarom graag van dienst zijn met mijn inzichten. Twee weten meer dan één, ziet u.'

'Ik zou niet weten wat je voor me zou kunnen doen.'

De koning keek geen seconde meer op van de tekentafel. Harlekino had het idee dat hij niet echt gehoord werd. Hij besloot zijn laatste troef uit te spelen. 'U wilt graag dat ik wegga, hè?' vroeg hij, met een malicieus trekje om zijn mond.

'Dat zou wel fijn zijn, ja.'

'Maar ik ben er helemaal niet. Dus hoe kan ik dan weggaan?'

'Hoe bedoel je?'

'U hoort me praten, dus u denkt dat we samen een conversatie hebben. U ziet me, dus gaat u ervan uit dat ik hier naast uw tekentafel sta. Maar ik ben niet meer dan een ongewild product van uw verbeelding. Als een virus dat uw computerprogramma is binnengeslopen. Ik besta niet echt, u denkt mij alleen maar. Het tegenovergestelde van "Ik denk dus ik besta" als het ware. Daarom raad ik u nogmaals aan wat meer aandacht te hebben voor uw gedachten. Want ze gaan met u op de loop, als u niet oppast.'

De koning verborg zijn gezicht in zijn handen. 'Ga weg,' beval hij van achter zijn vingers.

'Ik wist wel dat u dit niet kon verdragen.' Het kostte Harlekino moeite geen triomf in zijn stem te laten doorklinken. 'Ergens voelde ik dat dit uw zwakke plek is.'

'Ben je weg?' De koning gluurde voorzichtig tussen zijn vingers door.

'Op één voorwaarde.'

'En die is?'

'Dat u mijn hulp aanvaardt. Grijp de helpende hand die ik naar u uitsteek, al is het de hand van een nar. Een beetje ruggenspraak zo nu en dan zal u goed doen, zowel in staats- als in privéaangelegenheden.'

De koning hief zijn hoofd op, maar ontweek Harlekino's blik. Hij drukte zijn kroon wat steviger op zijn hoofd en probeerde zijn ademhaling onder controle te krijgen. Zijn hart ging tekeer en hij voelde zich duizelig. Het leek of er in zijn hoofd iets verschoof, alsof er een verdieping hoger een ijskast op een andere plek werd gezet. Was het waar dat hij zijn eigen gedachten niet kende? Bestond er een risico dat al die verwaarloosde gedachten op drift raakten en vreemde combinaties aangingen met gedachten die er niet bij pasten? Was het misschien al te laat? De koning wreef met zijn vingers over zijn slapen. Dat hielp, het werd kalmer in zijn hoofd. Als ze daarboven van plan waren geweest de hele keuken opnieuw in te richten, dan zagen ze er nu zo te horen toch van af. 'In godsnaam dan,' zuchtte hij, 'maar maak jezelf niet gewichtiger dan je bent. Je moet wel je plaats kennen.'

'Geen zorgen, ik ken mijn plaats.' Harlekino lachte opgelucht. Hij maakte een radslag, en nog een. Voor de verbaasde ogen van de koning verliet hij op zijn handen de tekenkamer. Het spiegeltje lag nog op de grond. De koning raapte het op en monsterde zichzelf. Hij zag het vertrouwde hoofd, met één verschil: zijn bruine ogen waren bijna helemaal zwart. De pupil leek alle ruimte te hebben opgeëist ten koste van de iris. De koning knipperde met zijn ogen, maar het hielp niets. Het enige waaraan hij ineens dringend behoefte had, was het sluiten van de gordijnen, want het daglicht brandde op zijn netvliezen. Vermoeid trok hij aan de koorden met goudkleurige kwasten en sloot de zware donkerblauwe gordijnen, waarop lelies waren afgebeeld. Toen werd hij door slaap overmand. Zonder nog een blik op de tekentafel te werpen liep hij naar de divan en liet zich erop neervallen.

12 Sneeuw

Zodra ze het terrein van het hotel verlieten, werden ze weer omgeven door hordes kinderen, die zo dicht om hen heen drongen dat het moeilijk was door te lopen. Ze riepen van alles met harde stemmen. De enige verstaanbare woorden die steeds terugkeerden waren 'stilo', 'ça va' en 'bonbon'.

'We hebben nog steeds niets bij ons om hun te geven,' zei Hassan spijtig.

'Als we weer in de bewoonde wereld zijn, kopen we snoep.' Saïd glimlachte in alle richtingen en opende zijn handen om te laten zien dat er bij hem niets te halen viel.

Toen ze afdaalden naar de rivier, werd het stiller om hen heen. Het ene na het andere kind gaf het op en ten slotte waren ze alleen met de majestueuze stilte van een hooggelegen vallei in het Atlasgebergte. Het was een stipje op de kaart geweest en nu was het werkelijkheid. De vallei was weelderig groen, er liep een netwerk van irrigatiekanaaltjes tussen de goed onderhouden akkers, die omgeven waren door rozenhagen. Het moest de Roos van Damascus zijn, herinnerde Saïd zich uit zijn gids, de klassieke roos waarvan rozenwater werd gemaakt. Ergens had het iets irreëels dat hij nu ineens door de Vallei van de Rozen wandelde. Misschien was hij te snel uit de woestijn in het Atlasgebergte beland? Kon zijn geest het tempo van de veranderingen wel bijbenen, om nog maar te zwijgen van het koord tussen angst en hoop waarop de *ud*-speler hem liet dansen? Saïd had een vaag besef dat er een grens was die hij niet moest overschrijden. Waar die lag, was moeilijk te zeggen. Hoe moest je weten of je misschien bezig was te veel van je zenuwen te vergen? Zouden ze kunnen knappen als de draden van een hoogspanningsmast in een orkaan?

Op een aantal akkers werd gewerkt. Het waren voornamelijk vrouwen die frisgroene planten afsneden of bladeren van de vijgenbomen trokken en in zakken stopten. Ze droegen bonte hoofddoeken en lange zwarte kleding waarop bloemachtige motieven in felle kleuren geborduurd waren. Met hun rode wangen en schitterende ogen zagen ze er opvallend gezond en vitaal uit. Het pad, dat aanvankelijk parallel liep aan de rivier, maakte een bocht en ging recht op enkele stenen af die op regelmatige afstand van elkaar in het water lagen. Op de oever aan de overkant deden vrouwen op hun hurken de was in het snelstromende water, dat helder was als gesmolten sneeuw.

Hassan aarzelde. De stenen zagen er wankel uit, sommige verdwenen half onder water. Vallen voor de ogen van al die wassende vrouwen was geen aantrekkelijk vooruitzicht. Saïd hoorde snelle voetstappen achter zich, het geklepper van slippers tegen hielen. Hij keek om. Achter hem naderde een oude vrouw, gevolgd door een jongere met een baby op de rug. Hij deed een stap opzij om ze te laten passeren. Voordat hij tot tien kon tellen waren ze behendig de rivier overgestoken, zonder ook maar een seconde te wankelen. De vrouwen aan de overkant hielden op met wassen en wachtten met onverholen spot op hun gezicht af wat de twee aarzelende vrienden gingen doen.

'Cramed ti salabadoo,' zei Hassan. Met gespeelde doodsverachting zette hij een voet op de eerste steen. Die wiebelde een beetje. Het lukte hem met wijd gespreide armen zijn evenwicht te bewaren en zijn andere voet op de volgende steen te zetten. Tussen zijn voeten leek het glinsterende water met verdubbelde kracht voorbij te stromen. Molenwiekend met zijn armen ging hij verder totdat hij in het midden was gekomen. Daar zwenkte hij op één been van links naar rechts, dreigde te vallen, sloot dramatisch zijn ogen, opende ze weer en belandde op het nippertje op de volgende steen. Het was net Laurel en Hardy, maar dan in één persoon verenigd. De vrouwen op de oever leunden tegen elkaar aan van het lachen, weifelend of het geacteerde onhandigheid was of echte. Toen Hassan met een overdreven zucht van verlichting op de andere oever stapte, klapten ze in hun handen. Hij boog trots, alsof het hem een eer was hun zijn stunteligheid cadeau te doen.

'En nu weer aan het werk, dames,' riep hij in het Frans.

Het was een act die Saïd hem nooit zou kunnen nadoen. Voor hem zat er niets anders op dan kalm en waardig de rivier oversteken, en dat lukte. Hij oogstte geen applaus, maar werd in plaats daarvan bewonderend aangestaard. Dat had meer met de kleur van zijn haar te maken, vermoedde hij, dan met de koelbloedigheid waarmee hij zich van de ene oever naar de andere verplaatste.

Iets verderop kregen ze gezelschap van een slanke man met kroeshaar en een opvallend donkere huid. Hij droeg een soepel vallende, smetteloos witte djellaba. Zat zijn moeder of een van zijn zusters beneden aan de rivier te wassen? Hij bewoog zich zo sierlijk dat het onmogelijk was je hem op zijn hurken met vuil wasgoed in zijn handen voor te stellen. 'Bonjour, comment allez-vous?' vroeg hij in moeizaam schoolfrans.

'Très bien, merci. Et vous?' zei Hassan. De aanblik van de ander deed hem zichtbaar plezier.

'Moi... ça va... Je m'appelle Mustapha. Et toi?'

'Hassan.'

'Ben je getrouwd? Heb je kinderen?'

'Nee. En jij?'

'Ik ben gescheiden.' Giechelend voegde hij eraan toe: 'Ik hield niet van haar.'

Hassan lachte terug. Saïd vroeg zich af wat er te lachen viel. Een zekere Mustapha in Bou-Thrarar was getrouwd geweest met iemand van wie hij niet hield, en nu was hij gescheiden. Die dingen gebeurden dus niet alleen in het decadente Westen. Er werd ook gescheiden in de Hoge Atlas, ver weg van de moderne wereld, in valleien waar nog met de hand gewassen werd in snelstromend smeltwater.

'Wat vinden jullie van de gebeurtenissen in Frankrijk?' vroeg Mustapha.

'Wij weten nergens van,' zei Hassan, terwijl hij zijn wenkbrauwen optrok. 'We zijn voortdurend onderweg en hebben er geen flauw idee van wat er in de wereld gebeurt. Dat is wel fijn eigenlijk.'

'Willen jullie geen thee komen drinken bij mij thuis?' Mustapha wees schuin naar boven, waar door een opening tussen de wilgen een lemen huis zichtbaar was. Op een muur rond het erf stond een geit met een belletje om zijn nek. Met zijn geniepige oogjes en witte sik leek het of hij als een bejaarde sjeik achterdochtig op hen neerkeek. Naast hem staken de schijven van een cactus grillig af tegen de hemel.

Voordat Hassan op de uitnodiging in kon gaan, zei Saïd vlug: 'Nee dank je, we willen langs de rivier wandelen.'

'Willen wij dat echt?' Hassan keek hem met ironisch opgetrokken wenkbrauwen aan.

Het ontging Mustapha niet. 'Kom dan alleen,' zei hij samenzweerderig tegen Hassan.

'Ik loop verder,' zei Saïd. Hij hervatte de wandeling met ferme, demonstratieve pas.

'Mijn vriend wil niet,' hoorde hij achter zich Hassan zeggen.

'Maar ik wil alleen een beetje met jullie praten,' klonk klaaglijk de stem van de ander. 'Ik ben niet vaak in de gelegenheid mijn Frans te oefenen.'

'Het spijt me echt...'

'Ik wil jullie niet lastigvallen... Het gaat mij er niet om geld te verdienen!' Mustapha sprak nu op een toon alsof hem groot onrecht werd aangedaan. 'Als ik dat wil, ga ik wel in de bouw werken. Of op het land!'

Saïd zag hem nog niet naast een emmer cement op een steiger staan, met zijn smalle polsen en hagelwitte djellaba. Hij hoorde Hassans voetstappen achter zich en keek om. Mustapha staarde hen beduusd na. Hij zag er nietig en verloren uit, alsof hij op een onbewoond eiland leefde en zijn enige kans op contact met een ander menselijk wezen voor altijd in rook zag opgaan.

'Ik wilde alleen maar praten,' klonk het nog zwakjes vanuit de verte. Daarna verdween Mustapha uit het zicht. De rivier slingerde naar links en het pad slingerde mee. Ook in de Hoge Atlas had je eenzaamheid. Misschien wel heel veel.

'Mag ik ook mee?' protesteerde Hassan. 'Je loopt zo snel.'

In het licht van de ondergaande zon speelden ze het nationale spel. Ze zaten op de veranda van het hotel, en negeerden de koelte van de naderende avond. Naast hen stond een halflege pot lauwe muntthee. Hakiem had een tijdje staan kijken naar het wonderlijke spel, in een poging de regels te doorgronden. Toen het eten klaar was werden ze naar binnen geroepen. Pas toen Saïd opstond, merkte hij dat hij verstijfd was van de kou. Zo moest een man van tachtig zich voelen – niet door echte kou zoals hier, maar door de kou van de ouderdom. Zou hij ooit een man van tachtig worden? Hij betwijfelde het. Het had al zo ontzettend lang geduurd om eenentwintig te worden. Hopelijk had hij nu het moeilijkste achter de rug, want hij wilde eindelijk weleens oogsten.

De man die in Frankrijk werkte, had het groots aangepakt. Hij had een eetzaal laten bouwen waarin zeker honderd mensen konden plaatsnemen. Maar zouden ze ooit komen? Het enige wat je in die enorme koelcel kon denken, was: er hadden honderd mensen kunnen zitten, maar waar zijn ze? Honderd virtuele mensen in een virtueel hotel dat bovendien Le Mirage heette. En dan ook nog een virtuele eigenaar, die in Europa de kost verdiende.

Op een van de lage tafeltjes stonden twee tajineschalen. Ze gingen zitten zonder hun jacks uit te doen en tilden de deksels van de schalen. De damp sloeg van de gekruide lamsgehaktballetjes af. Ze vielen er uitgehongerd op aan. Hakiem keek tevreden toe vanaf een gepaste afstand. Ze aten zonder iets te zeggen. Toen het op was, werd er een nieuwe pot thee gebracht, met zoet gebak.

'Erg lekker,' zei Hassan goedkeurend. 'Jullie hebben een geweldige kok!'

'Kokkin,' zei Hakiem stralend. 'Wacht, ik haal haar. Dan kunnen jullie kennis met haar maken.'

Even later kwam hij terug met een dikke vrouw in een mosgroene djellaba. Ze had brede, hoge jukbeenderen en ronde wangen als een baboesjkapoppetje. Daardoor lagen haar zwarte ogen diep in haar gezicht. Maar ze waren er niet minder levendig om. Alles aan haar straalde een diep genoegen uit, alsof ze het enorm met zichzelf getroffen had. Ze deed Saïd denken aan Vrouw Holle, zoals ze op een illustratie in *Germaanse mythen en sagen* was afgebeeld. Hij herinnerde zich vaag dat ze een goede heks was, die slecht gedrag bestrafte met een pekregen en goed gedrag beloonde met een regen van verse broden.

'Lalla Jelloun, onze kokkin,' zei Hakiem trots. De vrouw keek hen een voor een met montere nieuwsgierigheid aan en zei iets wat Saïd niet verstond. 'Lalla spreekt alleen Berber, maar ze heet jullie hartelijk welkom.'

'C'était délicieux,' zei Hassan met een complimenteuze buiging van zijn hoofd.

Lalla knikte tevreden en zei nog iets tegen Hakiem. 'Het doet haar plezier voor jullie te koken. Als jullie haar vertellen waar je het meest van houdt, maakt ze dat morgen voor jullie klaar. Ze wil graag dat jullie je thuis voelen.'

Het goede en pure bestaat dus toch, dacht Saïd. Soms moest je ver reizen om het te vinden. Naar een godverlaten plek hoog in de bergen van Noord-Afrika bijvoorbeeld. Aan de andere kant: als het makkelijk te vinden was zou iedereen meteen zijn biezen pakken en naar Bou-Thrarar afreizen. De eetzaal was dan 's avonds ongetwijfeld gevuld, maar met het goede zou het gauw gedaan zijn. Het kon vast niet eindeloos worden uitgedeeld aan iedereen die er behoefte aan had, en je moest het niet te veel verdunnen. Terwijl ze met zijn vieren glimlachjes aan het uitwisselen waren, kwam er door de deur van de keuken een vrouw binnen. In tegenstelling tot de kokkin was ze mager, bij het schrale af. Ze liep schoorvoetend de eetzaal in, met een ontwijkende blik.

'Malika,' zei de kokkin en gedurende een seconde week de glimlach van haar gezicht. Heel even deed haar gezicht eerder aan pekregen dan aan verse broden denken.

Malika knikte beleefd, maar zei niets. Ze deed geen moeite om te behagen. Haar ogen stonden dof als bij een ziek dier en haar huid was doorschijnend bleek alsof ze nooit buiten de muren van Le Mirage kwam. Haar lange zwarte haar werd door een elastiekje bij elkaar gehouden en viel in een staart op haar rug. Niet lang geleden moest ze op een aparte manier mooi zijn geweest, en ergens was ze het nog steeds. In ieder geval moest je naar haar kijken, of je wilde of niet, hoewel zij probeerde zichzelf zo klein en onzichtbaar mogelijk te maken. Het was of haar geest zich diep in haar lichaam had teruggetrokken en de buitenkant, die uit huid, ogen en gelaatstrekken bestond, dor en onbezield had achtergelaten.

Hakiem verwijderde zich en kwam terug met drie instrumenten die op tamboerijnen leken. Hij gaf er een aan Malika en een aan Hassan. Die protesteerde dat hij nog nooit zo'n ding in zijn handen had gehad. Hakiem demonstreerde hoe hij het instrument met zijn duim aan de zijkant vast moest houden en begon er met zijn vingers op te roffelen. Malika deed hetzelfde en terwijl Hassan nog met zijn duim en vingers aan het worstelen was, vulde de lege eetzaal zich met een opzwepend ritme. Hakiem en Malika begonnen tegen elkaar op te bieden met ruziënde staccato's, die samen toch een eenheid vormden. Malika onderging een gedaanteverwisseling. Haar huid stroomde vol bloed, er kwam een verleidelijke schittering in haar ogen en haar dunne gestalte bewoog bevallig mee op de maat. Saïd staarde gefascineerd naar haar lange smalle vingers, die sneller roffelden dan het oog kon waarnemen en zich nooit vergisten. Toen begon ze te zingen. Eerst heel zacht, zodat het leek of de melodie van heel ver weg gehaald moest worden en onwillig opstond uit een hangmat in de middaghitte. Daarna kwam er steeds meer kracht in haar stem. Soms daalde hij tot altachtige dieptes en regen de woorden zich aaneen als de kralen in een ketting van diepzwarte hematieten, dan weer steeg de melodie in lange klaaglijke uithalen alsof iemand die zich aan het andere eind van de kosmos bevond haar moest kunnen horen. Het was een lied voor onmetelijke ruimtes. Een lied om op een bergtop te zingen, of in de woestijn. Soms werd een toon zo lang aangehouden dat het leek of haar stem zou barsten, maar steeds weer bleek er nog een geheime voorraad adem te zijn.

Lalla danste weinig gracieus mee op de maat van de melodie. Eigenlijk draaide ze deinend om haar eigen as en wiegde met haar heupen, terwijl haar mollige vingers in de lucht knipten. Toen ze zag dat Saïd naar haar keek, kwam ze op hem af en stak een hand naar hem uit in een uitnodiging mee te dansen. Maar hij schudde zijn hoofd, waarop ze zich kordaat omdraaide en Hassan uitdaagde. Die had juist de strijd met het instrument opgegeven en het op een tafeltje gelegd. Hassan, hoffelijk als altijd, danste sportief met haar tussen de lege tafeltjes door. Waarschijnlijk waren de muziek en de dans bedoeld als toeristisch vermaak met een etnisch tintje, maar de zang steeg ver boven dat niveau uit. Saïd zat als bedwelmd tussen de kussens, verzonken in het lied dat geen einde leek te hebben. Of was het al lang naadloos overgegaan in een ander lied? Als betoverd zat hij in een voertuig dat hem meenam naar een gebied waar hij nooit eerder was geweest, maar waarvan de geluiden, de geuren en kleuren hem bekend voorkwamen. Er heerste een stemming die hij herkende als iets wezenlijks in hemzelf, dat tot nu toe diep verscholen was gebleven, maar nu boven kwam drijven en hem hypnotiseerde.

Hij had willen versmelten met het lied, maar het voertuig kwam abrupt tot stilstand en hij kwam met een smak terug in de kille eetzaal. Hassan boog zich naar hem toe en trok recht voor zijn neus een clowneske grimas. 'Het feestje is afgelopen. Ze gaan de generator uitzetten, dus zo meteen is er geen elektriciteit meer.'

'Geen elektriciteit?' herhaalde Saïd afwezig.

'Je denkt toch niet dat je bij een bed van vijftig dirham ook nog eens elektriciteit kunt verwachten?'

Saïd kwam moeizaam overeind. Zijn ogen zochten automatisch naar Malika. Die zat in zichzelf verzonken op de tegelvloer. Haar vingers roffelden zwakjes en ongeïnspireerd op het trommeltje en ze neuriede iets onbestemds. Het was zoals Hassan zei, het feestje was afgelopen.

'Het licht gaat zo uit.'

'Het licht gaat zo uit...' herhaalde Saïd dof.

'Je mag best iets toeschietelijker zijn,' zei Hassan. 'Het sociale aspect komt weer helemaal voor mijn rekening.'

'Misschien ben ik gewoon zo,' zuchtte Saïd, 'slecht in het aangaan en in stand houden van menselijke betrekkingen. Maar met een goed hart, dat klopt voor de hele mensheid.'

'Toch mag je wel iets meer laten zien van dat hart van jou. Je houdt het de hele tijd verborgen alsof het een kleinood is waarvan alleen jij mag genieten. Neem een voorbeeld aan mij.' Hassan spreidde ironisch zijn armen. 'Niet alleen vanbinnen, maar ook in de omgang de beminnelijkheid zelve. Wil je weten hoe ik het doe?'

'Als je bereid bent dat geheim met iemand te delen.' Het stoorde Saïd zoals Hassan zich op de borst klopte, al ontging de spot hem niet. 'Maar ik zal het je niet kwalijk nemen als je het liever voor je houdt. Wanneer je het aan mij vertelt, ga ik er misschien mee aan de haal en zit jij ineens zonder. Als ik jou was, zou ik het niet verklappen.'

'Zoals je wilt, ik ga het je niet opdringen. Waarschijnlijk is het ook beter als je er zelf achter komt. Dan is je motivatie sterker dan wanneer je het cadeau hebt gekregen.'

Saïd keek om zich heen. Malika was verdwenen en Hakiem legde de instrumenten terug op hun plaats. Om zijn goede wil te tonen tilde Saïd er een op en bekeek het geïnteresseerd.

'Het is een bendir,' zei Hakiem. 'Hij is gemaakt van een geitenhuid die over een houten frame is gespannen. Voel maar.'

Saïd streek met zijn vingertoppen over de huid.

'Wil je het proberen? Je duim hier en je vingers daar?'

Saïd schudde zijn hoofd en glimlachte flauwtjes. 'Het is beter van niet. Alles wat ik aanraak, breekt of bederft. Dat komt doordat de liefde ontbreekt. De liefde voor mensen, dieren en dingen. Vraag maar aan Hassan.'

'Let maar niet op hem,' zei die met een verontschuldigend lachje. 'Diep vanbinnen is hij de zachtmoedigheid zelve, maar hij wil niet dat we het zien.' Hassan legde een hand op Saïds schouder en oefende een zachte druk uit in de richting van de hal. 'Ga je mee naar boven? Het lijkt wel of je gezopen hebt.'

'Een ogenblik,' zei Hakiem. Hij liep de keuken in en kwam terug met twee kaarsen in kandelaars. 'Hebben jullie iets om ze aan te steken?'

Hassan toverde zijn aansteker tevoorschijn.

'Alors... bonne nuit! Vergeet het niet: ontbijt om acht uur. De auto komt om negen uur.'

'Om acht uur zijn we beneden,' beloofde Hassan.

Ze liepen de trap op en wensten elkaar voor de deur van Hassans kamer welterusten. 'Wacht, je kaars.' Hassan knipte zijn aansteker open en stak Saïds kaars aan.

Met een beschermende hand om de vlam liep deze verder. Hassan had gelijk, hij was halfdronken. Hij moest de kaars op de grond zetten om de sleutel in het slot te kunnen steken en de deur te openen. Een geur van oud vocht sloeg hem tegemoet vanuit de slaapkamer. Dat was hem overdag niet opgevallen. Hij tilde de kandelaar op en zocht een nachtkastje om hem op te zetten. Maar er was geen nachtkastje. Er zou zelfs geen ruimte voor zijn geweest, zo klein was de kamer, die grotendeels in beslag werd genomen door het bed. Saïd zette de kandelaar op de grond en richtte zich op. Zijn ledematen waren nog steeds stijf, een stijfheid die alleen door zonnestralen kon worden verdreven. In het lage licht van de kaars wierp zijn lichaam groteske schaduwen op de muren, als van een traag bewegende neanderthaler die te groot was voor zijn grot. Hij diepte zijn tandenborstel op uit zijn tas en liep ermee naar de badkamer. De deur liet hij open om ook daarbinnen van het kaarslicht te profiteren. Hij draaide de kraan van de wastafel open, maar er kwam geen water uit. Natuurlijk, zonder elektriciteit geen water. Douchen kon dus ook niet. Het enige wat lukte, was het doorspoelen van de wc nadat hij zijn blaas had geleegd, maar de stortbak vulde zich daarna niet.

Er zat niets anders op dan naar bed te gaan. Hij deed zijn schoenen, zijn broek en zijn trui uit en kroop tussen de klamme lakens. De kaars liet hij branden. 'Voor de gezelligheid,' zei hij tegen zijn schaduw op de muur. Er lag maar een dunne deken op het bed en het kussen was klein en hard. Een kwartier later was hij koud tot op het bot en kon hij alleen nog denken aan de sneeuw die de vorige nacht op de toppen van de bergen was gevallen. Hij kwam moeizaam overeind uit het lage bed en hoorde zijn gewrichten kraken. Rillend trok hij zijn kleren weer aan. Opnieuw gleed hij tussen de lakens. Het was moeilijk weer op temperatuur te komen wanneer je zo grondig was afgekoeld. Hij blies warme adem onder de dekens en wreef met zijn voeten langs elkaar alsof het vuurstenen waren. Maar de vonk bleef uit. 'Geen wonder dat Le Mirage zo weinig klandizie heeft,' mopperde hij. Met één hand tastte hij naar zijn sokken, die ergens naast het bed op de grond moesten liggen.

De nachten in Saïdi-Hassanië waren soms ook ijzig koud geweest, maar ze hadden er warme donzen dekbedden gehad waar je jezelf in kon wikkelen als in een cocon. Daar had Aziza voor gezorgd nadat ze op de kaart gezien had dat het land grotendeels uit woestijn bestond. Zowel in het paleis als daarbuiten moesten de mensen lekker warm kunnen slapen, vond ze. Alles bij elkaar had ze maar drie winters in Saïdi-Hassanië meegemaakt. Toen ging ze menstrueren en was het afgelopen. Ze werd voor altijd verbannen. Niet door de Saïdi-Hassaniërs, die haar op handen droegen. Ook niet door de koning of de onderkoning, die zo aan haar en haar creatieve vondsten gewend waren dat ze zich Saïdi-Hassanië zonder haar niet meer voor konden stellen. Het was haar vader. Haar eigen vader besloot dat de maandelijkse bloedingen haar voor altijd ongeschikt maakten om mee te regeren over een volk. Ongesluierd nog wel, en in aanwezigheid van een koning die geen familie van haar was. Dat haar broer daarbij over haar waakte, stelde hem niet gerust.

'Niets is zo teer als een maagdenvlies,' had hij gezegd. Het klonk als een salomonsoordeel.

13 De koningin voordat ze bloedde

Er ontbrak nog van alles aan Saïdi-Hassanië. Wat maakt een stuk woestijn tot een land? Na de geografie, het leger en het monetaire stelsel legde Saïd zich toe op de bodemschatten. Hassan wisselde zijn werkzaamheden aan het woordenboek en de grammatica van het Sabariet af met het uitbreiden van de vaderlandse geschiedenis. Toen hij ouder werd, begon hij er sprookjes, mythen en sagen aan toe te voegen omdat de Saïdi-Hassaniërs een nijpende behoefte hadden aan fictie wanneer ze verpletterd dreigden te worden door de werkelijkheid. Het was trouwens niet altijd eenvoudig de geschiedenis van de mythe te scheiden. Wat dat betreft ging het er in Saïdi-Hassanië niet anders aan toe dan in de rest van de wereld. Was Napoleon op Sint-Helena vergiftigd of stierf hij er een natuurlijke dood? Beschikte Raspoetin echt over bovennatuurlijke gaven, waarmee hij de tsarenfamilie betoverde? Lachte koningin Victoria niet omdat haar gebit rot was of omdat ze geen gevoel voor humor had? Was Kennedy echt dood of leidde hij, ver weg van het oog van de wereld, het bestaan van een plant? Niemand zou er ooit het fijne van weten.

Veel mensen vonden het trouwens leuker de mythe te geloven dan de kale, ontnuchterende waarheid. 'Alsjeblieft, geef ons een verhaal,' smeekten de Saïdi-Hassaniërs. 'We willen vergeten. We willen onszelf verliezen in de belevenissen van iemand die misschien wel, misschien niet bestaan heeft. Het doet er niet toe, als je het maar mooi opschrijft zodat we erin kunnen geloven.'

'Oké,' zei Hassan, 'ik doe wat ik kan. Maar jullie moeten het me niet kwalijk nemen als ik er zo nu en dan een beetje vervreemding tussendoor strooi. Het leven zelf is ook geen rationeel, chronologisch verhaal. In feite zit het vol tegenstrijdigheden en absurditeiten. Misschien is ons leven eigenlijk een mythe en zijn jullie en ik het resultaat van de verbeelding van iemand, die behoefte had aan een verhaal. Misschien is er een deur tussen de werkelijkheid en de mythe – wie vaak heen en weer glipt, weet op den duur niet meer wat het verschil is tussen die twee.'

Daarom hield Hassan in het geheim een dagboek bij. Het had hetzelfde omslag als de dikke schriften die hij gebruikte voor de geschiedenis. Wanneer hij erin schreef, kon Saïd niet zien dat hij voor zichzelf bezig was. De behoefte aan een dagboek ontstond kort nadat hij onderkoning geworden was. Hij werd met zo'n magische kracht Saïdi-Hassanië in gezogen dat hij zich uit zelfbehoud aan de rand van de werkelijkheid moest vastklampen. Dat randje was het dagboek. Het verbond hem met de jongen van vlees en bloed die Hassan Messaoui heette, wiens ouders geboren waren in het Rifgebergte in Marokko, in een dorp dat Dbdou heette, waar de straten 's zomers stoffig waren, en 's winters modderig. Dat van de winter wist hij alleen van horen zeggen. Omdat ze er alleen in augustus kwamen, was het voor hem altijd zomer in Dbdou.

Ze beraadslaagden. Wat ontbrak er nog aan het prachtige land in de woestijn?

'Gewone dingen,' opperde Hassan.

'Wat voor gewone dingen?' vroeg Saïd met een licht wantrouwen.

'Nou, bijvoorbeeld: wat eten de mensen? Ieder land heeft

toch zijn eigen gerechten? Zoals Nederland boerenkool met worst heeft. Of erwtensoep met spek en roggebrood. Zoals je in Marokko couscous hebt, en tajine met kip of schapenvlees. En gazellenhoorntjes.'

'Dat is waar,' gaf Saïd toe. 'We hebben er nog niet aan gedacht dat ze ook moeten eten.'

'En wat dragen ze voor kleren, heb je je dat weleens afgevraagd?'

'Kleren?'

'Ja, ze lopen toch niet naakt onder de brandende zon in de woestijn?'

'Nee...' Saïd aarzelde. 'Dat lijkt me van niet.'

'De enige tot nu toe met kleren, is Harlekino. Je wilt toch niet dat iedereen er zo uitziet als hij? Dat alle Saïdi-Hassaniërs een narrenpak dragen en een muts met belletjes?'

'Natuurlijk niet...' Saïd zuchtte diep. Het was een zucht om zijn eigen slordigheid. Hoe had hij eten en kleding kunnen vergeten? Een mooie koning was hij!

'En de inrichting van de huizen?' ging Hassan meedogenloos verder. 'Wat staan er voor meubels in het paleis? En in de huizen van de mensen? In Marokko leggen we matrassen en kussens op de grond om op te zitten. In Nederland heb je bankstellen en wandmeubels.'

'Mag ik me ermee bemoeien?' vroeg Harlekino. Hij had zich bescheiden op de achtergrond gehouden, maar nu kon hij zich niet langer beheersen. 'Wat hier ontbreekt is een vrouw,' zei hij. 'U weet wel...' Met zijn handen kneedde hij gewelfde vormen in de lucht. Hij stootte een kort lachje uit, rukte de muts met twee punten van zijn hoofd, wierp hem in de lucht, ving hem op en drukte hem weer op zijn hoofd. De belletjes rinkelden feestelijk tijdens de tocht omhoog en omlaag.

Hassan keek Saïd triomfantelijk aan. 'Dat is het!' zei hij. 'Dat we daar nog niet eerder aan hebben gedacht!'

'Een vrouw? Wat voor vrouw?' zei Saïd misprijzend.

'Je zou je eigen gezicht eens moeten zien,' lachte Hassan.

'Dat is omdat hij zelf niet op het idee gekomen is,' zei Harlekino, en hij maakte een dubbele koprol.

'En wat voor vrouw zou dat dan moeten zijn?' vroeg Saïd koel. Bij het woord 'vrouw' dacht hij meteen aan zijn moeder. Iemand zoals zij toelaten in Saïdi-Hassanië? Je kon net zo goed de paleispoort openen voor het paard van Troje. Niet omdat er een vijand van het volk in zou zitten, maar omdat je ongewild een vijand van het natuurlijke evenwicht binnenhaalde. En was ze er eenmaal, dan zou je het niet over je hart kunnen verkrijgen om haar weer buiten de poort te zetten.

'Een meisje kan natuurlijk ook,' opperde Hassan.

Saïd liet de meisjes in zijn klas de revue passeren. Er sprong er niet één uit; ze vormden een amorfe, grijze massa. Theoretisch wist je dat ze tot de menselijke soort behoorden. Je accepteerde dat ze bestonden, zolang ze jou maar met rust lieten.

'Ik denk dat Aziza het heel goed zou doen,' zei Hassan peinzend. 'Als ze wil tenminste.'

Aziza. Het was raar, maar het zusje van Hassan paste in geen enkele categorie. Ze stond overal buiten, als een kleine wilde pony buiten een omheinde wei vol gefokte paarden. De gedachte aan haar wekte geen weerstand op bij Saïd. Aziza en Saïdi-Hassanië, dat vloekte niet. Het was een combinatie met onvoorspelbare, maar interessante mogelijkheden.

Hij knikte. 'Als ze koningin kan worden wil ze misschien wel. Maar ze draagt geen bril, dus moet ik weer allemaal nieuwe munten en bankbiljetten maken.'

'Dat is waar. Daar staat tegenover dat ze ons veel werk uit handen kan nemen.'

'Vraag jij het aan haar?'

Toen Aziza voor het eerst de koninklijke slaapkamer betrad, leek ze ontzettend klein en tenger. Ze stond bedremmeld in de vreemde omgeving. Alleen haar nieuwsgierige ogen namen, ongehinderd door verlegenheid, de hoge ruimte en de voorwerpen die zich erin bevonden in zich op. Nadat ze alles geïnventariseerd had, liep ze doelgericht naar het balkon om een kritische blik in de diepte te werpen.

'Waar is het paleis?' vroeg ze. Er klonk een licht wantrouwen door in haar stem. Ze was er toch niet in geluisd?

'Hier staat het.' Saïd duwde haar zachtjes naar de tafel. 'Hier, midden in de grootste oase van Saïdi-Hassanië.'

Ze boog zich over de kaart. 'Maar hoe ziet het eruit? Hoeveel torens heeft het?'

'Dat weten we alleen hier.' Hassan tikte met zijn vinger tegen de zijkant van zijn hoofd.

Saïd en Hassan keken haar afwachtend aan. Het was een belangrijk moment voor Saïdi-Hassanië. Zo belangrijk dat ze er bijna zenuwachtig van werden, want een alternatief voor Aziza hadden ze niet. Het was een sollicitatieprocedure met maar één kandidaat. Zou de kleine Aziza door de test heen komen? Door de geheime meting van haar verbeeldingscoëfficiënt? Was ze in staat koningin te worden in een paleis dat ze zelf in haar hoofd moest creëren? Kon ze met straffe hand regeren over een volk dat nog gedeeltelijk vorm moest krijgen? Kon ze met hen het geloof delen dat Saïdi-Hassanië een land was als een willekeurig ander land op de globe, alleen beter? Waren de hersentjes in dat hoofd vol krulletjes in staat tot de paradoxale activiteit die scheppen genoemd werd? Iets maken uit niets? Een land, een volk, een paleis? Eten en drinken? Kleding en binnenhuisarchitectuur? Of verwachtten ze te veel van haar?

'Potlood en papier,' zei Aziza gebiedend. 'Een groot vel. En verf. En kwasten.'

Saïd haastte zich om de gevraagde materialen bij elkaar te zoeken. Aziza was al bezig de kaart van Saïdi-Hassanië op te rollen. Daarna ging ze in ongeduldige afwachting op de stoel van Saïd zitten. Hij legde papier, potloden, kwasten en verftubes voor haar op tafel. Hij vond ergens een lege jampot en vulde hem in de badkamer met water. 'Wat ga je doen?' informeerde hij schuchter.

'Een paleis maken natuurlijk. Ik wil niet in jouw hoofd wonen. Of in dat van mijn broer. Daar vind ik niks aan.'

Schuldbewust keek Saïd naar de grond, want dat was precies wat hij van plan was geweest. Dat ze in zijn hoofd zou wonen, in het paleis dat hij voor haar bedacht had, op zijn condities. Het was even slikken dat ze zich het paleis als het ware toe ging eigenen. Het waren consequenties die hij onder ogen moest zien, begreep hij. En ze had hem ook van zijn stoel en zijn plek aan de tafel verdreven. Er was geen enkel meisje van wie hij dat zou pikken, maar van Aziza kon hij het hebben, al was het moeilijk. Aziza besloot en je legde je erbij neer. Je kon niet ontkennen dat ze het temperament van een koningin had.

Ze was al druk bezig met het tekenen van een berg. Hassan trok een van zijn schriften uit de stapel en ging kalm zitten schrijven. Saïd liep gedesoriënteerd rond. Hij kon zijn draai niet vinden. Hij deed enkele stappen op het balkon en keek naar de toppen van de bomen. De wind liet de bladeren licht bewegen in een regelmatige choreografie van links naar rechts. Veel meer wist de wind niet te bedenken, maar het was beter dan niets. Als Saïdi-Hassanië hem maar niet werd ontfutseld door de familie Messaoui! Een geweldloze staatsgreep, waarbij de koning, haast zonder dat hij het zelf merkte, geleidelijk buitenspel werd gezet. Nota bene in zijn eigen huis, zijn eigen kamer, waar feitelijk toch de oorsprong lag van wat nu het land in de woestijn was. Hij kreeg het even heel erg benauwd bij die gedachte. Zonder Saïdi-Hassanië was hij nergens. Als iemand het op zijn schouders zou nemen en er brutaal mee uit zijn leven wegwandelde, dan zou hij niet willen achterblijven in de wereld zoals die was. Hij zou de dief achtervolgen, waar hij ook ging met zijn buit. Hij zou hem angstvallig in de gaten houden, wachtend op een moment van onoplettendheid. Misschien moest hij zijn last af en toe even op de grond zetten om enkele schouderoefeningen te doen. Want een land als Saïdi-Hassanië woog behoorlijk wat. Tonnen en nog eens tonnen woestijnzand alleen al. De dief zette al die tonnen woestijnzand op de grond en dat was het moment waarop Saïd zijn eigendom terug zou pakken.

'Houd haar in de gaten, dat kleine ding,' fluisterde Harlekino in zijn oor. 'Meisjes... je geeft ze een vinger en ze nemen de hele hand.'

Saïd schudde zijn hoofd alsof er een horzel om hem heen gonsde. Hij liep terug de kamer in en wierp een schuine blik op het paleis in wording. Op de berg stond niet wat hij verwacht had. Het was geen middeleeuws paleis met ronde torens die tot in de hemel reikten, en wapperende vlaggen op de toppen met afbeeldingen van familiewapens. Wat op Aziza's berg stond, was een fort met hoge, ondoordringbare muren en kantelen. Op de hoeken stonden platte, vierkante torens. Er was maar één toegangspoort, die bestond uit twee dreigende, nadrukkelijk gesloten deuren van ruime afmetingen. Die riepen de suggestie op dat een vreemde die verticaal door die poort naar binnen ging er alleen horizontaal door naar buiten zou komen. Er waren geen bomen of iets anders wat de aanblik had kunnen verzachten, afgezien van een vage decoratie boven aan de muren. Er was alleen die kale vesting op die kale berg. Jaren later, tijdens zijn reis door Marokko, zou hij ontdekken dat het een Alaouïtisch paleis was wat Aziza had getekend, zonder er ooit een in het echt gezien te hebben.

'Mooi...' loog Saïd. Diep in zijn hart had hij iets met duizend ronde torens gewild, zoals het kasteel van Chambord aan de Loire, dat op een hete dag in augustus een onvergetelijke indruk op hem had gemaakt.

Aziza keek vluchtig op. 'Dit is de toren van de koning en de koningin.' Ze wees met een vinger die okergeel was van de verf. 'En in die toren woont de onderkoning.'

'En waar woont Harlekino?'

'Wie is dat?'

'Hassan, kun jij haar vertellen wie Harlekino is?'

Hassan keek verstrooid op. Hij trok een schrift uit zijn stapeltje, bladerde erin en begon eruit voor te lezen. Aziza luisterde aandachtig. Af en toe barstte ze uit in een schaterlach die tot in de achtertuinen te horen moest zijn.

Saïd schrok ervan. Hij hoopte vurig dat Marcel, de nieuwe vriend van zijn moeder, niet juist in zazen zat, of aan het lopen was in Kinhin. Dan eiste hij absolute stilte in huis. Wie die stilte niet respecteerde, werd gestraft met dagenlang stilzwijgen en werd in zijn tegenwoordigheid minder dan lucht. Tegen iets wat minder is dan lucht, praat men niet. Men maakt er geen ruimte voor op de bank wanneer er een leuk televisieprogramma is. Men merkt het niet wanneer minder dan lucht er ontzettend behoefte aan heeft gezien te worden. Minder dan lucht kijkt naar zijn handen en denkt: zijn dit echt mijn handen? Hij hoort zijn adem en denkt: is dit echt mijn adem? Of is het Marcel die door mij heen ademt, in en uit, in en uit?

Maar hoe zou Aziza kunnen weten dat er zulke straffen bestonden? Ze lachte vrijuit en haar kleine schouders schokten mee op een manier die vertederend was. Je kon haar moeilijk verbieden te lachen, zeker op de dag van haar troonsbestijging. Haar tanden leken extra wit in combinatie met haar lichtbruine huid. Saïd had er nooit bij stilgestaan dat tanden zo aantrekkelijk konden zijn en dat je zo vrolijk kon worden van de aanblik ervan. Om passages die hij vroeger maar matig had gevonden, moest hij nu ook lachen, ondanks zichzelf. Harlekino was veel grappiger dan hij gedacht had. Nu pas, via de lach van Aziza, begreep hij de populariteit van Harlekino bij zowel de Hematieten als de Aventurijnen. Er werd beweerd dat de Aventurijnen meer gevoel voor humor hadden dan de Hematieten, maar van dat verschil was niets te merken wanneer Harlekino goed op dreef was.

Nadat Hassan opgehouden was met lezen, keek Aziza met een vorsende blik naar het paleis. 'Hij woont in de toren van de onderkoning,' besloot ze, 'maar als de koning en de koningin verdrietig zijn komt hij naar ze toe. Om ze op te vrolijken.'

Hassan klapte het schrift dicht en stond op om het paleis te bekijken. Saïd vreesde even dat ook hij teleurgesteld zou zijn. Aan de andere kant: Hassan had Chambord nooit gezien, dus hoe kon hij weten hoe een echt paleis eruitzag?

'Het is net een Berberkasteel,' zei Hassan. 'Mooi! Het past heel goed in de woestijn van Saïdi-Hassanië.'

'En ze leefden nog lang en gelukkig!' Aziza klapte opgetogen in haar handen.

Saïd verstijfde weer. Als op ditzelfde ogenblik Marcels poriën wijd openstonden, dan kwam haar felle hoge stemmetje rechtstreeks bij hem naar binnen. 'Je zit op je kussen,' had Marcel hem uitgelegd, 'en je gaat zonder erbij na te denken mee met de stroom van je adem. In, uit, in, uit, in, uit. Alsof je je laat meedrijven op de golfjes van een rivier. Wanneer je helemaal adem geworden bent, zul je merken dat de poriën in je huid wijd openstaan en dat de complete werkelijkheid bij je naar binnen komt.' Als Aziza nu in haar volle volume bij hem binnenkwam, zou hij dan van schrik zijn poriën sluiten? Wanneer Marcel op zijn kussen zat, eiste hij dat alleen de stille kant van de werkelijkheid bij hem naar binnen kwam. De la-

waaierige kant was niet welkom in zijn poriën. Maar hoe kon je de werkelijkheid zover krijgen dat ze alleen stiltegeluiden voortbracht die zijn poriën openhielden? Saïd zag niet in hoe hij daar invloed op zou kunnen hebben. De werkelijkheid had zich tot nu toe nooit veel van hem aangetrokken. 'Vandaag is het een grote dag,' zei Hassan, aangestoken door de geestdrift van zijn zusje. 'Vandaag vieren we een begin. Het begin van Saïdi-Hassanië met een koningin.'
'En een paleis,' vulde Aziza aan.
'En een paleis,' zei Saïd zacht.

Toen Aziza koningin van Saïdi-Hassanië werd, maakte Saïd thuis een ingewikkelde tijd door. Eigenlijk was zij het voornaamste lichtpuntje in deze periode. De gedachte aan haar hielp hem soms ergens doorheen. Omdat ze zo eigenwijs was en zo zeker van zichzelf, dacht hij vaak: wat zou Aziza hiervan vinden, of: wat zou Aziza doen in deze situatie. Maar als ze er in levenden lijve was, durfde hij het haar nooit te vragen.

Marcel had onopvallend zijn intrede gedaan. De moeder van Saïd had in Het Derde Oog jarenlang zijn boeken over zenboeddhisme en zazen verkocht. Toen ze een lezing van hem bezocht, liet ze zich inschrijven voor een cursus die hij gaf. Woensdagsavonds had Saïd voortaan het rijk alleen, iets waar hij niet rouwig om was. Maar de vreugde duurde niet lang. Op een ochtend bleek onverwacht de aanwezigheid van een vreemde in huis, toen zijn moeder hem in de keuken toefluisterde dat hij stil moest zijn. Hij moest zonder lawaai eten, zijn spullen pakken en naar school gaan.
'Waarom?'
'Omdat ik het zeg.'
'Wat doe je geheimzinnig.'
'Ik doe niet geheimzinnig. Mijn leraar zazen is in de huiskamer. Je kunt daar niet naar binnen. Hij is aan het zitten en

mag niet gestoord worden, dat is alles.' Ze liep geagiteerd rond door de keuken, als in een stomme film geluidloos allerlei routinehandelingen verrichtend.

'Wat doet die vent hier, zo vroeg in de ochtend? Dat mag ik toch wel vragen?'

'Je mag alles vragen,' fluisterde ze, 'maar ik hoef niet overal op te antwoorden.'

'Ik mag toch wel zeggen dat ik niet tegen de rook kan?' Er bungelde een sigaret tussen haar lippen.

'Sorry schat, ik heb het nodig.'

'Je rookt nooit zo vroeg in de ochtend.'

'Wil je muesli of brood?'

'Doe maar muesli.'

Saïd at zijn muesli en voelde een grote onrust. Na afloop van haar vorige relatie was hij tamelijk lang met zijn moeder alleen geweest. Een half jaar misschien wel. Een half jaar van betrekkelijke stabiliteit, hoewel er een grote inzet van hem gevergd werd op het gebied van troosten en opbeuren. Ze wilde van hem weten of het leven de moeite waard was en hij putte zich uit in het aandragen van redenen. Soms wist hij niets meer te bedenken. In Saïdi-Hassanië ja, daar was het leven de moeite waard, daar was zelfs het stellen van die vraag overbodig. Maar hier, in het leven van alledag, kwam hij soms helemaal zonder redenen te zitten. Dan leek elke handeling er opeens een te veel. Waarom zou je steeds weer eten, drinken, naar school gaan, thuiskomen, eten, drinken en slapen? Waar diende het toe en wie had het bedacht? Het moest wel een ongelooflijk fantasieloos iemand zijn. En wreed was hij ook, dat hij situaties verzon waarin een zoon steeds weer nieuwe lofliederen op het leven moest bedenken om zijn moeder overeind te houden. De vrouw die hem het leven geschonken had!

Toch verkoos Saïd deze vermoeiende stabiliteit-met-zijn-moeder-samen boven de aanwezigheid van een man in huis.

Weliswaar zag hij zijn moeder dan voor zijn ogen opfleuren, maar hij wist dat het een korte bloei zou zijn, gevolgd door een lange periode van verwelken. Met een man in huis wist je nooit waar je aan toe was. Hij was een derde wiel aan de wagen, dat er vroeg of laat af zou vallen. Maar wanneer? Voordat het zover was, werd van Saïd verwacht dat hij zich aanpaste, alsof de nieuwe man voor de rest van zijn leven bij hen zou blijven. Alsof de man een rots in de branding zou zijn en al hun problemen zonder met zijn oogleden te knipperen ging oplossen. Ergens leefde er bij Saïd altijd een sprankje hoop dat die echte man en vader ooit zou komen en dat het misschien deze zou zijn. Misschien was zo iemand niet alleen voor anderen weggelegd, maar ook voor hem en zijn moeder. Een beetje krediet kreeg een nieuwe man in huis dus wel van Saïd. Telkens weer, want je wist het maar nooit. Hij hield zich in en liet zich van zijn beste kant zien. De nieuwe vriend moest niet denken dat hij een vriendin met een onaardige zoon had. Hij had het geweldig getroffen met zijn nieuwe gezin en mocht gerust zijn zegeningen tellen.

Ook Marcel meende het serieus. Omdat hij zelf dagelijks de weldadige werking van zen ervoer, wilde hij niets liever dan die ervaring met zijn vriendin en haar zoon delen. Terwijl andere mensen voor zijn lessen moesten betalen, kregen zij gratis onderricht. Op de vloer in de huiskamer lagen drie kleine, met zijde overtrokken kussens op een rijtje. Saïd herinnerde zich zulke kussens in Het Derde Oog gezien te hebben. Hij had het wel vreemd gevonden dat er kussens werden verkocht, maar zich niet afgevraagd waar ze toe dienden. Op een zaterdagochtend kwam hij erachter en hij zou het de rest van zijn leven niet meer vergeten: ze waren om op te zitten. Hij wilde meteen rechtsomkeert maken, want het zou niet lang duren of Hassan en Aziza belden aan. Maar zijn moeder hield hem glimlachend tegen.

'Luister, jongen,' begon de leraar vormelijk.

'Saïd,' zei Saïds moeder zacht.

'Luister, Saïd. Met zazen is het zo: jong geleerd, oud gedaan. Ik ben ervan overtuigd dat de wereld een betere plek zou zijn om op te leven wanneer de mensen op jeugdige leeftijd met zazen zouden beginnen. Maar ik begrijp je aarzeling heel goed. Je vraagt je af: waar is dit allemaal goed voor? Wat wil die man van mij? Wat moet ik met dat kussentje? Heb ik gelijk of niet?'

Saïd knikte. Als het de bedoeling van de leraar was zijn gedachten te raden, dan slaagde hij er tot nu toe aardig in.

'Wat ik je ga leren, heet zazen. Het is de kunst van het zitten. Heb je weleens van Boeddha gehoord?'

Opnieuw was er voor Saïd geen andere rol weggelegd dan te knikken. Natuurlijk kende hij Boeddha. Op de schoorsteenmantel achter hen zat hij met geloken ogen naar het tapijt te staren.

'Heel lang geleden zat Boeddha eens onder een boom uit te rusten. Er was niets anders om naar te luisteren dan zijn eigen ademhaling. Die ging heel regelmatig heen en weer, in en uit. Terwijl hij dit ritme van in- en uitstromende lucht volgde gebeurde er iets bijzonders: hij kreeg een openbaring. Hij besefte dat er op dat ogenblik niets anders bestond dan zijn adem en de lucht om hem heen, niets anders dan de grond waarop zijn lichaam zat, dan de boom die schaduw verschafte. Het verleden bestond niet meer en de toekomst bestond nog niet. Er was alleen dit moment en een seconde later was dat moment er niet meer. Het had plaatsgemaakt voor een volgend moment. Enzovoort. Kun je me volgen?'

Om niet voor een passieve jaknikker te worden aangezien hield Saïd zijn hoofd nu angstvallig stil. Blijkbaar verwachtte de leraar geen antwoord, want hij vervolgde: 'Boeddha was zich bewust geworden van het hier en nu, maar tegelijk van het wezen van verandering. Verandering gaat altijd maar door, buiten ons en binnen in ons. Onze gedachten zijn daarvan een weerspiegeling. Die denderen maar door in onze arme, geteisterde hoofden en gunnen ons geen seconde rust.'

Hij pauzeerde even om het begrip 'rust' goed tot moeder en zoon door te laten dringen. Saïd had nog nooit over zijn gedachten nagedacht. Hij wist dat ze er waren. Zodra hij 's morgens zijn ogen opensloeg, waren ze er en ze bleven totdat hij 's avonds in slaap viel. Maar hij had er nog nooit van een afstand naar gekeken, alsof het vlinders waren. Hij moest toegeven dat het verhaal van de leraar tot nu toe niet tegenviel. Het was beter dan wat je op school te horen kreeg. Je kon er meteen iets mee doen: naar je eigen gedachten kijken en proberen ze te vangen. Ze op een speld prikken, zodat je ze op je gemak kon onderzoeken. Wie weet had zijn moeder eindelijk iemand gevonden aan wie ze iets hadden. 'Een rots in de branding' ging voorlopig nog te ver, maar misschien kon je de zee in de verte horen ruisen.

'Hoe zat Boeddha onder die boom? Dat is de volgende vraag die we ons moeten stellen. Leunde hij lui tegen de boom met een joint in zijn hand? Zeker weten van niet. We weten precies hoe hij zat en hoewel er in de boeken niets over weed vermeld wordt, kunnen we met aan zekerheid grenzende waarschijnlijkheid zeggen dat Boeddha geen joints rookte. Dat zou die rustig in- en uitgaande adem grondig verstoord hebben. Nee, er bestaat een optimale houding voor het zitten. Je hoeft maar naar een willekeurig beeld van Boeddha te kijken om te weten wat voor houding dat is. Alleen al door ernaar te kijken voel je je beter. Heel wat fijner, onder ons gezegd, dan het gevoel dat je krijgt wanneer je naar Christus aan het kruis kijkt. Heb ik gelijk of niet?'

Saïd en zijn moeder knikten tegelijkertijd. Van Christus aan het kruis ging je je niet beter voelen, dat was zeker. Als je de nachtmerrieachtige situatie waarin Christus verkeerde goed tot je door liet dringen, sloeg het koude zweet je uit. Christus aan het kruis was voor boven de achttien, maar er was geen keuringscommissie die erop toezag dat dit verbod werd nageleefd. Als de dag van gisteren herinnerde Saïd zich dat er bij zijn opa een in de slaapkamer boven de commode had gehangen, recht tegenover zijn bed. Telkens wanneer hij de zieke bezocht had hij er verstolen blikken op geworpen. Het was iets uit een gruwelijk sprookje zoals Jezus aan dat kruis gespijkerd was. Opa was helemaal alleen gestorven en de lijdende Jezus was het laatste wat hij van deze wereld gezien had. Nu Saïd eraan terugdacht, speet het hem dat er niet een Boeddha op de commode gezeten had.

'Oké, die houding van Boeddha noemen we zazen. Hoe kun je zitten in zazen? Met die vraag begint de les. Ik stel voor dat we alle drie eerst maar eens een kussen pakken en gaan zitten.'

De leraar gaf zelf het voorbeeld door op het middelste kussen te gaan zitten, met zijn gezicht naar de achtertuin. Zelf leek hij helemaal niet op Boeddha. Die laatste had een vreedzaam, maar ook lichtelijk vreemd uiterlijk met zijn uitgerekte oorlellen en zijn muts als een taps toelopende bijenkorf. Sommige boeddha's in Het Derde Oog, besefte Saïd nu, leden zelfs ernstig aan overgewicht. Misschien kwam het door al het zitten? Of had Boeddha tussen het ademen door gesnoept? Hoe het ook zij, in tegenstelling tot Boeddha was de leraar zelf een knappe, slanke man. Een lichte vorm van kaalheid kondigde zich aan, maar die had hij gecompenseerd door zijn haar te laten groeien, dat hij met een oranje elastiekje tot een staartje bond. Saïd begreep wel dat zijn moeder het deze keer ernstig te pakken had en dat hij heel erg zijn best zou moeten doen. De leraar was knapper dan zijn voorgangers, dat viel niet te ontkennen.

Saïd ging rechts van hem zitten, zijn moeder links. Allebei letten ze goed op.

'De Boeddha zat in de lotushouding, dus zo...' Hij kruiste zijn benen, en naar zijn voorbeeld kruisten Saïd en zijn moeder eveneens hun benen. 'Het is bijna goed, maar je moet zo zitten dat je hielen je liezen raken.' De leraar boog zijwaarts naar Saïd en greep hem bij een hiel.

'Ai!' De kreet ontsnapte Saïd als in een reflex. Blijf van mijn hielen af, dacht hij, maar hij keek wel uit het hardop te zeggen. De aanraking voelde aan als een schending, een belediging. Dat de leraar zijn moeder aanraakte, wanneer en waar het hem beliefde, was haar zaak. Maar zelf verdroeg Saïd het niet, al wist hij niet waarom.

'In het begin is het vervelend,' gaf de leraar toe, 'maar het went. Let op. Nu ga je mooi rechtop zitten. Kijk naar mij.'

Saïd en zijn moeder keken gehoorzaam toe hoe hij zat, met een kaarsrechte rug en zijn kruin recht naar boven. Zijn handen lagen in zijn schoot. Niemand keek ooit naar de zijkant van de Boeddha, maar zo moest het eruitzien.

'Zo, nu zijn jullie aan de beurt. Je hoeft niets te forceren, je gaat gewoon rechtop zitten alsof je een bezemsteel in je rug hebt.'

Saïd trok zijn schouders naar achteren en rechtte zijn rug, zoals de soldaten in het leger van Saïdi-Hassanië deden wanneer er 'Geef acht!' geroepen werd.

'Mond dicht en ogen open. En je kin intrekken.'

Saïd trok gauw zijn kin in, voordat de leraar het voor hem zou doen. Maar die was met zijn aandacht bij zijn geliefde. 'Goed zo, schatje, dat is het helemaal. Je kunt zien dat je het niet voor het eerst doet.'

Goed zo, schatje, herhaalde Saïd bij zichzelf. Het was niet om aan te horen, maar je kon er niets tegen doen.

'En nu vorm je met je handen een kosmische *mudra*. Kijk

zo: de toppen van je duimen tegen elkaar, terwijl je met je handen een kommetje vormt alsof je er water uit wilt drinken.'

Saïd gluurde opzij om te controleren of hij het goed deed. Ik zit net als Boeddha, stelde hij vast, nu gaat er iets bijzonders gebeuren.

'Zo. Nu zitten we zoals het hoort. Ontspannen, zonder de lippen op elkaar te persen. We hoeven niets anders te doen dan in het nu-moment te zitten en te volgen hoe onze adem bij ons naar binnen komt en hoe hij naar buiten gaat.'

Saïd zat en wachtte op het bijzondere. Op de beloning voor het zitten op een kussentje en het zwijgen, terwijl hij al lang en breed in Saïdi-Hassanië had kunnen zijn. De Boeddha op de schoorsteenmantel glimlachte zo mysterieus dat het niet anders kon of hij had iets heel bijzonders in petto voor iemand die een dergelijk offer bracht. Saïd begon op zijn ademhaling te letten, zoals hem was opgedragen. Eigenlijk had hij er nooit bij stilgestaan dat adem iets was waar je naar zou kunnen luisteren, alsof het muziek was, of een zingende vogel. Zijn adem ruiste als een zachte bries, merkte hij, een stroom lucht zoefde langs zijn neushaartjes, die meebewogen als gras in de wind. In. Uit. In. Er kwam lucht bij je naar binnen en je gaf hem weer terug aan de atmosfeer; het was een eindeloos geven en nemen. Je stond er nooit bij stil, maar als het geruis zou stoppen, was je leven voorbij. Zo bizar was het dus eigenlijk niet om een beetje aandacht te besteden aan iets waar je leven van afhing. Maar intussen liet het bijzondere wel op zich wachten. Was hij te ongeduldig? Hoe lang moest je blijven zitten met een kommetje in je handen, om het in op te vangen als het kwam? Zonder iets te verspillen?

In plaats van het bijzondere kwam er wel iets anders. Of liever: er verdween iets. De bezemsteel verdween uit zijn rug, het leek wel of iemand hem stiekem had weggenomen. Zon-

287

der bezemsteel was het onmogelijk kaarsrecht te blijven zitten. Zijn rug kromde zich, of hij het wilde of niet. Zijn rug kromde zich als die van een oude man die moe was van de last van zijn eigen leven. Saïd vermande zich. Rechtop! Hij richtte zijn aandacht streng op zijn rug, om te voorkomen dat die zich weer zou krommen. Met schrik besefte hij dat hij op dat moment zijn adem vergat. Maar het was moeilijk, zo niet onmogelijk om tegelijkertijd op je rug en je adem te letten. Het leek of je vader was van twee kinderen die allebei kattenkwaad uithaalden.

Zo ging het een tijdje door: wanneer hij zijn rug rechtte, vergat hij naar zijn adem te luisteren en als hij zich concentreerde op de in- en uitstromende lucht, zakte zijn rug in. Geleidelijk kwam er ook nog pijn in zijn benen bij. Het was nog net geen kramp, maar het zat er dicht tegenaan. Hij kreeg een sterke behoefte zijn benen te strekken. Vanuit zijn ooghoeken keek hij naar de leraar en zijn moeder. Ze zaten beiden roerloos en kaarsrecht alsof ze van marmer waren. Rond de mondhoeken van de leraar zweefde zelfs een lichte glimlach. Hij was kampioen zitten, dat zag je zo. En hij genoot ervan. Saïd keek weer voor zich, naar de bomen en naar de balkons erachter. Je benen strekken was uitgesloten, dat was duidelijk. Hij was terechtgekomen in een gevecht tussen zijn adem, zijn rug en zijn benen. Wat had hij verkeerd gedaan? Dit kon onmogelijk het bijzondere zijn wat Boeddha hem beloofd had.

Hierbij vergeleken hadden Hassan en Aziza het makkelijk. Zo nu en dan op hun knieën met hun hoofd naar het oosten, dat was alles. Een lekker zacht gebedskleedje eronder. Niet dit eindeloze zitten en maar wachten of er iets kwam. Hij durfde zich niet te verroeren. De stilte die om hen heen hing, was van glas geworden, dat bij de geringste beweging zou breken. Zelfs op de balkons aan de overkant bespeurde hij geen enkel teken van leven. De bomen, de achtergevels van de huizen, de lege lucht erboven waarin geen vogel, geen vliegtuig te zien was – het leek of ze verwikkeld waren in een groot zencomplot en alleen nog naar hun eigen adem luisterden. Alles ademde op een onzichtbare manier die hem buitensloot.

Twee keer werd de stilte doorbroken door het geluid van de bel. Niemand reageerde. Saïd voelde dat het een doodzonde zou zijn als hij op zou staan om de deur open te doen. Zijn moeder zou het hem nooit vergeven. Hij bleef roerloos zitten, een voorbeeldige leerling met een hoofd vol boze gedachten.

'Er is alleen het zitten-in-het-hier-en-nu,' had de leraar gezegd, 'de rest is verandering.' De gedachten ook, die veranderden voortdurend. Dat was waar. Al zat hij stil, zijn gedachten gingen maar door. Hij kon zelfs horen hoe hij ze dacht. Eerlijk gezegd werd het zitten-in-het-hier-en-nu behoorlijk bedorven door de gedachten, die aan hem voorbijraasden als auto's op een snelweg. Waarom was er niet bij verteld dat gedachten zo hardnekkig konden zijn? Dat er gedachten bestonden die steeds weer terugkwamen bij de pijn in je rug en in je benen? Hij had zin in fijne gedachten, dat was toch niet te veel gevraagd? De Boeddha had ze en de leraar had ze, anders zouden ze niet zo innig tevreden zitten te glimlachen. Zijn moeder had ze misschien nog niet, maar ze was vast een eind op weg om ze te krijgen. Waarom waren ze voor hem niet weggelegd?

'Zo, jongen,' klonk eindelijk de stem van de leraar van heel ver.

'Saïd,' corrigeerde Saïds moeder half fluisterend.

'Zo, Saïd... En hoe bevalt zazen?'

'Het doet pijn in mijn rug. En pijn in mijn benen,' zei Saïd. Van al dat zwijgen leek zijn keel toegeknepen te zijn en was zijn mond droog geworden. Hij had het wel willen uitschreeuwen van verontwaardiging, maar hij hield zich in.

'Dat is normaal. Als je geen pijn zou hebben, ergens in je lichaam, dan zou dat een teken zijn dat je niet de juiste manier van zitten beoefent.'

'Mag ik nu bewegen?'

'Je mag nu bewegen, zoveel je maar wilt.'

Met een zucht van opluchting strekte Saïd zijn benen.

'Voel je nu hoe heerlijk het is om je benen te bewegen? Dankzij het zitten van daarnet zul je waarderen hoe fijn het kan zijn om te bewegen. Maar de pijn die je hebt gevoeld is onontkoombaar. Het is de pijn van het leven zelf. Boeddha leert ons dat het leven lijden is. Geboren worden, ziek worden, doodgaan – alles is lijden. Iemand verliezen van wie je houdt, is lijden. Elke vervelende ervaring is lijden. Iets niet krijgen wat je heel graag wilt hebben, is lijden. Gescheiden worden van iets of iemand, is lijden. Zo kan ik wel een tijdje doorgaan. Elke dag gebeuren er dingen die je niet fijn vindt. Die nare gevoelens bij je teweegbrengen. Heb ik gelijk of niet?'

Het duurde even voordat Saïd knikte. Dat laatste was waar. Elke dag gebeurden er dingen die niet fijn waren. Soms verduisterden ze de hemel als een sprinkhanenplaag. De enige ontsnappingsmogelijkheid was dan Saïdi-Hassanië. Hoewel daar ook nare dingen gebeurden, zoals oorlogen en zandstormen, leed hij er niet onder zoals in het echte leven. Treurige gebeurtenissen kregen het aanzien van een groots drama omdat hij ze zelf bedacht had. Hij voelde ze niet, zoals pijn in zijn rug. In feite lag er een vreemde bevrediging in tragische dingen te laten gebeuren zonder ze te hoeven voelen.

'Maar het zijn onze gedachten erover die het lijden pas echt pijnlijk maken,' vervolgde de leraar, 'en waardoor we dubbel lijden. Jij hebt pijn in je benen en je denkt: wat heb ik een pijn in mijn benen! Daardoor is er niet alleen de pijn in je benen, maar ook de vervelende gedachte aan de pijn. Dat betekent dubbele pijn. Door de gedachte aan de pijn kom je in een sfeer van verzet, die ook pijn doet. Boeddha heeft dat begrepen. Het mooie van Boeddha is dat hij ons een methode heeft nagelaten hoe we met lijden om kunnen gaan. Hij zegt: "Aanvaard dat het leven lijden is." We willen het niet, maar het is de werkelijkheid zonder roze bril. Wanneer we ons niet langer verzetten, met ons lichaam en met onze gedachten, dan kunnen we meegaan met de stroom van het universum. Dan lijden we nog steeds, maar niet langer dubbel. We gaan als het ware midden in het lijden zitten en toch doet het minder pijn. Begrijp je wat ik bedoel?'

'En midden in het lijden zitten, is zazen?' vulde Saïd ongelovig aan. Dat kon toch niet waar zijn! De bedoeling van het leven was toch dat iedereen gelukkig zou worden? Het was belachelijk, maar hij voelde de dreiging van tranen. En dat terwijl het oneindig lang geleden was dat hij voor het laatst had gehuild. Huilen was voorbehouden aan zijn moeder, niethuilen aan hem, anders was er geen redden meer aan. Hij slikte krachtig. Huilen in aanwezigheid van de leraar was wel het laatste wat hij wilde. Als profeet van het lijden zou die in zijn tranen waarschijnlijk een succes van zijn les zien.

'Precies! Je bent een snelle leerling.' De leraar wendde zich geestdriftig tot Saïds moeder. 'Die zoon van jou is snel van begrip.'

'Je zou zijn rapporten moeten zien!' zei ze trots. 'En hij heeft een vriendje dat net zo slim is als hij. Samen zijn ze akelig bijdehand.'

'Misschien wil je vriendje ook met ons meedoen,' zei de leraar gul.

Saïd schudde zijn hoofd. 'Dat kan niet. Hij is moslim.'

'Moslim?' De mond van de knappe zenleraar viel open. 'Hoe kom jij aan een islamitisch vriendje?'

'We zitten bij elkaar in de klas.'

'En hij woont hier vlakbij,' voegde Saïds moeder eraan toe.

'Ik wist niet dat er buitenlanders in deze buurt woonden...
Hoe dan ook, islamitisch of niet, hij is van harte welkom bij
de les. Zazen sluit niets of niemand uit. Zazen benadrukt de
verbondenheid van alle mensen op aarde, het staat voor absolute solidariteit. Wie weet doet je vriend het nog beter dan wij,
wanneer hij eenmaal op dreef is. In ieder geval, voor vandaag
is het wel genoeg, volgende week gaan we verder.'

Saïd stond misschien iets te snel op, want hij voegde eraan
toe: 'Ik geef je een koan mee voor de komende dagen. Een
raadseltje als oefening in zazen. Het is een heel bekende die ik
je meegeef: hoe klinkt het klappen met één hand?'

'Hoe klinkt het klappen met één hand?' herhaalde Saïd.
'Maar dat kan toch niet? Je kunt net zo goed vragen: hoe kun
je ademen zonder neus en mond?'

'Ha!' riep de leraar. 'Dat is een goeie. Het zou een koan
kunnen zijn!' Hij keek Saïds moeder bewonderend aan. Die
glimlachte tevreden. 'Weet je zelf wat het antwoord zou moeten zijn?'

Saïd schudde zijn hoofd.

'Door de huid, want je kunt ook door je poriën ademen.'

Saïd zuchtte. De nieuwe vriend was een brug te ver. Als iemand met al zijn kracht een kussen op je gezicht drukte, ging
je dood. Dat wist iedereen. Dan schoot je huid je echt niet te
hulp.

'Je hoeft de oplossing van mijn koan niet te vinden. Waar
het om gaat, is dat je erover nadenkt, dat is alles. Probeer het
maar eens.'

Saïd knikte beleefd en draaide zich om. Hij deed zijn best
kalm en bedachtzaam de kamer te verlaten. Hij had er nog
steeds veel voor over om het voor zijn moeder niet te beder-
ven.

Ze kwamen niet altijd met zijn tweeën. Soms moest Aziza thuisblijven om huiswerk te maken of haar moeder te helpen met koken. Soms ook werd er geen reden gegeven. Toch durfde Saïd er nooit naar te vragen. Deel uitmaken van de koninklijke familie gebeurde op basis van vrijwilligheid. Dat was de grote charme ervan, omdat je in de werkelijkheid je familie niet kon kiezen. Maar zonder haar verloor het koninkrijk voor Saïd veel van zijn kleur. Aziza had een extra dimensie toegevoegd, ze had een lemen pop leven ingeblazen. Sinds zij meeregeerde, was er veel ten goede veranderd. Uit de paleiskeuken kwamen de geuren van gerechten die ze had bedacht. Waarschijnlijk was er een grote overeenkomst met de maaltijden die bij haar thuis werden bereid, en gebruikte ze dezelfde kruiden en specerijen. Ze had een schrift vol geschreven met dagmenu's, die ze had verlucht met tekeningen en gekleurde foto's uit damesbladen. 'Wat willen jullie vandaag eten?' vroeg ze weleens. Bladerend in haar schrift kwam ze met voorstellen waaruit ze konden kiezen. Het viel Saïd niet mee om daarna met zijn moeder zoiets banaals als hutspot te eten.

Het paleis werd ingericht met viltstift. Er was een speciaal schetsboek gewijd aan het interieur van de zalen. Ingewikkeld was de meubilering niet. Van rondleidingen met gidsen in Franse kastelen herinnerde Saïd zich overdadige meubels met veel krullen en bladgoud. Meubels die genoemd waren naar keizerrijken en regeringsperiodes van Franse vorsten, zoals empire en Louis Quinze. Grote schilderijen van voorouders aan de muren. Ridders met degens, pas gekroonde vorsten in scharlaken mantels met een kraag van luipaard. Elegante dames met een nuffig hondje aan hun voeten. Niets van dat alles in het koninklijk paleis van Saïdi-Hassanië. Geen mahoniehouten tafels of stoelen, op de koninklijke tronen na. Met kleurige stoffen overtrokken matrassen en kussens tegen de muren, tapijten met geometrische patronen, lage ronde tafeltjes met een blad van koper om het hoognodige op te zetten, kale muren. Het leek opvallend veel op het interieur bij Aziza thuis, maar dan honderdmaal uitvergroot.

'Wat is dit?' vroeg Saïd, die over Aziza's schouder keek.

'Een televisie natuurlijk.'

Saïd wreef bedenkelijk over zijn kin. 'Televisie in Saïdi-Hassanië?'

'Ja. Kijk jij nooit televisie soms?' Aziza keek hem uitdagend aan.

'Jawel... maar de leden van de koninklijke familie van Saïdi-Hassanië hebben Harlekino als ze zich vervelen.'

'Maar koningen en koninginnen willen ook weleens naar een leuke serie kijken.'

'En naar het journaal,' viel Hassan haar bij. 'Ze willen weten wat er in hun land gebeurt, en in de rest van de wereld.'

Het idee dat er in Saïdi-Hassanië televisies werden geïntroduceerd, stond Saïd helemaal niet aan. Maar hij kon geen enkel steekhoudend tegenargument bedenken, dus zweeg hij. Voor het eerst sinds hij koning was, zag hij zich geplaatst tegenover een meerderheid. Oké, televisie in het koninklijk paleis, hij zou ermee moeten leren leven. Nadat het paleis was ingericht, begon Aziza in hetzelfde schetsboek aan een ontwerp voor de tuin. Er werden bomen in getekend met grillige, donkere stammen en bruine stippen tussen de bladeren. In een weide graasden gevlekte dieren op dunne poten. Boomhoge cactussen met rode vruchten dienden als omheining. Saïd, die sinds de televisie lichtelijk ongerust was, wierp een blik over haar schouder.

'Wat zijn dat?' Hij wees op de dieren.

'Geiten.'

'En wat voor bomen zijn dit?'

Aziza zuchtte theatraal. 'Jij weet ook niks zeg! Amandelbomen natuurlijk.'

'Hum... het lijkt meer op de tuin van een boerderij. Een paleistuin ziet er heel anders uit.'

'Hoe dan?' zei Aziza beledigd.

'Nou, met bloemen, en struiken die gesnoeid zijn in de vorm van dieren.'

'Struiken in de vorm van dieren? Heb je soms een gaatje in je hersens?'

'In je hoofd, Aziza,' zei Hassan, terwijl zijn pen verderging met schrijven. 'Heb je een gaatje in je hóófd.'

'In je hoofd dan.' Ze klemde haar lippen op elkaar en scheurde met een ruk de afdeling tuinarchitectuur uit het schetsboek. 'Ophoepelen,' zei ze, Saïd wegduwend. Er kwam een nieuw ontwerp voor in de plaats, dat veel maagdclijk witte vellen in beslag nam. Het werd een tuin met alles erop en eraan, een lusthof vol dadelpalmen en sinaasappelbomen. Er was een wandelgedeelte met lange, betegelde paden die in het midden uitkwamen bij een octagonaal terras met een fontein, omringd door banken. Tussen de palmen hingen kooien met exotische vogels. Ergens pronkte een verdwaalde pauw met zijn verenpracht. Aan het eind van een met buxushagen omzoomde laan was een prieel dat begroeid was met klimrozen. Aziza maakte zelfs detailtekeningen van sinaasappels en trossen dadels aan een tak. Ze was er weken mee bezig. Zodra ze binnenkwam, liep ze rechtstreeks naar de tafel, sloeg het schetsboek open, wierp een strenge, kritische blik op de voorgaande pagina's en begon met vaste hand te tekenen. Saïd, die af en toe heimelijk keek, zag dat haar viltstift doelgericht over het witte papier bewoog, zonder ooit te aarzelen. Alsof de paden, de bomen en bloemen al bestonden voordat Aziza begon te tekenen en haar hadden uitgekozen om zichzelf zichtbaar te maken. Hoewel verre van fotografisch was de weergave krachtig en geloofwaardig in zijn eenvoud. Je zag meteen dat je te maken had met echte sinaasappelbomen en dat er echt water uit de fontein klaterde.

Ditmaal oogstte ze meer bewondering met haar tuin, zowel van de koning als van de onderkoning.

'Mooi!' zei Saïd. 'Erg mooi! Hoe wist je dat de koninklijke tuinen van Saïdi-Hassanië er zo uitzien?'

Het duurde even voordat Aziza iets zei. Haar antwoord moest van heel ver weg komen. 'Omdat ik er elke dag ga wandelen natuurlijk... Dan ga ik op dat bankje zitten en luister naar het zingen van de kanaries.' Met een dun, priemend vingertje wees ze een bank in het centrum van de achthoek aan.

Saïd aarzelde. Hij verwarde zelf de realiteit binnen het koninkrijk al vaak met die in het hier en nu aan het eind van de twintigste eeuw, maar geconfronteerd met Aziza's talent voor grensvervaging voelde hij zich beslist de mindere. 'Ik snap het,' zei hij zwakjes.

Hassan schoot hem te hulp. 'Haar tuin lijkt op die van het koninklijk paleis in Sevilla,' zei hij nuchter. 'Daar zijn we vorig jaar geweest, op de terugweg uit Marokko. Mijn vader moest een pakje afgeven bij een oom van ons die in Spanje werkt.'

'We hebben een paar nachten bij hem geslapen,' viel Aziza hem bij. 'Dat was erg leuk. Hij heeft ons Moorse paleizen laten zien, en flamencodanseressen die in hun handen klapten.'

Op een dag wilde Aziza tot in detail weten hoe Harlekino eruitzag. Met het antwoord dat hij een narrenpak droeg en een muts met bellen, nam ze geen genoegen. 'Hebben jullie geen foto van hem?'

Hassan en Saïd keken elkaar bevreemd aan. 'Hoe kom je erbij dat we een foto van hem zouden hebben?' zei Hassan kribbig.

'Een plaatje dan?'

Saïd dacht diep na. Waar had hij ook al weer een afbeelding van een soort Harlekino gezien? Ineens schoot het hem te binnen. De joker! In de kast met spelletjes in de huiskamer lag een kaartspel. Voordat zijn moeder een passie voor tarot-kaarten kreeg had zij hem leren jokeren. 'We hebben er een in de huiskamer,' zei hij, 'maar ik kan nu niet gaan kijken.'

'Waarom niet?'

'De leraar is aan het zitten.' Meer hoefde Saïd niet te zeggen. Hij had uitgelegd hoe het zat met de leraar en met de za-zenlessen die hij zo nu en dan moest volgen. Hassan en Aziza koesterden een eerbiedige vrees voor de leraar. De situatie verschilde niet zoveel van die bij hen thuis: een strenge vader, die stilte eiste wanneer hij thuiskwam, en die studie eiste van de Koran, en dagelijkse gebeden.

Het zitten in zazen ging met kalme regelmaat door. Zijn spieren wenden er niet aan; het bleef pijn doen. Je moest midden in het lijden gaan zitten, had de leraar gezegd. Dat kostte geen enkele moeite, want Saïd zat al in het lijden zodra hij de huiskamer binnenkwam en de drie kussentjes zag liggen. Drie kwelduiveltjes, die zich tijdens zijn afwezigheid al hadden verheugd op zijn terugkeer. Terwijl hij zat, nam de pijn geleidelijk toe, totdat alles in hem alleen nog een wanhopig protest was. Dat was het verzet tegen het lijden dat het lijden verdubbelde, wist hij. Het zitten was een oefening om dat verzet op te geven, opdat dubbele pijn in je benen gewoon enkele pijn zou worden. Hij wist het allemaal precies, maar helpen deed het niet.

De leraar droeg hem op zijn ademhalingen te tellen. Inademen één, uitademen twee. Wanneer het hem lukte de tien te halen, moest hij opnieuw beginnen. Saïd begon gehoorzaam te tellen en algauw leek het of zijn gedachten opgeslokt werden door de cijfers. Oneven bij de inademing, even bij de uitademing. Zodra de gedachte een cijfer werd, verloor zij haar inhoud. Terwijl zijn blik op de tuinen gericht was, verschenen in de bladeren van de bomen de vage omtrekken van de cijfers. Tegelijkertijd meende hij ze ook te horen, alsof iemand ze hem met een hese stem influisterde: een, twee, drie...

De ene reeks tot tien na de andere kwam voorbij. Algauw bestond er in zijn hoofd niets anders meer dan die cijfers, gekoppeld aan zijn adem. Dat was fijn, want sinds hij leerde rekenen had hij van cijfers gehouden. Hij hield ook van hun vorm, die gebaseerd was op rechte en ronde lijnen. Een 3 was een doormidden gesneden 8, een 8 waren twee op elkaar gestapelde cirkels. De uit rechte lijnen bestaande 7 had zijn ronde pendant in de 9. Cijfers waren afkomstig uit een universum waarin geen twijfel heerste, waarin alles zijn logische plaats had. Ze bedrogen je niet, ze deden zich niet anders voor dan ze waren. Ze tilden je op tot ver boven de chaotische werkelijkheid die je omringde. Zolang je in hun gezelschap was, kon je niets overkomen. Je werd immuun voor je gedachten, die een ziekelijke voorkeur leken te hebben voor ervaringen die je zo snel mogelijk wilde vergeten. Opdringerige gedachten die de ervaringen eindeloos bleven herhalen, als sombere films die steeds opnieuw werden vertoond. Hoewel je de naargeestige details vanbuiten kende, was je gedwongen er telkens weer naar te kijken, zonder een oplossing te weten die de hoofdpersoon voor altijd van zijn kwellingen zou verlossen. Een vervelende bijkomstigheid was dat je op den duur ook in de toekomst sombere films op je af zag komen. Dat werkte dan weer als een self-fulfilling prophecy: wie naargeestige films verwachtte, kon er vergif op innemen dat hij ze ook te zien zou krijgen. Alsof de filmindustrie alleen maar geld zag in menselijke ellende. Het mooie van cijfers was dat ze korte metten maakten met gedachten die op dit soort films leken. Er was niets mooiers dan een bladzijde uit een ruitjesschrift vol sommen. Prachtige stralende sommen, helder als sterren en onaantastbaar! Het schrift dat aan het monetaire stelsel van Saïdi-Hassanië gewijd was, bevatte diezelfde abstracte schoonheid. Saïd hoefde het maar open te slaan en hij voelde zich meteen een stuk beter. Sterker nog, hij hoefde het alleen maar op tafel te zien liggen zodra hij zijn slaapkamer binnenkwam.

Het zitten werd er een stuk gemakkelijker op door het tellen van één tot tien. Misschien was dit het bijzondere wat Boeddha hem in het vooruitzicht had gesteld? Toen hij het na afloop aan de leraar vertelde schudde deze zijn hoofd.

'Maar dat is niet normaal,' zei hij verbaasd. 'Weet je zeker dat je elke keer weer helemaal tot tien telt?'

Saïd knikte. Op zijn beurt was hij verwonderd over het ongeloof van de leraar. Hij had verwacht dat die tevreden zou zijn.

'Blijf je nooit bij vier of vijf steken, zodat je weer helemaal opnieuw moet beginnen?'

'Natuurlijk niet,' zei Saïd, in zijn wiek geschoten. 'Ik kan toch zeker wel tot tien tellen?'

'Dat is niet normaal, weet je, en al helemaal niet voor een beginneling.'

'Wat is dan normaal?'

'Normaal gesproken beginnen je gedachten al bij vier, hooguit vijf af te dwalen en vergeet je door te gaan met tellen. Voordat je er erg in hebt, adem je er maar zo'n beetje op los en denk je aan iets anders. Dat is menselijk, weet je. Zo zitten we nu eenmaal in elkaar, helaas. Er zijn jaren en jaren van oefening voor nodig om bij tien aan te komen, laat staan bij een volgend rondje van één tot tien. Dus als jij denkt dat je tot tien telt, is dat in de werkelijkheid niet zo. Ik neem het je niet kwalijk hoor. Let de volgende keer maar eens extra goed op of je echt de tien haalt, of dat het je verbeelding is die je parten speelt.'

'Haal jij de tien?' vroeg Saïd.

'Om eerlijk te zijn, nee. Ik heb nog nooit de tien bereikt.

Ik ben er soms heel dichtbij, dan denk ik dat het gaat lukken, maar even later betrap ik me erop dat ik toch weer aan iets anders denk. Het is tergend. Maar het is juist het wezen van zazen, dat je het blijft proberen. Er is geen doel. Het doel is niet om de tien te bereiken. Het doel is door te gaan met tellen zonder je ooit uit het veld te laten slaan. Terwijl je pijn in je rug hebt, in je benen, in je hoofd. Terwijl je gefrustreerd bent door je eigen gedachten, die altijd maar weer het tellen tot tien saboteren. Zazen is het tellen nemen zoals het komt, zonder er iets van te verwachten. Zazen streeft niet naar perfectie. En zelfs als het iemand ooit lukt, per ongeluk, de tien te bereiken, dan moet hij de volgende keer toch weer helemaal opnieuw beginnen.'

'Het lijkt wel of zazen het verbiedt de tien te halen!' riep Saïd verontwaardigd.

'Zazen verbiedt het niet, maar beveelt het ook niet aan. Voor zazen draait het daar niet om. Het is onze westerse, doelgerichte manier van denken die van ons eist dat we tot tien komen. Die manier van denken moeten we loslaten, hij maakt ons ongelukkig.'

Saïd liep ontgoocheld weg. Had hij eindelijk een manier gevonden om zijn oefeningen te verlichten, bleek dat hij er helemaal naast zat. Boeddha had hem die manier toch als een geschenk gegeven? Hij wist toch zeker dat hij moeiteloos tot tien geteld had, en telkens weer, of de leraar hem nu geloofde of niet.

Het kaartspel was gelukkig compleet, de joker zat er nog in. Aziza begon hem meteen na te tekenen. Onder haar bedrijvige hand ontstond een vrije variant op de joker uit het spel.

'Maar Harlekino is een lilliput,' zei Hassan toen ze het resultaat liet zien. 'Hij heeft geen lange benen en armen. Hij is een dwerg.'

Aziza sloeg een hand voor haar mond. 'Dat was ik helemaal vergeten!' Haar lippen begonnen te trillen. Saïd was bang dat ze zou gaan huilen. 'Het is mijn schuld,' zei hij vlug. 'De joker is maar een voorbeeld. Harlekino ziet er niet precies zo uit, maar hij draagt dezelfde kleren. En hij kijkt je net zo aan als de joker – met een lachje op zijn gezicht, dat van alles kan betekenen. Een vrolijk, maar ook gevaarlijk lachje.'

'Gevaarlijk?' Hassan fronste zijn wenkbrauwen.

'Ja. Alsof hij iets verbergt. Een vreselijk geheim, en wie het leert kennen moet sterven.' Saïd hoorde dat het dramatisch en onheilspellend klonk. Maar zodra de woorden uit zijn mond floepten, wist hij dat het waar was. Het was een nieuwe waarheid, die zich behaaglijk in een hoekje van zijn bewustzijn nestelde als iemand die voorlopig niet van plan is zijn comfortabele positie op te geven.

Hassan pakte de kaart op van de tafel en bekeek hem aandachtig. 'Een vreselijk geheim? Welnee, de joker is gewoon een grapjas, en Harlekino ook. Ik kan het weten, want ik heb hem zelf in dienst genomen. Hij lacht zoveel omdat hij overal het belachelijke van inziet. En omdat het zijn beroep is natuurlijk.'

'Oké, je broer zegt het,' zei Saïd tegen Aziza. 'Luister maar niet naar mij.'

'Je moet een dwerg van hem maken.' Hassan legde de kaart terug op tafel. 'Verder is hij helemaal goed.'

Aziza boog zich weer over haar schetsboek en begon aan een nieuwe afbeelding van Harlekino. Hassan en Saïd keerden terug naar hun eigen bezigheden. Er heerste een verfijnde stilte in de slaapkamer, een stilte die gevuld was met aandacht, toewijding en verbeelding. Een stilte waarbij Saïdi-Hassanië goed gedijde, en waarin ze alle drie precies op hun plaats waren. Saïd kon niet weten dat hij jaren later vaak terug zou denken aan die eendrachtige stilte. Hij zou beseffen dat er toen niets aan zijn geluk had ontbroken. Ze waren een koninklijk drietal geweest en alles wat ze, puttend uit hun verschillende talenten, hadden bedacht om hun land meer dimensies te geven, had allure gehad. Wanneer hij later de kwaliteit van zijn leven afzette tegen die volmaakte uren in Saïdi-Hassanië, kwam zijn leven hem schraal en ontoereikend voor. Er ontbrak iets wezenlijks aan en hij wist niet hoe hij het ooit terug zou kunnen krijgen. Hij begreep zelfs niet hoe het verloren had kunnen gaan. Het leek een soort boete, een prijs die hij moest betalen omdat ze als koningen hadden geleefd in het beloofde land.

Aziza kreeg de smaak te pakken. Ze had een zwak voor Harlekino en ze kon zich nu helemaal uitleven. In een nieuw schetsboek werden vele pagina's aan hem gewijd. Harlekino die rare grimassen trok, die danste, die koprolletjes maakte. Harlekino in de koninklijke tuinen, die praatte met een pauw, Harlekino die achterstevoren op de rug van een hond zat die verdacht veel op Stoepa leek, Harlekino die balanceerde op de rand van de vijver. Harlekino die een bloem aanbood aan een waggelende gans. Harlekino met twee horentjes in plaats van een muts met twee punten. Harlekino die stiekem op de troon ging zitten. Harlekino in een bad op leeuwenpootjes, in een ledikant onder een kleurig dekbed. Aziza liet haar verbeelding de vrije loop. Het leek wel of Harlekino haar in eigen persoon ideeën influisterde, zo divers was het aantal situaties waarin hij als een acteur in zijn eigen leven optrad.

Ineens was ze klaar met Harlekino. Van het ene op het andere moment had ze genoeg van hem gekregen. Het leek of Harlekino haar had uitgeput met zijn grappen en grollen. Saïd begreep het heel goed. Hij had de hofnar van het begin af aan vermoeiend gevonden. Je moest voortdurend op je hoede zijn. Tot nu toe beperkte hij zich ertoe zichzelf belachelijk te maken, maar wie garandeerde dat hij daar altijd genoeg aan zou hebben? Misschien zou hij op een dag zijn grenzen verleggen en anderen het slachtoffer maken van zijn dubieuze humor. Wie zou er dan een fraaier doelwit zijn dan de koning zelf? Vooral omdat hij die nooit had kunnen veroveren. De hofnar voelde donders goed dat de koning zijn reserves tegenover hem had. Dat hij vaak weigerde om zijn grappen te lachen. En als hij lachte, was het hoogstens een vage glimlach. Nooit was het eens een bevrijdend bulderen, een uitzinnig lachen waarin hij zich helemaal liet gaan.

Hassan en Saïd staakten hun werk om Harlekino in al zijn verschijningsvormen te bekijken. 'Je moet hem nog besnijden.' Hassan wees met zijn pen naar de tekening van Harlekino in bad. Ondanks het schuim was diens geslachtsdeel duidelijk zichtbaar. Wie goed keek, kon zien dat het nog helemaal intact was.

'Moet dat?' vroeg Saïd verwonderd. Wat een gek detail om op te letten.

'De Saïdi-Hassaniërs zijn toch moslim!'

'Wie zegt dat?'

'Ik! Wat denk jij, Aziza, zijn ze moslim of niet?'

Aziza keek weifelend van de een naar de ander. 'Ik weet het niet,' zei ze verlegen.

'We hebben nog geen godsdienst bedacht,' besefte Saïd, 'maar ik heb liever dat ze er een krijgen die nog niet bestaat.'

'Dat kan ook,' gaf Hassan toe, 'maar dan moeten we wel opschieten. We kunnen de pik van de hofnar niet te lang laten wachten.'

'Is hij niet te groot voor zo'n klein mannetje?' vroeg Saïd. Nu zijn aandacht erop gevestigd was, werd hij ook kritisch.

'Hij is aan de grote kant,' beaamde Hassan, 'zeker in verhouding tot de rest van het lichaam.'

'Maar hoe groot moet hij dan zijn?' riep Aziza uit met lichte wanhoop in haar stem. 'Ik kan hem niet uitgummen, het is viltstift.'

'Laat hem maar zo,' zei Hassan berustend. 'Ik heb nog nooit ergens gelezen dat dwergen kleinere hebben dan gewone mensen. Jullie wel soms?'

Saïd en Aziza schudden beiden hun hoofd. Ze hadden er nooit iets over gelezen of gehoord.

'Waarom zit Harlekino hier op de troon?' vroeg Saïd wantrouwend.

'Omdat... omdat...' hakkelde Aziza.

'Nou?'

'Omdat hij diep van binnen koning wil zijn.' Ze fluisterde bijna. 'En wil heersen over de hele aarde.'

'Harlekino?' zei Hassan spottend. 'Hoe kom je erbij dat hij dat zou willen? Hij zou hooguit de leukste hofnar van de wereld willen zijn.'

'Dit kan niet, Aziza,' zei Saïd. 'Je mag van alles verzinnen, maar Harlekino op de troon zetten gaat te ver. En deze hier...' Hij wees naar de tekening van Harlekino met horens. 'Wat betekent dit...?'

Aziza liet haar hoofd hangen. Haar onderste lip begon te trillen. 'Jullie hebben alleen maar aanmerkingen...'

'Op dit punt moeten we streng zijn,' zei Saïd met grote stelligheid. 'Je neemt belangrijke beslissingen over Harlekino. Beslissingen die grote gevolgen kunnen hebben voor Saïdi-Hassanië.'

'Je moet tegen een beetje kritiek kunnen,' viel Hassan hem bij.

'Je tekeningen zijn verder heel mooi,' voegde Saïd er vergoelijkend aan toe.

'Echt?' Aziza keek naar het schetsboek alsof ze het voor het eerst zag.

'Echt waar... Dus waarom heb je de twee punten van zijn muts in horens veranderd?'

'Ik weet niet.'

'Je ziet toch wel dat hij zo op een duivel lijkt?'

'Ik dacht... ik dacht... als de punten van zijn muts niet naar beneden hangen maar omhoogsteken, en je laat de belletjes weg, dan zijn het net horentjes.'

'Maar zo wordt Harlekino een demon, of een boosaardige djinn,' riep Hassan uit. 'Zo heb ik hem helemaal niet bedoeld! Harlekino wil het goede, niet het kwade! Hij doet zijn best om iedereen aan het lachen te maken en gezond te houden.'

'Oké...' zei Aziza boos. 'Dan scheur ik hem eruit.' Met een vinnige ruk trok ze het blad uit haar schetsboek. Ze scheurde het in kleine snippertjes en gooide die met een verbeten trek om haar mond in de prullenbak.

'En die ook graag.' Saïd wees nog eens op de afbeelding van de hofnar die de brutaliteit had gehad op de troon te kruipen. Ze wierp hem een vernietigende blik toe, maar gaf gehoor aan zijn verzoek. Harlekino op de troon viel hetzelfde lot ten deel als Harlekino met de horens. Ze belandden allebei tussen de snippers en proppen papier. De rest van de middag weigerde Aziza te tekenen. Door de kamer ijsberend deed ze haar best de andere twee in hun concentratie te storen.

'Ga iets doen, Aziza,' smeekte haar broer. 'Hier word ik gek van.'

'Net goed,' zei Aziza wraakzuchtig.

'Gedraag je als een koningin,' zei Hassan, 'en niet als een of andere stomme griet.'

'Ik ga naar huis,' kondigde ze aan.

Hassan zuchtte en keek op zijn horloge. 'Cramed ti salabadoo. Dan gaan we naar huis.'

Saïd bleef alleen achter met een lichte kater. Hij voelde sterk de aanwezigheid van de versnipperde Harlekino's in de prullenbak en meende hun klaaglijke, beschuldigende gekerm te horen. Het leek wel of ze hem persoonlijk verweten dat ze daar beland waren, en dreigden het hem betaald te zetten. Eén ding wist hij zeker: als koning van een groot rijk in de woestijn moest hij met harde hand regeren. Betekende dit dat hij bepaalde hoe zijn onderdanen zich moesten gedragen? Zijn antwoord was een hartgrondig ja. Waarom? Omdat het een chaos zou worden in Saïdi-Hassanië als iedereen zich ongebreideld kon uitleven, niet alleen in het goede, maar ook in het kwade. Als onderdanen, zogenaamd voor de gein, op de troon gingen zitten, namen ze voor je het wist de macht over. Het werd tijd voor een duidelijk immigratiebeleid. Sommige lieden kwamen er niet in. Vandaag had Aziza in haar naïviteit geprobeerd een duivel het land in te smokkelen, naast een revolutionair die het bestaande bewind omver wilde werpen. Hoe je het ook wendde of keerde, hij had juist gehandeld door die twee tekeningen onmiddellijk te laten verscheuren.

Vastberaden greep hij de prullenbak en liep ermee naar de vuilnisemmer in de keuken. Hij liet de snippers erin glijden en haalde opgelucht adem. Terug in zijn slaapkamer begon hij zich zorgen te maken over Aziza. Als hij haar maar niet ontmoedigd had. Als ze maar niet besloot haar kroon terug te geven en nooit meer te komen. Zou haar broer als het erop aankwam de kant van zijn zusje kiezen? Saïd zag een leeg koninkrijk voor zich, met zichzelf in zijn dooie eentje op de troon in de door haar ingerichte zaal voor belangrijke ontvangsten. Iedereen was haar gevolgd: haar broer, Harlekino en de rest van de natie. Het hele land was leeggelopen. Ze hadden allemaal voor haar gekozen en niet voor de koning. Het was een desolaat, angstaanjagend gevoel om te weten dat je alleen was achtergebleven in een leeg, hol paleis, waaruit zelfs de schaduwen van de vroegere bewoners verdwenen waren. Alleen te regeren over een gigantische woestijn waar de wind onverschillig doorheen blies, zoals in de verre prehistorie, toen er nog geen menselijk leven op aarde was. Dadels en sinaasappels vielen uit de bomen zonder te worden geoogst en opgegeten. Paarden galoppeerden wanhopig door de woestijn op zoek naar het laatste gras in de oases. Het geld in de schatkist was waardeloos geworden, omdat er niets meer te kopen viel. Het Sabariet in zijn hoofd zou langzaam wegkwijnen omdat er niemand meer was om mee te praten. Wanneer hij de laatste woorden van de taal vergeten was, zou hij voor altijd verloren zijn. Dan zou hij niet meer dan een schim zijn, bij wie het heel koud was geworden vanbinnen. Een kou die zelfs de heetste woestijnzon niet kon verdrijven.

Maar Aziza bleef niet boos. Enkele dagen later begon ze opgewekt aan een kledinglijn voor de Saïdi-Hassaniërs. Er moesten zowel dames- als herenkleren ontworpen worden; kindermode was voorlopig niet aan de orde. Al schetsend ontdekte ze dat kleding meer is dan een manier om je naaktheid te bedekken. Eerst tekende ze kleren met een westerse snit, totdat Hassan haar erop wees dat er in Saïdi-Hassanië een ander klimaat heerste dan in Nederland. Het kon er extreem heet en extreem koud zijn. Bovendien woei er bij de geringste windvlaag zand in je gezicht als je geen hoofddoek, capuchon of tulband droeg. Met dit klimatologische uitgangspunt voor ogen kwam Aziza vanzelf terecht bij de kleren die in Dbdou gedragen werden. Het enige waarin ze haar creativiteit een beetje kon uitleven, waren de borduursels, de hoofddoeken en de muilen. Voor de rest zat ze vast aan de pragmatische vormgeving van de djellaba, die weinig mogelijkheden tot vrije interpretatie bood. Aan modieuze T-shirts en jurkjes met zilveren letters op de borst had je niets in de woestijn. Elk stukje huid moest beschermd worden tegen zon, wind en zand.

Het aantal zazenlessen werd opgevoerd. De leraar zag in Saïd een modelleerling, die later andere kinderen zou inspireren om het zitten te beoefenen. De jeugd droeg de toekomst in zich, de hoop op een betere wereld. Jeugd die zat of over een koan nadacht, was duizendmaal te verkiezen boven jeugd die op hoeken van straten samenschoolde en tasjes roofde.

Sinds Saïd de helende werking van cijfers had ontdekt, richtte hij zich voornamelijk op het tellen wanneer hij zat. Hij liet zich meedrijven op het ritme van het almaar terugkerende refrein van één tot tien. Het leek of hij in een diepe, lege droom verzonk en het enige wat hem nog met de wereld verbond, was de reddingslijn van de cijfers. Theoretisch wist hij dat naast hem zijn leraar zat, en daarnaast zijn moeder, maar ze waren als het ware verdampt en opgelost in het niets. Buiten het zitten en de reeks cijfers bestond er niets meer. Zijn ogen waren op de vloer gevestigd zonder dat ze de planken van het parket waarnamen. Als iemand op het idee was gekomen een hand voor zijn gezicht heen en weer te bewegen, zouden zijn ogen er niet op gereageerd hebben. Misschien zweefde er een glimlach rond zijn lippen, net als bij Boeddha, maar hij zou het niet weten. Hij was zich nergens van bewust. De cijfers heersten in zijn geest en lieten geen ruimte voor iets anders, behalve voor een diffuse gewaarwording van bestaan en niet-bestaan ineen. Hij was een foetus geworden, die dreef in de voorwereldlijke zee.

Op een dag hoorde hij halverwege een cijferreeks een klik. Zo zacht dat het even leek of hij het zich verbeeld had. Maar ergens, diep in zijn geest, wist hij dat hij zichzelf niets wijsmaakte. Er was een kort, droog klikgeluid geweest. Het geluid dat je hoorde wanneer iemand op het lichtknopje naast de deur drukte, waarna het donker werd in de slaapkamer. Hij herinnerde het zich uit de tijd dat zijn moeder hem nog naar bed bracht. Nadat ze hem had voorgelezen en goedenacht had gekust, begaf ze zich resoluut naar de deur. Terwijl ze die met haar ene hand opentrok, drukte ze met haar andere hand op het knopje. Klik. De deur ging achter haar dicht en ze verdween. Hij bleef alleen achter in het donker en niets kon voorkomen dat hij door de duisternis werd opgeslokt. Er was geen twijfel aan: het was de klik van het lichtknopje geweest voordat het donker wordt. Met dit verschil dat het niet naast de deur van zijn slaapkamer zat, maar in zijn hoofd, en dat je er niet zomaar op kon drukken om het licht weer aan te doen. Hij vroeg zich af waar de cijfers gebleven waren. Ze konden hem toch niet zomaar in de steek laten, halverwege een reeks nog wel? Was het een streek van Boeddha?

Terwijl hij ongerust naar een verklaring zocht, hoorde hij in de verte belgerinkel. Eerst klonk het nog vaag, alsof het elk moment weer kon verdwijnen, maar allengs kwam het dichterbij. Het zwol aan tot een uitbundig geklingel, zo hard en allesoverheersend alsof er tien ijscowagentjes tegelijk door de straat reden. Toen kwam de eigenaar van de belletjes in beeld en veranderde de hele constellatie. Het was Harlekino die het kabaal had veroorzaakt! Hij maakte een koprol, tilde de muts met twee punten van zijn hoofd, liet de belletjes opnieuw rinkelen en duwde hem weer terug op zijn hoofd. 'Wat bent u aan het doen?' vroeg hij, nog nahijgend van het koprolletje.

'Ik zit,' zei Saïd, die zich een schijn van waardigheid wilde geven om zijn onzekerheid te verbergen.

De nar lachte. 'Dat zie ik ook wel.' Hij keek lichtelijk rusteloos om zich heen, alsof hij op zoek was naar iets om de draak mee te steken.

'Ik zit met een bezemsteel in mijn rug en een kommetje in mijn handen op het bijzondere te wachten,' zei Saïd.

'En wat mag dat bijzondere dan wel zijn?'

'Wist ik het maar...'

'U weet het niet eens?'

'Laat me met rust! Ik zit midden in het lijden en tel mijn adem, zie je dat dan niet?'

'U zit midden in het lijden? Hebt u uw verstand verloren of zo? Ik kan zo honderd leukere dingen bedenken om in te gaan zitten.'

'Je begrijpt er niets van. Het leven is lijden, heeft Boeddha gezegd, en wij zijn zo dom ons daartegen te verzetten. Daardoor lijden we dubbel, snap je? Het is veel slimmer om je verzet op te geven en het lijden te accepteren. Er gewoon midden in te gaan zitten.' Saïd zuchtte. Het was jammer dat de leraar hem niet kon horen, hij zou trots op hem zijn.

Harlekino's mond viel open. 'Het lachen vergaat me hier zeg! Het leven is lijden... Ik heb nog nooit zulke lariekoek gehoord. Niemand weet wat het leven is. Boeddha al helemaal niet, als ik u zo hoor. Die kwast heeft er helemaal niets van begrepen. Dat kan ook niet als je de hele tijd op je luie krent blijft zitten. Er valt geen zinnig woord over het leven te zeggen, want het is één grote minestrone. Weet u wat een minestrone is?'

'Nee, en ik wil het ook niet weten,' zei Saïd gekrenkt. Harlekino had met zijn vingers van Boeddha af moeten blijven.

'Een dikke Italiaanse soep met veel groente en vermicelli erin. Weet u wie de kok is die de soep heeft gemaakt?' Saïd zweeg. Harlekino ging zonder op een antwoord te wachten verder: 'Boeddha niet, zoveel is zeker. Niemand weet het. De kok krijg je nooit te zien. Die kijkt wel uit, die blijft in de keuken en houdt zich gedeisd, snapt u?'

Wat een hoop woorden voor zo'n klein lijfje, dacht Saïd.

'In die minestrone zijn wij maar een klein vermicelisliertje, u en ik. Of hooguit een stukje prei of wortel. De kok staat de hele tijd in de soep te roeren en wij bewegen mee, of we willen of niet. Het is nog nooit een vermicelisliertje gelukt tegen de

stroom in te gaan. Ergo, wat kunnen we met het leven doen?
We kunnen proberen er iets leuks van te maken, want het is
maar kort. En als het niet leuk meer is, stappen we er feestelijk
uit.'

'Feestelijk?' mompelde Saïd verward.

'Wanneer de dood ons leuker lijkt dan het leven, bedenken
we een feestelijk ritueel voor de overgang. Iets met veel toe-
ters en bellen en vuurwerk om het te vieren.'

'Harlekino, ga alsjeblieft terug naar Saïdi-Hassanië.'

'En u hier alleen achterlaten zeker?'

'Precies.'

'Ik peins er niet over. U hebt een heel koninkrijk te bestie-
ren, weet u nog? Of wilt u soms dat ik het van u overneem? U
hoeft maar met uw vingers te knippen en ik doe het hoor!'

Saïd schrok. Uit de brij in zijn hoofd dreef een beeld naar
boven. Harlekino met een vette, triomfantelijke lach op de
troon. Waar had hij dat beeld eerder gezien? Het moest een
teken zijn, een waarschuwing. 'Zet dat maar uit je hoofd,'
bracht hij uit.

'Goed, wees maar niet bang. U bent de baas. Maar dan
moet u wel uw verantwoordelijkheid nemen. Er is een heel
volk van u afhankelijk. Terwijl u hier op uw gemak in het midden van het lijden zit, kijken wij met ons allen tegen een lege
troon aan. Misschien vindt u het stoer of zo, maar ik heb er
geen enkele bewondering voor. De Hematieten en de Aventurijnen evenmin. Er is een krachtige roep om de terugkeer
van de vorst en de scepter. Snapt u?'

Saïd knikte traag. Het begon tot hem door te dringen. Misschien hield zazen hem echt van zijn werk. De uren die hij aan
het zitten wijdde gingen verloren voor de verdere ontwikkeling van de woestijnstaat. Je hoefde geen licht te zijn om dat te
begrijpen.

'Dat zitten in zazen is levensgevaarlijk,' ging Harlekino verder. 'Het is een moeras. Hoe langer je zit, hoe verder je erin wegzakt, want het lijden is onuitputtelijk. Geluk is begrensd, voor je het weet is het voorbij. Maar het lijden heeft geen bodem, je kunt er eindeloos in naar beneden zakken en denk maar niet dat er veel leuks te beleven valt tijdens die neerwaartse spiraal. O nee. Het is afzien in gezelschap van het lijden, puur afzien.'

'Maar mijn moeder,' wierp Saïd tegen, 'ik doe het voor haar.'

'Wat heeft uw moeder ermee te maken? Welk zinnig mens gaat er in het lijden zitten vanwege zijn moeder? Er zit een heel volk op u te wachten! Een paar miljoen mensen, allemachtig! Verman uzelf, trek uzelf uit die pudding voordat het te laat is.'

Harlekino ging op zijn handen staan en wandelde zo over de vloer. Bij elke beweging rinkelden zijn belletjes en bij elke rinkeling had Saïd het gevoel dat er iets in zijn schedel verschoof. Hij schudde zijn hoofd om zich ervan te vergewissen dat hij het zich niet verbeeldde. Er was inderdaad iets, want het schudde mee als een ijsblokje in een glas martini. Hield hij zijn hoofd scheef naar rechts, dan bewoog het mee naar rechts, hield hij zijn hoofd naar de andere kant, dan schoof het naar links. Het deed geen pijn, maar het was wel hinderlijk. Niet op letten, dacht hij, dan verdwijnt het vanzelf. Het ijsblokje zou smelten, maar een met water verdunde martini was nog steeds een martini. De echo van Harlekino's woorden resoneerde na in zijn oren. 'Er zit een heel volk op u te wachten, een paar miljoen mensen!' Het was of hij ontwaakte uit een slaap die honderd jaar geduurd had, en met schrik constateerde dat zijn taken zich een eeuw lang hadden opgehoopt tot een reusachtige berg. Hij opende zijn ogen en zag nog net een glimp van een zich verwijderende Harlekino, die nog steeds op zijn handen liep. Zijn contouren werden vager, totdat hij helemaal uit het zicht verdween. Er rinkelden geen belletjes meer, alles was stil en bewegingloos. Er ging zelfs geen vlaagje wind door de bladeren van de bomen. Hij wiste zich het zweet van zijn voorhoofd. Zijn hele lichaam deed pijn. Zijn benen, zijn rug, zijn schouders, zijn nek, zijn hoofd. Zelfs het kommetje in zijn handen.

'Nu is het wel mooi geweest,' klonk een stem. Het gezicht van zijn moeder verscheen voor zijn ogen. 'Je moet het niet overdrijven. Je zit nu al uren in zazen. Wij hebben al gegeten en afgewassen.'

Saïds vingers lieten het kommetje los. Omdat ze verkrampt waren, bewoog hij ze een voor een. 'Ik overdrijf niet. Ik heb vandaag voldoende zazen gedaan voor de rest van mijn leven.' Moeizaam krabbelde hij overeind. Met de punt van zijn voet schopte hij het kussentje weg.

'Wat zeg je nou?' vroeg zijn moeder geschrokken.

'Ik doe niet meer mee. Voortaan mogen jullie samen zazennen.'

'Dat meen je toch niet?' De leraar was in de deuropening verschenen.

'Jazeker wel,' zei Saïd. Iemand die lang in een ziekenhuis had gelegen en eindelijk de wereld der levenden weer betrad, kon geen grotere opluchting voelen dan hij nu.

'Dat meen je niet,' herhaalde de leraar.

Hij heeft misschien zijn uiterlijk mee, dacht Saïd, maar over een groot vocabularium beschikt hij niet.

'Je bent mijn beste jonge leerling!'

'En je enige,' zei Saïd brutaal.

'Mijn enige, ja. En mijn meest getalenteerde ook. Je bent mijn Little Buddha. Ik heb grote plannen met je.'

'Ik heb zelf ook plannen, weet je.'

'Met je Marokkaanse vriendjes zeker.'

'Ik heb geen tijd om te zitten. Ik heb er ook geen zin meer

in, ik lijd liever dubbel zonder zitten dan enkel mét.'

'Pas op je woorden, jongen. Je roept het noodlot over jezelf af als je zulke dingen zegt. Je moet het lijden niet tarten.'

'Ik bepaal zelf wel hoeveel ik wil lijden, en op wat voor manier. Mag ik erlangs?'

De leraar ging verbouwereerd opzij. Terwijl Saïd naar zijn slaapkamer liep, hoorde hij hem tegen zijn moeder fluisteren: 'Wat is er met hem gebeurd? Het was een gewillige jongen en moet je nu zien. Ineens zo'n grote mond opzetten!'

'Toch is het een doodgoeie jongen,' fluisterde zijn moeder terug.

Aziza had zich op de studie van het Sabariet geworpen. In een cahier met lijntjes maakte ze zinnen en aantekeningen. Ze oefende op rijtjes werkwoorden. Na enige tijd begon ze commentaar te leveren. 'Ik vind het heel mooi hoor, *ta lidiam ad fana e gnoem*, maar het is veel te lang voor een groet.'

'Te lang?'

'Ja... Een hemel vol sterren wens ik je toe – het is zo onhandig. Stel, ik zie een vriendinnetje langsrijden op de fiets. Voordat ik klaar ben met mijn groet is ze al weer om de bocht verdwenen.'

'We kunnen er wel een korte groet bij verzinnen voor dat soort gevallen.' Hassan kauwde op zijn balpen. 'Heb je zelf een idee?'

'Ik zal erover nadenken,' beloofde Aziza. Toen ze ver genoeg gevorderd was om een gesprek te kunnen voeren, begon ze giechelend Sabariet te spreken. Dat leidde tot conversaties tussen hen drieën waar een buitenstaander geen touw aan vast had kunnen knopen.

Aziza: 'Oi aledia crom te bed?'

Hassan: 'Ifte ondura!'

Saïd: 'Gnirfali onte ra.'

Aziza: 'Gnirfalarde urara tem!'

Het Sabariet schiep een band tussen hen die niet zo gemakkelijk te verbreken was. Ze hadden er een speciaal gevoel bij wanneer ze het spraken, het gevoel een uniek land te vertegenwoordigen, waarin niet zomaar iedereen werd toegelaten.

De sfeer in huis verslechterde. De leraar ondernam nog enkele pogingen Saïd terug te winnen voor zazen, maar die was onvermurwbaar. Helaas toonde de zenmeester zich een slechte verliezer. 'Ga maar met je Marokkaantjes spelen,' zei hij smalend. 'Nog een paar jaar en jullie maken de buurt onveilig.'

'Zulke dingen moet je niet zeggen,' zei de moeder van Saïd gekwetst. 'Het zijn ontzettend aardige kinderen. En ze hebben een bijzondere vriendschap met elkaar.'

Gaandeweg verloor de leraar alle belangstelling voor zijn voormalige leerling. Voortaan deed hij alsof Saïd niet bestond. Wanneer ze aan tafel zaten, richtte hij zich uitsluitend tot zijn vriendin. Dat die nog een zoon had, die hij ooit voor zijn eigen Little Buddha had gehouden, scheen hij te zijn vergeten.

In de loop van de tijd werd hij steeds zwijgzamer. Vaak had Saïd de indruk dat hij eigenlijk in zazen zat, al was hij bezig een boterham te besmeren met pindakaas. Misschien was het mogelijk dat iemand helemaal niet meer uit het zitten ontwaakte. Zo iemand ging ogenschijnlijk door met zijn dagelijkse bezigheden, wassen, eten, slapen, maar eigenlijk bleef hij in het lijden hangen. Als een mug die op een strip met lijm is neergestreken. De periodes dat er een verbod heerste op het betreden van de huiskamer, werden steeds langer. Het idee dat de leraar daar uren zat als een standbeeld en minstens met zijn vierhonderdvijftigste poging om tot tien te tellen bezig was, beangstigde Saïd. Was er nog wel een weg terug uit zoveel lijden? Een griezelig fremdkörper had bezit genomen van hun huiskamer en niemand wist of ze de kamer ooit terug zouden krijgen.

Het viel hem op dat zijn moeder ook steeds minder in za-zen zat. Ofwel ze was naar haar werk, ofwel ze was in de keuken. Zodra ze even ging zitten, stak ze een sigaret op. Toen de leraar bij hen introk, was het aantal sigaretten per dag drastisch gedaald. Het was een punt geweest dat voor de nieuwe geliefde pleitte. De leraar was allergisch voor sigarettenrook en vond de aanblik van een rokende vrouw vulgair en neurotisch. Dus toen hij zijn moeder steeds vaker met een heimelijke sigaret in de keuken aantrof, trok Saïd de conclusie dat het einde van het zentijdperk nabij was. Wanneer het zover zou zijn en wie het zou inluiden, was nog onzeker, maar dat het eraan kwam, kon je opmaken uit de geur van tabak die in huis hing.

Maar eerst verscheen Stoepa in hun leven. Als boodschapper van een nieuwe tijd, achteraf bezien, een nieuwe tijd zonder zazen. Het was de leraar die hem mee naar huis nam, zijn laatste goede daad. Stoepa was een middelgrote hond van een onduidelijk rassenmengsel. Zijn vacht was wit met zwarte vlekken, die willekeurig uitgestrooid leken te zijn. Hij had droevige ogen, die de indruk wekten dat ze veel hadden gezien. Op een dag stond hij in de keuken, met een natte vacht en afhangende oren.

'Wat doet dat beest hier?' zei Saïds moeder vinnig. Ze was het stadium van de geliefde die vierentwintig uur per etmaal beminnelijk was, allang gepasseerd. Bovendien was ze niet erg op honden gesteld. Saïd zat aan tafel met een glas cola voor zich. In de asbak lag een sigaret te smeulen.

Onder de poten van de hond vormde zich een plas. De leraar drapeerde zijn regenjas over de centrale verwarming en fronste zijn wenkbrauwen. 'Dat beest heeft een naam. Hij heet

Stoepa. Hij heeft zijn baas verloren en ik breng hem straks naar het asiel.'

Saïd stond op van zijn stoel en liep naar de hond toe. Hij ging op zijn hurken voor hem zitten en bekeek hem grondig. Twee donkerbruine ogen keken kalm terug. Met een groot invoelend vermogen, leek het wel, alsof de hond hem al jaren kende en precies wist van welke dingen hij 's nachts wakker kon liggen.

'Waar is zijn baas dan gebleven?' vroeg Saïds moeder.

De leraar trok een fles karnemelk uit de ijskast. 'Hij was een van mijn leerlingen. Misschien herinner je je hem nog van de les. Zorro. Zo heette hij niet echt natuurlijk, maar iedereen noemde hem zo.'

'En waar is Zorro naartoe? Waarom zorgt hij niet meer voor zijn hond?'

'Omdat hij dood is.'

'Dood? Hoezo?'

'Hij heeft zelfmoord gepleegd.'

'Gadverdamme! Hij poept op de vloer!' riep ze met overslaande stem.

Saïd kwam overeind. Het was waar, er lag een glanzende drol op de vloer.

'Haal dat beest hier weg!'

'Geen paniek,' zei Saïd, 'ik ruim het wel op.' Hij scheurde enkele vellen van de keukenrol en drapeerde ze zorgvuldig over de walmende uitwerpselen. Vervolgens liep hij ermee naar de pedaalemmer en smeet het lauwe pakje erin. Een vreemde, bezonnen ernst had bezit van hem genomen sinds de hond in de keuken was verschenen. Hij liep terug om met een vel papier de laatste restjes van de tegels te vegen. Ook die verdwenen in de pedaalemmer. 'Hij is van slag, zie je dat niet?' zei hij tegen zijn moeder, terwijl hij opnieuw bij de hond neerknielde om hem troostend over zijn kop te aaien.

317

Ze stak een nieuwe sigaret op en staarde enige tijd naar de hond zonder iets te zeggen. De leraar dronk zijn karnemelk en zei evenmin iets. 'Zelfmoord?' hervatte ze peinzend. 'Waarom?'

'Waarom? Weet ik veel! Waarom plegen mensen zelfmoord? Ik zou het niet weten,' zei de leraar onverschillig.

'Omdat ze te veel in zazen zitten,' zei Saïd. 'Niet iedereen kan zoveel lijden verdragen.'

Hij vlijde zijn wang tegen die van de hond. Die voelde opvallend warm aan. Als hij maar geen koorts had. Of konden honden geen koorts krijgen? Hij zag de hand niet aankomen. Het gebeurde zo snel en onverwacht dat hij naast Stoepa op de grond lag voordat het tot hem doordrong dat hij een ongenadig harde vuistslag had gekregen. Even was hij zo duizelig ten gevolge van de smak van zijn hoofd tegen de vloer dat hij niet voelde dat zijn wang in brand stond.

'Eruit!' hoorde hij zijn moeder schreeuwen. 'En neem dat natte ding mee!' Ze pakte de regenjas, die lag te dampen op de radiator, en wierp hem in het gezicht van de leraar. Toen bukte ze naast Saïd neer en nam zijn hoofd in haar handen. Er werden enkele deuren dichtgeslagen en daarna werd het erg stil, zo stil dat ze de hond hoorden ademen. Het was een regelmatig, menselijk geluid, in, uit, in, uit, en niemand hoefde te tellen. Saïd wreef over zijn wang en kreunde.

'Gaat het?' vroeg zijn moeder.

Hij knikte.

'Het wordt een lelijke blauwe plek.'

'Het geeft niet.' Een kiem van vreugde schoot wortel in zijn geest: er had zojuist een onwaarschijnlijk wonder plaatsgevonden.

'Het geeft wel. Hij komt er hier niet meer in.'

Het wonder was dat de zenleraar was verdwenen en dat de hond van een zelfmoordenaar zijn plaats had ingenomen. Het wonder had zich in minder dan tien minuten voltrokken, maar het was doeltreffend als een lang voorbereide bliksemactie.

'Mag hij blijven?' Hij wees met zijn ogen naar Stoepa.

'Eh... misschien...'

Stoepa bleef dus. De leraar liet zich nog eenmaal zien om wat spullen op te halen. Naar de hond vroeg hij niet. Die woonde toen al bij Saïd op de kamer in een mand. Wanneer hij maar wilde kon hij door de openslaande deuren het balkon op lopen om te zien wat er buiten gaande was. Er was daar veel wat zijn belangstelling had: mensen, katten, vogels, andere honden. Maar ook als er niets van dat alles te zien was, observeerde hij met onverminderde aandacht de achtertuinen en de balkons aan de overkant. Te land, ter zee of in de lucht – ongeacht vanuit welk element een eventuele vijand zich zou aandienen, Stoepa zou hem onverbiddelijk signaleren.

Al was de leraar vertrokken, het leek of hij zijn schaduw met opzet had achtergelaten. De kussentjes lagen nog in de huiskamer, maar voor die stille verwijzing vond Saïds moeder een praktische oplossing. Ondanks het vele zitten hadden de kussentjes niet noemenswaardig geleden. Ze nam ze mee terug naar Het Derde Oog. 'Alleen nog een prijskaartje eraan,' zei ze. Toch bleef de huiskamer besmet door de vele uren van zitten die de leraar er had doorgebracht. Ook na de verwijdering van de kussentjes was de atmosfeer nog zwaar van een stille, zelfgekozen marteling. Niet zoals die van de zichzelf opofferende Jezus, die het lijden van de hele wereld op zich nam om de mensheid te verlossen. Eerder was het een lijden dat verlangde dat anderen meeleden, een gulzige soort, die de mensheid mee wilde zuigen in één groot lijden.

'Er is hier nog iets van zijn etherisch lichaam,' meende Saïds moeder.

Ze vermeden de huiskamer en leefden voornamelijk in de keuken. Stoepa had er tijdens de avondmaaltijd een vaste plek

319

onder de tafel bij Saïds voeten. Af en toe kreeg hij iets lekkers toegeworpen. Met Stoepa aan zijn voeten voelde Saïd zich sterk en onkwetsbaar. Dat kwam goed uit, want zijn moeder deed in die tijd een groot beroep op hem. Nadat haar woede op de leraar was weggeëbd, stortte ze geleidelijk in.

'Doe dat nou niet...' Saïd trok zacht aan haar hand. Ze had haar nagels al afgebeten en begon aan een nagelring. 'Mis je hem?'

Ze knikte en keek melancholiek naar haar spaghetti, die ze koud liet worden. 'Ik mis hem verschrikkelijk, die hufter,' zuchtte ze.

'Het is mijn schuld.'

'Nee, het is jouw schuld niet. Het boterde niet meer tussen hem en mij. Op de een of andere manier schijn ik het altijd te verprutsen. Wanneer het te veel van een leien dakje gaat en de liefde op een onwaarschijnlijk sprookje begint te lijken, dan komt er een vervelend trekje bij me naar boven. Waar het vandaan komt weet ik niet en het is ook niet zo dat ik het aanmoedig. Het lijkt of het tegen me zegt: en nu is de tijd voor de ultieme test aangebroken.'

'De ultieme test?'

'Een test om te zien of hij ook van me houdt als ik niet langer mijn best doe. Want het is heel uitputtend, weet je, om steeds degene te zijn die je geliefde in je wil zien. Ik word er telkens weer heel erg moe van. Deze keer heb ik het voor mijn doen heel lang volgehouden. Ik heb werkelijk alles gedaan om hem te behagen. Zijn lievelingseten gekookt, eindeloos met hem in zazen gezeten, mezelf zo mooi mogelijk gemaakt, elke dag opnieuw. En elke nacht, niet te vergeten.'

'Je bent ook mooi als je er niks aan doet,' zei Saïd.

Ze begon te huilen. Ze schoof het bord met spaghetti van zich af, zette haar ellebogen op de tafel en liet haar hoofd tussen haar handen hangen. Haar schouders schokten. Saïd, overmand door een gevoel van gespletenheid, keek ernaar en wist niet wat hij moest zeggen. Aan de ene kant was hij oneindig opgelucht dat de zazenperiode voorbij was en de leraar voor altijd uit hun leven verdwenen was. Aan de andere kant wenste hij halfslachtig dat de man terug zou keren om een eind te maken aan het verdriet van zijn moeder. Een oplossing was er niet. De aarde onder je voeten scheurde in twee spleten en een kwelduiveltje vroeg: wil je in de ene spleet vallen of in de andere?

'Gaf je veel om Marcel?' vroeg hij mat.

Ze hief haar betraande gezicht naar hem op. Haar mascara was doorgelopen en ze had een rode neus. Ze zag er zielig uit, helemaal niet als iemand die zichzelf zo mooi mogelijk maakt voor iemand die, tien tegen een, met slaande deuren weer uit haar leven zal verdwijnen. Haar vingers met de afgekloven nagels harkten naar het doosje sigaretten dat voor haar op tafel lag. Met trillende handen stak ze er een op. Ze knikte, terwijl ze een rookwolkje uitblies.

'Net zoveel als om mijn vader?'

Er verscheen een diepe frons in haar voorhoofd. 'Je vader?'

'Ja.'

'Niemand is met je vader te vergelijken, zelfs Marcel niet, met zijn zazenfoefjes. Je vader... er is niemand die het ook maar in de verste verte bij hem haalt. Soms denk ik dat ik in al die mannen je vader zoek. In de hoop eindelijk iemand te vinden die de vergelijking met hem kan doorstaan. Zodat ik je vader door iemand anders kan vervangen, zonder hem nog langer te missen. Zodat ik eindelijk gelukkig kan worden zoals andere mensen, die hun hele leven tevreden zijn met één partner. Ik heb het in me, dat vermogen, dat weet ik zeker. Als je vader niet was teruggegaan naar Marokko, dan zou het me gelukt zijn. Met hem wel. Alleen met hem. Want hij was de

beste. Vergeet nooit dat je uit liefde geboren bent, uit een pure, volmaakte liefde.' Ze barstte weer in tranen uit. Deze keer
huilde ze nog heviger.

Saïd had geleerd dat het verstandig was haar helemaal leeg
te laten lopen, totdat ze geen zout water meer over had. Hij
stond op, ruimde de tafel af en zette alles op het aanrecht. Hij
pakte de afwasbak, vulde hem met lauw water en zeep en begon af te wassen. Hij deed het heel rustig, en precies zoals hij
het geleerd had. Eerst de glazen, dan de koffiekopjes, de borden, het bestek en ten slotte de pannen. Het was een aangename bezigheid met een kalmerend effect. Dingen heel zorgvuldig en precies doen, met opperste concentratie. Dat was
beslist iets waar hij goed in was.

14 Het geheim van Malika

De ochtendzon verspreidde al aardig wat warmte en de lucht was zo zuiver dat het leek of hij gefilterd werd door het chlorofyl van miljoenen paradijselijke bladeren. Hakiem kwam aanlopen met een jonge man die westers gekleed was in een broek met een plooi, waarboven hij een pullover droeg en een overhemd van acryl. Hij zag er eerder uit als een kruising tussen een Engelse kostschooljongen en een kantoorklerk dan als een berggids, maar Saïd verbaasde zich er niet over. In Marokko was niets wat het leek. Hakiem stelde hem voor als Ahmed. Ze schudden elkaar de hand. Die van Ahmed was eeltig, alsof hij normaal gesproken ruwere werkzaamheden verrichtte dan het rondleiden van toeristen. Ze kregen brood en fruit mee voor onderweg, en een flesje gebotteld Atlaswater. Buiten het hek wachtte een corpulente chauffeur in een gammel busje. Hij gebaarde hun naast hem te komen zitten.

Ze vertrokken meteen, nagewuifd door Hakiem. Bij de voorruit hing een kleurrijke guirlande van amuletten en plastic tierelantijnen, die meewiebelden bij elke oneffenheid in het ruwe pad. Onderweg stopte de chauffeur voor een Berbervrouw met een gerimpelde huid en schrandere, diepliggende ogen. Ze stond in de berm van de weg te wachten met haar zoon, of kleinzoon, aan de hand en ging achterin zitten met het jongetje. Was het van tevoren zo geregeld? Verderop stapte een oude man in met een tas in de hand. Bij een groepje huizen stapte hij weer uit en verdween in een steeg tussen afbrokkelende muren. Blijkbaar was iedereen, tot in de verre omtrek van Bou-Thrarar, op de hoogte van het door hen geregelde ritje en werd er gretig gebruikgemaakt van het gemotoriseerde vervoer.

Na enige tijd reden ze een dorp in. Hier stapten de vrouw en het kind uit. Iemand verscheen in de deuropening van een winkel en opende de achterklep van het busje. Dozen werden uitgeladen en de winkel in gesjouwd. Hassan benutte het intermezzo om een foto te maken van een schapenhuid waar de kop nog aan zat. Hij was over een muurtje gedrapeerd om te drogen, een exotisch stilleven dat je in Nederland niet gauw zou aantreffen.

Saïd bleef in de auto zitten, naast de chauffeur die geen enkel blijk van menselijke interesse toonde en strak voor zich uit keek. Saïd gaapte. De kou van de afgelopen nacht en de hardheid van de matras zaten nog in zijn ledematen. Hij was niet goed ontwaakt uit een korte slaap vol schimmige dromen en het kostte hem moeite in te zoomen op de wereld van de Hoge Atlas. Een wereld met een doeltreffende tamtam, zoveel was zeker, in plaats van een dienstregeling voor vaste buslijnen. Zou hij ooit aan Marokko wennen? Hij had verwacht dat hij zich er automatisch op zijn gemak zou voelen, omdat het land met zijn andere helft verbonden was. Die onbekende helft zou hij er vanzelf leren kennen, dacht hij, en het product van die pas verworven zelfkennis zou een nieuwe helderheid zijn van waaruit hij een uitgestippelde levensweg voor zich zou zien liggen. Maar terwijl hij naar de ontzielde schaapskop staarde, besefte hij dat er vooralsnog weinig te bekennen was van die nieuwe helderheid.

Hassan stapte weer in en de tocht werd voortgezet. Het busje hobbelde over de onverharde weg. Het ging hoger en hoger, steeds dieper de bergen in. Af en toe, wanneer ze een bocht om gingen en een nieuw panorama zich ontvouwde, werden ze verrast door de genadeloze schoonheid van de bergen, waarop de sneeuw blauwwit lag te glanzen in het zonlicht. Na een half uur kwam de bus in een boomloos dorp tot stilstand. Minstens de helft van de huizen verkeerde in een vergevorderde staat van ontbinding, te ver om het tij ooit nog te kunnen keren. Hier hield de weg onverbiddelijk op. Ze stapten uit. Ahmed wisselde enkele onbegrijpelijke woorden met de chauffeur, waarop deze kort knikte, gas gaf en in een wolk van opwaaiend stof verdween.

Daar stonden ze met zijn drieën, op een ongeplaveid pleintje hoog in het Atlasgebergte, en alleen hun benen zouden hen daarvandaan kunnen dragen. Wat waren ze klein, en de bergen hoog! Saïd haalde diep adem. Het besef van nietigheid monterde hem op. Het deed er niet toe wie hij was of wat hij dacht. Hij was een onbeduidend element in een magistrale wereld waarin hij zich vrij kon bewegen.

De voettocht naar beneden begon bij een smal, stenig pad. Ahmed liep zwijgend voor hen uit in een kalm, regelmatig tempo. Af en toe wierp hij een blik over zijn schouder om te zien of ze hem volgden. Op een door de natuur gevormd plateau stond een groepje boerderijen. De aardekleurige huizen waren plat en hadden kleine ramen. Met hun sobere, hoekige vormen zonder versiering hadden ze veel weg van moderne architectuur. Toch voegden ze zich organisch in het landschap, of misschien had het landschap zich aangepast aan de boerderijen. Een onwezenlijk vlakje lichtgevend groen getuigde van wat irrigatie vermocht in de stenige, droge bodem. Ze passeerden een rij zwaarbeladen muildieren met hun eigenaren. Waar gingen ze heen? De ene voet voor de andere zettend dacht Saïd aan de landkaart van Marokko, waar hij nu als een mier overheen wandelde. Die beduimelde kaart brachten ze stap voor stap in beeld. Hij kwam tot leven en werd deel van de werkelijkheid om hem heen. Een stofwolk, een groepje

huizen, een pad, een muildier, een gids. De blauwe lucht erboven. Een verdwaalde wolk. Een schraal weitje waarin enkele vrouwen plukjes biesgras afsneden. Een man die zijn geiten
hoedde in gezelschap van een kind op blote voeten. Bomen
op zilveren stammetjes, op enkele gele blaadjes na bijna kaal.
Hoe verlaten en onbewoond het landschap op het oog ook
leek, altijd waren er wel ergens mensen. Aan het werk op het
land, aan het wassen in de rivier, geiten hoedend. Onderweg
van de ene ongerijmde plek naar de andere.

Uit de tegenovergestelde richting naderde een oude man
met een oranje tulband, die fel oplichtte in de zon als een
enorme cantharel. Hij zat boven op een aantal uitpuilende
zakken waarmee hij zijn muildier beladen had. Zijn dunne
bruine benen staken naakt onder zijn djellaba uit en wipten
als mikadostokjes mee bij elke stap van het dier. Saïd huiverde
bij de aanblik van blote benen op deze hoogte. De gids wisselde enkele woorden met de voorbijganger, waarop die gemoedelijk lachte en zijn weg bedaard voortzette. Ze bereikten
de kloof van een ondiepe rivier en begonnen deze te volgen.
De steil oprijzende rotswanden aan weerszijden leken steeds
meer toenadering tot elkaar te zoeken. Op een bepaald punt
werd de kloof zo nauw dat de rivier via losse stenen overgestoken moest worden omdat er aan de andere kant iets meer
ruimte was voor de voeten. Langs de rotswand liep, ongeveer
een meter hoger dan de rivier, een irrigatiekanaaltje waarvan de opstaande randen met leem geboetseerd waren. Toen
er geen ruimte meer was naast de rivier, klommen ze op die
randen en liepen balancerend verder, houvast zoekend bij de
wand. Saïd had al zijn aandacht nodig om niet te vallen. Zijn
gedachten zaten samen met hem in de kloof en konden onmogelijk weg. Er waren maar twee dingen die ertoe deden:
de diepe, door smeltwater uitgeslepen spleet in de aarde, en
de wonderlijke ervaring dat hij zich op de bodem daarvan be-

vond. Er waren ook maar twee opties: vooruit of achteruit.
De reductie van keuzemogelijkheden ontspande hem. Het leek of de kloof toegang gaf tot een onbekend deel van hemzelf, waarin geen angsten of verwachtingen bestonden, en geen hoop of twijfel. Er was zelfs geen besef van een verleden of een toekomst. Het was een gewaarwording die hij kende van het breekbare moment van ontwaken, voordat het bewustzijn 's morgens zijn plaats opeiste. Wanneer hij later terugdacht aan de kloof, wist hij dat het een toestand van geluk moest zijn geweest. Het had de eigenschap die typisch was voor geluk: terwijl je er middenin zat, wist je niet dat het er was. Pas wanneer je eruit stapte, drong het tot je door dat het ontbrak en dat je het met geen enkele list terug zou kunnen halen.

De rotsen weken uiteen en licht en groen kwamen ervoor in de plaats. Het pad steeg. Algauw stroomde de rivier diep beneden hen, omzoomd door bamboe. In de zon was het een stuk warmer. Op de plek waar de rivier een ruime bocht maakte was een kiezelstrandje.

Ahmed wees. 'Des nomades.'

Saïd zag eerst de paarden, toen pas de mensen. De paarden stonden te drinken in de rivier. Een man was bamboe aan het snijden. Omringd door halfnaakte kinderen zat een groepje vrouwen babbelend te wassen aan de oever. In de bamboe lagen her en der kledingstukken te drogen, als kleurige vlaggetjes op een feestdag ter ere van een natuurgod. Ahmed stelde voor iets te eten. Ze zochten een plek in het gras, openden hun lunchpakketjes en aten in stilte. Daarna trok de gids een kleedje uit zijn rugzak en knielde erop neer om te bidden. Hassan stond op en keek door het oog van zijn telelens naar de nomaden in de diepte.

'Waarom bid jij eigenlijk niet?' fluisterde Saïd.

'Ik bid in stilte, voor mezelf.' Hassan verwijderde zich met enkele stappen om een betere positie te kiezen.

Met een mengsel van bewondering en afgunst keek Saïd tersluiks naar de gids. Het moest rustgevend zijn om vijfmaal per dag dezelfde rituele handeling te verrichten. Waar je ook was, in de moskee, je eigen huis of op een lapje wild gras tijdens een afdaling uit de Atlas. Je kon het altijd en overal doen. Je had er alleen een kleedje bij nodig. En een sterke geloofsovertuiging natuurlijk, niet zo'n halfzachte variant als die van Hassan. Nadat Ahmed zijn kleedje had opgevouwen en in zijn rugzak had gestopt, werd de tocht hervat. De zon stond hoog aan de hemel. Saïd was nu dankbaar voor elke boom die schaduw wierp op het pad.

Niet lang na de lunch liepen ze voor het eerst een dorp in. Hoewel ook hier een aantal lemen huizen aan de elementen was prijsgegeven, stonden de meeste nog overeind. Sommige waren zelfs opgeknapt en voorzien van een extra verdieping. In het midden van het dorp was een open ruimte van rood zand, oneffen en kaal, op enkele distels na. Niemand scheen ooit overwogen te hebben deze te egaliseren en te plaveien. Toch leek de ruimte zo'n beetje de functie van dorpsplein te vervullen. Aan de rand zat een man op zijn hurken fatalistisch naar de grond te staren, terwijl een ander aandachtig over hem heen gebogen stond. Toen Saïd beter keek, zag hij dat die een schaar in zijn hand hield en bezig was het haar van de zittende gestalte te knippen. Een herenkapsalon in de openlucht, in het begin van de eenentwintigste eeuw! Enkele kippen liepen kriskras over het zand achter hun eigen ovale schaduwen aan. Vanuit een steegje betraden drie in het zwart geklede personen de open ruimte. Twee mannen met boven hun donkere kaftan een witte sjaal die enkele malen om het hoofd was gewikkeld, ondersteunden een hoogbejaarde vrouw die een zwarte capuchon over haar hoofd had. Ze liep voetje voor voetje en de mannen pasten zich geduldig aan haar tempo aan, haar behoedzaam vasthoudend alsof ze van glas was. Een herinnering aan een soera in de Koran kwam bij Saïd boven, die handelde over eerbied voor oude mensen. Hij was graag stil blijven staan om het tafereel op zich te laten inwerken, maar Ahmed vertraagde zijn tempo niet. Het plein dat geen plein was, verdween uit het zicht en even later had Saïd al het gevoel dat hij zich alles verbeeld had. Ze liepen nu in de koele schaduw van huizen. Ergens op een terras lagen maïskolven te drogen, ernaast zat een jongetje met een hond. Saïd dacht aan Stoepa, die tijdens zijn afwezigheid op de zorgzaamheid van zijn moeder was aangewezen. Hij hoopte maar dat ze voldoende met hem praatte en dat ze zinnige dingen tegen hem zei.

In de verte naderde een groepje jonge vrouwen. Ze lachten opgewonden. Een van hen, die in het midden liep, droeg kleren met een geraffineerd borduursel waarin rood de boventoon voerde. Haar ogen schitterden en ze straalde een levenslust uit die aanstekelijk werkte op haar vriendinnen. Het leek of ze in een roes van vrolijkheid verkeerden. Ze passeerden zonder hun hoofd te buigen en keken de drie mannen vrijmoedig aan, waarbij hun blikken iets langer op Saïd rustten. Toen waren ze al weer voorbij. Hun geschater echode tussen de muren van de huizen.

'Ze zijn erg uitgelaten,' merkte Hassan op.

'Een van hen is een paar dagen geleden getrouwd,' legde Ahmed uit.

'Het mooie meisje in het midden zeker?' zei Saïd.

Ahmed knikte. Saïd dacht aan Aziza. Hij probeerde zich voor te stellen hoe ze eruit zou zien in de dracht van een pasgetrouwde Berbervrouw, in een stoffig dorp waar de kippen achter hun eigen schaduw aan liepen. Ver weg van Amsterdam, waar de kippen geen schaduw hadden omdat ze bij kunstlicht in de schappen van Super de Boer lagen. Zou Aziza er net zo stralend uitzien als het meisje dat daarnet gepasseerd was?

Het pad daalde weer tot iets boven de rivier. Tussen het pad en de oever lagen rechthoekige akkertjes. Vrouwen stonden voorovergebogen onkruid te wieden. Het werk scheen niet aan leeftijd gebonden te zijn. Er waren ook vrouwen bij die in Nederland al lang tot de hoogbejaarden gerekend zouden worden en in een tehuis zaten te rummikuppen.

Over het pad naderde een slanke, rijzige man. Hij had een donker, met gouddraad gestikt kalotje op zijn grijze haar en leek met zijn gedachten ver weg te zijn. Zijn gele baboesjes hadden niet zichtbaar geleden onder het stoffige pad en hij liep in een kalme gelijkmatige tred, waardig als iemand die een hoge functie bekleedt en gewend is leiding te geven. Ahmed groette hem eerbiedig. De ogen van de man rustten gedurende een seconde afwezig op diens gezicht, toen groette hij vriendelijk terug en vervolgde zijn weg.

'Wie was dat?' vroeg Hassan nieuwsgierig.

'Dat is Tahar Chamadi, een beroemde zanger.' Het gezicht van de gids, dat tot nu toe weinig emotie had laten zien, kwam ineens tot leven. 'Hij heeft in Europa veel succes met muziek uit onze streek. Hij treedt zelfs in Parijs op met zijn groep.'

'Vraag eens of hij Youssef Arhoun gekend heeft,' vroeg Saïd.

De gids fronste zijn wenkbrauwen. 'Youssef Arhoun?'

'Ja, die heeft vroeger in Le Mirage gewerkt. Hij was een begaafde *ud*-speler. Het lijkt me onwaarschijnlijk dat hij hier geen muziek gemaakt zou hebben.'

Ahmed aarzelde. Het verzoek overschreed zijn verplichtingen als gids.

'We betalen je dubbel als je het vraagt,' voegde Saïd er haastig aan toe.

Dat argument had effect. Ahmed draaide zich om en liep op een holletje achter de zanger aan. Zijn rugzak met het bidkleedje, dat eruit puilde, wipte op en neer. Even later waren de gids en de zanger in een gesprek gewikkeld, waarbij de eerste regelmatig ernstig knikte.

Hassan haalde een pakje sigaretten tevoorschijn en stak er een op. 'Ik heb vannacht zo gek gedroomd,' zei hij.

'O ja?' zei Saïd uit beleefdheid. Gespannen sloeg hij de twee mannen in de verte gade.

'Ik stond op een podium, in een grote zaal vol publiek. Voor me lag een dik boek opengeslagen op een katheder. Er was een felle spot op het boek gericht. Ik las eruit voor en iedereen luisterde aandachtig. Je kon een speld horen vallen, zo stil was het. Soms vroeg ik me tijdens het lezen af of het publiek nog aanwezig was. De spot was zo fel dat ik erdoor verblind werd en de mensen in de donkere zaal niet kon zien. Wil je weten waar het verhaal over ging?'

'Waarom niet?' zei Saïd met vlakke stem. Ze schenen heel wat te bespreken te hebben, verderop. Dat was een goed teken. Als het antwoord van de zanger nee was geweest waren ze snel uitgepraat.

'Over onze reis.'

Saïd keek hem met flauwe interesse aan. 'Onze reis?'

'Ja. Het was een boek over onze reis.'

'En wie had het geschreven?'

'Ik.'

'Zo raar is dat niet. Ik zie je tenminste weleens iets neerkrabbelen, zo nu en dan.'

'Ik maak wat notities, ja.'

'Nou dan. Waarschijnlijk stond je daaruit voor te lezen.'

Saïd kneep zijn ogen tot spleetjes. Het leek wel of er geen eind aan de conversatie kwam. De zanger was steeds aan het woord met brede gebaren, waarbij zijn wijde mouwen meebewogen. De gids wiste zich met een hand het zweet van zijn voorhoofd.

'Nu komt het.' Hassan gooide het peukje op de grond en vermorzelde het met zijn voet.

'Wat?'

'Het ergste.'

'Zo erg is het tot nu toe niet. Ik heb wel ergere dromen gehad.'

'Ineens merkte ik dat ik geen kleren aan had. Ik stond daar in mijn blootje en had geen idee waar mijn kleren gebleven waren.'

'Een klassieke droom over podiumangst,' zei Saïd.

'Gelukkig onttrok de katheder mijn naaktheid gedeeltelijk aan het oog. Ik begreep dat ik niet kon stoppen met voorlezen, maar door moest gaan totdat ik op een miraculeuze manier mijn kleren terug zou krijgen. Dat was het afschuwelijke aan de droom, snap je, dat ik tot in de eeuwigheid achter die katheder zou moeten blijven en doorgaan met lezen. Alsof het een boek zonder eind was en mijn kleren voor altijd zoek waren.'

'Ik hoop maar dat het een spannend verhaal was,' zei Saïd. 'Anders was het voor de mensen in de zaal ook niet uit te houden.'

Eindelijk was het gesprek in de verte afgelopen. Ahmed gaf de zanger beleefd een hand, boog licht voor hem met zijn hoofd en kwam daarna tergend langzaam teruggelopen. Zijn tred was zwaar en er lag een sombere uitdrukking op zijn gezicht. Saïd kreeg een gevoel van naderend onheil. Er kwam iets op hem af wat misschien wel erger was dan naakt achter een katheder staan, en het was niet een gedroomd reisverhaal, maar de werkelijkheid.

Toen Ahmed voor hen stond, keek hij weifelend van de een naar de ander. Hij was wit weggetrokken. 'Kennen jullie hem goed, Youssef Arhoun?'

'Niet persoonlijk,' zei Hassan.

'Mijn moeder heeft hem gekend,' zei Saïd, 'lang geleden. Ze zou het leuk vinden om te weten hoe hij het maakt.'

De gids keek naar de grond alsof hij een zonde moest opbiechten. 'Het gaat niet goed met Youssef Arhoun,' zei hij zacht.

'Hoezo?' vroeg Saïd. Zijn keel was droog, alsof hij urenlang niets gedronken had.

'Hij heeft zijn ringvinger verloren.'

'Verloren?'

'Niet echt natuurlijk. Een ringvinger valt er niet zomaar vanzelf af, dat weet ik ook wel.'

'Wat is er dan met zijn vinger?'

Ahmed verschoof met zijn voet een steentje op het pad. 'Iemand heeft hem eraf gehakt. Met een slagersmes.'

'Eraf gehakt?' herhaalde Hassan ongelovig.

'Het is een lang verhaal. Kunnen we even gaan zitten? Ik ben duizelig. Het wordt wit voor mijn ogen.'

Er was een muurtje langs het pad, een oud brokkelig muurtje. Saïd zag het met fotografische scherpte, alsof het een belangrijk detail was dat hij nooit mocht vergeten. Ze grepen Ahmed bij zijn schouders en zegen met zijn drieën neer op het muurtje.

'Allemachtig,' zuchtte Hassan, 'met een slagersmes.'

'Excusez-moi. Ik kan nou eenmaal geen bloed zien.'

'Maar er is helemaal geen bloed,' zei Saïd.

'Jawel. Ik zie het voor me. Als iemand het heeft over het afhakken van een vinger, dan zie ik bloed. Ik kan er niets aan doen.'

'Rustig maar.' Hassan klopte hem op zijn rug. 'Blijf stilzitten, dan houdt het vanzelf op met bloeden.'

'Doe je hoofd naar beneden,' raadde Saïd aan.

De gids kneep zijn ogen dicht en liet zijn hoofd zakken. Zo

333

bleef hij enige tijd zitten. Hij had een smalle, jongensachtige nek waarin krulhaartjes groeiden. De wereld was vol onverwachte, vertederende subtiliteiten, dacht Saïd. Het was jammer dat je meestal de tijd niet nam om ze op te merken, want ze konden je gedachten in andere banen leiden. Hij verkeerde in een toestand van extreme kalmte. Het was alsof hij zich innerlijk pantserde voor wat er nog meer ging komen. Hassan stak een nieuwe sigaret op en keek, af en toe zijn hoofd schuddend, naar de rivier. Als hij ongeduldig was, dan liet hij het in ieder geval niet merken.

Nadat ze een tijdje zo gezeten hadden, hief Ahmed zijn hoofd op.

'Gaat het?' vroeg Saïd.

De gids knikte. Hij keek voor zich uit en knipperde met zijn oogleden. Met zachte, monotone stem begon hij te praten. 'Youssef Arhoun schijnt een kennis van Ibrahim Chafouk te zijn. Hij heeft een jaar voor hem op Le Mirage gepast, terwijl Chafouk in Frankrijk werkte. Het hotel was toen veel kleiner dan nu en Chafouk had geld nodig om uit te breiden. Nu is het een groot, modern hotel, maar er komen niet genoeg gasten naar Bou-Thrarar. Dus moet hij nog steeds naar Europa. Toen Youssef Arhoun hier de zaken waarnam, werd er veel muziek gemaakt. Er kwamen geen toeristen op af, maar wel veel mensen uit de streek. Toen Tahar Chamadi hoorde dat er een getalenteerde *ud*-speler in Le Mirage werkte, ging hij hem opzoeken. Algauw maakten ze samen muziek, met Chafouks dochter Malika erbij die ook veel aanleg heeft. Vaak voegden zich nog andere muzikanten bij hen. Weet u, onze streek heeft een oude muzikale traditie en wie geen muziek maakt, luistert ernaar of danst erop. Ik was zelf te jong, maar mijn vader praat nog met weemoed over de tijd dat er in het hotel altijd wel iets te beleven viel op muzikaal gebied.' Hij keek op naar Hassan. 'Excusez-moi. Zou ik een sigaret mogen?'

'Ja natuurlijk, neem me niet kwalijk dat ik er niet aan dacht je er een aan te bieden.'

'C'est pas grave.' Na een diepe inhalering ging Ahmed verder. 'Malika werd zwanger. Niet van de man aan wie ze beloofd was, maar van Youssef Arhoun. Het schijnt dat ze hem aanbad, en iedereen sprak er al schande van voordat ze in verwachting raakte. Ze was eigenlijk aan Abdel Zeid beloofd. Hij heeft een slagerij in Boumalne Dadès, beneden, aan de grote weg naar Marrakech. Iemand met een eigen zaak in de stad is een goede partij voor een meisje van hier. Een manier om uit de bergen weg te komen. Haar vader had het goed voor haar geregeld. Iemand moet Abdel Zeid verteld hebben wat er gaande was tussen Malika en de muzikant. Op een avond is hij met zijn Toyota de berg op gekomen en heeft hij zich onopvallend gemengd onder de mensen van hier. Waarschijnlijk droeg hij het mes onder zijn djellaba. Er werd weer volop muziek gemaakt en Malika, al was ze zwanger, schijnt te hebben gedanst en gezongen alsof er niets aan de hand was. Zeid heeft urenlang geduldig geluisterd. Na afloop leek het of hij samen met de anderen naar huis was gegaan. Maar hij had zich ergens in het hotel verborgen. Malika en haar moeder vertrokken als laatsten. Ze wonen niet in het hotel, maar in een kleine woning er vlakbij. Youssef Arhoun was de enige die, als oppasser, ook 's nachts in het hotel bleef. Het schijnt dat hij alleen in de keuken was toen het gebeurde.' Ahmed stopte. Hij inhaleerde een paar keer diep en blies de rook meteen weer uit. Toen zei hij vol schaamte: 'Denk niet dat we hier allemaal zo zijn als Abdel Zeid. Zo'n agressieve woesteling. Hij had geen recht om te doen wat hij heeft gedaan.'

Hassan stelde hem gerust. 'Wees maar niet bang. Het zou niet bij ons opkomen zoiets te denken. Ga door...'

'Abdel Zeid is de keuken in gegaan. Niemand weet hoe het precies is gebeurd. Er waren geen getuigen en Youssef Arhoun schijnt zo van streek te zijn geweest dat hij nooit precies heeft verteld hoe het in zijn werk ging. Of ze eerst nog gepraat hebben, of ruziegemaakt. Het enige wat we weten is dat Abdel Zeid, een grote gespierde kerel, Arhoun bij zijn arm heeft gegrepen en de ringvinger van diens rechterhand op de rand van het aanrecht heeft gelegd. Daarna heeft hij hem er met één slag van het mes afgehakt, tot aan het onderste kootje. Hij heeft de vinger opgeraapt, is ermee in zijn Toyota gestapt en midden in de nacht teruggereden naar Boumalne Dadès. Youssef Arhoun is naar het huis van Chafouk gerend en daar is zijn vinger, of het stompje ervan, door Malika's moeder verbonden. De dag erop zijn ze het dal in gereden en naar een dokter gegaan. Maar er was natuurlijk niets meer aan te doen.' De gids zweeg en slikte. 'Het was geen gewone vinger, dat was het ergste.'

'Geen gewone vinger?' vroeg Hassan.

'Het was de vinger van een *ud*-speler! Een zeldzaam goede zelfs! Dat moet je wel zijn, wil Tahar Chamadi muziek met je maken.'

'Hij wist precies wat hij deed, de slager,' concludeerde Hassan.

Ahmed knikte. 'En hij is er nooit voor gestraft volgens Chamadi. Abdel Zeid heeft genoeg geld. Hij heeft de politie het zwijgen opgelegd, dat is niet zo moeilijk. Arhoun heeft wel een klacht ingediend, maar er is nooit een rechtszaak gekomen. Trouwens, wat zou hij eraan gehad hebben? Zijn vinger kreeg hij er niet mee terug.'

Saïd voelde dat Hassan naar hem keek, in afwachting van een reactie. Maar vooralsnog sloot hij zich op in zichzelf, samen met zijn onvermogen de gruwelijkheid van de gebeurtenis tot zich door te laten dringen. Hij staarde naar het punt in de verte waar de beroemde zanger om een bocht was verdwenen. Ongetwijfeld was die, zoals de trommelaars in de woestijn, regelmatig met Malika en de *ud*-speler in muzikale extase geraakt. Het was het laatste jaar geweest waarin zijn vader, zonder te weten wat hem boven het hoofd hing, nog de beschikking had gehad over alle vingers van zijn rechterhand. In gedachten zag Saïd die vingers tokkelen, langzaam, snel, opzwepend. Hij zag ze als hemelse hamertjes op de snaren neerkomen, ogenschijnlijk speels zoals alleen virtuoze vingers dat konden. De *ud*-speler moest ervan genoten hebben zijn toehoorders naar believen op te zwepen of in melancholieke vervoering te brengen. De muziek was zijn leven, hoorde Saïd zijn moeder zeggen, en leven was voor hem muziek maken.

Saïd had al zijn wilskracht nodig om het beeld van dat fatale moment op een afstand te houden. Voor de slager was die slag met het hakmes waarschijnlijk niet anders geweest dan een slag op de dunne poot van een schaap – van duizenden schapen uit het verleden en in de toekomst. Alleen het gevoel waarmee hij het mes liet neerkomen, verschilde. Saïd hoorde het zoeven van het mes door de lucht in zijn achterhoofd. Tsjak. Het zou hem niet verbazen als het geluid van een slagersmes uit Boumalne Dadès, dat met ongebreidelde woede op een vinger neerkwam, sterk leek op het geluid van een guillotine. Het laatste maakte een eind aan een mensenleven, het eerste aan een leven in de muziek.

'Uw moeder zal het niet leuk vinden,' zei Ahmed. 'Vrouwen kunnen niet tegen dit soort dingen.'

'Eerlijk gezegd kan ik er ook niet tegen,' hoorde Saïd zichzelf zeggen. 'Het is om te huilen.'

'Ga gerust je gang.' Hassan greep hem bewogen bij zijn bovenarm. 'Huilen lucht op.'

Saïd schudde zijn hoofd en lachte meewarig.

'Mannen huilen niet,' zei Ahmed tegen Hassan, ter verdediging van Saïd.

'Wat is dat nou voor onzin?' riep Hassan uit. 'Vingers af-hakken met slagersmessen, dat is zeker wel iets voor mannen? Een creatieve variant op het handen afhakken voor diefstal? Allemaal echt mannelijke bezigheden.'

'Er worden geen handen meer afgehakt in Marokko,' zei Ahmed beledigd. 'Dit is een modern land.'

Maar Hassan hoorde hem niet. 'Denk je soms dat mannen geen tranen hebben? Ze hebben er net zoveel als vrouwen. Misschien wel meer. Weet je wat er gebeurt als mannen jaar in jaar uit hun tranen binnenhouden?'

Hij sprak ineens met zoveel stemverheffing dat het meer op schreeuwen leek. Waarschijnlijk zochten zijn gevoelens een willekeurige uitweg en was het puur toeval dat Ahmed, de brenger van het slechte nieuws, het moest ontgelden. Hulpeloos keek die naar Saïd.

'Daar komen oorlog en verwoesting van,' besloot Hassan gedecideerd, alsof het een wetenschappelijk bewezen feit was.

'We moeten maar eens verder,' zei Ahmed timide.

Saïd schraapte zijn keel. 'Waar is Youssef Arhoun gebleven, na alles wat er gebeurd was?'

'Tahar Chamadi zei dat hij enkele dagen later vertrokken is en dat ze hem hier nooit meer terug hebben gezien. Dat het een groot verlies was voor de muziek.'

'Waar is hij heen gegaan?'

'Wat zei hij ook al weer...' Ahmed wierp zijn peuk weg. 'Ik was zo van mijn stuk. Ik geloof dat hij zei dat Youssef Arhoun regelrecht terugging naar zijn geboortedorp. Naar het huis van zijn ouders.'

'Waar was dat?'

'Ergens in het zuiden. Hij heeft het gezegd, maar ik weet het niet meer.'

'Denk even heel diep na.'

Ahmed wreef over zijn ogen en kreunde. 'Hij heeft het gezegd, ik weet het zeker.'

'Laten we doorlopen,' zei Hassan. 'Misschien schiet het je dan vanzelf te binnen.'

Ze kwamen overeind van het muurtje en zetten de tocht voort. Hoewel ze de hele dag weinig gezegd hadden, was hun zwijgen nu van een andere aard. Er hingen ineens zoveel vragen in de lucht dat ieder van hen omgeven leek door een onzichtbare wolk van onoplosbare raadsels, waarop ze hun eigen antwoorden probeerden te vinden. Saïd besefte dat het zoeken naar de *ud*-speler tot een einde gekomen was. Bleef over de speurtocht naar een vader met negen vingers. Wat was er over van zijn trots de zoon van een begaafde muzikant te zijn? Het beeld dat hij zich tot nu toe van zijn vader had gevormd, gleed als zand tussen zijn vingers door, en het beetje kennis dat hij tijdens de reis over zichzelf dacht te hebben opgedaan, verdampte in de warme namiddag. Het leek of hij geen vaste consistentie meer had. Was hij het wel die hier liep, of kon hij evengoed iemand anders zijn? De wandelaar die ontspannen door de kloof was geklauterd, was hij dat geweest? Hoe kon het lot zich tijdens een onschuldige voettocht ineens zo tegen hem keren? Om hem te straffen voor een minuscuul moment van geluk?

De aanwezigheid van de anderen maakte hem zenuwachtig. Ze liepen steeds verder voor hem uit en hij deed geen moeite hen in te halen. Af en toe werden ze bij een bocht in het pad door bomen en struiken aan het oog onttrokken en had hij even de illusie dat hij alleen liep. Hij deed zijn best niet aan het hooggeheven mes en het neerkomen ervan te denken, maar het enige effect van zijn inspanning was dat het beeld zich steeds sterker aan hem opdrong. Als in een vertraagde reactie op het relaas van Ahmed kwam er een golf van misselijkheid naar boven. Hij zag een dikke boom in de berm en liet zich eronder neervallen in het droge gras. Daar bleef hij zitten, met zijn hoofd in zijn handen, en probeerde zichzelf de baas te worden. Als vanouds begon hij te tellen. Van één tot tien en dan weer opnieuw. Maar algauw raakte hij de tel kwijt. De cijfers vervaagden in zijn hoofd omdat in de verte het gehate geluid naderde. Hij drukte zijn handen tegen zijn oren, maar het maakte geen enkel verschil. 'Niet nu,' smeekte hij, 'niet uitgerekend nu.'

Harlekino verscheen voor hem, zijn muts deemoedig in zijn handen. Zodra hij merkte dat hij gezien was, wierp hij de muts met een forse zwaai omhoog, waarna die met rinkelende belletjes naar beneden viel, recht in zijn gespreide handen.

'Ik had je toch verboden om me achterna te reizen?' bracht Saïd moeizaam uit. Hij voelde zich te misselijk om autoriteit uit te stralen.

'Zodra u het echt niet meer weet, dan kom ik,' zei de nar met een vastberaden trekje om zijn mond, 'al is het onuitgenodigd en al haat u me erom.'

'Ga alsjeblieft weg, alleen je aanblik maakt me al ziek.'

'Ik betreur het zeer van uw vader.'

'Op jouw medelijden zit ik echt niet te wachten.'

'Maar je vraagt je wel af hoe hij het klaarspeelde tot twee keer toe een vrouw zwanger te maken en er dan vandoor te gaan. Dat het je een keer overkomt, soit, maar twee keer.'

Saïd keek hem sprakeloos aan. 'Wil je beweren dat het zijn eigen schuld is wat er met zijn vinger is gebeurd?'

'Zover wil ik niet gaan.' Harlekino wreef met zijn korte, worstachtige vingertjes over zijn kaken. 'Het overvalt me wel, ik heb me niet eens kunnen scheren.' Er klonk een licht verwijt in zijn stem.

'Hoever ga je dan wel?'

'Zover als de waarheid vereist. Die daagt ons uit erachter te komen of we liever met verzachtende leugens leven dan met de ongemakkelijke waarheid.' Harlekino boog diep voorover en legde zijn handen plat op de grond. Toen boog hij nog dieper, totdat zijn kruin tussen zijn handen de grond raakte. Een seconde later stond hij op zijn hoofd. Zijn korte, in gele kousen gestoken benen staken bijna recht omhoog, de punten van zijn schoenen hingen slap naar beneden.

'Zo kan ik toch niet met je praten,' zei Saïd nerveus. Hoe was het mogelijk dat Harlekino hem toch had weten te traceren en zich uitgerekend op een zwak moment als dit aan hem opdrong? De acrobatische toeren van de nar werkten al jaren op zijn zenuwen. Het almaar exposeren van het gedrongen lichaam dat door een speling van de natuur misvormd was, riep weerzin bij hem op. Hij had nooit gedacht dat hij zo'n absolute, fysieke afschuw van iemand zou kunnen hebben.

'Dus u wilt toch met me praten. Eindelijk.'

De stem van iemand die op zijn hoofd stond, klonk anders, merkte Saïd. Alsof hij uit een diepe kuil kwam of zoiets. 'En wat is die ongemakkelijke waarheid dan volgens jou?' zei hij vinnig. 'Je schijnt er nogal uitgesproken ideeën over te hebben.'

'Weet u wat het nuttige van op je hoofd staan is?' klonk het van beneden. 'De opwaartse bloedstroom, die altijd hard moet werken om tegen de zwaartekracht in terug te stromen naar het hart, wordt tijdelijk ontlast. Daardoor krijg je een andere visie op de werkelijkheid. Tegendraads misschien, maar wel verhelderend. Je wordt gedwongen anders te denken. Mijn tegendraadse visie op uw vader is dat hij, hoeveel verzachtende omstandigheden je ook bedenkt, een grote egoïst moet zijn om er telkens vandoor te gaan zodra de grond hem te heet onder de voeten wordt. Intussen laat hij wel een spoor van verwoesting achter. Het spijt me, dit is mijn ongemakkelijke waarheid over uw vader, meer kan ik er niet van maken. Maar ik moet ervandoor... Ik zie dat u niet alleen bent.'

Hassan kwam teruggerend om te zien waar Saïd bleef. 'Wat is er?' vroeg hij bezorgd.

'Niets.' Saïd kwam overeind. 'De zon werd me even te veel.' Hij klopte wat grasjes van zijn kleren en keek op zijn horloge. 'Zo laat al?' zei hij geschrokken.

Ze liepen in een stevig tempo verder, heuvel op, heuvel af. Saïd voelde de kilometers in zijn kuiten en was niet meer in staat te genieten van wat hij zag. Het landschap om hem heen was veranderd, de schoonheid ervan leek voor altijd bezoedeld te zijn. De bergen, de rivier, de dorpen – hij zou er nooit meer met dezelfde neutraliteit naar kunnen kijken als hij die ochtend nog had gedaan.

Het pad verbreedde zich, zodat ze met zijn drieën naast elkaar konden lopen. 'Hoe oud is het kind van Malika nu?' vroeg Saïd.

'Malika heeft geen kind,' zei Ahmed.

'Ze was toch in verwachting?'

'Het schijnt dat ze een zenuwinzinking heeft gehad en daardoor een miskraam heeft gekregen. In die tijd ging het gerucht dat ze bezeten was door een djinn, dat herinner ik me nog goed. Ik was toen nog klein.'

'Is ze getrouwd?'

'Natuurlijk niet, niemand wilde haar nog hebben. Zelfs de slager niet, volgens Chamadi.'

'Arme Malika,' verzuchtte Hassan.

'Zo zielig is ze niet,' vond Ahmed. 'Dan had ze Arhoun maar niet moeten verleiden. Op de koranschool heb ik geleerd: "O gij vrouwen van de Profeet, zo een uwer klaarblijkelijke zedeloosheid begaat, wordt de bestraffing voor u verdubbeld." En zo is het precies gegaan: ze is man en kind kwijt.'

Hassan bleef abrupt staan. 'Maar dat is een hard oordeel!' riep hij verontwaardigd uit. 'In de Koran staat ook: "Geen vrouw wordt zwanger zonder Gods kennis." De vraag is bovendien: wie heeft wie verleid. Ik heb de indruk dat Youssef Arhoun nogal een rokkenjager was.' Verontschuldigend keek hij naar Saïd. 'Sorry hoor!'

'Dat maakt niets uit,' zei Ahmed met grote stelligheid. 'Het is altijd de schuld van de vrouw. Het vlees van de man is zwak, hij moet tegen zichzelf in bescherming genomen worden.'

'Ik kan wel horen dat je heel erg je best hebt gedaan op de koranschool,' zuchtte Hassan. 'Je was vast een van de beste leerlingen.'

'De beste.' Er trok een glundering over Ahmeds gezicht.

In de verte, aan de overkant van de rivier, zagen ze Bou-Thrarar liggen. Daar was een plek waar eens muziek werd gemaakt en gedanst. Nu was het een mislukt hotel, koud en ongerieflijk, dat met geld dat in Frankrijk werd verdiend kunstmatig overeind moest worden gehouden.

'Ik weet het weer!' riep Ahmed. Hij draaide zich geestdriftig om. 'Agdz! Arhouns familie woonde in Agdz!'

'Bravo!' zei Hassan.

'Waar ligt Agdz?' vroeg Saïd.

'In de vallei van de Drâa, monsieur.'

Saïd trok Hassan aan zijn mouw en zei zacht, maar dringend: 'Laten we meteen na aankomst vertrekken. Ik wil geen nacht langer in dat hotel blijven.'

'Maar het zijn zulke lieve mensen,' zei Hassan ontsteld, 'en Hakiem zal erg teleurgesteld zijn.'

'Dacht je dat ik daar vanavond een hap door mijn keel kan krijgen? Het eten wordt allemaal klaargemaakt in de keuken waar het gebeurd is.'

'Dat was nog niet bij me opgekomen. Ik kan me voorstellen dat het moeilijk voor je is.'

343

'Daarbij komt...' Denkend aan de ongemakkelijke waarheid van Harlekino vervolgde Saïd aarzelend: 'Ik kan Malika onmogelijk onder ogen komen.'

'Malika?' Verbaasd bleef Hassan staan.

'Ik schaam me plaatsvervangend voor wat mijn vader haar heeft aangedaan.'

'Hoe kun je je schamen namens een vader die je nog nooit hebt ontmoet? Kom nou, zeg.'

'Toch is het zo. Ze verkeerde in dezelfde situatie als mijn moeder, begrijp je? Het zou mijn broertje of zusje zijn geweest, als het geboren was. Maar ik ben er wél, snap je?'

'Ik doe mijn best,' zei Hassan. 'Zie je wel dat ik gelijk heb? Je hebt echt een klein hartje.'

Maar Saïd luisterde niet. Tevergeefs probeerde hij tussen de huizen van Bou-Thrarar het hotel te vinden. 'Het voelt als een soort schuld,' mompelde hij.

Ahmed keek over zijn schouder om te zien waar ze bleven. Ze liepen haastig door.

'Niemand heeft schuld in deze geschiedenis,' vond Hassan. 'Behalve de slager dan. Híj heeft schuld, die griezel, al heeft hij er nooit voor hoeven boeten. Maar de uiteindelijke schuld ligt natuurlijk bij de achterlijke tradities in dit land. Wanneer ik dit soort verhalen hoor, ben ik blij dat ik in Nederland woon.'

Er was een brede brug, waar de rivier in de vorm van een stroomversnelling bruisend onderdoor stroomde. Zodra ze hem waren overgestoken, klonk het weer van alle kanten: 'Stilo, stilo! Bonbon, bonbon!' Ahmed versnelde zijn pas, met zijn armen om zich heen maaiend om de kinderen op een afstand te houden. Ze lachten en joelden en trokken grimassen. 'Monsieur... monsieur...' bleven ze opgewonden roepen. 'Stilo, stilo!' Saïd was zo gespannen dat hun kreten hem in de oren klonken als het gehuil van een roedel hyena's. Er leek geen eind te komen aan de dorpsstraat, of wat daarvoor door moest gaan. Hij strompelde over de keien totdat ze, toch nog onverwacht, voor de poort stonden die toegang gaf tot de parkeerplaats van het hotel. Saïd herademde toen hij de Volvo zag. Ahmed bleef staan en keek hen afwachtend aan. Tegelijkertijd trokken ze hun portemonnee tevoorschijn. 'Samen delen?' stelde Hassan voor.

Saïd drukte een extra biljet in Ahmeds hand. 'Merci. Ook voor de informatie over Arhoun.'

'De rien,' zei Ahmed bescheiden. Hij gaf hun haastig een hand. Al glimlachte hij beleefd, met zijn gedachten was hij al ergens anders. Hij draaide zich om en verdween door de poort alsof hij ergens voor vluchtte.

Binnen wachtte Hakiem met een brede lach, benieuwd te horen hoe de bergtocht was bevallen. Hassan weidde uit over de schoonheid van de bergen, de kloof en de dorpen waar ze doorheen gekomen waren, over de professionaliteit van de gids. Hij repte met geen woord over Chamadi. Saïd beperkte zich tot instemmend knikken. De lofzang duurde hem veel te lang, want hij vreesde ieder ogenblik Malika om een hoek te zien verschijnen. Hij zou niet geweten hebben wat voor houding hij zich moest geven. 'Laten we gaan,' onderbrak hij Hassan.

'Oké, oké...' Met een droevig gezicht biechtte Hassan op dat ze helaas genoodzaakt waren diezelfde dag nog te vertrekken. Zoals hij had voorspeld, kon Hakiem zijn teleurstelling niet verbergen. Het was meer dan teleurstelling, het was verontwaardiging. Er was nog zoveel te zien! Er waren zoveel prachtige tochten te maken! Hij zou een dag vrij nemen en zelf hun gids zijn! Hassan bracht hem tot bedaren met de belofte dat ze spoedig terug zouden komen. Maar nu hadden ze een afspraak, die nogal dringend was. In Agdz.

'In Agdz?' riep Hakiem verbijsterd. 'Maar dat is hier ver vandaan!'

'Je kent Saïd niet,' zei Hassan. 'Afstand speelt voor hem geen rol.'

Hakiem keek met enige schrik in zijn ogen naar Saïd. 'Maar beloof me dat jullie zo snel mogelijk terugkomen.'

'Als Allah het wil,' zei Hassan met zijn hand op zijn hart.

Ze liepen de trappen op en gingen hun kamer binnen om te pakken. Saïd zag dat het bed was opgemaakt. Alles was in gereedheid gebracht voor een tweede nacht in de ijzige kou. Hij propte zijn spullen in zijn tas, ritste hem dicht, ijlde de trappen af naar beneden en meteen door naar buiten, om zijn tas al vast in de achterbak te zetten. Liefkozend klopte hij op het chassis. Toen hij terugkwam bij de receptie, stond Hassan er met zijn tas. Ze rekenden ieder voor zich af. Saïd vouwde enkele bankbiljetten in elkaar en liet ze op de balie achter.

'Zal ik jullie helpen met de bagage?' bood Hakiem aan.

'Die ene tas?' zei Hassan, zich omdraaiend om te vertrekken.

'Ik kom zo,' zei Hakiem.

Ze verlieten het hotel en stapten in de auto. Saïd startte de motor. Betrouwbaar als altijd sloeg die meteen aan. Behendig draaide Saïd achteruit, ervoor wakend geen bloempotten omver te rijden. In zijn achteruitkijkspiegel zag hij dat Hakiem het hotel uit kwam stormen. Hij holde regelrecht naar de kant van de bestuurder. Saïd draaide het raampje naar beneden.

'Je hebt me te veel gegeven!' riep Hakiem. 'Echt veel te veel!'

'De helft is voor jou,' zei Saïd, 'voor je vader, je moeder en je zusje. De andere helft is voor Malika, die zo mooi kan zingen.'

Hakiem keek verbluft naar de biljetten in zijn handen. 'Merci,' zei hij weifelend, 'merci.'

Saïd draaide het raampje dicht en gaf gas. Terwijl hij naar de poort reed, zag hij in zijn spiegel dat Hakiem terug was gerend en nu op het bordes stond. Uit het hotel verschenen Malika en haar moeder, die aan weerszijden van Hakiem gingen staan. Lalla lachte gemoedelijk, net als de vorige avond. Malika keek met half toegeknepen ogen tegen het late zonlicht in. Alsof iemand een onzichtbaar startsein gaf, begonnen ze alle drie tegelijk te zwaaien. Omkaderd door het randje van de spiegel leek het net een kort filmpje, gemaakt op een digitale camera en afgespeeld op het scherm van een mini-dvd-speler. Zwaaiende mensjes, die nu al tot het verleden behoorden. Terwijl Saïd kort zijn hand opstak, wuifde Hassan uitbundig terug. Saïd reed stapvoets door de poort en draaide toen scherp naar rechts. In de spiegel maakte het zwaaiende drietal plaats voor een verzameling lemen huizen.

15 Rood dat pijn doet aan de ogen

'Op naar Agdz dus,' zei Hassan.

'Maar eerst weg uit de bergen.'

'Hadden we daarnet niet linksaf gemoeten?'

'Is dit niet dezelfde weg als die we gekomen zijn?'

'Volgens mij niet.'

'Ik kan hier onmogelijk keren. En achteruit rijden is ook link, daarvoor is het veel te smal en te bochtig.'

'Oké, dan rijden we door. We zien wel wat ervan komt.'

Hassan stopte een cd in de speler. Drie akkoorden waren genoeg om te weten dat het de *Desert Blues* waren. Hoewel ze een ruim assortiment cd's mee hadden genomen, viel zijn keus toch steeds weer hetzelfde uit. Ditmaal, tijdens de haastige aftocht uit Bou-Thrarar, kwam het Saïd voor dat de blues niet uit de elektronica in het dashboard afkomstig waren, maar uit de schemering die de contouren van het omringende landschap vervaagde. Trommels, tamboerijnen, snaren, stemmen – de klanken kwamen over de bergen aanzweven en drongen door tot in het binnenste van de Volvo. Al verstond hij de liederen niet, hij voelde dat ze gingen over mensen die hun bestemming misgelopen waren, en over de menselijke onmacht om het lot te beïnvloeden. De muziek en de ritmes waren zo meeslepend en bedwelmend dat je er vrede mee kreeg dat de dingen zo gingen, en niet anders. Zolang de muziek duurde, kon je het accepteren. Sterker nog, er leek een stil bondgenootschap te bestaan tussen de *Desert Blues* en het noodlot.

Ze zweepten elkaar wederzijds op tot een pijnlijk genot. Tot je ziel ervan trilde en om meer vroeg, nog meer.

Dankzij de *Desert Blues* drong het tot Saïd door dat de *ud*-speler in Bou-Thrarar niet alleen was beroofd van zijn vermogen om muziek te maken en zijn vingers uit te leven op de snaren. Wat hij tegelijkertijd verloor was de troost van de ontsnapping uit de werkelijkheid: de mogelijkheid om in de muziek te vluchten, onbereikbaar voor de listen van het alledaagse leven. De slager had hem met één ondubbelzinnige slag teruggehaald uit die droom en zijn vader was als een parachutist wiens valscherm geraakt is door een kogel, neergestort op de aarde. De slager had hem teruggehaald naar zijn eigen botte, aardse niveau – dat was zijn wraak geweest. Een uitmuntende wraak, uitgedacht in de stompzinnige kop van een slachter.

'Kijk eens waar Agdz eigenlijk ligt,' zei hij, terwijl hij met trillende vingers de volumeknop terugdraaide.

Hassan trok de kaart uit het vakje in het portier en begon hem open te vouwen. Er volgde een worsteling met de kaart, die dreigend dicht bij het stuur kwam. 'Shit!' zei hij, 'de kaart van Marokko integraal openvouwen komt neer op zelfmoord als je in een auto zit aan de rand van een ravijn.'

'Voorzichtig.' Saïd duwde de kaart weg.

'Waarom heeft dit land zo'n belachelijke diagonale vorm?' mopperde Hassan. Hij vouwde hem tweemaal dubbel en bracht hem toen dicht bij zijn ogen. 'Jammer,' zuchtte hij.

'Wat is jammer?'

'Dat tussen ons en Agdz een berg ligt met een top van ruim 2500 meter. De Jbel Sarhro. Als die er niet was, konden we in een rechte lijn naar beneden. Nu moeten we eerst een stuk westwaarts, tot aan Ouarzazate, en dan zuidoostwaarts tot aan Agdz.'

'Hoeveel kilometer schat je?'

'Honderdvijftig, honderdzestig kilometer.'

'Zo ver is dat niet.'

'Als we eenmaal uit deze bergen zijn, ja, op een normale weg.'

Er hing een rode gloed boven de besneeuwde toppen. Het was zaak om een geasfalteerde weg te bereiken voor het donker werd. Bij licht een tegenligger ontmoeten op de smalle onverharde weg was al geen sinecure, maar in de duisternis zou het ronduit riskant zijn.

'Het ziet ernaar uit dat we het eind van de reis naderen,' mijmerde Hassan. 'Agdz... wat een naam, het is nog erger dan Dbdou. Ben je niet zenuwachtig, nu het zo dichtbij komt?'

'Wat heb ik eraan zenuwachtig te zijn?'

'Als ik jou was, zouden de zenuwen door me heen gieren, denk ik.'

'Je kunt je niet voorstellen hoe het is om mij te zijn. Ik weet het zelf niet eens.'

'Je kunt je gevoel toch wel beschrijven?'

'Mijn gevoel?' zei Saïd opstandig. 'Ik zou niet weten hoe... Je zou er een stad van kunnen bouwen, zo tjokvol gevoel zit ik. Een stad vol gigantische lichtreclames die de hele tijd aan en uit knipperen, zodat je pijn krijgt in je ogen als je er lang naar kijkt.'

'Echt?' Hassan keek hem van opzij verwonderd aan. 'Waarom laat je daar niets van merken?'

'Is dat een verwijt?'

'Ik denk van wel. Je kunt me toch wel vertellen wat er in je omgaat? Anders moet ik er steeds naar raden. Met behulp van de schaarse dingen die je zegt, moet ik raden wat je niet zegt. Uit de taal van je lichaam moet ik zien op te maken wat je denkt. Dat is heel hard werken, weet je, en misschien zit ik er wel helemaal naast met mijn conclusies.'

'Je wilt mijn gevoel zeker in je reisverslag neerpennen? Zoon zoekt vader. Wat gaat er in hem om? Ziet hij ertegen op, verlangt hij ernaar, is hij heimelijk kwaad op zijn verwekker... misschien wil je het op een dag zelfs publiceren.'

'Weet je wat het is met jou? Je zit vol wantrouwen. Daarom durf je je niet bloot te geven. Heb ik gelijk of niet?'

Saïd klemde zijn kaken op elkaar. Het was een stuk met haarspeldbochten, dus zijn aandacht mocht geen seconde verslappen. Wanneer hij het pedaal van de koppeling of de rem indrukte, herinnerde pijn in zijn spieren hem aan de wandeltocht. Hassan voelde feilloos aan dat het moment van fysieke en mentale uitputting niet ver meer was. Eén kleine bres in je weerbaarheid, en je beste vriend wurmde zich erin.

'Je hebt gelijk,' zei hij koel. 'Omdat het praten over gevoelens een rage geworden is, die me met wantrouwen vervult. Je hoeft de televisie maar aan te zetten en je belandt midden in een openlijke uitverkoop van gevoel.' Met een falsetstem voegde hij eraan toe: "En hoe was het voor je, toen je ontdekte dat je vader nog meer onechte kinderen had verwekt? Nou, ik had het er best wel moeilijk mee."'

Hassan lachte.

'Lach jij maar,' zei Saïd. 'En hoe eindigt zo'n gesprek? Jij mag het zeggen.'

'Ik zou het niet weten.'

'Op een theatraal verantwoord moment breken de tranen door. Gelukkig is haar mascara waterproof, denk je als kijker. Ze moet van tevoren geweten hebben dat het op huilen zou uitlopen en heeft alvast haar maatregelen genomen. Want haar verdriet moet wel mooi zijn om naar te kijken. En dan heb je nog die twee onafscheidelijke woordjes "best wel". Word jij daar niet onpasselijk van? "Best wel moeilijk". Door al het geleuter over gevoel bevatten die twee woordjes de complete devaluatie ervan. Wat overblijft, is zwelgen in je eigen tranen. Of in andermans tranen.' Hij zweeg lichtelijk tevreden. Hij had een creatieve uitweg gevonden, in Hassans eigen intellectuele stijl.

'Het gaat helemaal niet om de televisie,' zei Hassan. 'Het gaat om jou en mij. Om het vertrouwen tussen twee vrienden.'

Er klonk verslagenheid in zijn stem. Een lichte spijt welde bij Saïd op, omdat het voor hem onmogelijk was aan Hassans definitie van ware vriendschap te voldoen. Maar zelfs als hij het gewild had, had hij het niet gekund. Je kon evengoed proberen uit een ommuurde stad te ontsnappen waarvan alle poorten gesloten waren.

In de verte verschenen lichtjes. Ze naderden de bewoonde wereld, waar je 's avonds gewoon naar de wc kon. Even later bereikten ze het eind van de onverharde weg. Haaks erop was een geasfalteerde weg. 'Wat nu?' vroeg Saïd.

'Naar links,' zei Hassan.

Wat een luxe was het om over asfalt te rijden. Nu kan ons niets meer gebeuren, dacht Saïd. Hij realiseerde zich dat hij behoorlijk in de rats had gezeten of de Volvo het zou redden in de bergen. Rechts van zich zag hij in het donker water blinken. 'Welke rivier is dit?' vroeg hij.

'Dit moet nog steeds de Asif M'Goun zijn,' zei Hassan, 'de rivier van onze wandeltocht.'

Saïd zag de kloof weer voor zich, en de majestueuze rotswanden. De kortstondige harmonie die hij er had ervaren, leek nu al een gedroogd blad in een oud boek te zijn, dat eruit valt zodra je het opent. Tussen toen en nu stak de ontmoeting met Chamadi als een wig omhoog in zijn bewustzijn.

'Een hotel!' riep Hassan. Rode neonletters doken op in de duisternis. Erg lang was niet over de naam nagedacht. 'Hotel M'Gouna' was alles wat ze hadden weten te bedenken. 'Zullen we hier stoppen?' stelde hij voor. Hij rekte zich uit en geeuwde.

'Om te eten?'

'Ja. Ik rammel van de honger. En slapen misschien ook. Of

wil je nog helemaal doorrijden naar Agdz? Je kunt moeilijk om middernacht bij je familie binnenvallen.'

'Dat is waar,' gaf Saïd toe.

Er was een ruime parkeerplaats naast het hotel. Hoewel er veel auto's geparkeerd stonden, en zelfs een Franse bus, was het niet moeilijk om de Volvo ergens tussen te schuiven. Ze stapten uit en strekten hun ledematen. Daarna tilden ze hun tassen uit de kofferbak en liepen het hotel binnen. Ze betraden een ruime hal. Een groter contrast met Le Mirage was nauwelijks denkbaar. Terwijl daar een mislukte poging tot een traditionele bouwstijl was gedaan, leken hier Marokkaanse plattelandsopvattingen van moderne architectuur de toon aan te geven. In plaats van de uitbundige Marokkaanse kleuren was alles er in bruine en beige tinten gehouden, alsof gebrek aan kleur eigentijds zou zijn. Zelfs de receptionist droeg een donkerbruin confectiepak, en hij had zijn haar met veel vet naar achteren gekamd.

'U hebt geluk,' zei hij. 'Er is nog één kamer vrij. We hebben hier vannacht een groep Fransen, begrijpt u.' Hij overhandigde de sleutel en knipte met zijn vingers naar de portier.

'Non, merci,' zei Hassan haastig. 'We dragen onze tassen zelf wel.'

Hun kamer lag op de eerste verdieping. Hij bleek behoorlijk groot te zijn, maar dat gold niet voor het bed. Saïd knipperde met zijn ogen. Daardoor werd het niet breder. Het was en bleef een smal tweepersoonsbed. Met een beetje pech zat er een kuil in het midden. Hij zette zijn tas op een stoel en liep de badkamer in om een plens koud water in zijn gezicht te gooien. Het leek een eeuwigheid geleden te zijn dat hij zichzelf in een spiegel gezien had. Hij bracht zijn gezicht dicht bij het glas. Leek het maar zo, of was het werkelijk gezwollen? Opgeblazen, omdat hij zijn gevoelens binnenhield? Zag iemand die net te horen had gekregen dat zijn vader een vinger verloren had, er zo uit? Of was het gewoon het hoofd van iemand die in een uitputtend avontuur verwikkeld was, waarvan de uitkomst met de dag onzekerder werd? In ieder geval was hij tijdens de voettocht in de novemberzon aardig verbrand. Hij pakte een handdoek en droogde zich af. Boven de badstof uit keek hij zichzelf diep in de ogen. 'We verzinnen er wel wat op,' zei hij tegen zijn spiegelbeeld.

Nog geen vijf minuten later zaten ze beneden in het restaurant. Hier geen lage banken met kussens, er stonden echte stoelen en tafels. Voor de Fransen waren vijf tafels tegen elkaar aan geschoven. Ze bestudeerden de menukaarten en leverden luid commentaar.

Hassan wreef zich in de handen. 'Ik rammel, en ik heb ook zin in een glas wijn.'

'Wijn?' herhaalde Saïd. Sinds hij op een feestje een keer flink dronken was geworden, had drank voor hem zijn aantrekkingskracht verloren. Hij herinnerde zich niet meer hoe hij thuis was gekomen en hoe hij in zijn bed was beland. De avond en de nacht waren opgegaan in de dampen van de alcohol en er was niets van terug te vinden in zijn geheugen. Dat maakte hem achteraf erg onzeker. Het leek of er een stukje uit zijn leven verdwenen was, een korte periode waarin hij alleen fysiek had bestaan terwijl zijn geest afwezig was. Waar had die uitgehangen? Had hij misschien ergens iets aangericht, iets onherstelbaars waarvoor hij, wanneer hij weer bij zinnen was, nooit de verantwoordelijkheid zou willen dragen? Er was een meisje geweest dat hem sindsdien dubbelzinnige mailtjes stuurde. Ze zinspeelde op iets wat tussen haar en hem zou hebben plaatsgevonden. Had hij met haar geslapen of alleen maar gekletst? Hij wist het niet. Hoezeer hij zijn geheugen ook pijnigde, er verscheen geen enkel beeld. Zelfs geen flard van een gesprek. Uiteindelijk had hij haar per mail weten af te poeieren, maar het ondermijnende gevoel was gebleven.

Er was een fragment uit zijn leven verdwenen en hij zou het nooit terugkrijgen.

'We hebben alleen flessen,' zei de ober.

'Wacha. Een fles dan,' zei Hassan luchtig.

Hij was weer in een opperbest humeur, stelde Saïd vast. Hij pakte de kaart op en probeerde zich te concentreren op de hors-d'oeuvres en de *plats principales*. De kaart was in het Marokkaans en het Frans. Terwijl ze bestelden, vroeg Hassan of de wijn alvast gebracht kon worden. Hij werd op zijn wenken bediend, de ober kwam met een zilveren dienblad waarop een fles bordeaux stond met twee glazen. Hij zette bij elk bord een glas neer en voordat Saïd zijn hand erop had kunnen leggen, was het zijne ook volgeschonken.

Hassan hief zijn glas. 'Op morgen! Op de kennismaking met je vader, hoe dan ook. En met je familie!'

Saïd keek in verwarring naar hem op.

'Je drinkt toch zeker wel een glas mee? Je hebt het verdiend!'

'Je weet dat ik...' protesteerde Saïd.

'Dit is een uitzondering. Morgen worden alle mysteriën ontraadseld. Daar wil je toch wel op toosten?'

Saïds weerstand begaf het. Eén glas kon geen kwaad, soms was een klein compromis beter dan een botte weigering. Zijn hand ging aarzelend naar het glas. Hij tilde het op. 'Proost.' Hij tikte zijn glas tegen dat van Hassan. 'Op de ontknoping.' De wijn smaakte veel beter dan hij verwacht had. Na enkele slokjes voelde hij dat hij opleefde. Er vloeide iets warms en verzachtends door zijn bloedvaten, iets waardoor het interieur van het hotel minder afstotelijk werd en hij voor de dominante aanwezigheid van de Fransen een voor de hand liggend excuus vond: ze waren op vakantie.

'Wie weet wat we morgen allemaal aantreffen *in a place called Agdz*,' zei Hassan, naar de flonkerende wijn in zijn glas

355

starend. 'Misschien heb je oma's, opa's, ooms, tantes, broers, zusters, neven, nichten. Marokkaanse families zijn groot. Soms zo groot dat een heel dorp familie van elkaar is.'

'Dan hoop ik maar dat ze mij er nog bij kunnen hebben.'

'Natuurlijk! Familie is familie. Bij je familie kun je altijd terecht. Al is het een verre achterneef, als je geen dak boven je hoofd hebt kun je bij hem eten en slapen. Als je geen werk hebt, zal hij proberen iets voor je te ritselen. Voor zover hij kan natuurlijk, want de werkloosheid is groot zoals je weet. Familieleden helpen elkaar van oudsher, dat is het mooie van Marokkaanse families. De nadelen hoef ik je niet te noemen, die ken je, je bent vaak genoeg bij me thuis geweest.'

'Nadelen?' zei Saïd verbaasd. 'Die nadelen heb ik nooit zo gezien. Je hebt een lieve, zorgzame moeder, een hardwerkende vader, een aardige zus en een broer die... Nou ja, je broer...'

'Een broer die niet deugt, zeg het maar rustig.'

Saïd zag de kneedbommetjes voor zich die thuis, achter in de ijskast, al tijden lagen te wachten tot Abdelkrim ze nodig zou hebben. Het was hem gelukt een stel perfecte bommetjes te maken en er was niets misgegaan. Maar Abdelkrim had hem gebeld en gezegd dat de hulpactie aan Tsjetsjenië voor onbepaalde tijd was uitgesteld. Of hij ze netjes wilde bewaren, zodat ze niet bedierven. Saïd had zijn moeder in alle toonaarden verboden de plastic doos aan te raken waar ze goed verpakt in zaten.

'Zover wil ik niet gaan,' zei hij voorzichtig. 'Al heeft hij misschien een grote mond, op zijn manier is hij wel betrokken bij wat er in de wereld gebeurt.'

'Betrokken? Hij is een politieke onbenul! Leest nooit een krant, maar houdt er wel allerlei dubieuze opvattingen op na.'

'Hij is een beetje vreemd en ongrijpbaar,' gaf Saïd toe,

'maar ik ben hem nog steeds dankbaar dat hij toen een baantje voor me heeft gevonden.'

'Zo geweldig was die baan nou ook weer niet,' bromde Hassan. 'Hij was ver beneden je niveau. En over je baas heb je ook niet veel goeds gemeld.'

'Omar Essadki is een ramp,' gaf Saïd zonder aarzeling toe. 'Je kunt het je niet erger voorstellen. Hij is een ramp als baas, als mens, als fysieke verschijning. Je vraagt je af hoe iemand het klaarspeelt zo dik te worden. Te veel eten lijkt in zijn geval nauwelijks een afdoende verklaring.'

'Stress misschien?' opperde Hassan. 'Van stress kun je ook dik worden.'

'Het zou kunnen,' overwoog Saïd. 'Dan zou het de stress moeten zijn die hij zelf genereert. Hij is erg opvliegend. Dat heeft te maken met zijn arrogantie. Ik ben nog nooit iemand tegengekomen die zich zo hoog boven iedereen verheven voelt. Om zich superieur te voelen vernedert hij iedereen die vroeg of laat met hem te maken krijgt. Hij geeft je het gevoel dat je geen knip voor de neus waard bent. Het effect ervan is dat niemand hem mag. Wees eerlijk, zou jij het fijn vinden als iemand je voortdurend inpepert dat je niets voorstelt in deze wereld? Dus wat doen zijn chauffeurs op hun beurt? Ze belazeren hem. Ergens hebben ze behoefte aan genoegdoening.'

Saïd leunde ontspannen achterover. Zijn tweede glas was al bijna leeg. Over Essadki praten was niet moeilijk. Het was een veilig onderwerp, dat al tot het verleden behoorde, en waarover je met een gerust geweten kon uitweiden.

'Begrijpelijk,' zei Hassan. Ook hij dronk stevig door.

'Ze moeten wel. Ze werken voor hem op fiftyfiftybasis. Van het aantal ritten dat ze maken, zonder meter natuurlijk, geeft Essadki maar een klein deel op aan de belasting. Een van de chauffeurs heeft ons weleens voorgerekend dat hij zo minstens tienduizend euro per maand verdient. En wat verdienen zij? Een schijntje, daarbij vergeleken. Dus wat doen ze? Ze spreken van tevoren een prijs af met de klant, liefst een buitenlander. Te hoog natuurlijk, soms zelfs veel te hoog. Daarvan geven ze maar een deel op aan de baas. Zodoende stelen ze van hem terug wat hij hun eigenlijk zou moeten betalen. Snap je?'

'Ik geloof van wel. Je bedoelt, hij vraagt er zelf om.'

'Ja. En hij weet dat hij beduveld wordt, maar hij kan het niet bewijzen. Daarom barst hij zo nu en dan in woede tegen zijn chauffeurs uit. Ik zal niet herhalen wat hij ze allemaal naar het hoofd slingert. Neem maar van me aan dat hun zelfrespect er niet van toeneemt. Ze weten dat ze schuldig zijn, maar ze weten ook dat hij nog veel schuldiger is. Hij betaalt ze te weinig en dwingt ze zodoende tot oneerlijkheid. Hij haalt niet het beste in ze naar boven. Om het nog erger te maken heeft hij een zoete wraak bedacht. Je moet weten dat hij een sudokufanaat is. Heb je weleens een sudokupuzzel opgelost?'

'Ik houd niet zo van cijferdiagrammen en dat soort dingen. Maar ik heb Abdelkrim er weleens mee gezien.'

'Essadki deelt boekjes met sudoku's aan ze uit. Die kunnen ze mooi oplossen tijdens het wachten, vindt hij, een goeie hersentraining voor zijn chauffeurs. Hij geeft er ook potloden bij met een gummetje aan het eind, zodat ze in de puzzel aantekeningen kunnen maken en weer uitgummen. Want beginners kriebelen allerlei cijfertjes in de vakjes, als geheugensteuntje. Het is net als met het nationale spel, je moet een heleboel zetten vooruitdenken. Wie dat niet kan, heeft een potlood nodig. Alleen een grootmeester als Essadki zet met een balpen het cijfer meteen op de juiste plek. Je hebt sudoku's in verschillende gradaties van moeilijkheid. Van één tot en met vijf sterren, van super- via maxi- naar megasudoku's. De meesten van ons komen niet verder dan super. Soms zelfs met veel moeite. Het spijt me dat ik het zeggen moet, maar ik was de enige die tussen de vier en de vijf sterren zat. Met een potlood weliswaar, want ik maakte af en toe een aantekening. Daarom kreeg hij algauw een hekel aan me. Hij was misschien bang dat ik hem op een dag naar de kroon zou steken. Maar die ambitie had ik helemaal niet. Van mij mocht hij rustig keizer in sudokuland blijven als hij daar gelukkig van werd. Hoe dan ook, sudoku is het enige wat hem tot rust brengt. Helaas misbruikt hij zijn talent om zijn chauffeurs te vernederen. Want weet je wat hij doet? "Ga zitten," blaft hij tegen iemand op wie hij op een gegeven ogenblik de pik heeft. Die moet dan tegenover hem gaan zitten aan zijn bureau en machteloos toezien hoe Essadki een megasudoku binnen tien minuten oplost. Soms zelfs minder. Ik weet precies hoe het voelt. Je kijkt noodgedwongen naar dat dikke, uitdrukkingloze gezicht en naar de pappige knuist met de balpen, die als een roofvogel boven de sudoku zweeft, klaar om toe te slaan. Je weet gewoon dat de hele sessie bedoeld is als intimidatie.'

'Dit is een waanzinnig lekkere bordeaux, weet je dat?'

Er verschenen twee korenblauwe tajineschotels op tafel. De ober tilde met een plechtig gebaar de deksels op. De damp sloeg van het gerecht af.

'Mmm,' zei Hassan goedkeurend. 'Laten we nog een fles wijn bestellen.'

'Niet voor mij, de alcohol stijgt nu al naar mijn hoofd.'

'Dat komt doordat je nooit drinkt. Gun het jezelf nu eens, het zal je goeddoen.' Hassan wees op het etiket en vroeg in het Frans om een tweede fles. De ober knikte en verdween.

'Hoe loopt zo'n sessie met Essadki af?' vroeg Hassan. 'Ben je verplicht hem te complimenteren en kun je dan gaan?'

'Wanneer hij de puzzel af heeft, laat hij je het resultaat zien. Je mompelt dan zoiets als: "knap gedaan" of "ik zou het u niet nadoen". En dan zegt hij: "Denk maar niet dat je mij voor de gek kunt houden. Ik heb jullie door. Ik ben het brein en jullie de werkbijen. Onthoud dat goed. Ik ontsla jullie allemaal als ik er zin in heb. Verdwijn nu maar en haal die domme grijns van je gezicht."'

Saïd boog voorover. 'Weet je wat hij zei toen ik ontslag nam?' Hij nam een slok van de wijn. Er was een bedwelmende onverschilligheid over hem gekomen. Dingen waar hij normaal gesproken over tobde en die hem uit zijn evenwicht brachten, leken er nauwelijks nog toe te doen. Hij voelde zich vrij als een vlinder die meelift met de wind. 'Ik zou niet durven zeggen dat Essadki ervan schrok, maar geïrriteerd was hij wel. "Denk maar niet dat je ergens anders aan de slag komt," zei hij nijdig, "er zijn veel te veel taxichauffeurs in Amsterdam." "Ik ga naar Marokko," zei ik. "Marokko?" Zijn ogen vielen uit zijn hoofd van verbazing. Het was denk ik voor het eerst dat ik een andere uitdrukking op dat pafferige gezicht zag verschijnen dan die van zelfingenomenheid. Ik weet niet waarom, maar ik voelde een stille triomf. "Je denkt toch niet dat er in Marokko werk is voor jongens zoals jij?" vroeg hij. "Ik denk niets, meneer," zei ik. "Dat is waar," zei hij, "je denkt niet. Dat is het probleem met jullie, jullie denken niet. Jullie doen maar wat. Ga jij maar lekker naar Marokko. Je zult je er thuis voelen, het stikt er van de nietsnutten."'

'Wat een weerzinwekkende figuur,' zei Hassan.

'Dat waren zijn laatste woorden. "Het stikt er van de nietsnutten."'

Ze aten een tijdje zwijgend verder. Dankzij het geraffineerde gebruik van specerijen had het gerecht ongetwijfeld een heel eigen smaak en aroma, maar die drongen niet tot Saïd door. Het was alsof hij een soort gemiddelde van alle denkbare smaken tussen zijn tong en verhemelte had. Waarschijnlijk was eten een kwestie van concentratie en moest je om de ene smaak van de andere te onderscheiden bewust gedachten naar je smaakpapillen sturen. Maar dat was onmogelijk geworden. Zijn gedachten schoten als ongerichte projectielen door zijn hoofd. Hij genoot van deze willekeurige vluchtigheid. Het leek of zijn gedachten ongevoelig geworden waren voor de zwaartekracht en daardoor hun hang naar neerwaartse spiralen verloren hadden.

'Laten we een kop koffie drinken in de bar,' stelde Hassan voor toen ze klaar waren.

Saïd volgde hem gedwee naar een ruimte die aan het restaurant grensde. In intieme nissen zaten mannen in westerse kleding geanimeerd te praten en te roken. Op lage tafeltjes stonden glazen met drank. Hassan vond een nis die leeg was. Ze gingen zitten en bestelden koffie.

'Met whisky?' vroeg Hassan.

'Oké, met whisky,' stemde Saïd in.

Hassan stak een sigaret op. Hij inhaleerde diep, hield de lucht in stil genot vast en blies die toen langzaam uit. Daarna richtte zijn blik zich op Saïd. Hij bleef daar zo lang hangen dat die dwars door zijn zorgeloze stemming heen een gevoel van onbehagen kreeg. Was het de blik van een dierbare vriend die met hem begaan was vanwege het ongeluk van zijn vader? In dat geval had hij geen behoefte aan medelijden. Of betekende de blik iets anders? Blikken konden zoveel uitdrukken en zoveel verbergen. Tenzij je iemand door en door kende, was het moeilijk om een blik op de juiste manier te duiden. Van alle mensen die hij kende, kon hij waarschijnlijk alleen die van zijn moeder foutloos interpreteren. Hij zag in haar ogen zelfs een periode van neerslachtigheid naderen, lang voordat het zover was. Wanneer er iets van de glans in haar ogen begon te verdwijnen om geleidelijk plaats te maken voor een dof aquamarijn, dan wist hij dat het niet lang meer kon duren. Als in een beslagen spiegel werd de reflectie van de wereld in haar ogen onzichtbaar. Ze trok zich terug in zichzelf en wat ze daar aantrof, stemde haar niet vrolijk.

De ober verscheen met een dienblad vol kopjes en glazen. Tegelijkertijd ging de deur open en kwamen twee opzienbarende jonge vrouwen de bar binnen. De vorm van hun weelderige lichamen werd nauwelijks verhuld door de nauwsluitende felrode jurken die ze droegen. De gulle welvingen van billen en borsten lieten weinig aan de verbeelding over. Ze waren zwaar opgemaakt en keken, in tegenstelling tot de vrouwen die ze tot nu toe gezien hadden, uitdagend uit hun met kohl omrande ogen. Saïd zag de melancholieke Malika voor zich met haar tamboerijn. Het leek of ze zich aan de andere kant van de planeet bevond. De vrouwen werden door de aanwezigen geestdriftig begroet. Iedereen leek hen te kennen.

Hassan had zijn blik gevolgd. 'Hoertjes,' zei hij onverschillig.

'Hoertjes? Hier? Aan de oever van de Asif M'Goun?'

Hassan legde zijn sigaret op het randje van de asbak en nam een slok koffie. Hij gaf geen antwoord.

Een van de vrouwen kwam, lachend en babbelend met een jonge man in een modern, strakgesneden kostuum, op hun nis af.

'Vous permettez?' vroeg de man.

'Je vous en prie,' knikte Hassan beleefd.

Ze streken neer op de bank tegenover die van Saïd. Het lichaam van de vrouw nam het grootste deel ervan in beslag, zodat de man naast haar zich smal moest maken. Met zijn modieuze zwarte pak en zwarte overhemd zag hij er eerder uit als een designer of de eigenaar van een galerie voor avant-gardistische kunst dan als iemand uit de Hoge Atlas, diep in de binnenlanden van Marokko. Saïd had het opgegeven alles te willen begrijpen. Een aan luiheid grenzende verdraagzaamheid had bezit van hem genomen. Hij was in staat de dingen te accepteren zoals ze waren, zonder te oordelen. Van hem mocht deze toestand eindeloos voortduren. Het was de volmaakte verzoening tussen hemzelf en de wereld om hem heen.

De vrouw staakte haar conversatie en begon hem met onverhulde belangstelling aan te staren. Haar partner keek van de weeromstuit mee. Even schoof haar blik bevreemd van Saïd naar Hassan. Toen keek ze weer naar Saïd en zette ze haar indringende observatie voort. Saïd kreeg het gevoel dat haar ogen zijn bezwete t-shirt uittrokken, zijn broekriem losmaakten en koeltjes verdergingen hem uit te kleden tot hij naakt tegenover haar zat. Normaal gesproken zou het een gevoel van hevige gêne bij hem hebben veroorzaakt, maar nu bleef hij tot zijn eigen verwondering zo rustig als een guard voor het koninklijk paleis in Londen die wordt uitgedaagd door een meisje van zestien. Ze stootte haar metgezel aan en zei iets tegen hem, waarbij ze zijdelings naar Saïd keek.

'Waar komen jullie vandaan?' vroeg de man in het Frans.

Saïd hoorde zichzelf met hoffelijke kalmte antwoorden.

'Amsterdam,' herhaalde de ander goedkeurend. Amsterdam deed het altijd goed, het was een stad waar alles mocht.

'Wat doen jullie hier, zo ver van huis?'

'We trekken door Marokko.'

'Waar zijn jullie geweest?'

Saïd begon aan een chronologische opsomming en eindigde met een lichte hapering van zijn stem bij Bou-Thrarar.

'Bou-Thrarar?' riep de man in het zwart verbluft uit. 'Wat moesten jullie dáár doen?'

'We hebben gewandeld in de bergen,' zei Saïd.

'Gewandeld?' Zijn mond viel open. Hij greep de vrouw bij haar arm en vertaalde het voor haar. Ze monsterde hen met een scheef lachje, alsof ze het idee had dat ze voor de gek gehouden werden.

'Wat voor taal spreken ze?' Saïd wendde zich tot Hassan, die er opvallend afstandelijk bij zat.

'Tarifiet, denk ik,' zei hij nors.

'Puis-je vous offrir un verre?' hoorde Saïd zichzelf vragen. Hij wees op het glas in zijn hand, dat al bijna leeg was.

'Whisky zou lekker zijn,' zei de man.

Saïd zocht met zijn ogen de ober. Die snelde meteen toe, alsof hij al die tijd op een sein had staan wachten. In minder dan geen tijd stonden er vier goedgevulde glazen op tafel. Saïd voelde Hassans afkeurende blik. Je wilde zo graag dat ik zou drinken, dacht hij wraakzuchtig. Hij hief zijn glas en riep vrolijk: 'Santé!' Toen voegde hij er schalks aan toe: 'Wilt u tegen de dame naast u zeggen dat ze er prachtig uitziet?'

Haar metgezel deed wat hem gevraagd werd. Ze lachte koket. 'Ze is danseres,' verklaarde hij.

'Danseres...' Saïd deed zijn best zijn verbazing te verbergen. Danseressen in Nederland waren broodmager en volgden hongerdiëten om zo te blijven. De vrouw bleef hem schaamteloos aankijken met haar grote, zwartomrande ogen. Je merkte dat ze eraan gewend was bekeken te worden. Verleidelijk tuitte ze haar felrood gestifte lippen, als een filmster in een stomme film. Het was onvoorstelbaar dat ze sierlijk over een podium zou kunnen wervelen. Een buikdans, waarbij ze haar vetrolletjes onafhankelijk van elkaar op de maat kon bewegen, was waarschijnlijker.

'De enige dans die ze kent is de paringsdans, neem dat maar van me aan,' zei Hassan laatdunkend.

Voor Saïd maakte het geen verschil. Danseres of hoertje, het bracht zelfs geen rimpeling teweeg in zijn onbezorgdheid. Na de woestijnen, de oases en de bergen vertegenwoordigde de onverwachte aanwezigheid van de vrouw in het rood een vitaal en uitdagend aspect van Marokko. Ze zat niet op een stenen vloer te zingen met een hunkering naar betere tijden in haar stem. Ze was zelfbewust en geliefd – in elk geval binnen de muren van het hotel. Hij dronk onbesuisd van zijn whisky en zij dronk in hetzelfde tempo mee, zonder met haar ogen te knipperen. Als er iets was wat hij betreurde, dan was het dat hij haar taal niet sprak. Hij had haar graag willen vragen hoe ze leefde, zo op het scherp van de snede. Zij had ook een duidelijke fascinatie voor hem. Haar metgezel leek voor haar niet meer te bestaan en ook Hassans aanwezigheid legde geen enkel gewicht in de schaal. Met haar ogen seinde ze boodschappen naar hem die hij nauwelijks durfde te decoderen. De man naast haar probeerde herhaaldelijk zijn gesprek met haar voort te zetten, maar ze luisterde niet. Ze deed zelfs niet haar best te veinzen dat ze luisterde. Na een tijdje scheen hij te accepteren dat hij een concurrent had van wie hij het die avond ging verliezen. Hij gaf zich glimlachend gewonnen en staarde naar Saïd alsof hij diens geheim wilde doorgronden.

Hassan keek in een stil verwijt naar Saïd. Die voelde zich daardoor geprovoceerd verder te gaan op de weg die hij was ingeslagen. Soms kon je maar één richting volgen, blindelings, alsof iemand je zachtjes voor zich uit duwde. 'Laten we gaan slapen,' zei Hassan. 'Wie weet wat ons morgen te wachten staat.'

Ondanks alle drank kon Saïd de redelijkheid van dat argument niet ontkennen. Het beloofde inderdaad een bijzondere dag te worden, maar iets stond tussen hem en dat vooruitzicht in. Op tijd gaan slapen om de volgende dag fris te zijn, hij geloofde er niet in. 'Ga jij maar vast,' zei hij. 'Ik kom zo.'

Weifelend stond Hassan op. Hij keek nog eenmaal naar de vrouw, met een nauwelijks verholen misprijzen, alsof ze deel uitmaakte van het smakeloze interieur. Toen groette hij op vlakke toon en liep weg. Trok hij meer met zijn been dan anders? Was de wandeling te zwaar geweest? Even voelde Saïd de opwelling hem achterna te gaan. Hassan was al die tijd solidair met hem geweest, en nu was waarschijnlijk het ogenblik aangebroken op zijn beurt solidair te zijn met hem. Maar het lukte Saïd niet om in beweging te komen. Voor de deur draaide Hassan zich om en riep iets. Saïd verstond het niet want de westerse muziek die uit verschillende luidsprekers kwam, was te luid. In plaats van te antwoorden wuifde Saïd jolig. Hassan opende de deur en verdween, en Saïd had het gevoel dat er een enorm gewicht van hem afviel.

'Zij vindt jou ook mooi,' zei de man tegenover hem.

Saïd grijnsde. Het compliment gaf hem geen ongemakkelijk gevoel.

'Je hebt de zon in je haar, zegt ze. Daarom wil Sona met je slapen voor de helft van de prijs.'

'Hoeveel is dat?'

Haar begeleider noemde een schappelijke prijs. 'De hotelkamer inbegrepen,' voegde hij er kalm aan toe.

'Voor de hele nacht?' vroeg Saïd.

Ze overlegden. Dus hij was een pooier. Een pooier die eruitzag als de eigenaar van een galerie voor avant-gardistische kunst. Saïd pakte Hassans onaangeroerde glas en begon het op zijn gemak leeg te drinken. Nu hij eenmaal deze trein in gang had gezet, kon hij maar beter nieuwsgierig afwachten wat de onbekende bestemming zou zijn. De man wendde zich weer tot Saïd en noemde een dubbele prijs. Die was nog steeds heel schappelijk. Misschien zag ze echt de zon in zijn haar schijnen.

'Wacha...' zei Saïd.

Daar moest ze om giechelen en haar welvingen giechelden mee. Saïd voelde iets als ongeduld bovenkomen. Wat wilde hij die jurk graag op de grond zien liggen. De kleur ervan deed pijn aan zijn ogen vanaf het moment dat ze het hotel was binnengekomen. Hij had medelijden met haar omdat ze al die kilo's dag in, dag uit op een waardige manier aan de zwaartekracht moest onttrekken. Alleen al daarom vond hij haar aardig en vermoedde hij dat hij zich bij haar op zijn gemak zou voelen. Als het waar was dat Marokkaanse mannen van mollige vormen hielden, was ze beroepsmatig gedwongen haar overgewicht in stand te houden. Zelf had hij nog nooit met een dikke vrouw geslapen. Spoedig zou hij meer weten. De man stond op, knikte kort en zakelijk naar hem en begaf zich naar de bar. Hij kwam terug met een papiertje in de hand, een amateuristische rekening waarop het bedrag dat ze overeengekomen waren met de hand was genoteerd. Saïd trok zijn portemonnee uit zijn broekzak en betaalde. Alsof ze op dat teken had gewacht kwam de vrouw, die Sona genoemd werd, overeind. Met een glimlach beduidde ze hem haar te volgen. Ze beklommen twee trappen, waardoor zijn hoofd ter hoogte van haar deinende billen kwam. Bij de tweede trap hoorde hij haar lichtjes hijgen. Hij zag dat ze erg kleine voeten had, die in hemelsblauwe, met kraaltjes en pailletjes versierde slippertjes gestoken waren. Die voetjes moesten dat hele lichaam torsen, dacht hij, op den duur kwam daar onvermijdelijk narigheid van. Hij hoopte dat er tegen die tijd iemand zou zijn die echt van haar hield. Ze belandden in een lange gang met deuren aan weerszijden. Voor een ervan bleef Sona staan. Met een geroutineerd gebaar stak ze de sleutel in het slot. Ze duwde hem open, waarna ze Saïd met een uitnodigend lachje voor liet gaan. De kamer was vrijwel identiek aan die waarin Hassan nu op hem lag te wachten. Dezelfde beiges en bruinen, alleen het bed was een stuk breder. Sona knipte een zwak lampje naast het bed aan en deed het plafondlicht uit.

Toen stonden ze ineens tegenover elkaar als acteurs in een toneelstuk dat miljoenen malen gespeeld is. Het was een situatie waarin de acteurs normaal gesproken iets tegen elkaar zeiden. Iets voor de hand liggends als: 'Nu ga ik je lekker verwennen', of: 'Kleed je uit, maar doe het langzaam.' Hoe de tekst ook luidde, er werd iets gezegd. Om het ijs te breken, hun verlegenheid te maskeren of om de daad die ging volgen iets menselijks te geven. Maar Sona en hij hadden niet de beschikking over een gemeenschappelijke taal. Hij vroeg zich af of zij het ook jammer vond. Ze keek hem in diepe rust aan, pakte zijn hand en legde die op haar borst. Zijn hand bleef vanzelf liggen. Dat was een wonderlijke ontdekking. Behalve op een tafel of een bureau kon je je hand laten rusten op de goed ontwikkelde borst van een staande vrouw. Omdat hij geen poging deed zijn hand te bewegen, verplaatste ze hem naar de gleuf tussen haar borsten. Er lag een geamuseerd lachje om haar lippen, die gestift waren in de kleur van haar jurk en artificieel glommen. Zo te zien had ze behalve een gewone stift ook lipgloss gebruikt. Hij haalde zijn hand weg uit de positie waarin ze hem gelegd had, en verplaatste hem naar haar mond. Met enkele streken van zijn vingertoppen had hij de rode kleur en de gloss verwijderd. Ze liet hem zonder verbazing begaan. Daarna boog hij zich naar haar toe en kuste haar. Tegelijkertijd probeerde hij de rits op haar rug open te trekken. Dat was niet zo eenvoudig als hij gedacht had. Door de wijn en de whisky had hij zijn vingers niet goed meer onder controle. Bovendien was de rits zo lang dat er geen eind aan leek te komen. Toen Saïd eindelijk weerstand voelde, viel de jurk, die van een zware, zijdeachtige stof gemaakt bleek te zijn, slap van haar lichaam op de grond. Ze droeg ondergoed van zwarte kant, waarbij haar huid melkachtig wit afstak.

Sona nam hem bij de hand en trok hem in de richting van het bed. Eigenlijk beviel het wederzijdse zwijgen hem wel. Het was beter dan de overbodige woorden die je op zulke momenten meestal uitwisselde. Woorden die gemakkelijk tussen jou en de liefdesdaad in kwamen te staan en die voor je lust schoven, als wolken voor de maan. Als je niet oppaste, sloeg je al aan het relativeren voordat je de rand van het bed bereikt had. Sona sloeg de dunne deken open en ging languit in het bed liggen.

Saïd trok zijn shirt uit, en zijn spijkerbroek. Hij vouwde

ze op en legde ze op de grond. Stoelen waren er niet, als gewoonlijk. Zijn Nikes zette hij er netjes naast. Deze nauwgezette handelingen had hij nodig om de baas te blijven over zijn lichaam, dat nu het erop aankwam, overweldigd dreigde te worden door dronkenschap. Daarom raapte hij ook haar jurk op, vouwde hem zo goed en zo kwaad als het ging dubbel en drapeerde hem zorgvuldig naast zijn eigen kleren. Opnieuw viel het hem op hoe zwaar de stof was, en hoe ongelooflijk rood. Nu er rond het bed orde heerste, stond hem niets meer in de weg er zelf in te gaan liggen. Sona had hem kalm gadegeslagen. Als ze verbaasd was, liet ze er in ieder geval niets van blijken. Hij had beheerst naast haar willen schuiven, maar halverwege die poging verloor hij zijn evenwicht en viel hij als een reusachtige steen op de matras neer. Zo bleef hij liggen, geveld door plotselinge uitputting.

Sona keerde zich naar hem toe en raakte zijn haar aan. Ze fluisterde enkele woorden, daarna begon ze zijn gezicht te strelen. Angstvallig hield hij zijn ogen open, uit angst dat hij in slaap zou vallen wanneer hij ze sloot. Haar vingers raakten op dreef. Ze gleden langs zijn hals naar beneden, over zijn borst naar zijn buik. Behendig trokken ze zijn boxershort uit. Een zachte, gejaagde woordenstroom begeleidde haar verkenningstocht, hypnotiserend als het ruisen van een waterval. Haar vingers gleden over de binnenkant van zijn dijen, daarna bewerkten ze vaardig het gebied rond zijn geslacht. Maar het beoogde resultaat bleef uit, voelde hij. Hoewel het hem niet stoorde, wilde hij haar voor geen prijs in haar beroepstrots krenken. Zo helder was hij gelukkig nog wel. Zijn laatste krachten verzamelend kwam hij voorzichtig overeind en boog zich over haar heen.

'Wacht,' zei hij, hoewel hij wist dat ze het niet verstond.

Ze leek het te begrijpen, want ze verroerde zich niet. Hij trok de bandjes van haar bh naar beneden en na wat gemorrel aan de sluiting lukte het hem die los te krijgen. Hij had er geen idee van of het uittrekken van ondergoed bij de prijs was inbegrepen, maar ze liet hem begaan. Haar borsten waren groot als die van een prehistorisch vruchtbaarheidsbeeldje, maar verrassend stevig. Hij begroef zijn gezicht ertussen. Het was een bijzondere sensatie zich omgeven te weten door zoveel warme, zachte huid. Hij voelde haar hart erin kloppen. 'Overdaad' was het woord dat in hem opkwam. Zijn handen gleden in het wilde weg over haar huid en overal waar ze kwamen vonden ze een overdaad aan vrouw, honderdkaraats vrouw. Het was vreemd en vertrouwd tegelijk, alsof hij terecht was gekomen in een onbekende streek en te midden van nooit geziene landschappen het gevoel had dat hij alles herkende. Toen hij zo ongeveer overal was geweest, bleef hij versuft op haar liggen, als een drenkeling die is aangespoeld op een strand. Hij wist niet of het de branding van de oceaan was die hij hoorde, of het pompen van zijn eigen bloed. Hij wist zelfs niet of hij het was die daar lag, of iemand die hij had kunnen zijn, in een ander leven.

Naderhand herinnerde hij zich niet hoe lang hij zo was blijven liggen. Sona had geen teken gegeven dat zijn gewicht haar te veel werd. Ergens in de nacht moest hij van haar afgegleden zijn. Hij had zijn ogen geopend en haar in diepe slaap naast zich zien liggen, een blanke rubensiaanse arm onder haar hoofd gevouwen en een vracht zwart haar uitgewaaierd op het kussen. Het kwam hem voor dat ze de eerste en laatste vrouw op aarde was. Alsof ze alle vrouwen in zich verenigde en alle denkbare vrouwen overbodig maakte. Het lampje was uit. Door het raam scheen de maan naar binnen en wierp een blauwwit licht over haar gestalte en over de schaarse voorwerpen in de kamer. Een diepe vrede was in hem neergedaald en hij was weer in slaap gevallen, een diepe slaap als een donker bos waarin geen licht of geluid doordrong en geen enkele gedachte, in wat voor vermomming dan ook.

Hij ontwaakte met het beeld van een bloem die haar blaadjes openvouwt op zijn netvlies. Zelf was hij allesbehalve een bloem die zich opmaakte voor een nieuwe dag. Een meedogenloze zonnestraal scheen dwars door zijn oogleden heen. Wat hij voor de nerven van een bloem had aangezien, waren zijn eigen fijne bloedvaten. Nauwelijks had hij zijn ogen geopend of de realiteit denderde over hem heen met alle ontluistering waarover ze die ochtend de beschikking had. Het leek of er een zak zand in zijn hoofd zat en in zijn mond proefde hij bittere amandelen. Toen hij rechtop ging zitten, schoof het zand naar voren tot boven zijn ogen. Het licht in de kamer was meer dan hij kon verdragen. Met zijn handen masseerde hij zijn pijnlijke slapen. Het drong tot hem door dat hij alleen in bed lag. De jurk was ook verdwenen. Daar was hij blij om. Bij daglicht zou het felle rood meer zijn geweest dan hij kon verdragen.

Hij stapte wankel uit het bed en liep naar de badkamer. De tegels waren koud en glad, alsof hij met blote voeten over een ijsvlakte liep. Het was een spartaanse manier om tot je positieven te komen, maar het werkte. Hij draaide de kraan van de douche open en tot zijn verrassing kwam er water uit. Weliswaar was het een lauw straaltje, maar het was water. Hij ging eronder staan en terwijl het langs zijn lichaam droop, werd hij zich bewust van een verschrikkelijke dorst. Hij opende zijn mond en met zijn hoofd in zijn nek ving hij het douchewater op, zonder zich af te vragen of het geschikt was voor consumptie. Op deze onorthodoxe manier dronk hij door tot hij het verkwikkende effect in zijn hele lichaam voelde. Daarna draaide hij de kraan dicht en droogde zich af. Toen hij de badkamer uit kwam en het bed zag, kreeg hij zin er opnieuw in te gaan liggen. Hij keek op zijn horloge, dat hij de avond tevoren op het stapeltje kleren had gelegd. Het was pas half acht. Er pleitte niets tegen om nog een uurtje te gaan liggen. Hij ontdekte dat er gordijnen waren. Hij trok ze dicht en ging languit op zijn buik in het bed liggen, met zijn gezicht in het kussen. Een seconde later sliep hij weer.

Veel rust was hem niet gegund. Hoewel het uitdrukkelijk verboden was de koninklijke slaapkamer te betreden wanneer de vorst sliep, waren er soms toch enkelingen die brutaal in en uit liepen alsof hij zelfs in slaaptoestand nog audiëntie hield. Nu was het de kleine Aziza die op de rand van zijn bed was komen zitten. Al was ze koningin en had ze meer rechten dan de anderen, ook zij werd verondersteld te weten dat zijn slaap heilig was.

'Hai,' zei ze onnozel. 'Ik wist niet dat je sliep.'

'Grrrhum,' bromde hij.

'Slaap rustig verder, doe maar net of ik er niet ben.'

Saïd deed zijn best terug te zakken in de weldaad van de slaap, maar dat was niet zo eenvoudig als het leek met Aziza op de rand van je bed.

'Wat doe je?' vroeg hij, een oog openend.

Ze had geen kleren aan. Alleen het kettinkje met het handje van Fatima dat ze altijd droeg als bescherming tegen het boze oog. Er was nog niets verleidelijks of opzienbarends aan haar naaktheid, maar het was prettig om naar haar te kijken dankzij haar tengere, gracieuze gestalte en gave, lichtbruine huid. Geen enkel onderdeel viel uit de toon. Het was haast niet te geloven dat ze uit dezelfde baarmoeder was gekomen als Abdelkrim. Haar ouders moesten extra hun best op haar hebben gedaan, misschien omdat ze een meisje was. Je kon duidelijk zien dat ze niet ouder dan negen was, want ze droeg haar naaktheid alsof het de gewoonste zaak van de wereld was. Als Aziza negen was, kon het niet anders of hij was zelf elf, rekende hij half versuft uit.

'Ik kijk naar je terwijl je slaapt.' Haar vingers speelden met het kettinkje, maar haar blik was op hem gericht.

'Wat is daar nou aan te zien?'

Ze haalde haar smalle schouders op. 'Gewoon... Ik vind je best leuk als je wakker bent, maar als je slaapt ben je pas echt lief.'

Met andere woorden, begreep hij, als hij haar een plezier wilde doen, kon hij beter zou gauw mogelijk weer in slaap vallen. Maar wilde hij haar dat plezier wel doen? Was het een prettige gedachte bekeken te worden terwijl je sliep? Het deed hem een beetje denken aan gefotografeerd worden terwijl je het niet wist. Het is Aziza maar, suste hij zichzelf. Van alle mensen in de wereld kon hij het van haar het best hebben als ze keek terwijl hij sliep, maar toch.

'Ik denk dat ik liever wakker blijf,' zei hij. 'Wat kwam je eigenlijk doen? Je kwam toch zeker niet alleen om naar me te kijken?'

'Ik wilde je iets laten zien.'

'Goed, voor de dag ermee.' Saïd kwam geeuwend overeind en schikte de kussens zo dat ze een comfortabel steuntje in zijn rug vormden.

'Is dat je penis?' vroeg Aziza.

Terwijl hij ging zitten waren de lakens van hem afgegleden. 'Ja, hoezo? Heb je er nog nooit een gezien?'

'Nee, mijn broers weten hem altijd goed te verbergen.'

'Nou ja,' zei Saïd laconiek, 'vroeg of laat zou je er een te zien hebben gekregen. Misschien is vroeg wel beter.'

'Zo vroeg is het nu ook weer niet,' zei Aziza. 'Maar een beetje raar is het wel, hoor,' voegde ze er giechelend aan toe.

'Er is niets raars aan,' zei hij bars. 'Het is gewoon een piemel, de helft van de wereldbevolking heeft er een.' Hij pakte een hermelijnen vacht en bedekte zich ermee. 'Nu jij, wat heb je meegebracht?'

373

'Kijk, hier is hij... Kom! Kom maar hier! Wees niet bang!'
Het was Saïd een raadsel waarom het dier hem nog niet
was opgevallen. Al die tijd had er een hond in zijn slaapver-
trek gezeten en nu pas kwam hij schuchter naderbij. Het was
een middelgrote hond met lange oren en een tragikomische
blik in zijn ogen. Ik ken jou ergens van, vriend, dacht Saïd verward. 'Dag hond,' zei hij. 'Kun je ook een poot geven?'

'Geef eens een poot,' beval Aziza.

Het dier keek hem aan met de blik van een vermoeide ziel
en stak slapjes een poot naar voren. Saïd pakte de poot en
schudde hem vriendelijk. 'Heb je ook een naam?' vroeg hij.

'Nog niet,' zei Aziza. 'Vind je hem leuk?' Ze keek hem met
opgetrokken wenkbrauwen aan. Ze had prachtige vraagboog-
jes, als met potlood getekend.

'Dat wel, maar wat moeten we ermee? Ik bedoel, we hebben al hordes konijnen die de gazons in de paleistuin kaalvre-
ten, en we hebben een papegaai die het vertikt te praten. Er
is een stal vol paarden en door het hele paleis sluipen katten
rond. Is dat niet genoeg?'

'Maar we hebben nog geen hond! In het paleis hebben we
er in elk geval tot op de dag van vandaag nooit een gezien. En
deze is speciaal voor jou, een cadeau van mij voor jou. Omdat
je zo'n mooie piemel hebt. Mooier dan die van de helft van de
wereldbevolking.'

'Dat is lief van je. Een heel lief gebaar.'

'Oké.' Ze wreef zich tevreden in de handen. 'Ik laat hem nu
bij je achter, want ik heb nog van alles te doen.' Ze knipte met
haar vingers. 'Op je plaats!' De hond ging braaf liggen. Hij
legde zijn kop op zijn voorpoten en keek glazig voor zich uit.

'Hij is ook nog gehoorzaam,' stelde Saïd vast.

'Natuurlijk! Je denkt toch niet dat ik je zou opzadelen met
een ongetemde hond.'

'Ongetraind,' verbeterde hij geeuwend.

374

'Ongetraind?'

'Ja, een leeuw tem je, maar een hond train je.'

'Ongetraind dan,' zei ze beledigd. 'Nou, ik ga.'

Ze voegde de daad bij het woord. Hij hoorde haar niet eens weglopen, het leek of ze in het niets oploste. Maar als bewijs dat ze echt op de rand van zijn bed had gezeten, lag daar nog steeds de hond. Die voelde zich blijkbaar thuis, want hij was in slaap gevallen. Hij had de uitdrukking van een oude man op zijn snuit, een oude man die veel van de wereld had gezien en erin berustte dat die niet beter gelukt was op de dag van de schepping. Ik hoop dat hij niet snurkt of scheten laat, dacht Saïd. Hij tilde de hermelijnen vacht op. Zo mooi is hij nu ook weer niet, dacht hij. Toen deed hij zijn ogen dicht en viel eindelijk in slaap.

16 Een zachtmoedige ontmaagder

Toen hij voor de tweede keer ontwaakte, voelde hij zich een stuk beter. Door het drinken van douchewater waren de scherpste kantjes van zijn kater verdwenen en wanneer hij zijn hoofd bewoog, had hij niet meer het idee dat er van binnen iets verschoof. Wel herinnerde hij zich vaag een droom waarin Aziza voorkwam. Hoewel geen enkel detail hem was bijgebleven, was het alsof hij de smaak ervan nog op zijn tong proefde, zoet en subtiel als de nasmaak van een gazellenhoorntje. Dromen over Aziza, vermoedde hij, verwezen naar het gesprek dat ze die zomer hadden gehad. Het was de laatste keer geweest dat ze onder vier ogen met elkaar konden praten. Hij had zonder zijn komst aan te kondigen aangebeld en zij had opengedaan. Eigenlijk kwam hij voor Hassan, maar die bleek een dag naar het strand te zijn met een vriend. Saïd probeerde er niet aan te denken, maar het beeld van twee vrienden die samen door de golven doken, bleef de rest van de middag sudderen op de bodem van zijn bewustzijn. Abdelkrim was net vertrokken voor zijn eerste rit van die dag en Aziza's ouders waren samen naar Marokko afgereisd, zonder dat een van de kinderen zin had gehad hen te vergezellen.

'Ik heb het wel gehad met Dbdou,' zei Aziza. 'Vorig jaar dacht ik: nu is het echt voor het laatst dat ik in dit gat ben. In augustus is het er bloedheet, je zit de hele dag in huis op de avond te wachten. Die tijd dood je met eten koken en andere huishoudelijke klusjes. Het ergste is dat mijn ouders koppelneigingen krijgen als we daar zijn. Bezoekjes over en weer, zogenaamd heel onschuldig. De jonge mannen die nu nog in Dbdou wonen, willen maar al te graag een vrouw uit Europa hebben, snap je. Het gaat ze niet om mij, ik ben alleen een middel om een visum te krijgen. Maar het zit in de hoofden van mijn ouders: liever een jongen van thuis dan een Amsterdamse Marokkaan.'

'Kunnen ze je dwingen?'

'Nee, zo zijn ze niet. Ze proberen het gewoon. Het is iets wat ze erg graag willen. Ze zijn zo bang dat ik op een dag met een verkeerde man thuis zal komen. Met een Marokkaan die te veel is verhollandst. Of nog erger: met een christen.'

'Een christen... Wat een raar, ouderwets woord. Je bent katholiek of gereformeerd, hervormd of atheïst... agnost desnoods, maar christen...'

'Zij maken al die onderscheidingen niet. Je bent islamiet of christen. Dat je helemaal geen geloof kunt hebben komt niet eens bij ze op.'

'En een zaborist...' grijnsde Saïd, 'zou die een kans maken?'

Ze keek hem met een grote denkrimpel aan. Toen begon het bij haar te dagen. 'Een zaborist komt er al helemaal niet in,' lachte ze, terwijl ze met een hand tegen zijn schouder duwde.

Ze zaten samen op de bank, onder de Hassan 11-moskee, die er inmiddels niet mooier op was geworden.

'Nog een wonder dat ze je alleen thuis durven te laten,' zei hij verbaasd.

'Ze vertrouwen erop dat mijn broers me in de gaten houden.'

De hand bleef liggen, lichtelijk zwetend dwars door zijn shirt heen. Ook in Amsterdam was het behoorlijk warm, al was het er blijkbaar niet zo heet als in Dbdou. 'En doen ze dat ook?'

'Je ziet het, de een ligt aan het strand, de ander werkt.'

'Mooie boel,' zei Saïd.

'Ik zit er niet mee,' zei ze onverschillig. Ze schoof iets dichter naar hem toe.

'Hoef je niet te werken vandaag?' vroeg hij, in verlegenheid gebracht. Het klonk onnozel onder de omstandigheden, maar het was het enige wat hem te binnen schoot om het gesprek een andere wending te geven.

'Op zaterdagmiddag is de praktijk gesloten.'

'Vind je het nog steeds leuk, al die beesten?'

'Het wordt steeds leuker. Natuurlijk zijn het voornamelijk honden, katten, goudvissen en kanariepieten. Af en toe een cavia ertussendoor, of een papegaai. Maar laatst hadden we een slang, een boa constrictor met een spijsverteringsprobleem.'

'Hebben slangen ook een spijsvertering?'

'Natuurlijk. Een slang heeft een metabolisme, net als jij en ik. Alles wat leeft heeft er een.'

'En hebben jullie iets voor hem kunnen doen?'

'Verandering van voeding, een dieet dus. Het was een boa van een particulier. Zijn baas liet hem de gekste dingen eten. Dat bleek toen de dokter een beetje doorvroeg over zijn voedingspatroon. Hij voerde hem complete biggetjes en zo.'

'Had hij soms *De kleine prins* van Saint-Exupéry gelezen?'

'Je bedoelt de boa die op een hoed leek omdat hij een olifant had gegeten?'

'Ja.'

'De dokter heeft hem niet uitgevraagd over zijn kennis van de literatuur. Maar ik denk van niet. Hij was niet het type dat graag leest. Eerlijk gezegd lijkt het me iets wat niet samengaat.'

'Wat?'

'Van slangen houden, en van literatuur.'

'Dat is nogal een gedurfde stelling.'

Aziza giechelde. Ze schoof nog dichterbij en legde heel even haar hoofd op zijn schouder. Toen leek ze te schrikken van haar eigen aanhaligheid. Ze ging weer rechtop zitten en begon aan haar krullen te frunniken. 'Voor een student zou het een mooi thema zijn om op af te studeren, het profiel van de gemiddelde literatuurliefhebber en de onverenigbaarheid daarvan met het houden van slangen.'

Saïd zweeg. Hij had de obligate leeslijst op school plichtsgetrouw afgewerkt. Voor Frans had hij *Le petit prince* gelezen en het verhaal was hem bijgebleven omdat hij in diens leven op de planeet overeenkomsten had gezien met dat van zijn eigen leven als koning van Saïdi-Hassanië. Hij durfde zich niet bepaald een literatuurliefhebber te noemen, maar van slangen hield hij ook niet. Hij wist dat Aziza en Hassan veel lazen. De Koran was officieel het enige boek in huis, maar op Hassans boekenplank stonden beroemde schrijvers als Salman Rushdie, Paul Bowles en Leo Africanus broederlijk naast elkaar. De enige van de kinderen Messaoui die nooit las, was Abdelkrim. Wanneer je zijn grote gespierde handen zag, kwam zelfs de vraag bij je op of hij wel een boek zou kunnen vasthouden. Je schrok bijna als je hem met een sudokuboekje aantrof, al wist je dat het niet vrijwillig was.

Hoewel hij maar met een half oor naar haar luisterde, ging Aziza door met haar theorieën over boeken en slangen. Misschien om te verbergen dat ze nerveus was, nu ze voor het eerst alleen met een man op de bank in haar ouderlijk huis zat? Omdat bij afwezigheid van haar broers de verantwoordelijkheid om haar maagdelijkheid te bewaken nu uitsluitend op haar eigen schouders rustte?

Saïd had op school meisjes gekend die onderling in een hartstochtelijke competitie verwikkeld waren om zo snel mogelijk van het stigma 'maagd' verlost te worden. In één geval had hij daarbij een actieve rol gespeeld. Het meisje en hij hadden als team doeltreffend samengewerkt zonder er plezier aan te beleven. Hij herinnerde zich veel bloed en kreten van pijn, en hij had zich voorgenomen een dergelijke taak niet meer zo lichtvaardig op zich te nemen. Na afloop lagen ze stil naast elkaar in een gevoel van ontluistering. Zij stak een sigaret op, hij keek aandachtig naar het meisje dat door zijn toedoen geen maagd meer was. 'Hoe was het?' vroeg hij zacht.

'Afschuwelijk,' zei ze uit de grond van haar hart. Ze nam de tijd om een wolkje rook naar het plafond te sturen. 'Ik snap niet dat er zoveel heisa over is. Het is ronduit afschuwelijk. Gelukkig kun je maar één keer ontmaagd worden.'

'Haat je me nu?' vroeg hij.

'Zit daar maar niet over in,' zei ze. 'Je hebt me een dienst bewezen. De beloning is dat ik je nooit meer zal vergeten. Je zult in mijn herinnering altijd de eerste blijven.'

'Zul je me niet eeuwig blijven associëren met bloed en pijn?'

'Ik denk van niet. In de loop van de tijd ga je automatisch de herinnering aan je ontmaagding oppoetsen, denk ik. Als iemand me vraagt hoe was het voor jou, die eerste keer, dan zal ik vast zeggen: "Het was een heel knappe jongen, erg lief en zorgzaam." En jij? Ben je nu trots? Het schijnt dat mannen erover opscheppen als ze een meisje ontmaagd hebben.'

'Ik zie niet waarop ik trots zou moeten zijn,' zei hij mat. 'Iedereen kan het. Je hoeft er niet eerst voor te studeren, zoals bij een hoop andere dingen.'

Ze zwegen een tijdje. Zij rookte nog een sigaret en tipte de as op de grond. Het is haar eigen slaapkamer, dacht Saïd, ze moet het zelf weten.

'Vind je het erg als ik mijn ondergoed aantrek?' vroeg ze. 'Ik voel me ineens zo bloot.'

'Ga gerust je gang,' zei hij zonder zich te verroeren.

Ze trok, met de sigaret nog steeds tussen haar lippen, een tangaslipje van rode kant aan, en een bijbehorend topje.

'Eén ding moet me toch wel van het hart,' zei hij.

Ze kwam weer naast hem liggen. 'Oké, ik luister.'

'Dat soort ondergoed, moet dat echt?'

'Vind je het niet mooi?'

Hij schudde zijn hoofd.

'Maar mannen vinden dat toch opwindend?'

'Ik niet. Alle mannen zijn verschillend, weet je.'

'Bedoel je dat ze allemaal iets anders willen?'

'Ik denk van wel, ja.'

'Maar dat is toch veel te ingewikkeld?' riep ze klaaglijk. 'Hoe kan ik dat van tevoren allemaal weten? Wat ga ik voor toekomst tegemoet als ik daar telkens weer naar moet raden?' Ze barstte in tranen uit.

Hij nam de sigaret uit haar mond, legde hem op een glazen asbak, die op het nachtkastje stond, en drukte haar troostend tegen zich aan. Het drong tot hem door dat ontmaagden alleen niet toereikend was. Er kwam ook nazorg aan te pas. Alles bij elkaar vergde het heel wat meer dan het penetreren van een vlies.

'Hoe gaat het eigenlijk met Stoepa?' vroeg Aziza.

Het drong maar half tot Saïd door dat er een vraag gesteld werd. 'Stoepa?' zei hij afwezig.

'Welke dierenarts hebben jullie?'

Hij veegde met zijn hand over zijn nek, die nat was van de transpiratie. Zijn geheugen leed onder de kleffe warmte. 'Ik geloof dat ik zo gauw niet weet hoe hij heet. Het is al weer een tijdje geleden dat ik met hem naar de dierenarts ben geweest. Waarom zou je, zolang hij gezond is?'

'Jullie moeten bij ons komen. Mijn baas is zo goed met dieren. Hij weet intuïtief wat ze voelen en denken. Hij zegt dat ik het ook in me heb, dat vermogen. Ik kan ze rustig krijgen als ze gespannen zijn.'

'Je had prachtige eindexamencijfers.' Saïd keek haar peinzend aan. 'Waarom ben je eigenlijk niet gaan studeren?'

Aziza haalde haar schouders op. 'Er moet geld verdiend worden. Hassan studeert en mijn vader werkt nog maar op halve kracht vanwege zijn hart. Hij heeft iemand in dienst moeten nemen.'

'En Abdelkrim dan?'

'Pffff...' deed ze laconiek. 'Hij heeft nu een baan, maar met hem weet je nooit hoe lang het duurt. Voordat je het weet ben je weer op weg naar de bajes, met een slof sigaretten onder je arm.'

'Dat is toch maar één keer gebeurd?'

'Eén keer?' zei Aziza spottend. 'Hij heeft minstens drie keer gezeten. Steeds voor kleine vergrijpen, maar toch. Hij is zo dom zich te laten oppakken, soms als enige van de bende. Maar om op mijn baantje terug te komen, ik heb het er naar mijn zin, wat wil je nog meer? Dieren hebben interessante lichamen, zoveel wonderlijker dan wij. Jij en ik, wij hebben een hart om te voelen en een brein om te denken. Wij hebben twee handen om te pakken wat we willen hebben. Ons hart en ons brein werken samen om wat we willen tot uitdrukking te brengen in taal. Maar dieren... dieren doen het anders. Ze kunnen niet praten, ze kunnen geen vuur maken. Ze hebben al hun creativiteit nodig gehad voor de aanpassing van hun lichaam aan veranderende omstandigheden. Als het handiger was om een lang lintachtig lichaam te hebben zonder handen of voeten, dan ontwikkelden ze zo'n lichaam. Als ze in water moesten leven, dan bleken kieuwen handiger dan longen. Als ze ontdekten dat er in de lucht nog veel plaats was, dan kregen ze vleugels in plaats van armen. Vogels weten als het erop aankomt meer van thermiek dan piloten of deltavliegers. Wij mensen verbeelden ons wel dat we meester zijn in aanpassing, maar dat lijkt maar zo. Wat hebben we tot stand gebracht in honderdduizend jaar?'

'Heel wat, zou ik zo zeggen, maar het lijkt me te warm om het allemaal op te sommen.'

'Fffft,' blies Aziza vol minachting. 'Oké, we zijn rechtop gaan lopen en hebben onze vacht verloren. Maar onze hersens hebben zich wanstaltig ontwikkeld ten koste van ons hart. We hebben de aanpassing van binnen naar buiten verplaatst. In plaats van zelf verder te veranderen zetten we de omgeving naar onze hand. Nieuwe uitvindingen, nieuwe technieken. Daardoor is het evenwicht tussen hoofd en hart verbroken en zijn we neurotisch geworden. We zijn het slachtoffer van ons brein. Dieren die in het wild leven, zal dat niet overkomen. Als dieren in gevangenschap ziek worden ligt de schuld altijd bij de mens. Laatst was er een oud vrouwtje met een stervende pekinees op het spreekuur. Wil je weten waar hij aan leed?'

Saïd knikte werktuiglijk. Het was een lange uiteenzetting en het vergde heel wat van zijn hoffelijkheid om zich op een warme zomerdag nog eens de leer van Darwin uit de doeken te laten doen, gemengd met een vleugje cultuurpessimisme. Maar hij wilde best weten waar die pekinees zo ziek van was geworden.

'Chocoladevergiftiging. Ze hield zoveel van haar hond dat ze hem bonbons voerde. En niet zo'n beetje.'

'Bonbons,' herhaalde Saïd verbluft. 'Côte d'Or of Milka?'

'Wat doet dat er nou toe?'

'Ik heb zo'n idee dat hij het op Côte d'Or in ieder geval langer had uitgehouden dan op Milka.'

'Je gelooft me niet.' Quasibeledigd duwde Aziza tegen zijn schouder. 'Niet lang daarna kwam er een oude vrouw met een mopshondje aanzetten dat als verlamd in haar armen lag. Beloof je dat je me deze keer wel gelooft?'

'Diezelfde vrouw?' informeerde hij.

'Natuurlijk niet. Het was een andere oude vrouw, met een ander ziek hondje. Wil je het horen of niet?'

'Ik wil het graag horen. Als taxichauffeur beleef je nooit dat soort dingen.'

'Ze had hem bijna doodgeknuffeld, letterlijk bedolven onder haar liefde.'

Saïd knikte. 'Er is veel eenzaamheid onder vrouwen. Bij oude nog meer dan bij jonge, zo te horen.'

'Er is veel leed onder de dieren, zul je bedoelen.'

'Dat ook.'

Ze zwegen een tijdje. Saïd hoopte dat ze hem niets kwalijk nam. Hij wist dat hij soms de neiging had verkeerde opmerkingen te maken. Meestal gebeurde dat wanneer hij de situatie niet onder controle had en zijn greep op de werkelijkheid dreigde te verliezen. Zoals nu, met Aziza zo dichtbij dat hij de warmte van haar lichaam kon voelen.

'In China is een baby met een staart geboren,' zei hij om de stilte op te vullen. Een mensenbaby paste weliswaar niet helemaal bij de aard van de conversatie, maar vanwege de staart kwam hij toch in aanmerking.

'Een baby met een staart?'

Ineens had hij zin om op zijn beurt een hand op haar schouder te leggen. Maar iets hield hem tegen. Waarom? Wat zij had gedaan kon hij toch ook?

'Een staart van vijf centimeter. Na drie maanden was hij zes centimeter gegroeid.'

'Elf centimeter,' zei Aziza, 'dat is zoiets.' Ze spreidde haar duim en wijsvinger om de afstand te schatten.

'Hij zit vast aan de ruggengraat. Ze hebben de baby toch een mensennaam gegeven. Hij heet Lin Lin.'

'Je verzint het.'

'Nee, het is echt waar. Ik las het op het internet. De journalist die het bericht had geschreven was zo in de war door de

Chinese naam dat hij schreef: "Het hard groeiende stukje Lin Lin moet snel snel verwijderd worden, anders raakt hij verlamd."'

Aziza lachte. 'Een foutje foutje.'

'En een foutje in de evolutietheorie,' voegde hij eraan toe.

'Juist niet. Eerder een bewijs ervan. We hebben allemaal een staartbeentje, als overblijfsel uit de tijd dat we nog een staart hadden.'

Daar viel niets tegen in te brengen. Zijn gedachten maakten een sprongetje. 'Hoe rijm jij eigenlijk de evolutietheorie met de islam?' vroeg hij.

Ze trok haar wenkbrauwen op en sperde haar ogen wijd open. 'Het eerste is wetenschappelijk bewezen,' zei ze aarzelend, 'het geloof is een kwestie van het hart.'

'Dus die twee zitten elkaar niet in de weg?'

'Voor mij niet. Het verhaal van de schepping zie ik als een allegorie, niet als iets wat letterlijk gebeurd is.'

'En wat vind je van al die maagden die in de islamitische hemel zitten te wachten op zelfmoordterroristen?'

'Dat moet je mij niet vragen.' Ze schopte haar slippers uit en trok haar benen onder zich.

'Ik vraag me af,' ging Saïd verder, 'of het echt zo'n feestje is voor een zelfmoordenaar om meteen na aankomst in de hemel een meisje te ontmaagden. Of de beloning niet veel groter zou zijn als hij door een vrouw met ervaring werd opgevangen.'

'Ik zou er niet over inzitten,' zei Aziza giechelend. 'Het zal jou niet overkomen.'

'En wat doen ze met al die ontmaagde meisjes? Over hun lot hoor je verder niets. Krijgen ze baby's en nemen de terroristen dan de vaderlijke plicht op zich, of gaan ze ervandoor? Op naar de volgende maagd?'

Aziza moest nu echt hard lachen. 'Hou op!' riep ze. 'Ik heb

nog nooit zoveel onzin bij elkaar gehoord.'

'En hoe komen ze steeds aan verse maagden? Die moeten toch ergens vandaan komen? Ik bedoel, als je het van de logistieke kant bekijkt kom je toch met vragen te zitten die niet zo een-twee-drie te beantwoorden zijn. Of zie je dat gedoe met maagden ook als een allegorie?'

'Ik denk eigenlijk van wel,' zei ze zacht. 'Maar ik zei toch al, het geloof is een kwestie van het hart, niet van het verstand. De islam preekt liefde en rechtvaardigheid, en als je je daaraan houdt, hoef je al die vragen niet te stellen.'

'Dat stelt me gerust. Denk niet dat ik zo graag de draak wil steken met die dingen. Ik voel me juist aangetrokken tot de islam. De Koran ligt altijd opengeslagen bij me op tafel.'

'Waar vroeger de kaart van Saïdi-Hassanië lag?'

'Precies. Op dezelfde plek.'

Ze keek hem onderzoekend aan. 'Mag ik je iets persoonlijks vragen?'

'Het ligt eraan wat het is.'

'Heb je zelf weleens iemand ontmaagd?'

Hij ontweek haar blik. Er borrelde iets in zijn maag. Hij had zin om een boer te laten, maar zoiets deed je niet met een meisje naast je. 'Jawel,' zei hij.

'Eentje of meer?'

'Waar zie je me voor aan? Eentje maar.'

'Wie was het? Ken ik haar?'

'Dat doet er niet toe, lijkt me.'

'Was het echt geen feestje?'

'Het was een taak en ik heb me er zo goed en zo kwaad als het ging van gekweten. Het is een enorme verantwoording, weet je. Er komt veel bij kijken. Je wilt niet op je geweten hebben dat ze de rest van haar leven bang is voor mannen, of voor de liefdesdaad. Ik moet eerlijk bekennen dat ik er zelf weinig plezier aan beleefd heb. Heel weinig zelfs. Ik was zo bang dat ik iets fout zou doen. Dat ik een blijvende beschadiging op mijn geweten zou hebben.'

'Je lijkt me een zachtmoedige ontmaagder,' zei Aziza bewonderend.

'Dank je.' Saïd boog bescheiden zijn hoofd. 'Ik zou best door jou ontmaagd willen worden, liever dan door iemand anders.'

'Dat is lief van je.'

'Zou je mij willen ontmaagden?'

'O nee,' zei hij met grote stelligheid.

'Waarom niet?' In haar wijd opengesperde ogen zag hij een verontrustende onbevreesdheid.

Zonder met zijn oogleden te knipperen keek hij terug. 'Omdat ik dan de hele Messaoui-clan tegen me in het harnas jaag. Onder andere.'

'Niemand hoeft het toch te weten?'

'Ik hou niet van stiekem, Aziza, en zeker niet met jou.'

'Waarom uitgerekend niet met mij?' zei ze beledigd.

'Omdat...' Zijn stem haperde.

'Omdat?' Ze greep hem bij zijn polsen.

'Omdat je me daarvoor veel te kostbaar bent.'

'Bedoel je dat je van me houdt?'

Hij ontweek haar blik en keek naar de grond. Er lag geen kleed met oude Berbermotieven. In plaats daarvan was de vloer bedekt met kamerbreed tapijt van een synthetisch materiaal, met een grof patroon van fantasiebloemen.

'Dat zul je me niet horen zeggen,' zei hij schor. Hij schraapte zijn keel en vervolgde onzeker: 'Omdat die woorden zo versleten zijn dat ze hun betekenis verloren hebben. Als je het mij vraagt, hebben de Amerikanen dat op hun geweten. Ze kijken iemand oprecht in de ogen en zeggen: "I love you." Je zou zweren dat ze het menen, maar een jaar later zijn ze al weer gescheiden. Ze strooien hun *I love you*'s in het rond alsof het confetti is. Dus als je echt om iemand geeft, neem je die woorden nooit, maar dan ook nooit in je mond.'

'Dus als je van me houdt, zul je het nooit hardop zeggen?'

'Precies.'

'Hoe kan ik dan weten of het zo is?'

Voorzichtig bevrijdde hij zijn polsen uit haar stevige greep en stond op. Hij stapte over de bloemen heen in de richting van het raam en keek naar buiten. Er kwam een vrouw met een papieren zak in de hand uit de Turkse bakkerij aan de overkant. Een stroom verkeer zoefde onder het raam door, in de verte kwam een tram aandenderen. Een vrouw van middelbare leeftijd stak het zebrapad over, met een hondje van een onbestemd ras aan de lijn. Voortaan zou hij bij een dergelijke aanblik altijd aan bonbons en dodelijk geknuffel moeten denken. 'Ik hou van jou', het waren woorden die het tegenovergestelde betekenden van wat je zou denken. Hij draaide zich om.

'Je weet best wat ik voor je voel,' zei hij korzelig. 'Al vanaf de eerste dag dat Hassan je meenam naar mijn huis, en dat zal nooit veranderen.'

'Ik wist het ook wel.' Ineens leek ze beschaamd. 'Maar niet zeker.'

Gezien vanuit zijn plaats bij het raam hing het lelijkste schilderij ter wereld precies boven haar hoofd. Het was misschien wel moeilijker een uitgesproken lelijk schilderij te maken dan een mooi, overwoog hij. Je moest precies weten wat lelijk was, en dat in het kwadraat op het doek zien te krijgen. 'Snap je nu waarom ik je vóór het huwelijk van zijn leven niet zou kunnen ontmaagden?' vroeg hij bijna smekend.

'Maar dat huwelijk gaat nooit lukken,' zei Aziza.

'Waarom niet?'

'Omdat je geen moslim bent.'

'Dat gaat veranderen,' zei hij geheimzinnig.

'Hoezo?'

'Je weet toch dat Hassan en ik naar Marokko gaan?'

'Ja, dat heeft hij me verteld. Je hebt nu eindelijk het adres van je vader, heb ik gehoord.'

'Iets wat op een adres lijkt, in ieder geval. Als ik hem eenmaal gevonden heb, wil ik in Marokko mijn geloofsbelijdenis afleggen.'

'Om je vader een plezier te doen?'

'Ook. Maar ik wil vooral moslim worden omdat de helft van mijn genen uit de islamitische wereld afkomstig is. De andere helft is een ratjetoe, zoals je weet, van allerlei quasireligies die alleen maar verwarring stichten. Ik wil eindelijk terug naar mijn oorsprong. Het mooie van de islam is dat je duidelijke leefregels hebt. Vanaf het moment dat je opstaat totdat je naar bed gaat, is er een voorgeschreven dagindeling, die structuur geeft aan je leven. Daar is van hogerhand goed over nagedacht. Het is effectief, omdat je ziel anders in allerlei richtingen fladdert. Er zijn geboden en verboden, en wie zich strikt daaraan houdt weet dat hij goed zit. Bovendien luister ik graag naar de taal van de Koran. Al begrijp ik hem nog niet, hij klinkt me als muziek in de oren. Ik kan bijna niet wachten om hem te leren. Ik hou ook van koepels en minaretten. Ze zijn zoveel vriendelijker en sierlijker dan de strenge kathedralen van het christendom. En verder...'

'Er zijn ook nadelen,' onderbrak Aziza hem. 'Je moet wel weten waar je aan begint.'

'Die neem ik graag op de koop toe. Je zult zien, wanneer ik terugkom uit Marokko ben ik heel iemand anders. Om terug te komen op de slangen, ik heb dan mijn oude huid afgestroopt en achter me gelaten. Ik zie niet wat voor bezwaren je ouders dan nog zouden kunnen hebben.'

'Ik hoop dat ik je nog herken, tegen die tijd,' zei Aziza sceptisch. 'Je moet niet te veel veranderen, hoor.' Ineens begonnen haar ogen te glanzen. Ze stond op en kwam met gespreide armen op Saïd af. 'Mag ik je als voorschot alvast zoenen?'

Hij week terug tot in de vitrage. De koningin van Saïdi-Hassanië ging over tot de aanval. De ervaring had geleerd dat ze, eenmaal in actie, meestal niet meer te stuiten was. 'Laten we wachten,' bracht hij uit.

'Waarop?' zei ze wrevelig.

'Tot ik terug ben.'

'Waarom?'

In het nauw gebracht stuitte hij op een tactisch argument, waarbij de schuld helemaal aan zijn kant lag. 'Als ik eenmaal begin te zoenen, heb ik mezelf niet meer in de hand.'

'Maar ik weet niet of ik zo lang kan wachten,' zei ze. Haar armen vielen slap naar beneden. 'Soms heb ik gewoon zin om het te doen, weet je, misschien wel met de eerste de beste jongen die ik leuk vind... moslim of niet.'

'Hoor je wel wat je daar zegt?'

Ze keek hem uitdagend aan. 'Ik meen het echt.'

'De schrik slaat me om het hart als ik je zo hoor praten...'

'Het is niet gezegd dat ik het dóé... ik zeg alleen dat het zou kunnen.'

Saïd zweeg. Toen Aziza nog koningin was had ze al een sterke wil en was het moeilijk geweest haar tot andere gedachten te brengen. Ook nu wist hij geen woorden te vinden om haar te beïnvloeden. Hij voelde dat hij beefde van onmacht.

'Aziza?' zei hij zacht.

'Ja?'

'Als je dieren rustig kunt krijgen wanneer ze gespannen zijn, kun je die truc dan ook op mij toepassen?'

17 Zielsgeliefden

Hassan zat in de ontbijtzaal een boek te lezen. Zijn schrift lag opengeslagen voor hem, een finewriter dwars over een pagina met veel gekras. Ernaast stond een halflege kop koffie en in een metalen asbak lagen sigarettenpeukjes. De Fransen waren blijkbaar al vertrokken. De tafels waaraan ze moesten hebben ontbeten, waren afgeruimd. Saïd keek op zijn horloge. Half elf. Dat was niet vroeg, maar het was ook niet extreem laat. Het was niet een tijdstip om je voor te schamen of waarover je verantwoording zou moeten afleggen. Maar op een stevig ontbijt hoefde hij waarschijnlijk niet meer te rekenen. 'Hallo,' zei hij achteloos.

'Saba alchier.'

Het duurde even voordat Hassan opkeek uit zijn boek. Groette hij in het Marokkaans om afstand te scheppen? Saïd schoof een stoel naar achteren en ging zitten. Al had zijn lichaam plaatsgenomen in de eetzaal, een deel van zijn bewustzijn was er nog niet bij – alsof de overgang van de ene werkelijkheid naar de andere niet helemaal gelukt was en flarden van zijn geest ergens als het wasgoed van nomaden in de struiken waren blijven hangen. Hij kreeg een ober in het oog en wenkte. De man kwam met zichtbare tegenzin naar hun tafel. Saïd bestelde koffie en water.

'Ben je er klaar voor?' vroeg Hassan. Zorgvuldig legde hij een servetje op de pagina waar hij gebleven was. Hij nam een slokje van zijn koffie en keek Saïd over de rand van het kopje neutraal aan.

'Ik hoop het maar,' zei Saïd. Dat hij een bijzondere nacht achter de rug had, kreeg hij niet over zijn lippen. Aan één kant had hij zijn vriend graag deelgenoot ervan gemaakt, aan de andere kant voelde hij de onmogelijkheid om die ervaring met hem te delen. En Hassan begon er niet over. Het leek of hij er heel nadrukkelijk niet naar vroeg. Hoe het voor hem geweest was het bed de hele nacht voor zich alleen te hebben, daarnaar kon je alleen gissen. Door de onuitgesproken gedachten zaten ze tegenover elkaar als vreemden. Het kwam Saïd zelfs voor dat de stilte tussen hen beladener was dan tussen vreemden ooit het geval had kunnen zijn. Saïd kreeg zijn koffie en water en Hassan krabbelde iets in zijn schrift. Daarna sloeg hij het dicht en staarde afwezig naar buiten. Saïd probeerde zich een voorstelling te maken van Agdz en van wat hij daar zou aantreffen, maar zijn verbeelding liet hem in de steek. Hij moest niet te ver vooruitdenken. Eerst de koffie, dan de tassen, dan betalen, dan achter het stuur, dan naar Agdz.

Aankomen, vertrekken, je kreeg er op den duur handigheid in. Niet lang daarna zaten ze weer in de Volvo en luisterden naar het geronk van de bejaarde motor. Hassan stopte een bandje van een Irakese zanger die luisterde naar de naam Ilham al Madfai in de recorder. Meeslepende melodieën in een oosterse toonzetting vulden de Volvo met opvallende g- en h-klanken. Oeroude, schorre consonanten, die klonken als levende relikwieën uit een tijd waarin de geschiedenis van volkeren nog in kleitabletten werd gekrast.

Aan het eind van de ochtend reden ze de middelgrote stad Ouarzazate binnen. Iets daarna, herinnerde Saïd zich, zou de autoweg zich splitsen. In noordwestelijke richting kronkelde hij dwars door de Hoge Atlas naar Marrakech. In westelijke richting liep hij via de Anti-Atlas naar de havenstad Agadir. Waarschijnlijk zouden ze een van die routes genomen hebben, wanneer Agdz niet onverwacht als een bizarre, maar onontkoombare bestemming was opgedoken.

'Stop even, wil je?' beduidde Hassan. 'Ik wil een voorraadje balpennen en bonbons kopen, voor als we weer kinderen ontmoeten.'

Hij stapte uit en verdween in een schemerig winkeltje aan de kant van de weg. Saïd sloeg de voorbijgangers gade. De vrouwen zagen er moderner uit dan in Bou-Thrarar. Weliswaar droeg het merendeel een hoofddoek, maar aan de snit van hun djellaba en hun doelgerichte manier van lopen zag je dat ze in de eenentwintigste eeuw leefden. Hassan kwam naar buiten met een plastic zak in zijn handen.

'Gelukt?' vroeg Saïd toen hij instapte.

Hassan knikte. 'Weliswaar van onbestemde herkomst, maar goedkoop. En genoeg om een heel dorp gelukkig te maken.'

Saïd startte. Hij had een vage gewaarwording van schaamte. Waarom had hij er zelf niet aan gedacht? Veel tijd om spijt te hebben had hij niet, ergens in het centrum moest een afslag zijn naar Agdz, een weg die eerst in zuidwestelijke richting draaide en door de vallei van de Drâa terugliep naar het oosten, in de richting van de woestijn. Waarom was zijn vader niet uit de Rif afkomstig, zoals de meeste Marokkanen in Nederland?

Het landschap veranderde. De weg golfde omhoog en omlaag door zwarte bergen waarop niets groeide. Ze waren van een meedogenloze schoonheid, als de aarde na de Apocalyps: al het leven weggevaagd en troost overbodig geworden. Soms, wanneer hij emotioneel leeg was en niets hem nog kon raken, zag zijn innerlijke landschap er ook zo uit. Kaal, en van een kille grauwheid als tijdens een zonsverduistering.

'Ik heb zo raar gedroomd vannacht,' zei Hassan.

'Jij ook al?' Saïd was opgelucht omdat Hassan het ongemakkelijke zwijgen tussen hen verbrak. 'Er zit vast iets in de lucht, daar in de Rozenvallei.'

'Wil je het horen? Of ben je te zenuwachtig voor wat er op je afkomt?'

Saïd draaide het volume van de muziek laag. 'Als het een goede droom is, helpt hij misschien.'

'De wereld was helemaal verlaten. Zoiets als hier in de bergen. Maar erboven zweefden vellen papier met letters erop. Honderden vellen dwarrelden op van de grond en woeien weg naar de horizon.'

'Een tekening van Jeroen Henneman,' opperde Saïd.

'Verdomd ja, daar leek het wel op. Heb je weleens iets van hem gezien dan?'

'Hij zat laatst bij me in de taxi. We raakten aan de praat en toen hij uitstapte, gaf hij me een uitnodiging voor een expositie. Aardige man. Daarna heb ik op het internet gekeken wat hij zoal maakt.'

Hassan knikte. 'Honderden vellen papier, dat was het enige wat er was. Op mezelf na dan, want ik was de waarnemer. Er was iemand nodig om ze te zien, en dat was ik. Het papier met al die letters en ik, wij waren alleen op de wereld – afgezien van de wind, maar die voelde je niet. Uit het gedans van het papier in de lucht maakte ik op dat hij er was. En als er wind was, moest er ook een atmosfeer zijn. Dat ik er was en ademde, was daarvan het beste bewijs. Ik leefde, en al die zwevende vellen leken ook te leven. Je begrijpt dat ik maar één wens had: een stel van die vellen te pakken krijgen. Dus zette ik het op een lopen, het dichtstbijzijnde A-viertje achterna. Met uitgestrekte arm, als een vlindervanger met een netje. Maar telkens als ik dacht er een te kunnen grijpen, kwam er een vlaag wind die het optilde tot net buiten mijn bereik. Het was erg frustrerend. Ik wist dat ik buiten adem moest zijn, maar ik hoorde mezelf niet hijgen. Er was geen enkel geluid, het was een wereld zonder geluidsgolven. Ik had kunnen vloeken van ergernis zonder dat ik het zelf kon horen. Na een tijdje stelde ik mijn wensen bij. Als ik maar één pagina zou kunnen lezen, dacht ik, dan zou dat misschien voldoende zijn. De tekst van een pagina zou een duidelijke indicatie zijn voor de inhoud van de andere vellen, zoals je uit een bloedcel alle genetische gegevens over een persoon kunt aflezen. Er kwam juist weer een vel voorbij, op ooghoogte, als een brutale uitdaging om gelezen te worden. Ik kneep mijn ogen samen, de bladzijde krulde een beetje en net toen ik dacht een regel te kunnen lezen, woei het vel weer weg. Tantaliserend was het. Ik kreeg heel sterk het gevoel dat iemand een spelletje met me speelde, een heel flauw, irritant spelletje.'

'Waren het Arabische letters, of gewone?' vroeg Saïd. 'Of was het Sabaritisch schrift?'

'Echt iets voor jou om zoiets te vragen. Ik zou het niet weten. Het was een droom, al was de beleving zo intens alsof het echt gebeurde. Misschien was ieder vel volgeschreven met onzin en rende ik achter een fata morgana aan. Toch voelde ik een sterke noodzaak al die vellen te verzamelen en op volgorde te leggen. Er was voor mij niets anders te doen in die sinistere leegte, snap je. Er was niemand om mee te praten.'

'En hoe liep het af?'

'Zoals alle dromen. Ineens houden ze op. Er is geen clou. Dat is het vervelende van dromen: je hebt het gevoel dat ze je iets willen meedelen, maar een duidelijke richting wordt je niet gegeven. Je blijft verontrust achter met het vage gevoel dat er iets in je leven moet veranderen, maar wat?'

'Zoveel letters,' peinsde Saïd. 'Ik vraag me af wat voor tekst dat was.'

'En jij? Wat heb jij gedroomd?'

'Ik zou het niet meer weten,' loog hij. 'Ik herinner me alleen dat ik gedroomd heb. En niet zo zuinig ook.'

De weg maakte een scherpe bocht om een massieve, antracietkleurige bult heen, waarna hij voor het oog kilometers lang in een rechte lijn omhoog en omlaag golfde. In de verte stond een auto aan de kant van de weg. Toen ze dichterbij waren gekomen, zagen ze een man staan die een plastic fles voor motorolie omhooghield, om aan te geven dat hij hulp nodig had. Zijn djellaba woei op in de wind en met zijn andere hand moest hij zijn kalotje op zijn hoofd zien te houden. 'Neem nooit lifters mee,' stond er in Saïds reisgids, 'en stop niet voor mensen die zogenaamd autopech hebben. Je weet nooit wat ze in hun schild voeren.' Maar voordat zijn verstand eraan te pas kon komen, had zijn intuïtie al beslist. De man lachte op een ontwapenende manier, die elke vorm van wantrouwen onmogelijk maakte. Saïd draaide zijn raam open. Zijn beste Frans bijeensprokkelend legde de man uit dat er een technisch probleem met de auto was, dat hij zelf niet kon oplossen. Of hij mee mocht rijden naar Agdz. Daar kende hij een monteur die bij een garage werkte.

'Agdz?' vroeg Saïd. 'Komt u uit Agdz?'

De man knikte. 'Oui, bien sûr.'

Stap maar in, gebaarde Saïd.

'Merci, merci... Dat is erg vriendelijk.'

Ze reden verder, omhoog en omlaag als in een achtbaan op de kermis. Een man uit Agdz – het idee bracht in zijn hoofd ineens van alles in beweging. Weg was het gevoel van verstrooide afwezigheid. De naam van de familie Arhoun verscheen over de volle breedte van een reusachtig billboard in zijn geest. Was hij erop voorbereid? Kon hij het aan? Hoe zou hij dat kunnen weten? Hij voelde een sterke aandrang rechtsomkeert te maken, terug de Atlas in, de woestijn in, de cederbossen in, als in een film die versneld wordt teruggespoeld. Terug de onwetendheid in, de vage hoop, de wilde fantasie.

Hassan keerde zich om. 'Zegt de naam Arhoun u iets? Het schijnt dat er een familie met die naam in Agdz woont.'

'Natuurlijk ken ik die. Ze zijn handelaren, net als wij. Als u wilt, stoppen we voor hun winkel. Dan loop ik het laatste stukje wel.'

'Dat zou ons een hoop gezoek besparen,' knikte Hassan.

'Wat zijn het voor mensen?' wist Saïd uit te brengen.

In de achteruitkijkspiegel zag hij de man grijnzen onder zijn snor. 'Wat kan ik zeggen? Het is een grote familie, zoals de meeste families in Agdz.'

'En Youssef, kent u die?' vroeg Saïd.

Het bleef stil achter in de auto. Het gezicht in de spiegel verstrakte. 'Waarom vraagt u dat?' zei de man achterdochtig.

'Gewoon uit belangstelling.'

'Als u iets over Youssef wilt weten, kunt u het beter aan zijn eigen familie vragen.'

Ze zwegen. De sfeer werd wat ongemakkelijk door de afwezigheid van conversatie. De lifter staarde naar buiten. Opzettelijk? Of was hij in gedachten verzonken? Terwijl Saïd zijn ogen op de weg gericht hield, op die ene weg die dwars door het nihilistische landschap naar Agdz leidde, en nergens anders heen, voelde hij dat zijn diffuse angst plaatsmaakte voor moed. Of misschien was het strijdkracht wat hij voelde, de wil om een gevecht aan te gaan ongeacht uit welke hoek het gevaar zou opduiken. Die kracht richtte zich als een cobra op in zijn bewustzijn en keek uitdagend om zich heen.

Niet veel later reden ze Agdz binnen. Op het oog was het niet veel meer dan een lange hoofdstraat met winkeltjes aan weerszijden. Op de stoep was het een wirwar van tentoongestelde tapijten. Men leek onderling te wedijveren in uitstallingen vol kleuren en patronen, die schreeuwden om aandacht. Voor een van de winkels beduidde de lifter hem te stoppen. Saïds adem stokte. Dat kon toch niet waar zijn! De Arhouns tapijthandelaren! Hassan wierp hem een vluchtig lachje toe. Hij had lichtjes van leedvermaak in zijn ogen. Saïd slaagde erin stoïcijns voor zich uit te kijken terwijl hij de auto langs de rand van het trottoir parkeerde. Ze stapten uit.

'Wacht, ik zal u even introduceren,' zei hun onbekende metgezel. Zonder een reactie af te wachten baande hij zich tussen hangende tapijten door een weg naar binnen.

'Wil je mijn hand vasthouden?' grijnsde Hassan.

'Bedenk maar liever een vluchtroute,' zei Saïd.

Ze keken de droge, stoffige dorpsstraat in. Er was een onverwachte bedrijvigheid van mensen en verkeer, waaronder veel overjarige auto's, die in Nederland al lang op het kerkhof zouden liggen. Het dorp van mijn vader, ging het door Saïd heen. De gedachte bracht niets bij hem teweeg. Alles in hem wachtte af. Hij was net een stuwmeer dat volstroomde met water. Het wachten was op iemand die de sluizen zou openen. Op tijd hopelijk, voordat de dam zou breken. De lifter kwam terug met een man in de indigoblauwe dracht van de Toearegs, waar de pijpen van een broek met een plooi onderuit staken. Hoewel er plukjes grijs haar onder zijn kalotje vandaan krulden, maakte hij een jongensachtige indruk. Hij kwam met uitgestoken hand op hen af, een brede lach op zijn gezicht, die zich voortzette tot in zijn ogen en borstelige zwarte wenkbrauwen toe. Ze schudden elkaar de hand en stelden zich voor. Driss Arhoun, ze waren van harte welkom in zijn huis. Helemaal uit Nederland gekomen? Kom binnen, kom binnen. De lifter nam afscheid.

Naar het voorbeeld van Driss trokken ze hun schoenen uit en schoven ze hun voeten in slippers, die voor dat doel bij de ingang stonden. Daarna volgden ze hem langs ontelbare tapijten, die in het voorbijgaan naar schapenmest roken. Via een donkere gang kwamen ze terecht in een rechthoekige ruimte, waarvan de korenblauw geschilderde muren grotendeels schuilgingen achter tapijten, spiegels en dolken. In de kamer drong geen daglicht door, het was er kil als in een grot. Langs een muur stond een smalle bank, niet meer dan een richel eigenlijk. Ze werden met een zwierig gebaar uitgenodigd hierop plaats te nemen, waarna er een jonge man in de deuropening verscheen. Ook hij droeg een hallucinerend blauw gewaad met goudstiksel.

'Mijn neef, Omar,' zei Driss. 'Hij gaat thee voor jullie zetten.'

Hij ging soepel op de grond zitten, die bedekt was met een hoogpolig tapijt. Het werd gedomineerd door patronen die op trappen leken. Of Saïd wilde of niet, zijn ogen begonnen meteen met de beklimming van de dichtstbijzijnde trap. Die voerde naar een punt van waaruit via andere treden de afdaling moest worden ingezet.

'Wat voert jullie naar Agdz?' Driss keek hen met montere nieuwsgierigheid aan.

Saïd zocht naar woorden. Hulpeloos keek hij naar Hassan.

'De foto,' zei die. 'Laat hem de foto zien.'

Met trillende vingers diepte Saïd hem op uit het buideltje dat hij om zijn hals droeg.

Driss bekeek hem aandachtig. 'Dat is Youssef,' zei hij verwonderd. 'Dat moet lang geleden zijn... Maar wie is zij?'

'Mijn moeder,' zei Saïd zacht.

'Ta mère? Ai ai ai... Dat is toch niet mogelijk!'

'Het levende bewijs zit hier voor je,' zei Hassan.

'Je bedoelt dat die twee...' Driss tikte met een vinger op de foto. 'Dat jij... Dat hij je vader is?'

Saïd knikte.

'Ik weet veel van Youssef wat ik liever niet zou weten,' verzuchtte Driss. 'Ik veronderstel dat dit er ook nog wel bij kan. Ai ai ai...' Hij stond op en kwam met plechtig gespreide armen op Saïd af. Die kwam stuntelig overeind van de smalle bank. Met dramatisch elan drukte Driss hem aan zijn borst. 'Zoon van mijn neef, weet dat je hier thuis bent.'

Saïd zag zichzelf en Driss weerkaatst in de spiegels aan de

wand. Er waren spiegels bij als kleine ramen, andere leken meer op poorten waarvan de deuren wijd openstonden alsof ze zeggen wilden: 'Kom binnen, aarzel niet.' Sommige spiegels, met ingelegde randen van glas en halfedelstenen, hadden iets van de mozaïekvensters in een kerk, er lag een mystieke gloed over alsof daarachter een hogere wereld schuilging. Ronde spiegels hingen er ook tussen, als de patrijspoort in een kajuit waarachter de zee klotste. Al die verschillende spiegels – grote, kleine, vierkante, rechthoekige, ronde, achthoekige en ovale – hadden één ding gemeen. Ze weerkaatsten stuk voor stuk de twee elkaar omhelzende gestalten die zich in het hier en nu van *a place called Agdz* bevonden, maar die elkaar tegelijkertijd omhelsden in talloze simultane werelden. Het leek wel een televisiestudio waar op tientallen schermen hetzelfde beeld te zien was. Voor de nieuwkomer, die gewend was aan één uniek beeld van wat hij voor de werkelijkheid hield, was dat altijd een verwarrende gewaarwording.

Na de omhelzing nam Driss een armslengte afstand van Saïd. Terwijl zijn handen nog steeds op diens schouders lagen, bekeek hij hem kritisch. 'En je bent nog goed gelukt ook. Un beau garçon. En zo groot...'

Uit liefde geboren, voegde Saïds moeder er in zijn gedachten aan toe. Omar kwam binnen met een zilveren dienblad. Driss liet Saïd los en zei iets in het Berber tegen Omar. Daarbij tikte hij steeds op de foto, alsof hij die zo tot leven kon wekken. Omars mond viel open. Hij bukte zich om het dienblad op een laag tafeltje te zetten. Daarna omhelsde hij Saïd krachtig en weer werd het tafereel ontelbare keren gereflecteerd, alsof het in miljoenen huiskamers werd opgevangen en uitgezonden.

'Incroyable,' bracht Omar uit. Daarna ging iedereen opgewonden zitten en liet Omar de theeglazen volstromen met een dikke, feestelijke laag schuim.

'Wat een geluk dat je bij ons terecht bent gekomen,' verzuchtte Driss, 'en niet bij het huis van zijn zoon.'

Omar viel hem bij. 'Allah heeft je geleid, dat kan niet anders.'

'Is er... is er nog een zoon?' Het duizelde Saïd. Aan die mogelijkheid had hij nooit gedacht. Hij schraapte zijn keel. 'Hoe oud is hij?' bracht hij uit.

'Ahmed? Een jaar of vijfentwintig, zoiets,' gokte Driss. 'Dus toen mijn vader naar Nederland kwam en mijn moeder leerde kennen, was hij al getrouwd en had hij al een kind?'

Omar en Driss keken elkaar aan. Er was niet veel waarnemingsvermogen voor nodig om te zien dat het antwoord op de vraag bevestigend was. Ze begonnen druk te praten in hun eigen taal. Er werd flink gegesticuleerd, waarbij de wijde Toeareggewaden in soepele golvingen meebewogen. Saïd richtte zijn blik op het tapijt. Dwangmatig gingen zijn ogen trap op, trap af. Het waren zinloze trappen die nergens heen leidden, behalve naar elkaar. Degene die het tapijt had gemaakt, dacht in cirkels, ondanks al het traplopen was hij nooit tot een conclusie gekomen. Saïd wist dat hij er niets mee opschoot om zich in de patronen van een tapijt te verliezen, maar alles was beter dan zijn blik naar binnen te richten. Hij wist zo ook wel dat hij daarbinnen een onredelijk jongetje zou aantreffen, dat zich voelde alsof hem een onbelangrijke bijrol werd toebedeeld in een toneelstuk waarin hij de hoofdrol had willen spelen. Het was een kinderachtig gevoel, waarvoor hij zich schaamde, al besefte hij dat het stamde uit een natuurlijk stadium van het leven, waarin je de moederborst helemaal voor je alleen opeiste.

Driss tilde zijn kalotje op om zijn hoofd lucht te verschaffen. Saïd keek op en stelde vast dat hij kalend was, wat contrasteerde met zijn jeugdige gezicht. Het maakte hem nog innemender. Zo'n fraai geborduurd Mekka-petje was beslist een uitkomst in het geval van beginnende kaalheid. Driss zette het terug op zijn hoofd en zei op een officiële toon, alsof hij namens vele anderen het woord voerde: 'We zijn erg blij dat je ons hebt weten te vinden, Saïd. Ons huis staat voor je open, en ook voor je vriend. Jullie kunnen hier eten en slapen zo lang als je maar wilt. We zullen je iets van de streek laten zien, van de grond van je voorouders. De wereld is erg aan het veranderen, maar hier is nog veel zoals het altijd geweest is. Wat Youssef betreft, dat kan wachten tot later. Niet alles tegelijk. Youssef willen we je opdienen in kleine porties.' Hij glimlachte verontschuldigend.

'Opdat je je niet verslikt,' vulde Omar aan.

Saïd keek ongemakkelijk naar Hassan. Die haalde nauwelijks zichtbaar zijn schouders op. Er viel niets aan te doen. Ze waren overgeleverd aan de mededeelzaamheid van Driss en Omar. Die bepaalden wat ze over Youssef te horen kregen en wat niet, wanneer en in welke dosis. Waarom? Ze deden het voorkomen alsof ze Saïd wilden ontzien. Alsof hij de volle waarheid niet in één keer aan zou kunnen. Of waren de twee onverwachte gasten een welkome afwisseling in de dagelijkse sleur van Agdz en zouden ze zo lang mogelijk aan het lijntje gehouden worden? Eén ding was duidelijk: er was geen alternatief.

'Merci,' zei Saïd aarzelend.

Omar schonk de glazen nog eens vol. Saïd zocht met zijn ogen naar zijn trui. Die had hij in de auto laten liggen. De hete thee was niet voldoende om de kilheid te verdrijven die langzaam langs zijn benen omhoogkroop. Het stilzitten op de harde bank maakte het er niet beter op.

'Mooie spullen hebben jullie hier,' zei Hassan diplomatiek, en hij wees met zijn hand om zich heen.

'We zijn van oudsher een familie van karavaanhandelaren,' legde Driss uit. 'In deze tijd zijn we een van de weinigen die de traditie nog voortzetten. Elk mannelijk lid van de familie trekt als het zijn beurt is vier maanden lang met dromedarissen door de woestijn, van Niger naar Mali en Mauretanië. Daar bezoeken we de Toearegstammen, die voortdurend onderweg zijn van de ene oase naar de andere. Wij hebben levensmiddelen, medicijnen en kleding bij ons. Die ruilen we met hen voor tapijten, sieraden en gebruiksvoorwerpen, alles met de hand gemaakt volgens de oude tradities.'

'En wie zijn jullie klanten? Toeristen?' vroeg Hassan.

'Soms. Maar het grootste deel van onze klandizie bestaat uit Marokkanen die een bruidsuitzet komen uitkiezen.'

'Is mijn vader ook door die landen getrokken, voor de familie?' vroeg Saïd. Het leek of zijn stem van heel ver moest komen, zo zwak en onwillig klonk hij.

Driss krabde achter zijn oor. 'Eh, één of twee keer. Het was niets voor hem. Hij verdroeg de eenzaamheid niet.'

'Geen vrouwen...' grijnsde Omar.

'Écoute!' Driss hief zijn handen in gespeelde verontwaardiging. 'Nee, serieus,' zei hij, 'de woestijn is niet voor iedereen. Je wordt op jezelf teruggeworpen, dagenlang, wekenlang. Het lijkt of de wereld geen begin en geen eind heeft, of je nooit ergens zult aankomen. Daardoor word je een gemakkelijke prooi voor de djinns. De woestijn is er vol van, ze bespringen je op een moment van mentale zwakte. Als je last hebt van heimwee, van verveling of vermoeidheid. Zodra een djinn zich in je nestelt, begin je aan alles te twijfelen. In de eerste plaats aan de zin van je tocht. Je denkt aan je vrienden, die thuis hoogstwaarschijnlijk in de schaduw op een terras zitten thee te drinken. Zij denken op hun beurt niet aan jou, zoveel is zeker. Terwijl zij hun makkelijke leventje voortzetten, sjok jij in de brandende zon door een hopeloze leegte. De djinn fluistert je in dat er andere manieren zijn om geld te verdienen, stuk voor stuk beter dan deze. Dat je een sukkel bent, dat je een veel beter leven verdient. Die gedachtes putten je dan nog verder uit. Aan de horizon zie je de hitte trillen boven het zand. Het zijn dansende djinns die hun overwinning vieren nadat ze de levensenergie hebben opgezogen uit langstrekkende reizigers. De enige die je tegen hen kan beschermen, is Allah. Daarom roep je uiteindelijk Zijn hulp in. Als je geloof maar sterk genoeg is en jijzelf oprecht bent in je kreet om hulp, dan hoort Hij je. Je kunt altijd van Hem op aan. Want Hij heeft je Zelf geschapen zoals je bent, in al je kwetsbaarheid. Omdat je kostbaar voor Hem bent, waakt Hij over je veiligheid, mits je Hem regelmatig je dankbaarheid toont, in je dagelijkse gebeden.'

'Was het geloof van mijn vader dan niet sterk genoeg?'

'Ach, praat me er niet van. Het geloof van je vader was een tajine zonder vlees. Toen al. Alleen wat waterige groente. Geen zout, geen specerijen, begrijp je?'

'Geen zout, geen specerijen,' herhaalde Saïd dof.

Alsof het van hogerhand zo was geregisseerd, klonk juist op dat moment van buiten de roep van een muezzin. Driss kwam overeind. 'Het is tijd voor salat, excuseer ons.' Omar stond ook op. Door een andere deur dan die waardoor ze waren binnengekomen, verlieten ze de kamer.

Na een korte aarzeling ging Hassan hen achterna. 'Kom,' zei hij over zijn schouder, 'of wil je hier alleen zitten kniezen?'

De gang kwam uit op een vierkante binnentuin omgeven door galerijen en strakke lemen muren zonder enige opsmuk. In het midden stond een fontein, zoals ze in de mozaïekfabriek in Fès hadden gezien, omgeven door verwaarloosde perken met kwijnende boompjes. Een jonge witte kat klom lenig tegen een van de stammetjes op om hen vanaf een tak te beloeren. Op een muurtje lagen opgerolde gebedskleedjes.

In een van de galerijen was een zithoek gecreëerd met tapijten en kussens. Saïd installeerde zich door enkele kussens als ruggensteun op elkaar te leggen, wat een hele verbetering was ten opzichte van de bank, waarvan hij de harde afdruk nog in zijn zitvlak voelde. Terwijl de anderen zich wasten en een kleedje uitrolden, probeerde hij de kat naar zich toe te lokken. Maar die negeerde hem. Met een krampachtige frons tussen zijn wenkbrauwen keek Saïd om zich heen. Het zonlicht was stoffig oranje, het leek afkomstig van een andere zon dan die hij kende. Een oude, vermoeide zon die uitgekeken was op de taferelen die hij bescheen. In de perken schemerde woestijnzand door een dun laagje teelaarde en de bladeren van de bomen waren dof van het vuil, alsof er in geen jaren regen was gevallen. Zijn blik bleef rusten op de drie biddende gestaltes. Dit was de werkelijkheid waarin hij zich bevond. Twee biddende achterneven en een biddende vriend, broederlijk naar het oosten gebogen. En hij hier in de kussens, apart en buitengesloten. Dan was er nog een witte kat, voor wie hij als het ware transparant was. Het was jammer dat hij geen zakspiegeltje bij de hand had om te controleren of hij nog bestond.

'Hij heeft je Zelf geschapen zoals je bent, in al je kwetsbaarheid. Omdat je kostbaar voor Hem bent, waakt Hij over je veiligheid...' De zin resoneerde in zijn hoofd. Iets in hem werd er diep door geraakt. Al was het misschien niet meer dan zinsbegoocheling, er ging een onweerstaanbare aantrekkingskracht uit van het idee dat ergens in het oneindige heelal iemand je bezorgd in de gaten hield. Iemand die wachtte op een gebaar van jouw kant waaruit bleek dat je zijn bestaan erkende. Hij hoefde die gedachte alleen maar toe te laten, zonder kritiek, zonder angst. Het leek gemakkelijk, maar een deel van hem protesteerde heftig. Het idee in zijn volle consequentie aanvaarden was zoiets als met gesloten ogen op een hoge rots staan, terwijl iemand je aanspoorde te springen. Iemand die zei: 'Vertrouw maar op mij. Als je het echt wilt, kun je vliegen.'

'Maar ik kan niet!' riep je benauwd. 'Wie garandeert me dat ik niet te pletter val?'

'Ik. Je moet me vertrouwen.'

'Maar wie bent u?'

'Je kunt mij niet kennen, je moet in mij geloven.'

'Geef me een teken, een bewijs dat u er bent om me op te vangen.'

'Die tekens zijn overal. Voor wie ze wil zien. Toe nu, kom maar, geef je over, wees zacht voor jezelf.' Het was een warme, verleidelijke stem. Eén stapje maar. Eén toegeeflijk schuifeltje in de richting van de rand en dan eroverheen. Een bungeejump vanaf de hoogste brug ter wereld. Je zou niet langer alleen zijn, maar in gezelschap van miljoenen gelijkgezinden, die je als een van de hunnen zouden beschouwen. Overgave.

'Je bent niet goed bij je hoofd,' zei Harlekino.

Saïd had hem niet aan horen komen. Er was geen belgerinkel geweest om hem te waarschuwen. Saïd schrok op uit zijn gemijmer en zette zich schrap. 'Waarom?'

'Je bent veel te intelligent om in een God te geloven.'

'Waarom zou ik niet toetreden tot de moslimbroedergemeenschap?' zei Saïd uitdagend. 'Tot nu toe hoorde ik nergens bij. Waar heeft het me gebracht? Ik dobber als een stuk drijfhout in de oceaan, overgeleverd aan tegenstrijdige zeestromingen. Zolang ik alles rationeel blijf beredeneren, verandert er niets aan die toestand. Er is geen wetenschappelijk bewijs dat er een God bestaat, dat geef ik toe. Er is zelfs geen proefondervindelijk onderzoek mogelijk. Maar je kunt het evengoed omdraaien: probeer maar eens te bewijzen dat God niet bestaat! In wiskundige, scheikundige of natuurkundige formules ben ik nooit een ontkenning van zijn bestaan tegengekomen. Trouwens, het waren toch de Arabieren die de wiskunde hebben uitgevonden?'

'Jij zet alles op zijn kop.' Harlekino boog voorover en vormde met zijn armen het bekende driehoekje op de grond, waar zijn buitenproportionele hoofd precies in paste. In een soepele beweging richtte zijn lichaam zich op totdat hij op zijn hoofd stond. 'Zo, zie je.' Zijn stem klonk een beetje geknepen. 'Waar normaal gesproken mijn hoofd zit, zie je nu mijn voeten. En waar anders mijn voeten zijn, is nu mijn hoofd. Alles is relatief, het al of niet bestaan van een God incluis."

'De boodschap is helder, kom nu maar weer overeind,' zei Saïd geïrriteerd.

'Als jij je bekeert, kan ik je niet langer serieus nemen,' klonk het vanuit de diepte.

'Dat is dan wederzijds. Jou heb ik sowieso nooit serieus genomen. Hoe je het ook wendt of keert, je zult moeten toegeven dat een universum met een God veel aantrekkelijker en troostrijker is dan een universum zonder. Veiliger ook, want wie beschermt me tegen djinns in een goddeloos universum?'

'Ik.'

'Jij?' Saïd lachte honend. 'Je bent zelf een djinn.'

'Denk maar niet dat ik opzij ga voor die nieuwe God van jou.'

'Hij is niet nieuw. Hij heeft altijd bestaan en als God van de islam bestaat Hij al dertien eeuwen.'

'Maar waarom uitgerekend moslim? Je was toch zaborist?'

'Alleen op papier. Niet echt. De islam trekt me aan, en dat is niet iets van vandaag of gisteren.'

'Maar je weet er helemaal niets van!'

'Ik houd mijn ogen en oren open, dat is alles. Als Hij dichtbij komt en iets tegen me zegt, sluit ik ze niet.'

'Waarom zie of hoor ik hem dan niet?'

'Omdat jij vol vooroordelen zit. Van zulke figuren wendt

Hij zich af. Wat heeft Hij eraan hard te gaan knokken om iemand voor zich te winnen die a priori tegen Hem is? Dat heeft Hij helemaal niet nodig, weet je. Hij baadt in weelde. Er zijn meer dan een miljard moslims op aarde. Ik denk dat geloven voornamelijk een kwestie van verbeelding is. Zonder een minimum aan verbeelding kun je je geen voorstelling maken van God, of van het paradijs. Zoals Hassan en ik een beeld schiepen van de geografie van Saïdi-Hassanië, zo stelt de gelovige zich de tuinen en rivieren in het paradijs voor, en de verkoelende schaduw van onsterfelijke bomen. Zoals wij vroeger een troon ontwierpen waar we in alle onbescheidenheid zelf op gingen zitten, zo ziet de gelovige God voor zich op zijn hemelse troon, omgeven door een onaards licht. Als geloof geen kwestie van verbeelding zou zijn, dan zouden God en het paradijs een reële, aardse werkelijkheid zijn. Dan hadden we een hemel op aarde en zou er niemand ziek worden of doodgaan. Durf jij soms te beweren dat we zo'n hemel op aarde hebben?'

Harlekino schudde zijn hoofd.

'Ik ook niet. Typerend voor de aarde zoals wij hem kennen, is juist dat hierbeneden geen God is die ons liefheeft en beschermt. Eerlijk gezegd is er niemand die zich echt om ons bekommert. Als het erop aankomt, staan we er alleen voor en zijn we machteloos tegenover de dingen die ons overkomen. En als beloning voor onze volharding loopt het ook nog eens slecht met ons af. Dat je je leven lang onderweg bent naar een slechte afloop, is op zich al een reden om in God te geloven. Maar daarvoor heb je wel verbeelding nodig, hoe rijker hoe beter. Als er iemand is die dit moet begrijpen, ben jij het wel. Jij hebt je bestaan louter aan onze verbeeldingskracht te danken.'

Harlekino bracht zijn voeten terug naar de aarde en stond op. Hij moest zijn hoofd in zijn nek leggen om Saïd aan te kijken. Zijn kleine gestalte plaatste hem automatisch in een minderwaardige positie. Om dat te compenseren en voor vol te worden aangezien moest hij altijd erg hard werken. Maar hij had geleerd van zijn zwakte zijn wapen te maken. 'Ten aanval!' was zijn devies. Het hele leven kwam neer op eten of gegeten worden.

'Het lijkt me heel moeilijk om jou te zijn,' zei hij met een quasidramatische frons tussen zijn wenkbrauwen, zijn grote hoofd schuin op de dunne hals.

Saïd knikte. 'Maar ik geloof dat ik er handigheid in begin te krijgen.'

'Met Allahs hulp zeker.' Harlekino gooide zijn muts hoog in de lucht, maakte een koprol en ving hem weer op.

'Met Zijn hulp, ja. Wees eerlijk, we worden geboren zonder dat we erom gevraagd hebben. Wie is je vader, wie is je moeder? Als je geluk hebt, zijn het er twee, heb je pech, dan is het er maar één. Lopen leer je vanzelf, eten en drinken ook, het zit allemaal in de software waarmee je op de wereld komt. Maar de rest? Wie ben je, wat doe je hier, wat is de bedoeling van de maskerade? Er wordt van je verwacht dat je er op eigen houtje achter komt. En als dat nou eens niet lukt? Kun je een geheim bewaren?'

Harlekino boog plechtig, maar op zijn gezicht lag een sarcastische grimlach alsof hij bij voorbaat aannam dat hij onzin te horen zou krijgen.

'Ik weet niet hoe het komt, maar ik voel me nog steeds onwennig in deze wereld,' zei Saïd op vertrouwelijke toon, 'als een kikker die door iemand met een netje uit een vijver is geschept en meegenomen naar huis. Hij wordt losgelaten op de vloer van de huiskamer, maar als er geen water in de buurt is, weet hij niet waar hij heen moet. Ofwel hij blijft als verlamd zitten, ofwel hij hupt wanhopig in het rond. Heb je dat weleens gezien?'

'Ik weet het niet uit eigen ervaring, maar ik kan me er wel iets bij voorstellen.'

'Je zou het eens moeten proberen.'

'Ik zal eens naar een geschikte kikker uitkijken,' beloofde Harlekino.

'Het is een interessant experiment.'

'Dat geloof ik graag. En dat water is zeker de islam? Voor jou dan?'

'Precies. Breng de kikker in de buurt van water en weg is zijn twijfel.'

Na het gebed werden de kleedjes opgerold en ging iedereen terug naar binnen. Saïd begreep niet waarom, want buiten scheen de zon en op de veranda was het veel beter toeven dan binnen. Een nieuwe theeceremonie volgde, waarbij zoete dadels werden geserveerd. Driss maakte een plan voor een tocht per auto langs de oases van de Drâa. Op de kaart wees hij de route aan die hij op het oog had. Vanuit Agdz gezien begon die aan de overkant van de rivier, aan de voet van de Jbel Kissane, en volgde dan de oever stroomopwaarts. De neven overlegden, waarna Driss kwiek overeind kwam en voorstelde niet langer te talmen. 'Wacha. Laten we gaan!' Omar trok zich met de lege glazen terug in een nog onbekend deel van het huis. Via de donkere gang baanden ze zich opnieuw een weg tussen tapijten en kelims, en keerden terug in het zonlicht, in de hoofdstraat van Agdz. Het stelde Saïd gerust te zien dat de Volvo nog steeds aan de rand van het trottoir stond. Voordat ze instapten, legde hij zijn hand liefkozend op het hete dak.

Agdz was een kleine plaats, je was er zo weer uit. Ze staken de rivier over en Saïd kreeg de opdracht rechts af te slaan. Voor hem lag een onverharde weg, niet meer dan een veredeld karrenspoor. Soms hield het op veredeld te zijn en werd het gewoon een mul zandpad. De vallei bleek bezaaid te zijn met kleine nederzettingen, die hun eigen palmentuinen hadden langs de rivier. Er woonden voornamelijk zwarte Berbers. Volgens Driss waren het afstammelingen van Afrikaanse slaven. Saïd sprak hem niet tegen, maar herinnerde zich uit zijn gids een ander verhaal. Vijfduizend jaar voor Christus zouden ze vanuit Ghana en Ethiopië naar het noorden zijn getrokken en zijn neergestreken in het vruchtbare dal van de Drâa. Als het waar was, woonden ze hier al zevenduizend jaar en waren ze waarschijnlijk de eerste bewoners. Was er veel veranderd in zeventig eeuwen? Waarschijnlijk waren hun huizen altijd van leem geweest. Alleen de moskee, in een van de gehuchten die ze passeerden, was in die lange tijdsspanne een relatieve noviteit. De witte minaret torende rank als de hals van een zwaan boven de platte huizen uit, tegen een achtergrond van ruwe, donkere rotsen. Het was een beeld dat hij voor altijd zou willen bewaren, alsof het een zeldzame vlinder was die je in een lijstje aan de muur kon hangen. Zeventig eeuwen! Wanneer je vier generaties per eeuw rekende, waren het er 280. Deze mensen hadden geen piramides of tempels gebouwd; het zag ernaar uit dat ze geen enkel stempel op de geschiedenis hadden gedrukt. Hadden ze in al die eeuwen alleen palmen geplant en dadels geoogst? Hadden ze aan zichzelf genoeg gehad, zonder last te hebben van de dynamiek die altijd weer uitmondde in een drang naar verandering en verovering? Saïd probeerde zich voor te stellen hoe het was deel uit te maken van een volk zonder andere ambitie dan te blijven wie ze waren. Of vergiste hij zich en was hij bezig ze in zijn verbeelding aan te passen aan zijn eigen wensdroom: een leven van eenvoud en zekerheden? Alles vergeten, droomde hij, alles vergeten wat te maken heeft met de eenentwintigste eeuw.

'Stop!' riep Hassan. De auto stond nauwelijks stil of hij tuimelde naar buiten, met zijn camera in de aanslag. De huizen van het gehucht dat ze passeerden, lagen zo elegant op de top van een heuvel dat het leek of Gods eigen hand ze erop had gedrapeerd. Ze lagen op enige afstand van het pad. Een kleine grindvlakte scheidde ze van de Drâa. Hassan stevende er met gestrekte hals op af, de lens van zijn camera als de loop van een jachtgeweer voor zijn ogen, alsof hij het dorp buit wilde maken. Ondanks de oneffen bodem ging hij in zijn ongeduld steeds harder lopen, de ultieme foto tegemoet.

'Waarom heb je zo'n haast?' riep Driss hoofdschuddend vanuit de auto.

Op hetzelfde ogenblik struikelde Hassan over een steen. Hij smakte languit voorover.

Driss schoot in de lach. '*Je te dis*, het is nergens voor nodig zo te rennen!'

'Het dorp ligt er al zevenduizend jaar,' riep Saïd erachteraan.

Hassan krabbelde overeind en veegde het gruis van zijn broek. Met een angstig gezicht controleerde hij zijn camera. Blijkbaar was die niet beschadigd, want hij richtte hem opnieuw op het object van zijn begeerte. Even later keerde hij om en kwam hij tevreden op de auto af.

'Waarom had je zoveel haast?' vroeg Driss toen Hassan instapte.

'Ik ben niet bang dat het dorp wegloopt,' zei Hassan, 'maar dat het beeld ervan in mijn hoofd zal verdwijnen.'

Driss veegde verwonderd over zijn kin: 'Wat is er met je hoofd aan de hand?'

'Maak je geen zorgen, met mijn hoofd is alles in orde.' Hassan stopte de camera terug in de hoes. 'Het zit zo. Wij komen aanrijden met de auto en ineens zie ik daar op de heuvel een dorp. Voor jou is het niets bijzonders, je ziet het niet meer, omdat je het al duizend keer gezien hebt. Maar voor mij is het nieuw. Weliswaar bestaat het al eeuwen, maar ik zie het nu, in een seconde. In die ene seconde zie ik het vanuit een bepaalde gezichtshoek, bij een bepaald licht, en dat roept een gewaarwording van grote schoonheid bij me op. Misschien vang ik op dat moment een glimp op van de ziel van het dorp. Die wil ik voor altijd vastleggen.'

Driss keek hem wantrouwend aan, waarbij hij met de slanke gebruinde vingers van zijn rechterhand zijn kalotje verschoof. 'Maar het is gewoon een verzameling oude huizen,' wierp hij tegen.

'Dat is een kwestie van smaak. Wat ik bedoel, is iets anders. Ik probeer uit te leggen waarom ik bang ben.'

'Maar hier is helemaal niets om bang voor te zijn!' riep Driss uit.

'Ik ben bang dat mijn visie op het dorp verandert, dat ik het nooit meer zo zal zien als toen ik het vanuit de rijdende auto zag. Dat de ziel zich nooit meer aan me zal vertonen.'

'Je bedoelt dat je ineens doorkrijgt dat het maar een vies oud dorp is.'

'Nee!' Hassan schudde in lichte wanhoop zijn hoofd. 'Dat bedoel ik niet.'

'Maar je zou er nooit willen wonen, wees eerlijk.'

'Wonen? Dat is iets heel anders.'

'Ik zeg je, het zijn vieze oude huizen. Er is geen sanitair, er is niets. Je zou het er nog geen uur uithouden.'

'Dat weet ik zo net nog niet.'

'Maar ik weet het wel.' Driss lachte vergoelijkend naar Saïd, op zoek naar een medestander. 'Met alle respect, hoor, maar misschien is er toch iets met het hoofd van je vriend, dat hij dat niet snapt.' Hij tikte met zijn vinger boven zijn rechterslaap.

Saïd startte de auto. Hij nam het voor Hassan op. 'Hij heeft een bijzonder hoofd,' zei hij. 'Er zit heel veel in wat jij en ik niet kunnen bevatten.'

Meer viel er op dat moment niet over te zeggen en ook

Hassan had blijkbaar niet de behoefte nog iets ter verdediging van zijn hoofd aan te voeren. Ze reden verder, totdat het pad zo dicht bij de rivier kwam dat ze uitstapten en te voet afdaalden naar de oever. Er stroomde verrassend veel water door de bedding, wat een wonder was bij de alom heersende droogte. De palmbomen stonden er gezond bij, ze droegen oranje trossen rijpe dadels. Driss plukte er een paar en deelde ze uit. 'Jullie boffen dat jullie hier dankzij de Drâa zoveel water hebben,' merkte Hassan op. 'We hebben veel droogte en stervende palmen gezien tijdens onze reis.'

'Ook hier is het te droog,' zei Driss, 'al lijkt het misschien niet zo. Het wil maar niet regenen.' Hij ging verder met dadels plukken en verloor niets van zijn gelijkmoedigheid. Hassan slenterde naar de oever en ging op zijn hurken naar het water zitten kijken.

Saïd dwaalde tussen de schubbige stammen van de bomen. Het zonlicht viel gefilterd tussen de palmbladeren door. Het kwam hem voor dat de zon hier niet alleen een andere intensiteit had dan in Europa, maar ook andere schaduwen wierp. Even overwoog hij languit in zo'n andere schaduw te gaan liggen. In het warme zand zou hij meteen in slaap vallen, voelde hij, en het zou een diepe, heilzame slaap zijn. Wanneer hij wakker werd, zou hij de geur van zondoorstoofde aarde en stenen in zich hebben opgenomen. Hij gaapte. Wat verlangde hij hartgrondig naar rust! Hij zou er wat voor overhebben als hij zich de tijdloosheid die onder de palmen hing, zou kunnen toe-eigenen en voor altijd met zich mee dragen, waar hij ook ging.

Ineens ontwaarde hij op nog geen twintig meter afstand een groepje zwarte kinderen. Ze leunden tegen de dikke stam van een boom, die ooit was omgevallen en half in de rivier was beland, maar vrolijk doorgroeide. Er zat fijn, harig groen aan de takken, als het loof van asperges. Het vormde een waaier boven de hoofden van de kinderen. Roerloos staarden ze hem met donkere ogen aan – als reeën in het bos, gevangen in de aarzeling tussen nieuwsgierigheid en de neiging te vluchten. Afrika, zei hij bij zichzelf. Hij deed geen stap verder in hun richting, uit angst het evenwicht te verstoren. De kinderen droegen dezelfde kleren als die in Ifrane, een kleurrijke ratjetoe van modern en traditioneel. Hij wierp een haastige blik over zijn schouder in de hoop dat Hassan hen niet gezien had en hen zou opslokken in zijn onverzadigbare camera. Maar de anderen waren onzichtbaar geworden. Ongemerkt had Saïd zich vele palmbomen van hen verwijderd. Hij stond daar maar en keek, en de kinderen keken terug. Het was een magische cirkel, die geen van allen durfden te verbreken. Zonder te weten wat ze van hem dachten, voelde hij overal op zijn lichaam hun blikken, als zachte pijltjes van veren. Het leek of hij in een niemandsland terecht was gekomen. Zou echte vrijheid zo zijn, vroeg hij zich af, je ik ergens achterlaten en alleen maar bestaan, in volmaakte bewegingloosheid? Hij keek en liet naar zich kijken, zonder te lachen, zonder te wuiven, zonder zich ook maar een millimeter te verplaatsen. En ook de kinderen deden niets. Het kwam niet bij hen op de dingen te doen die je van kinderen zou verwachten.

Toen hoorde hij uit de verte een stem. Hij werd geroepen. Zijn vrijheid was maar een korte droom geweest. Er stond geen schutting omheen die hem beschermde tegen geluiden van buitenaf. Met tegenzin lieten zijn ogen de kinderen los. Hij keerde zich om en liep met hangende schouders terug, zijn oude zelf tegemoet.

'Waar hing jij uit?' vroeg Hassan.

Saïd gebaarde achter zich. 'Ik was daar,' zei hij vaag.

'Laten we gaan.' Driss lachte uitnodigend. 'Er is nog meer.'

Ze klommen weer in de auto en reden verder over het stoffige spoor. De dorpen leken vervallen vestingen waarin iedereen lag te slapen, als in het paleis van Doornroosje. Midden in die warme, sluimerende wereld stopten ze op een teken van Driss bij een zorgvuldig gerestaureerde kashba. Hoewel aan de buitenkant niets daarop wees, bleek in een deel ervan een restaurant gevestigd te zijn. Door een man met opvallend verfijnde manieren werden ze naar een dakterras gebracht, waar ze zich in de kussens lieten zakken onder een hemel van gekleurd tentdoek met kwasten. Van daaruit keken ze uit over een zee van groene kruinen, die reikte tot aan grijs vervagende bergen aan de horizon. Even later werd er couscous geserveerd, in combinatie met merguezworstjes en hummus. Een lichte bries vervolmaakte de late lunch. Wat er ook gebeurt, dacht Saïd in een opwelling, mij krijgen ze nooit meer terug naar huis.

'Jullie hebben het hier goed voor elkaar,' zei hij bewonderend. Ter illustratie waaide hij met zijn vrije hand om zich heen.

'Merci,' zei Driss. 'Ik ben blij dat je het naar je zin hebt.'

'Het is hier mooi,' beaamde Hassan, 'mooi als een droom waarin ieder onderdeel klopt. De Grote Dromenmaker heeft daar een rivier getekend, en bomen die rijkelijk vrucht dragen, tegen een decor van bergen. Hij heeft deze kashba erbij geschetst voor een vorstelijk uitzicht. Daarna heeft hij zijn ontwerp leven ingeblazen, inclusief de geuren en smaken van deze heerlijke maaltijd. Het is een prachtig plaatje geworden, waarin wij drieën met enkele pennestreken zijn neergezet om het geheel geloofwaardiger te maken.' Hij schoof zijn lege bord weg, leunde achterover in de kussens en bood Driss een sigaret aan. Die trok er glimlachend een uit het pakje.

Ontspannen lagen ze te roken. Saïd had het gevoel dat ze hun staarten krulden als tevreden katten. Rokers hadden een geheimzinnig, grensoverschrijdend verbond dat niet-rokers buitensloot. In zijn afkeer van nicotine had hij weliswaar het gelijk aan zijn kant, maar het was een eenzaam gelijk.

Hassan blies een rookwolk uit en staarde hem na. 'Als je naar dit schitterende landschap kijkt moet je de armoede en de werkloosheid er wel bij denken, anders houd je jezelf voor de gek.'

'Mag ik misschien een half uurtje genieten van de illusie dat alles volmaakt is?' zuchtte Saïd.

'Een half uur is wel lang, hoor.'

'Een kwartier dan. Een kwartiertje is toch niet te veel gevraagd?'

'Wat zegt hij?' Driss keek Saïd aan alsof zijn vertrouwen in Hassans toerekeningsvatbaarheid opnieuw wankelde.

'*Excusez-nous* dat we geen Frans spraken,' zei Hassan haastig. 'Saïd wil een kwartier lang denken dat het leven in Marokko volmaakt is, zonder dat we hem tegenspreken.'

'Maar daarvoor is een kwartier veel te kort!' riep Driss uit.

'Misschien is het leven hier niet volmaakt, maar het is wel goed. Zodra je begint te denken dat het geluk ergens anders is dan waar je bent, gaat het mis. Dan ga je achter je eigen schaduw aan lopen, en daar is nog nooit iets goeds van gekomen. Je moet vertrouwen op wat Allah met je voorheeft. We kunnen Zijn plan niet verbeteren, alleen Hij kent onze lotsbestemming.'

'Zo kun je het ook zien,' gaf Hassan toe. 'Het ene is niet minder waar dan het andere. Zeg, Driss, ben je eigenlijk getrouwd?'

'Ik ben gescheiden,' zei Driss monter.

'Heb je kinderen?'

'Eén maar. Een meisje. Mijn vrouw had een moeilijke bevalling en kon daarna geen kinderen meer krijgen.'

'Heb je een andere vrouw op het oog?'

Driss' gezicht betrok. 'Dat zal voorlopig niet gaan, ik heb

er het geld niet voor. Dat komt door de nieuwe wet. Je moet nu alimentatie betalen voor je ex-vrouw, hoewel ze niet meer bij je woont.'

'Je kijkt alsof je het er niet mee eens bent,' zei Hassan.

'Het is toch onrechtvaardig?' zei Driss. 'Ze houdt het huis niet meer schoon, ze kookt niet meer voor je en ze houdt je bed ook niet warm. Je hebt niets meer aan haar en toch moet je betalen.'

'Maar verplaats je nu eens in de vrouw.' Hassan stak hem nogmaals het pakje sigaretten toe. 'Stel, je wordt door je man verstoten en van de ene op de andere dag sta je op straat. Wat moet je doen? Je hebt geen dak meer boven je hoofd, je hebt niet te eten. Waar moet je heen?'

'Laat ze een nieuwe man zoeken. Of werk.'

'Maar als dat niet lukt?'

Driss haalde zijn schouders op. Er gleed een schaduw over zijn gezicht. Hij draaide zijn hoofd weg en keek aandachtig naar een onbestemd punt in de verte. 'Dat is niet mijn probleem,' zei hij zacht. 'Als zij een goede vrouw is, zal Allah haar bijstaan. Is ze slecht, dan ben je als man blij dat je van haar af bent en is het aan Allah om te oordelen welk lot ze verdient.'

'Is het niet een beetje gemakzuchtig,' vroeg Hassan, 'om al die gescheiden vrouwen aan de zorg van Allah over te laten? Misschien dacht de koning toen hij de alimentatiewet maakte: Allah heeft al genoeg aan Zijn hoofd, laten die voormalige echtgenoten zelf maar opdraaien voor de consequenties van hun daden.'

Even keek Driss perplex. Hij viel helemaal stil. Toen barstte hij uit in een gulle lach. 'Het is maar goed dat ik je salat heb zien doen, anders zou ik eraan twijfelen of je wel een moslim bent!'

'Een kritische moslim is ook een moslim,' zei Hassan droog.

Driss zoog hartgrondig aan zijn sigaret en schudde meewarig zijn hoofd. Saïd keek naar zijn profiel en vroeg zich af hoe oud zijn neef was. Achtendertig? Veertig? 'Heb je weleens een vriendin?' vroeg hij schuchter.

'Een vrouw zo nu en dan, bedoel je?'

Saïd knikte.

'Dat is geen probleem, zolang je maar discreet te werk gaat. Wanneer het verlangen naar een vrouw je te machtig wordt, vind je er een.'

'Hoe dan?' Saïd dacht aan de vrouw in het hotel. De nacht en alles wat zich daarin had afgespeeld, leek ineens oneindig ver van hem verwijderd te zijn, alsof hij zich toen in een ander melkwegstelsel had bevonden. Was hij dat geweest? Had hij werkelijk zijn toevlucht gezocht bij het mollige vlees van een onbekende Marokkaanse, die de komende avond in hetzelfde bed zou liggen met een ander? Iemand als zijn neef misschien?

'Téléphone arabe...' grijnsde Driss. 'Als jullie willen kan ik er wel voor zorgen dat...'

'Non, merci,' zei Hassan vlug.

Ze rekenden af en zetten de tocht voort, zonder nog precaire onderwerpen aan te roeren.

Het was al laat in de middag toen ze de rivier opnieuw overstaken en weer op asfalt terechtkwamen. Toen ze Agdz binnenreden, was het donker. De Volvo werd op aanraden van Driss in een zijstraatje geparkeerd. Ze haalden hun tassen eruit en liepen achter hem aan de tapijthandel in. 'Een ogenblikje,' beduidde hij, 'ik ga even kijken of jullie kamer in orde is gemaakt.' Daar stonden ze weer tussen de spiegels en dolken. Opnieuw voelde Saïd de kou, als in een crypte. Driss kwam terug, in gezelschap van Omar. 'Ga maar met hem mee, hij wijst jullie de kamer.'

Ze staken de galerij over en gingen een ruime kamer binnen waarin slechts één raam zat, aan de kant van de patio. Het was niet moeilijk te raden wiens kamer het was: aan alle wanden hingen foto's van Omar in de woestijn. Omar met een felblauwe sjaal voor de onderste helft van zijn gezicht, met zijn ogen knijpend tegen het zonlicht. Omar bij de ingang van een tent met een joviaal lachende Toeareg, de armen om elkaars schouders geslagen. Omar op de rug gezien naast een zwaarbeladen kameel, de horizon tegemoet lopend.

'Waar moet jij nu slapen?' vroeg Hassan.

Omar wuifde de vraag lachend weg. 'Ik vind wel een plek. Het huis is groot.'

Er was maar één bed. 'Bed' was een groot woord, want het was niet meer dan een tweepersoons matras die op de rijkelijk met tapijten bedekte vloer lag. Op een gammele klerenkast na was er geen enkel meubelstuk in de kamer.

Onwillekeurig vergeleek Saïd hem met zijn eigen slaapkamer. Behalve het comfortabele bed van zijn moeder stonden er verscheidene stoelen, een bureau, een tafel, een klerenkast met Venetiaanse deurtjes en een goedgevulde boekenkast. Er hing van alles aan de muren en je kon zo naar buiten lopen, het balkon op, dat als het ware een verlengstuk van de kamer was. Je raakte niet gauw uitgekeken in zijn kamer; overal waren verwijzingen naar Saïdi-Hassanië, in de vorm van landkaarten, maquettes, volgeschreven schriften, schetsboeken, albums met uit kranten en tijdschriften geknipte foto's, een chemisch laboratorium in een uitklapbare houten kist, voorwerpen van klei en nog ontelbare andere objecten, gekoesterd zoals ballingen doen die nog steeds de hoop niet hebben opgegeven ooit naar het land van hun jeugd te kunnen terugkeren.

De kamer van Omar was ronduit kaal, zeg maar rustig minimalistisch, maar dat had ook iets prettigs. Iets rustgevends, omdat hij nergens anders aan deed denken dan aan een slaapkamer. En dankzij de foto's een beetje aan de woestijn, maar die paste in zijn leegheid uitstekend bij de kamer. Of de kamer paste bij de woestijn. Er is vast een verband, dacht Saïd, tussen de inrichting van huizen en de geografische locatie.

Ze lieten hun tassen achter en keerden terug naar de galerij. In de zithoek wachtte Driss met vers gezette thee en een schaaltje amandelen. De gastvrijheid van de neven was roerend. Saïd zag er het bewijs in dat hij als familielid werd erkend en gewaardeerd. Het was een nieuw gevoel: als vanzelfsprekend geaccepteerd te worden omdat je dezelfde voorouders had. De witte kat verscheen; zijn staart bewoog traag heen en weer in behoedzame afwachting. Saïd kreeg de indruk dat hij zijn kansen op een streling taxeerde, maar zodra hij te dicht in de buurt van de zithoek kwam, kreeg hij van Omar een mep, waardoor hij met een boog in een van de armetierige perken belandde. Hij had een taai karakter, want hij liet zich niet ontmoedigen en probeerde het telkens opnieuw.

Uit de dichtstbijzijnde moskee klonk de oproep tot gebed. Het ritueel van die ochtend herhaalde zich en voor Saïd was weer de rol van eenzame toeschouwer weggelegd. Met één verschil: de witte kat zag zijn kans schoon en kwam schuchter dichterbij. Saïd stak zijn hand uit, zonder zover te gaan hem aan te raken. De kat snuffelde aan zijn vingers en begon kopjes te geven. Nadat die horde genomen was, verloor hij alle voorzichtigheid uit het oog. Hij klauterde tegen Saïd op totdat hij op zijn schouder zat en zijn kopje in diens hals kon vlijen. Ook voor hem hoor ik er nu bij, dacht Saïd verheugd. De kat begon met zijn ruwe tong achter zijn oorlel te likken. Het was een eigenaardige, maar niet onaangename sensatie. Saïd kreeg er rillingen van. Het leek of er superlichte elektrische schokjes door je lichaam gingen. Op de een of andere manier was het erg intiem. Zelfs de vrouw met wie hij die nacht zijn bed had gedeeld was niet op het idee gekomen zoiets te doen. Eigenlijk had nog nooit iemand hem achter zijn oor gelikt, noch had hij het zelf ooit bij een ander gedaan. Misschien was het een handeling die alleen uit grote tederheid voort kon komen en die het louter seksuele verre oversteeg. Dat niveau had hij nog nooit bereikt. Voor zover hij zich herinnerde, was er altijd een soort haast geweest als gevolg van de gezamenlijke opwinding. Weliswaar had hij zijn tong er hier en daar bij ingezet, maar door het ontbreken van de rust waarin gevoelens van tederheid konden ontspruiten, was het geen creatieve, uit het hart afkomstige handeling geweest.

Wist de kat dat allemaal? Kwam hij hem op deze manier vertellen dat er een onbetreden paradijs bestond waarin hij nog nooit een voet had gezet? Af en toe onderbrak hij zijn gelik om met zijn kop over dezelfde zone te aaien. Dat was een geraffineerde afwisseling, eerst het fijnkorrelige schuurpapier van zijn tong en dan de fluweelzachte vacht. Daarbij spon hij dat het een lieve lust was, alsof hij te kennen gaf dat het plezier van het genot geheel aan zijn kant lag. Het likken ging net zo lang door als het gebed van Hassan en de neven. Het leek wel of het likken een vorm van bidden was, dacht Saïd, een weesgegroetje voor zijn zielenheil. Toen de anderen overeind kwamen en hun kleedjes oprolden, sprong de kat in een lenige boog van Saïd af. Hij sloop regelrecht naar een van de boompjes en klauterde naar dezelfde tak als waar hij die ochtend had gezeten. Het moest zijn lievelingstak zijn, een kattentroon van waaruit hij in het geheim de wereld bestierde. Het leek wel of de kat hem in gesmolten toestand had achtergelaten, zo ontspannen voelde Saïd zich. Zijn lichaam had geen contouren meer en ging zonder begrenzing over in de wereld die hem omringde – een sponsachtige ontvankelijkheid, die hem in een overmoedige bui bracht. Het was of je op een lege autobaan reed waar geen snelheidslimiet gold: je drukte het gaspedaal zo diep mogelijk in om te zien of de auto zijn maximale snelheid kon halen.

De anderen namen hun plaats weer in rond het dienblad met de zilveren theepot. De thee moest inmiddels aardig afgekoeld zijn.

'Wat moet je doen om moslim te worden?' Saïd keek naar de tevreden gezichten, waaruit de concentratie van het gebed nog niet helemaal verdwenen was.

'Wat je moet doen?' herhaalden zijn neven tegelijkertijd. Het leek wel of ze op die vraag hadden zitten wachten.

Saïd krabde zich achter zijn oor, op de plek die kort daarvoor nog door de kat verwend was. 'Eh,' zei hij schoorvoetend, 'waar komt het in de praktijk op neer?'

'Je moet sjahada doen, de geloofsbelijdenis,' zei Driss bedachtzaam, 'en er moeten twee getuigen bij zijn.'

'Moet het in de moskee gebeuren?'

'Nee, je kunt het gewoon hier doen, op de plek waar je nu zit.'

'Is het zo eenvoudig?'

'Zo eenvoudig is het. Maar je moet het echt menen. Bedenk wel: jij ziet God niet, maar Hij ziet jou wel. Hij weet precies of je oprecht bent of niet, Hij kijkt recht in je hart.'

'Wanneer Hij ziet dat ik verre van volmaakt ben, zal Hij me er dan wel bij willen hebben?'

'Hij heeft je Zelf geschapen zoals je bent, met al je onvolmaaktheden. Hij schiep de hemel en de aarde en de zeeën. Nadat Hij dat gedaan had, vond Hij dat het werk nog niet af was, en schiep Hij de mens. Hij schiep jou en mij en alle anderen zoals we zijn, en niet anders. Het was voor God heel hard werken geblazen, dat begrijp je. Nog veel harder dan een arbeider in een fabriek of een boer op het land, want Hij maakte dagen van vierentwintig uur zonder uit te rusten.'

Saïd knikte. 'En geen muziek bij het werk...' zei hij vanuit een soort balorigheid, die uit zijn overmoedige stemming voortkwam.

'Geen muziek bij het werk. De muziek werd pas uitgevonden nadat God het fenomeen geluid in de wereld had gebracht. In ieder geval: God heeft je in negen maanden tot mens gebouwd in de buik van je moeder. Daarvoor mag je hem best *sjoekr* tonen.'

'Sjoekr?' vroeg Saïd.

'Dankbaarheid,' zei Hassan dof.

'Precies,' beaamde Driss. 'Als jij sjahada wilt doen en bereid bent Hem voortaan vijfmaal per dag je dankbaarheid te tonen, dan staat niets je in de weg. Dan kan het hier en nu gebeuren, met Omar en mij als getuigen. Het zal ons plezier doen de zoon van Youssef bij zijn geloofsbelijdenis te assisteren.'

Saïd keek vluchtig naar Hassan. Die ontweek zijn blik. Lag er een sceptische uitdrukking op zijn gezicht, alsof hij zeggen wilde: 'Wat voor belachelijke gril is dit nu weer?' Als God hem ruimhartig in Zijn gelederen wilde opnemen, ging zijn beste vriend toch niet heimelijk dwarsliggen? 'Ik wil er nog even over nadenken,' zei hij tegen de neven.

'Neem je tijd,' drukte Omar hem op het hart. 'Je kunt sjahada niet overhaast doen. Je moet er helemaal klaar voor zijn.'

'Hoe kan ik weten of ik er klaar voor ben?'

'Als het zover is, dan weet je het,' zei Driss. 'Je kunt toch niet aan een ander vragen of je honger hebt? Alleen jij kunt weten of je zoveel honger hebt dat je moet eten, een ander kan je dat niet vertellen.'

Er verscheen een jonge vrouw op rijkelijk met kraaltjes versierde muiltjes, het haar onbedekt. Ze droeg een grote tajineschaal voor zich uit, die ze met neergeslagen blik tussen hen in zette. Daarna legde ze er brood naast en verdween geruisloos, zonder iets gezegd te hebben. Wie ze was, werd niet verteld en Saïd vroeg er niet naar. Hij raakte er al aan gewend dat de tijd in Marokko anders geïnterpreteerd werd dan in Nederland, waardoor ook de onthulling van geheimen aan een andere dynamiek onderhevig was. Misschien kwam het door de oproep tot gebed, die de dag in vijf stukken hakte. Na de zuivering van het gebed was er vijfmaal daags een maagdelijk begin met nieuwe kansen. Daarbij vergeleken lag er in Nederland veel meer druk op dat ene, ultieme moment van de dag waarop iets scheen te moeten gebeuren. Die vreemde noodzaak werd bondig samengevat in de uitdrukking 'Nu of nooit'. Alsof zich nooit meer een andere mogelijkheid voor zou doen! In Marokko glinsterde de tijd goudkleurig in stralen muntthee die schuimend neerkwamen in kleine, bont gedecoreerde glazen. Wat bij het ene glas thee niet ter sprake kwam, kon altijd nog te berde gebracht worden bij een van de duizenden die zouden volgen. Saïd besefte dat geduldig afwachten nuttig was voor iemand die overwoog zich te bekeren, een beetje gepaste ootmoed misstond hem niet als voorbereiding op de sjahada. Hij had altijd een opgejaagd gevoel gehad, alsof er iets van levensbelang was wat hem steeds ontglipte, en het had hem geen stap verder gebracht. Wat hij zo naarstig zocht, was altijd als een dwaallicht buiten bereik gebleven.

Toen Driss het deksel optilde, sloeg de damp van het gerecht af. Stevige brokken lamsvlees dreven in een dunne saus met gestoofde groente. Hassan en Saïd kregen een bord en een vork. Voor zichzelf scheurden de neven stukken van het brood af en doopten die in de tajine. Er werd in alle rust gegeten. Het leek of er verder niets van enige importantie in de wereld bestond dan deze ene maaltijd en het verorberen ervan een zaak was van absolute toewijding. Omar smakte een beetje. Normaal gesproken zou het Saïd gestoord hebben, maar van hem kon hij het gek genoeg hebben. Moeilijker werd het toen Driss zijn vingers in de stoofpot stak, er enkele grote brokken vlees uit viste en die zorgzaam op Saïds bord legde.

'Je eet te weinig vlees, jongen,' zei hij kalm, waarna hij voor zichzelf een nieuw stuk brood afscheurde.

Saïd aarzelde. Wist Driss niet dat er miljoenen bacteriën op een mensenhand zaten? Waarom waren er geen opscheplepels? Hij staarde naar het lamsvlees dat ongevraagd op zijn bord beland was. Het zou van ondankbaarheid getuigen niet op te eten wat hem met een roerende zorgzaamheid was gegeven. Hij wilde niemand kwetsen. Bovendien waren het de bacteriën van een neef; dat maakte een wezenlijk verschil. Hij prikte snel een van de stukken aan zijn vork en stopte het in zijn mond. De smaak was niet anders dan die van het vlees dat hij al op had.

Als gewoonlijk werd de maaltijd afgerond met thee. Hoewel Saïd vermoeidheid voelde opkomen ten gevolge van de ongewone nacht en de gebeurtenissen van de afgelopen dag, was het nog te vroeg om naar bed te gaan.

Alsof Hassan zijn gedachten geraden had, stelde hij voor: 'Zal ik het nationale spel even halen?'

Saïd veerde op. 'Een goed idee.'

Even later streden de Hematieten en de Aventurijnen als vanouds om de macht, belangstellend gadegeslagen door de neven. Het was nog steeds een prettige afleiding om voor even onder te duiken in Saïdi-Hassanië, zelfs als het oorlog was op het spelbord. Toen Saïd in het koninkrijk de touwtjes nog in handen had, was alles er altijd volgens plan verlopen. Het was zelfs mogelijk geweest gebeurtenissen waar hij spijt van had, achteraf te corrigeren. Je maakte gewoon een tweede versie, die je beter beviel. Helaas was er één uitzondering waarop hij nooit vat had gekregen. Het idee van een hofnar, 'tot lering ende vermaak', was in de loop van de tijd lelijk uit de hand gelopen en bleek immuun voor correctie te zijn, omdat het inmiddels de grenzen van het imaginaire ruimschoots had overschreden. Buiten Saïds koninklijke wil om was het zijn alledaagse werkelijkheid binnengedrongen en je moest van goeden huize komen om het er weer uit te krijgen. De gedachte aan Harlekino verstoorde zijn concentratie. Hassan weerde zich op een vernuftige manier. Het leek of zijn zetten geraffineerder geworden waren. De neven probeerden door aandachtig te kijken de regels te achterhalen, alsof die onder hun intense blikken vanzelf uit het spel zouden opstijgen. Na een half uur drongen de Aventurijnen gevaarlijk op. Saïds hand hing besluiteloos boven een van de Hematieten, die een beslissende manoeuvre moest maken. Driss wees behulpzaam met zijn wijsvinger naar een vakje in het veld van de tegenstander. Saïd schudde zijn hoofd. Driss moest zich niet verbeelden dat hij het spel nu al zo goed doorhad dat hij hem zou kunnen overtreffen. Uit pure tegendraadsheid tilde hij een andere Hematiet op en om Hassan te misleiden zette hij hem op een weinig voor de hand liggende plaats. De tactiek van de verrassing.

Die stootte een ironisch lachje uit. 'Weet je dat zeker?'

Saïd knikte. Ineens leek het of alle strijdlust uit hem wegsijpelde.

'Oké, dan ben je er nu geweest.' Hassan greep een steen en voordat Saïd er erg in had stond hij schaakmat.

Driss lachte geamuseerd. Hij pakte de verslagen Hematiet op en zette hem in het vakje dat zijn voorkeur had gehad. Tegelijkertijd overzag Saïd de consequenties die de zet van zijn neef zou hebben gehad. Hij zou gewonnen hebben!

Hassan keek hem triomfantelijk aan. 'Revanche?'

Saïd schudde zijn hoofd en wierp een defaitistische blik op Driss, die zat te popelen om het van hem over te nemen. 'Speel maar een rondje met Driss. Zo te zien is hij er helemaal klaar voor.'

Energiek nam Driss zijn plaats in achter het spelbord. Hassan begon hem enkele regels uit te leggen, maar die wuifde hij ongeduldig weg. 'Laat maar. Het is iets tussen dammen en schaken in, zeg maar.'

Ze begonnen te spelen. Saïd wierp een vluchtige blik op de struiken in de hoop een glimp van de kat op te vangen, maar die vertoonde zich niet. Hij nestelde zich in de kussens totdat hij een comfortabele houding gevonden had. De anderen letten niet op hem. Zijn oogleden werden zo zwaar dat ze vanzelf dichtvielen. De strijd op het spelbord mag van mij de hele nacht voortduren, dacht hij grootmoedig, dan haal ik in de tussentijd wat nachtrust in.

Hij werd ver weggevoerd uit de patio in Agdz. De zwarte zwaan die met klapwiekende vleugels dromers vervoerde naar uithoeken van hun eigen geest, daalde met veel geruis van veren in een Chinees gehucht neer en dropte hem ongevraagd bij een baby met een staart. Saïd keek met stille ontzetting naar het atavistische aanhangsel, dat behaard was en licht krulde. Het kind lag opgewekt te kirren, allerlei klanken uitstotend waarvan Saïd niet kon uitmaken of het een primaire vorm van de Chinese taal betrof, of louter betekenisloze stembandoefeningen. Hij weet nog niet dat hij een staart heeft, dacht Saïd. Wat zal hij schrikken als hij erachter komt dat hij anders is. Hopelijk ontdekt hij het zelf, voordat zijn vriendjes hem erop wijzen. Terwijl hij naar de baby staarde, die nog in een toestand van zalige onwetendheid verkeerde, werd Saïd overspoeld door medelijden. Het moest niet kunnen, dacht hij verontwaardigd, een baby met een staart. Het steekt de draak met de wetten van de evolutie en met de natuurlijke ordening van alles wat op aarde leeft. Evenmin strookt het met het idee van een God, die de mens schept en liefheeft in diens kwetsbaarheid. Geen enkele God met een beetje zelfrespect zou zo'n tegennatuurlijk jongetje bedenken, dat weerloos was blootgesteld aan de afkeer en spotlust van anderen die zichzelf als normaal en als de maat der dingen beschouwden. Om zijn weerzin te overwinnen lachte Saïd voorzichtig naar het kind. De baby fixeerde hem met zijn blik en lachte ontwapenend terug. Saïd deed een stapje achteruit. We communiceren, dacht hij geschrokken, ik communiceer met een kind met een staart! Ik kijk naar hem, maar hij bekijkt mij ook. Als dit een droom is, wil ik dat hij nu ophoudt.

Maar in dromen heb je geen noodrem. Ze razen door de donkere nacht met onbekende bestemming en het is onmogelijk er halverwege uit te stappen.

'Wat doet u hier,' klonk een stem achter hem. 'Hebt u betaald?'

Saïd draaide zich om. Een kleine Chinese vrouw stond achter hem. Hij nam aan dat ze de moeder was. Ze was niet mooi, maar je kon ook niet zeggen dat ze lelijk was. In feite was ze opvallend gewoon en middelmatig. Niets aan haar deed vermoeden dat ze een kind met een staart had gebaard.

'Betaald?' vroeg hij verwonderd.

'Om het kind te mogen zien.'

'Ik wist niet dat je ervoor moest betalen.'

'Het kost tien yen,' zei ze zakelijk.

'Ik ben bang dat ik dat niet bij me heb.' Hij graaide in de zakken van zijn jeans. Omdat de aanval de beste verdediging is, voegde hij eraan toe: 'Is het wel ethisch verantwoord om hier geld voor te vragen?'

'Het kind gaat een andere toekomst tegemoet dan u en ik, meneer. Daar is geld voor nodig, veel geld. Geld is de enige bescherming die ik het zal kunnen bieden tegen de kwaadaardigheid van de wereld.'

'Kan het niet geopereerd worden?'

'De dokter die hem op de wereld hielp, zegt dat het een levensgevaarlijke operatie zou zijn. De wortel van de staart zit vast aan het stuitbeen. Als er ook maar iets fout gaat, raakt mijn kind voor de rest van zijn leven verlamd. Of op zijn minst wordt hij blind. Bovendien moeten we voor zo'n operatie naar Peking, naar de beste specialist die er op dit gebied te vinden is. En dat kost meer geld dan u ooit bij elkaar hebt gezien. Dus voorlopig zullen we met de staart moeten leven, mijn kind en ik.'

'Misschien went het...' opperde Saïd om haar te troosten, hoewel hij er zelf niet in geloofde. Hoe zou je ooit aan een staart kunnen wennen?

'Weet u.' Ze boog zich vertrouwelijk naar hem toe, alsof niemand mocht horen wat ze te vertellen had. Saïd verbaasde zich erover dat het verschil tussen de Chinese en de Nederlandse taal de communicatie tussen hen geen moment in de weg stond. Hij verstond wat ze zei, en zij verstond hem. Er moest een soort droomtaal bestaan waar de wakenden geen benul van hadden.

'Ik vind het eigenlijk wel wat hebben, een staart,' fluisterde ze. 'Ziet u hoe mooi hij krult? Bij een bepaalde lichtval ligt er een koperen glans over.'

'Het is maar net wat je gewend bent,' beaamde Saïd. 'Een vos zou er trots op zijn zo'n staart te hebben.'

De vrouw lachte vreugdeloos. Ze had een ernstige vorm van cariës, zag hij nu. Geld voor een tandarts was er ook niet, concludeerde hij.

'Weet u wat?' zei hij in een impuls. 'Wanneer ik weer thuis ben, stuur ik u een cheque. Ik ben taxichauffeur, ik verdien helemaal niet slecht. Naar Chinese maatstaven zelfs heel behoorlijk. Ik stuur u een cheque met een substantieel bedrag erop, misschien wel genoeg voor de operatie.'

'Meent u het echt?' Ze keek hem met ontzag aan.

Saïd knikte. 'Wat ik beloof doe ik.' Hij had het ontzettend warm gekregen. Wanneer liep deze droom nu eens eindelijk af? Hij wierp nog een verstolen blik op de staart en keerde zich toen om met het voornemen weg te lopen. Het deed er niet toe waarheen, als het maar ver weg was van de door het lot beproefde moeder en haar kind.

'Maar u hebt er ook een!' hoorde hij haar verwonderd zeggen.

Hij wierp haar een korte blik over zijn schouder toe. Ze stond met haar hand voor haar mond naar hem te wijzen.

'Wat heb ik?' zei hij kortaf.

'Een staart,' bracht ze uit. 'Een enorme blonde staart met een fantastische krul erin!'

Saïd keek zijdelings naar beneden, over zijn heup heen. Daar zag hij de punt van iets harigs wat glansde in het zonlicht. Hij greep ernaar en ja, er was geen twijfel mogelijk, hij hield onmiskenbaar een staart in zijn hand. De vacht was van een andere consistentie dan zijn hoofdhaar. Zachter, zijdeachtig. Het bloed schoot naar zijn hoofd. Maar ik heb nooit een staart gehad, vroeg hij zich in paniek af, hoe kan het dat ik er nu ineens een heb? Zou het een besmettelijk virus zijn? Had ik nooit naar de baby moeten gaan kijken? O, mijn god!

Hij zette het op een lopen, alsof de staart er vanzelf af zou vallen zodra hij weg was uit de invloedssfeer van de baby. Maar hij bleef net zo stevig aan zijn lichaam vastzitten als zijn armen en benen. Het deed zelfs pijn als hij er hard aan trok. Hij bleef staan en hief zijn handen ten hemel. 'Haal me weg uit deze verschrikkelijke droom,' smeekte hij, 'haal me weg – ik wil niet langer slapen...'

'Slapen... slapen...' weergalmde het door de Chinese bergen.

'Zullen we gaan slapen?' vroeg een stem. De stem trok hem met kracht weg uit een angstaanjagend lichaam met een staart en bracht hem terug in de patio in Agdz, waar hij zwaar transpirerend in de kussens lag. Zijn smeekbede was verhoord!

Hij opende zijn ogen en keek in het over hem heen gebogen gezicht van Hassan. 'Zullen we gaan slapen?' herhaalde zijn vriend.

Saïd tastte met zijn hand naar zijn stuitje en zuchtte opgelucht. Hij kwam langzaam overeind en wreef in zijn ogen. 'Wie heeft er gewonnen?' vroeg hij slaperig.

'Driss. We hebben drie rondjes gespeeld en Driss heeft ze allemaal gewonnen.'

De winnaar staarde nog steeds geïntrigeerd naar het spel. Toen hij merkte dat Saïd naar hem keek, verscheen er een voldane grijns op zijn gezicht. Beginnersgeluk? Daarvoor was het spel te gecompliceerd. Voor iedere zet waren er minstens een miljoen mogelijkheden. Ze hadden hem niet eens de spelregels hoeven uitleggen. Het was haast griezelig, zo gemakkelijk als hij in de rol van Hematitisch krijgsheer was gegleden.

'Hoe laat is het?' geeuwde Saïd.

'Bijna twaalf uur.'

Saïd stond stram op. Ze wensten Driss goedenacht, waarna Omar meeliep om te laten zien waar de badkamer lag. Het bleek een groot woord voor een hurk-wc en een roestig kraantje aan het andere eind van de galerij. Om beurten bezochten ze het primitieve toilet. Omdat ook hier de elektriciteit 's nachts werd afgesloten, moesten ze hun weg zien te vinden bij de lichtstraal van hun mobieltjes.

Tijdens Hassans afwezigheid onderwierp Saïd de slaapkamer aan een snelle inspectie. Er lagen geen extra dekens in de gammele kast, dus trok hij er een van de stapel op Omars bed. Van de verschillende kleden die de vloer bedekten, zocht hij het tapijt met de hoogste pool uit. Hij vouwde de deken dubbel en zonder zich uit te kleden schoof hij ertussen. Als een plak ham in een opengesneden kadetje, dacht hij. Hij knipte zijn mobieltje uit en probeerde zijn draai te vinden.

'Wat is dit?' zei Hassan toen hij terugkwam uit de badka-

432

mer. Zijn lichtstraal zweefde vanaf de lege matras de kamer rond en bleef rusten op een bult onder een deken. Saïd antwoordde niet. Was het geloofwaardig dat hij al sliep? Het leek hem van wel. Hassan stapte op hem af en knielde ter hoogte van zijn hoofd. 'Waarom lig je op de vloer? Daar ligt een kingsize matras waarop wel drie mensen kunnen slapen en jij ligt hier, op de harde vloer. Van dit soort opofferingsgezindheid word ik wel een beetje moe hoor.'

'Laat mij nou maar,' bromde Saïd.

'Waarom ga je me steeds uit de weg?'

Saïd had graag gedaan alsof de vraag niets met hem te maken had, maar het werd hem wel moeilijk gemaakt. Plotseling ging zijn hart tekeer in zijn borstkas alsof hij honderd meter achter een tram aan had gerend. Om niet langer weerloos op de grond te liggen ging hij erbij zitten. Het felle licht van Hassans mobieltje scheen recht in zijn gezicht. 'Doe dat ding weg,' zei hij.

Hassan legde het telefoontje plat op de vloer. De lichtstraal wees nu naar de deur, alsof ze nog iemand verwachtten die welkom moest worden geheten. 'Het is heel kwetsend, weet je,' zei hij zacht.

'Dat is dan onbedoeld,' zei Saïd mat. 'Ik wil niemand kwetsen.'

'Vertrouw je me soms niet? Is dat het? Maar wat stelt een vriendschap voor zonder wederzijds vertrouwen?'

'Je gebruikt wel grote woorden.'

'Als jij hier kleinere woorden voor weet te vinden, mag je het zeggen.' Hassan schraapte zijn keel. 'Het zijn de woorden die me het eerst te binnen schieten. Dat zijn vaak de beste. Wanneer jij mij vertrouwt, en ik jou, kan ons niets gebeuren. Dan is alles mogelijk in onze vriendschap zonder dat die daardoor in gevaar komt. Weet je wat ik ga doen?'

'Nee.' Saïd schoof ongerust een stukje naar achteren.

'Ik ga het wantrouwen tussen ons eenzijdig verbreken. Wanneer ik jou in vertrouwen neem, komt het van jouw kant vanzelf. Hoop ik. Er is wel moed voor nodig, dat snap je wel, heel veel moed.'

Saïd knikte werktuiglijk. 'Het hoeft niet, hoor,' zei hij verzoenend. 'Je hoeft niet over je eigen grenzen heen te gaan.' Hij voorvoelde met akelige precisie wat er ging komen, en zocht koortsachtig naar een oplossing om het tij nog te keren.

'Ik doe het omdat er veel op het spel staat.'

Saïd maakte een geluid dat van alles kon betekenen. Het was niet als aanmoediging bedoeld, maar Hassan werd er ook niet door afgeschrikt want hij ging zonder haperen verder.

'Ik geloof dat er voor ieder mens op deze wereld een zielsgeliefde bestaat, iemand met wie je zoveel gemeen hebt dat het in zijn aanwezigheid lijkt of je voor altijd thuisgekomen bent en nooit meer iets hoeft uit te leggen. De zwakke plekken in jouw wezen worden volmaakt gecompenseerd door die ander terwijl jij, zonder dat je je ervoor hoeft in te spannen, hetzelfde doet voor hem. Tussen zulke mensen heerst een permanente harmonie, die door buitenstaanders haarscherp wordt herkend en waar ze om worden benijd. Want het is tamelijk zeldzaam dat mensen hun zielsgeliefde vinden. De wereld is zo onmetelijk! De kans is ontzettend groot dat hij aan de andere kant van de aardbol woont en je hem nooit zult ontmoeten. Maar jij en ik, wij hebben waanzinnig veel geluk gehad. We hebben elkaar leren kennen toen we nog heel jong waren, en hebben elkaar sindsdien niet meer uit het oog verloren.'

Saïd volgde de lichtstraal met zijn ogen. Waarom kwam er niemand binnen door die deur, het deed er niet toe wie? Een zwerm vleermuizen vloog zigzaggend door zijn hoofd, ogenschijnlijk richtingloos, maar hij wist dat ze werden bestuurd door de mysterieuze radar die bij elke vleermuis ingebouwd zit.

'Zeg eens iets,' zei Hassan onzeker. 'Dit is een belangrijk moment.'

'Ik ben niet zo handig in belangrijke momenten, geloof ik.' Saïd voelde zich hulpeloos. 'Ik weet ook niet waaraan je ze kunt herkennen.'

Hassan legde een hand op zijn been. 'Laat dat maar aan mij over. Ik herken ze van verre.'

De hand was zwaar als een zwerfkei. Vanuit de plek waar hij lag begon het gewicht zich door het hele been te verspreiden.

'Ik ben niet zo,' zei Saïd met een nauwelijks hoorbare stem. Hij had het gevoel dat Omar hen vanaf de muren gadesloeg en afkeurend zijn hoofd schudde.

'Hoe bedoel je, "niet zo"?'

'Niet zoals jij.'

'De fase van ontkenning,' zuchtte Hassan.

'Ontkenning?'

'Die maken we allemaal mee, in het begin, omdat we het niet onder ogen willen zien. We verzinnen van alles om onszelf gerust te stellen. Het is ongelooflijk hoeveel manieren er zijn om jezelf een rad voor ogen te draaien. Maar je kunt er niet aan ontkomen, vroeg of laat haalt het je in. Mannen zoals jij en ik verraden zichzelf altijd, al bedenken ze nog zoveel ontsnappingswegen.'

'Ik hou van vrouwen, Hassan. Vannacht heb ik nog met een...'

Hassan liet hem zijn zin niet afmaken. 'Dat is precies wat ik bedoel als ik zeg dat we van alles doen om onszelf gerust te stellen! Het geeft niet, het hoort er allemaal bij.'

Saïd verkilde. Het leek of zijn gevoelens hem allemaal tegelijk verlieten en haastig het zinkende schip ontvluchtten. Hij bleef alleen achter, als in een winterlandschap vol ijs waar zelfs de vogels dood van de takken naar beneden vielen. Deze woorden kunnen onmogelijk voor mij bestemd zijn, dacht hij.

Er is een verschrikkelijk misverstand gaande. Hij doelt steeds op een persoon die niet samenvalt met mij, een oude jeugdvriend die alleen nog in zijn eigen hoofd bestaat. Ik heb niets met zijn zielsgeliefden en harmonieën te maken. Laat hij daar maar iemand anders voor uitkiezen, die er meer aanleg voor heeft dan ik.

Hassan had zichzelf niet meer in de hand. Hij greep Saïds beide handen en zei aangedaan: 'Mijn eenzame koning, die zijn troon zo graag wilde delen...'

Saïd zocht naar woorden, maar ze bevroren voordat ze over zijn lippen kwamen. Het was of hij een mond vol hagelstenen had. 'Ik denk dat ik even een ommetje ga maken,' was het enige wat hij uit wist te brengen. Hij bevrijdde zich voorzichtig uit Hassans greep.

'Loop nou niet weg,' smeekte Hassan. ' Niet nu.'

'Ik moet even naar buiten. Ik móét gewoon.' Saïd kwam haastig overeind en liep met zijn voeten over het lichtstraaltje van de mobiel alsof het een reddingslijntje was. Het lukte hem de deur te openen en over de drempel te stappen. Enkele bevrijdende passen op de koele, gladde tegels van de galerij volgden. De frisse nachtlucht streek over zijn gezicht.

'Maar er is helemaal niets daarbuiten!' hoorde hij Hassan klaaglijk roepen.

'De kat misschien,' riep Saïd terug, hoewel het nergens op sloeg.

De maan scheen. Even later tekende Hassans donkere gestalte zich af in de deuropening. Hij kwam Saïd niet achterna. 'Ik kan wachten,' zei hij. 'Hoe lang het ook duurt, ik kan wachten.'

Saïd liep verder, totdat hij bij de tapijten en kussens was aangekomen. Het nationale spel stond nog op het lage tafeltje. Hematieten en Aventurijnen lagen kriskras over de vakken verspreid, alsof iemand er wild met zijn hand doorheen was gegaan. Hij balde zijn vuisten en keek naar de maan. Ik voel niets, zei hij in gedachten tegen het hemellichaam. Toch sidderde zijn lichaam en liep er een straaltje koud zweet over zijn rug. Het leek wel of iemand met een waterijsje een lijntje trok dat van boven naar beneden over zijn wervelkolom liep. 'Saïd?' klonk zwakjes de stem van Hassan. Die stond nog steeds in de deuropening.

'Ja?'

'Ik hoop voor je dat de kat er is. Ik hoop het heel erg voor je.'

Inderdaad, de kat was er. Hij lag op een kussen te slapen, opgerold tot een wit bolletje dat oplichtte in de maneschijn als een reuzenbovist. Saïd draaide zich om in de richting van Hassan. 'Hij is er!' wilde hij roepen, maar Hassan was verdwenen. Hij moest de deur geruisloos achter zich gesloten hebben. Saïd hurkte neer bij de kat en beroerde hem met zijn vingertoppen, huiverend om de ongelooflijke zachtheid van de vacht. Hoe viel die zachtheid te rijmen met de rake meppen van Omar? En de hardheid die hij vanbinnen voelde, met de kwetsbaarheid van zijn vriend? Zoals hij een hekel had aan Omar wanneer die de kat sloeg, zo voelde hij afschuw voor zichzelf zoals hij laf de kat zat te strelen, veilig buiten het bereik van Hassans ontgoocheling.

'Jij kunt er ook niks aan doen,' zei hij tegen de kat. Die begon te spinnen en deed één oog open. 'Zou je misschien je andere oog ook open kunnen doen omwille van de symmetrie?'

De kat gehoorzaamde niet. Het leek wel of het oog was dichtgeplakt. Misschien sliep hij met de ene helft van zijn lichaam gewoon door, terwijl hij met de andere helft wakker was. Saïd verschoof enkele tapijten en trok een paar kussens naar zich toe. Toen ging hij languit liggen en trok een tapijt over zich heen. Hij draaide zich op zijn zij, zodat hij oog in oog met de kat kwam te liggen. Nooit zou je weten wat er in een kattenhoofd omging. Dat gaf een gevoel van eenzaamheid. Onwillekeurig dacht hij aan Stoepa, met wie hij zonder iets te hoeven zeggen altijd op dezelfde golflengte zat.

'Eén ding raad ik je met klem aan,' zei hij hartgrondig geeuwend tegen de kat. 'Blijf uit de buurt van Omar. Hij is een goeie jongen maar zijn handen zitten nogal los. Je blijft stug proberen zijn genegenheid te winnen, maar het zal je nooit lukken, neem dat van me aan. Buitenstaanders zien die dingen soms met grotere helderheid.'

De kat leek aandachtig te luisteren, al brachten Saïds raadgevingen hem er niet toe ook zijn andere oog te openen.

'Luister, al heb je zo nu en dan met geweld te maken hier in de patio, het haalt het niet bij de situatie waar ik in zit. Laat dat een troost voor je zijn.'

Het was een beetje hard op de grond, maar het was te doen. Nu hij lag, voelde hij pas hoe uitgeput hij was. Het was een bewogen dag geweest. De chaos had gezorgd voor nieuwe wapenfeiten en zijn eigen plaats in die chaos was zoals gebruikelijk onzeker. Misschien wel onzekerder dan ooit tevoren.

18 Breng de kikker terug naar het water

Vroeg in de ochtend werd Saïd wakker van de kou. Een transparante ijzigheid vulde de patio als een kubus bevroren lucht. Zijn lichaam voelde stram aan en zijn armen en benen leken van hout te zijn. In de korte tijdsspanne tussen droom en ontwaken wist hij met grote helderheid dat hij in een onpersoonlijke wereld leefde, die onverschillig stond tegenover het lot van het individu. Wie je was en hoe je leefde, was van geen enkel belang voor de enorme brok afkoelend magma die aarde genoemd werd. Toen opende zijn bewustzijn zich en kwam de verontrustende herinnering aan de vorige avond terug. Hij ging overeind zitten en zocht met zijn ogen naar de kat. Het leek of die niet meer dan een product van zijn verlangen naar Stoepa was geweest, zo leeg was de patio. Hij stond op en liep stijfjes naar het hok aan het eind van de galerij dat door moest gaan voor een badkamer. Hij draaide het kraantje open, hield zijn handen onder een roestig straaltje en waste zijn gezicht. Scheren? Dat kon wachten. Een handdoek was er niet. Met een nat gezicht liep hij weer naar buiten. Op hetzelfde ogenblik wierp de zon haar eerste stralen in de patio en veranderde de aanblik ervan radicaal, alsof er een andere dimensie in was doorgedrongen. De bladeren aan de boompjes kregen hun kleur terug, de muren van het huis werden weer okergeel, in de tapijten en kussens in de zithoek keerden de bonte figuren en patronen terug zoals ze bedoeld waren.

Ergens ging een deur open en Driss verscheen met een dienblad. Hij zag er fris geschoren uit en droeg een smetteloos wit overhemd onder zijn djellaba. De wereld had zich hernieuwd en confronteerde Saïd nadrukkelijk met zijn eigen gevoel van onvermogen tot aanpassing aan die dagelijkse wedergeboorte. Maar dan ooit voelde hij de behoefte om schoon te zijn vanbinnen, gezuiverd van de groezelige wanorde die er heerste. Als dat lukte, zouden de omstandigheden vanzelf meeveranderen, alsof je in een spiegel keek die na jaren voor het eerst grondig was schoongewreven. Het resultaat zou innerlijke rust zijn, zoals Driss die uitstraalde, en een soort immuniteit, vermoedde hij, voor de listen van het leven.

'Bonjour,' zei Driss opgewekt. 'Lekker geslapen?'

Saïd knikte. 'Très bien.'

'Et ton ami?'

'Mijn vriend slaapt nog, geloof ik.'

'Dan laten we hem rustig slapen. Wil je thee?'

'Graag.'

Ze gingen zitten. Het zonlicht glinsterde in de schuimende thee in hun glazen. Er stond een mandje gesuikerde broodjes op het dienblad. Neem gerust, gebaarde Driss. Hoewel Saïd geen trek had, nam hij er een uit beleefdheid.

Hij opende zijn mond om een hap te nemen, maar in plaats daarvan kwamen er woorden uit. 'Zou ik me kunnen bekeren? Vandaag? Hier bij jullie?'

Zo, het was eruit voor hij zich kon bedenken.

'Je overvalt me wel een beetje. Excusez-moi!' zei Driss verbouwereerd. 'Je wilt de geloofsgetuigenis afleggen? Nu? Weet je het echt zeker?' In plaats van een slok te nemen zette hij zijn glas thee onaangeroerd terug op het dienblad.

Saïd keek omhoog. De hemel was hier net zo blauw als in Saïdi-Hassanië. 'Het is een heel sterk verlangen. Hoe moet ik het zeggen.'

Hij nam een hap van zijn broodje en kauwde zonder te proeven.

'Ik weet niet hoe ik moet bewijzen dat ik er klaar voor ben en dat mijn intentie oprecht is. Maar ik kan eenvoudig niet verderleven als ongelovige. Je kunt me evengoed de woestijn in sturen zonder water. Voor jou, als moslim, is het waarschijnlijk onmogelijk je voor te stellen hoe het is op jezelf aangewezen te zijn in een wereld zonder God. Ik bedoel, de Koran staat vol lessen over hoe je moet leven, maar in het boek van de werkelijkheid zoals ik die ken, moet je het allemaal zelf uitzoeken. Wat is goed, wat is verkeerd? Wat moet ik doen met mijn angst, mijn onzekerheid, mijn weerzin, mijn woede? Waarom heb ik bij mijn geboorte een pakket ingewikkelde gevoelens meegekregen, als een ingebouwd instrument tot zelfkwelling? Wie kan me dat vertellen? En hoe moet ik over anderen oordelen, als ik daar geen gereedschap voor heb?'

Driss onderbrak hem. Hij boog zich zo ver naar Saïd toe dat die vreesde dat het kalotje zou vallen. 'Laat het oordelen maar aan Allah over,' zei hij zacht. 'Hij is de beste der beslechters. Zo staat het in de Koran.'

'Zie je, dat bedoel ik,' Saïd veerde op. 'Het moet bevrijdend zijn het oordelen aan een ander te kunnen overlaten.'

'We begrijpen elkaar.' Driss streek tevreden over zijn kin.

Hierdoor aangemoedigd ging Saïd openhartig verder.

'Weet je wat het ergste is in een wereld zonder God?'

Driss schudde zijn hoofd.

'Je eigen gedachten. Ze kunnen zo zwart zijn als de nacht. Zijn dit mijn gedachten, denk je geschrokken, of komen ze van iemand anders die mijn hoofd gebruikt omdat hij ze niet in zijn eigen hoofd wil hebben? Zoals mensen soms drugs in andermans bagage stoppen omdat het te gevaarlijk is ze zelf te vervoeren. Daarom ben ik vaak bang voor mijn gedachten, begrijp je? Ben ik het die ze denkt, of is het iemand anders?

Welke gedachten zijn in orde, welke zijn misleidend? Hoe kun je ze beoordelen als je zelf de beoordeler bent? Openbare aanklager en rechter tegelijkertijd als het ware?'

'Maak je geen zorgen,' stelde Driss hem gerust. 'Allah zal voor je denken. Stop al die gedachten uit een goddeloze wereld maar in een vuilniszak, bind hem stevig dicht en gooi hem op een vuilstortplaats bij ander afval waar niemand wat aan heeft. Allah geeft richting aan je denken, het wordt door Hem bepaald. Wanneer je de eerste soera bidt, vraag je Hem: "Leid ons langs het rechtgebaande pad, het pad van degenen die Gij uw weldaden schenkt, over wie geen toorn is en die niet dwalen." Is dat niet prachtig? Daar wordt het allemaal gezegd. Wie zich aan Hem overgeeft, hoeft niets te vrezen.'

'Daarom wil ik niet langer wachten,' zei Saïd. 'Het liefst leg ik de getuigenis hier af, bij mijn familie, in plaats van ergens bij wildvreemden.'

'Daar heb je gelijk in. Bij ons ben je in goede handen. Na de sjahada zul je een moslim zijn. Dat betekent dat je je moet houden aan de verplichtingen die Allah aan Zijn dienaren heeft opgelegd, zoals het gebed en het vasten in de maand ramadan. Hier in Agdz kunnen wij je bij het gebed helpen, maar als je ervoor kiest terug te gaan naar Nederland, moet je een praktiserende moslim bij jou in de buurt zien te vinden. Omdat bij jullie de hemel vaak bewolkt schijnt te zijn en er misschien niet altijd een muezzin in de buurt is, kun je het best een gebedskalender kopen. Alles bij elkaar komt er wel wat studie bij kijken, maar je zult zien, je groeit er vanzelf in. Zodra je de sjahada hebt afgelegd, ben je een ander mens, neem dat maar van me aan. Je wordt opnieuw geboren, vrij van al je zonden en zo onschuldig als een naakte baby. Je krijgt een antwoord op al je vragen. Sterker nog, die vragen zullen zelfs niet meer bij je opkomen. Om je te bekeren hoef je maar één zin uit te spreken. Ja, Allah heeft het makkelijk gemaakt om hem te aanbidden. Ik zal Omar gaan roepen. Drink rustig je thee en bereid je van binnen een beetje voor.'

Driss stond op. Zijn gewaad ruiste terwijl hij zich verwijderde. Het indigoblauw was hemel en water tegelijk, een blauw om in te verzinken. In het islamitische paradijs had je rivieren die de hemel weerspiegelden. Wie aan de oever zat en naar het voorbijstromende water keek, verdween in dat blauw. Hij ging erin op als een druppel in het water. Precies zo wilde hij opgenomen worden in het geloof van zijn neven, voelde Saïd, zonder een spoor van zijn oude ik achter te laten.

'Bonjour!' Omar kwam met een brede grijns op zijn gezicht naast hem zitten. Hij schonk een glas thee voor zichzelf in en nam een slok. Hij droeg een gewone, bruin wit gestreepte djellaba van een tamelijk ruig weefsel, maar dat deed er niet toe. Er was geen decorum nodig. Het ging om de intentie, niet om de vormgeving. Omars grijns deed Saïd denken aan de woestijnfoto's waaronder Hassan nog steeds lag te slapen. Laat hem vooral heel lang slapen, bad hij in stilte, zodat ik bekeerd ben voordat hij wakker wordt en zijn nieuwsgierige hoofd buiten de deur steekt.

'We beginnen,' zei Driss. 'Zet je glas neer en ga staan, met je handen over elkaar op je borst.'

Saïd deed wat hem gezegd werd.

'Moet hij niet in de *roekoe*?' vroeg Omar.

'Waarom?' zei Driss met lichte ergernis in zijn stem.

'Dat is eerbiediger, lijkt me.'

'Wat is *roekoe*?' vroeg Saïd.

'De buigstand,' legde Omar gewillig uit.

'Dan kan hij net zo goed meteen in de *djalsah*,' zei Driss.

'Wat is *djalsah*?' Saïd keek onzeker van de een naar de ander. Wanneer er een optimale houding voor sjahada bestond, dan wilde hij het wel weten. Stel je voor dat de bekering mislukte door een slordigheid.

Driss leek hem niet te horen. 'We weten niet of er een precieze houding voor sjahada is voorgeschreven,' zei hij tegen Omar. 'Mij lijkt rechtopstaand het beste, met de handen over elkaar op de borst. Dat is een waardige houding, die van respect getuigt.'

'Goed, rechtop dan. Maar wat de handen betreft weet ik het zo net nog niet,' zei Omar aarzelend. 'Waarom niet onder de borst, of zelfs onder de navel?'

'Op de borst is het best,' zei Driss ongeduldig. 'Wie van ons tweeën heeft hier eigenlijk de hadj gedaan?'

'Jij wilt altijd gelijk hebben.'

'Wie van ons is zevenmaal om de Ka'ba heen gelopen?'

Omar zweeg.

'Wie van ons heeft heilig water uit de bron van Zamzam mee naar huis genomen?'

Omar sloeg een denkbeeldig stofje van zijn djellaba.

'Zelfs de profeet Mohammed hield zijn handen op zijn borst,' zei Driss gedecideerd, 'wanneer hij oog in oog stond met de Barmhartige Erbarmer.'

'Goed, op de borst dus.' Omar haalde zijn schouders op.

Saïd legde zijn handen over elkaar op borsthoogte. De neven stelden zich aan weerszijden van hem op.

'Ben je klaar?' informeerde Driss.

'Ik ben klaar,' zei Saïd met nauwelijks ingehouden spanning.

'Zeg me na. Ash-hadoe... alla iellaha... iella Allah.'

Saïd herhaalde de woorden met luide stem, om de mogelijkheid dat hij niet gehoord zou worden uit te sluiten. Hij deed zijn uiterste best om zijn hele ziel en zaligheid erin te leggen, zodat ook over zijn intentie geen enkele twijfel zou bestaan.

'Wa ash-hadoe anna.... Moehamaddan... rassoeloe Allah.'

Nadat Saïd de laatste woorden had herhaald, keek hij vragend naar Driss om te zien of er nog meer kwam. Maar er kwam niets meer. 'Is dit alles?' wilde hij vragen. Hij slikte het in, beseffend dat die vraag als een belediging kon worden opgevat. Onwillekeurig hief hij zijn hoofd op om naar de hemel te kijken, alsof hij verwachtte daar iets te zien verschijnen: een teken dat het gelukt was, een miniem bewijs dat hij er nu bij hoorde. Maar er was niets anders te zien dan een ongeïnteresseerde, lege lucht die noch aan de gelovigen, noch aan de ongelovigen toebehoorde.

'En, voel je je anders?' vroeg Omar.

'Een beetje wel,' zei Saïd om hem niet teleur te stellen. Hij lachte schaapachtig. Vanbinnen wachtte hij ongeduldig tot het pasgeborenbabygevoel zich aan zou dienen. Hoewel het onmogelijk was je te herinneren hoe dat was, wist hij zeker dat het anders moest zijn dan hoe hij zich nu voelde. Even later schaamde hij zich. Waarschijnlijk moest je de herwonnen onschuld tijd gunnen. Misschien had de verandering zelfs al plaatsgevonden zonder dat hij het in de gaten had.

'Nu zou je eigenlijk een douche moeten nemen,' zei Driss.

'Maar we hebben geen douche.'

'Dan spring ik toch in de fontein!' Saïd was blij dat hij in actie kon komen in plaats van af te wachten tot hij een ander mens zou zijn. Hij rukte zijn shirt uit en bukte zich om de veters van zijn schoenen los te maken. Netjes als altijd legde hij het shirt opgevouwen op het tapijt, voordat hij uit zijn spijkerbroek stapte. Hij rilde. Op zijn onderbroek na stond hij naakt onder Allahs ochtendhemel, waaruit de nachtelijke kou nog niet helemaal verdwenen was. Hij hoopte vurig dat daarboven gesignaleerd werd dat hij geen halve maatregelen nam. Met enkele passen was hij bij de fontein. Het was er een van bescheiden afmetingen, eerder bedoeld voor de sier dan om er op een waardige manier een geloofsbelijdenis in af te ronden. Hij stapte erin, bukte en begon met zijn handpalmen water over zich heen te scheppen. Nu rilde hij nog erger. De kou van de nacht zat nog in zijn lichaam en daarbij voegde zich nu de koelte van het zuiverende water. Hij voltooide de wassing door water over zijn gebogen hoofd te gieten. Daarna kwam hij overeind. Nu pas bedacht hij dat er geen handdoek was. De neven schenen het niet te beseffen. Ze hadden zich eendrachtig in de kussens genesteld. Met een glas thee in de hand staarden ze tevreden naar de natte mannelijke sirene in hun patio. De enige oplossing was opdrogen in de zon, die elke minuut in kracht leek toe te nemen. Terwijl Saïd met zijn ogen een geschikte plek zocht, ging de deur van Omars slaapkamer open en verscheen Hassan in de opening in verfomfaaide kleren en met wallen onder zijn ogen. Zijn bruine huid leek asgrauw in het ochtendlicht. Een seconde lang had Saïd medelijden met hem zoals hij daar stond, na wat zo te zien geen verkwikkende nacht was geweest. Maar toen hij de verwonderde blik van zijn vriend op zijn net bekeerde lichaam voelde, vervluchtigde zijn medelijden. Met grote passen haastte hij zich naar zijn bundeltje kleren, een spoor van water op het betegelde pad achterlatend. Met natte onderbroek en al schoot hij in zijn spijkerbroek. Daarna trok hij zijn shirt aan en stak hij zijn halfnatte voeten in zijn sokken en schoenen. Hij voegde zich bij de neven en liet zijn glas nog eens bijvullen. Met een neutraal gezicht bracht hij het naar zijn lippen, alsof hij die ochtend niets anders had gedaan dan thee drinken.

Hassan slofte naar hen toe. 'Bonjour... Wat is hier aan de hand?'

'Je hebt iets gemist.' Omar lachte schalks. 'Je vriend heeft zich bekeerd.'

'Nu? Hier?' Verstrooid streek Hassan over de stoppels die zijn kin en wangen bedekten. 'Zo vroeg in de ochtend? Hadden jullie niet even op mij kunnen wachten?'

'Dan moet je maar niet zo lang in je bed blijven liggen,'

zei Driss. Met nauwelijks verholen afkeuring nam hij Hassans onverzorgde verschijning in zich op. Het lag op het puntje van Saïds tong om iets ter verdediging van zijn vriend aan te voeren, maar hij deed het niet. Een vage gewaarwording van onbehagen kwam bij hem op, die akelig dicht in de buurt van schuldbesef kwam. Maar hij drukte haar weg, waarna ze plaatsmaakte voor een verwarrend gevoel van sympathie omdat het ondanks alles zijn dierbare vriend was die daar stond. Hij kende hem al bijna zijn hele leven, daar kon je niet zomaar omheen.

'Zo vroeg in de ochtend en nu al bekeerd...' stelde Hassan vast. Lag er spot in zijn blik?

Dit is de eerste dag van de rest van mijn leven, zei Saïd bij zichzelf. Het was een door rozenranken omgeven spreuk die zijn moeder ooit had ingelijst en boven het toilet aan de muur gehangen. De uitdrukking was versleten en Saïd had er nooit in geloofd. Zijn moeder had zich zo vaak uit een dal opgericht om aan een nieuw leven te beginnen, dat hij de tel al lang kwijt was. Dat nieuwe leven bleek er na verloop van tijd precies zo uit te zien als het oude, al figureerden er nieuwe personages in. Het was vreemd dat juist deze woorden hem nu te binnen schoten. Hier in Agdz leken ze een nieuwe lading te krijgen. Hij nam zich voor dat het hem niet zo zou vergaan als zijn moeder. Hij zou ernaar leven, woord voor woord. Ineens dacht hij aan Aziza. Zij wist nog niet dat het zover was. Zou hij haar een sms'je sturen? Hij kreeg geen tijd om erover na te denken. De neven waren aan het overleggen hoe de rest van de dag eruit zou zien. Ze hadden het over een waterval aan de voet van de Jbel Tifermine. Het liefst had Saïd gezegd dat verdere uitstapjes wat hem betreft niet nodig waren, maar hij was bang hen te kwetsen in hun strikte opvattingen over gastvrijheid.

'Ik waardeer heel erg wat jullie voor me doen,' zei hij schuchter, 'en mijn nieuwsgierigheid naar de streek van mijn voorouders is nog lang niet bevredigd, alleen... ik kan mijn vader maar niet uit mijn hoofd zetten... Ik weet wel dat jullie zo je redenen hebben om mijn geduld op de proef te stellen, dat respecteer ik ook, geloof me, maar...' Hij wachtte even. In zijn hoofd luisterde hij naar de echo van zijn eigen woorden. Leek het maar zo of kwam hij sinds zijn bekering beter voor zichzelf op, in fraaiere bewoordingen? Had hij ineens de gave van het woord? 'Ik heb nu eenentwintig jaar en elf maanden gewacht,' vervolgde hij met toenemend zelfvertrouwen, 'en het lijkt wel of er geen dag meer bij kan. Ik móét gewoon weten waar hij is, en wat er van hem geworden is. Jullie hoeven voor mij niets te verhullen.'

De neven wierpen elkaar een blik van verstandhouding toe. Wat verborgen ze voor hem?

Driss krabde zich verlegen achter zijn oor. 'Om je de waarheid te zeggen: we zitten hier nogal mee in onze maag. We vinden het niet fijn dat het lot ons heeft aangewezen de boodschapper van slecht nieuws te zijn, vooral omdat je zo'n aardige jongen bent. Je merkt aan alles dat de dame van de foto je een goede opvoeding heeft gegeven, dat ze echt haar best heeft gedaan. Maar misschien maakt het een verschil dat je nu bekeerd bent. Misschien kun je daarom meer aan.' Hij keek onzeker naar Omar.

Omar knikte. 'Hij wordt nu beschermd. Allah maakt hem weerbaarder.'

Ze staken hun hoofden bij elkaar en smoesden wat. Hassan peuterde geeuwend een sigaret uit een pakje Lucky Strike, het enige merk dat hij in Ouarzazate had kunnen bemachtigen.

'D'accord.' Driss kwam overeind uit de kussens. 'Aan het eind van deze dag zul je alles weten wat er te weten valt. Maar eerst gaan we naar de waterval. Het is jaren geleden dat ik daar was, en Omar heeft hem zelfs nog nooit gezien. In mijn herinnering is het een paradijselijke plek. Dat plezier gun je ons toch wel, hoop ik, voordat serieuzere zaken je aandacht opeisen.'

Driss gaf er een mooie draai aan, dacht Saïd vol bewondering. Hij stelde het voor alsof hij, Saïd, hem en Omar een plezier kon doen. Daar kon je wat tact en welsprekendheid betreft nog wat van leren.

Een half uur later stapten ze in de Volvo. Hadden de neven zelf geen auto? Hadden ze alleen kamelen? Saïd durfde het niet te vragen uit angst de suggestie te wekken dat ze niet met hun tijd zouden zijn meegegaan. Nadat Saïd zijn voorraad benzine had aangevuld bij het plaatselijke tankstation, verlieten ze Agdz in noordwestelijke richting, maar na enkele bochten was hij voor zijn gevoel van richting alleen nog aangewezen op de stand van de zon. Algauw reed hij weer op een onverharde weg, wat op zich niet verontrustend was, gezien de prestaties die de Volvo in dit opzicht al geleverd had. Het landschap werd steeds onherbergzamer. 'Kaal en heet', daarmee zou het achter op een ansichtkaart treffend omschreven zijn. Soms doorkruisten ze een droge rivierbedding, omgeven door palmen met een kraag van verdorde bladeren. De bergen bestonden uit verpulverd zwart gesteente en leken op de afvalhopen van antracietmijnen die Saïd zich herinnerde van een vakantie in Engeland. De soms nauwelijks zichtbare weg liep halverwege een steile helling. Nerveus omklemde Saïd het stuur. Hij had het gevoel dat de auto ieder moment met gruis en al naar beneden kon glijden. De neven schenen die angst niet te kennen. Opgewekt keuvelend zaten ze achterin. Ze vertrouwden volledig op de bescherming van Allah, besefte hij beschaamd. Maar zij zaten niet achter het stuur. Misschien hadden ze niet eens een rijbewijs.

Bij een splitsing van onverharde wegen stopte Saïd. 'Naar rechts, geloof ik,' beduidde Driss.

Opgelucht draaide Saïd naar rechts. Deze weg daalde af naar een vallei.

'Ik weet het niet zeker,' voegde Driss eraan toe, toen het te laat was om nog te keren. 'Het is zo lang geleden.'

Het zou niet fijn zijn hier te verdwalen of vast komen te zitten, dacht Saïd, uitgerekend op de dag dat je zoektocht tot een einde beloofde te komen. Hij had niet veel fantasie nodig om te bedenken wat er in deze grimmige geologie allemaal mis zou kunnen gaan, ondanks het gezelschap van twee ervaren karavaanreizigers die zich zelfs in de Sahara wisten te oriënteren. Na een tijdje maakte het pad een bocht en reden ze een ander dal binnen, dat lag ingeklemd tussen kolossale rotsen, zwart als pek en glanzend als bakeliet. Er graasden geiten, die ook zwart waren alsof ze een camouflagekleur hadden aangenomen. Ze besnuffelden de aarde, op zoek naar de laatste restjes verdord gras. Tegen een dode palm, die net onder de kruin was afgebroken, stond een jonge man met een strohoed geleund. Vanuit de schaduw die de rand van de hoed over zijn gezicht wierp, bekeken zijn glinsterende ogen de inzittenden van de Volvo. Toen verscheen er een brede, ontwapenende lach op zijn gezicht. Hij had een donkere huid, rastaachtig lang haar en stralend witte tanden die de vallei leken te verlichten als een tweede zon. Bob Marley als geitenhoeder in de oprukkende woestijn van Marokko!

'Wacht!' Hassans hand ging al naar het portier voordat Saïd remde. 'Het is onmogelijk geen foto van hem te maken!'

Ze stapten allemaal uit en strekten hun ledematen. Driss wuifde zich met zijn kalotje koelte toe.

Hassan stootte Omar aan. 'Vraag of ik hem mag fotograferen.'

Omar nam de tijd voor een gemoedelijk onderonsje. De herder was duidelijk ingenomen met een beetje aanspraak. Nee, hij had geen enkel bezwaar tegen een foto. Hij poseerde gretig, als een volleerd model. Hij zou zo op een cd-hoes kunnen, dacht Saïd. Het fascinerendst was dat hij pure vreugde en vitaliteit uitstraalde, alsof hij het aanbeden middelpunt van een bruisende wereldstad was, in plaats van de hoeder van een stelletje armetierige geiten in een verlaten, kale vlakte aan de rand van de bewoonde wereld.

'Wat zou hij willen hebben in ruil voor de foto's?' vroeg Hassan aan Omar.

Die vertaalde de vraag en de herder antwoordde glimlachend.

'Een flesje water,' zei Omar.

'Meer niet?'

Omar schudde zijn hoofd. 'Alleen een flesje water.'

Hassan liep terug naar de auto, haalde de literfles tevoorschijn die hij altijd bij zich had, en overhandigde hem aan de geitenhoeder. Die zette hem meteen aan zijn mond en begon gulzig te drinken. Zijn adamsappel ging op en neer als het pompende hartje van een jonge vogel. Ze namen afscheid van hem en zetten de tocht voort. Saïd zag nog lang het lachende gezicht in zijn achteruitkijkspiegel, totdat het pad een scherpe bocht maakte en ze de vallei achter zich lieten. Driss bleek een doos dadels bij zich te hebben en begon ze uit te delen. De raampjes van de Volvo werden opengedraaid en de ene pit na de andere vloog met een sierlijke boog naar buiten.

Toen ze eindelijk de beroemde waterval bereikten, waren ze versuft van de lange tocht in de hitte. Onwennig keken ze om zich heen. Met de waterval bleek het al net zo gesteld te zijn als met de rivieren die ze overgestoken waren: het was er een zonder water. Er waren alleen nog sporen zichtbaar die het water in betere tijden in het gesteente geslepen had, waardoor de droge waterval met een beetje goede wil nog steeds een waterval genoemd kon worden. Een bescheiden meertje was er nog wel, wonderlijk genoeg gevuld met koel, glashelder water.

Er zwommen zilverkleurige visjes in die bewezen dat er altijd water was geweest en die de hoop rechtvaardigden dat het er in de toekomst ook zou zijn. Aan de schaduwzijde van de steile oever, op een plek waar nooit zon kwam, groeiden fijne sappige varens, verdwaald uit noordelijker contreien. Zou Bob Marley weten dat hier drinkwater in overvloed was?

De betovering die van de plek uitging, werd verstoord door de aanwezigheid van een blanke Berber met een grote snor, die zich aan de rand van het meertje op een tapijt geïnstalleerd had en duidelijk op de komst van toeristen zat te wachten, een pot thee en glazen voor de naïeve prooi binnen handbereik. Twee minder opvallende mannen hielden hem gezelschap. Er werd driftig gewenkt naderbij te komen.

'O nee,' kreunde Saïd, 'een toeristenval.'

Driss, die zijn onwilligheid zag, nam hem bij de arm en zei: 'Laat ze ook wat verdienen. Het zijn slechte tijden. In dit seizoen neemt niemand de moeite hierheen te komen.'

Schoorvoetend nam Saïd plaats op het tapijt, gevolgd door de anderen. Er werden glazen thee aangereikt en terwijl ze die leegdronken, kregen ze een stortvloed dubieuze grappen over zich heen in een stuntelig mengsel van Frans, Duits en Engels. Waarom is het water in dit meertje zo helder? Omdat de zwarte Berbers van deze streek zich nooit wassen. Dat soort grappen. Hassan en Saïd konden er niet om lachen. Dat maakte de man met zijn vulgaire snor onzeker. Hij reikte achter zich en trok een fotoalbum tevoorschijn, het certificaat van zijn kwaliteiten als entertainer. Hij sloeg het op een willekeurige plek open en wees met een vinger naar verbleekte kleurenfoto's van zichzelf, omringd door gebronsde toeristen die gehoorzaam in de camera lachten. Hij somde namen op: Hamburg, Londen, Lyon, Madrid, Lissabon. Uit alle windstreken waren bezoekers naar deze paradijselijke plek gekomen om bij hem thee te drinken en eens goed te lachen. Dat was gezond, er werd in Europa veel te weinig gelachen. De mensen hadden het veel te druk met geld verdienen. Wilden zij ook met hem op de foto? Het zou een mooie herinnering zijn voor later, wanneer ze weer thuis waren. En misschien wilden ze zo vriendelijk zijn hem een exemplaar toe te sturen? Hij zou zijn postbusnummer opschrijven. 'Non, merci.' Hassan grabbelde in zijn broekzak en trok er enkele biljetten uit. Hij stopte ze de verblufte man in de hand en stond op. 'Nu wil ik van de natuur genieten.' Hij liep naar de oever van het meertje. Daar ging hij op een rotsblok zitten om op zijn gemak naar het rimpelloze oppervlak van het water te kijken. Saïd stond ook op. Hij voelde de ogen van de neven in zijn rug terwijl hij bukte om een plat steentje op te rapen. Met een welgemikte worp landde het op het water en sprong tot vijf keer toe op voordat het in de diepte verdween. Precies één keer voor elk gebed, zei hij bij zichzelf, een goed teken. Nadat de uitbater van het meertje zijn dirhams had geteld, vouwde deze geroutineerd zijn tapijt op. Met een korte groet verdween hij tussen een spleet in de rotsen, gevolgd door zijn kameraden. Toen hadden ze de plek eindelijk voor zich alleen en klauterden ook de neven in hun lange gewaden over rotsblokken om dromerig naar hun spiegelbeeld te staren.

Ze verloren elk besef van tijd, totdat plotseling de zon achter een bergkam verdwenen was en de temperatuur drastisch daalde. Driss keek op zijn horloge. 'We kunnen hier niet langer blijven, omdat we niet weten hoe lang we over de terugweg doen.'

Ze keerden terug naar de auto. Driss' onzekerheid was ongegrond. Het bleek dat er aan de tegenovergestelde kant van waaruit ze gekomen waren, een geasfalteerde weg liep die de waterval verbond met de bewoonde wereld.

'Nu nog een familiebezoek,' zei Driss.

Ze reden terug naar het oosten over de weg die parallel liep met de Drâa. Het werd algauw zo donker dat alleen de contouren van bergen en palmen zichtbaar waren, en af en toe de lichten van een tegenligger. Saïd verbaasde zich erover dat hij zo kalm was, nu het grote moment naderde. Zou dat werkelijk komen doordat hij bekeerd was en erop vertrouwde dat Allah zijn leven voortaan in goede banen leidde? Of kwam het doordat hij al zo vaak teleurgesteld was en er onbewust niet meer in geloofde zijn vader ooit in levenden lijve te ontmoeten?

'Weten ze dat we in aantocht zijn?' vroeg hij.

'Ja en nee,' antwoordde Driss. 'Ze weten dat ik thee kom drinken met vrienden uit Nederland, maar ik heb niet verteld wie jij bent en wat je hier komt doen.'

'Waarom niet?'

'Dat leg ik je na afloop wel uit. Geloof me, deze dingen liggen hier heel gevoelig. Ik wil geen paniek zaaien, daar is niemand bij gebaat. We zijn er,' beduidde hij. 'Hier naar rechts.'

In volledige duisternis reden ze een hobbelig erf op. Terwijl ze uitstapten, zei Driss ietwat gejaagd: 'O ja, nog één ding, heb je de foto bij je?'

'Natuurlijk.' Voor de zekerheid tastte Saïd naar het zakje onder zijn shirt.

'Laat hem hier vooral niet zien.'

'Waarom?'

'Dat snap je straks vanzelf.'

Bij de ingang van het huis trokken ze hun schoenen uit, waarna ze achter Driss aan naar binnen liepen. Ze kwamen in een smalle, rechthoekige kamer zonder meubels. Er lagen alleen wat tapijten en kussens op de grauwe betonnen vloer en er stond een grote kleurentelevisie. Een man en drie jonge vrouwen zaten naar een Marokkaanse nieuwslezer te kijken.

De vrouwen hadden hun hoofddoek op een elegante manier rond hun gezicht gedrapeerd, zoals Saïd ook bij Aziza had gezien. Een van hen had een baby op schoot. Alleen de man stond op om hun de hand te schudden en zich voor te stellen: Ahmed Ali. Hij was lang en mager van gestalte en had beginnende groeven rond zijn kaken, hoewel hij nog onder de dertig moest zijn. Er lag een gemelijke trek rond zijn mond alsof niets in zijn leven hem ooit tevreden zou kunnen stellen. De vrouwen bleven zitten en glimlachten bedeesd, waarna ze hun aandacht nadrukkelijk op de baby richtten. Driss overhandigde de heer des huizes een doos met dadels en ging zitten. De anderen volgden zijn voorbeeld, waarop een van de vrouwen opstond om thee in te schenken. Terwijl ze de gasten een glas aanreikte, vermeed ze hun blik. Alles scheen volgens een vast stramien te verlopen, waarbij iedereen zich aan zijn voorgeschreven rol hield. Driss sprak op gedempte toon met Ahmed Ali, die zo nu en dan een onverschillige blik op Hassan en Saïd wierp. Niet één keer ontsnapte hem een lach of iets wat daar in de verte voor door zou kunnen gaan. Ook gaf hij zich geen moeite zijn gasten aangenaam bezig te houden of enige belangstelling voor te wenden.

Saïd vroeg zich af wat de bedoeling van het bezoek was, nu er niets plaatsvond wat op enige vorm van contact wees. Wie waren deze mensen? Ze waren veel te jong om zijn oom of tante te kunnen zijn, en in hun gelaatstrekken vond hij niets bekends. De vloer was hard en koud, dwars door het tapijt heen. Hij moest voortdurend gaan verzitten. Hingen de muren bij de neven vol spiegels, dolken en tapijten, hier waren ze kaal als die van een gevangeniscel. Waarom werd er niets ondernomen om het leven binnenshuis een beetje te decoreren en wat gerieflijker te maken? Je ging bijna verlangen naar een kitscherige afbeelding van de Hassan II-moskee. Het leek wel of ze hier met zijn allen een mysterieuze straf uitzaten, met een televisie als enige verzachtende factor.

Zo verzachtend was die factor niet eens op het moment dat deze gedachte door hem heen ging. De journaalbeelden waren verre van troostrijk. Over de volle breedte van het scherm stonden auto's in brand. De stem van een verslaggever leverde opgewonden commentaar.

Ook Hassan staarde getroffen naar de branden. 'In Parijs, in Lyon!' stamelde hij.

'In alle Franse steden,' vulde Omar aan. 'De banlieues zijn in opstand gekomen.'

'Waarom?' vroeg Saïd met een van afkeer vertrokken gezicht. Hij had een hekel aan zinloze vernielzucht. Wat had je eraan auto's van onbekenden in brand te steken? Het was een domme, chaotische manier om je boodschap te verkondigen en leverde alleen behoefte aan wraak op.

'De migrantenjongeren willen werk en betere huisvesting,' zei Hassan op een luide, licht provocerende toon die een uitnodiging was tot een reactie van de aanwezigen.

Maar niemand in de ruimte reageerde. De jonge vrouwen speelden met de baby en wierpen af en toe een zijdelingse blik op het scherm. Ahmed Ali, die de gebeurtenissen en commentaren op het scherm wel volgde, keek met een kille blik toe. De neven leken ook niet onder de indruk te zijn. Alleen Hassan, wiens journalistenbloed sneller ging stromen, was oprecht betrokken, zag Saïd. Misschien was Parijs, hoewel er veel Marokkanen woonden, te ver weg van Agdz? Wat betekenden brandende auto's wanneer je niet eens een auto had, maar alleen een stel kamelen? Of een ezel? Op het scherm maakten beelden van slecht onderhouden flatgebouwen plaats voor beelden van afgetrapte parkjes. Misschien was het voor mensen die zelf op een betonnen vloer leefden, moeilijk zich betrokken te voelen bij een eis tot betere huisvesting? Wat ging er in hun hoofd om bij het idee dat je werk kon eisen, terwijl ze zelf in een land leefden waar niets te eisen viel en waar de werkloosheid zo hoog was dat velen in de greep waren van een verlammend gevoel van machteloosheid? Zo bezien was het niet zo verwonderlijk dat niemand van de aanwezigen zich aangesproken leek te voelen. Maar misschien vergiste hij zich en woedden er allerlei emoties onder de schijnbare onverschilligheid. Wie weet hadden ze familie in de banlieues en was de aanwezigheid van vreemden in hun huis een remmende factor om vrijuit te kunnen reageren.

De brandende auto's maakten plaats voor ander nieuws. Toen het journaal was afgelopen, werd er een andere zender gevonden waar het net begon. Het leek of alles in het werk werd gesteld om een conversatie met de theevisite te voorkomen. Voor het eerst sinds zijn reis door Marokko voelde Saïd zich alsof hij op een andere planeet terecht was gekomen. Er golden onbekende omgangsvormen, die misschien veel voorstudie vereisten voordat je je vrij onder de bewoners ervan kon begeven. Maar waarom zou je al die moeite doen? De planeet had niets aantrekkelijks, er was geen enkele reden om er te willen blijven. Op de televisie was een bomaanslag gepleegd. Kinderlijkjes werden uit puinhopen getrokken. Of was het een aardbeving? Ergens lag een dode hond waaraan niemand aandacht besteedde. Hoeveel journaals moesten ze nog uitzitten? Hoeveel wereldleed zat er nog tussen hem en de laatste, bevrijdende berichtgeving over zijn vader?

Eindelijk gaf Driss het vertreksein. Saïd kwam stijf overeind van de vloer. Ze namen vormelijk afscheid. Er leek een zucht van opluchting door het vertrek te gaan toen ze door de deuropening verdwenen. Of verbeeldde hij het zich? Saïd had zoveel gruwelbeelden op zijn netvlies dat het hem moeite kostte in de maanloze duisternis de auto te vinden. Ze stapten in. De warmte van de zon hing nog in de Volvo en creëerde een sfeer van intimiteit. Saïd startte, naast hem stak Hassan een sigaret op. Saïd keerde op het erf en reed de weg op. Een echo van het slechte nieuws dat vanaf het televisiescherm over hen was uitgestort, galmde na in zijn hoofd en gaf hem een verontrustend voorgevoel. Kwam nu nog het slechte nieuws dat speciaal voor hem bedoeld was?

Hij schraapte zijn keel. 'Wie waren deze mensen, die geen boeh of bah tegen ons zeiden?'

'Deze mensen?' herhaalde Driss met nauwelijks merkbare spot. 'Je bedoelt je broer en je zusters.'

Saïd had net de tegenwoordigheid van geest om de auto de berm in te sturen. Daar kwam hij zo abrupt tot stilstand dat ze allemaal met hun bovenlichaam naar voren vlogen.

'Broer en zusters, zei je?' mompelde Saïd.

'Ahmed Ali is je broer. Het meisje met de baby is zijn vrouw en de andere twee zijn je zusjes.'

Saïd verroerde zich niet. De kale kamer, het eindeloze zitten op de harde grond, het ongastvrije zwijgen – door deze onthulling kwam het allemaal in een ander licht te staan. Een schril, onheilspellend licht, waarvoor je in een reflex snel je ogen wilde sluiten.

'Maar zij weten niet dat Saïd hun broer is?' vroeg Hassan.

'Het is beter van niet,' oordeelde Driss. 'Het zou te veel oud zeer oprakelen.'

'Maar wat is er dan gebeurd?' riep Hassan ontdaan.

'Vertel het nou maar,' drong Omar aan. 'Dan zijn wij ervan af.'

Driss zuchtte berustend. Hij stak zijn hoofd met het kalotje naar voren opdat ze geen woord zouden missen. Saïd luisterde met zijn blik op het dashboard gericht naar de gelijkmatige stem, die een onbekend hoofdstuk uit het leven van zijn vader uit de doeken deed.

'Kort nadat Ahmed Ali geboren was, is Youssef naar Europa vertrokken om geld te verdienen met zijn muziek. De baby bleef met zijn moeder in het huis van zijn ouders, die toen nog leefden. In het begin stuurde Youssef regelmatig geld naar zijn vrouw, met wie hij officieel getrouwd was. En nog steeds is, trouwens. Ik herinner me het huwelijksfeest nog, ik moet toen een jaar of achttien geweest zijn. Helaas, na enige tijd kwam er geen geld meer uit Europa, en ook geen nieuws. Niemand wist waar je vader was, dus niemand kon navraag doen. Nu weten wij met zijn vieren dat hij dus in Nederland was en daar een kind verwekte.'

Na deze woorden, die klonken als een fatale wending in zijn resumé, pauzeerde Driss even. Hij legde een troostende hand op Saïds schouder en vervolgde: 'Je snapt nu ook waarom hij je moeder verliet. Hij had al een vrouw en een zoon in Marokko. Maar nadat hij jullie in de steek had gelaten, ging hij niet regelrecht naar huis. Hij heeft nog een paar jaar rondgezworven in Marokko, waarschijnlijk omdat hij geen zin had om terug te komen en allerlei verwijten aan te moeten horen. Hij kwam pas naar Agdz toen hij geen muziek meer kon maken, omdat hij een vinger kwijt was geraakt. Hij kwam met hangende schouders terug en iedereen was zo opgelucht dat hij er weer was dat ze het hem niet moeilijk maakten. Een jaar of drie heeft hij hier gewoond en gewerkt. In die tijd is hij voor ons enkele keren op reis geweest, naar Niger en Mauretanië, voor de handel. Toen zijn ook zijn dochters geboren, Zira en Djoelah. Die moeten nu een jaar of vijftien zijn.'

'Zira en Djoelah,' herhaalde Saïd dof.

'En nu komt het,' zei Driss. In een gebaar dat Saïd in die korte tijd al vertrouwd was geworden lichtte hij zijn kalotje op om zich lucht te verschaffen. 'Ai ai ai,' kermde hij. 'Waarom moet uitgerekend ik je dit allemaal vertellen? Denken jullie soms dat het makkelijk is?'

'Dat denken we helemaal niet,' zei Hassan ongeduldig. 'Ga verder.'

'Toen is Youssef er opnieuw vandoor gegaan. Iemand vertelde ons later dat hij hem gezien had in Ouarzazate, met een toeriste. Téléphone arabe, weet je wel? In ieder geval is hij van de ene op de andere dag verdwenen zonder een bericht achter te laten. Daarna heeft zijn gezin nooit meer iets van hem vernomen. Hij heeft ze aan hun lot overgelaten. In de loop van de tijd zijn zijn ouders gestorven. Ahmed Ali woont nu in het huis van de familie met zijn gezin; hij heeft de zorg voor zijn zusjes en zijn moeder, die in een klein huisje aan de rand van het erf is getrokken. Hij heeft een schoenenhandeltje in de soek, waar ze met zijn allen nauwelijks van kunnen rondkomen. Je begrijpt dat alleen al de gedachte aan je vader iedereen met bitterheid vervult. Zeker sinds ze via via gehoord hebben dat hij massa's geld schijnt te hebben verdiend in de kifhandel en een leven leidt als een vorst in de hoofdstad van jullie land.'

'In Amsterdam?' riep Hassan verbijsterd uit. 'Bedoel je dat we helemaal voor niets hiernaartoe zijn gekomen? Dat we gewoon in Amsterdam hadden moeten zoeken?'

'Dans la cité des drogues,' zei Driss fatalistisch.

Saïd staarde naar de voorruit, waarachter alles donker was. Was het beeld van de *ud*-speler gedurende de reis al aardig op de helling komen te staan, nu tuimelde het er in volle vaart af, gevolgd door het gruis van de levens die hij had verstoord. Tot nog toe had hij steeds verzachtende omstandigheden voor het gedrag van zijn vader weten te vinden, maar die voorraad was niet onuitputtelijk. De strijd was gestreden en verloren. Hij voelde dat hij langzaam leegliep, als een ballon die niet goed is dichtgeknoopt en futloos terugzakt naar de aarde. Uiteindelijk blijft er niets anders over dan een slap vodje, dat wordt weggeveegd met ander vuil.

'Hebben jullie toevallig een adres?' vroeg hij, niet omdat het hem echt interesseerde, maar meer uit een vage behoefte aan afronding. Afronding waarvan? Hij wist het niet. Het enige wat hij wist, was dat het behoorlijk warm begon te worden in de auto. Geen wonder, er zaten vier mensen te ademen en te zweten. Vier mensen van wie de gedachten op dat moment vol afkeer naar dezelfde man uitgingen. Van een dergelijke hoge concentratie afkeer moest je het wel warm krijgen.

'We hebben een adres,' bevestigde Driss, 'maar dat is niet toevallig. Toen Youssefs vader overleed, vond de familie dat hij op de hoogte moest worden gebracht. Iedereen hoopte dat hij op de begrafenis zou komen.'

'En... kwam hij?'

Driss schudde zijn hoofd. 'Natuurlijk niet. Hoewel zijn vader een beminnelijk mens was en alom gerespecteerd werd in het dorp. Het was een echte blamage dat zijn zoon niet aanwezig was om hem de laatste eer te bewijzen.'

'Hoe kwamen ze erachter waar mijn vader woont?'

'Ha,' zei Driss, 'voor iemand die het echt wil weten is dat minder moeilijk dan je zou denken. Er werken aardig wat mensen uit deze streek in Nederland, ook in Amsterdam.'

'The Dutch connection,' mompelde Hassan.

'Kijk.' Driss' hand verdween op borsthoogte onder zijn djellaba en kwam tevoorschijn met een enveloppe. 'Ahmed Ali heeft me daarnet een brief voor jullie meegegeven toen ik vertelde dat jullie uit Amsterdam komen. Die kunnen jullie zelf bij Youssef bezorgen. Dat is veel persoonlijker dan per post versturen. Op een brief die mensen uit Agdz hebben meegekregen en die ze persoonlijk aan je overhandigen, móét je wel reageren. Willen jullie weten wat er ongeveer in staat?'

'Graag,' zei Hassan. 'Misschien staat er wel in: "Dood de bezorger van deze tijding."' De neven lachten. De stemming in de auto klaarde merkbaar op.

'In deze brief schrijft Ahmed Ali aan zijn vader dat hij sinds kort opa is. Dat de zaken in Marokko niet goed gaan en dat ze

461

met zijn allen nauwelijks het hoofd boven water kunnen houden. Dat ze gebaat zouden zijn met een beetje financiële hulp, zo weinig dat zijn vader het nauwelijks in zijn portemonnee hoeft te voelen. Dat ze heel dankbaar zouden zijn.'

'Laat de enveloppe eens zien,' zei Saïd.

'Mr. Youssef Arhoun,' stond er in sierlijke schoolse letters, gevolgd door een adres in Amstelveen, gemeente Amsterdam.

'Weet je zeker dat dit klopt?' vroeg hij.

'Absoluut... O ja, er is één ding wat je moet weten. Men zegt dat hij in Nederland onder een andere naam leeft. Hij schijnt, toen hij voorgoed uit Marokko verdween, het paspoort te hebben gebruikt van een man die al jaren een werk- en verblijfsvergunning voor Nederland had maar tijdens familiebezoek in Ouarzazate was overleden. Dat zal hem wel heel wat dirhams gekost hebben. Het kan dus zijn dat de naam niet overeenstemt, maar het adres is beslist juist.'

Saïd nam de brief aan en schoof hem bij de foto van het Rembrandtplein. Hij paste er net bij. Het was een vreemde, broeierige combinatie in het zakje op zijn borst. De geliefden uit wie hij zelf voortgekomen was, en de brief van een volwassen man die toen nog een baby was. Hij draaide het contactsleuteltje om en gaf gas. Het lukte hem in een rustig gangetje terug naar Agdz te rijden. Veel om over na te denken had hij niet, zijn besluit stond al vast: de brief moest zo snel mogelijk bezorgd worden. Niet alleen omdat daarin een appèl werd gedaan op Youssefs bereidheid zijn geld met anderen te delen – met zijn eigen familie nota bene – maar ook omdat de brief hem een laatste kans gaf om zijn menselijkheid te tonen. Het was een noodzaak die geen uitstel duldde, voelde Saïd. Zijn tijd in Marokko zat erop. Hij had er niets meer te zoeken.

'Weet je het zeker?' Driss keek hem met een bedenkelijke frons aan. 'Het is al zo laat. Jullie hebben nog niets gegeten. Waarom ineens zo'n haast?'

'We vertrekken,' zei Saïd vastbesloten. 'Er zijn soms dingen die niet kunnen wachten en dit is er een van.' Ineens werd hij opgejaagd door een drang die alles overheerste en die minstens even sterk was als de drang om naar Marokko te reizen was geweest. Bovendien kon hij de gastvrijheid van zijn neven geen minuut langer verdragen. Zijn positie in het familieleven was onbarmhartig veranderd, nu hij wist wat voor rol zijn vader in diezelfde familie gespeeld had. Voordat hij werd overmeesterd door plaatsvervangende schaamte, wilde hij al onderweg zijn naar Nederland.

Hassan scheen het te begrijpen, hij protesteerde in ieder geval niet. In plaats daarvan haalde hij de tassen uit Omars slaapkamer en bracht ze naar de auto. Driss klampte hem aan. 'Een foto,' vroeg hij, 'kun je een foto van ons maken met Saïd erbij, als herinnering?'

Even later poseerden ze met zijn drieën. Saïd in het midden, Driss en Omar in hun Toearegjurken aan weerszijden, met een arm om de schouders van hun vertrekkende neef. Driss en Omar lachten breed in de camera. Saïd deed een poging tot een glimlach. Later zou blijken dat het bij een onhandige poging was gebleven, die de treurige ernst eronder niet kon verhullen. Toen Saïd, terug in Amsterdam, de foto in handen kreeg, bekroop hem het gevoel dat hij naar een scène uit een tragikomische familieklucht keek, waarin hem de klassieke rol van onnozele hals en pechvogel was toegewezen.

Na de fotosessie liepen ze met zijn allen naar buiten. De maan was opgekomen en wierp een metalig licht door de dorpsstraat van Agdz. Saïd besefte dat hij nog niets wist van het leven achter al die gesloten façades. Heel even overviel hem een gevoel van spijt. Spijt over het gebrek aan tijd en het dwingende karakter van zijn missie, waarnaast alles van ondergeschikt belang had geleken. Hij dacht aan zijn gedroomde wedergeboorte in de schoot van zijn familie, aan zijn dwaze hang naar een exotischer alter ego. Maar veel kans voor een laatste opwelling van melancholie kreeg hij niet. Omar drukte hem een doos dadels in de handen, enkele sinaasappels en een rol biscuits. 'Merci... merci,' stamelde Saïd. 'Wat kan ik doen om jullie voor al die gastvrijheid te bedanken?'

'Gauw terugkomen,' grijnsde Driss.

'En niet vergeten de foto op te sturen,' voegde Omar eraan toe.

Ze omhelsden elkaar. Driss drukte hem iets in de hand. 'Voor jou, als aandenken.' Het was een kalotje, zoals hij zelf droeg, met dit verschil dat het blauw was met donkerrood borduursel. Om hem een plezier te doen zette Saïd het meteen op. Iedereen lachte, nieuwe omhelzingen volgden. Hij slaagde erin het portier te openen ten teken dat het nu menens werd, en kroop naar binnen. Hassan deed hetzelfde, hij wurmde zich moeizaam op de plaats naast de bestuurder met een literfles water in elke hand. Saïd draaide het raampje open voor een allerlaatste afscheid.

'Ik heb bewondering voor je.' Driss bracht zijn gezicht dichterbij. 'Je neemt het op als een man. Je moeder kan trots op je zijn.'

Ze zwaaiden en Saïd startte met veel geraas. De laatste adieus galmden door de dorpsstraat, en weg waren ze. Nu was het alleen nog een zaak van het gaspedaal diep indrukken.

19 Een droom minder

Ze zaten aan de keukentafel achter de resten van een geïmproviseerde maaltijd, die inderhaast was klaargemaakt na Saïds onverwachte terugkeer uit Marokko. De asbak lag vol peuken. Het kwam Saïd voor dat niets de nasmeulende resten van een vervlogen liefdesrelatie beter symboliseerde dan die verfrommelde stompjes sigaret, sommige met een deerniswekkend randje lipstick eraan. Hij streelde Stoepa's kop, die zijn ogen behaagziek sloot. Dat het zo troostrijk kon zijn bij thuiskomst je hond te kunnen aaien!

'Diep vanbinnen wist ik wel dat ik me geen illusies moest maken, maar dit had ik toch niet verwacht,' zuchtte zijn moeder. 'Wat is het voor iemand, die oudste zoon? Lijkt hij op zijn vader?'

'In ieder geval lijkt hij niet op de man van de foto. Hij ziet er hard en bitter uit, alsof hij enorm moet knokken.' Saïd zag de mistroostige kamer weer voor zich, en het grote televisietoestel, dat de ruimte met geweld en lijden vulde. Opnieuw voelde hij de kille onverschilligheid die hun ten deel was gevallen, waaraan zelfs de aanwezigheid van een kirrende baby niets had veranderd.

'Je vader heeft het op alle fronten laten afweten en die jongen draait er in zijn eentje voor op.' Boos drukte ze haar sigaret uit op het randje van de asbak. 'Ik schaam me voor de onnozele dromen die ik had, terwijl jij in Marokko op zoek was.' Ze staarde ongelovig voor zich uit, alsof die dromen zich in hun volle naïviteit voor haar ogen projecteerden. Onbewust bracht ze de wijsvinger van haar rechterhand naar haar mond en zette haar tanden in de nagelrand.

'Niet doen,' zei Saïd, maar ze scheen hem niet te horen. 'Als ik terugdenk aan de tijd met je vader... Ik was in een roes, in een toestand van voortdurende zelfvervulling. Het is de meest fantastische staat van zijn die er is, en kan nergens mee vergeleken worden. Je raakt jezelf kwijt en vindt jezelf terug in de ander. Nu ik eraan terugdenk, moet ik totaal ontoerekeningsvatbaar geweest zijn. Het lijkt wel of een geheimzinnige hand een knop in mijn hersens had omgedraaid en ze op non-actief had gezet. Weg was mijn nuchterheid, mijn mensenkennis, mijn intuïtie. Het ergste was dat ik ervan uitging dat die verrukkelijke vervulling altijd zou voortduren. Toen hij ervandoor ging, viel ik met een reusachtige smak terug op de aarde... En als je eenmaal met een gebroken hart op de plaveien ligt, wil niemand met je ruilen, geloof dat maar van mij.'

Nu begon ze aan een velletje te trekken. Als ze nog even doorging, zou het lelijk ontsteken. 'Niet doen,' zei hij opnieuw. Hij duwde haar hand weg.

'Hij was zo'n geweldige minnaar,' kreunde ze. 'Ik dacht dat alle mannen zo zouden zijn, maar dat viel tegen. Heel erg tegen. Het bleken stuk voor stuk dilettanten te zijn, vergeleken bij hem. Zoals straatartiesten die zich verbeelden dat ze muziek kunnen maken, maar het enige wat ze voortbrengen is slap getokkel en gekras. Daar durven ze dan nog geld voor te vragen ook. Je kijkt wel uit het ze recht in hun gezicht te zeggen, anders geef je hun toch al kwetsbare ego de genadeslag. Maar als je dat getokkel en gekras hoort, ga je automatisch heel erg verlangen naar iemand die echt muziek kan maken. O,' riep ze klaaglijk uit, 'waarom mag het nooit eens volmaakt zijn? En blijven? Geef me die foto nog eens, laat me nog eens naar hem kijken.'

Hij legde de Rembrandtpleinfoto, die vrijwel ongekreukt de verre reis had doorstaan, voor haar op tafel. Ze zag er moe uit. Haar blonde haar, dat op de foto haar gezicht golvend omlijstte, hing dof en futloos tot op haar schouders. Ze had wallen onder haar ogen en haar huid was bleek, bij het grauwe af. Dat kwam natuurlijk van het roken. Het was erg onwaarschijnlijk dat zijn vader, zoals ze nu was, opnieuw verliefd op haar zou kunnen worden. Dat stemde hem verdrietig; het leek met terugwerkende kracht zijn eigen recht op bestaan te ontkennen. Hij verdroeg het niet dat de tijd, in nauwe samenwerking met nicotine en een neurotisch liefdesleven, zijn sporen op haar begon achter te laten. Een moeder moest eigenlijk onberispelijk zijn, onder alle omstandigheden.

'Kijk toch eens... Kijk toch eens wat een prachtige man hij was.' Haar vingertoppen streelden de contouren van het eeuwig jeugdige gezicht op de foto. Daarna keek ze smekend op naar Saïd, alsof ze in hem naar haar verloren minnaar zocht. 'Je bent voortgekomen uit een grote en hevige passie. Als je dat maar weet.'

Ineens stond ze abrupt op. Ze pakte de asbak en gooide de inhoud met een driftig gebaar in de pedaalemmer onder het aanrecht. 'Had hij ons maar nooit verlaten,' zei ze vinnig, 'dan was hem veel ellende bespaard gebleven. En dan had hij ook zijn vinger nog gehad.'

'Dan zou hij zich op een andere manier in de nesten gewerkt hebben,' zei Saïd fatalistisch. 'Zo iemand is hij wel.'

Zijn moeder ging weer zitten, waarna ze samen enige tijd eendrachtig naar de foto staarden alsof de man die hun leven in de war had gestuurd, vanzelf weer in de man op de foto zou veranderen wanneer je er maar lang genoeg naar keek. 'Wanneer ga je die brief bezorgen?' vroeg ze.

'Ik wacht nog even.'

'Waarop?'

Saïd haalde zijn schouders op. 'Tot ik er klaar voor ben, denk ik.'

Op het internet had hij een moskee gevonden die hem geschikt voorkwam omdat iedereen er welkom was, ongeacht zijn herkomst. Hij moest ervoor in de trein stappen en naar Rotterdam rijden. Dat hinderde niet. Omdat hij geen werk meer had, lagen de dagen van de week blanco voor hem. De haast die hem in Agdz had bevangen om de brief te bezorgen, was weggeëbd sinds hij weer thuis was. Maar hoe langer hij wachtte, des te meer zag hij op tegen de finale ontmoeting. Waar moest hij de kracht vandaan halen voor die confrontatie? Uit zijn pas verworven geloof?

In de Rotterdamse moskee volgde hij de koranlessen voor beginners en elke vrijdag nam hij deel aan het gezamenlijk middaggebed in het Nederlands. Bij zijn eerste bezoek was hij verbaasd geweest over de afmetingen van het godshuis en moest hij lang zoeken naar de ruimte waarin de lessen gegeven werden. Maar algauw voelde hij zich in de moskee meer op zijn gemak dan erbuiten. Noord-Afrikanen, Turken, Indonesiërs, Nigerianen – te midden van zoveel nationaliteiten was het onmogelijk een buitenstaander te zijn. Hij herkende zonder moeite de Marokkanen en voelde zich met hen verbonden, zonder dat hij de behoefte had kennis met hen te maken. Het gaf al voldoening om hen om zich heen te zien en in zijn fantasie de magische landschappen op te roepen in hun land van herkomst. Ook deden ze hem denken aan de gastvrijheid van zijn neven en aan de vanzelfsprekendheid waarmee die hem als familielid hadden geaccepteerd. Het was een bonte wereld waarin het er niet toe deed hoe iemand eruitzag, wat zijn moedertaal of voorgeschiedenis was. Omdat de leraren hen aanspraken met 'broeders', ontstond er vanzelf een gevoel van verbondenheid waaraan het anders-zijn van elk individu ondergeschikt was. Zolang je in de moskee was, maakte je deel uit van een groter geheel, een veilige cocon waarin zo iemand als Harlekino bijvoorbeeld onmogelijk door kon dringen. Saïd was er nog nooit gestoord door belgerinkel. Zijn hoofd was er leeg en schoon en zijn gedachten waren eendimensionaal.

Na de aanvankelijke worsteling met de Arabische letters leerde hij snel. Het gebed, dat in het begin ingewikkeld leek te zijn met zijn opeenvolging van verschillende houdingen en de bijbehorende recitaties van verzen, had hij zich al snel eigen gemaakt. Hij droeg altijd een kleedje en een gebedstabel bij zich. Hoewel Driss had gezegd dat een van Allah vervuld moment van meditatie volstond wanneer het onmogelijk was je gebedskleedje ergens uit te rollen, deed hij zijn best zo min mogelijk gebeden over te slaan. Ze waren het enige wapen dat hij buiten de moskee had om de wanhoop op een afstand te houden. Hij gebruikte de gebeden zoals men in oude tijden vampiers had afgeschrikt – door het kruis met gestrekte arm voor zich te houden en Jezus aan te roepen.

'Ik weet niet wat Marokko met je heeft gedaan,' zei zijn moeder, 'maar je bent niet meer dezelfde als toen je erheen ging.'

Saïd had haar verteld over zijn bekering in Agdz en de toenemende aantrekkingskracht tot het geloof, die eraan vooraf was gegaan. Hij probeerde haar ervan te overtuigen dat hij ertoe voorbestemd was geweest vroeg of laat over te gaan tot de islam en dat zijn toetreding tot het geloof aanvoelde alsof hij na lange omzwervingen eindelijk thuis was gekomen. Het kostte haar moeite hem serieus te nemen. Ze deed echt haar best, maar ondanks haar vertrouwdheid met allerlei pseudoreligies viel er bij haar als het om de islam ging, een luikje dicht. Een ferm, resoluut luikje. Dat deed pijn.

'Maar wat dacht je dan van het zitten in zen,' bracht hij haar in herinnering, 'weet je nog hoe fanatiek je toen was? Herinner je je nog de elementaarwezens van Rudolf Steiner en de mahatma's van Madame Blavatsky?'

Hier wist ze niets tegen in te brengen. Het waren bevliegingen geweest die ze achter zich had gelaten en waar ze met een gevoel van lichte schaamte op terugkeek.

'Er zit iets griezeligs aan al dat bidden,' zei ze verongelijkt, 'en ik vind het ook niet fijn dat je de Koran laat slingeren. 's Avonds zie ik op het journaal dat er ergens een aanslag is gepleegd door moslimextremisten, en de volgende ochtend ligt dat boek op de ontbijttafel. Daar krijg ik de kriebels van. Eerlijk gezegd smaakt de muesli me dan ook niet meer.'

Saïd boog zijn hoofd. 'Je hebt het wel over het boek dat door God Zelf geschreven is,' zei hij gekwetst.

'Ik wist niet dat hij schrijven kon,' antwoordde ze kattig.

'Niet letterlijk natuurlijk. Je weet best dat Hij de soera's heeft geopenbaard aan Mohammed en dat anderen later de tekst hebben opgeschreven.'

Hij zag dat ze in een prikkelbare stemming was. Eigenlijk ging het sinds zijn terugkeer uit Marokko gestaag bergafwaarts met haar moreel. Het was beter in zo'n geval conflicten te vermijden. Dat was niet makkelijk, vooral niet wanneer ze in een ruziezoekerige stemming was en zijn tere, pas verworven geloofsovertuiging het twistpunt was dat ze had uitgekozen.

'Kijk, zo is het gegaan...' Saïd sloeg de Koran open bij de twaalfde soera en las hardop: ' "Dit zijn de tekenen van de duidelijk sprekende Schrift. Wij hebben Haar nedergezonden als een Arabische Oplezing, opdat gij verstandig moogt worden. Wij zullen u de allerschoonste vertelling vertellen, doordat Wij deze Oplezing aan u openbaren, ook al behoordet gij tevoren tot de achtelozen." ' Hij keek op. 'Zie je?'

'Hm,' zei zijn moeder. Ze nam een diepe teug van haar sigaret en keek hem door haar oogharen kritisch aan. 'Opdat gij verstandig moogt worden...' herhaalde ze met een sarcastisch trekje om haar mond. 'Dus iedereen die de Arabische Oplezing niet kent, is onverstandig en achteloos. Ik houd niet van boeken die me het gevoel geven dat ik dom ben.'

'Onverstandig is niet hetzelfde als dom.' Ze roerde driftig in haar koffie. 'Je probeert me toch niet te bekeren, hoop ik. Dat is verspilde moeite, dat kan ik je meteen zeggen. Ik geloof sowieso niet in God. En zeker niet in een God die eerst de vrouw schept met haar zachte rondingen en haar dan verbiedt haar lichaam te laten zien. En die haar ook nog eens opdraagt haar man te gehoorzamen, op straffe van een pak slaag! Nee, dan wentel ik me liever in mijn eigen goddeloosheid, in alle vrijheid.'

'Zo gelukkig ben je nou ook weer niet in die goddeloosheid van jou.'

Ze gooide haar hoofd in haar nek. 'Dat is dan zelfverkozen ongeluk,' zei ze uitdagend. 'Dat heb ik liever dan schijngeluk onder het mom van een of andere religie. Door een man bedacht bovendien. Al die religies worden door mannen bedacht, om macht over vrouwen te krijgen en te houden. Uit jaloezie omdat ze zelf geen nieuw leven kunnen baren.'

Zo'n krankzinnige redenatie over de oorsprong van religies had Saïd nog nooit gehoord. Hij klapte de Koran dicht. Zijn moeder ontnam hem elke motivatie om iets voor te lezen. Ze had haar mening over de islam klaar, hoewel ze er niets van af wist. Het kwam niet bij haar op om zich er een beetje in te verdiepen omdat het veel voor hem betekende. Ze verdiende haar geld met het verkopen van allerlei heidense ideeën, zonder te beseffen dat ze zelf in een spiritueel vacuüm leefde.

Toch liet hij zich nog niet uit het veld slaan. 'Aan de ene kant heb je het verlangen naar een ideale wereld...' Hij zocht naar woorden. 'Aan de andere kant heb je de wereld zoals die in werkelijkheid is. Tussen die twee bestaat een spanningsveld waarin je op een of andere manier positie moet kiezen. Waarom leef je anders?'

'Voor de liefde natuurlijk,' riep ze uit. 'Dat is mijn religie!'

'Een religie die op de been gehouden wordt door prozac,' zei hij somber. 'Zodra de roes van de liefde voorbij is, gaan we op een drafje naar de apotheek.'

'Dat is gemeen!' Ze werd fel. 'Je probeert me onder de gordel te treffen.'

Stoepa legde zijn kop op Saïds dij als om zijn blinde solidariteit met zijn baas te verklaren. Saïd stak hem een kaaskorstje toe.

'Dus je gaat Stoepa wegdoen.' Er verscheen een mengsel van spot en wraakzucht in haar ogen.

'Hoe kom je daarbij?'

'Honden zijn toch onrein volgens de islam? Honden, menstruerende vrouwen, je linkerhand...'

Saïd schrok. Daar had ze een punt. Het was nog niet bij hem opgekomen over de positie van Stoepa na te denken. Was die veranderd, nu hij moslim was?

Zijn moeder keek hem met lichte triomf aan. 'Zover ga je niet, daar durf ik wat onder te verwedden. Je zet Stoepa niet op straat.'

'Dat staat nog te bezien.' Hij wierp een onrustige blik op de hond.

'Dat laat ik niet toe hoor, als je dat maar weet.'

Stoepa duwde met zijn snuit tegen zijn dij om aan te geven dat er nog wel een korst bij kon. Saïd sneed een stuk van de kaas af en stak het hem toe. Daarna pakte hij de Koran en stond op.

'Wat ga je doen?' vroeg ze wantrouwend.

'Naar mijn kamer.'

'Neem je de hond mee?'

'Natuurlijk gaat Stoepa mee.'

'Onrein,' zei ze hoofdschuddend. 'Hoe verzinnen ze het.'

Het eerste wat hij in zijn kamer deed, was de computer aanzetten. Hij had een islamitische vragenrubriek ontdekt op het internet en besloot te zien of die helderheid kon verschaffen over de status van honden. 'Hebt u een prangende vraag over de islam? Vraag de GKW.' Dit was een afkorting van Geleerden in Koranteksten en Wetten, wist hij. Saïd toetste zijn prangende vraag in: 'Zijn honden volgens de Koran zo onrein dat je ze niet in huis mag houden? Ik heb een hond die veel voor me betekent, eigenlijk alles, moet ik hem desondanks het huis uit doen?'

Hierna leunde hij achterover in zijn bureaustoel en sloeg de Koran erop na. Hij bladerde al zoekend; zijn blik bleef telkens hangen bij passages die hem intrigeerden, maar in dit geval niet ter zake deden. Tussendoor keek hij op het scherm om te zien of er al antwoord was. Het enige wat hij ontdekte, waren vragen van anderen, die ook worstelden met hun onzekerheid over de reinheid van honden.

Een meisje dat zich Hadira noemde, schreef: 'Salam aleikum, broeders en zusters, mijn probleem is dit: wij gaan met zijn drieën in een appartement wonen. Een van ons is geen moslima en heeft een hond. Die wil ze meenemen, maar kan dat wel? Is het haram of niet om een hond in huis te hebben?'

Er volgden verschillende reacties van lezers. Een van hen schreef: 'Als een hond aan je kleren gesnuffeld heeft, dan kun je daarin niet meer bidden – dat wordt dus lastig met een hond in huis.'

Een huishoudelijk ingestelde moslima gaf praktische raad: 'Pannen waar honden aan gelikt hebben, moeten zevenmaal ritueel schoongemaakt worden, de eerste keer met aarde, de volgende keren met water.'

Iemand die anoniem wilde blijven, beriep zich rechtstreeks op het Heilige Boek: 'Het hebben van een hond werd sterk afgeraden door Mohammed: "Engelen gaan geen huizen binnen waar honden zijn."'

Dat was een ondubbelzinnig citaat uit de Koran zelf. Geen engelen en honden in hetzelfde huis. Waren engelen vies van honden? Dat je vies van iemand was, kon Saïd zich levendig voorstellen. Maar vies zijn van Stoepa met zijn glanzende vacht en zijn intelligente, heldere oogopslag? Van Stoepa, die alleen wetenschappelijk verantwoorde hondenbrokjes kreeg van de allerbeste kwaliteit, zo nu en dan afgewisseld met het bot van een lamskotelet of een stukje kaas? Zijn jaarlijkse cocktail injecties tegen ziektes hadden ze nog nooit overgeslagen, evenmin als de preventieve behandelingen tegen teken, luizen en vlooien. Soms ging hij in bad, hoewel hij er een hekel aan had. Er was geen schonere hond op het oostelijk halfrond dan Stoepa. Zouden de engelen in zijn geval geen uitzondering willen maken? Saïd was hierover nog aan het piekeren toen er voor hem op het scherm een officieel antwoord verscheen van de GKW.

'Salam aleikum, broeder. Honden zijn onrein, daarover bestaat in de islam geen enkele twijfel. Bastaards en zwerfhonden moeten zelfs worden afgemaakt. Alle overige honden moeten op een afstand gehouden worden en zeker niet in onze huizen toegelaten. Om alle onwetendheid op het gebied van onreinheid bij u weg te nemen geven wij u hierbij een totaaloverzicht. Vertel het verder aan uw broeders en zusters, opdat ook zij weten waar ze aan toe zijn.'

Er volgde een lange opsomming van alles wat onrein was. De hond kwam op de allerlaatste plaats, na varkens natuurlijk en zelfs na het bloed en zweet van een kameel die uitwerpselen at. In een extra noot onderaan werden ook nog vossen en olifanten genoemd, wezels, pelikanen, krokodillen, muildieren en insecten. Voor sprinkhanen werd een uitzondering gemaakt. Van het vernietigen van oogsten in Afrika werd je dus niet onrein. Saïd pakte de Koran erbij en bladerde lukraak op zoek naar onreine dieren, totdat hij in soera 2 een regel over varkensvlees aantrof die er niet om loog. 'Hij heeft voor U slechts verboden het kadaver, bloed, varkensvlees en datgene waarover een andere naam dan die van Allah is aangeroepen.' De theorieën over varkensvlees in een boek uit Het Derde Oog strookten volledig met de verbodsregels in de Koran! Hij wist al dat varkensvlees in de islam als onrein werd beschouwd, maar nu pas drong de frappante overeenkomst tot hem door. Het deed hem plezier dat zijn afschuw en die van zijn moeder door de Koran werden gelegitimeerd. Zo zag je maar weer dat meerdere wegen naar de waarheid voerden! Maar dat betekende nog niet automatisch dat ook honden in dat rijtje thuishoorden, temeer omdat ze niet bedoeld waren voor consumptie.

Hij staarde naar het scherm, waarop de halve dierenwereld langsparadeerde tot hij er tranen van in zijn ogen kreeg. Hij wist niet of het kwam van het fel oplichtende scherm of uit medelijden met al die dieren die de pech hadden onrein te zijn. Hij keek tersluiks naar zijn trouwste vriend en metgezel, die in vreedzame onwetendheid op het tapijt lag. Zijn kop rustte op zijn voorpoten, zijn donkere ogen waren melancholiek op zijn baas gericht. Vermoedde hij iets van zijn excommunicatie door de Profeet, of was hij alleen maar toe aan een flinke wandeling?

Saïd sloot de computer af en draaide zijn bureaustoel een kwartslag, zodat hij naar buiten kon kijken. De toppen van de bomen in de achtertuinen zwiepten heen en weer alsof een reusachtige, woedende hand hun stammen schudde. Er dreven enkele stapelwolken voorbij in een verder blauwe hemel. Wanneer je goed keek, kon je ze zien bewegen, voortgestuwd door de wind, hoog boven de stad. Zo op het oog pleitte niets tegen een fietstocht. Toch bleef hij dadeloos zitten. Het was of hij binnen in zijn hoofd nog een verlossende visie verwachtte, die ogenschijnlijke tegenstrijdigheden als engelen en honden in hetzelfde huis met elkaar verzoende. Een synthese waarmee ook de Profeet, in zijn tijd, vrede had kunnen hebben. Hij bleef dus stilzitten en luisterde. Stoepa hield zijn kop scheef, alsof hij meeluisterde via dezelfde golflengte.

Waren ze maar gaan fietsen! Nu hij met zijn eerste geloofscrisis worstelde, was niets linker dan stil blijven wachten op een teken. Wie garandeerde dat, in plaats van God of een engel, een ander niet gebruikmaakte van die sponsachtige ontvankelijkheid? Ergens klonk iets als het begin van een geluid, al was het vaag en was het moeilijk te identificeren. Het probeerde zich van ver kenbaar te maken, hardnekkig en dwingend. Saïd sloot zijn ogen, omdat het zien soms ten koste van het horen ging. Hij vergiste zich niet, er was iets in aantocht. Misschien had hij het nog tegen kunnen houden als hij meer op zijn hoede was geweest, maar hij herkende de belletjes pas toen het te laat was. Hij verstarde. Sinds zijn bekering had hij ze niet meer gehoord. Hij was er gemakzuchtig van uitgegaan dat zijn kwelgeest in Agdz was achtergebleven en hooguit anderen overlast bezorgde met zijn plotselinge verschijningen.

Het viel niet te ontkennen. Harlekino was terug met meer gerinkel van belletjes dan ooit tevoren. De nar maakte een ironische diepe buiging, nam zijn muts van zijn hoofd, gooide hem recht omhoog de lucht in, ving hem op en zette hem weer op zijn hoofd. Hij was geen spat veranderd. Nog altijd lag die scheve, tartende grijns op zijn gezicht die je eraf zou willen vegen. Zijn diepliggende ogen blonken dreigend onder zijn overhangende voorhoofd, als die van een vos die je vanuit een grot aankijkt, twijfelend tussen aanval en verdediging.

'U had mij geroepen, Sire?'

Saïd slikte zijn paniek weg. 'Ik dacht dat ik je nooit meer zou zien.'

'Waar u gaat of staat, daar ben ik ook, dat weet u best. U hebt mij indertijd immers geëngageerd voor het leven.'

'Maar dat was allemaal fantasie!' riep Saïd verontwaardigd.

'Dat zegt u om van me af te komen. Maar u weet evengoed als ik dat de grens tussen fantasie en werkelijkheid vaag is. Hoe vaak komt het niet voor dat iemands fantasie werkelijkheid wordt? Kijk naar mij, ik ben daarvan het beste bewijs. Omgekeerd kan de werkelijkheid zulke irreële vormen aannemen dat iemand je vraagt: "Knijp eens in mijn arm, het lijkt wel of ik droom." Zelfs de fantasie van absurdistische en surrealistische schrijvers moet het afleggen tegen de virtuoze verbeeldingskracht van de werkelijkheid, die ons confronteert met zulke bizarre, apocalyptische gebeurtenissen dat we aan ons verstand gaan twijfelen. Heb ik gelijk of niet?'

Saïd wist er niets tegen in te brengen. Maar al te goed kende hij het gevaar van de vervagende grens tussen verbeelding en werkelijkheid. Precies daaruit kwam het gevoel van onzekerheid, ja zelfs onveiligheid voort dat hem steeds maar voort dreef. Een diffuse angst zat hem dicht op de hielen en dreigde hem op een dag definitief in te halen. Welke dag dat zou zijn en op wat voor manier hij erdoor overweldigd zou worden, kon hij onmogelijk weten. Hij wist alleen dat hij er alles aan deed om het niet zover te laten komen, maar hij voelde ook dat het een uitputtingsslag was. Alles hing ervan af wie het het eerst op moest geven. Wanneer hij daaraan dacht, voelde hij een peilloze moeheid en de verschijning van Harlekino was net de druppel die de emmer deed overlopen. Het was of de nar alle kracht uit hem wegzoog. Was zijn pas verworven geloof nog niet sterk genoeg om het tegen hem op te nemen?

God, bad hij in stilte, laat me niet in de steek juist nu ik U hard nodig heb...'

'Fantasie of niet,' zei Harlekino, 'ik ben blij u weer te zien.'

'Waarom zeg je toch altijd u tegen me?'

'Omdat de hiërarchie het nu eenmaal zo wil. Tot aan het einde der tijden zult u mij tutoyeren en zal ik u blijven zeggen. Maar laten we niet afdwalen, ik geloof dat u me hard nodig hebt. U bent zo verschrikkelijk gespannen dat ik u graag aan het lachen zou maken. Gelukkig hoeven we niet lang te zoeken naar iets leuks waar we ons vrolijk over kunnen maken, want het bevindt zich vandaag binnen handbereik.'

'Binnen handbereik?' stamelde Saïd.

'Wat dacht u van Stoepa's potentiële onreinheid? Stoepa, de verstandigste hond ter wereld,' zei Harlekino. 'Verstandiger dan een aantal mensen wier namen we hier niet zullen noemen. Gezonder ook – hij rookt niet, hij drinkt geen alcohol en hij heeft geen neuroses. Hij heeft een schone vacht zonder teken of vlooien. Hij eet braaf zijn vitamines, mineralen en sporenelementen. Zijn tandsteen wordt op gezette tijden verwijderd. Het allermooiste aan Stoepa is: hij heeft een groot hart, en dat klopt helemaal voor u. Hoe zou hij onrein kunnen zijn? Hoe is het mogelijk dat hij na de kameel komt die uitwerpselen eet? Hoe is het mogelijk dat een sprinkhaan wel rein zou zijn, en Stoepa niet? Zoiets waanzinnigs heb ik lange tijd niet gehoord. Hier moet ik echt vreselijk om lachen.'

Diep uit zijn keel steeg een gorgelend gelach op en baande zich een weg naar buiten. Hij hield zijn buik erbij vast en de belletjes wipten rinkelend mee. Met zijn mollige handen beduidde hij Saïd mee te lachen. Maar die voelde niet de minste aandrang. Hij zag niet in wat er te lachen viel. Het was God zelf die het principe van de onreinheid in de wereld had geïntroduceerd. Harlekino wilde het ontkrachten door het be-

lachelijk te maken, maar wat voor gewicht legde de grappenmakerij van een onverbeterlijke paljas in de schaal tegenover
door God zelf opgestelde regels?

'Ik zie niet wat hier leuk aan is,' zei Saïd triest. 'Wat kan
er grappig zijn aan het feit dat ik Stoepa naar een asiel moet
brengen?'

'Dat meent u toch niet?' De lach verdween van het gezicht
van de nar. Een wolk van ernst gleed eroverheen. Dat zag er
vreemd en ongeloofwaardig uit. Het fijne netwerk van lach-
rimpels was ineens overbodig geworden, als tafelmanieren bij
een barbecue. Hij schraapte zijn keel en zei: 'U gaat me toch
niet vertellen dat u serieus overweegt Stoepa de deur uit te
doen? Na al die jaren?'

'Ik zal wel moeten. Ik heb op het internet gezien dat een
hond in het huis van een moslim uitgesloten is.'

'Spreekt God nu ook al via het internet?' riep Harlekino
uit. 'Hij gaat wel met zijn tijd mee, zeg.'

'Hij is overal, in jou, in mij, dus ook in het internet,' gokte
Saïd.

'Dan is Hij ook in Stoepa,' zei Harlekino gevat, 'en is er
geen reden om de hond onrein te noemen.'

'Ik moet offers brengen.' Saïd masseerde zijn slapen, die
pijnlijk aanvoelden alsof aan beide zijden van zijn ogen een
blauwe plek zat. 'Om te laten zien dat het me ernst is.'

'Maar waarom uitgerekend Stoepa? U kunt toch wel iets
anders bedenken?'

'Een offer is geen offer als het geen pijn doet.'

'Maar om zoiets irrationeels!'

'Hoe irrationeler het offer is dat je brengt, des te groter is
het bewijs dat je het echt meent met het geloof. Daar komt
nog bij dat Stoepa de naam van een boeddhistische tempel
heeft, dat pleit ook niet voor hem.'

'Noem hem dan Ka'ba,' stelde Harlekino praktisch voor.

'In het begin zal hij misschien een beetje moeite hebben met de naamsverandering, maar ik wed dat hij er gauw aan gewend is.'

'Ik verbied je heilige plaatsen belachelijk te maken!'

'Allemachtig!' riep Harlekino uit. 'Van uw gevoel voor humor is niet veel over.'

'Het staat je vrij ontslag te nemen,' zei Saïd vermoeid. 'Graag zelfs.'

'U bent wel veranderd, zeg.' Harlekino keek hem vijandig aan. 'Ik ken u niet terug, u bent zo... zo meedogenloos geworden.'

'Het laat me koud hoe je over me denkt. Laat me alsjeblieft met rust, je werkt ongelooflijk op mijn zenuwen. Ik word gek van je. Ik hoef die hatelijke belletjes maar te horen of ik word al misselijk.'

'Denk maar niet dat u makkelijk van me afkomt,' zei Harlekino. 'Ik ben de enige die u nog kan redden.'

'Verbeeld je maar niets, je bent totaal overbodig!' zei Saïd heftig. 'En laat me nu met rust!' Hij stond bruusk op van zijn bureaustoel en schudde zijn hoofd alsof hij na een duik in een zwembad bovenkwam. Toen hij zag dat Harlekino, in plaats van aanstalten te maken om te vertrekken, hem met open mond en vol afschuw stond aan te staren, herhaalde hij half schreeuwend: 'Ga weg! Verdwijn uit mijn leven, afschuwelijk wangedrocht!'

Harlekino vermande zich. 'Ik laat het hier niet bij zitten,' zei hij dreigend. Na een slordige buiging trok hij zich waardig terug. Maar eerst schudde hij nog vermanend met zijn wijsvinger, een beweging als van een metronoom die dwingend de maat aangeeft. De juiste maat der dingen, niet alleen in de muziek, maar ook in de praktijk van het leven.

Het belgerinkel verwijderde zich. Saïd liep naar de badkamer om een plens water in zijn gezicht te gooien en zijn handen te wassen. Het was tijd voor het middaggebed. Hij rolde zijn kleedje uit op de vloer en bad zijn gebeden, vuriger dan ooit tevoren om de echo van de woordenwisseling met Harlekino te overstemmen. Kwam het door de aanwezigheid van Stoepa in zijn kamer dat deze djinn niet was tegengehouden door engelen?

Ondanks het gebed voelde hij nog steeds de schaduw van Harlekino's aanwezigheid. Een schaduw die niet alleen verwees naar zijn onverwachte verschijning kort tevoren, maar die ook vooruitwees naar zijn mogelijke terugkeer, precies zoals het de dwerg in zijn kraam te pas kwam.

20 Donkerrood fluweel met gedroogde herfstbladeren ertussen

Een beetje vreemd was het wel dat Saïd sinds zijn terugkeer nog niets van Aziza had gehoord. Die stilte verontrustte hem, maar kwam hem ook goed uit, omdat hij niet wist hoe hij haar onder ogen zou kunnen komen. Al had hij zich bekeerd, hij leek in de verste verte niet op de gedroomde geliefde zoals die uit Marokko had moeten terugkeren. Zoals hij nu was, was hij haar niet waard. Waar was de zelfverzekerde aanbidder, de toekomstige schoonzoon en zwager, die Aziza met permissie van alle Messaoui's behoedzaam in de liefde had zullen inwijden? Die bevond zich in de portrettengalerij van gefantaseerde alter ego's, ver van het hier en nu, in een ideale wereld waarin geen ontgoocheling of schaamte bestond.

Het was niet ondenkbaar dat Aziza van haar kant verwachtte dat hij als eerste contact op zou nemen. Misschien smachtte ze in stilte, te trots om het initiatief te nemen? Hij probeerde zich het gewicht van haar transpirerende hand op zijn schouder voor de geest te halen, en het verlangen dat ermee was uitgedrukt, maar het leek of zijn lichaam er geen enkele herinnering aan had bewaard. Zijn huid voelde kil aan als een harnas, ongevoelig voor uitingen van tederheid. Nog nooit had hij zich zo ver van haar verwijderd gevoeld als nu, en toch werd zijn vastbeslotenheid om haar terug te zien er niet kleiner door. Hij moest haar zien en horen, gerustgesteld worden door haar fysieke aanwezigheid, ontdooid door haar warmte. Maar in plaats van zijn mobieltje te pakken en haar nummer in te toetsen, slenterde hij ontheemd door de stad wanneer hij geen lessen had. Alleen tijdens het gebed voelde hij zich onkwetsbaar, alsof er over hem gewaakt werd. De godsdienstlessen boden hem afleiding en troost zolang ze duurden, en de snelle vorderingen die hij maakte in de Arabische taal, krikten zijn zwakke zelfvertrouwen een beetje op. Van een boek dat een schat aan wijsheden bevatte, werd de Koran voor hem steeds meer een wapen tegen de hinderlijke twijfel die hij koesterde met betrekking tot sommige voorschriften. Hij vond tijdelijk rust in de soera's die bevestigden dat hij op de goede weg was en onheil afriepen over ongelovigen en overtreders van de regels. Er waren teksten die hij steeds opnieuw las, zoals die over God als beschermer. 'Dat omdat God is de beschermheer dergenen die geloven en omdat er voor de ongelovigen geen beschermheer is. God doet hen die geloven en heilzame werken bedrijven binnengaan in de Gaarden waar onder door rivieren stromen maar de ongelovigen leven in genot en eten zoals de kuddedieren eten en het Vuur is hun bestemmingsoord.'

Een dergelijk fragment verloste hem voor even van zijn ambivalentie, maar één blik op Stoepa was genoeg om opnieuw te worden overweldigd door onzekerheid. Hij kon er maar niet toe komen die ene verlossende stap te doen en Stoepa naar een asiel te brengen. Hij minachtte zichzelf erom, maar zijn liefde voor de hond maakte hem machteloos. Het was een verscheurend gevoel dat hem uitputte en ontvankelijk maakte voor de argumenten van vijanden van de religie.

Hij kon het niet meer ontkennen: een deel van hem was alleen nog in afwachting van belgerinkel. De rest wilde ontsnappen aan dat afwachten en verzon allerlei afleidingsmanoeuvres. Maar de mogelijkheid van belgerinkel leek zich overal schuil te houden: in een bizarre wolkenformatie, in een krant die door de wind over het trottoir werd geblazen, in de kale zwarte takken van een boom, in een plas regenwater. Omdat het iets was wat in principe geen materiële vorm had, kon het zich overal bevinden. Het enige wat hij kon doen was proberen de manifestatie ervan tegen te houden. Het gevaar daarvan was dat al zijn energie in dat tegenhouden ging zitten, en dat was precies wat er met hem aan de hand was.

Op een dag kwam hij Aziza tegen in het park. Er scheen een anemisch winterzonnetje. Stoepa had last van diarree. Om de honderd meter ging hij haastig zitten met een gekwelde uitdrukking in zijn ogen. Onrein? Maar mensen konden ook diarree krijgen. Toen Saïd Aziza in de verte zag naderen, dacht hij eerst dat ze het niet kon zijn omdat ze geen hoofddoek droeg en hand in hand liep met een man die hij niet kende. Zijn eerste reactie was er een van de vlucht. Maar het was al te laat. Zij had hem ook gezien en er verscheen een spontane lach op haar gezicht.

'Saïd!' riep ze verrast.

'Hallo...' zei hij verward. Hij voelde zich betrapt, maar wist niet waarop. Omdat hij voor haar onzichtbaar had willen blijven tot hij klaar was voor een ontmoeting? Omdat de schrik over de onverwachte combinatie van haar met een onbekende op zijn gezicht te lezen moest staan?

'Jij hier?' vroeg ze verbaasd.

'Jij hier?' echode hij onhandig. 'Moet je niet werken?'

'Het is zondag, man!' giechelde ze.

Haar vriend lachte beleefd mee. Hij had een onregelmatig gebit, registreerde Saïd, maar wel goed onderhouden. Bovendien had hij al enkele van die typisch mannelijke groeven die over zijn wangen naar zijn kaken liepen. Echt jong was hij niet meer en knap was hij ook niet, maar dat werd gecompenseerd door een uitstraling van fysieke kracht en levenslust. Hij leek echt zo iemand die met grote geestdrift een sport beoefende en er niet voor terugdeinsde daaraan het grootste deel van zijn vrije tijd op te offeren. Van Marokkaanse afstamming was hij beslist niet, en zo te zien was het ook erg onwaarschijnlijk dat hij een moslim was of de potentie had er ooit een te worden. Deze observaties namen misschien enkele seconden in beslag. Ze veroorzaakten een gevoel van een totale nederlaag bij Saïd. Het was alsof de smalle strook aarde die hij tot nu toe nog onder zijn voeten had gehad, aan de randen begon af te brokkelen. Binnenkort zou er niets over zijn om op te staan. Gaf het iets? Objectief gezien niet. De wereld was tjokvol opgewekte, gezonde mannen die vaste grond onder de voeten hadden. Eentje minder deed daar geen afbreuk aan.

'Waarom ben je nog niet langs geweest?' zei Aziza. Ze keek haar vriend aan en zei: 'Saïd heeft een reis door Marokko gemaakt.'

Haar metgezel was niet onder de indruk. Hij trok zelfs een gezicht alsof hij, op de kleine Marokkaanse aan zijn hand na, alles wat met dat land te maken had het liefst op een afstand wilde houden. Had hij vooroordelen of stond hij er onverschillig tegenover? Pas wanneer blijkt dat je er kunt surfen of deltavliegen, zal zijn belangstelling gewekt worden, dacht Saïd.

Aziza bukte zich om de hond te aaien. Die herkende haar en kwispelde heftig met zijn staart. Nu stak ook haar vriend een hand naar Stoepa uit. Die aarzelde geen moment. Hij trok aan de lijn in diens richting alsof de man een koekje in zijn hand hield, en duwde zijn kop onder de uitgestoken hand door. Dat was normaal gesproken zijn manier om een liefkozing af te dwingen, maar bij een vreemde had hij dat nog nooit gedaan. Waarin school de wonderlijke aantrekkingskracht van deze man? Saïd kreeg een ingeving. 'Ben jij soms de dierenarts?' vroeg hij.

'Ja, hoe raad je dat zo?'

'Dan moet je Aziza's baas zijn.'

'Dat klopt, ja.'

Saïd huiverde. Hij had een hekel aan mensen die 'dat klopt' zeiden. Het erge was dat het meestal niet bij één keer bleef.

'Hoewel...' De man aarzelde en zei toen grijnzend: 'Soms vraag ik me af wie van ons tweeën echt de baas is.'

'Peter!' Aziza trommelde hem quasiverongelijkt op zijn brede borst.

Ze ging met hem naar bed, begreep Saïd. Ze deed het met hem en schaamde zich nergens voor. Haar ouders, haar geloof, de mogelijkheid van een toekomst met hem, Saïd, dat alles viel in het niet bij haar verlangen om in de nabijheid van deze man te zijn. Zelfs Stoepa, zichtbaar genietend van de strijkages over zijn rug, bezweek voor diens charmes.

'Ik ontmoet niet elke dag een dierenarts,' hoorde hij zichzelf zeggen. 'Kan ik je iets vragen?'

'Het ligt eraan wat het is.'

'In de Koran staat dat honden onrein zijn.'

'Dat klopt.'

Saïd slikte. 'Wat vind jij daarvan, als arts?'

'Tja, het hangt ervan af hoe je het bekijkt. Honden hebben een paar onsmakelijke gewoontes. Ze duwen hun snuit overal in, bij voorkeur in de uitwerpselen van andere dieren. Bepaalde soorten honden wentelen zich ook nog eens graag in een kadaver. Dat is allemaal niet zo fris en ik kan me voorstellen dat het in de tijd waarin de Koran ontstond, verstandig was niet te intiem te worden met honden, omdat er nog allerlei ziektes heersten waar men machteloos tegenover stond. Maar in onze tijd is dat heel anders. Wie zijn hond goed verzorgt en verantwoorde voeding geeft, heeft niets te vrezen. Integendeel, het is aangetoond dat het hebben van een hond helpt tegen depressies. In die zin is het juist heel gezond. De enige ziekte die men nu nog van een hond kan oplopen, is hondsdolheid. Maar dat is een zeldzame aandoening en over het algemeen worden honden waarbij die ziekte wordt geconstateerd, meteen uit de samenleving verwijderd.'

'Je moet niet alles letterlijk nemen wat in de Koran staat,' zei Aziza.

'Dat is misschien wel zo,' zei Saïd, 'maar zodra je begint alles met een korreltje zout te nemen, is het eind zoek. Dan glijd je voor je het weet af in de richting van ongelovigheid.' Aziza bloosde. Ze voelde zich aangesproken, en dat was ook de bedoeling. 'Je bent bekeerd heb ik gehoord,' zei ze zacht. 'Pas maar op dat je niet overdrijft.'

De dierenarts keek hem nu aan met distantie in zijn blik.

'Ik ga maar weer eens verder,' zei Saïd stroef.

'Kom gauw eens langs,' zei Aziza.

Hij knikte vaag en rukte aan Stoepa's riem om hem aan te sporen de dierenarts met rust te laten.

'Nou, dag.' Trilde er een lichte onzekerheid door in haar stem?

'Dag,' zei hij toonloos. Ze had haar vriend niet eens aan hem voorgesteld, bedacht hij terwijl hij verderliep. Op het nippertje kon hij opzij springen voor een vrouw op rollerskates. Nergens was rust, in huis niet, maar erbuiten evenmin.

Kort na de ontmoeting in het park zag hij Aziza terug. Hassan had hem gebeld en gevraagd bij hem langs te komen. Zijn stem klonk energiek en dwingend, en voordat Saïd een smoes kon bedenken hadden ze al een tijdstip afgesproken. Sinds de reis naar Marokko hadden ze elkaar niet meer gezien. Saïd was al weer zo gewend aan het alleen-zijn dat het leek of hij uit een diepe, donkere grot moest komen om als vanouds te kunnen communiceren met zijn vriend. Het was Aziza die de deur opendeed. Hij zag dat ze schrok.

'Er is niemand thuis,' zei ze nerveus.

'Ik heb een afspraak met Hassan,' zei Saïd kalm.

'Oké, kom maar binnen dan.'

Terwijl hij op de vertrouwde bank in de huiskamer zat, gingen zijn gedachten terug naar die namiddag in de zomer toen ze hem gevraagd had haar te ontmaagden. Dat was in een vorig leven geweest, hij was nu iemand anders. In toenemende mate voelde hij zich als een soldaat die zich geen gevoelens kan veroorloven. Het was de enige manier om stand te houden in een onbetrouwbare werkelijkheid, waarin onder een schijn van normaliteit een jungle van tegengestelde belangen schuilging, die egoïstisch en goddeloos van aard waren.

Aziza haalde de theepot uit de keuken en een glas – één glas voor het bezoek. Met onvaste hand schonk ze hem in. Saïd had weleens een mooiere straal gezien. De gastvrijheid ging onverbiddelijk door, maar ze schonk geen glas voor zichzelf in. Wel gebood de beleefdheid haar hem gezelschap te houden. Ze ging niet op de bank zitten, maar op een leren poef tegenover hem. Die deed hem denken aan de medina in Fès; hij had er een kraam gezien waar die dingen verkocht werden. Hij zag zichzelf weer lopen in het schemerige licht, het beeld van de *ud*-speler voor ogen zoals zich dat in eenentwintig jaar onbelemmerd fantaseren in zijn geest gevormd had. Wat was hij naïef geweest! Hij zag ook, maar het was als iets wat hij gedroomd had, de mensen die tussen de pilaren van de middeleeuwse moskee zaten. Vrouwen en mannen, oud en jong, kinderen, zachtjes keuvelend, mediterend misschien over de grootsheid van Allah, of zomaar wat voor zich uit soezend – een vreedzame oase van rust te midden van de chaotische bedrijvigheid in de medina. In zijn verbeelding had hij Aziza daartussen zien zitten, herinnerde hij zich. Ze zat daar alsof ze iemand uit Fès was, die niets met Nederland te maken had. Die op een kaart van de wereld niet eens zou kunnen aanwijzen waar het land lag.

'Draag je helemaal geen hoofddoek meer?' vroeg hij om de ongemakkelijke stilte te verbreken.

Ze haalde haar schouders op. 'Alleen als ik naar de moskee ga.'

'Wat vinden je ouders ervan?'

'Mijn moeder begrijpt het wel, mijn vader niet. Maar hij zal het moeten respecteren.'

'Weten ze het van je vriend?'

'Nog niet.'

'Wanneer vertel je het?'

'Zeg, heb je nog meer vragen?'

'Sorry hoor. Maar vind je niet dat je aardig aan het ontsporen bent?' Hij verafschuwde zichzelf om zijn moralistische vragen, maar voelde dat het zijn taak was ze te stellen. Misschien was er niemand anders om haar te corrigeren.

'Wat gaat jou dat aan?'

'Het gaat me misschien niets aan, maar ik kan toch moeilijk met lede ogen aanzien hoe jij ineens je identiteit als moslima verloochent.'

Ze keek hem spottend aan. 'Nou nou, nog maar net bekeerd en nu al zulke strenge oordelen. Geef iedereen de vrijheid zijn geloof op zijn eigen manier te beleven, alsjeblieft, en zijn eigen ontwikkeling door te maken.'

'Je doet alsof ik ineens je vijand ben,' constateerde hij.

'Zo gedraag je je ook.' Ze haakte haar vingers in haar zwarte krullen. 'Ik ken je gewoon niet terug, je hebt een heel andere uitstraling dan vroeger. Zo... zo... Ik weet niet.'

Ze zaten enige tijd tegenover elkaar te zwijgen. Het leek wel of ze vreemden voor elkaar waren, die moeite hadden geschikte, risicoloze gespreksstof te vinden. Je zou niet zeggen dat ze ooit de troon van een koninkrijk en een passie voor de ontwikkeling van een samenleving gedeeld hadden.

'Het is jammer,' zuchtte ze ineens.

'Wat is jammer?' vroeg hij wantrouwend.

Ze opende haar mond en beet op haar duim. Ze had volle lippen, met een sensuele welving die hem vroeger behoorlijk van streek bracht. Hij deed zijn best zich niet voor te stellen wat ze met die lippen allemaal deed, tegenwoordig. Zijn blik gleed langs haar borsten naar beneden, langs haar smalle heupen tot aan haar muiltjes. Dat lichaam, een meisjeslichaam eigenlijk nog, het kostbaarste wat ze had... Waarom sprong ze er zo zorgeloos mee om?

'Je was zo'n lieve jongen.'

Hij boog zijn hoofd en staarde naar de bloemmotieven in het tapijt. Nog nooit had hij ze zo stuitend voor het oog gevonden als nu.

'Lief-zijn was blijkbaar niet genoeg,' zei hij schor.

Ze stond op van de poef en kwam naast hem zitten. 'Het spijt me als ik je pijn heb gedaan.' Ze sloeg een arm om zijn schouder. 'Het spijt me echt.'

Haar plotselinge nabijheid benauwde hem. Een regel uit de Koran schoot hem te binnen. 'Vermaant haar en vermijdt haar op de rustplaatsen.' Voorzichtig haalde hij de arm weg. 'Het geeft niet,' mompelde hij, en hij schoof een halve meter van haar weg, 'zo gaan de dingen blijkbaar.'

'Het geeft wel,' zei ze fel. 'Je denkt toch niet dat het mij niets doet je zo te zien. Ik ben niet van steen. Weet je, jij en ik, wij zijn altijd heel openhartig tegen elkaar geweest... Of vergis ik me?'

Hij zweeg. Waar bleef Hassan toch?

'Denk je niet dat het kwam doordat we in Saïdi-Hassanië gewend waren elkaar alles te zeggen wat in ons opkwam? Zonder elkaar te sparen, bedoel ik.'

'Dat is waar,' gaf hij toe. 'We praatten vrijuit met elkaar, zonder een blad voor de mond te nemen.'

'En dat zijn we al die jaren erna blijven doen, telkens als we elkaar tegenkwamen. Heb je er weleens bij stilgestaan dat die vertrouwelijkheid tussen ons heel bijzonder was?'

'Je bedoelt: tussen een jongen en een meisje, op die leeftijd?'

Ze knikte. 'Ja. Meestal worden ze elkaars tegenpolen en doen ze niets anders dan elkaar pesten en dwarszitten. Maar wij niet, jij en ik.'

Hij staarde haar aan en zag ineens de kleine Aziza voor zich, zoals ze eigengereid de vormgeving van het paleis en de koninklijke tuinen voor haar rekening had genomen. Aziza, die voor zichzelf een plaats veroverde in Saïdi-Hassanië en altijd koningin was gebleven, ook al had ze noodgedwongen afstand moeten doen van de troon. Vertrouwelijkheid. Nog nooit had hij hun vriendschap in dat licht bezien. Het raakte hem wat ze zei.

'Het zou weleens kunnen dat je voor mij het zusje was dat ik nooit heb gehad,' zei hij peinzend.

'Dan was jij mijn ideale broer!' riep ze uit.

Hij schrok van zijn eigen teerhartigheid. 'Waar blijft Hassan?' Hij keek nerveus op zijn horloge.

'Ik heb iets ontdekt,' zei Aziza, zijn ongeduld negerend. 'Dankzij Peter heb ik een geweldige ontdekking gedaan. Voor ieder plekje op ons lichaam bestaat een speciale aanraking, wist je dat? Het zijn plekjes waarvan je je normaal gesproken niet bewust bent. Het is alsof ze altijd slapen, totdat ze op die ene, heel bijzondere manier gewekt worden. Dan komen ze ineens tot leven. Ze huiveren en sidderen van opwinding en hun energie verplaatst zich tot in je vingertoppen, je tenen, je haarwortels. Je denkt dat je het niet meer uit kunt houden en toch houd je het uit. Het is of je steeds dichter bij de zon komt, of misschien wel steeds dichter bij jezelf. Alsof je op het punt staat een geheim te ontsluieren.'

'En de dierenarts weet die plekjes feilloos te vinden.'

Ze hoorde zijn sarcasme niet, zozeer werd ze meegesleept door de gedachte aan haar ontdekking. 'Ja,' zei ze enthousiast. Ze schopte haar muiltjes uit. Hij zag dat ze haar teennagels roze gelakt had. Waar had hij die kleur eerder gezien? 'Dus hij is niet alleen goed met dieren,' zei hij nors. Aziza antwoordde niet. Ze legde haar hoofd in haar nek en sloot heel even haar ogen. Haar wimpers raakten haar wangen, die een kleur gekregen hadden tijdens de beschrijving van haar ontdekking. Saïd dacht aan al die bijzondere plekjes op haar lichaam die hij nooit zou leren kennen. Ze waren het speelterrein van de arts die met zijn gewetenloze vingers zowel onreine dieren betastte, als zijn Marokkaanse vriendinnetje. Er kwam een stille razernij bij hem op, die achter in zijn hoofd begon en zich onder zijn schedel verplaatste, als een storm die ergens in een vergeten hoek van de aarde begint en zich opmaakt voor een vernietigende tocht over de globe.

Gelukkig opende ze haar ogen. Haar stem werd dieper toen ze zei: 'Weet je, als die plekjes niet regelmatig liefdevol worden aangeraakt, kun je net zo goed dood zijn.'

Saïd staarde haar wezenloos aan. Ineens werd de activiteit in zijn hoofd overstemd door woorden die afkomstig waren uit de cd-verzameling van zijn moeder: 'Killing me softly...' Hoewel hij zich de context niet herinnerde en Roberta Flack het waarschijnlijk heel anders bedoelde, kwam het hem voor dat die woorden speciaal voor hem bedoeld waren. Hoe je door ontwapenende openhartigheid gewurgd kon worden, hoe beetje bij beetje je adem werd afgeknepen door ontboezemingen als fijne vingertjes, die eigenlijk bestemd waren voor liefkozingen. Hij staarde naar Aziza en besefte dat ze zich niet bewust was van haar wreedheid.

'Doodgaan is iets wat anderen overkomt, Aziza,' bracht hij uit, 'jou niet.'

Ze opende haar mond, maar wat ze wilde zeggen zou hij nooit weten, want Hassan was in de deuropening verschenen. 'Sorry,' zei hij, 'alles zat tegen. Maar jullie hebben je wel vermaakt, neem ik aan.' Saïd schoot overeind. Het was of hij onder stroom had gestaan en eindelijk gered werd. Hassan omhelsde hem vriendschappelijk en klopte op zijn schouder. 'Wat doen we?' zei hij. 'Blijven we hier, of zoeken we een café?' 'Een café,' zei Saïd gretig.

Ze streken neer in een buurtcafé en bestelden koffie met een tosti. Buiten was het koud. 's Nachts vroor het, en ook overdag kwam de temperatuur nauwelijks boven het nulpunt uit. Maar binnen was het warm. Het was een ouderwets Amsterdams café, met Perzische tapijtjes op de tafels en een kale houten vloer, die minstens een halve eeuw klandizie had overleefd. Het plafond, dat ooit wit moest zijn geweest, had in de loop van de tijd een onbestemde kleur gekregen van de rookaanslag. Het café sloot de boze winterwereld buiten, als een moeder die je beschermde tegen onheil. Ook het onheil dat luisterde naar de naam Aziza, verdween hier tijdelijk naar de achtergrond.

'Goed je weer te zien!' zei Hassan.

'Je hebt het zeker druk gehad sinds we terug zijn.' Saïd ontspande zich. Het weerzien met zijn vriend deed hem meer plezier dan hij gedacht had, al bleef hij op zijn hoede.

Hassan rekte zich uit en gaapte. 'Wat heet druk. De school is nogal veeleisend. Je weet dat ik speciale toestemming had gekregen om halverwege het trimester de reis naar Marokko te maken, mits ik er een verslag over zou schrijven. Een jongen van Marokkaanse afkomst die het land van herkomst leert kennen, zeg maar. Ze vonden het een origineel idee, omdat de meeste Marokkanen in Nederland haast niets van Marokko af weten. Nou, dat heb ik gedaan. Ik heb er een artikel over geschreven.'

'En... wat vonden ze ervan?'

'Goed. Heel goed zelfs. Ik heb het, met bijpassende foto's, ook naar de redactie van een reismagazine gestuurd en die gaan het plaatsen, in april waarschijnlijk.'

'Dat is mooi, zeg,' zei Saïd. Voor Hassan had de reis vrucht afgeworpen. Hij was zo praktisch geweest er iets intelligents mee te doen.

'Verder heb ik, buiten de school om, nog een paar projecten lopen. Een daarvan is een stuk over jouw zoektocht naar je vader. Dat zou geplaatst kunnen worden in een tamelijk serieus blad voor tweedegeneratie-Marokkanen. Ik heb gepeild of ze daar belangstelling voor hebben, en ze voelen er wel iets voor. Maar eerst zou ik graag nog een interview met je hebben, laten we zeggen een afsluitende evaluatie, want ik heb natuurlijk al schriften vol materiaal.'

'Schriften vol?' zei Saïd verontrust.

Hassan grijnsde. 'Je dacht zeker dat het steeds hetzelfde schriftje was waar ik in krabbelde?'

'Eigenlijk wel, ja.'

'Nou, niet dus. Ik had tien van die schriftjes gekocht voor de reis en ze zijn allemaal vol.'

'Je wilt toch niet zeggen dat ze allemaal over mij gaan?'

Hassan knikte geestdriftig. 'Voornamelijk wel, ja. Natuurlijk kom ik er zelf ook in voor, omdat ik er nu eenmaal bij was, maar voornamelijk als iemand die op de achtergrond blijft. Zeg maar als onderdeel van het decor.'

'Maar je weet toch helemaal niet wat er in mij omging...' zei Saïd beduusd.

Hassan nam een flinke slok van zijn koffie. Hij straalde van vitaliteit en zelfvertrouwen. 'Niet precies misschien, maar wel ongeveer. Ik heb je de hele tijd nauwlettend gadegeslagen, weet je, en wat ik niet precies weet, vul ik zelf wel in. Bovendien ken ik je al zo lang, soms denk ik dat ik jou beter begrijp dan mezelf. Ik heb van nature een sterk empathisch vermogen – in de journalistiek een voordeel, maar in het gewone leven is het eerder een straf. Maar een interview zou wel zinvol zijn, al was het maar om de laatste losse draadjes weg te werken.'

'Moet je mijn toestemming niet hebben voor het schrijven van een dergelijk artikel?'

'Niet echt, nee. En al was het wel zo, dan mag je me die niet onthouden, vind ik. De reis was voor mij toch een hele investering, in tijd en in geld. Als ik iets daarvan terug kan verdienen, is dat mooi meegenomen.'

'Maar het gaat om een persoonlijke kwestie, die alleen mij en mijn vader aangaat,' zei Saïd vol ongeloof. 'Daar hebben vreemden toch niets mee te maken?'

'Dat is nog maar de vraag... in een wereld waarin de media het voor het zeggen hebben. Mensen hebben recht op informatie en mensen zoals ik maken er hun beroep van ze die te geven.'

'Maar deze informatie gaat ze niks aan!' riep Saïd verontwaardigd. Het onheil dat Aziza heette, was nu wel erg op de achtergrond geraakt. Het laatste wat hij wilde, was dat sensatiebeluste lezers zich zouden verkneukelen over het beschamende resultaat van zijn zoekactie. Hoe was het mogelijk dat zijn vriend, zijn beste vriend, zich hiervoor leende?

'Hé man, je gaat toch niet flauw doen?' zei Hassan met een scheef lachje. 'Je verhaal interesseert de mensen. Ze zullen met je begaan zijn, dat weet ik zeker. Je moet goed begrijpen... de meeste mensen hebben een miserabel leven, een leven van vallen en opstaan. Alleen de hoop dat het zich uiteindelijk allemaal ten goede zal keren, houdt ze op de been. Maar in onze maatschappij wordt die hoop maar al te vaak definitief de bodem in geslagen. De vraag is dan: hoe krabbelt iemand overeind? En jij bent nu zo'n geval. Hoe krabbel jij overeind nadat je ontdekt hebt wat voor vader je hebt, dat is wat ze willen weten. De mensen hebben voorbeelden nodig waaraan ze zich kunnen spiegelen.'

'Maar ik weet helemaal niet of ik wel overeind krabbel.'

'Natuurlijk doe je dat. Je bent jong en flexibel, het leven stelt steeds weer nieuwe eisen, je kunt je niet veroorloven lang stil te staan bij tegenslagen. Ik wil er nog wel een trouwens. Jij ook?' Hassan gaf een teken aan de man achter de bar, die zo geconcentreerd bierglazen stond af te drogen alsof hij bezig was een wiskundig probleem op te lossen. 'Nog twee koffie graag.'

'Jij hebt makkelijk praten,' zei Saïd. 'Jij hebt een fatsoenlijke vader, die alleen leeft voor zijn werk en zijn gezin.'

'Een dergelijke onkreukbaarheid heeft ook haar schaduwzijde, hoor. Maar vertel eens, hoe is hij in werkelijkheid, nu je hem ontmoet hebt?'

'Wie?'

'Je vader natuurlijk. Wie anders?'

'Ik heb hem nog niet ontmoet.'

'Wat?' Hassan leunde verbluft achterover. 'Dat meen je toch zeker niet!'

Saïd zweeg. Er viel niets aan toe te voegen. Het was gewoon zo dat de brief nog steeds op de boekenkast in zijn slaapkamer lag. Hij liet hem daar niet expres liggen, eerder ontbrak het hem aan animo om hem te gaan bezorgen. Dat had te maken met onzekerheid, wist hij, en met de angst dat hij een fout zou maken. Het was jammer dat hij niemand kende die op zijn onbekende vader was afgestapt met de boodschap: 'Hier ben ik. Ik ben je zoon.' Wat voor houding moest je daarbij aannemen? Bescheiden, schuchter? Of juist dynamisch en enthousiast? De verwijten die hij zijn vader zou willen maken, moest hij natuurlijk voor zich houden. Als hij hem die meteen voor de voeten wierp, zouden ze nog voordat er contact kon ontstaan, een vader-zoonconflict hebben. Wanneer hij zich aan zijn vader voorstelde als diens zoon, moest hij dus net doen alsof hij niets wist van de dingen die hem tijdens de reis door Marokko over hem ter ore waren gekomen. Hij moest op het bewuste adres, dat zo sierlijk op de enveloppe geschreven was, een toneelstuk opvoeren. Had hij daarvoor voldoende acteertalent? Zou een raar soort podiumangst hem niet de keel dichtsnoeren? Soms kwam het hem voor dat het overbodig geworden was zijn vader te ontmoeten. Zijn moeder scheen dat idee ook te hebben; ze drong er tenminste niet op aan. Het leek of haar droomgeliefde het nu pas voorgoed bij haar had verbruid. Toch was het onbevredigend je vader zo dichtbij te weten zonder hem ooit gezien te hebben. Ergens was iemands fysieke gestalte toch doorslaggevend: een echt lichaam dat een schaduw wierp wanneer de zon scheen. Er was zoiets als pure nieuwsgierigheid naar dat fysieke lichaam waaraan hij zijn bestaan te danken had. Of te wijten. Hoe zag zijn vader eruit, hoe bewoog hij, hoe was zijn uitstraling? Had hij, ondanks de duistere verwikkelingen in zijn leven, in een uithoek van zijn ziel toch een plekje voor zijn Nederlandse zoon opengehouden? Het kwam door dit soort tegenstrijdige overwegingen dat de brief nog steeds op de boekenkast lag en eigenlijk maar één gedachte bij Saïd opriep: er is geen haast bij.

'Ik heb het nogal druk met de koranstudie,' mompelde hij, 'en aan het Arabisch heb ik ook mijn handen vol. Ik ga elke week naar Rotterdam voor mijn lessen.' Hij keek op zijn horloge. 'Ai, nu ben ik alweer een gebed vergeten, dat is al het tweede vandaag.'

'Je gaat me toch niet vertellen dat je vijf keer per dag bidt?' zei Hassan argwanend. Hij fronste zijn zware wenkbrauwen.

'Als het even kan wel, ja.'

'Je gelooft toch niet alles wat ze je vertellen, hoop ik?'

'Ik probeer wel zo dicht mogelijk bij de letter te blijven. Het mooie van de Koran is dat je er een antwoord vindt op al je vragen. Maar je moet wel goed lezen wat er staat. Zodra je op je eigen houtje aan het interpreteren slaat, beland je op drijfzand. Vooral omdat je de menselijke neiging hebt alles in je eigen voordeel te interpreteren. Voordat je het weet ben je mijlenver van Gods oorspronkelijke bedoeling verwijderd. Dus ja, ik neem alles zo letterlijk mogelijk en dat is niet altijd makkelijk, snap je. Zeker niet als het betekent dat je grote offers moet brengen.'

Hassan schudde zijn hoofd alsof hij het niet kon geloven. Hij speelde met zijn koffielepeltje en zei sceptisch: 'Zoals...?'

'Zoals het feit dat ik Stoepa weg moet doen, omdat hij onrein is. En verder... Er is iets wat ik je al een tijdje wil vragen.'

Saïd aarzelde. Het viel hem zwaar erover te beginnen, maar het was onontkoombaar. Allah sta me bij, bad hij in gedachten, geef me de kracht om deze kwestie in de vorm van een open, onschuldige vraag aan Hassan voor te leggen.

'Het gaat me om de zevende soera,' begon hij op fluistertoon. 'Daar staat ergens: "Zult gij zedeloosheid begaan waarin nog geen enkel der wereldwezens u is voorgegaan? Gij nadert immers de mannen in wellustige begeerte in plaats van de vrouwen. Neen, gij zijt overmoedige lieden."'

'Nou, en?' zei Hassan.

'Mijn vraag is: hoe ga jij om met deze regel? Ik vraag het aan jou omdat jij...' Saïd kreeg het niet over zijn lippen. Hij had het erg warm gekregen. De koffie smaakte hem niet meer, hij schoof het half volle kopje van zich af.

'Omdat ik van mannen houd, bedoel je?'

Waarom had Hassan de vervelende gewoonte alles meteen bij de naam te noemen? Het klonk zo bot, zoals hij het zei.

Hassan boog zijn hoofd en blies krachtig zijn adem uit. Saïd onderdrukte de behoefte iets te zeggen wat de scherpe kantjes eraf haalde. Maar ergens wist hij dat het er nu op aankwam, dat dit een test was die hij niet mocht verprutsen.

'Het is niet persoonlijk bedoeld,' zei hij zwakjes.

'Heb je enig idee om hoeveel "overmoedige lieden" het hier gaat,' vroeg Hassan, die zijn hoofd oprichtte en hem recht in de ogen keek, 'mondiaal gezien?'

Saïd schudde zijn hoofd. Hij had geen tegenvraag verwacht en zeker niet zo'n absurde.

'We hebben het over vier tot vijf procent van de wereldbevolking,' zei Hassan.

Er viel een ongemakkelijke stilte. Saïd was van zijn apropos gebracht. Hij voelde zich alsof zijn wapens hem meteen al uit handen werden geslagen. Werd hij wel serieus genomen?

'Mag ik hier roken?' Hassan viste een pakje Gauloises uit de zak van zijn colbertje. Hij keek zoekend om zich heen en ontdekte een metalen asbak op een belendend tafeltje, waaraan een man met dikke wallen onder de ogen een sportkrant zat te lezen. 'Mag ik?' zei Hassan. De man reikte hem hoffelijk de asbak aan en dook terug in zijn lectuur.

'Vijf procent van de wereldbevolking.' Hassan stak een sigaret op. 'Hoeveel mensen zijn dat?'

'Driehonderd miljoen ongeveer,' rekende Saïd snel uit. Rekenen was een prettige, neutrale bezigheid. In de wereld van optel- en aftreksommen, van vermenigvuldigen, delen en worteltrekken klopte alles. Er was geen ruimte voor afwijkende interpretaties in dit gesloten, onfeilbare universum van absolute waarheden.

'Je denkt toch niet dat God driehonderd miljoen mensen heeft geschapen, met een van het gemiddelde afwijkende seksuele voorkeur...' Hassan inhaleerde diep, '...om ze vervolgens te beschuldigen van overmoed en ze daarom te veroordelen?'

Saïd staarde hem verbluft aan.

'Je kunt evengoed een neger of een blanke beschuldigen van overmoed vanwege zijn huidskleur.' Hassan boog over het tafeltje heen dichter naar hem toe. 'In de schepping is geen ordeloosheid, dat kun je in de zevenenzestigste soera lezen. Alles heeft een diepere zin en betekenis, al is dat met het blote oog niet te zien. Wat we hier op aarde moeten doen volgens mij, is tegen echte demonen vechten.'

'Echte demonen?'

'Zoals de arrogantie van de domheid. Denken dat een geloof je het recht geeft anderen voor te schrijven hoe ze moeten leven. Mensen veroordelen op grond van de betwistbare interpretatie van een eeuwenoud boek. Ik weet best dat het een lekker gevoel geeft gelijk te hebben. Iedereen heeft behoefte aan controle over de chaos die ons omringt. In groepsverband gelijk hebben is nog fijner. Als om je heen alle leden van de groep ervan overtuigd zijn dat het goed is een gouden ring in je neus te hebben, dan draag jij er ook een. Hoe meer mensen hetzelfde gelijk hebben als jij, des te waarschijnlijker wordt je eigen gelijk erdoor. Als er dan ook nog een boek is waarin al dat gelijk is opgetekend en dat heilig is verklaard, dan wordt het vanzelf een soort wetboek met leefregels en strafmaatregelen. Een wetboek om ook aan anderen, die niet tot de uitverkoren groep behoren, datzelfde gelijk op te leggen. Want er is niets zo bedreigend als iemand die beweert een heel ander gelijk te hebben. Stel je voor dat de twijfel toeslaat! Misschien loop je wel voor gek met die ring in je neus! Twijfel maakt je verschrikkelijk onzeker, over jezelf, over de wereld waarin je leeft, over de mensen om je heen en wat ze heimelijk denken. Voor de meeste mensen is twijfel het meest ondermijnende gevoel dat er bestaat.'

'Ik heb er ook een bloedhekel aan,' gaf Saïd toe. 'Het holt je vanbinnen uit. Het lijkt wel of er een tweede persoon binnen in je leeft, wiens grootste lol het is je tegen te spreken bij alles wat je denkt of doet. Hij ondermijnt je daadkracht. Als je niet oppast, doe je op het laatst helemaal niets meer omdat elke handeling zinloos lijkt. Je moet toch een soort motivatie hebben, ergens in geloven, om tot daden te komen. Als de twijfel aan je vreet, lijkt het of je voor iedere stap naar voren er ook een naar achteren doet. Zo kom je helemaal nergens.'

'Toch is twijfel het waarachtigste levensgevoel dat er bestaat,' zei Hassan met schitterende ogen. 'De twijfel liegt niet, stelt de dingen niet mooier voor dan ze zijn en stelt je nooit teleur. Als iedereen dagelijks met zijn twijfel zou optrekken als met een trouwe metgezel, zou er vast minder geweld op de wereld zijn. Die tweede persoon waar je het over had, zou je dan kunnen zien als een sparring partner, met wie je na eindeloze discussies tot originele compromissen kunt komen. Eigenlijk...' Hassan deed zijn ogen wijd open, alsof hij iets zag wat hem verraste, '...zou je elke ochtend bij het opstaan al je zogenaamde zekerheden van je af moeten schudden. De wereld in gaan met een lege, ontvankelijke geest, open voor alles wat op je af komt. Dan zou je elke dag een nieuw mens zijn en jezelf eindeloos herscheppen. Natuurlijk zou je telkens opnieuw door twijfel beslopen worden, omdat het leven daar nu eenmaal aanleiding toe geeft, maar je zou de twijfel niet ervaren als iets hinderlijks dat de grond onder je voeten in een moeras verandert. Je zou de twijfel accepteren als een andere manier van kijken, als een verrijking van de mogelijke perspectieven van waaruit je naar de wereld en naar jezelf kunt kijken. Er zou een Boek van de twijfel moeten bestaan, waarin de lof van de twijfel wordt gezongen.'

'Schrijf het.' Het klonk sarcastischer dan Saïd wilde. 'Je hebt er genoeg ideeën over.'

'Misschien doe ik dat wel.' Hassan leunde achterover in zijn stoel en staarde peinzend uit het raam naar buiten. Een voetganger kwam voorbij, diep in de kraag van zijn jas gedoken.

Saïd voelde zich verward en onbevredigd. Had hij van Hassan antwoord gekregen op zijn vraag? Nee, eerder had zijn vriend hem met een vage uiteenzetting, die op bepaalde punten aardig de kant op ging van heiligschennis, zand in de ogen gestrooid. En diens verheerlijking van de twijfel was weerzinwekkend. Al zou het waar zijn dat een groot deel van de mensheid eraan leed, zoals Hassan veronderstelde, je eigen twijfel voelde aan als iets waar je helemaal alleen voor stond. Bijna zoiets als de dood, die andere supereenzame onderneming. In dat licht bezien leken de twijfel en de dood iets met elkaar gemeen te hebben, als een onheilspellend duo dat graag samen opereerde. De twijfel doodde de zekerheden die je moeizaam veroverd had, zodat je steeds opnieuw naar drijfhout moest zoeken om niet verzwolgen te worden door de willekeur van het lot. Het enige antwoord op de twijfel en het eeuwige waarom was het Paradijs, dat wist Hassan toch evengoed als hijzelf? Het Paradijs was zowel de verlossing van de twijfel als van de dood. Niet voor niets was deze boodschap veertienhonderd jaar geleden naar de aarde gezonden om de mensen te verlossen van hun angst voor de dood en de benauwenis van hun twijfel. En om ze te motiveren zo te leven dat ze het Paradijs ook werkelijk verdienden. Bij de troostrijke gedachte aan lommerrijke tuinen en zacht ruisende rivieren verlangde Saïd ineens hevig naar de gezamenlijke gebeden in de moskee. Wanneer de mannen broederlijk voorovergebogen lagen onder de hoge gewelven, allen verzonken in dezelfde gebeden, en de recitaties als hemelse muziek over hen neerdaalden, dan leek het of je aan jezelf ontsteeg en in een hoger, universeel ik werd opgenomen.

'Weet je wat ik denk?' zei Hassan. 'De soera's over homoseksualiteit moet je tegen een historische achtergrond zien. Die regels zijn toen bedacht omdat er bij onderlinge stammenoorlogen zoveel mannen stierven. Van degenen die overbleven, was elke man hard nodig om het voortbestaan van de stam te waarborgen. Hij mocht zijn zaad niet verspillen aan seks met andere mannen. Maar nu, in de eenentwintigste eeuw, met een wereldbevolking van zes miljard mensen, zouden ze elke man die van mannen houdt een bonus moeten geven, omdat hij zich hoogstwaarschijnlijk niet voortplant.'

'Je hebt het over een heilige tekst,' zei Saïd. 'Af en toe schijn je dat te vergeten.'

'Die tekst is aan een drastische herinterpretatie toe.' Met een gebaar van ergernis drukte Hassan zijn peukje uit op de rand van de asbak. 'We moeten de moed hebben dat onder ogen te zien, in het belang van het geloof. Dit is het begin van de eenentwintigste eeuw, ook voor de islam zijn de Middeleeuwen nu wel voorbij.'

Hij is verloren, begreep Saïd met een schok, er is niets wat hem nog kan redden. De School voor de Journalistiek had hem voor altijd bezoedeld met intellectuele ideeën, die hem regelrecht naar de afgrond voerden, en zijn seksuele voorkeur had de rest gedaan. Dit was het moment waarop hij zijn vriend voor altijd moest loslaten. Ineens zag hij haarscherp dat zijn vriendschap met Hassan, die zoveel jaren stand had gehouden, het tweede offer was dat van hem gevraagd werd. Als hij gehoopt had dat er op dit punt misschien een beetje geschipperd kon worden, dan was het nu wel duidelijk dat die hoop ijdel was en uit louter zelfbedrog voortkwam.

'Mijn zoon is ook een homo,' zei de man aan het tafeltje naast hen. Hij had zijn krantje blijkbaar uit, want hij vouwde het zorgvuldig dubbel alsof het een belangrijk document was. 'Een door en door goeie jongen, d'r zit geen greintje kwaad bij. Hij is etaleur. Ik zie jullie denken: wat is dat nou voor beroep? Een zootje spullen in een etalage zetten, een pop een jurk aantrekken, dat kan toch iedereen? Maar zo eenvoudig is het niet. Ik zal jullie zeggen, het is een kunst op zichzelf.

Laatst had hij zo'n mooie etalage gemaakt dat ik sprakeloos was. Prachtig gewoon. In een zaak waar ze ondergoed verkopen. "Pa, dat is geen ondergoed, dat is lingerie," zegt hij tegen me. Hij wil niet dat ik "ondergoed" zeg. Hij heeft gelijk. Wat ze daar in die winkel verkopen, is geen ondergoed zoals jullie en ik aan hebben. Tenminste, laat ik voor mezelf spreken, want ik weet natuurlijk niet wat jullie dragen om je edele delen te bedekken. Bij mij, dat kan ik jullie wel vertellen, is het niet veel soeps. Het zijn gewone katoenen onderbroeken. Ik koop ze bij bosjes van vijf tegelijk, in de uitverkoop, bij Zeeman of op de markt.'

'Henk!' riep de man achter de bar. 'Het interesseert de heren niet wat jij aan je kont hebt.'

De ander maakte een afwerend gebaar met zijn krant alsof hij een mug dood wilde meppen. 'Laat mij nou even. Ik was nog niet klaar. Hoe goedkoper, hoe liever, zeg ik maar. Want je hebt weleens een ongelukje en dan zou het toch zonde zijn wanneer het duur spul was. Maar lingerie, dat is heel wat anders. Alle mogelijke kleuren en stoffen, met kantjes en strookjes voor de dames, doorschijnende bustehouders en... slipjes heet dat geloof ik, sommige nog kleiner dan een druivenblad op een schilderij, met zo'n touwtje door je bilnaad. Mij lijkt 't niks, maar 't is natuurlijk wel mooi aan het lichaam van een jonge meid. Voor de mannen hebben ze ook een ruime keus, van wijdvallende broekjes met een streepjespatroon of een of andere stripfiguur tot van die strakke dingetjes waar je hele hebben en houwen in opgesloten zit... Lijkt me ook niks. Ik bedoel, je wilt van onderen toch een beetje adem kunnen halen, of niet soms.'

'Henk, de heren waren in een gesprek verwikkeld en jij dendert er zomaar tussen!'

'Laat mij nou, ik begin net lekker op dreef te komen. Breng me nog maar een jonge, wil je. Nou, wat mijn zoon met al die floddertjes en fladdertjes gedaan heeft, je gelooft het niet. Het is gewoon prachtig. Voor de allermooiste gebruikt hij etalage-poppen, de rest heeft hij zo'n beetje in het rond gedrapeerd, op donkerrood fluweel met gedroogde herfstbladeren ertussen en zo hier en daar een kastanje. Ik loop er elke dag even langs om ervan te genieten. De eerste keer kreeg ik er tranen van in m'n ogen, zo mooi vond ik het. Dat heeft hij toch maar netjes gedaan die jongen van me, zeg ik tegen mezelf, hij is echt een artiest. Soms kijk ik ernaar vanaf de overkant van de straat. Dan tel ik hoeveel voorbijgangers de etalage in kijken en hoeveel er echt blijven staan om alles nauwkeuriger te bekijken. En natuurlijk tel ik hoeveel mensen er naar binnen gaan om iets te kopen. Je staat ervan te kijken hoeveel geld mensen uitgeven aan iets wat toch eigenlijk onzichtbaar is. Ongelooflijk gewoon.'

'Nou is het mooi geweest, Henk. De heren hebben geïnteresseerd naar je geluisterd, maar je moet ook van ophouden weten.'

'Goed, goed.' De trotse vader trok zijn portemonnee. 'Hoeveel krijg je van me?' Er werd afgerekend. Hij stond moeizaam op en schoof zijn stoel naar achteren. 'Nou, dan ga ik maar. Hier is mijn krant.' Hij gaf hem in het voorbijgaan aan Saïd. 'Dan hebben jullie wat te lezen.'

'Dank u,' zei Saïd beleefd.

Toen de man de deur achter zich gesloten had, kwam de eigenaar achter de bar vandaan. 'Willen jullie nog een kop koffie van de zaak?' vroeg hij. 'Voor het ongemak, zal ik maar zeggen? Zijn zoon is twee weken geleden mishandeld door een groepje allochtonen. Hij kwam met zijn vriend uit een homobar, Fantasma of zoiets, en die lui stonden buiten in het donker op een prooi te wachten. Kort daarna is de jongen in het ziekenhuis overleden. Zijn vader komt nu elke ochtend voor een bakkie troost en een paar glaasjes, je kunt het hem niet kwalijk nemen.'

'Ik dacht al,' zei Hassan, 'die man is niet gelukkig.'

'Eerlijk gezegd heb ik het zelf ook niet zo op homo's.' De man gooide de blauw-wit geruite theedoek over zijn schouder. 'Zeg nou zelf, het is en blijft tegennatuurlijk. Maar we leven in een vrij land, zeg ik maar. Het is toch een kwestie van leven en laten leven.'

'Zo is het maar net,' gaf Hassan toe. Om aan te geven dat voor hem de discussie gesloten was, draaide hij zijn hoofd nadrukkelijk in de richting van het raam. Er lag een verslagen uitdrukking op zijn gezicht. Zijn huid was grauw geworden. De eigenaar liep terug naar de bar om de beloofde koffie in te schenken.

'We zouden weleens sneeuw kunnen krijgen,' zei Saïd, die Hassans blik had gevolgd.

Hassan ging er niet op in. Het leek hem niet te interesseren of er sneeuw kwam of niet. Met een gevoel van beklemming constateerde Saïd dat zijn vriend zichtbaar leed onder wat de etaleur was overkomen. Zelf moest hij voornamelijk denken aan diens weerzinwekkende etalage. Kanten ondergoed op de naakte lichamen van poppen – werd daar geen narcistische verering van het lichaam mee uitgedrukt? De praktische functie van ondergoed was hier in elk geval wel heel ver te zoeken. En de etaleur had zich in dienst gesteld van dat peperdure exhibitionisme. Hij had het theatraal geënsceneerd, van de etalage een altaar gemaakt voor egoïstische zelfaanbidding en impotente geilheid, terwijl er in Marokko kinderen waren die in lompen gekleed gingen. Zo'n etalage drukte de verwording van de westerse samenleving feilloos uit. Meer hoefde je niet te zien om te weten hoe het er hier in Nederland toeging.

'Zo, heren, met de complimenten van het huis.' De eigenaar zette twee kopjes op het Perzische tapijtje, haalde de lege kopjes weg en verwijderde zich.

'Wie geen ring in zijn neus heeft, moet dood,' zei Hassan somber.

Saïd wist niet wat hij moest zeggen. Hij voelde dat ieder woord van zijn kant een verkeerde snaar zou kunnen raken. Het liefst was hij opgestaan en vertrokken, en had hij zijn vriend achtergelaten in het gezelschap van zijn pessimistische gevolgtrekkingen. De atmosfeer in het café was verstikkend geworden. Het was een kweekplaats van onverkwikkelijke ontboezemingen, die hun bestaan voornamelijk dankten aan de alcohol.

'Als je bedenkt dat ik het net zo goed had kunnen zijn,' zei Hassan.

Saïd verschoot van kleur. 'Bedoel je dat jij in diezelfde bar komt? In Fantasma?'

'Soms. Wat kijk je nou? Je bent toch weleens in een homobar geweest?'

'Je weet best dat het antwoord daarop nee is,' zei Saïd. Hij verschoof onrustig op zijn stoel. Als hij niet gauw een voorwendsel vond om weg te kunnen gaan miste hij ook nog het volgende gebed.

Hassan keek hem meewarig aan. 'Jij doet jezelf zo tekort, weet je dat? Denk toch niet dat je de enige bent. Er zitten honderdduizend anderen in dezelfde fase als jij. Ik weet zelf wat het is, maar het gaat voorbij. Kijk toch niet zo ongelukkig.'

'Ik kijk niet ongelukkig,' zei Saïd stuurs.

'Dat doe je wel. Je zou je eigen gezicht eens moeten zien, zo afwerend, boos en triest als het is. Zo... verloren. Het gaat me aan het hart je zo te zien, dat mag je best weten... Ik voel me buitengesloten en dat terwijl ik je vriend ben, een vriend die veel om je geeft. Weet je wat? Ik denk dat ik een veel groter interview met je ga maken. Onze reis, de dingen die je overkomen zijn, je bekering, de manier waarop jij alles verwerkt –

of juist niet verwerkt. Ergens is er nog iets wat een vraag op-roept. Het antwoord op die vraag stijgt misschien wel uit bo-ven het persoonlijke. Boven jouw individuele lotgevallen en preoccupaties. Dat maakt het makkelijker voor anderen om zich te identificeren.'

'Ik moet ervandoor,' zei Saïd nu zonder omhaal. Hij wierp een verlangende blik op de deur. Er kwam een gemene hoofd-pijn opzetten, en voordat die in alle hevigheid doorbrak wilde hij thuis zijn.

Hassan zuchtte. 'Zodra ik erover begin, probeer je te ont-snappen. Daar ben je ontzettend handig in, zeg maar rustig dat je een rasescapist bent.' Hij boog zich ver over de tafel heen en vatte Saïd stevig bij zijn pols. Er school een diepe be-zorgdheid in zijn blik toen hij op fluistertoon zei: 'Maar in al die ontsnappingspogingen schuilt een gevaar, weet je dat? De dood als ultieme escape. Dat ambieer je toch zeker niet? Je houdt toch net zoveel van het leven als ik?'

Saïd rukte zich los. 'Ik moet nu echt gaan,' bracht hij uit, terwijl hij bruusk overeind kwam. Een lichte misselijkheid golfde omhoog in zijn slokdarm. Drie koppen koffie, dat was te veel. Hij had beter op moeten letten.

'Alsjeblieft,' zei Hassan op smekende toon, 'begin toch eens te leven!'

Het ging maar door en het kwam allemaal door de etaleur. Saïd trok zijn portemonnee tevoorschijn. Met trillende vin-gers grabbelde hij in een van de vakjes naar kleingeld.

'Jij en ik moeten serieus met elkaar praten,' zei Hassan op gedempte toon, 'maar niet vandaag en niet op deze plek. Hier hebben de muren oren. Laten we het bij jou thuis doen, in jouw kamer, zoals vroeger. Weet je wel dat ik in die kamer de gelukkigste uurtjes van mijn jeugd heb doorgebracht?'

Saïd snapte het. Hij knikte dof.

Hassan legde gepast geld op tafel en groette de eigenaar,

waarna ze de winterse kou in stapten. Toen Hassan de hondenmand op de bagagedrager zag, vroeg hij: 'Hoe gaat het met Stoepa?'

'Goed,' zei Saïd kortaf. Hij nam een lange ademteug. De koude lucht drong tot diep in zijn longen door en gaf hem nieuwe energie.

'Niet wegdoen, hoor, die hond,' zei Hassan. 'Je moet je niet gek laten maken door je nieuwe geloof.'

'We zullen zien,' zei Saïd diplomatiek.

'Oké, ik bel je binnenkort voor een afspraak.' Hassan gaf hem een gemoedelijk klopje op zijn schouder. Toen bracht hij zijn gezicht dicht bij dat van Saïd. 'Het zou natuurlijk nog mooier zijn als je je vader dan hebt ontmoet. Het gaat een heel mooi interview worden, ik voel het.'

Er woei een ijzige wind over de kade. Saïd rilde. Hij stapte op zijn fiets en begon te rijden. 'Nou, dag.' Slapjes stak hij een hand op.

'Misschien zit er zelfs een boek in!' riep Hassan, toen Saïd al zeker op tien meter afstand was.

'Er is maar één boek!' riep die over zijn schouder.

21 Zeven jongens in zondagse kleren

Hij werd wakker met een stijve nek. De schemering in zijn slaapkamer duidde op het schoorvoetend aanbreken van een nieuwe winterdag. Het leek of er koude lucht langs zijn gezicht streek. Moeizaam tilde hij zijn hoofd op om de herkomst ervan te achterhalen. De deuren naar het balkon stonden op een kier, terwijl het 's nachts vroor! Had hij ze geopend voordat hij naar bed ging? Hij staarde tussen de gordijnen door naar buiten. De lucht boven de daken van de huizen was grauw. Het geronk van een vliegtuig naderde, het klonk alsof er daarboven in de hemelse tuinen met een zware machine grasgemaaid werd. Hij wierp een blik op de wekker die naast zijn bed stond. Het was bijna tijd voor het ochtendgebed. Nog even, dacht hij en hij draaide zich op zijn zij.

Onder de grauwe hemel, die alle dagen op elkaar deed lijken, woonde ook de man die hem verwekt had. Hij had hem nog steeds niet ontmoet. Er was bar weinig overgebleven van het blinde verlangen de charmeur van het Rembrandtplein te leren kennen, een verlangen dat hem naar Marokko had gevoerd en had voortgedreven tot over de bergen, als een bezeten jachthond die een spoor ruikt. Had het spoor voor hem werkelijk zijn eindpunt gevonden op een koude betonnen vloer in de buurt van Agdz?

Vanuit zijn ooghoek kon hij een randje van de brief zien. Het lichtte wit op in de schemering. Was het niet zijn verantwoordelijkheid die brief te bezorgen, de enige kans op verbetering van de leefomstandigheden voor een hele familie? Hing niet alles van hem af? Moest hij niet eindelijk de diepe tegenzin, die hem al veel te lang verlamde, van zich afschudden en in actie komen? Ver hiervandaan, onder een hemel die allesbehalve grauw was, werd erop vertrouwd dat hij het poststuk persoonlijk zou afleveren.

Het schoot hem te binnen dat hij onlangs een passage over vertrouwen was tegengekomen. Hij had haar vluchtig gelezen, zonder dat hij de strekking ervan tot zich door had laten dringen. Misschien was het geen toeval geweest dat hij juist deze regels onder ogen had gehad en ze zich vaag herinnerde. Hij deed een blinde greep naast zijn bed, waar de Koran op de vloer lag, niet ver van Stoepa, die bezig was wakker te worden en zich gapend uitrekte. Hij had de bewuste soera snel gevonden. Terwijl hij de regels herlas, ging hij sneller ademen. Hier stond het geschreven in glasheldere taal. Er was geen ontkomen aan. 'Doch indien de een van u de ander vertrouwt, laat dan hij die vertrouwd wordt zich kwijten van de schuld die hem is toevertrouwd en laat hij God, zijn Heer, vrezen.'

Het kon zijn dat er iets anders mee werd bedoeld, maar hij had het gevoel dat het een vingerwijzing was die hij niet mocht negeren.

Enkele uren later vertrok hij op de fiets. Omdat het zondag was, leek de kans hem groot dat hij zijn vader thuis zou treffen – al kon je natuurlijk nooit weten of de belangrijkste drugdeals niet juist op zondag gesloten werden. Stoepa had hij thuisgelaten. Dit werd geen visite waarbij een hond geschikt gezelschap was. De lucht was niet opgeklaard. Het daglicht was dof en zielloos, alsof het niet afkomstig was van de zon, maar van een verre, koude ster. Hij fietste in een stevig tempo voort, om te voorkomen dat hij bevangen zou worden door twijfel. De brief van zijn halfbroer zat in de binnenzak van zijn jack.

Naarmate hij dichter bij de voorstad kwam waar zijn vader moest wonen, werd zijn voorstelling van het verloop van de visite optimistischer. Het was niet uitgesloten dat hij in werkelijkheid meeviel. Sommige mensen bezaten een geheimzinnige charme waarmee ze je onherroepelijk voor zich innamen, al spartelde je innerlijk tegen omdat je wist dat die charme een dekmantel was voor een onaangenaam karakter. Misschien was zijn vader zo iemand van wie je wel moest houden, ondanks alles. Gelijkmatig doorfietsend kwam hij langzaam in de stemming voor de unieke ontmoeting. Weg was het almaar groeiende gevoel van onafwendbare dreiging dat hem de laatste tijd in zijn greep had. Er stroomde nieuwe energie door hem heen en hij ademde lichter. Vandaag ging zijn queeste toch nog de gewenste afsluiting krijgen. Hij was zijn vader gevolgd over de Straat van Gibraltar, naar Fès, Ifrane, de woestijn in en daarna over de Hoge Atlas. Al die tijd was hij de echo van de *ud* achternagereisd, totdat die in Bou-Thrarar verstomde. De onheilspellende stilte die erop volgde, had hem ten slotte naar Agdz gevoerd, de plaats waar alle lijnen samenkwamen en van waaruit nieuwe lijnen vertrokken. En nu naderde hij op een grauwe winterdag het eindpunt van al die lijnen, in een voorstad van Amsterdam.

Aan het eind van de tocht had hij zijn plattegrond nodig om de kleine straat die hij zocht te vinden. Het bleek dat hij er vlakbij was. De huizen waren gunstig gelegen aan de rand van het Amsterdamse Bos. Het nummer dat hij zocht, behoorde toe aan een alleenstaand huis. Een grote luxe in deze stad, waar door ruimtegebrek de grondprijzen hoog waren. Het huis was gebouwd in de stijl van de jaren zestig van de vorige eeuw, toen licht en lucht de voornaamste obsessies waren in de architectuur. Het was omgeven door een ruime tuin zonder bloemperken, maar met een gladgeschoren gazon en een haag van coniferen. Hij houdt niet van tuinieren, concludeerde Saïd, dat weten we vast. Hij zette zijn fiets tegen een lantaarnpaal en deed hem op slot. Daarna duwde hij het metalen tuinhek open en liep naar de voordeur. Zijn vinger trilde niet toen hij aanbelde. Op dit belangrijke ogenblik was hij leeg vanbinnen, op een vaag gevoel van verwachting na – als een roerloos kikkervisje in een halfbevroren vijver: zal hij uitgroeien tot een volwassen kikker of zal hij voortijdig bevriezen? Alleen God wist het. 'Insjallah,' mompelde hij bij zichzelf terwijl hij voor de tweede keer op de bel drukte. Het was niet voor het eerst sinds zijn bekering dat hij Hem om bijstand vroeg, maar nooit eerder had hij het zo vurig gemeend. De deur ging open. Er stond een jongen van een jaar of tien op de deurmat. Hij droeg een wit overhemd en een splinternieuwe Levi's. Zijn donkere ogen keken Saïd vorsend aan.

'Dag, ik heb een brief voor Youssef Arhoun, die ik hier persoonlijk moet afgeven.' Saïd opende zijn jack en trok de brief tevoorschijn.

'Dan bent u verkeerd, meneer,' zei de jongen.

'Nee hoor,' zei Saïd. 'Kijk maar, het adres klopt precies.'

'Ik zal het aan mijn vader vragen.'

'Mag ik even binnenkomen?' stelde Saïd voor, verbaasd over zichzelf. 'Dat praat wat makkelijker.'

De jongen knikte schuchter. Saïd stapte over de drempel, vastbesloten zich in de eindfase van zijn zoektocht niet met een kluitje in het riet te laten sturen. Toen hij de huiskamer binnenkwam, werd hij van alle kanten door identieke ogen aangestaard. Later, toen hij weer thuis was, zou hij proberen zich precies te herinneren hoeveel jongens hij in die ene oogopslag had gezien. Er zaten er zeker twee op een kingsize bank van gecapitonneerd zwart leer. Een van hen had de dopjes van een iPod in zijn oren, en die haalde hij er niet uit toen een vreemde zondagsrust kwam verstoren. De jongen naast hem was verdiept in een sudokupuzzel en keek hem aan met de wazige blik van iemand die nog in het land van cijfercombinaties vertoeft. Op het dikke tapijt zat een peuter met zijn duim in zijn mond naar een kinder-dvd op een enorme breedbeeldtelevisie te kijken, waarvan het geluid zacht aanstond. Dan zaten er aan de eettafel, onder een pompeuze luchter, nog twee jongens, die zo te zien met hun huiswerk bezig waren. Het konden er ook drie geweest zijn. Inclusief de jongen die de voordeur had opengedaan, kwam Saïd al tellend uit op zes tot zeven jongens, variërend in leeftijd van drie tot ongeveer twaalf jaar. Ze hadden stuk voor stuk keurig verzorgde zondagse kleren aan.

'Ik zal mijn vader even halen,' zei de jongen. Terwijl hij wegglipte, botste hij bijna tegen zijn moeder op, die juist de kamer binnenkwam. Ze was een mollige vrouw, in een glanzend lichtblauwe, nauwsluitende jurk. Haar geblondeerde haar viel in krullen, die veel kappersinspanning verrieden, tot op haar schouders.

'Wat zalle we nou hebben?' Haar accent loog er niet om. Ze deed denken aan een ouderwetse schoonheid uit de Jordaan, van een soort die bijna uitgestorven was.

'Iemand voor pappa.'

'Sorry, dat ik zomaar kom binnenvallen.'

'Ga zitten,' zei ze gemoedelijk, en ze schoof een eetkamerstoel voor hem naar achteren. Ze monsterde hem van top tot teen. Wat ze zag scheen haar niet tegen te vallen. 'Mijn man komt zo. Hij is boven.'

'Pap!' hoorde Saïd de jongen roepen.

Ze glimlachte verontschuldigend naar Saïd. 'Wil je koffie?'

'Nee, dank u,' zei hij beleefd.

'Je hoeft niet zo te staren,' zei ze tegen een van de grotere jongens aan tafel. 'Meneer heb echt niks van je aan.'

De jongen dook beschaamd in zijn boeken. Er lag een atlas op tafel, naast een opengeslagen klapper met een ingeplakt, door hem zelf gekleurd landkaartje. Heel even zag Saïd zichzelf weer zitten, gebogen over een kaart van Saïdi-Hassanië. Er ging een gevoel van heimwee door hem heen naar dingen die onherroepelijk voorbij waren. Maar hij kreeg geen tijd erbij stil te staan. Achter zich hoorde hij het geluid van een deur die openging.

Hij draaide zich om. Dit moest een grap zijn, een sinistere grap, bedacht door iemand met een ziekelijk gevoel voor humor. Ergens in de keten van oorzaak en gevolg was een hapering opgetreden, een causale onmogelijkheid zoals die zich alleen in dromen voordeden. Dromen waaruit je kletsnat ontwaakte en die nog lang in je bewustzijn resoneerden, al probeerden de vertrouwde voorwerpen in je slaapkamer je gerust te stellen.

Omar Essadki stond in de deuropening, pafferig en glimmend als gewoonlijk. Hij had een scheerwondje op een van zijn onderkinnen. 'Wat doe jíj hier?' bracht Essadki verbaasd uit.

Het lag op het puntje van zijn tong hem hetzelfde te vragen, maar Saïd hield zich in.

'Ik heb al iemand anders aangenomen,' zei Essadki.

'Daar kom ik niet voor.' Saïd voelde dat hij beefde. Hij was zo van slag dat hij bijna vergat waarvoor hij gekomen was. Met trillende hand liet hij Essadki de enveloppe zien. 'Hij komt uit Agdz,' zei hij, 'met dit adres erop. Ik moet hem persoonlijk aan Youssef Arhoun geven.'

Essadki keek er vluchtig naar. 'Het adres klopt niet,' zei hij. Daar stond hij, massief en ondoorgrondelijk, de succesvolle taxibaas en vader van een half dozijn tot in de puntjes verzorgde jongens.

Saïd bracht een zenuwachtig lachje tevoorschijn. 'Ik snap het niet.'

Essadki wendde zich tot zijn vrouw. 'Ans, woont Youssef Arhoun hier?'

Zij keek verbluft van de een naar de ander. 'Niet dat ik weet,' zei ze. 'Wie is die gozer?'

'Je ziet het, Arhoun is in dit huis onbekend,' zei Essadki. 'Maar ik weet wel wie hij is. Hij woont hier in de buurt. Weet je wat, ik breng je wel even...'

'De Marokkanen kennen mekaar allemaal,' zei Ans lachend tegen Saïd. ''t Is net één grote familie.'

Essadki liep terug de gang in en tilde een camel winterjas van de kapstok. Saïd groette de familie en volgde hem naar buiten. 'Wat moet zo'n knappe Hollandse jongen in Marokko,' riep ze hem na, 'in... Hoe heet die plaats ook al weer zei je?'

'Agdz,' riep Saïd over zijn schouder.

Ze liepen het tuinpad af. Essadki opende het poortje en liet hem voorgaan. Saïd besefte dat hij niet langer dan vijf minuten nadat hij van zijn fiets was gestapt, al weer op de stoep stond.

'Loop maar met me mee,' zei Essadki. 'Het is niet ver.'

'Ik pak even mijn fiets,' mompelde Saïd. Terwijl hij aan het verroeste slot morrelde, liep Essadki onrustig over het trottoir op en neer. Eindelijk schoot het slot open. Met de fiets aan de hand voegde Saïd zich bij hem. Ze liepen een eindje zonder dat een van beiden iets zei. Aan het eind van de straat sloeg zijn voormalige baas rechts af, het park in, dat meer op een bos leek. Het was onmogelijk dat Youssef Arhoun hier ergens woonde, want er stonden geen huizen in het park. Dus waar liepen ze heen? Verdorde bladeren ritselden in de wind. Verder klonk er geen enkel geluid, zelfs de vogels hielden zich stil. In de verte liep een jogger voorbij. Helemaal alleen waren ze gelukkig niet. Ineens bleef Essadki staan. Hij keek Saïd recht in de ogen, zonder met zijn wimpers te knipperen. Het was een koude, abstracte blik, die normaal gesproken gereserveerd was voor de sudokupuzzels. 'Geef die brief maar hier,'

zei hij. 'Ik ben het zelf, die Youssef Arhoun van jou.'
Saïds ogen gingen van Essadki naar de groenbemoste stammen om hen heen. Ze waren in de crisisjaren voor de Tweede Wereldoorlog geplant door werkloze arbeiders, wist hij. De bomen moesten nu ruim zeventig jaar oud zijn. Ze hadden een aandoenlijke, onspectaculaire waardigheid. Er ging rust uit van bomen die een oorlog en het gevaar van stadsuitbreiding hadden overleefd, bedacht hij. Werktuiglijk gaf hij de brief. Nu was het zaak overeind te blijven, net als de bomen, en zonder protest kou en stormen over zich heen te laten komen.

Nadat Essadki de brief gelezen had, vouwde hij hem dubbel en schoof hem terug in de enveloppe. Nu pas zag Saïd dat hij een vingerkootje miste. Waarom was het hem nooit eerder opgevallen? Al die keren dat hij zijn geld ontving, had hij wel de glans van een dikke ring aan de linkerhand gezien, maar dat de ringvinger aan de rechterhand een kootje miste, was hem ontgaan.

'En nu wil je natuurlijk weten hoe het zit?' zei Essadki spottend.

Saïd knikte zonder een woord uit te kunnen brengen.

'Jaren geleden kreeg ik in Marokko het paspoort van een Nederlandse Marokkaan die kort daarvoor was overleden. Ik moest er dik voor betalen, dat snap je. Maar het paspoort was een kans op een nieuw leven, weg uit de drek en de achterlijkheid in Marokko, dus ik had het ervoor over. Toen ik met dat paspoort naar Nederland kwam, hield Youssef Arhoun op te bestaan. Zijn verleden werd in één klap uitgewist. Youssef Arhoun bleef als een herinnering achter in de hoofden van bekenden en familieleden in Agdz. Omar Essadki is veel succesvoller dan Youssef Arhoun ooit is geweest. Onder mijn nieuwe naam leerde ik in korte tijd Nederlands, ging in de handel en voilà, het heeft me meegezeten. Arhoun bezat nooit wat, hij was een echte mislukkeling, maar Essadki zoals hij hier voor je staat heeft zijn eigen taxibedrijf. En dat groeit maar door, dat mag je best weten. Ik heb al een flink wagenpark en binnenkort komen er nog enkele auto's bij. Alleen Toyota's. Toyota is het helemaal voor mij. De wegligging, de carrosserie, de veiligheid, de schokbrekers...' Hij stopte abrupt. 'Driss heeft er een krabbel aan toegevoegd. Hij schrijft dat je me iets te vertellen hebt waarvan ik zal opkijken.' Essadki kneep zijn ogen samen. 'Kom er maar mee voor de dag, zou ik zeggen.'

Als een boom, sprak Saïd zichzelf moed in, als een boom moet je zijn. Hij haalde de foto uit de binnenzak van zijn jack en gaf hem aan Essadki.

Die bekeek hem kort en gaf hem zonder een spier op zijn gezicht te vertrekken terug. 'Wat moet ik daarmee?' zei hij korzelig.

'De jonge vrouw op deze foto is mijn moeder,' zei Saïd, 'en de man naast haar... mijn vader, Youssef Arhoun.'

Essadki krabde met zijn hand het scheerwondje open en keek toen schichtig om zich heen, alsof er onzichtbare getuigen waren van hun onderonsje. Toen keek hij weer naar Saïd en schudde zijn hoofd. 'Ik snap het, vriend,' zei hij met een diepe stem die recht uit de aarde leek te komen. 'Ik snap waar jij mee bezig bent. Maar je bent bij mij aan het verkeerde adres. Ten eerste, zoals ik al zei, bestaat Youssef Arhoun niet meer, en ten tweede durf ik te zweren dat Youssef de vrouw op de foto helemaal niet kent. Ze is een volslagen vreemde voor hem. Die vrouw kan zoveel beweren. Wie weet met hoeveel mannen ze geslapen heeft? De vrouwen hier in Nederland doen precies waar ze zin in hebben, dat weet je zelf ook wel.'

Hoewel het in zijn hoofd gonsde van de argumenten die alles konden ontkrachten wat Essadki beweerde, was het Saïd onmogelijk ze om te vormen tot zinnen. Een besef van vergeefsheid snoerde hem de mond. Wat had het voor zin je te verzetten tegen iemand die zo glashard loog? Iemand die zijn eigen familie had doodverklaard en geweteloos had ingeruild voor een nieuwe? Dacht hij dat hij over een onuitputtelijk aantal levens beschikte, zonder ooit rekenschap te hoeven afleggen voor zijn daden? Ineens worstelde zich iets naar buiten, dwars door de verwarring in zijn hoofd heen. Hij realiseerde zich dat hij een troef in handen had. Sterker nog, dat hij zelf die troef was! Dat Essadki het gevaar daarvan moest inzien – voor zijn valse identiteit, voor zijn nieuwe modelgezin, voor zijn duistere handel en wandel. Daaraan ontleende Saïd moed. Al was het de moed van de wanhoop, hij putte er net genoeg kracht uit om te vragen: 'Bent u bereid tot een bloedtest?'

'Een bloedtest?'

Even dacht Saïd dat Essadki hem niet begrepen had. 'Ja.'

'Ik een bloedtest doen?' Essadki barstte in lachen uit. 'Wat heb ik daarbij te winnen?'

'Een zoon misschien?'

'Heb je niet gezien hoeveel ik er al heb? Je bent toch bij me in huis geweest? Die moeten allemaal te eten en te drinken hebben. En kleren. En lid zijn van een voetbalclub. En studeren, als ze groot zijn. Wat denk je dat dat allemaal kost? Denk je nou echt dat ik zit te wachten op nog een extra zoon? Laat je nakijken, zeg! Maar moet je horen...' Essadki bracht zijn hoofd nu dicht bij dat van Saïd en sloeg familiair een arm om zijn schouder. Saïd rook, door de aftershave heen, de vanouds bekende rottingslucht. 'Dit blijft een geheim, snap je, tussen jou en mij. Mijn vrouw weet van niets, mijn kinderen evenmin. Ik reken op je, jongen. Daarvoor in de plaats zal ik het goed met je maken. Jij krijgt je baan terug en je mag vijfenzeventig procent van de winst zelf houden. Wat zeg je daarvan? Hè? Essadki heeft zijn hart op de goede plaats, weet je, al heeft hij op dit moment de schijn tegen.'

'Ik zal erover nadenken,' mompelde Saïd. Hij wist nog maar één ding: ontsnappen aan deze mond, die veel te dichtbij kwam, en aan de helse dampen die eruit opstegen. Wie hier te lang aan werd blootgesteld, zou uiteindelijk dood in de loopgraaf liggen, als een soldaat na een aanval met mosterdgas.

'Goed, dan zijn we het eens met elkaar. Jij bent een goede chauffeur en je kunt nog beter worden. We moeten allemaal door de wereld. Eerlijk is eerlijk.'

Saïd maakte zich voorzichtig los uit de omarming en sloeg een been over de stang en fietste weg.

'Denk erom dat je je mond niet voorbijpraat,' riep Essadki hem dreigend achterna. 'Ik heb een lange arm, weet je! Een heel lange arm...'

22 Als het trekken van een kies

De tijd van slapen was nu wel voorbij. Hij ging laat naar bed in de hoop dat hij van uitputting zou wegzinken in een diepe droomloze bewusteloosheid, die hem alles zou doen vergeten. Maar toen hij op de vertrouwde plek lag, leek het of elke cel in zijn lichaam in staat van alarm verkeerde. Het lukte niet langer dan enkele minuten in dezelfde houding te blijven liggen. Zij, buik, rug – ongeacht op welke kant hij lag, het werd algauw onhoudbaar. Het leek wel een oorlogsverklaring aan de voorwaarden om in slaap te kunnen vallen. Toen hij het niet meer uithield, sleepte hij zich naar de openslaande deuren om naar buiten te kijken.

Maar de nacht boven een stad heeft weinig geruststelling te bieden. Echte duisternis heerst er niet. In plaats daarvan hangt er een egale oranje gloed, die de sterren onzichtbaar maakt. In de achtertuinen stonden kale bomen te wachten tot het oranje van de nacht plaats zou maken voor het grijs van een bewolkte winterdag. Het door sterren en planeten bewoonde firmament boven de Hoge Atlas, zoals hij het zich herinnerde, leek hier iets uit een andere dimensie. Toen hij in de Vallei van de Rozen naar de nachtelijke hemel had gekeken, was hij nog iemand geweest die niet wist dat hij achter een drogbeeld aan joeg. Het liefst had hij een potje gehuild om de dwaze hoop die hem toen had voortgedreven, maar het lukte hem niet medelijden met zichzelf te krijgen. Het vermogen medelijden te hebben met wie of wat dan ook had hem verlaten. Op de plek waar het zich had bevonden lag nu een koude zwarte steen, als een reusachtige hematiet die moed gaf en een drang tot doden aan wie het strijdperk moest betreden. Voor medelijden was daar geen plaats.

Hij zocht zijn bed weer op. Het ontving hem kil en zonder troost. Op de plek waar hij lag, had jaren geleden de legeraanvoerder van de Aventurijnen gezeten en het vredesritueel aan zichzelf voltrokken. Het beeld had zich in zijn netvlies geëtst en juist nu hij de herinnering eraan het slechtst kon verdragen, verscheen het voor zijn ogen met een plastische levensechtheid alsof het gisteren gebeurd was.

Hij keek tersluiks naar Stoepa, die wakker geworden was en hem met licht wantrouwen gadesloeg. Voelde hij wat er in zijn baas omging? Wist hij dat hun gedachten niet langer met elkaar strookten? Een onrein dier in huis houden was onverenigbaar met de letter van de Koran. Daarover bestond, of hij het wilde of niet, geen enkele onduidelijkheid. Om dezelfde reden was er geen excuus om zijn vriendschap met Hassan langer te rekken. Hassan was onverbeterlijk, geen enkel redelijk argument kon hem nog redden. Niet voor niets stond er geschreven: 'En niet zult gij de blinden kunnen recht leiden van hun gedwaal.' Zoals Ibrahim zijn eigen zoon moest doden om te bewijzen dat hij oprecht en zuiver was in zijn geloof, zo waren Stoepa en Hassan de offers die God van hem eiste. Nadat die offers gebracht waren, zou hij alleen nog het geloof hebben. Het zou in al zijn behoeftes moeten voorzien. Kon het geloof dat? Weer wist hij het antwoord. Zijn geloof zou door de offers sterker geworden zijn – als een jonge boom waarvan de onderste takken waren afgehakt opdat de kruin tot volle wasdom kon komen.

Hoe opbouwend zijn gedachten ook waren, beter ging hij zich er niet van voelen. Beelden van het bezoek aan zijn vader dreven onuitgenodigd voorbij. Ze eindigden op het bospad, tussen de bomen die ongewild getuige waren geweest van iets wat misschien wel de onaangenaamste ontmoeting tussen vader en zoon was die ooit had plaatsgevonden. Op die tussen Oedipus en diens vader na dan. Essadki had zijn hart weliswaar op de goede plaats, maar hij had ook een lange arm. Zo had hij een belofte in één adem verbonden met een dreiging. Het was vooral de laatste die Saïd was bijgebleven. Zijn fantasie schoot tekort in het bedenken van diens wraakmaatregelen in geval van verraad. De virtuoze *ud*-speler was veranderd in een virtuoze sudokuspeler die zonder een spier te vertrekken een mens zou uitgummen alsof het een getal was dat niet op de juiste plaats stond. Saïd voelde een machteloze woede wanneer hij eraan dacht dat Essadki zijn vaderschap op zo'n botte manier ontkende. Het leek of die woede tijdens de ontmoeting als een dumdumkogel in hem was binnengedrongen en zich in de vorm van duizend dodelijke minikogeltjes had verspreid. Overal voelde hij de minuscule partikels die hem uit zijn slaap hielden en beletten helder te denken.

Omdat het onmogelijk was die woede op zijn vader te richten, kwam ze met een lichte, onmerkbare afwijking in haar baan terecht bij de bar die de prikkelende naam Fantasma droeg. Het was niet zo dat hij de boosheid als een pijl en boog in zijn hand hield en bewust een ander doel koos. Eerder was het alsof een stroom gebundelde energie waarover hij geen zeggenschap had en die dreigde te imploderen, een uitweg zocht.

De naam was door zijn hoofd blijven spoken. 'Soms,' had Hassan gezegd. 'Soms' was een ruim begrip. Zijn vriend bezocht Fantasma, met een frequentie die vaag bleef, om datgene te voeden wat hij zichzelf juist zou moeten verbieden. 'Zult gij zedeloosheid begaan terwijl gij toch inzicht hebt?' stond er in soera 27 geschreven over dit soort gelovigen, die volhardden in hun zonde terwijl ze heel goed wisten dat ze langzaam afdreven naar een draaikolk, een neerwaartse spiraal.

Bij het idee dat Hasssan in Fantasma met open ogen de verdoemenis tegemoet ging, werd Saïd ineens bevangen door de drang in actie te komen. Iemand moest Hassan tegenhouden. Maar wie? Zijn familie wist van niets. Was er verder iemand die zich betrokken voelde bij zijn lot? Saïd betwijfelde het. Waarschijnlijk was hijzelf de enige die op de hoogte was van het gevaar en misschien nog iets kon doen voordat het te laat was. Als Hassan voor zijn ogen dreigde te verdrinken, zou hij toch ook geen moment aarzelen? In plaats van zich noodgedwongen van zijn vriend af te wenden zou redding een groots alternatief kunnen zijn.

Diende zich de vraag aan over welke reddingsmiddelen hij beschikte. Argumenten hadden niet gebaat; hij kon niet op tegen Hassans verbale begaafdheid. Het antwoord moest in een andere richting gezocht worden. Afschrikking was het eerste wat hem te binnen schoot. Afschrikking door middel van een symbolische daad die niet alleen Hassan de ogen zou openen, maar ook zijn lotgenoten die doof bleven voor de vermaningen in het Boek. Zo zou hij niet alleen zijn vriend vlak voor de draaikolk wegtrekken, maar in één reddingspoging ook miljoenen naamlozen die anders ten onder zouden gaan.

Zoals alle positieve ideeën gaf die gedachte hem kracht. Opnieuw stapte hij zijn bed uit, waarna hij opgewonden door de kamer liep. Stoepa ging rechtop zitten en sloeg beduusd de ongebruikelijke nachtelijke activiteit van zijn baas gade. Maar Saïd lette niet op hem. Hij had iets groters aan zijn hoofd, iets wat hem overmeesterde en waaraan hij zich graag gewonnen gaf. Het was revolutionair. Voor zover hij wist had niemand het eerder gedaan. De Amerikanen hadden er een mooie uitdrukking voor, herinnerde hij zich: schone oorlogsvoering, waarbij haarscherp tot op de centimeter het hoofdkwartier van de rebellen werd getroffen, zonder dat belendende panden ook maar een schrammetje opliepen. Ineens kwam er zoveel energie vrij, voelde hij, dat het niet anders kon of hij zat eindelijk op het goede spoor. De aanblik van attributen die betrekking hadden op Saïdi-Hassanië, hinderde hem daarbij. Al die kinderlijke vormen van huisvlijt en zelfexpressie – hij wilde ze niet meer om zich heen hebben. Hij begon schriften uit de kast te trekken, mappen met tekeningen en landkaarten. Alles wat hij vond, verzamelde hij op de tafel waaraan ze ooit eendrachtig hadden samengewerkt, de onderkoning, de koning en de koningin. Tussen bestofte maquettes vormden zich hoge stapels waarin de geschiedenis, geografie en topografie, de architectuur en vele andere aspecten van het gedroomde land waren vastgelegd. Ernaast stonden dozen met verf en krijt, kleurpotloden, de oude alchemistische doos met materiaal voor scheikundige experimenten en een aantal kistjes vol zelfgemaakte bankbiljetten en munten.

Tijdens de opruiming verloor hij elk besef van tijd. Bij elk voorwerp dat door zijn handen ging, passeerden beelden uit het verleden de revue. Hij klemde zijn kaken op elkaar om niet toe te geven aan de zwakte van nostalgische gevoelens. Dit was de verdelging van iets ouds, om plaats te maken voor iets nieuws. Geruisloos liep hij naar de keuken om een rol vuilniszakken te halen. Terug in de slaapkamer begon hij de resten van de utopie in zakken te stoppen. Het was een aangename bezigheid, een rituele schoonmaak die een grote mate van bevrediging gaf. Met ieder voorwerp dat in een zak verdween, kwam het hem voor dat er ook in zijn hoofd een ingrijpende opruiming plaatsvond. Er kwam een nieuwe, eenduidige helderheid voor in de plaats, die hem grondig ontspande. Het bevrijdendste aan de actie was de zekerheid dat hij zich, door Saïdi-Hassanië aan de vuilophaaldienst van de stad Amsterdam toe te vertrouwen, ook definitief van Harlekino ontdeed. De hofnar zou afgevoerd worden naar een van de stortplaatsen buiten de stad, waar hem een roemloos einde wachtte te midden van ander stinkend afval, waarvoor alleen rondcirkelende meeuwen nog belangstelling hadden.

Hij deed zijn kamerjas aan en droeg de zakken de trap af. Hij opende de voordeur, deed enkele stappen naar buiten en stapelde ze op elkaar rond een boom, recht voor het huis. Later op de dag, wanneer hij aangekleed was, zou hij ze naar de afvalcontainer verderop in de straat brengen. Het werd al licht toen hij het huis weer binnen ging. Voldaan ging hij aan de lege tafel zitten. Wat kon hij nog meer doen? Daar hoefde hij niet lang over na te denken. Zijn wekker gaf aan dat het tijd was voor het ochtendgebed.

Veel tijd om te ontbijten gunde zijn moeder zich niet. Ze was pas tegen de ochtend ingeslapen, zei ze, en te laat wakker geworden. Nu moest ze zich haasten om de winkel te openen.

'Komt het door hem dat je zo slecht geslapen hebt?' vroeg Saïd. Hij had geen zin de man bij zijn nieuwe naam te noemen. Het lastige was dat het uitspreken van diens oorspronkelijke naam ook onmogelijk was geworden. Het zou lijken of je een verband van een verse wond trok. Gelukkig wisten ze allebei wie hij met 'hem' bedoelde. Terug van het bezoek aan zijn vader had Saïd haar de vorige dag uitvoerig verslag gedaan, zonder haar te sparen. De tijd om voorzichtig met iemands kwetsbaarheid om te gaan was voorbij, nu een heel leger met stampende laarzen over zijn eigen gevoelens was gemarcheerd.

Zijn moeder knikte. 'Het is de hele nacht door mijn hoofd blijven spoken,' zei ze, een stuk brood in haar mond proppend terwijl ze voor zichzelf een mok thee inschonk. 'Je kunt het nog net geen nachtmerrie noemen, maar het scheelt niet veel. Het verschil is dat het allemaal echt waar is, en toch lijkt het onwezenlijk.'

'Omdat je hem niet met je eigen ogen hebt gezien.'

'Godzijdank niet,' zuchtte ze. 'Het is zo al erg genoeg. Ineens lijkt het of mijn hele leven op losse schroeven staat. Al die jaren heb ik een vals beeld van hem gekoesterd, een ideaalbeeld waaraan verder niemand kon tippen. Terwijl ik mijn herinnering aan hem bleef oppoetsen, was hij bezig de weerzinwekkende man te worden die hij nu is. Eerlijk gezegd weet ik niet hoe ik hier overheen moet komen.'

'Had je liever dat ik het niet verteld had?'

'Ik weet niet... In ieder geval is het nu te laat, dat monster zal voor altijd mijn gedachten beheersen.'

'Die lol zou ik hem niet gunnen,' zei hij.

Nu pas viel het hem op dat ze niet de moeite genomen had zich op te maken. Dat was nog nooit voorgekomen. Ze had een vreemde lege blik zonder eyeliner of mascara. Het was alsof hij haar tot nu toe alleen met een masker gekend had, dat ze, nu het moment van de waarheid was aangebroken, had afgedaan om hem haar echte, onopgesmukte zelf te laten zien. Dit echte, onopgesmukte zelf scheen zich niet af te vragen hoe het voor hém was, de zoon die door zijn vader op zijn zachtst gezegd vernietigend was afgewezen. Het drong tot hem door dat zijn moeder zich vooral zorgen maakte over haar eigen kwetsuren en dat dit eigenlijk altijd zo geweest was. Nog even, en hij zou haar als vanouds gaan opbeuren. Al zijn energie zou wegvloeien in het gat van haar zelfmedelijden en gebrek aan wilskracht om er zonder de hulp van een nieuwe verliefdheid weer uit te kruipen. Nee, zei hij bij zichzelf, deze keer niet.

Ze keek op haar horloge en schrok. 'Ik moet gaan,' zei ze

gejaagd. Ze nam een laatste slok van haar thee en draaide zich om naar de deur. Ze stond al half in de gang toen ze 'Tot straks!' riep. Hij hoorde haar de trap aflopen en de voordeur achter zich dichtslaan. Nu ging ze zonder masker achter de toonbank staan, dacht hij, en zonder masker zou ze haar klanten de weg wijzen naar de planken met boeken over theosofie, geneeskrachtige kruiden, de geheimen van het pendelzwaaien, Lao-tse en de bodhisattva, de kunst van het sterven. Eén ding was zeker: niemand zou verliefd op haar worden zoals ze nu was. Er stond haar een grotere breakdown te wachten dan ooit tevoren. Maar deze keer zou hij niets voor haar kunnen betekenen. Ze zou het alleen moeten doen, op eigen kracht.

Hij ontbeet uitgebreid en genoot van de stilte. Een baan bleek zonlicht viel over de keukentafel. Het verbaasde hem dat hij nooit eerder de schoonheid van een streepje zonlicht had gezien. Het licht wandelde over een potje met appelstroop en een pak hagelslag, waardoor die een haast feestelijke aanblik kregen. Zijn eetlust werd er behoorlijk door gestimuleerd. Hij at nog enkele boterhammen, die hij wegspoelde met grote slokken lauwe thee. Daarna stond hij op om Stoepa's bak te vullen met hondenbrokjes en water. Nu diens dagen hier geteld waren, mocht het hem aan niets ontbreken. Hij besloot het geheel af te ronden met een kop sterke koffie.

Terwijl de machine pruttelde, wierp hij een vluchtige blik in de ijskast. De plastic doos met explosieve inhoud stond er nog, precies zoals hij hem had neergezet. Hij had ook niet anders verwacht maar toch, je kon nooit weten. Hij sloot de deur behoedzaam en schonk de dampende zwarte koffie in een kop. Het aroma kwam hem veel rijker voor dan anders. Waren met de toegenomen helderheid in zijn hoofd ook de smaakpapillen in zijn mond krachtiger geworden? Hij dronk de hete koffie met kleine teugjes. Toen de kop leeg was, stond hij op en verliet de keuken. In de gang tilde hij zijn jack van de kapstok. Buitengekomen droeg hij de vuilniszakken twee bij twee van de boom naar de container. Na de zachte plof waarmee de laatste was neergekomen, keek hij om zich heen. Hij besloot in plaats van zijn fiets de tram te nemen. De ochtendspits was al voorbij. Hij vond een plaats voor zich alleen. Van daaruit keek hij ontspannen rond, verbaasd over het feit dat alles hem ineens zo gemakkelijk en vanzelfsprekend voorkwam: het lichaam dat hij het zijne noemde, goed verpakt in een winddicht jack met capuchon, daarin zijn kalme ik zonder de neurotische bedrijvigheid die hem gewoonlijk vergezelde, de mensen om hem heen, ieder op weg naar een doel van zijn of haar keuze, de tram, die zich zonder te piepen of knarsen van de ene halte naar de andere spoedde. In het centrum stapte hij uit. Het laatste stukje kon alleen te voet worden afgelegd. Hij stak een gracht over. Een koude wind woei van over het water in zijn gezicht. Hij trok de capuchon over zijn hoofd en liep verder. De straat die hij zocht, was redelijk breed en verkeersvrij. Het was een voetgangersgebied vol restaurants, bars en nachtclubs. Toch waren er ook enkele kantoren en winkels.

Fantasma had hij gauw gevonden. De club was overdag gesloten en zag er van buiten door de neergelaten rolluiken doods uit. 's Avonds, wanneer de neonletters brandden, was de façade waarschijnlijk een stuk uitnodigender. Aan de ene kant van de club bevond zich een kantoor, waarin al volop gewerkt werd, te oordelen naar de lichten achter de ramen. Aan de andere kant was een winkel waar scharnieren en deurknoppen verkocht werden. De winkel was nog gesloten. Saïd vroeg zich af of iemand een redelijk bestaan kon opbouwen op basis van de verkoop van hang- en sluitwerk. Een vetpot kon het niet zijn, maar het was altijd beter dan lingerie. Hij liep verder. De ligging van de club tussen twee neutrale panden die 's avonds verlaten zouden zijn stelde hem niet teleur. Nu was het zaak weer op tijd thuis te zijn voor het gebed van twaalf uur.

's Middags haalde hij in alle rust de kneedbommetjes uit de ijskast. Hij liep ermee naar zijn slaapkamer, waar hij een doosje met slaghoedjes bewaarde voor het ontstekingsmechanisme. Pas toen hij op het punt stond die aan de kneedbommetjes te bevestigen, schoot hem te binnen dat de combinatie van die twee oorspronkelijk bedoeld was om niet levend in handen van de Russen te vallen.

Dat was niet meer van toepassing. Wat hij nu nodig had, was een ontsteking op afstand, via zijn mobieltje bijvoorbeeld. Dat was technisch gezien iets ingewikkelder. Het betekende dat hij een extra mobieltje moest kopen en een ontstekingsmechanisme moest inbouwen dat in werking zou treden zodra het telefoontje rinkelde. Zou dat vandaag, nu hij zich in topvorm voelde, nog lukken?

Er was maar één potentiële spelbreker: de twijfel. Hij wilde alles achter de rug hebben voordat die, in wat voor vorm dan ook, de kop op zou kunnen steken en het plan alsnog zou saboteren. Maar in plaats van in actie te komen bleef hij zitten dromen. Hij stelde zich het effect voor van drie bommetjes die tegelijkertijd tot ontploffing werden gebracht: een explosie van dezelfde adembenemende schoonheid als de uitbarsting van een vulkaan. Oranje vonken die opschoten naar de sterren, aangetrokken door de ultieme waarheid. Een zuiveringsactie van God zelf. Saïd voelde dat, al was hij niet meer dan Zijn bescheiden instrument, God hem op deze manier op de proef stelde om zeker te zijn van zijn compromisloze toewijding. Hij glimlachte in zichzelf bij de gedachte uitverkoren te zijn om zo'n magische daad te verrichten, hij die tot voor kort niemand was, niet eens de zoon van zijn biologische vader. In zijn hoofd meende hij de explosies al te horen, als een echo vooraf van iets wat nog te gebeuren stond.

Maar het was geen echo. Het was het snel naderbij komende gerinkel van belletjes. Eerst leek het of een kudde geiten met alpenklokjes om de nek de helling van een steile berg af kwam stuiven, rechtstreeks op hem af, zoals hem een keer was overkomen in de Pyreneeën. Daar bleef het niet bij. Algauw leek het gerinkel aan te zwellen tot het gegalm van kerkklokken, de zware nachtelijke galm van de klokken in een kathedraal, die de omwonenden uit hun slaap houdt. Hij drukte zijn handen tegen zijn oren, maar het was een geluid waar hij machteloos tegenover stond, het meest gehate en gevreesde dat hij kende. Diezelfde ochtend nog had hij zeker geweten er voor altijd van verlost te zijn en toch was het er weer, als de staart van een hagedis die altijd weer aangroeit. 'Ga weg!' wilde hij roepen, maar alsof hij midden in een nachtmerrie zat, kwam er geen geluid uit zijn mond. Hij stopte zijn hoofd tussen zijn benen en kneep zijn ogen stijf dicht, maar het maakte geen verschil. De nar was terug, bleek van woede.

'Zover is het dus gekomen!' bulderde hij. Er kon geen grapje, geen handstandje, geen gejongleer met mutsen meer af. Zelfs zijn gevoel voor ironie was hij kwijt. Wat overbleef was een loodzware, dramatische ernst die niet bij zijn beroep paste en die zijn aanwezigheid onverdraaglijk maakte. 'Het ergste is dat het mijn eigen schuld is. Ik had u geen moment uit het oog mogen verliezen. Maar het is nog niet te laat, van nu af aan blijf ik bij u.'

'Nee!' Saïds stem barstte door de blokkade heen. 'Ga alsjeblieft weg! Je drijft me tot waanzin!'

'U vergist u. Ik kom juist om de waanzin te verdrijven.'

Saïd kwam wankel overeind van zijn stoel en wierp zich op de grond. 'Allahoe akbar, Allahoe akbar,' bad hij met een koortsig hoofd. 'Ik smeek U, God, verlos me van deze demon. Hij heeft het op U voorzien en op Uw heilige leringen. Alleen

U hebt de macht om hem monddood te maken, zodat ik in Uw Naam kan doen wat mij te doen staat.'

'Houd toch op met die bezweringsformules! Denk maar niet dat u me daarmee weg kunt krijgen. Iemand moet hier zijn hoofd helder houden, zodat er geen gekke dingen gebeuren. U denkt zeker dat ik niet weet wat u van plan bent.'

'Het gaat je niets aan!' Saïd schreeuwde nu. Gekweld wiegde hij heen en weer. 'Laat me toch met rust... Laat me met rust... Ik heb je toch niets gedaan!' Zijn stem was bij het huilerige af. Hij hoorde het, maar had er geen controle over.

'Ik heb je toch niets gedaan...' bauwde de nar hem spottend na, 'maar zíj hebben ú ook niets gedaan! Ik hoef alleen maar naar de inhoud van die doos te kijken en ik word helemaal onpasselijk. Dat kunt u toch niet menen! Laat die mensen met rust, het gaat u niets aan hoe zij leven. Leven en laten leven, dat is mijn credo en het zou ook het uwe moeten zijn.'

'Maar ze steken anderen aan met hun tegennatuurlijke neigingen,' zei Saïd klaaglijk. 'Zo is de schepping niet bedoeld, iemand moet ze toch de ogen openen, ze erop wijzen dat ze verkeerd bezig zijn? Want ze zijn zich niet eens bewust van wat ze doen. Soms is het nodig een klein aantal dwalenden te offeren om miljoenen anderen te redden. Driehonderd miljoen maar liefst, in dit geval. Er moet een voorbeeld gesteld worden en...' Saïd zweeg even, toen vervolgde hij zachter: 'Het ziet ernaar uit dat de keus op mij gevallen is om ze deze les te leren. Er is geen ontkomen aan, begrijp je. Zelfs de hardnekkigste hofnar kan daar niets aan veranderen. Dus laat me alsjeblieft alleen, zodat ik me op mijn taak kan concentreren.'

'Ai ai!' riep Harlekino wanhopig. 'U bent al erg ver heen, zie ik! U draaft veel te ver door in dat nieuwe geloof van u. Ga eerst eens praten met een deugdelijke korangeleerde, die zal u tot andere gedachten brengen! U hebt een aantal dingen vast en zeker verkeerd begrepen. U studeert nog maar zo kort. Het stadium van vrijblijvende flirt met het geloof bent u nu wel gepasseerd. Het gaat hier om mensenlevens!'

'Wees gerust, ze zullen niet lijden.' Saïd wiste zich het zweet van zijn voorhoofd. 'Het zal een schone ingreep zijn, iedereen in één keer weg. Geen gewelddadige aframmelingen in donkere steegjes, geen bloederige toestanden. Daar houd ik zelf ook helemaal niet van. Het is als het trekken van een kies – de kiezen ernaast blijven gespaard, er vallen geen onschuldige slachtoffers.'

'Wat een geruststelling!' riep Harlekino honend. 'En had u er al bij stilgestaan wat u hun familieleden en vrienden aandoet? Dat zijn honderden mensen die in rouw gedompeld worden. Hun leven zal nooit meer hetzelfde zijn. Dat wilt u toch niet allemaal op uw geweten hebben? Ik weet zeker dat het niet de bedoeling is van uw God dat de mensen elkaar ombrengen. Als Hij bestaat, heeft Hij alle mensen geschapen, ook de ongelovigen en degenen die u de dwalenden noemt, en hebben ze allemaal evenveel recht om te leven.'

Saïd voelde dat hij de uitputting nabij was. Weg was alle positieve energie, weg was zijn dadendrang. De nar had het weer voor elkaar. Hij had hem van de wijs gebracht, grondiger dan ooit tevoren. Hij scheen er een wreed genoegen in te scheppen mensen van hun zekerheden te beroven. Het liefst zag hij je op de knieën, in volledige overgave aan zijn gelijk. En waarachtig, zover was het al met hem gekomen. Saïd lag op zijn knieën. Onbewust had hij zelfs zijn handen gevouwen. 'Ik smeek je,' prevelde hij. 'Zou je nu eindelijk weg willen gaan? Ik kan er niet meer tegen.'

'Ik peins er niet over,' zei Harlekino. 'U laat me geen keus. Ik blijf en ga al mijn wapens inzetten om uw plan te verijdelen. Mij rest geen keus, behalve sabotage.'

Nauwelijks was hij uitgesproken of hij maakte een koprol

met een salto. Dat ging gepaard met een hels gerinkel van belletjes, en alsof dat niet genoeg was voegde hij er nog een koprol aan toe, en nog een salto. De krankzinnige nar wist niet meer van ophouden. Hij bleef onvermoeibaar doorgaan met zijn koprollen en salto's, tot er niets anders van hem overbleef dan een ronddraaiende beweging die een hypnotiserend effect had op de ogen. Het leek of hij een naar beneden rollende sneeuwbal geworden was die een lawine veroorzaakte, een lawine die zich met donderend geraas naar beneden stortte.

Saïd wiegde heen en weer met zijn ogen stijf dichtgeknepen en zijn handen op zijn oren, in een krampachtige poging zijn toevlucht te zoeken bij gebeden. Maar het kabaal was zo oorverdovend dat geen enkel gebed erdoorheen kwam. De lijn tussen hem en God was doorgesneden en hij was hulpeloos overgeleverd aan de grillen van een hysterische hofnar.

Hij krabbelde overeind en strompelde naar zijn bed. Daar liet hij zich vallen en trok de dekens ver over zich heen. Zo bleef hij liggen, sidderend van angst. Koud zweet liep over zijn rug, zijn tanden klapperden en zijn hart bonsde in zijn slapen. Hij wilde slikken, maar er was geen speeksel in zijn mond, zijn tong en verhemelte waren droog en hij proefde een bittere smaak. Geluiden als glasscherven cirkelden door zijn hoofd en maakten het vormen van gedachten onmogelijk. Als op dat moment de wereld was vergaan, had hij niet vreemd opgekeken; het zou hem waarschijnlijker zijn voorgekomen dan een wereld die nog helemaal intact was. Een lukrake reeks van beelden verscheen voor zijn ogen, ze verdrongen elkaar als passagiers voor de deur van een trein. De weerschijn van brandende auto's op het gezicht van een baby in Agdz, een meisje met één gelakte nagel, een man die de dood van zijn zoon met jenever wegspoelde, drie perfect gemaakte bommetjes in een Tupperwaredoos. Er moest een samenhang zijn, een betekenis, een boodschap – niet voor niets waren het beelden uit zijn eigen leven. Ze hadden zich vastgezet op zijn netvlies en deelden iets mee, maar de essentie ervan ontging hem door het pandemonium dat de nar op hem had losgelaten. De voorstelling wilde maar niet tot een einde komen. Urenlang lag hij in de embryohouding onder de dekens in een vergeefse poging zich ertegen te beschermen. Af en toe probeerde Stoepa jankend zijn aandacht te trekken, maar het drong niet tot hem door. Het was of zijn hoofd zou barsten – de naald van een ouderwetse platenspeler was in een groef blijven hangen, waardoor pauken en schetterende trompetten zichzelf eindeloos bleven herhalen, tot over de gehoorgrens toe. Was het maar mogelijk geweest weg te zakken in de vergetelheid van de slaap. Maar ook die escape werd hem niet gegund. Hij was veroordeeld tot een eeuwig waken in een heksenketel van dissonanten.

Maar naarmate de middag vorderde, rijpte er langzaam, dwars door het wapengekletter van de nar heen, een oplossing. Die was niet zozeer het gevolg van een bewuste strategie, als wel van de onhoudbaarheid van de situatie. Er was een grens aan wat hij kon verdragen, en die grens kwam angstwekkend snel in zicht. Hij wist niet wat er aan de andere kant op hem wachtte, maar hij vermoedde dat het dicht bij de middeleeuwse voorstelling van een platte aarde kwam, die werd omgeven door een afgrond vol onvoorstelbare monsters en draken. Daar zou hij rechtstreeks op afstevenen wanneer hij niets deed. Hij zou over de rand van de aarde tuimelen en neerstorten in een inferno, waarvan de verschrikkingen het rijkste voorstellingsvermogen te boven gingen. Er was hem veel aan gelegen zijn lot in eigen hand te houden. Liever ging hij ten onder op eigen initiatief, dan als het laffe, halfslachtige slachtoffer van een dictatoriale hofnar.

Geen afstandsbediening, dat was de oplossing. Zo zou er niet alleen een definitief eind komen aan het tumult in zijn hoofd, maar ook aan de aanstichter ervan. Het was de volmaakte manier om Harlekino voor altijd het zwijgen op te leggen en tegelijkertijd het plan diezelfde avond nog ten uitvoer te brengen. Hij kwam overeind. Het was nog steeds onmogelijk rationeel te denken, maar een innerlijke motor, die aangedreven werd door zijn onderbewustzijn, stuurde nu zijn handelingen.

Hij ging aan de opgeruimde tafel zitten en scheurde uit een onbeschreven blocnote een gelinieerd vel. Hij pakte een pen en begon met 'Lieve mamma'. Dat streepte hij door en verving het door 'Lieve moeder'. Dat klonk officiëler en zo was het ook bedoeld. 'Mamma' in de wandelgang, maar 'moeder' voor een afscheidsbrief. De pen in zijn hand maakte schrijfbewegingen, maar het lukte niet passende woorden te vinden. In plaats daarvan tekende hij zonnen, manen en een vallende ster met een sleep van vonken achter zich aan. Het bleek onmogelijk ook maar één fatsoenlijke zin voor zijn moeder te bedenken. Dat kwam niet alleen door de storzender in zijn hoofd. Zijn moeder leek nu al deel uit te maken van een vorig leven, waarin hij iemand anders was geweest. Hij had de beschikking gehad over een vocabulaire waarin hij met haar kon communiceren, en over een gevoelsleven waarin hij met haar verbonden was. Daartoe had hij geen toegang meer. De deur tussen hem en zijn moeder was voor altijd dichtgevallen. Dat was noodzakelijk, wist hij, om zijn voornemen ten uitvoer te kunnen brengen.

Hij besloot dat het beter was een algemene boodschap op te schrijven, waarin hij zich tegenover de wereld verantwoordde. Maar het kostte extreem veel moeite een korte, coherente tekst op papier te krijgen. Uiteindelijk stond er: 'Allahoe akbar. Ik getuig dat er geen God is behalve God. Weldra zal ik de wereld verlaten, met maar één doel: ik wil de onwetenden waarschuwen. Ik smeek jullie: volhard niet in onwetendheid, maar trek lering uit het Boek, opdat jullie gered worden en het paradijs ook jullie ten deel zal vallen. Lees soera 27 er maar op na, daar staat het duidelijk geschreven. Mijn tijd is gekomen, ik hoop jullie te ontmoeten in de Gaarden waaronder rivieren stromen vol melk, wijn en honing. Vrede zij met jullie en Gods barmhartigheid.'

Die paar regels hadden hem uitgeput. De taal waarin ze geschreven waren was vormelijker dan hij gewild had. Het was of een ander namens hem de pen voerde. Een ander, die veel beter wist dan hij hoe je dat soort brieven moest schrijven. Het liefst was hij weer in zijn bed gekropen, maar hij zag dat het al donker werd. Dat betekende dat hij nog net tijd had om een douche te nemen voordat zijn moeder thuis zou komen. Op het beslissende moment wilde hij schoon en zuiver zijn.

Nadat hij een douche genomen had trok hij een nieuwe broek aan, die al een jaar met het prijskaartje eraan in de kast hing. Hij vond een schoon, gestreken overhemd dat bestemd was geweest voor een bruiloft die niet was doorgegaan. Ten slotte bevestigde hij de drie bommetjes met het ontstekingsmechanisme secuur aan de buitenkant van zijn broekriem. Nu was het zaak met zijn handen uit de buurt van de riem te blijven, want een lichte aanraking was voldoende om de slaghoedjes te activeren. Hij deed een trui aan die lang genoeg was om de explosieven aan het oog te onttrekken en zorgde ervoor dat het witte kraagje van zijn overhemd er netjes boven uitstak – soms zat het hem in de kleine dingen. Al die tijd gingen de decibellen in zijn hoofd op volle sterkte door hem te kwellen, maar nu hij wist dat hij ze spoedig het zwijgen zou opleggen, liet hij zich er niet meer door verlammen.

Hij liep naar de spiegel en bekeek zichzelf zonder sentimentaliteit. Met zoveel potentiële slagkracht om zijn middel voelde hij zich net een soldaat, een dappere Hematiet die de vijand vernietigend ging verslaan met een wapen waartegen diens degens, dolken en lansen niet opgewassen waren. Hij had vroeger een afkeer gehad van de oorlogen in Saïdi-Hassanië en het te boek stellen ervan graag aan Hassan overgelaten, maar nu voelde hij dat hij er rijp voor was. Het mooie van oorlog was, zo begreep hij nu, dat het duizelingwekkende gamma van keuzemogelijkheden dat je onder normale omstandigheden in een toestand van voortdurende verwarring hield, plotseling gereduceerd werd tot twee opties: leven of sterven. En op dit moment bleef van die twee opties alleen de laatste over. Hij hoefde zelfs niet voor zijn leven te vechten. Alfred Nobel had een vooruitziende blik gehad toen hij met zijn uitvinding het aanzien van de oorlog drastisch veranderde. Geen wonder dat hij schatrijk geworden was. Had hij zelf eigenlijk ooit een prijs gekregen? Saïd wierp een laatste nieuwsgierige blik op de fysieke persoon die hij ruim eenentwintig jaar lang was geweest en wendde zich toen af. Hij had geen tijd te verliezen. Hij wilde vertrokken zijn wanneer zijn moeder thuiskwam.

Om geen risico te lopen in een volle tram besloot hij de fiets te nemen. Voor Fantasma was het nog veel te vroeg. Omdat het koud was en zijn lege maag hem eraan herinnerde dat hij de hele dag nog niets gegeten had, ging hij de eerste de beste snackbar binnen die hij op zijn route aantrof. Hij bestelde een broodje met rosbief, een bord frites en een glas warme chocolademelk. Daarna schoof hij voorzichtig achter een tafel met een formica blad en wachtte tot zijn maaltijd gebracht werd. Hij hoorde de frietjes sissen in het vet, dwars door het tumult in zijn hoofd heen. Klanten liepen in en uit. De meesten verlieten de snackbar met een zak vol eten voor het hele gezin. Een jonge vrouw, die hij begin twintig schatte, bestelde loempia's. Tijdens het wachten stak ze een sigaret op, waarbij ze zichzelf vuur gaf met een aansteker die ze uit de zak van haar met bont gevoerde jackje haalde. Het jackje was zo kort dat er een stuk blote huid onderuit stak. Zelfs de aanzet tot de bilnaad was zichtbaar boven de lage taille van haar spijkerbroek. Saïd keek ernaar met abstracte interesse. Waarom was er een mode ontwikkeld die meisjes aanspoorde zich te kleden als hebbedingetjes, terwijl ze zich gedroegen alsof ze trots waren op hun onafhankelijkheid? Ergens ontging hem de clou. Hij zuchtte en wendde zijn blik af. Hier lag een taak voor iemand anders, iemand die na hem zou komen. Het was een ander punt op de agenda, te midden van een behoorlijk lange reeks die helemaal afgewerkt zou moeten worden om de wereld weer in balans te brengen.

Zijn eten werd gebracht en hij nam een flinke hap brood. Hoewel het het laatste broodje rosbief was dat hij zou eten, smaakte het alsof het het eerste was. De knapperige korst, daaronder de verse textuur van het brood in combinatie met roomboter en de lichtgezouten en gepeperde rosbief – het was zo'n volmaakte combinatie dat het heel even pijnlijk tot hem doordrong dat hij op het punt stond samen met de beproevingen van het leven ook de zegeningen ervan voor altijd achter zich te laten. Niet aan denken, corrigeerde hij zichzelf, een laatste vlaag weemoed hoorde erbij. Met smaak at hij daarna de frites, die hij wegspoelde met chocolademelk. Het was in alle simpelheid een echt feestmaal, en nog wel zo onverwacht. Nadat hij alles had opgegeten, bleef hij nog een tijdje zitten, totdat hij, om geen aandacht te trekken, wel moest vertrekken. Hij fietste nog geruime tijd langs de grachten, zo nu en dan zijn hoofd schuddend in een onbeholpen poging zich alsnog van de geluidshinder te ontdoen. Ineens herinnerde hij zich de pianostemmer die letterlijk ziek geworden was van het stadslawaai. Nu pas drong de volle verschrikking van diens lijden tot hem door en voelde hij een grote lotsverbondenheid.

Zo fietste hij nog een tijdje rond in het halve spinneweb van de grachtengordel, totdat de klokken van de Westerkerk tien uur sloegen. Toen zette hij zonder verdere omwegen koers naar Fantasma.

Deze keer werd hij verwelkomd door kleurige neonlampen. Hij zette zijn fiets tegen de muur van het pand ertegenover. Even aarzelde hij of hij hem op slot zou zetten. Waarom eigenlijk? Hij had hem nooit meer nodig. Voor degene die hem mee zou nemen was het handiger wanneer hij niet op slot was. Resoluut stapte hij op Fantasma af. In zijn hoofd nam het kabaal weer haast ondraaglijke proporties aan, maar het idee dat er spoedig een eind aan zou komen, gaf hem kracht. Na een korte, taxerende blik liet de portier hem binnen. Hij liet zijn jas achter aan een kapstok in de hal en liep verder. De lange, smalle ruimte was schaars verlicht met muurlampen in de vorm van halve schelpen. De bar stond in het midden, achter de tapkast stond een slanke jonge man, die zowel Turks als Marokkaans kon zijn. Hij wendde zich met een bereidwillige lach tot Saïd met de vraag wat hij wilde drinken.

'Cola,' zei die zonder erover na te denken. 'Met ijs,' voegde hij er haastig aan toe.

Toen de jongen hem zijn drankje aanreikte, keek hij Saïd diep in de ogen, alsof ze samen een intiem geheim deelden waarvoor geen woorden nodig waren. Saïd voelde dat hij bloosde, en richtte zijn aandacht op het glas in zijn handen. Daarna liet hij zijn ogen rondgaan. Hoewel het nog relatief vroeg in de avond was, waren er al verrassend veel mannen. De meesten waren in een gesprek verwikkeld, enkelen dansten met elkaar op het trage ritme van 'I Fell in Love with a Dead Boy'. Saïd kende het aangrijpende lied waarmee Antony & the Johnsons enkele jaren geleden waren doorgebroken.

Pas als je heel goed keek, ontdekte je minieme verschillen,

stelde hij vast. Een oorringetje, een draaiing van de heupen, de intonatie van een stem, een blik. De onwetenden... Dit waren ze dus, mensen zoals iedereen met een klein, haast verwaarloosbaar verschil. Hij koesterde geen persoonlijke rancune, besefte hij, eerder voelde hij mededogen om hun hardleersheid, die weldra hun ondergang zou worden. Het leven had zo makkelijk kunnen zijn als iedereen bereid was geweest zich een beetje aan te passen.

'Zin om te dansen?'

Er stond een man van een jaar of dertig tegenover hem. Hij had een knap gezicht en hij wist het. Een beginnende kaalheid had hij gemaskeerd door zijn haar tot op de schedel af te laten scheren. Hij legde zijn hand op Saïds arm om zijn vraag kracht bij te zetten, precies zoals Hassan soms deed. Saïd verstijfde. Het was alsof hij zich brandde.

'Misschien later,' bracht hij uit.

De man wendde zich tot een ander, die gelukkig toeschietelijker was. Het gevaar was afgewend, maar in het hoofd van Saïd was de spanning niet meer te harden. Harlekino zette al zijn wapens in om hem buitenspel te zetten voordat hij zijn missie ten uitvoer zou kunnen brengen. Maar ik zal je te vlug af zijn, zei Saïd in gedachten. We zullen eens zien wie van ons tweeën de sterkste is als het erop aankomt.

Behoedzaam bracht hij een hand naar zijn riem. De hand trilde. Een kleine beweging zou genoeg zijn, ook de Russen in Tsjetsjenië zouden het niet hebben zien aankomen. Het leek of al het bloed naar zijn hoofd stroomde. Het werd daarboven zo warm dat er plaats was voor maar één gedachte: er moest nu een eind aan komen. Hierna kwam de verdiende rust. Hij zou eindeloos kunnen luieren op de lommerrijke oevers van rivieren, zonder herinnering aan zijn leven op aarde en aan de manier waarop het geëindigd was. Rust en stilte, dat was alles wat hij verlangde terwijl zijn vingers de rand van zijn riem volgden tot aan de plek waar ze weerstand voelden.

Nu! zei hij bij zichzelf. Hij keek onwillekeurig naar beneden, als om te controleren wat zijn rechterhand uitspookte. Alles wat hij zag was de boord van zijn trui waaronder de vingers als diertjes bewogen. Hij keek weer op om te zien of iemand iets in de gaten had. Maar om hem heen keuvelde men rustig door en degenen die dansten leken in een gezapige droom rond te zweven, zonder te vermoeden dat ze de dood tegemoet dansten. Zijn blik werd wazig en zwierf zonder vast doel door de ruimte, over al die overmoedige lieden die hem over enkele seconden zouden vergezellen. Toen bleef hij hangen bij een gezicht achterin dat hem bekend voorkwam. Zijn hand liet de riem los. Hij dacht dat zijn hoofd zou barsten. Was hij het echt? Hij begon in die richting te lopen, onzeker, zich ervoor hoedend tegen iemand aan te botsen. Nu had Hassan hem ook ontdekt. Op zijn gezicht verscheen een verheugde lach van herkenning.

'Wat een verrassing!' zei hij opgetogen.

Saïd was sprakeloos. Hij was geschokt en kwaad en opgelucht tegelijk. Ineens was de bar niet langer een abstracte plek die als voorbeeld moest dienen, maar een lokaal waar vrienden elkaar tegen het lijf liepen. Een plek die je onmogelijk kon opblazen wanneer je oudste en dierbaarste vriend er argeloos rondliep.

'Ik wist wel dat deze dag een keer zou komen, maar ik had niet verwacht dat het zo gauw zou zijn,' zei Hassan. 'Wil je er nog één?' Hij wees op het lege glas dat Saïd nog steeds in zijn linkerhand hield.

'Sorry,' stamelde die, 'eigenlijk was ik op zoek naar het toilet.'

'Bij de ingang,' wees Hassan. 'Ik bestel er in de tussentijd nog een. Het doet me echt plezier je hier te zien! Ik wou juist een afspraak met je maken voor het interview.'

'Een ogenblik,' zei Saïd schor. Hij draaide zich om en zette koers in de richting van de uitgang. In de hal griste hij zijn jas van de kapstok. Hij opende de deur en slaagde er zelfs in naar de portier te knikken. Daarna stak hij de straat over. Hij trof zijn fiets aan zoals hij hem had achtergelaten. Niemand was op het idee gekomen hem te stelen, wat op zichzelf een wonder was. Maar niet zo'n groot wonder als het onverwacht opduiken van Hassan, uitgerekend vandaag, uitgerekend in Fantasma. Ineens waren alle wapens hem uit handen geslagen. Hij was er zo dichtbij geweest! Hij liep het voetgangersgebied uit met de fiets aan de hand. Daarna sloeg hij zijn been over de stang en stapte op. Het was bitter koud buiten vergeleken bij de warmte in de bar. Dat was een zegen voor zijn verhitte hoofd. Terwijl hij in de richting van zijn huis fietste bleef hij almaar in zichzelf herhalen: ik was er zo dichtbij, ik was er zo dichtbij! Het kan toch niet waar zijn dat ik door de stad fiets terwijl ik al lang daar had moeten zijn! God, waarom hebt U mij op het allerlaatste moment in de steek gelaten? Een harde, verfoeilijke lach ontsnapte aan zijn keel. Er volgde er nog een, en nog een. Zonder dat hij het wilde zat hij als een idioot luidkeels te lachen op zijn fiets, te lachen om zijn eigen knulligheid waarmee hij alles verprutst had. Het was een ontlading van spanning die buiten hem om ging en die een soldaat die er niet in was geslaagd zijn missie te volbrengen, onwaardig was.

Toen drong het tot hem door dat hij het niet zelf was die lachte, maar Harlekino. Hij schrok zo dat hij met zijn stuur slingerde en bijna in de tramrails belandde. Het was diens overbekende spotlach, of eigenlijk eerder een uiting van triomf. De nar had zijn lawaaimachine op een lagere stand gezet, waardoor de lach er als een solozang boven uitsteeg en er was geen knop die je kon omdraaien om hem uit te zetten. De lach jubelde erop los, als een overmoedige Rigoletto die nog niet wist dat hij een pyrrusoverwinning had behaald.

'Ik smeek U, God, geef mij een nieuwe kans!' riep Saïd. 'Ik zweer U, ik zal het niet voor een tweede keer verknallen.'

Onbereikbaarder dan Brad Pitt

Camilla knipperde met haar ogen. Was hij het echt? Het was zondagochtend. Haar ouders sliepen uit en zouden als gewoonlijk laat ontbijten. Ze zat al uren met een boek in de vensterbank en keek voor het eerst op uit het verhaal. Aan de overkant van de rivier liep een jongen met een hond; ze zag hem op de rug, daarom aarzelde ze of hij het was. Maar over de hond was er geen twijfel mogelijk. Het was Stoepa met de mooie ogen.

Ze had de hele zomer en herfst aan de jongen gedacht. Wel honderdduizend keer had ze naar buiten gekeken in de hoop dat hij er weer zou zitten, zomaar uit de lucht gevallen zoals toen. Soms dacht ze dat hij een visioen moest zijn geweest dat bij haar ziektebeeld hoorde, maar de bijna uitgegroeide nagellak op haar teennagels overtuigde haar ervan dat het een echte ontmoeting was geweest. In haar dromen riep ze hem op wanneer ze maar wilde. In die zin was hij haar bezit geworden en kon ze hem plagen en laten smachten zoals het haar uitkwam. Maar met de werkelijkheid had dat niets te maken. In de echte wereld was hij van haar weggefietst en nooit meer teruggekomen, onbereikbaarder dan Brad Pitt. Die hoefde je maar in een dvd-speler te stoppen en hij was er weer.

De zon stond veel lager dan toen en wierp lange schaduwen. De tuin lag vol bladeren, alleen een paar zieltogende asters en chrysanten staken er nog bovenuit. De jongen droeg nu een legerjack waarvan de capuchon met bont gevoerd was, en een blauw petje, of keppeltje... Het was van zo ver niet goed te zien. Wat deed hij daar, midden in een weiland waaruit een koude damp opsteeg in het schrale licht van de ochtendzon? Hij bewoog zich met ferme pas in de richting van de varkensstal. Met een ruk schoof Camilla het raam naar boven. Ze stak haar hoofd naar buiten en riep hard zijn naam. Maar hij reageerde niet. Waarschijnlijk was hij te ver weg om haar te kunnen horen. Ze riep nog harder – ook Stoepa keek niet om. Wanneer een hond je zelfs niet hoorde kon je het maar beter opgeven. Er stond een gure wind, rillend sloot ze het raam. Wat moest ze doen? Op de fiets springen en zo snel mogelijk naar hem toe rijden was geen optie. De dichtstbijzijnde brug was enkele kilometers verderop. Had ze het nummer van zijn mobieltje maar, dan kon ze hem zeggen: 'Hé, Big Sister is watching you!' Haar hart klopte in haar keel. Ze was zo opgewonden hem te zien dat ze in zijn tegenwoordigheid waarschijnlijk geen woord zou kunnen uitbrengen. De eerste keer dat ze hem ontmoette, was ze nog tamelijk vrijmoedig geweest, maar nu ze hem maandenlang in haar dromen tot schaamteloze intimiteiten had verleid, was de onschuld van toen verdwenen. Haar hart bonsde van verlangen en schuldgevoel. Ze bleef dus gewoon in de vensterbank zitten en sloeg hem vanuit haar behaaglijk warme slaapkamer gade.

Ze kneep haar ogen tot spleetjes en spande zich in om zijn aura te zien. Dat viel niet mee vanuit de verte. Zijn grondkleur was onzichtbaar, constateerde ze met veel moeite, omdat hij werd overstemd door zijn stemmingsaura. Hoewel verre van scherp was deze wel zichtbaar: voornamelijk grijs, omgeven door een vaag groene ring. Daar schrok ze van. Grijs was de kleur van stress en depressie, groen verwees naar uitputting en onthechting. Het ging niet goed met hem. Joost mocht weten waarom hij op een winterse zondagochtend door een weiland struinde, in plaats van zich nog eens lekker om te draaien in zijn bed.

Ze voelde een knoop in haar maag. Ergens zat het helemaal fout, voelde ze. Ze zou er wat voor gegeven hebben even met hem te kunnen praten. Kon ze hem maar uitnodigen binnen te komen, dan zou ze een ontbijt voor hem maken. Zodra hij beneden in de keuken allerlei lekkers voorgeschoteld kreeg en zich door haar liet verwennen, zou zijn stemmingsaura meteen een stuk opknappen. Gefrustreerd door de onmogelijkheid iets voor hem te kunnen betekenen, bleef ze hem met haar ogen volgen. Hij had nu de stal bereikt die de schoonheid van het landschap tot in de verre omtrek geweld aandeed, daar was iedereen het wel over eens. Zowel baas als hond bleef stilstaan. Wat was hij van plan? Even schoot de mogelijkheid door haar heen dat hij de staldeuren ging opengooien en de varkens zou vrijlaten. Dat zou een goede grap zijn! Al die lieve, intelligente dieren die nooit de zon en de wolken te zien kregen en zich nooit eens lekker in de modder mochten wentelen, alleen omdat ze goed smaakten als worst of wienerschnitzel. Het zou een geweldige stunt zijn wanneer hij zoiets zou doen, maar de kleur van zijn aura vertelde haar iets anders. Hij stond daar maar en keek naar de stal, een kleine gestalte naast een immens grote schuur. De hond begon tegen hem op te springen. Hij weerde hem af en gebood hem te zitten. Stoepa gehoorzaamde maar bleef zijn baas strak aankijken.

Achteraf gezien was dit het laatste wat ze zag van Saïd en zijn hond. Het was een beeld dat zich voor altijd vastzette op haar netvlies. Ze had er alles voor willen geven om het kwijt te raken en te vervangen door het beeld van hen drieën samen tussen het bloeiende gras, terwijl hij haar aankeek en zei dat ze een belofte van schoonheid was. Dat moment had ze voor altijd willen bewaren, maar het zou voor de rest van haar leven overschaduwd worden door het geluid van een explosie die de aarde deed trillen en de ruiten in de sponningen liet rammelen. Voordat ze instinctief wegdook van het raam zag ze een steekvlam die naar de hemel schoot. Een seconde later lag ze ineengerold op de vloer, met haar handen op haar oren. Algauw werd het onwezenlijk stil, een griezelige afwezigheid van geluid was het. Ze kwam overeind en liep voorzichtig terug naar het raam. Er zaten drie reusachtige barsten in het glas en ze bedacht dat het een wonder was dat de ruiten er nog in zaten. Te midden van die vreemde, beangstigende stilte keek ze naar buiten.

Het achterste deel van de varkensstal stond in lichterlaaie, een kolom van zwarte rookwolken steeg eruit op en onttrok de zon aan het oog. Het voorste deel van de stal bestond niet meer. Op de plaats waar Saïd had gestaan en Stoepa braaf had gezeten, opkijkend naar zijn baas, was een diepe krater te zien. Camilla zat als versteend in de vensterbank. Het liefst was ze weggerend om het tafereel niet te hoeven zien, maar in plaats daarvan bleef ze zitten en keek toe hoe de vlammen steeds hoger naar de hemel reikten.

Uit de boerderij, die op een ruime afstand stond van de stal, kwamen mensen naar buiten gerend. Op hetzelfde ogenblik werd de deur van haar slaapkamer opengegooid. Haar vader stond op de drempel. Hij had wallen van de slaap onder zijn ogen en zijn haar zat in de war.

'Weg bij dat raam!' bulderde hij.

Camilla kwam in beweging. Werktuiglijk volgde ze hem de trap af tot in de keuken. Haar moeder stond in een nachtpon bij de gootsteen met een glas water aan haar mond. 'Kom hier schat,' zei ze, terwijl ze haar armen opende. 'Wie weet komt er nog meer.'

Zo stond ze enige tijd tegen het warme lichaam van haar moeder, zonder te weten of het hart dat ze voelde kloppen dat van haar moeder was, of haar eigen hart. In de tussentijd bleek haar vader zich haastig te hebben aangekleed, want even later stak hij zijn hoofd om de deur. Hij ging naar de buren, zei hij, om te zien of die hulp nodig hadden. Camilla maakte zich los van haar moeder en zonk neer op een keukenstoel. Nu pas begon ze te klappertanden. Ze rilde over haar hele lichaam. Het was een onbekende sensatie, heel anders dan de stuipachtige bewegingen die ze kende van een aanval. Haar moeder legde zorgzaam een ochtendjas om haar schouders, maar het rillen had niets met kou te maken. Het kwam eerder voort uit een onbewuste afweer tegen de werkelijkheid, die nog steeds niet tot haar door wilde dringen. Haar moeder schoof een stoel bij en legde een arm om haar heen.

'Kalm maar,' zei ze zachtjes. 'Het is nu voorbij.'

Maar Camilla wist dat het niet voorbij was. Het was nog maar net begonnen en het zou haar nooit meer loslaten. Hoe zou ze dat ooit kunnen uitleggen? Daarnet was hij er nog, reëler en tastbaarder dan Brad Pitt, met Stoepa aan zijn zij, die alleen háár aan zijn oren liet komen. En nu waren ze er niet meer – het ging ieder begrip te boven. Ze hadden haar lelijk in de steek gelaten. Zoiets hadden ze haar niet mogen aandoen, het was een heleboel bruggen te ver. Haar moeder zette een glas warme melk voor haar neer, maar ze raakte het niet aan. Ze had er geen notie van hoe lang ze daar zat, heen en weer geslingerd tussen haar weigering te accepteren wat er gebeurd was, en de noodzaak het onder ogen te zien. In de verte hoorde ze het geluid van loeiende sirenes. Brandweer, politie, ambulances – het was haar om het even. Er viel niets meer te redden. Zelfs haar dromen waren voor altijd grondig onderuitgehaald.

Haar vader stormde de keuken in. 'Het was op het nieuws!' riep hij opgewonden. 'Waarschijnlijk is het een aanslag van radicale dierenactivisten. Na hun boycot van de bio-industrie zijn ze dus een stapje verder gegaan. Beroerd voor het imago van de vreedzame dierenactivisten, die juist tegen het gebruik van geweld zijn. Maar voor de man in de straat is het allemaal één pot nat. Wat is er met haar aan de hand?'

'Niets, ze is erg geschrokken.'

'Gek dat ze juist deze stal hebben uitgekozen. Ik heb een tijdje geleden een zaak gehad tegen een van die lui. Het leven van een dier is voor hen meer waard dan dat van een mens.'

'Maar er zijn nu toch een heleboel varkens omgekomen,' wierp Camilla's moeder tegen.

'Dat zal wel een offer zijn om de mensen zogenaamd de ogen te openen. Voor de radicalen is het permanent oorlog, moet je bedenken. Ze willen een mondiale mentaliteitsverandering en denken dat te bereiken door de mensen angst aan te jagen.'

Camilla hoorde haar moeder zuchten. 'Angst roept alleen maar tegengeweld op,' zei ze fatalistisch.

'Ik ga even alle kamers door,' kondigde haar vader aan, 'om te zien hoeveel ruiten er vervangen moeten worden.' Hij keerde zich om.

'Ga je maar aankleden, schat,' zei haar moeder. 'Je wordt steenkoud zo.'

Maar Camilla bleef zitten. Het enige aan haar wat bewoog, waren haar traanklieren. Die openden zich, en zonder dat ze het wilde gleden er druppels langs haar neus. De volwassenen eigenden zich de aanslag toe en zij was de enige die voelde dat ze zich vergisten, zonder dat ze het ooit zou kunnen bewijzen. Nu was ze voor altijd in alle eenzaamheid met hem verbonden.

Haar moeder keek haar verbouwereerd aan. 'Je hoeft er niet om te huilen, hoor... Zo erg is het nu ook weer niet. Het zijn maar varkens.'

Voor het schrijven van dit boek is gebruik gemaakt van talrijke papieren, digitale en ongeschreven bronnen. Bijzondere vermelding verdient een drietal hierna te noemen titels. Voor de passage over het maken van kneedbommen heb ik *The Anarchist's Cookbook* geraadpleegd, geschreven door The Jolly Roper, vooral het hoofdstuk 'Making Plastic Explosions from Bleach'. Alle citaten uit de Koran zijn geciteerd uit de bij De Arbeiderspers verschenen editie van *De Koran* in de vertaling van prof. dr. J. H. Kramers, bewerkt door drs. Asad Jaber en dr. Johannes J. G. Jansen. Voorts heb ik dankbaar gebruik gemaakt van *Een tipje van de sluier* van Joris Luyendijk.

Voor de uiteenzetting over de herkomst van het woord (hof)-nar op p. 246 is vrijelijk gebruik gemaakt van 'Narr', *Wikipedia, der freien Enzyklopädie*.